The Winter Garden

吴民民 / 著

冬季的花园

人民文学出版社

图书在版编目（CIP）数据

冬季的花园／吴民民著．—北京：人民文学出版社，2023
ISBN 978-7-02-018073-8

Ⅰ.①冬… Ⅱ.①吴… Ⅲ.①长篇小说—中国—当代 Ⅳ.①I247.5

中国国家版本馆 CIP 数据核字（2023）第 110893 号

策划编辑　脚　印
责任编辑　王　蔚
装帧设计　黄云香
责任印制　张　娜

出版发行　人民文学出版社
社　　址　北京市朝内大街 166 号
邮政编码　100705

印　　刷　三河市延风印装有限公司
经　　销　全国新华书店等

字　　数　390 千字
开　　本　890 毫米×1290 毫米　1/32
印　　张　15.125　插页 3
版　　次　2023 年 7 月北京第 1 版
印　　次　2023 年 7 月第 1 次印刷

书　　号　978-7-02-018073-8
定　　价　58.00 元

如有印装质量问题,请与本社图书销售中心调换。电话：010-65233595

脚印工作室

引子　悲剧的起因

1903年11月16日是中国近代史上值得纪念的日子。

那天下午两点钟左右，一个头戴黑色呢帽，身着青色长袍马褂的四十四岁的日本人，走进了位于天津东城清王朝直隶总督北洋大臣袁世凯的官邸。他叫青木宣纯，刚刚从东京赶来，是一个在中国生活了十三年，能够讲一口京话的前日本驻北京公使馆的武官。他应该是这里的常客，一走进红褐色的大门，还没等袁世凯的秘书前来引领，就熟门熟路地来到大院深处的会客厅里。他显然是有要事来找袁世凯商量的，这一点就是从袁世凯迫不及待地走进客厅的样子里都可以看得出来。

"阁下，我不得不遗憾地告诉您，您希望的日本政府和俄国人的谈判失败了，他们不肯放弃满洲！现在，要想赶走俄国人，恐怕只剩下一条路了，那就是战争，用武力把他们赶出去！"

青木宣纯直截了当地把袁世凯请求他找日本政府当说客，和俄国人去周旋的结果说了出来。这个日本人比袁世凯年长四个月，是袁世凯最为信任的外国人，并且也是日本驻华谍报机关的负责人。1900年3月，青木宣纯卸任日本政府驻华公馆武官以后，立即被袁世凯聘为军事顾问，到河北小站去训练他那支日后成为王牌军队的北洋新军。1903年2月，袁世凯在过完农历新年之后又把他叫到天津，把俄国军队在八国联军撤出中国之后仍然赖在满洲不走，让慈禧太后极为愤怒的事情告诉了他，期望借助他的力量去说动日本政府，和俄国人周旋。这实在也是病急乱投医，是没有办法中的办法。因为现在清王朝国库空虚，已经没有能力诉诸武力了。然而，在经过了半年的时间以后，青木宣纯把结果带来了。他告诉袁世凯，傲慢的沙皇政府并不领日本人的情。他们否定了日本政府的提案，让清王朝的期待彻底地破灭了。

然而，青木宣纯带来的信笺中也有好的消息。因为日本政府在信中明确表示，他们"愿意派军队到中国去赶走俄国人"。这是一个新的方案，是好是坏虽然无法判断，但还是让袁世凯睁大了眼睛。

"派日本军队到中国来……"

"是的，让帝国军人去作战，贵国只要保持中立就行！"

"哦，以夷制夷……"

袁世凯紧锁双眉，暗暗地思忖。他离开座位，情不自禁地在客厅里踱起方步了。

"不过，这应该只是名义上的中立。帝国军队在中国打仗，不仰仗贵国政府的帮助又怎么行呢？当然，参战人员以及武器弹药等，将全部由帝国政府负担，这一点是绝对可以保证的。"

"好，那当然好啊。不过，这……这是件大事，容我想想，再好好想一想……"

袁世凯拍了一下脑门，眯着眼睛支吾着，又坐回到椅子上。他想从青木宣纯的眼神里找到日本人真正的目的。世上没有免费的午餐，那是肯定的，尤其是现在这个时代。让两支外国军队在中国的土地上打仗？光是想一想，就足以令人发怵了。

"阁下，这还用得着多想吗？这是赶走俄国人唯一的方式，除此之外没有他招！因为沙皇俄国不仅是贵国政府所厌恶的，也是大日本帝国的敌人。这一点，帝国政府以及日本政界、财界的意见完全一致。而且，为了让阁下放心，帝国政府还特意让我强调，本次战争一旦结束，除了日本的外交官员可以留下来收拾残局以外，其余的军人必须立即全部撤出贵国，没有选择的余地。对此，贵国政府绝对可以放心，因为日本人是讲信用的！"

青木宣纯拍着胸脯振振有词地说道。他明白自己在对方心中的地位，也知道袁世凯最终会接纳他们的提案。因为现在，包括中国普通百姓在内的朝野上下，都要求清算老毛子在满洲的恶行，但由于清王朝在中日甲午海战和八国联军侵华这两场战争中丧尽了元气，对此即使是有其心，恐怕也无其力了。那种汹涌的民情和现实的反差给清政府带来了沉重的压力，但这对于日本却是一个极好的机会。因为这是日本势力染指中国的最佳时期，也正是他们在那时提出这个方案的美妙之处，其结果自然是不言而喻的。而且，这一切，哪怕就是一个苦果，清政府也会闭着眼睛吞下去的。

青木宣纯瞪大了眼睛，握紧拳头注视着袁世凯。他相信自己的判断，因为他深深地了解袁世凯的性格。尽管这样，尽管他的言语中充满了蜜糖，但那个主掌清廷外交政策的大人物还是保持着清醒的头脑。他知道自己不能擅作主张，在得到慈禧太后和她的儿子光绪皇帝的真实想法以前就造次地答应日本人的要求。为了表示慎重，袁世凯决定在三天以后再去回答青木提出的那些问题。

送走了青木宣纯以后，袁世凯立即给刚刚接替去世的荣禄，被朝廷任命为军机大臣的庆亲王奕劻发了一封加急密电。奕劻曾在1898年9月代表清政府和来访的日本首相伊藤博文进行过会谈，知道和日本人打交道的方法。在八国联军逼近北京城以后，他又作为慈禧太后的代表，与李鸿章一起留在了北京，和洋人签署《北京条约》，化解了清王朝的危机，从而得到了老佛爷的信任。他和袁世凯一样，都是朝廷中亲日派的代表人物。此时此刻，把日本政府的提案告诉他，征得他的同意，显然是十分重要的。

奕劻的回电很快就来了。

当袁世凯从中得知，老佛爷在听到日本人提案以后并没有什么过激的反应之时，他的心里就有底了。那意味着老佛爷默认了这一切，为此，他完全可以放心大胆地和日本人打交道了。

袁世凯立即叫来了青木宣纯。这一次他的口气毫不含糊，答应得非常爽快。

"青木兄，既然战争不可避免，那就没有办法了，打吧！只要能够达到目的……我已经征得了太后的意见，毫无疑问，我们大清帝国一定会大力支持贵国军队的。"

"好，那就好！鄙人立即转告东京大本营，一步一步地去跟进，对此阁下尽可以放心……"

"这……当然，我当然相信仁兄。等事情定下之后，我会立即调派几十名军官，给你当助手，他们都是军校毕业的最优秀的人才，你可以随意使用他们。而且，我还会发文通告地方政府，让他们立即组织民众为贵国军队做后勤保障服务。当然，我也会把这个消息告诉在奉天省内的清军各个大本营，让他们做好准备，去接应战争中的贵国军队……"

"好，好，谢谢阁下，拜托您了。届时，鄙人也会让在华日人穿上汉蒙服装，组成游击队去满洲和西伯利亚各地，破坏俄国人的交通设施和通信系统，劫取他们的武器设备，并把它们运往贵国在满洲的各个军营……"

"好，一言为定！不过，有一点我还要强调一下，并转告贵国政府，请他们千万不要忘了，我们大清帝国……只能恪守中立……中立！这是无可奈何的，并且也是一个原则问题。当然，这只是一种外交上的姿态，因为我们只能用中立的立场去昭告天下啊……"

"这……当然！阁下，您就放心吧，鄙人当然明白贵国和阁下的苦衷！从协定签订之日起，阁下尽可以用中立的身份广为宣传。只有独善其身，才能独享红利啊……"

青木宣纯意味深长地说着，并且哈哈大笑了起来。那笑声也传染给了袁世凯，让他呵呵呵地连连点头。

他们握手言欢了。这是一个历史性的场面。这种借他人之地去发动战争的事情荒唐而又令人发指，但却并不奇怪。因为历史本身就是一张白纸，谁都可以去作图立据，留下符号，可怜的只是身在其中只能任人荼毒的满洲百姓……

第 一 章

1. 黄花沟

从地图上看，黄花沟是一个好地方。

它地处辽东半岛南部边缘，距位于渤海海峡的旅顺港只有五十来公里的路程。坐着马车晃晃荡荡的，只要几袋烟的工夫，就能来到那一片金黄色的沙滩。那里的沙子又细又软，走在上面就像是在踩棉花，不仅有弹力，而且还养脚，脚气、脚踝炎、脚抽筋什么的，只要在沙滩上走走就可以治好。当然，那都是一些并没有什么根据的传言，但它们却能使黄花沟名声大噪。每到夏天，黄花沟的海滩上，每天都会拥来好几百人，尤其是住在旅顺、大连一带的俄国人。他们喜欢游泳，每逢周末或者是节庆日什么的，就会拖家带口地到这里来度假、玩耍。

那时的辽东半岛是俄国人的施政区域，而黄花沟则是俄国人的后花园。1897年，由山东始发的义和团运动打着扶清灭洋的旗号，暴力袭击了西方列强驻中国各地的使领馆和教堂，残杀外国传教士、商人以及与外国人有接触的中国同胞。面对如此暴行，以慈禧太后为首的清政府竟然表示支持，并以此为契机，向英、美、俄、德、法、日等十一个国家宣战，从而大大地助长了义和团的气焰。然而，这一场席卷了大半个中国的暴虐行径，除了产生置大清帝国于死地，只能被迫签订各种不平等条约，赔款割地，让国民跟着遭殃的后果以外，其他什么都不会有。

果不其然，义和团运动招来了列强的军队。洋人的火炮逼得清政府不得不掉转枪口，开始镇压义和团的那些乌合之众。然而，本应在战事结束之后回国的俄国军队，那时候却打着和清政府共同防御的幌子，赖在满洲不走。他们把军舰开进旅顺湾，强租旅顺和大连，让俄国商人拥进来，在刺刀的保护下，把从莫斯科始发的西伯利亚铁道越境铺向了满洲，企图和南满铁路接在一起，并且计划在旅顺建立军港，让太平洋舰队驻扎进来。为了实现他们的如意算盘，他们还把大量的俄国人移民进来。那时候的移民人数，一度占据了满洲总人口的百分之四十以上。

黄花沟以及包括旅顺、大连在内的中国土地，也就是在1898年被强迫租借给俄国佬的。虽然中俄两国居民因生活习惯的不同，时不时地会爆发一些冲突，但总体来看还算和睦，尤其是在黄花沟的范围内。而这片方圆还不到二十平方公里的小小山沟之所以能够得到俄国人的青睐，以至于足足有三百多户俄国人家迁居至此，恐怕应该归功于黄花沟的风水因缘。

黄花沟一年四季都是黄金时节。

春天，那里满山遍野都开着黄花。那些花虽不知名，但却因香气扑鼻而招来了蜜蜂和蝴蝶。那种蜂蝶齐舞的景象吸引了那一带的蜂农，蜂农的到来又推动了餐饮旅馆业的发展。所以，还没开春，沿着海岸线伸展开来的各类餐厅就开始吆喝着忙碌起来，从而使"美味一条街"的名声不胫而走。

黄花沟的夏天自然是避暑和洗海水澡的最佳时期了。

只是当地的村民不会像老毛子那样开放，一到海边就把衣服脱得精光，然后赤裸着身体，大摇大摆地到沙滩上去晒太阳。那时候的辽东半岛还处在朝廷的势力范围，人们还留着辫子，守着清王朝的规矩过日子。虽然黄花沟属于法外租地，老毛子根本不用听什么老佛爷的指令，但是，同样生活在这里的中国人却不行。否则，不知道会在哪一天，关内那边还在闹事的义和团残余分子就会找上门来，捏造罪名来杀人放火。虽然，俄国军队现在还守卫在这里，但是，万一世道又变了呢……

黄花沟的冬天是值得讴歌的。

那时，寒风凛冽、雪花飞舞，虽然有零下二十多度，但严寒冰冻却不会影响年轻人的欢乐。他们爬上山岗，踏上雪橇或坐上犁耙，选一个高坡往下滑，翻滚着、折腾着……尤其是岗上那一片绵延几千米的盖着浮雪、雕着冰花，有着"麒麟谷"美称的黑松林，更是年轻人约会游玩的好去处。

但毫无疑问，黄花沟一年四季最具魅力的时节应该属于秋天。

秋天是丰收的季节。

黄花沟北边岗子上那一片望不到边的高粱、玉米、大豆，以及海湾里翻腾着的龙虾、海胆等鱼鲜自然无须多言，最受年轻人欢迎的还是当地政府在夏季夜晚主办的各种各样的节庆活动。那时，当地村民，包括那些俄国人和中国人都会聚集在一起，在海滩上点燃篝火，不分男女老少排成一行，手拉着手，或者互相搭着肩膀，在手风琴的伴奏下，扭着屁股踢着腿，跳起流行一时的踢踏舞。这种发源于俄罗斯大草原的热烈的舞蹈，不知道什么时候竟成了当地年轻人的社交语言。他们在这个大舞台上相识相恋，忘记了劳累也忘记了曾经在异国、异族之间发生过的矛盾和纠纷。

文化是各民族相通的语言。许文娟和严一龙就是在那样一次踢踏舞会上相识的。

许文娟那时十七岁，是黄花沟一带出了名的美女。

她有着一米七以上的高挑身材，又长着一张极为妥帖标致的脸蛋。细眉凤眼，长长的睫毛在她的眼角悄然挑起，使得那满含露水的眼睛显得更加妩媚多情。她的挺直秀巧的鼻梁下是两片玫瑰色的嘴唇，偶尔露出的牙齿，微微荡漾着芬芳。脸庞下裸露着的细润的脖子，让人百看不厌，沉浸在那片或许只有上苍才可能创造出来的杰作之中。

严一龙就是被许文娟的姿容所吸引的。

严家在当地算是一个有头有脸的大户人家。从黄花沟祠堂中供奉的族谱和家谱上看，他们祖祖辈辈似乎都在这里经营着海盐生意。他们向大海收盐，并把它卖到关东和西南各地，甚至还走进了天津卫，来到京城人家，成了那一带著名的盐商。

然而好景并不长。

在严一龙的父亲还小时，列强的军舰开进了渤海湾，并在那一带挑起纠纷。大大小小的军事冲突直接影响了采盐作业，从而使严家的事业一落千丈。尤其是发生在甲午年间的中日海战，它不仅大范围地污染了那片海域，也彻底摧毁了严家的作业工具。就如同釜底抽薪一般，给严氏家族带来了致命的打击。

为了维持生活，以严一龙的父亲严子鹏为首的严家叔伯兄弟们另辟蹊径，利用黄花沟岗子上生长的质地坚硬、纹路美观的黄榴石木，做起了家具生意。考虑到岗子上的树木资源终究会枯竭，严子鹏居安思危地把独生子严一龙送到了大连师范学校读书，期待他能增长见识，为严家的未来开发新的生财之道。

这一年，严一龙二十一岁。他长着一米八的个子，方脸宽颚、浓眉大眼，应该说是这一带小伙子中间的佼佼者。那年暑假，他从大连师范学校回到了家乡黄花沟，参加了当天晚上的篝火晚会，并且正好挨在许文娟身边，有幸和佳人一起手拉手、肩挨肩地唱歌、跳舞。

"我叫严一龙，你呢？"

严一龙痴痴地望着许文娟，向她伸出了手。

"我……我叫许文娟，大家都叫我娟子。"

许文娟有点害羞地低下脑袋，握住了严一龙的手。她踢踏起双腿，扭起了屁股，企图用舞姿掩盖已经有点绯红的脸庞。过了好一会儿，她才鼓起勇气，抬起头来，看了看同样处在惶惑不安中的严一龙。

"你是本村的吗？我怎么没见过你呢？"

"我在大连师范上学，平时都住在学校，所以……"

严一龙鼓起勇气，望着许文娟的眼睛解释着。他们终于打破了隔阂，通报了各自的住址，并且约好了下次见面的时间和地点。为了拉近距离，严一龙开始称她为娟子，而许文娟则亲热地叫他一龙哥……

他们就这样相处起来了。

爱俏和炫耀是初恋中的青年男女的通病。一个撒娇，一个逢迎，一个爱慕对方的美貌，一个羡慕对方的见识，其结果使两个人都坠入了情网当中。然而，真正让他们确立恋人关系的应该是相识半年以后的那个冬天。

那一年冬假，严一龙和许文娟相约着到黄花沟的山林里去狩猎，因为那儿常常会出现蹦跳着跑出来觅食的野兔。那一天，他们追逐野兔，用弹弓弹射它们。玩得正在兴头上之时，却一不小心掉进了被浮雪掩盖着的沟壑里。经过百般挣扎，他们始终爬不出来。那时候，天色已近黄昏，一片雾蒙蒙的，而且还刮起了北风，气温一下子降低了好多度。

严一龙有点傻眼了。他搂着惊慌失措的许文娟，安慰着她，寻找着脱身的方法，并且试验着用力地往沟沿上爬去。虽然好几次爬到了沟壑的边缘，但都因为运气不佳而滑落了下来，那种失落让他灰心，从而不得不放弃那些无谓的攀登。当他转过头来，正想对许文娟做什么说明时，却没想到许文娟那时也在望着他。他们四目相望，一下子惊愕起来。然而，也就在这刹那间，他们犹豫着又鬼使神差般地迅速拥抱着，把嘴唇贴到了一起。这是他们的初吻，温暖而柔软的感觉，就像要融化在舌尖下面一般。这对情窦初开的男女，第一次品尝到了爱情的乐趣。许文娟的心醉了。她没有想到，男女之间还会有这么一招。那如漆如胶、如痴如醉的热吻，使她在瞬间就从一个女孩变成了一个女人。她痴情地把双臂搭在严一龙的脖子上，表情娇嗔、言语呢哝，似乎忘记了他们正在面临的困境。

幸亏严一龙还没有完全坠入情网。他抬起头来，望着渐渐暗下去的天空，突然想起了一招。他知道，这附近应该有马车道，那里常常会有一些急于在黄昏时分赶回黄花沟的马车。只要保存体力，放开嗓门呼救，那些车夫就会听到，这或许就是他们脱险求安的唯一的方法了。

严一龙的判断是正确的，他们的呼救声很快就被过路的马车夫听到了。确认了他们遭难的地点之后，那个马车夫立即赶回黄花沟，叫上了几个小伙子，带着绳索、举着火把回到了这段沟壑的边上，把因为取暖而紧紧抱在一起，但却仍然瑟瑟发抖的他们救了出来。这场生死劫是这对恋人一辈子都难以忘怀的，他们之间的感情也因此迅速地升温了。

许文娟出生在一个渔民家庭。

每逢鱼汛季节，渔民们纷纷出海捕鱼的时候，许文娟就看不到自己的父亲了。她的父亲许尚水是村里捕鱼队的领班。这个四十三岁的汉子，把所有的精力都放在了出海捕鱼上，换来的却是女儿学业的荒废。虽然许文娟从小就被强迫着送进小学校去读书，但她的父母在她小学毕业以后却改变了主意，不再让她上中学了。不过这也符合女儿的心愿，因为比起到学校读书，许文娟更愿意在家里帮母亲做一些晒海带、补渔网那样补贴家用的事情。这一切并不奇怪，当地的女孩子几乎都是这样走过来的。

严一龙跟她正好相反。

他酷爱看书，并且特别关心时事。他把去学校读书看成是他了解社会、见识世面并赢得新天地的好途径。不过，那些认知上的差异并不影响他和许文娟的交往，对这两个年轻人来说，有情有爱有头有脸就可以满足了，除此之外还能有什么奢求呢？

这或许正是造成他们之间悲剧的原因，因为时势的走向也会让爱情变成坟墓。而且，未来可能发生的一切，在那时好像都被预言过了，只是没有引起他们的注意而已。

　　那是1903年的秋天，在一个风和日丽的上午，严一龙和许文娟正坐在黄花沟的山冈上，望着远方的山峰谈笑嬉闹，但是天空却在那时出现了异象。刚才还是一望无际的蓝天，突然刮起了狂风，把那些不知从哪里飘来的黑云集中在一起，翻滚着向他们所在的山冈逼压过来。一瞬间，天空电闪雷鸣，大地飞沙走石，轰隆、轰隆的声音像是野兽的吼叫一般，听上去令人不寒而栗。然而没过多久，最多也就是十来分钟左右，它们又都集体消失了，蓝天白云重现，一切归于宁静。一系列突如其来的变化让这两个年轻人面面相觑，甚至觉得恐惧担忧。那是从来没有见过的情景，那种天象意味着什么呢？狂风、乌云和雷电，究竟要向他们显示一种什么样的神威呢……

　　没有人能够明白。

　　那一年的冬天，从大连师范学校毕业的严一龙和许文娟互赠誓言，订下了终身。假如没有发生什么突发事件的话，他们是会在第二年，即1904年的春天喜结良缘的。

2. 抓　阄

　　命运多舛。

　　谁也不会想到，老佛爷慈禧太后会听信袁世凯的建议，在八国联军侵犯北京，火烧圆明园的创痛还没有完全恢复之际，就去做什么邀请日本军队到中国，赶走赖在东北满洲，并在那里称王称霸的俄国老毛子之类的事情。

　　那时的大清帝国国库空虚，元气丧尽，以至于慈禧老佛爷只能下诏关照朝廷大臣说："如今库储一空如洗，无米何以为炊，何以为战？

剧痛之余,务必小心谨言,慎提战事。"并要求他们支持刚刚从去世的李鸿章手里接过直隶总督和北洋大臣重任的袁世凯。

因为那时,得到老佛爷的赞同并由袁世凯来执行的"以夷制夷"政策正遭到朝廷内外的一致反对,而"联日拒俄"的方针,又成了朝野上下有识之士的主要论调。为此,重臣张之洞、盛宣怀、岑春煊、张人骏和端方等人还特意向朝廷提出奏折,"要借日力以御俄",表示不惜与日本结成统一战线来实现与俄军的决战。贵州巡抚李经羲甚至上奏朝廷说:"俄胜必然觑我华北华中,日胜则最多勒我钱财银饷。两害相权取其轻,与其畏俄而心碎,不如亲日而守成。"

清廷大臣们的"联日抗俄"以及"不惜和俄军浴血一战"的论调,正是当时的日本政府所期待的。经受了明治维新运动而壮大了实力的日本,趁着甲午海战大获全胜的余威,正在秘密炮制一项为祸整个亚洲的计划。他们把吞噬朝鲜,侵略中国,对亚洲周边国家进行蚕食扩张作为国策,并觊觎正处于俄国人占领下的中国满洲,准备染指其中。只是,这一切阴谋,在当时还没有被国人所识破而已。

也许,袁世凯是知道那种利害关系的。他知道大清和沙俄有着几千公里的边境线,一旦与俄国人为敌,其战场一定不会只限于东北的满洲。而且,无论在哪里作战,清军恐怕都不是沙俄的对手。那种没有胜算但却弥漫在朝野的民族主义情绪,不仅不符合老佛爷"不与外国为敌,只求明哲保身"的意愿,还会使中国走向更加险恶的境地。为此,袁世凯上下奔走,使尽解数,明确地向朝廷内外说明,"清政府一定要谨守局外中立之策,这是一种无可奈何的选择。"

1903年12月22日,袁世凯致电大清政府外务部,提出了"如果日俄决裂,吾当严守中立"的主张。五天后的12月27日,他再一次给朝廷发出电报:"如果日本以海军扰吾东南,俄军又举陆军犯吾西北,不但中国甚危,还会牵动全球。"他警告说,我们一定要认真思索,小心为上。假如"日俄之间谈判正式决裂,大清政府必须伺机行事，坚守局外之策"。

袁世凯的分析不无道理。而且日俄交战双方的背后还有英、美、法、德等各列强国，日俄争端和大清帝国的立场与西方列强在中国的利益均有着重要关系，只有稳妥地在他们中间走好钢丝，谨慎度过种种困难才行。袁世凯对主战派大臣们的意见置之不理，坚定不移地按照自己和日本在华谍报机关首领青木宣纯的秘密协定，一步一步地制定大清帝国对日、对俄，乃至对整个西方的外交政策，企图在日俄之间的鹬蚌之争中获取自己的渔翁之利。

但是，为了应付滚滚而来的"联日抗俄，拼死血战"的舆论浪潮，袁世凯还是变着法地解释说，他的"局外中立之策只是外交上的姿态，其背后一定还是诸位所支持的那个联日拒俄之举"。为此，他还一反过去的主张，提出了包括向日本军队提供情报，允许日军在进攻或者撤退时使用满洲的清军大营休养生息，并保证向日本军队提供后勤支援，以帮助日军作战等举措。他还特意命令各个政府部门，必须将那些措施一级一级向下传达，一项一项落到实处。

毫无疑问，此后在辽东半岛各地出现的由当地政府发布的"以各个村庄为单位，按照其三十五岁以下的男性人口比例，组成包括担架队和救护队在内的民工队伍，去救援在前线作战部队"的命令，正是袁世凯所批准的一系列"联日拒俄"计划中的一部分。这些命令里面虽然没有明确提出所要救援的对象，但在地方各级政府官员们所做的动员报告中，还是被清晰地说了出来。

"诸位父老乡亲兄弟们，此刻，我不得不把政府的指令通知你们。按照这个指示，我将指派村里的年轻人，参加一场即将爆发的战争。这真是让人痛心疾首，但我们别无选择，因为我们必须要为皇上解难分忧啊！我们的家乡满洲、热河，是大清帝国的龙兴之地，既有列祖列宗的圣灵照应，又是皇陵祖庙先圣先灵的神秘福地。然而今天呢？这神灵的大地却惨遭外蛮渔猎摧残，以致危机四起、八方生乱。不得已,我们只能坚定不移地执行皇上的旨意,联日抗俄。我们要行人道之实,团结一心,尽力支援前线的将士……"

这是七十二岁的村长丁国勇在黄花沟村公所举行的全体村民动员大会上的讲话。按照名额比例,黄花沟需要选送三十五名适龄青年服役,为日本军队提供后勤支持。为了平等、公正地实施政府的计划,村公所采取了俄国人惯用的方式,用抽签抓阄的方法确定出征人员。

这是一场生与死的赌博!

此刻,黄花沟符合年龄要求的男青年们正排着队,逐个逐次地把手伸进装着竹扦的木头箱里。凡是抓到用墨汁写着"是"的竹扦,就必须要加入民工队伍,去参加那场前途未卜的战争。

赌博的结果自然也是无情的。

严一龙被定格在了服役人员的名单上,而他那时正在操办婚事。这种情况让许文娟一下子崩溃了,她控制不住自己的感情,扑倒在严一龙的怀里大哭了起来。然而,就在抓阄结束,村公所准备宣读被命运选中的服役人员名单时,站在角落里的一个名叫高虎娃的男青年突然举起了手,并且大叫了起来。

"报告村长,虎娃……高虎娃我,愿意代替严一龙去服役!一龙哥他马上就要结婚了,我不忍心看着他的未婚妻伤心落泪,所以……请村长和诸位乡亲接受我的请求!"

高虎娃是一个孤儿,今年二十岁。他的父母在他只有七八岁的时候就先后因病去世了,他是被奶奶拉扯着长大的。不幸的是,在他十五岁还未成年之时,奶奶这个唯一的亲人也离开了他。在埋葬奶奶的时候,村民们不断地安慰他,表示会帮助他,但此后,他将孤苦伶仃地承受这个世界带给他的苦难,恐怕是不会改变的。虽然艰辛的生活让高虎娃变得愈发坚强起来,却也让他更加沉默寡言。幸亏得到了严一龙的父亲严子鹏的帮助,让他在农忙阶段帮助严家放牧牛羊,冬闲时节给严子鹏当当助手,在严家做个帮工之类,才让他的生活多少有了些着落。

　　高虎娃虽然没有住到严家，但非常清楚严一龙和许文娟的关系。他甚至还偷窥过这对恋人在家里相拥相吻的情景。虽然这一切并没有恶意，但许文娟的靓丽和女人的身体还是深深地吸引了他，让他忍不住在私下里做了一些见不得人的事。他仅比严一龙小两岁，显然也到了谈婚论嫁的年龄。虽然贫穷困苦，但性的成熟是没有什么贫贱之分的。不过，话虽是这样说，但高虎娃还是知道自己的不对。他克制着身体上的欲望，并不断地告诫自己，这是非分之想，这种陋习只能让人鄙视，他必须用坚强的意志，把那些苟望从心底铲除才行。他采取了躲避的方法，有意避开严一龙，尤其是避开严一龙和许文娟难舍难分、互亲互爱的时刻。高虎娃是悲哀的，他缺少朋友，也无法诉说。内心的情感、行为的龌龊让他感到痛苦。为此，他常常抽自己的嘴巴，并掐着大腿根，强迫自己的肉体抑制那种可耻的欲望。然而，随着时间的推移，高虎娃终于明白，这种欲望是控制不住的。假如还要体面地做人，他只能辞去严家的工作，离开黄花沟，到外乡去闯荡。他知道，只有一走了之，并永远忘却那些事情才行。

　　高虎娃没有想到，他一直在寻找的逃离故乡的机会，会以参加战争的方式出现在他面前。显然，他是最适合到战场上服役的年轻人了。他孤身一人，无牵无挂，即使血洒疆场，也无人会来问津，更不会有人为此伤心。因此，在听闻村里准备募集出征人员的消息后，他马上就去找了丁国勇村长，毫不迟疑地表达了自己的决心。

　　高虎娃以为，一切都是顺理成章的，但却没有想到，村里的元老们为了表示公平公正，提出了抽签抓阄的方式。他更没有料到，正在筹办婚事，沉浸在激动和喜悦中的严一龙会中签，而一心准备赴难的他却阴错阳差地留了下来，成为他人眼中的幸运儿……

　　这真是一场闹剧，一场被命运捉弄的闹剧！高虎娃哀叹着，终于鼓起了勇气，在全村人面前再一次提出了请求。只不过，这一次的理由是代替严一龙去服役。

高虎娃的表现出人意料，但其实也有着难以言喻的丑陋。因为看到在万般痛苦中痛哭流涕的许文娟，他突然想到了一种只有他自己才会明白地向许文娟表达同情，进而暗示他的爱慕之意的方法。对此，许文娟就是感觉不到，或者是蒙在鼓里也行，但是，他高虎娃却已经向她表白过了，而且是在众人注目之下的表白——他已经向她展露了自己的感情，展露了那种在乎她的一举一动的独特感受。

高虎娃的声音让村公所的抽签会场静寂了下来。人们面面相觑，一下子不知道怎么办才好了。

"这……"丁国勇村长支吾着，正想和其他几位元老商量对策时，严一龙的声音出现了。

"丁村长，抽签抓阄乃是天人共鉴的神圣结果，天意如此，我等怎能违天悖理，食言而肥呢？我严一龙感谢高虎娃的好意，但却不能接受他的请求。此行哪怕九死一生，我也应当毫无畏惧、慨然赴之！"

严一龙坦然道。他铿锵有力的声音，给本来处在静寂中的村公所大堂陡添了几分悲壮。高虎娃惊愕地望着严一龙，又看了一眼同样处在惊愕之中的许文娟，嚅动了一下嘴唇，却没有说出话来。他不知道说什么才好。此时此刻，他又能说些什么呢？

掌声响了起来，是丁国勇村长亲自带头鼓掌的。这是在赞赏、鼓励，还是在展示悲凉，表达一种情怀呢？宁静和绝望有时会结合在一起，形成一股令人寒心的强光。现在，这道强光直接刺痛了许文娟的眼睛，让她绝对看不到希望。万念俱灰之下，她的喉咙似乎也已经嘶哑了。

两天后是农历新年，但黄花沟却一片沉寂，没有花烛，也没有鞭炮声，节日里应该有的喜庆都随着辽东半岛呼啸而过的北风，消失在黄花沟的山岗上了。人们就像丢了魂一样，蜷缩着坐在炕头，传说着各种各样的消息，总觉得村子里会有什么不测的事情发生。晚上，许文娟和她的父亲许尚水一道来到严家。他们向严子鹏敬酒，为他的独生子壮行。那种悲壮或是激昂的情感背后，是一种无法言喻的恐惧。但是，他们并不愿意把真实的情绪表达出来，仿佛那样做是不祥的。只有许文娟例外。她抽泣着靠在严一龙的肩膀上，一筹莫展，不知道命运之船将会把她载向何方。

夜深了。尽管许尚水不断地催促着许文娟回家，但都被她拒绝了，她不愿意就此离开严一龙。那一夜，时间在嘀嘀嗒嗒地流逝，他们依偎在炕桌边上，谁都没有说话。

过了好一阵子，严一龙突然想起了什么。他跳下炕，在屋角边桌子的抽屉里拿出一个用手绢包着的东西，那是一串用黄花沟海滩上的贝壳穿起来的项链。项链中间坠着一片红珊瑚和一颗白珍珠，是严一龙亲手做的，送给许文娟的礼物。

"娟子，这红珊瑚代表你，白珍珠则代表我。那些贝壳都是用来陪衬我们的，就像是星星拱卫着月亮……"

严一龙喃喃说道，把那串项链递到了许文娟的手上。

"谢谢，谢谢你，一龙哥……"

许文娟破涕为笑。她数着那些贝壳，突然抬起头来，深情地看着严一龙，并有点紧张地抓住了他的手。

"一龙哥，要不我们去找村长吧，让他通融一下，换其他人去？那个高虎娃不就想去吗？要不，让我爸去跟村长说说，就换成他吧？"

"不，不行，娟子……"严一龙望着许文娟，不由自主地摇了摇头，"我……我是一个男人，男人不能做那样的事！娟子，那是命，命啊！很多事情都是命中注定的……不过，娟子，你尽可以放心，我的命硬，子弹见了我都会绕着走的！"

严一龙把项链挂到许文娟的脖子上，充满激情地说道。然而，那些话却让许文娟更加伤心了。她哽咽着说不出话，眼泪就像断了线的珍珠一样垂落不停。

"别哭了，娟子，不就是去三五天嘛……"

"三五天？"

"是的！这是打仗啊！打仗怎么能一直不停呢？三五天，最多也不会超过一个星期……"

"可是……"

"可是什么？"

"我……我……我担心你从此就不见了……"

"唉，你……"

严一龙叹了一口气，突然用右手拿起炉子里的火钳，钳起一块烧得通红的煤块，毫不犹豫地向左手掌心摁了上去，把皮肤烫得嗞嗞作响，还发出一股皮肉被烤焦时的腥臭味。

"你……一龙……你这是干什么啊！"

许文娟惊叫道，一把夺过严一龙手中的钳子，大声地哭了起来，那情景让闻讯赶来的严子鹏也吃了一惊。他们手忙脚乱地找来治疗烫伤的药膏，把它涂到严一龙的伤口上，并用纱布包扎了起来。

"孩子你……你这是何苦啊！"

严子鹏失声叫道，他显然不能理解儿子那种自残的行为。

"没事，爹。明天，我要带着这种疼、这种痛去上战场！我会记着它，记住今天这个夜晚，记住我对娟子许下的誓言！我……我一定要活着回来！一定要，并且也一定会活着回来的！"

严一龙皱着双眉，强忍着疼痛说道。然而，还没有等他把话说完，许文娟就扑了上去，用手堵住了他的嘴巴。

"一龙哥，你……你别说了！好，好，我相信你，相信你……"

"娟子，你等着，等着，不就是三五天、一两个星期吗？你等着！雾霾可以遮住星星和月亮，但春风一定会把它们吹散的。要不了多久，在村里的柳树抽絮的时候，我们就会重新相聚！所以娟子……你就放心吧，我一定会活着回来和你结婚的。我……我相信命运，让我们一起相信命运吧……"

严一龙搂着许文娟,点着头说道。他的声音也有点嘶哑了。

"我相信,相信!一龙哥,我是你的人,不管遇到什么,我都不会变心的!我等着你,永远地等着你……"

许文娟伤心地说着。她的身体开始剧烈地抽搐,并且大声地痛哭起来。

"唉,你们……"

严子鹏的鼻子发酸。他含着眼泪背过身去,一边摇头叹息,一边缓慢地走出了房间。显然,孩子们的情绪正在强烈地感染着他,让他在隐隐之中嗅到了不安。

第二天早上,黄花沟的三十五个年轻人一起向着旅顺的方向走去了,严一龙也在他们中间。目睹着严一龙逐渐消失的背影,许文娟头晕目眩,一下子晕倒在父亲许尚水的怀里,没有了任何知觉。

两天以后,日俄战争打响了。

第 二 章

3. 203高地攻防战

　　1904年2月8日是俄罗斯东正教传统的圣烛节，也是沙皇俄国太平洋舰队司令长官斯塔尔克中将夫人的生日。那天晚上，当日本海军巡洋舰发射的鱼雷不断在旅顺港内爆炸，火光四射，把军港变成一片火海之际，这位中将才从旅顺总督府内的生日晚宴上苏醒过来。他在惊愕之中沉思了片刻，终于意识到了事态的严重性，并立即带着各路指挥官，惊慌失措地赶往军港，但为时已晚。此刻，停靠在码头上的三艘主力战舰已经燃起了熊熊烈火，驻屯在旅顺港的俄军太平洋舰队正在遭受毁灭性的打击。这种惨烈的景象让斯塔尔克司令官大惊失色，他难以置信地揉了揉眼睛，方才醒悟到，那个传说已久的战争神话，此刻已经开演了。

　　那是一场偷袭。不宣而战是日本军队常见的手法。不过，这一次的袭击，应该说还是有它的前兆的。就在两天前，日本在美国和英国的支持下宣布和俄国断绝外交关系，这是他们花了两年时间准备，直待水到渠成方才做出的决定。

　　但是，日本政府准备倾全国之力和俄国军队拼死一战的架势，却没有引起沙皇政府和俄军指挥官们的重视。他们自以为是地认为，俄国海军拥有举世无敌的舰队，足以应对任何形式的进攻。这种盲目的自信不仅导致了他们自身的毁灭，还成功地把从欧洲匆匆赶来增援的波罗的海海军舰队带上了不归之路。

为这场战争的迅速到来感到措手不及的还有袁世凯和他的大清帝国朝廷。在日俄战争发生了四天以后的2月12日,他们才把这份刚刚准备好的,写着"日俄两国日前已经失和用兵,朝廷轸念彼此均为大清友邦,应按局外中立之例办理"的谕文,下发到了东北、华北以及华中、华南和西北各地。当这份迟到的"中立"诏书到达各地方政府手中时,日俄两国的军队已经在中国的土地上热火朝天地打了一个星期了。

此刻,被日本人奉为军神的海军中将东乡平八郎,已被日本政府任命为日军联合舰队的总司令官,并率领着包括巡洋舰、战列舰、驱逐舰、炮艇,以及运载着大批海军陆战队员的两栖登陆舰等数十艘军舰在内的庞大的帝国舰队,虎视眈眈地开进了朝鲜半岛和辽东半岛海域,准备和驻屯在旅顺这个不冻港的俄罗斯太平洋舰队决一死战。与此同时,日本政府战时大本营还派出了有陆军战神之称的陆军大将乃木希典司令官,命令他率领陆军部队,在奉天(今沈阳)一带和俄国占领军对阵,阻止并消灭那些从满洲北部或者远东地区赶来增援的俄国陆军部队。

谁也不会想到,日俄双方竟然会在这块方圆还不到百十平方公里的土地上,投入了几十万兵力,肆无忌惮地在那里搏斗、厮杀、拼命、呐喊,进行了几十场会战。那时,数以十万计的呼啸而来的榴弹炮弹、山地炮弹、火箭筒和重型火炮炮弹,毫不犹豫地向厮杀着的前沿阵地飞来,把那些年轻的生命以及他们精心构筑成的碉堡、地道、壕沟、掩体,毫不仁慈地在火焰升腾的刹那间送上了天堂,让那种只能在地狱中看到的死亡和毁灭的场景,在辽东半岛的黑沟台、奉天、大石桥、析木城、南山和旅顺的大地上再现了。

战争有它那种骇然的美!尤其是在战斗稍息以后的那个月圆之夜。

当依稀的炮声随着浓浓升起的暮霭静谧下来，一泻千里的冷光反射着，把那些尸首分离、哀鸿遍野、血染山丘、伤心惨目的战场，一目了然地送到人们眼里的时候……

啊，人世间还有什么能比天空和海洋构成的鲜血、生命、死亡和毁灭的场面更能摄人心魄呢？那些惨绝人寰的死亡角逐，已经不是什么人和人之间的搏斗了，它是上苍主宰下的亡魂的阅兵式，是更新人类历史的巨大的仪典！

在这场发生在日俄两国之间的生死攸关的战斗中，最激烈、最悲壮的大概要数几个月后发生在旅顺西北方的那座居高临下，俯视着旅顺港码头的203号高地的争夺战了。它是胜负的关键，只要占领了它就等于扼住了旅顺军港的咽喉。

这场至关重要的战斗是在1904年7月，由乃木希典大将亲自率领的日本陆军第三军，在旅顺的南部浅滩一个叫作盐大奥的村庄打响的。

那时，俄国的海军陆战队坚守在203高地东北方的二龙山、东鸡冠山、龙眼北堡以及松树山一带。他们在那条有着两千五百米长的连绵起伏的山脊上，构筑了三百多个以钢筋水泥为材料的碉堡以及七百多座炮台，并驻留了三个大队总共四万两千多名将士。这座由坚甲利兵守护着的高地固若金汤，俄国人对此充满了信心。

被死亡裹挟的日俄大军的攻防战，就是在那里展开的。

日本军队在长达三个半月的时间里，对203号高地的碉堡和炮台群阵地，连续不断地发动了三次进攻，但全部以失败告终。在折损了两万五千多名战斗人员之后，日本人改变了策略，他们铤而走险，改道从203高地背后的山脚开始，向山上那个拥有三万五千多名将士，号称俄军最强的部队守卫着的之字形碉堡和堑壕发起致命的强攻。

这种由下向上的直接攻击，在兵家历史上还没有人尝试过。它或许只有依靠武士道精神才可能取得效果。因为那时，日本军队已经别无选择了。他们不仅要占领这座高地，还要和时间赛跑，以最快的速度攻占高地周围的大小山头，并利用山上现成的碉堡和炮台布置自己的火力网。

因为日夜兼程从欧洲赶来支援的波罗的海舰队，已经到达中国的东海，而位于远东地区的俄国野战军增援部队，也以多于日军数倍的兵力，在沙河、辽阳一带和阻击他们的日本军队激战。他们正准备突破日本人的防守阵地，和已经从奉天南部突围出来的那部分俄国军人一起赶赴旅顺，救援正在那里坚守着的俄国海军陆战部队……

种种情况都在说明，假如不抓紧时间攻上山顶，利用203高地的有利条件，居高临下地炮击正在殊死反抗的太平洋舰队和俄国海军陆战队，并乘势攻占旅顺军港，阻止波罗的海舰队的靠近，那么，这场发生在日俄之间的、可以写入人类战争历史的血腥厮杀，就很有可能以日本军队的全面溃败而告终。

这是一场没有退路的搏杀，乃木希典大将对此心知肚明。他按照大本营的指示，孤注一掷地投入了所有可能调动的兵力，以人海战术的方式，全方位地发动了进攻，准备以决绝的自戕去威慑那些拥有十足信心的俄国军人。这种惨烈的情景，在203高地那一千多米长的山道密密麻麻反复堆叠着的尸体上完整地反映出来了。

在203号高地的攻防战中，日俄双方投入的兵力高达八万五千多人。他们经历了长达十一天的激战，对山头上的各个制高点进行了数十次的冲锋和反击，在两军阵亡总数超过了两万人以后，才分出了输赢。

用武士道精神胜利法武装起来的日本人胜利了，但是他们并没有松懈。在夺取了203制高点以后，他们又马不停蹄地把布置在山下和山腰上的山地炮、榴弹炮、重型火炮等重型武器运到山顶，并迅速布置好火力网，在不到三天的时间里，就把坚守在旅顺军港的俄国太平洋舰队和他们的海军陆战队队员变成了一堆堆的浮尸。他们迅速地占领了这座垂涎已久的军港，并在对马海峡海域痛快淋漓地歼灭了长途跋涉而来，还没有顾得上喘息的波罗的海舰队。正如事先计划的那样，日本人成了203号高地攻防战最后的赢家。

这场总共持续了一年半之久的战争，让沙皇俄国遭受了前所未有的重创，不仅太平洋海军舰队和波罗的海舰队被全部歼灭，还祭献了超过十四万名陆军将士的生命。日本政府也是一样。由于他们拥有的十三个海军和陆军师团损失惨重，因而不得不动员日本平民参战。为了扩充兵力，他们甚至把士兵服役的年龄延长到了三十七岁，不惜举全国之力投入到战争当中。虽然最终胜利了，但伤亡非常惨重，阵亡八万四千四百人，负伤十四万三千人。这种巨大的代价让日本多年都喘不过气来，以至于这场战争的总指挥乃木希典将军在事后日本政府组织召开的祝捷会上留下了"吾乃杀乃兄乃父之乃木也"的"千古名言"，做出了向日本国民鞠躬谢罪，把自己当成一个罪无可恕的杀人犯的姿态。

这是一场没有胜利者的战争。在日俄两国的亡魂在旅顺的天空鬼哭狼嚎的时候，无数中国家庭房倒屋塌、流离失所，约两万多名无辜的中国人死于战火，其财产损失折成白银，超过了六千九百万两。

1905年8月，日俄两国在英美两国的调停下开始坐下来谈判，并在一个月后的9月5日，在英国伦敦西南城区的朴次茅斯签订了条约。然而，以"局外中立"自持的大清政府，虽然惨遭兵燹之灾，但却被日俄两国拒之于谈判桌外。只是因为《朴次茅斯条约》中列出了"中国的旅顺、大连及其附近的领土领水的租借权，以及南满铁路（由长春宽城子到旅顺）沿线的一切权利，将由俄国让予日本"等条文，必须得到中国政府的签字承诺等原因，日本政府才不得已地在1905年11月，派遣外务大臣小村寿太郎和驻华公使内田康哉等人，到北京和清朝政府谈判。

然而，日本政府在此后的谈判中要求的就不仅仅是《朴次茅斯条约》中所记载的那些内容了。他们列出了十一条谈判大纲，除了第六条是按照《朴次茅斯条约》中所说的"同意日本人继承俄国在南满洲的一切权利"以外，其余全部都是日本政府狮子大开口式的额外索取。

经过一个多月的讨价还价，大清政府和日本签订了《东三省会议事宜条约》，以袁世凯为首的清朝政府代表团虽然在表面上恢复行使了中国在东北的主权，抵制了日本在《朴次茅斯条约》以外的涉及主权方面的索求，但很多中国学者还是认为，这个《东三省会议事宜条约》是个不折不扣的卖国条约。因为《朴次茅斯条约》中没有提到的权益，都被袁世凯拱手送给了日本人。比如在安东、沈阳、营口开辟日"租界"，把长春、哈尔滨等十六处开辟为通商商埠，成立中日木植公司，同意日本人在鸭绿江右岸采伐木材，以及授予日本政府改良和经营安奉铁路及沿线商业环境，并为此享有十五年的权利等等。

不过也有一些学者认为，以袁世凯为首的中国代表团，为恢复行使中国在东北的主权，还是成功地抵制了日本在《朴次茅斯条约》之外提出的涉及中国主权方面的政治性索求等等。

然而，不管怎么言说，这场由外国人在中国土地上开启的战争都是旷古绝伦的。它是中华民族的耻辱。从中衍生出来的种种不平等条约，除了在已经遍体鳞伤的中国的躯体上撕咬下更多的血肉以外，还会有什么结果呢？它让日本军国主义的铁蹄从此踏上中国大陆，并在此后长达四十年的岁月里，成为中国最凶狠、最贪婪的侵略者。

4. 生死不明

据说，严一龙也参加了那一场生死搏斗。

那是目击者在1906年的春天告诉许文娟的父亲许尚水的。他说，他是在日军占领203高地后，把重型火炮拉到山顶的盘山路上看见严一龙的。那时，严一龙穿着日本军服，正和两个日本兵赶着拉火炮的马车往山顶上走。

这句话听起来在理,因为严一龙好像的确是作为马车夫被安排到日军司令部服役的。可是现在,战争在美英两国的调解下已经结束了半年,当年村里那些被抽中而不得不到日本军队服役的年轻人,凡是活着的,也都陆续回来了,为什么直到今天,还是看不到严一龙的身影呢……

许尚水疑惑着点点头。他是多么希望这位目击者讲的是真的啊!只有严一龙活着,他的女儿才会有个好的归宿。在此后一年多的时间里,许文娟以及严一龙的父母亲四处奔走,在黄花沟村里村外打听严一龙的踪迹。他们满怀着希望,却一次又一次地受到打击。

"他一定是受伤了,被收容到哪一个地方去了,或者是因为他受了伤,破了相而不愿意来见我……"

许文娟猜想着。每一次思念都让她心力交瘁、泣涕如雨。

许文娟的伤心让高虎娃心痛不已。他想方设法寻找那种能够走近她和安慰她的机会。在白天他是不敢走近许尚水家大门的,只能晚上去,在别人都不注意的时候,尽可能地靠近他们家的茅草屋,贴近那扇横七竖八钉着木条的玻璃窗,期望借助那盏忽闪忽闪的油灯发出的微弱光线,去满足自己无尽的欲望。

本来,高虎娃是有机会和许文娟单独谈一谈的。有一次,他赶着羊群在小溪北边溜达时,许文娟正好坐在对岸的桦树下,看着溪流中的小鱼发呆。她或许并没有注意到高虎娃的存在,但高虎娃却实实在在地感受到了一种来自上苍的恩赐。

高虎娃远远地望着她,突然感到,自己应该抓住机会,放开嗓门去叫她。或者赶着羊群,蹚水走到她身边,去显示一下自己的存在,对她遭遇的事表示一些同情。他可以在这个时候告诉她,除了严一龙以外,还有一个男人也在想着她、爱着她……

但是高虎娃不敢,他没有这个勇气,甚至不敢直视她的眼睛。那种因为严一龙的存在才会产生的怯懦，此刻仍然左右着他的行为。他不明白这是为什么，或许是因为贫穷、孤独、缺衣少食，饱受白眼所带来的自责和自卑，抹去了他心中的希望？

高虎娃低着脑袋，鬼使神差地把捏在手中的小树枝恶狠狠地扔进了溪流中。他似乎是想宣泄什么，以便把隐藏在内心深处的懦弱无能发泄出来似的。这种懊丧不安的情绪竟然使他忘记了，扔出去的东西会掀起涟漪，一圈一圈的水波惊醒了正在对岸沉思的许文娟。果然，她抬起眼睛，注意到了他的存在。

许文娟惊叫一声，她站起身来，望了高虎娃一眼，转身离开了。毫无疑问，高虎娃的出现让她感到了诧异和慌乱。

"娟子，娟子……"

高虎娃突然叫了起来。他不知道自己的勇气从何而来，也不知道为什么会那样，竟然可以不顾一切地突破情感的封锁线，抓住这个转眼就会失去的机会。

高虎娃的叫声取得了效果。他看到许文娟在听见喊声之后停顿了一下，虽然没有超过三秒钟，但他还是满足了。高虎娃觉得有了收获，他认为自己已经把一种信息，一种来自严一龙之外的另一个男人的情感，清晰地传送了出去，传送给了他所喜爱的人。这不能说是爱情，但高虎娃希望许文娟开心幸福的心意，则确确实实地传到了她的心里。

时间就这样在不安和期待中过去了，然而关于严一龙的去向，却始终没有消息。

"一龙哥他怎么了？难道他真的受了伤，还是不愿意见我，故意和我躲猫猫、做游戏？要不就是……他还躺在山上，在那个谁也不知道的山洞里昏迷不醒，在生和死的分水岭上等待我去救援……"

许文娟痴痴地想着，脑子里充满了幻觉，以至于在晚上睡觉时都会听到有人推开家门走进屋子里的声音。那时，她常常披着衣服跳下炕来，走到门外，靠着门槛，望着布满了星星的夜空发呆。她感到孤寂，那种深深的痛苦和悲哀，无言地向她侵袭而来。

"娟子，你……你站在那儿干吗？孩子她爹，快……快醒醒，把你的女儿给拉回来啊……"

许文娟好几次都是那样被从睡梦中惊醒并且感到心慌意乱的爸妈强制着推回自己房间的。那时的她总是会把头埋进妈妈的怀里，在家人的抚慰下，把悲伤的泪水尽可能地发泄出去。她瘦了许多，而且憔悴不已。那种备受摧残的心灵，使她几乎丧失了生存下去的勇气。

那一天晚上，许文娟突然异想天开地做了一个大胆的决定。她决定到旅顺去，到那个冤魂遍野，充满腥风血雨，让严一龙至今生死不明的203高地去探个究竟。她希望在那里找到严一龙的蛛丝马迹，感受一下那个伤心地的气氛。

考虑到路途遥远，而且单身女人走山道并不安全，许文娟想到了高虎娃。高虎娃是严一龙爸爸的徒弟，让他陪着，或许不会引起他人的怀疑。而且，许文娟了解高虎娃，相信他会帮助她实现这个不切实际的计划。这是一个女人的直觉，它不仅来自村公所里，高虎娃要顶替严一龙上战场送死的决心，也来自小溪边上她听到的那声呼唤。尤其是那一声"娟子"，使她明白了隐藏在这个男人心中的善意。

许文娟再一次来到小溪边，她知道高虎娃总是在那一带放牧。在扑了几次空以后，她终于又见到了高虎娃，并和他相约在第二天早上八点，在黄花沟村口见面，然后一起赶往旅顺。

许文娟的出现让高虎娃喜出望外。他知道她的求助来自对严一龙的思恋，但即便这样也已经足够让人开心了，因为她已经把他当作严一龙以外最可信赖的男人了。没有想到的是，第二天，许文娟刚刚准备走出家门，她的父亲许尚水就捕捉到了某种异常。

"闺女，你这是要到哪里去啊？"

许尚水望着女儿，满心满眼的疑惑。

"我……我想到……到旅顺去……"

"旅顺？你……你去那里干吗？"

"我……我想到一龙哥打仗的山里……去看看他……"

许文娟吞吞吐吐地说道。从父亲气急败坏的神态里，她觉察到了这件事情的严重性。

"你……你知道旅顺在哪里吗？它离这里有好几十里地呢！你一个女孩子家的，你……你怎么去呀？"

许尚水瞪大了眼睛，直着嗓子吼道。

"我……我已经托了人，让他带……带着我去……"

"谁？你让谁带你去？你……你约了谁呀？"

"行了……爹，你别问了，我不去就是了！"

许文娟支支吾吾地，很快就停住了嘴。她知道自己不能说出高虎娃的名字，否则许尚水一定会大发雷霆，说不定还会惹出大祸。然而，她越是鬼鬼祟祟地试图隐瞒，就越是让许尚水感到担忧。

"闺女，这可不是小事。你要告诉我，那人是谁？是谁要带你去旅顺？"

许尚水不安地注视着许文娟的眼睛，紧追不舍。但许文娟闭紧了嘴唇，一声不吭。

"你？闺女，你得告诉爹，知道吗？那个人……他……他是个男人，是吧？闺女……"

许尚水往前探了一步，凑到了女儿的身边。许文娟还是不出声，可是她眼神中透露出来的局促不安，还是让许尚水看出了一丝端倪。

"唉……"

许尚水深深地叹了一口气，看来，自己最最担心的事情发生了。

"你……闺女，你知道吗，你已经许给了严家，已经是严家的人了。虽然严家的儿子生死不明，可是这事……终有一天会明朗的。活要见人，死要见尸，在没有结果之前，你是万万不能再去见其他男人的。这……这事要是传到严家的耳朵里，那可就不得了了！真要出了那样的事，不光是你，闺女……就是我和你妈，今后都没法在黄花沟做人了！"

许尚水低下头来，战栗着说道。他唏嘘不已的情绪传染了许文娟，实在是让她情难自抑，放声哭了起来。

"可是爹，我……我从来就没想过要去见其他的男人，我只是想早点知道一龙哥的行踪，打听到他的下落而已……"

"那你……你让谁带你去呀？"许尚水抬起眼睛，再一次追问。

"高虎娃……"

"虎娃？那个姓高的孤儿？"

"是的。高虎娃是一龙哥他爸爸的徒弟，是个老实人。一龙哥和他爸都信任他，所以我……我才叫他的！"

"唉，闺女，你怎么就那么不明事理呢？现在这个世界上，还能有什么好男人吗？而且，唉……要是真让人看到你们俩在一起，那就不知道会惹出什么事情来了！好，还好……真是老天爷保佑，这个灾难被我堵住了……好，好吧，闺女，如果你真想去旅顺的话，那就让爹妈带你去。我们可以一起去看看那个战场，到山头上去祭奠一下严家那小子，即使找不到他的下落也行……"

许尚水拍着脑袋喃喃自语道。他一边安慰着许文娟，一边又庆幸自己成功地化解了一场灾难。尽管这样，他还是心神不宁，总觉得应该找一个方法，或者去严家找严子鹏好好谈谈，把闺女从现在这种困境中解脱出来，毕竟严一龙也已经失踪三年了。

5. 流言蜚语

一年就这样过去了，但严一龙仍然下落不明。

而且，许尚水也没有兑现他的许诺，带着闺女到旅顺 203 高地祭拜严一龙。他只是加强了对闺女的管教，还让她的母亲王彩云盯着，不让她随意出门。但是，限制行动，总归不是长久之计。男大当婚，女大当嫁，家里守着一个已经到了出嫁年龄的闺女，就是不闹出什么伤风败俗的事，也会惹来闲言乱语，让许尚水揪心得实在无法安宁下来。他就近做些零工，补贴日渐窘困的家庭，不敢出远门，因此也不得不放弃一些可能会一获千金的去远洋捕鱼的机会。闺女的婚姻问题应该尽快解决才行啊，但这本应该是严子龙的父亲严子鹏去处理的事情！只有严家的当家人出面，宣布儿子的死亡，解除婚约，闺女才能获得自由，重新去寻找婆家。可是，在没有证实儿子的死讯之前，哪一个父亲愿意去做那种事情呢？面对这种似乎无解的问题，许尚水几乎夜不能寐。

那一天，许尚水思索着来到黄花沟的村长丁国勇家里，那是万般焦虑之下的无奈之举。他期望村长能说服严子鹏，解除他女儿许文娟身上的枷锁。

"你说的话是在理儿，可是严家的利益也不得不考虑啊。当年为了把你闺女娶进门，严家可没少花费钱财……现在，你能把那些彩礼退还给他们吗？"

丁村长瞅了一眼许尚水，低下脑袋，把叼在嘴里的烟斗拿下来，往鞋底子上磕了几下以后，慢条斯理地说道。

"这……我……村长，您应该明白，这几年我都没有捞着出洋捕鱼的机会，这彩礼您……您就是逼死我也拿不出来啊！"

许尚水哭丧着脸央求道。这是一句大实话。在那个世道，谁会把已经揣在怀里的银子退回去呢，更何况，许尚水是黄花沟里出了名的吝啬鬼！

"这……这一点我当然明白！可是现在，严家那小子还生死未卜，你就要人家主动退亲，这种事不在理吧？我……我怎么能说出口呢？"

"可是……"

"不行，老兄弟，别再说了。不是我不帮忙，因为这个事不在理，它肯定会触动老严家的心筋！或许他们还寄托着希望，满怀信心地等着那个可怜的孩子呢……"

丁国勇为难地说着，又吧嗒吧嗒地抽起烟来。几口烟下肚，他又说起来。

"唉……没办法，都怪那些日本人、俄国人，要不是他们在这儿打仗，哪会发生这种事情呢！要不你……你到西头的白寡妇家去，去求求那个女人吧，或许她会帮上你。这个女人邪性，别看她口无遮拦，却有的是主意。女人的事，找她去解决应该管用。你让她当说客，到老严家去，晓以利害，或许能起一些作用……"

"白寡妇她……唉，不行，不行！我们这种规规矩矩的人家，哪能去找那种女人呢……"

许尚水思索着，摇了摇头。他知道，住在村西头的白寡妇姓白名秀珍，现年四十八岁。十多年前，在她还年纪轻轻颇有姿色的时候，她的丈夫就两腿一蹬离她而去。虽然她当时哭得死去活来、撕心裂肺的，但事后传出来的却完全不是那么回事。有人说，那是她在丈夫出海捕鱼时勾搭了邻村的男人，把她的丈夫活生生地气死了。也有人说，那白秀珍本身就是个吸血鬼，仗着几分姿色，邪门歪道地专门折腾男人，硬是把她的那个正值壮年的丈夫送上了西天。当然，这种事情的真假与否无法评说，但她在事后明显感觉到了村民们的白眼，不得不离开黄花沟，到三十多里开外的一个名叫"思无量"的尼姑庵里去修行，在那里得到了高僧指点。几年以后，她回到黄花沟，摇身一变，成了村里的布道者，专门解决邻里间的矛盾纠纷，并且受到了村民的尊敬。

对于白寡妇那些神通广大的事情，许尚水自然知道一点，也明白那个女人的心机和聪明。只是，要把闺女的命运拜托给那种人，显然是不能放心的。

许尚水回味着丁国勇村长的话，悻悻地回到家里，郁闷得几乎说不出话来。

望着许尚水茶饭不思的样子，他的老婆王彩云急了。这个善良本分的四十二岁的女人决定自己去找白寡妇。她并没有什么主见，因而相信被称为老巫婆的寡妇的魔力。而且，村长不是也说了吗，女人的问题只有找女人才可能去解决的嘛！

王彩云的想法也不是没有道理，情急无奈之下，许尚水只能默认了。寡妇也好，巫婆也罢，那些上天入地的学问肯定和能说会道的口才有关。既然她能够设教布道，借神明之力作祸福之说，兴许也能让惶恐不安的人从此安神定志、改邪归正的吧……

几天后，在王彩云的再三邀请下，白寡妇来到了许尚水家里。

这个女人果然不是等闲之辈。只见她头扎绿色丝巾，身穿绣着花卉的粉色长裙，薄施粉黛的精致小脸儿上，有着深邃的眼窝和明亮的眼仁儿。她凝目聚神时，眉心一道寒光，直刺人的心窝，有着一种无法言说的洞察力。别看她身高只有一米六出头，瘦小虚弱，但气场却明显异于常人，能够轻而易举地把周围的人推到暴风骤雨的中心。这一点，只要稍稍走近就可以感觉到。在这样的一位奇女子面前，即使有万难之事，恐怕也会被她一举攻破的！

走进许尚水的小平房里，白寡妇马上闭紧了嘴唇，她不再言语。这种状况难免令许尚水夫妇生出些许尴尬，不过那也实属正常。每个有通灵之功的人都有着自己的一套，或许用不了多久，她就会神乎其神地大展奇技的。

白寡妇的出现，让许尚水家那原本阴沉晦暗、萎靡不振的小屋顿时满堂生辉，平添了一股生气。那种状况让许尚水吃了一惊。作为一个在惊涛骇浪里讨生活的精明的渔民，许尚水也是见过世面的。但是，面对眼前这个道高魔重，让人神摇意夺的女人，他竟然也紧张了起来。

"您女儿呢？许文娟……对，没错，她是叫许文娟。快……快把她叫到小僧跟前来……"

白寡妇神经兮兮地拖着声调说道,让许尚水捏了一把冷汗。

"闺女,闺女,来,快出来,见见白大师!"

许尚水推开女儿睡房的木板门,把躲在里屋已经紧张得直打哆嗦的许文娟拉了出来。

"呵,好一个清秀可爱的姑娘啊……可是……你的命不好啊!沾福有祸,沾祸有福,深之不及驱其难,神之不及取其难啊……"

白寡妇瞪大眼睛注视着许文娟,突然冒出了这么几句不着边际的话语,让许尚水丈二和尚,一下子摸不着头脑了。

"这……大师,白大师,您这是什么意思啊?我……我听不懂啊……"

许尚水急了。他注视着眼前这个女人的神态,揣摩着她的声调,突然发现从她嘴里吐出来的全是不吉利的话,没有一句可以让他宽心的。

"大师,小女许文娟在三年前订婚,许配给了东村严家的小子严一龙。正要办喜事完婚之际,新郎却抽中夺命之签被派去战场,从此一去不返。现在,小女已二十有三,女大当嫁,可是其婚配者却生死未卜、音信杳无。然而,她的婆家严氏却对此避而不谈,置小女于两难而不顾,让在下如鲠在喉,心神不宁却又无能为力。所以,今天特请大师来陋所,略施仙法,求安求策,让婆家严氏退姻解缘,还小女清白自由之身……"

许尚水斟酌着,一字一顿地说道。由于紧张不安,他的声音都有点发抖了。

"此事不难,我已有良策,只要您放任闺女出门,携手闺中好友一起交游往来。此事传到严家,必然会促其生怒生变,从而让他们萌生退婚之意。到那时,小僧再去严家进言献策,劝其改变初衷,修书立约,就可让您闺女重获新生……"

"这……大师!小女现在虽没完婚,但已是严家之人。在婚约未解除之前，岂能放任她去交友寻欢？您……您这是一派胡言！小女就是无德，也不能去做如此辱没家风之事啊！"

白寡妇的建议显然让许尚水愤怒，他板起脸，口不择言地反驳道。

"事主此言差矣，交友未必就是纵欢。只要心有神明，拿捏好分寸，遵循一定之规，就不会发生什么辱没家风之事。"

白寡妇语调平静，但仍义正词严。说着，她上前一步，拉住了许文娟的手，并眯起眼睛，仔细察看她的额头和眼睛。

"呵，多好的闺女，只是生不逢时，福报无门啊，痛心，痛心……不过，没事，闺女，小僧会帮你的。不管遇到什么事，你都可以来找小僧，小僧会带你走出迷津，重见光明……只是，人心难测、世道不公、灾祸难免啊……"

白寡妇望着许文娟，连声说道，又把目光收了回来，转到了许尚水的身上。

"大哥，您是想顾及家风还是想让闺女幸福？唉……不多说了，念您救女心切，就不跟您一一计较了。但是请记住，要解决闺女之忧，只有这一招能奏效！对此你要好好思量，好自为之！好，今天就说到这里，小僧就此告辞。不过我相信，您还会来找我的，咱们后会有期……"

白寡妇拍了一下许文娟的肩膀，合掌谢绝了许家婆娘王彩云的感谢和再三的挽留，大步跨出了客堂的大门，把一脸蒙相，不知道如何是好的许尚水撂在了身后。

不欢而散的结局让许尚水感到惊悚。他责怪王彩云，但心里却在赞赏白寡妇提出的建议，因为她确实切中了问题的要害。不过，尽管这样，他还是非常担心，因为巫婆嘴里吐出来的没有好话，让许尚水多少陷入了一种疑心生暗鬼的状态中。

此后，没过多少天，村里就传出流言来了，说是老许家的闺女相中了老严家的帮工，还有人看到他俩在村头的溪边约会，其中不乏卿卿我我之举。这事儿还传到了严子鹏的耳朵里,让他气得当场就赶走了高虎娃,还解除了他们之间的师徒关系。这些传闻当然也传到了许尚水的耳朵里,让他诧异又心惊。他忍不住把女儿叫到身边,追根究底地询问起来。

"你又去找高虎娃了吗?"

"没有啊……"

"那他找你了吗?"

"找了。他问我那一天为什么失约,让他在村口等了两个多小时。"

"这……果然……唉!闺女,我不是跟你说过多次,不让你去见他吗!你……唉!难道你不知道,现在有多少双眼睛在盯着你啊?你已经站在黄花沟的风口上了!我……我问你,闺女,你得给我说实话,你……你是不是喜欢上了那个高虎娃?"

许尚水一动不动地盯着女儿,想从她游移不定的眼神中发现一些什么。他有点担心,但更多的是愤怒。是啊,高虎娃这个穷小子,他有什么资格勾引我的闺女,盯着她不放呢!而且,我闺女和严一龙的婚约还没解除,一切都还处在未知状态……

想到这里,许尚水一时语塞了,并且在不知不觉中晃起了脑袋。他似乎感受到了那种还没到来,但早晚都会来的,来自高虎娃那样的男人的威胁。看来,他得亲自披上盔甲去防范、去战斗了。只是他在明处,而那些心怀恶念的人在暗处,他必须小心翼翼地去堵住所有的漏洞才行!

"闺女,从今以后,我决不允许你们再见面,哪怕是一点一刻也不行!"

许尚水挥挥手,斩钉截铁地说。但是他的威严并没有取得效果,不久以后,那种让他揪心的流言又一次传到了他的耳朵里。

"这……这不可能吧?会不会是那个巫婆,那个白寡妇在背后作祟呢?"

许尚水思索着。为了发掘事情的真相,他决心改变策略,把追问女儿的事交给他的婆娘,自己则沉住气守候着,等待事情的发展。

他的智慧得到了验证,新的动静出现了。这一次发作的是严子鹏。那时,他按捺不住愤怒地来到村长家,冲着丁国勇吼了起来。

"老哥,您看这事咋整呀!那老许家的闺女,竟然不顾脸面地偷汉子,这……老哥,您得帮我拿个公道,好好处理才行!"

"唉,这事是要处理,要不真的会坏了黄花沟的风水!只是,兄弟……这事情也是事出有因啊……"

严子鹏气咻咻的样子,让丁国勇不禁皱起了眉头。他知道事情很棘手,但解铃还须系铃人。与其在年轻人身上费心伤神,还不如说服眼前这个严掌柜,主动退掉这门亲事才好啊!

"其实前不久,老许家的掌柜也到我这里来了。你想想,老兄弟,你家的那小子,他走了也有三年多了吧?这是死是活的,总得给个信啊!无影无踪、无声无息,却要拴着人家姑娘不放,这……这总归不在理吧?你不能责怪村里的年轻人。时间拖得越久,是非就会越多,早晚会坏了我们这里的民风……"

"这……话当然可以这么讲,可是村长您……您叫我怎么办呢?唉……我这个可怜的儿子……"

严子鹏一下子语塞了。他没想到,老村长的屁股竟然会挪到老许家去,还帮着他们说话。

"严老弟,你们严家在黄花沟是个大户。你走南闯北的,也算是个见过世面的人。你数数看,在我们黄花沟,有几个像你这样知书达理的人呢?其实,我也琢磨过你们的事,看来得你说话才行。你撂句话,给老许家的姑娘松个绑,一切不就都好办了吗?我觉得你……老兄弟,你也不是一个想把人家姑娘绑在手里不放的人吧……"

丁国勇不愧是个善于圆场的老村长,他捧着严子鹏,给足他面子,把他捧到天上去,再提出解决问题的办法。严子鹏虽然不忿,但是也不至于拉下脸来。

"老村长,您的话是有理,我也曾经这么想过,但,孩子他妈不干哪!当初,为了娶老许家的闺女,我们家没少花钱!而且,我家那小子虽然失踪多年,但他命硬着呢,或许就能逃过此劫!况且,他和许家闺女的感情深着呢,我……我怎么能轻易就给人家松了绑呢?唉……就怪我家那小子命苦,没这个福气啊……"

严子鹏长吁短叹的,把责任推给了他的婆娘。这种手段司空见惯,丁国勇当然不会上当。

"你家小子要是还活着,那当然没有问题,可是现在,三年多了,他要是真的命硬还扛着的话,那就显身出来一下啊,哪怕就是缺胳膊少腿的也没有关系,我都可以替你做这个主!可是,他为什么不出来呢?哪怕是来封信,只言片语地报个平安也行啊!可现在呢?老兄弟,眼下这事儿不在理啊!不是我说你,要是再这样下去,以后,黄花沟的闲言碎语可是停不下来的。到时候,口水都会淹死你,让人家以为是你这个当公公的有邪念,所以才不愿退约撒手呢……"

"这……这怎么可能……老哥……"

"当然,这当然不会,老哥我怎么会不明白呢?可是,人心难测呀!人嘴两张皮,有什么话说不出来呢?所以老兄弟,你还是要好自为之呀!别再听信什么妇人之言,在乎那些小钱小利,坏了严家的一世英德!严老弟,老哥我劝告你,为善及子孙,给严家后代积威积信积功德,也为了我们黄花沟,你……你还是高抬贵手,放人一马吧……"

丁国勇循循善诱、直言不讳。他的话就像一把钥匙,妥帖地打开了严子鹏的心结,不仅使他醒悟过来,还让他惊出了一头冷汗。

"好……好,老哥,我这就回去,让我婆娘去处理!唉……真是晦气,赔了夫人又折兵啊……"

严子鹏叹着气离开了丁国勇家,悻悻地消失在那条小路的尽头。望着他远去的背影,丁国勇也披上衣服离开了家。他准备到老许家去一趟，并把这个消息告诉给许尚水。丁国勇断定，这件伤及严许两家的风波很快就会得到平息。但是在此之前，老许家的闺女必须洁身自好，再也不能去做那些引发闲言闲语的、伤风败俗的事情才行。

6. 思无量尼姑庵

其实，在暗中鼓动高虎娃大胆追求许文娟的正是白寡妇，而白寡妇的挑动也正好符合高虎娃的心意。因为，他也正为如何推动和许文娟的来往，能再一次和她约会而烦恼呢！高虎娃明白，他和许文娟的交往不可能得到许尚水的支持，还在严家做徒弟的时候，他就从严子鹏嘴里听到过许多关于许尚水的坏话了。他已经了解，许尚水其人贪财吝啬，当听到黄花沟的大户人家严家少爷喜欢上了他的女儿之后，他就在努力揣摩如何利用这个机会去敲诈敛财了。他把女儿当成了摇钱树，向严家索要彩礼，并且再三地提高价格。幸亏严家财大气粗，不去与他计较，这才促成了严一龙和许文娟的姻缘。

许尚水的唯利是图让高虎娃开了窍。他以为，只要自己赚到了钱，拿钱去敲开许家的大门，就能使许尚水同意他和许文娟的婚事。因此，在听到邻村渔会准备雇人去远海捕鱼的事情以后，他就再三缠着渔会那几个头领，千恩万谢地求着他们，进了那个捕鱼队。

日俄战争期间，有大量的士兵尸体漂浮在海面。因为没能得到及时处理，鱼贩子都不要这一带的鱼鲜了。这种状况使得捕鱼的船队只能越过渤海湾，去日本海或南海等远海区去捕捞。路途的遥远不仅延长了作业时间，还增加了船队和渔民的风险，所以，黄花沟的渔民都不愿意冒着生命危险去赚那种血汗钱。

但是，这对于急着想要挣钱的高虎娃来说则另当别论了。他蠢蠢欲动，觉得只要不怕辛苦，多跑几趟，或许就能攒下那份彩礼。对他来说，能够娶上许文娟才是最最重要的事情。

在渔队出发前的那个傍晚，高虎娃偷偷把许文娟约到人迹稀少的海边，想把自己要到远海捕鱼，几个月都不能回来的情况告诉她。高虎娃期望在这分别之际，向她表白自己的爱意。

但是，许文娟拒绝了他。

"虎娃哥，你别再来找我了，我爹不让我再见你……"

"我知道，你爹嫌我穷，没钱。假如我也能像一龙哥那样，生在有钱人家，你爹就不会这样了……"

"不……不是这样的！我爹并不是这么想的！"

许文娟不情愿地摇摇头，为她的父亲许尚水辩护。

"你不知道你爹，娟子！你爹他就惦记着钱，只要能看到钱就行！所以我要挣钱去！明天我就会出远海捕鱼，这一趟，肯定能挣到很多钱！"

高虎娃固执地坚持道，但是，他并不想把话题停留在这个内容上。他是来向许文娟告别的，期望娟子能够在此刻表现出一种依依不舍的，不愿意看着他去冒险的样子，让他多少增加一点追求的信心。

"出远海捕鱼？那……那很危险啊……"

许文娟睁大眼睛问道，她确实有些担心了。

"是啊，要去一两个月呢……"

"噢……那么长的时间啊……"

"是的，所以今晚我特别想见到你……"

高虎娃意乱情迷地说道，并且拉住了许文娟的手，期望把她拥进自己的怀里，但许文娟挣扎着拒绝了。

"别……别这样，虎娃哥，你不能这样！我是一个有了婚约的女人！我的心里只有他，只有一龙哥一个人！他虽然生死不明，但我相信他还活着，我会等着他、惦念着他，决不会做背叛他的事情……"

许文娟望着高虎娃言之凿凿地说着，那种坚定的态度让高虎娃感到尴尬。也许是因为许文娟提到了严一龙,使他意识到了自己的鲁莽。是的,怎么能把娟子的安慰当成默许呢?虎娃在这一刻突然清醒过来了。他沉吟一下,有意识地拉开了他们之间的距离,期望这小小的举动能够挽回刚才的唐突,更能得到许文娟的谅解。那时,夜色渐浓,海滩上不见人影,只有阵阵涛声,他们的约会应该不会被人发现。但是,时运不佳,谁也没有料到,恰好有渔民在那个时候去收渔网,看到了他们若即若离的样子,从而让此事在黄花沟再一次酿成了风波。

然而,许尚水已经不在乎那些了,因为他已经得到了严子鹏同意解除婚约的消息,并为自己不用退还彩礼而感到得意。他暗暗思量着,觉得应该趁高虎娃出远海捕鱼,闺女还没有对他依依生情,村中的流言蜚语还没有产生巨大杀伤力的时候为女儿另择一偶,抓紧机会把她嫁出去。

许尚水琢磨着,觉得还是应该去找白寡妇帮忙。

"一定是那个巫婆施了法术,才让严子鹏无可奈何地解除婚约的。看来,闺女的婚姻,还应该听听那个寡妇的意见,请她帮助娟子找到一个好人家……"

许尚水对他的婆娘说道,并把十几个刚刚在自家苞米地里摘来的玉米棒子装进背篓,作为礼物,带到了白寡妇家。但是,他的请求却被白寡妇毫不留情地拒绝了。

"不行,不行,您闺女的缘分还没到呢!"

"为什么啊?大师……其实,我真的应该感谢您,是您的法力让老严家取消了婚约,使我可以自由地为闺女选人家了!我闺女已经二十有三,她的婚姻大事可不能再拖下去了……"

"婚姻婚姻,靠的是姻缘!姻不续,又何来缘呢……"

白寡妇冷冷一笑,话中有话,意味深长。

"这……大师,您这是啥意思啊?"

许尚水有点不明白,他盯着白寡妇问道,试图揣摩她的意思,希望能从她的嘴里套出话来。

"大师，我闺女她……她现在还能和谁去续姻缘啊？难道还是和严一龙？那个小子他……难道他还活着……"

许尚水瞪大了眼睛，甚至有些语无伦次了。

"现在给您说什么都是没有用的！总之，您闺女现在需要的是修身养性，她应该到清心寡欲的地方闭门修过才行！"

"闭门修过？我闺女她……她有什么过错啊？大师您……我真不知道您在说些什么！"

许尚水不顾他的婆娘王彩云的再三劝说，忍不住嚷嚷了起来。

"这是您闺女的命！命中注定，凡人怎能擅自处之！算了，您走吧，回去吧……唉，真是可怜了您的闺女……"

白寡妇挥了挥手，对许尚水夫妇下了逐客令。

许尚水回到家里，惊魂不定地在床上躺了好几天，忍不住逐字逐句地研究起白寡妇说的那些话。当他断定，这纯粹是那个巫婆的胡言乱语之后，便又旧话重提，不顾闺女的反对，就开始拜托媒人，为许文娟寻找婆家了。

然而，从那以后，从来就不缺乏追求者，曾经被媒婆踏破门槛的许文娟，却突然成了大家避之不及的人。尤其让许尚水心惊肉跳的是，村子里竟然传来了凶言邪语，说什么有鬼魂附在女儿身上，和她相处的男人都会被她吸走精气、患上恶病，更不会有好下场等等。这些恶言越传越远，越传越邪乎，使得那些原本知书达礼，对许文娟怀有好感，并不太在乎什么咒语的年轻人，也因为怯于许文娟和严一龙之间曾经有过的关系而避之夭夭了。

许尚水觉察到了事态的严重性。他怀疑又是巫婆白寡妇搞的鬼。出于无奈，他只能再次去拜求那个女人，请她高抬贵手，放自己一马。

"您果然来了！其实您就是不来，小僧也要去找您的！为了帮助您闺女躲灾避难，小僧正在践行诺言。其实小僧早就提示过您了，可是您不听，一意孤行，才使灾难发展到今天这种地步，让小僧都觉得回天乏力了！唉……事已至此，只能安之守之而行之，对此您必须认命。不要以为这是小僧在故弄玄虚，其实这一切……都是您闺女命中的劫数啊！为此，小僧给你们介绍一个避难之地——思无量尼姑庵。它就在东北方向距此三十里地的地方。您得带着闺女去拜见庵里的高僧清莲住持，让她在那儿避邪守欲、修身养性，并且不得见任何生人……那场修行需要四十九天，缺一日都不可！不过，您对此完全不用担心，因为思无量的住持清莲高僧知书达理、善解人意，而且法术高明，胜我十倍有余。现在，只有她才能为您的闺女消灾解难、走出困境了。好吧，希望您不要再吞吞吐吐、心存犹疑，应该马上动身，快去才是……"

"清莲高僧？您……您是要让我闺女到尼姑庵去避祸、修行？这……大师，您……您这个话是当真的吗？"

许尚水的脸色苍白、浑身哆嗦，带着哭腔向白寡妇确认。

"是的！事不宜迟，必须立即出行，不能再行犹豫！切记，勿疑啊……"

白寡妇应了一句，并再三催促着，随后就走进了后堂，把将信将疑却又六神无主的许尚水夫妇撂到了身后，自顾自地对着佛堂诵经祷念起来。

白寡妇的笃定让许尚水下定了决心，他再也不敢怠慢了。但是，这个决定却遭到了许文娟的反对。

"听爹的话，闺女，你得在那里跟着清莲住持学佛诵经，只要四十九天就可以了！那可是巫婆白寡妇再三提示、再三关照的啊……"

"可是，我不去，我不愿意去啊……"

许文娟摇头抵抗着，既坚决，又软弱。

"闺女，你还是去吧！我们年轻的时候都去过那种地方。凡是遇到不顺心的事，想清静一下，解除烦恼或者解脱困境什么的，都会到那里住上一段时间。在尼姑庵里修行拜佛，祈福开运，不是什么丢人的事情，这一点村里人都知道。闺女，你可要听那个白大师的话啊……"

许文娟的母亲王彩云也帮着劝说道，而且，她说的是实情。在辽东半岛，尤其是黄花沟一带，自古以来就有"男进寺庙女进庵"的说法。人们到寺庙去拜佛思过、避难修行，早已经成了一种习惯。尤其是到了谈婚论嫁年龄的青年男女，在婚事不顺或者是天降灾祸之时，都会光顾寺院，请大师帮助，扶正祛邪，以求得心灵上的安宁。这或许正是那一带的寺院庙庵千年以来一直人来人往、香火兴旺的最为重要的原因。

"可是娘，我……"

许文娟支吾着，还想再坚持自己的意见。

"孩子，娘知道你的心思，知道你还在想着那个严家公子。正因为如此，娘才劝你去的。你可以到那里为严家公子祈福啊！希望他没灾没难、平安无事、早日归来……这或许也是白大师的主意，她应该知道你的这番心愿吧……"

王彩云观察着闺女的表情，一味地顺着女儿的心思开导着。她知道自己的这些话一定能触动闺女的神经，因为她确实是在想着惦记着严一龙的安危啊！

许文娟终于同意了。她跟着母亲一起，坐着许尚水亲自掌舵的马车，在两天后来到了位于旅顺市西南方向龙门冈山丘上的思无量尼姑庵。

这是一座靠山临海，依坡道修建而成的明代寺院。飞檐斗拱、亭榭参差，在清楼深院和雄伟的殿堂之间，竖立着一道又一道四米多高的朱红色大门。山门入口处浅黄色的墙壁上，嵌刻着巨大的黑白太极图。一事一物、一草一木，无不显示着思无量这个佛教圣地的肃穆和庄严。尤其是黄昏时候，当太阳在海面上徐徐消失，天色苍茫晦暗而寺里的钟声又悠然响起，整个世界显得混沌一片深邃神秘之时，这座明代寺庙的景象更是夺人心魄，没有几分定力的人，必定思绪万千、魂不守舍……

尼姑庵内有四座大殿，分别供奉着释迦牟尼、如来佛祖、玉皇大帝和观音菩萨。那些佛教和道家的诸神矗立于大殿中央，他们的智慧与哲思，则用篆体和草体，一字一句地嵌刻在大厅内的红色柱子上。那些文字所表达的内容深蕴含蓄、富有哲理，让人陡生出一种神圣敬仰之感。

思无量的建筑风格也是独一无二的。它雄伟而又内敛，细腻而又高雅，浑然天成、几近完美，是一座融会和吸收了道家思想的寺院建筑。

思无量尼姑庵的现任住持清莲高僧已经六十六岁了。她的本名叫陈心莲，出生在旅顺附近的涌泉村，十二岁那年被父母送往五台山佛学院，在佛教圣地受戒修行。那时，年少的心莲跟随师父，每天凌晨三点起床、诵经，随后打扫卫生，在寺庙的空地里种菜、劳作。除此之外，还需要长时间地在佛像面前忏悔和祷告，直到晚上十一点钟以后才能闭上眼睛休息。这种近乎残酷的清教徒生活，在陈心莲二十七岁那年结束了。随后，她跟随一位名叫清水的师父回到家乡，进入思无量尼姑庵继续学习深造，并在五年以后接替清水高僧，成为庵里的住持。

"思无量"和"感无量"这些名词，都来自佛教禅宗那些厚厚的典籍。"人生寄一世，奄忽若飘尘""入门须思过，修性感无量"……这些闪烁着佛学思想光辉的名言警句，无一不在告诫着佛门弟子，一旦走进山门圣地，就必须"日日皆思过"。只有经历了长时间的修身、修性、修德和修过，才能感受到人生无边无垠的快乐和幸福。

这正是"思无量"之名的根本立意。

在前任住持清水圆寂以后，陈心莲继承了她的衣钵，改法号为"清莲"，在慈悲为心、宽大为怀的清规之下，她取消了原来推行的惩罚性赎罪方式，强调自我忏悔、自我救赎，进而启发女弟子们本身的柔性和修养,从而获得了广大信众的认可和支持。此外,清莲住持还八方施舍、广结善缘,进一步改善了尼姑们的生活和地位。在她的努力之下,思无量尼姑庵得以迅速发展壮大,没过多久就成为香火鼎盛、香客如流、晨钟暮鼓、远近闻名的一方大寺了。

毫无疑问,来到思无量的许文娟,很快就被这里的气氛所感染了。只是,由于她是短期修行的俗家女子,佛祖的慈悲还不能完全把她揽入怀中,所以,她无法接触佛学经典,更无法理解佛法之深厚、之奥妙。这虽然遗憾,但却无可奈何。幸亏许文娟能够舍弃杂念,每日诵经祈祷、潜心思过,并因此受到了清莲住持的关注,甚至对她情有独钟、疼爱有加。

不知道出于什么原因,或许只是无意间的一瞥,清莲住持觉得,许文娟和思无量有缘。她起心动念,认为许文娟是一个好苗子,将来很可能会成为思无量不可或缺的人才。为此,清莲住持常常加班加点,为许文娟讲述佛经,晓以哲理,期盼着这位恬静虔诚又楚楚动人的姑娘,能够安心地在这里遵佛颂主、潜心修行。

但是,有一件事让清莲住持对她失望了,那是在一次一对一的忏悔祈愿的法事上发生的。

"孩子,你为什么来这里修行?"

清莲住持注视着眼前这个低垂着眼睛、跪在如来佛像前的蒲团上静思着的许文娟,低声问道。

"为了我的爱人。"

"一个男人?"

"是的。"

"你爱他吗?"

"我可以为他去死……"

许文娟喃喃地说道。她那一字一顿而又明确无误的表白,让清莲住持忍不住为之一震。

"他在哪儿？"

"他……他……也许他已经死了……"

许文娟凝望着如来佛像前烛台上幽幽闪烁的火苗，静静地回答，但很快又否认了。

"不……也许他……他还活着，只是我没有缘分见到他而已。我从心里期盼佛祖能够保佑他平安……"

"他叫什么名字？"

"严一龙……两年前，他去了旅顺，帮日本人打仗，以后就再也没回来……我想为他祈愿，愿他平安……"

许文娟望着清莲住持，平静地说着。她的眼睛清澈透明，就像是一面镜子，映衬着她的纯真和坚定。

"你是为了他来这里的？"

"是的。"

许文娟毫不犹豫地回答。那种信念透过语音传递出来，让清莲住持心痛而又心寒。

"我明白了，孩子，我相信，佛祖一定会保佑他的。世界上，所有的未知和已知，都展现在我们所看到的广袤的天空和无垠的大地上了。在那个气象万千却又神鬼莫测的世界里，只有佛祖才能洞察一切，他是无所不能的。所以，孩子……在你心爱的人回到尘世之前，你就安心在这里修身养性、祈祷祝福吧……"

清莲住持微微地抬起眼睛，凝眉沉思着。烛光下的大殿虽然黢黑昏暗，但她却清楚地看到了跪拜在面前这个姑娘动人的心扉。

"请记住，孩子，人类社会本身就是一个不断失去心爱的人和物的过程，只要想通这一点，你就无须难过也不会悲伤了。你会就此变得阳光起来，因为佛祖会渐行渐近地把你从尘世的苦难中解脱出来，把你带到阳光里去。你不必再记住那些苦难，因为制造苦难的是这个社会，是社会让你的心中充满迷雾，并让罪恶在那些迷茫之中滋生出来！然而，从今以后，它不会了，因为在你走进思无量山门的那一刻起，佛祖就伴随在你的身旁了。你可以在大殿的佛像前诵经、祷告、念佛、思过，可以在大海边思考、散步、听潮、观日……大自然的伟大和秀丽会纯净你的灵魂，鼓起你的勇气，平复你的伤痛，弘扬你的精神……你还可以在沧海和蓝天的极尽之处，去眺望你爱人的生命之光……"

清莲住持就像是在念经祷告一般地喃喃细语，她温煦的神态和温暖安详的面容感染着许文娟，让她不由自主地扑到了清莲住持的怀抱里，轻轻地啜泣起来。许文娟明白清莲住持的告诫，也正因为如此，她才感觉到了一种无法抑制的痛楚。

从那一天起，思无量成了许文娟逃避尘世纷扰的避难所。虽然按照计划，她只会在这里修行七七四十九天，但这短暂的安宁与恬静毕竟还是在她面前徐徐展开了。

7. 痴　情

高虎娃回来了。他是带着胜利的成果回到黄花沟的。

将近两个月的远航，让高虎娃分得了两百多斤渔获。他通过鱼贩子把这些战利品变成了银元铜钱，随后便急匆匆地往村子里赶去。他希望立即见到许文娟，告诉她只要再有四五次这样的机会，他就可以攒下很多的钱，就可以堂堂正正地向她的父亲许尚水提出娶她为妻的要求了。

高虎娃兴冲冲地走着，突然又停下了脚步，他好像有点怯场：假如许尚水不让他看见娟子，假如许文娟也不愿意见他，或者她的父亲从中作梗，阻止他们，让他们俩根本就没有相见的机会，那又该怎么办呢……

高虎娃思虑不已，在怯懦中，他想起了村里的巫婆白寡妇。

"没错,只有老老实实地向她说出心愿,求她帮忙,让她帮着说服许尚水,传话给娟子,一切或许就能实现!上一次不就是拜托了她,才得到了和娟子约会的机会吗……"

高虎娃下定了决心。他转过身,掉转了方向,朝位于村西的白寡妇家里走去。

"高虎娃,你的心思我明白。可是……唉,可怜的人啊,那闺女她……她的心现在还不在你这里啊!"

白寡妇望着风尘仆仆赶来的高虎娃,皱了皱眉头,不无遗憾地说道。可是,没过上一会儿,她又好像发现了什么似的,神经兮兮地把高虎娃拉到跟前,看了看他的眼睛,又盯住了他的额头,就好像是要透视他的未来似的。白寡妇凝目沉思,又喃喃自语起来。少顷,她才重新睁大眼睛,沉默着长长地叹了一口气……过了好一会儿,她才开口说话。

"唉,你这个孩子……你……唉,这一切恐怕也是命中注定,无可救赎的啊……"

"这……这话是什么意思?我……我怎么了?"高虎娃望着白寡妇,诚惶诚恐地问道。

"孩子,我问你……你是真的喜欢娟子姑娘吗?"

"是的。"

"假如你……为此,丢掉性命呢?"

"这……我也愿意!"

高虎娃望着白寡妇,迟疑了一下以后,又坚定不移地回答。

"唉,但愿这是个天作之合!可是……一旦浮华褪去,剩下的恐怕就是凶险恶行了。难道这样……你也愿意吗?"

白寡妇仰起头来,望着窗外的云层低低地嘟囔了一番,又转过身来,伸出手,满腹狐疑地指着高虎娃的鼻子问道。显然,她又感悟到了些什么,但高虎娃却没有意识到这一切。他或许根本就没有听清楚白寡妇话中的意思，只是下意识地点着头，以为这些都是对他的试探和考验。他认为，只要自己打开心扉去认真应对，眼前这个神通广大的女人就一定会帮助他渡过难关的。

"好，这样也罢！虽然凶吉难卜，但不入红尘，又焉知其苦！唉，孩子，不是我要说你，现在，恐怕就是八匹大马也拉不回你的心神了……"

白寡妇闪烁其词。她或许已经通过什么法术，看到了高虎娃的今后以及他未来可能会遇到的事情。虽然，她还不能道出具体的内容，但那些灾难或者凶象却已经把一种感觉送到了她的脑子里，以至于无论怎样调动功力，都难以控制住这慌乱的情绪。

"我告诉你，许文娟她……她现在正在旅顺西南方向一座名叫思无量的尼姑庵里闭门思过、避难修行呢！再过三十来天，等她过了修行期以后，你就可以去找她，并把心愿全盘倾诉给她了……"

"思无量尼姑庵？思过修行？这……这是为什么呢？她怎么了？怎么会去那里的？"

高虎娃六神无主地望着白寡妇，提出了一系列的问题。但白寡妇没有再理会，让他心绪难安地乱成了一团。

"没错，一定是出了什么大事，娟子才会被许尚水送到尼姑庵里去的！看来，只有我才能救她，这是我的义务、我的责任……或许，这还是我和娟子约会的一个最好的机会呢……"

高虎娃颠三倒四地想着，并立即做出了决定。第二天一早，在东方未晓之时，他就搭着村民的马车，向着思无量尼姑庵的方向奔驰而去了。

他是在晌午以前到达那里的。一位常年在尼姑庵山门外的台阶上清扫落叶的大爷告诉他，庵堂里的午餐刚刚结束，现在正是教徒们休息的时候。这个消息让高虎娃受到了鼓舞，他以为一切顺利，自己很快就能见到许文娟，并与她促膝谈心了……

高虎娃加快了脚步，兴奋地向尼姑庵的山门走去。但他很快就遇到了麻烦,两个值班的尼姑在入口处那扇绛红色的大门前把他挡住了。由于高虎娃事先并没有和庵里联系,现在又一味嚷嚷着要进去找人,让这些守庵的尼姑们气愤得立即关上了大门,并把这个事情告诉了清莲住持。

"一个青年男人,来找许文娟……"

清莲住持犹疑了一下。她似乎感觉到了些什么,并马上随着值班的尼姑来到山门前,在小窗口处打量这个不速之客。

"请问您的姓名?"

"虎娃……高虎娃。我要找许文娟,娟子姑娘……"

"高虎娃?噢……"

清莲住持点点头,她好像松了一口气似的,口气也变得温和起来了。

"您有什么事?贫僧可以代为转告……"

"不,不行!我有事,我要见她,我要当面见到她才行!"

高虎娃直着嗓子,语无伦次地重复道。

"对不起,您不能见她!她此次要修行四十九天,到现在为止,还有二十八天。所以,在此之前,除了她的父母以外,谁都不能见她!"

"可是,师父,请您开恩,把我的名字告诉她。她只要听到我的名字,就一定会跑出来见我的!昨天我才出海回来,在这之前,我已经和她有过约定了!我……师父,求您了!要不,请您把我的请求转告给庵主,请她放我进去,麻烦您了……"

"我就是庵主!您别说了,不管是谁,谁也不可以破我庵里的戒规!请回吧!"

清莲住持毫不留情地回绝了他,没有半点迟疑。

"可是……"

"请代我送客!"

清莲住持关闭了那扇小窗,向值班的尼姑发出了命令以后,便转身离开了那里。

"师父，师父……我求求您了……"

高虎娃大声叫着，并用拳头敲击窗口，但都无济于事。显然，佛国和尘世间的大门一样，并不是什么人都可以打开的。

"娟子……娟子……"

高虎娃流着眼泪，在山门外徘徊、等待，直到好长时间以后才绝望地离开。其实，这样的闭门羹他早该预料到，白寡妇不是早就关照过他，要他过了许文娟的修行期以后才能去叨扰吗？可是，高虎娃没有等，他实在是等不及啊！命运叵测、夜长梦多，谁知道在等待的日子里又会发生一些什么呢……

高虎娃悲伤地回到黄花沟，他开始失眠了。思考了好长时间以后，他又把希望转向了许文娟的父亲许尚水。

"这个老男人贪财，用钱去收买他、讨好他，或许就能把娟子从尼姑庵里解救出来。那庵主不是说了吗，现在，只有她的父母才能去见她……"

高虎娃翻来覆去地想着，那种推论使他产生了信心。那一天晚上，他揣着几块碎银，又拎了两条黄鱼和一瓶老白干，鼓足勇气敲响了许尚水家的大门。

他希望命运之门能够为他打开。

然而，当许尚水发现来客竟然是他根本瞧不上眼的高虎娃时，竟错愕得一时说不出话来。

"大叔……我给您送银子来了……我出海捕鱼赚了一些，所以……大叔，怎么样，我们一起喝一杯如何？"

高虎娃举了举手中的礼物，满面堆笑地讨好他。

"呸！你这个混蛋小子，竟然还有脸到我这里来！你……你真他妈的不知道天高地厚啊……"

许尚水扫了一眼他手中的东西，突然怒目圆睁，并大声地叫骂起来。

"大叔……您说什么？"

高虎娃愣住了，他像没有听懂似的，瞪大了眼睛，什么话都说不出来了。

"妈的，臭小子，你还敢顶嘴！要不是你这个王八蛋，癞蛤蟆想吃天鹅肉，给我闺女招来一身臊的话，她哪需要到什么尼姑庵去避祸修行呢？你……你真是个混蛋，一颗天煞星啊！"

"可是我，我只是……"

高虎娃嘟囔着，但还没有来得及说出口，许尚水的咒骂声又把他的嘴给堵住了。

"滚！我没工夫听你的那些混账话！滚……快滚！你这个天煞星，但愿我这辈子都不会再见到你！"

许尚水不但咒骂不绝，还脱下脚上的布鞋，用力朝高虎娃甩了过去。

望着许尚水那张恨得咬牙切齿的扭曲的脸，高虎娃既羞愧又害怕，身体也不受控制地哆嗦起来。也许是因为担心许尚水会追打过来，让他脸面丧尽的原因，高虎娃在愣了几秒钟以后突然转身，向来的方向奔逃而去。他拼命地跑着，不敢停留，也不敢回头，但是，叫骂声如影随形，直到他逃回家里，还在耳边一刻不停地铮铮作响。那种慌乱、羞辱和悔恨，让他躺在床上好几天都没有缓过劲来。

"啊，在娟子家人的眼睛里，我或许就是一个无赖、一个流氓啊……"

高虎娃神志恍惚地想着，他觉得心都要碎了。

8. 知之而无法为之

天下所有的剑都是双刃的。

当许尚水把他的沾满污言秽语的剑刺向高虎娃，把那个年轻人伤得体无完肤之时，剑的另一刃自然也伤到了自己，让他焦心伤神，整夜整夜地睡不着觉。

"高虎娃怎么会到这里来的？是谁给了他这个胆量？是严家的老掌柜，还是黄花沟的丁村长……难道他们都想看我的笑话，要我把闺女嫁给这个穷光蛋？不……也许这就是娟子自己策划的，她很可能真的爱上了他，让他找上门来，说服我，想让我松口，同意他们……呸，世上哪有这样的好事！"

许尚水愤愤地想。疑心生暗鬼，他在脑海中猜测着各种可能，并迷失在一道又一道的假设之中。他认定有很多人在打他闺女的主意，并且还感觉到了这一切。那一天晚上，夜已经很深了，但许尚水还是无法入睡。他披衣下炕，并且点亮了桌子上的油灯。

"孩子她妈，你醒醒……"

他推了推仍然酣睡着的王彩云，硬是把她从睡梦中拽了回来。

"怎么了？你……"

"还不是因为闺女的事情！唉，这事不抓紧处理，总是一个问题啊！我想，与其让人算计，还不如自己主动出击的好……"

许尚水挥挥手，自言自语地突然亮出了他经过好几个不眠之夜的思考之后才找到的答案。

"这……这是啥意思啊……"

王彩云揉了揉惺忪的睡眼，她显然没有理解自己男人的意思。

"你马上去给我找媒婆，趁着老严家解除婚约的好势头，给闺女物色个好人家！闺女大了，留在家里早晚要出事！你看，连高虎娃这样的浑小子都找上门来了！唉……不管是谁给他出的主意，我们都得把主动权攥在自己手里。所以，要赶紧想办法才行……"

许尚水毫不含糊地说道。他本来就是那种独具慧眼，能够迅速认清形势的人。而且，在做出判断以后，他也能够即刻采取行动。

王彩云点点头，她总算明白了丈夫的意思。

"是啊，你说得对，我也感到担心，可是……"

毫无疑问，她对高虎娃的造访也产生了怀疑。

终于，经过了许尚水的暗中考察和王彩云的不懈努力，一个让他们多少感到满意的姻缘由他们选定的媒婆带来了。那个名叫张小翠的四十八岁的女人，今天打扮得喜气洋洋的。她上身穿着红绿交叉的丝绸褂子，下身套着暗黑色底子的裙子，步子轻盈、薄眉细眼，一看就是一个老到的职业媒婆。上午十点多钟，她走进许尚水的家。这一次，她是为了让双方做出最后定夺，来收取果实的。

作为中间人，张小翠在许尚水家和她所要介绍的男人中间，已经走了好几个来回，谈价格、论条件，讨价还价地撮掇了好久。现在，双方基本同意，只要再前进一步就可以画印盖章，形成婚约了。

她介绍的这个男人叫李玉强，比许文娟大二十三岁，在大连南满铁路局供职。

"年龄虽然大了一点，但却是个头婚……而且每月都有份子钱拿，吃穿不愁，稳稳当当的……"

张小翠满脸堆笑，转着眼珠子介绍道。

"那么……那个、那个呢？"

许尚水望了张小翠一眼，比画着双手，吞吞吐吐地问道。

"彩礼？那当然没有问题，我都给你带来了……"

张小翠从怀里掏出了钱袋子，摇晃着说。

"多少？"

"二百两包银！我们原来不是讲好这个数了吗？"

媒婆从钱袋子里掏出十锭银子，整整齐齐地堆放在许尚水面前。

"可是，大妹子，这个价可不行啊！我后来算过了，二百两银子还是少了点。我们总不能做亏本的生意啊，大妹子……"

"这……您……您难道是要反悔吗？"

张小翠观察着许尚水的神色。当她发现对方并没有变卦，只是想趁机多占点便宜的样子时，心里多少有点踏实了。

"好吧,再加您五十两,就算是面子钱……"

张小翠爽快地应承着,并从钱袋子里又掏出了五枚老银锭。

"不行,还是太少!"

和女儿的命运相比,许尚水关心的显然是钱财。不过,这或许也能让人理解。日俄战争以后,辽东半岛海域受到污染,不是远海的鱼鲜根本就没人收购。可是,远海劳作又不是许尚水这样年龄的人可以承受的,所以,能够度过眼前窘困的日子,用一个好价钱把闺女嫁出去,显然是一个好方法。

"呸,掌柜的,您大概把自家闺女当成黄毛丫头了吧?我看您应该好好掂量掂量!要不是您的婆娘三番五次地来找我,我才不愿管这个闲事呢!好吧,看在交情的分上,我再给您加上三十两,怎么样?如果再不满足,在下可就无能为力了!"

张小翠扯下了脸,她显然有些不乐意了。

"凑个三百两吧,整数,图个吉利。也算是您行了个好,攒了德。以后我们就是做牛做马,也会去报答您的……"

许尚水的脸上挂着讪笑,语气诣媚地说道。

"好,好,好!买卖不在人情在啊……就算是大妹子我,前世欠了您的!"

张小翠也斜了许尚水一眼,有点不情愿地从钱袋子里掏出了几锭元宝以后,便把那份男方已经签了字、按了手印的婚嫁帖书递给了许尚水,看着他摁下手印以后才算松了口气。

"我请卜卦的算过了,这个月底,三十号,如何……那是个黄道吉日啊!那天上午,由婆家请来的吹鼓手、打鼓队、抬花轿的、跳大神的,还有牛面马首、天神地鬼,还有那红脸的关羽、黑面的包公,都会前来接亲,抬您的闺女上轿。到时候……您闺女一定要穿上红裤子、红裙子,坐在屋里的炕上等着哟……"

"什么?这个月底?三十号?不行,不行,那时,我闺女的修行还没结束,她还在尼姑庵里待着呢……"

许尚水掐着手指计算着,他有点着急。

"可是,我已经跟婆家说好了,他们可是有头有脸的大户人家啊!而且,他们已经对外说了出去,还给亲戚朋友发了帖,这……这种喜庆的日子怎么可以随意改动呢!"

"那……那怎么办啊,我总不能偷偷摸摸地把我闺女从尼姑庵里扛出来吧?"

"那就是您的事了,您怎么做都行!其实,把闺女送到庵里修行,不就是为了她今后有好日子过吗?现在,您为她找了这么好的男人,有份子钱,有固定工作,您闺女以后……恐怕连享福都来不及啊!我真不明白,您还要图些什么呢?"

张小翠翻着嘴皮子,口若悬河地说着。那些话确实点到了许尚水的心眼上,让他沉思了好一会儿以后才改口,答应了张小翠的要求。

"好,好!没事,没事,这个事情由我来解决。可是,我还有一点不明白,您……您讲的这个迎亲队伍里……为什么还要叫上什么牛面马首、天神地鬼来呢?这……这好像有点不吉利啊……"

"您懂些什么呀!告诉您,婆家还嫌人叫得少呢!本来,他们还要安排什么玉皇大帝、天兵天将、四大金刚以及道士和尚什么的。唉,您放心吧,一个都不会少,他们都会赶来的。这个排场,连我都是第一次看见,您……您就好好地做准备吧……"

"可是这……这又是为什么呢……"

"为什么?还不是为了您那个被传得沸沸扬扬的宝贝闺女吗……我告诉您,把您闺女身边的恶鬼捉掉是一件非常重要的事情,人家可不愿意招一个地煞星进门啊……"

"这……是,是的……我明白了……"

望着张小翠满口生烟、神气活现的样子,许尚水悲哀地叹了一口气,再也没话可说了。

张小翠风风火火地走了，但是这桩姻缘在黄花沟内外引起的风波却是不能小觑的，其中，白寡妇的反应或许最出人意料。她一听到这个消息以后，就不顾一切地冲到许尚水家里，表达了她坚决反对这门婚事的态度。

"我说白大师，您就是再神通广大也管不到我们许家的事情吧！娟子是我的闺女，我们能不为她寻找婆家吗？"

许尚水感到匪夷所思，他再也不想顾及这个巫婆的感受了。

"许家大哥，您这话差矣！当初您闺女可是许配给了严家公子的，要解除婚约，至少也得有一纸凭证哟！"

"什么？凭证……白大师，您可不要瞎掺和哟！我告诉您，这是老村长通知我的，解除婚约得到了严家掌柜的同意。他们老严家是在认可了儿子的死讯以后才做出那个决定的！虽然他们没有写什么字据，但老爷们嘴里吐出来的东西，没有一句不是一言九鼎的！"

"也许您说得在理，可是……要是那个严家公子还没有死呢？他要是活着回来问您要人呢？如果真是那样的话，没有这一笔文书可是不行的哟！"

"什么？您说什么，白大师？您说严公子活着……一龙他还活着？那他怎么不出来见见我们呢？"

"我是说假如，假如他还活着呢……"

"假如……唉，白大师，您别逗我了好吗？怪不得人们总是在背后叨咕，说您能把死人给说活……"

许尚水用手指着白寡妇，肆无忌惮地大笑了起来。

"是的，没错，您说得对，我是能把死人说成活人！那么，我就明确地告诉您吧，严家公子他还活着，我断定他还活着！难道……难道您就不怕他来向您要人吗？好，好吧，我还是跟您挑明了吧，我就是担心您会为了蝇头小利，不顾女儿的生死，让她草草嫁人，才想方设法地让您把闺女送到尼姑庵去的。"

"你……你这个骗子！巫婆！白寡妇……呸！你快走，马上离开我的家！唉，我……我怎么就上了你的当呢……"

许尚水不顾婆娘的一再劝阻，硬是把白寡妇赶出了家门。他呼呼地喘了一会儿粗气，又突然叫了起来。

"老婆子，赶快把那两头骡马牵出来，给我套上，备好车，我们要马上出门，到那个尼姑庵去，立即去！我要赶在白寡妇他们动手之前把闺女接出来！"

许尚水是个谨慎多疑、眼光犀利的人。他身高只有一米六八，比他的婆娘还矮三厘米，从各个方面看都没有东北汉子那种高朗硬气的特点。但他之所以能顺风顺水地在江湖上混，恐怕也是和他面善心诈，看上去老实巴交，但内心肮脏而又狠辣的性格有关。此刻，他正风驰电掣般地赶着马车，拉着老婆，奔驰在通往思无量尼姑庵的车道上。他一言不发，脑子里涌现的全是白寡妇为什么要骗他，让他把闺女送到尼姑庵里去的那些事……

"也许严一龙真的还活着，只是因为某种原因，不得已地躲在了哪里，不能出来，只能继续维持着这个骗局。虽然我们不了解其中的秘密，但白寡妇却对此了如指掌……这后面也许隐藏着更大的秘密，一个天大的阴谋，知情的人们却千方百计地欺瞒着我！可是，这……这又会是什么呢？是什么原因让他们撒下这弥天大谎呢……"

许尚水摇摇头。他有点愤懑，也有些晕眩，突然之间，又觉得自己已经精疲力竭，再也无法忍受了。

"妈的，别想了！找不到原因，就说明这事没有原因！那是很可能的。或许，那纯粹就是白寡妇在胡诌，是她在故弄玄虚，自导自演地编造故事……"

许尚水在心里自问自答，一阵过来，一阵又去，就像海里的波浪，永无休止地翻腾着，搞得他片刻也无法安宁。

"我说婆娘，你想想看，严家那个小子，他还可能活着吗？"

许尚水问坐在他身边的王彩云，期望她的回答能证实自己的猜测。

"不会的，那个巫婆在骗你，她纯粹是在胡说八道！严一龙要是还活着的话，他有什么理由不回家里来呢……"

"是啊，没错！这不在理啊，你说得对。不管怎么样，我们都要尽快把闺女接回来，把她平安无事地嫁出去。现在，彩礼都收了，这一切可耽误不得啊……"

许尚水望了一下他的婆娘，点点头，自言自语地说道。他的心里多少踏实了一点，因为他相信他的直觉不会骗人。

许尚水夫妇是在下午两点半左右到达思无量的。他们通报了名字，顺利地进了山门，并在庵里的接待室见到了清莲住持。寒暄了一番以后，许尚水说出了自己马上要带女儿回家的原因。

"施主，您闺女的修行只剩下十一天了，您……为什么不能再等一等呢……"

"不行！没有时间了！小女马上就要出嫁，她的婆家要来接人，我们得赶紧做准备。所以……还请庵主您慈悲为怀，让小女随我们回家去！"

"出嫁？贫僧怎么没听您闺女说过这件事呢……"

清莲住持望着许尚水夫妇，有点惊诧地问道。

"那么……新郎是谁呢？难道是那个严一龙？他活着回来了……施主，请别责怪贫僧多嘴，因为贫僧也在关注着您闺女的人生呢……"

"师父，您别过问了！小女将离家远嫁，对此，我就不一一细说了……"

"啊，善哉、悲哉呀……"

清莲住持有点失态地叫了一声，但马上又恢复了过来。

"幸福……这有什么幸福可言呢？当然……贫僧无法阻止你们家人的决定，但您中断闺女的修行时程，让其前功尽弃，绝非行善之举。今后，假如再酿灾祸，那就不能怪罪于贫僧了……"

"当然，那当然！师父，不仅是小女，应该说您对我们全家都是功德无量的。今后，我们将多多侍奉诸位师父，感谢思无量对我们全家的大恩大德……"

许尚水夫妇握紧双手，连连拱手鞠躬感谢。

"罢了，就此作罢！唉……未曾拿起，又何来放下啊？看来，贫僧也是自作多情了……"

清莲住持喃喃地说着，并关照身边的侍从，把许文娟叫到跟前，还紧紧地握起了她的手。

"孩子，贫僧今天……不得不让你走了，因为父母之命大于天。看来……这也是你的命啊，该来的不能抗拒、无法躲避，只有阅尽繁华，才能看破世俗、悟省其身。唉……孩子，今后，你不必再去逃避尘世中的情缘爱欲了，只要把所到之地都当作是修行之处就行！可是，这太难了，孩子你做不到啊……不过，即使这样也没有关系，贫僧我……我已经不指望你能就此得到什么救赎了。只是有一点，贫僧还是可以为你保证的，那就是今后……今后，不管哪一天，只要你厌倦了红尘，或者世俗中已经没有了你的藏身之地时，你还可以再来这里，贫僧一定会收留你的！而且，作为思无量的住持，贫僧断定，你一定还会再来的。世道凶险无常，人生悲喜莫测，一切真是可悲可叹而又可怜啊！遗憾的是……贫僧……知之却又无法为之啊……"

清莲住持把许文娟送到了她妈妈王彩云的跟前，深情地凝望了她一眼以后，便转身离开了接待室，把对着她鞠躬行礼，显得六神无主的许氏一家抛在了身后。

9. 交　易

在我们的文明社会里有一种制度——不，应该说是一种不成文的习惯，一种恶行，一种类似于奴隶制度下的商品交易——那就是压迫妇女、欺凌母性、奴役柔情、蹂躏生灵。它的手段是交易，是买卖，是一种用金钱向饥寒贫困、向无知愚昧、向孤寂貌美的收买。那种买卖在男人方面来看，无须解释。它充满了道貌岸然的理由，随手可以拈来。但是对于女人来说，则完全是另外一回事了。

这种并非只是来自伦理道德上的邪说，在二十世纪的中国盛行着。即使是现在，它也在黄花沟许尚水的家里施展着淫威。

许文娟懵懵懂懂地回到家里以后，这才知道自己已经被父母以三百两银子变相卖出，嫁给一个还没有见过面的，远在一百公里外的男人。这个悲伤的消息让她魂飞魄散，并不惜一切地去抵抗，甚至以死相争。

"在我的心里只有一龙哥！如果你们一定要我嫁人，那……我就只能去死了……"

许文娟泪雨倾盆。

"闺女，爹娘知道你爱着严家公子！爹娘又何尝不想让你圆满地嫁给严家公子呢？可是，他没了，人死灯灭，这世上已经没有严家公子了！然而你……你还在，你还年轻，你还要活下去。爹娘不能因为严公子的死就剥夺了你的将来啊！你知道吗？闺女，你已经二十三岁了。女大当嫁，你已经到了走出家门去做人妻的时候了……"

许尚水握着女儿的手，老泪纵横地劝说道。他没有想到他的独断专行会给女儿带来那么大的痛苦，他担心女儿的一意孤行，会给那桩迫在眉睫的婚事带来意想不到的变化。

"那……那好吧，假如你们一定要把我嫁出去，那我就嫁给高虎娃！至少……我还认识他，知道他喜欢我、爱我、会疼我！好吧，我这就去找虎娃，把他带来，在这里拜天地、拜祖先、拜父母……"

许文娟瞪着眼睛对着她的父母亲大声喊道。她拉开屋门，准备冲出家门，却被许尚水一把给拽了回来。

"你……你给我回来！闺女，你难道疯了吗？我看你已经疯了！"许尚水大声骂道，还顺手给了她一巴掌。

"妈的，你这个不识好歹的东西，我担心的就是那件事！告诉你，高虎娃这个穷鬼，他是不可能走进我家门的！唉，真是作孽啊！为什么我不早做提防，堵住那股祸水呢？闺女，唉……难道你……你就不明白我的一片苦心吗？"

许尚水的咒骂让许文娟痛不欲生，她忍不住扑倒在王彩云的怀里，大声号啕了起来，那种悲哀让许尚水也忍不住流下了眼泪。

"好了，别哭了，闺女。唉，其实爹娘这么做也是为了你啊！为了你的幸福，我们托了多少人，跑了多少家，想了多少个晚上啊！那个高虎娃，虽然他也来找过我们，可是他穷啊，太穷了，怎么能和李玉强比呢？人家可是大户人家的公子，又住在城里。他们以后一定也会疼你、喜欢你的啊……"

王彩云捋着许文娟的长发，安抚着说道。她的话也许在理，可是，此刻不管她说什么，都无法进入许文娟的心里了。

时间一天天地过去。虽然许文娟和她的父母依然对立，但已经走出了彼此之间剑拔弩张的状态。只是，他们双方仍然互不言语，亲情关系变得遥远而又陌生。那种冷战一直持续到了月底，在二十九号的晚上，许尚水给女儿下了"最后通牒"。他点亮油灯，逼着许文娟穿上由她母亲给她缝制的红衣裤、红褂子，并让王彩云监视着她，陪她睡觉。他自己则守在客堂间的大门口，提防可能会到来的不测。

许尚水当然不会想到，高虎娃此刻就站在离他们家还不到三十米远的苞米地的沟堑边上。他是一个人来的，没有援军。在这样的时候，有谁会去顾及他内心的感受呢？虽然白寡妇已经把许文娟要嫁人，迎亲队伍马上就要到来的消息告诉了他，并且帮他出主意，鼓捣他去找严子鹏，希望他能带着老严家的亲戚一起到许家闹事，把许文娟从火坑里面救出来，但都被高虎娃摇着头拒绝了。

高虎娃知道自己正处于人生中最为关键的时刻,但现在的他却失去了原有的冲动,变得冷静而又可怕。在人生的某些时刻,常常会有一种神秘的声音惊扰我们的心灵。现在,那些声音又出现了。

"孩子,认命吧,一切都是命运的安排,你只有认命才行!"

高虎娃紧咬着牙关,一双铮铮发亮的眼睛,却仍然一动不动地紧盯着许尚水家的灯光。

"没错,认命吧,或许只有这样,才能离苦得乐!"

东北大地的夏天是荒凉凄暗的,除了那望不穿的黑影和叫不破的孤寂以外,其他一无所有。寒风袭来了,阵阵的风声和青纱帐里苞米叶的摩挲声让高虎娃哆嗦了一下。他眨了一下眼睛,仿佛感受到了窗户里那忽明忽暗的光线下还存在着的些许温暖。是啊,那曾经的希望所在,现在马上就要消失了,从今以后的日子已经无所谓了,没有晴空,没有阳光,没有春日的繁花,更没有层林尽染的秋色了……

高虎娃打着寒战,脸颊上还滚下了两行热泪。他抽泣着,匍匐在泥土上,痛不成声。

没有人知道他在那里哭了多久,而后又到了哪里,去做了一些什么。但是,有一个传闻或许还是可靠的。那是白寡妇在事后打听高虎娃的行踪时,听到的所谓目击者的报告。

一个马车夫说,他在三十号凌晨三四点钟,赶着马车走出黄花沟时,看见了高虎娃。那时,高虎娃正背着一个装得鼓鼓囊囊的麻袋,大踏步地朝着旅顺的方向走去。马车夫曾经跟他打过招呼,表示可以捎他一段,但高虎娃却摆摆手,拒绝了……

看来,高虎娃已经离开了黄花沟。

他到哪里去了呢?没有人知道,也没有人关心。他的身影连同他的故事一起,随着岁月的变迁,慢慢地被这里的村民忘记了。

三十号上午九点钟,大连的李玉强家派来的迎亲队伍,吹吹打打地来到了黄花沟。他们在许尚水的家门口举行了驱鬼除污的仪式之后,便走进屋里,准备把穿好了红裤红袄,正在等待出嫁的许文娟抱到花轿上去。但是,许文娟伸手制止了他们的行动。因为她要在出门上轿以前,把严一龙送给她的那一串贝壳项链套在脖子上。那是严一龙给她的信物,是心爱的人戴在她胸前的护身符,亦是严一龙投射在她身上的影子。它一定会随着她跨越千山万水,时时刻刻地保护她的……

许文娟深深地相信这一点。

在离开家门,面对着许尚水和王彩云的祝福时,许文娟出乎意料地抛下一句狠话。

"我的家……我的爹娘不要我了,对此我……我无法原谅。我……我恨你们啊,这辈子我……我是不会再踏进这个家门的……"

许文娟流着眼泪说道,并且头也不回地走出家门,坐上花轿,跟着那一帮吹吹打打的迎亲队伍走了。

然而,当这支喧闹的队伍逶迤地经过黄花沟的海滩边时,许文娟突然撩起了花轿的帘子。她本想在这个和严一龙最后分别的地方做一番祷告的,但是就在那时,她看到了大海的天际线上出现的那一片奇观。

那应该是火烧云!它像是燃烧着的火焰,倒映在碧波万顷的海面上,发射出一片红光。那样的云彩本来应该出现在傍晚,在大雨骤停、日暮西垂时才会登场的,可是,现在才中午十二点啊……

它会意味着什么呢?

能够回答这个问题的只有上苍。

他是唯一的。

第 三 章

10. 大难不死

我们虽然无法知道黄花沟的巫婆白寡妇施了什么法术，才会产生严一龙还活着的信念，但严一龙没有死，却是一个不争的事实。

1904年12月30日傍晚，严一龙在日本军队占领旅顺203高地之后不久，在帮助日本士兵用马车向山顶运送火炮的时候，被埋伏在草丛里的俄军侦察小队抓走了。当时和严一龙一起被俘的还有日本军人高桥正夫中士和一等兵伊藤太郎。那天晚上九点来钟，他们被俄国士兵押送到了驻旅顺的俄军太平洋舰队司令部。

为了尽快了解日本军队在203高地的军力部署，俄国军人立即对他们展开了审讯，并且对他们使用了酷刑。他们当场打死了伊藤太郎，但仍然没有撬开他们的嘴。无可奈何之下，俄国人只能把剩下的两个俘虏押送到马圈旁一个存放着干草的黑屋子里，反绑起双手，扔到了冰冷的干草堆上。俄国士兵计划让他俩在第二天凌晨充当反攻203高地的突击队的向导。

那时，俄军大本营里人心惶惶。203高地争夺战的失利，让日本军队抢占了制高点，使得俄国太平洋海军舰队完全暴露在敌人的眼皮子底下了。只要日军能够在俄军反攻前夕布置好各个炮兵阵地，那一切就真的无法挽回了。

情况非常险恶，为此，太平洋舰队司令官一次又一次发出电报，催促那些赶来增援,却被日本军队阻击在旅顺北面大石桥一带的俄野战军部队。同时他们又调集兵力,再次组成突击队拼死反攻,企图夺回威胁整个太平洋舰队安全的203高地。

第二天拂晓,俄军突击队的反攻开始了。但是,他们万万没有想到,就在他们集合好队伍,解开捆在严一龙和高桥正夫身上的麻绳,准备让他们带路出发的时候,来自203高地的日本军队的炮击开始了。

1904年12月31日清晨,日军向旅顺太平洋舰队司令部发起了总攻击。那时,近千门大炮同时发出轰鸣,像闪电又像雷鸣,把死讯送到了俄国人面前,让俄军阵地在刹那间浓烟四起、火光大作,把锐不可当正在整装出发的俄军突击队的阵脚一下子给打乱了。

军队的溃败犹如江河决堤。那洪流奔腾呼啸着,一泻千里,把眼前能看到的任何东西都变成了齑粉。那些景象十分恐怖,尤其是在喊声偃息、烟雾渐远,炮火在间隙中喘息着停下来,把那种凄骇惨烈的景象映现在眼帘中的时候……

想来也真是悲惨!那些汉子,他们刚才还在说话、骂娘,还在谈论着母亲和妻子,还在开怀大笑地说着女人和爱情,还在享受着阳光和空气,谈论着故乡,憧憬着明天。但是,就在那一刹那,死神就陡然降临了!他们被子弹打中,被弹片击毁,血流满身、眼睛发黑、鬼哭狼嚎、气绝身死,悲哀地向着自己的灵魂感叹:在几秒钟之前自己还是一个活人,还在呼吸着空气,沐浴着阳光,享受着人生的美好……

是啊,一切如同梦幻!刚才,就在刚才,这里还是个奔腾着千军万马,呼啸着、呐喊着、由勇气和意志掀动着的准备去进攻的阵地,但是在转眼之间,一切就都销声匿迹,变得万籁俱寂了。那种刹那间的平静不仅可怕,而且极其珍贵。因为那时,对方或许正在换防,把打红了弹膛的大炮换下去,给新上阵的大炮塞进炸弹,准备下一轮的攻击。那种生与死的距离聚焦在这短短的几分几秒中,生机稍纵即逝,尤其是那些想趁这个机会逃跑的人。

此刻，严一龙和高桥正夫中士正匍匐在炸弹坑里。他们应该是从震耳的爆炸声中刚刚惊醒过来的。那时，俄国人的尸体铺满他们的周围，腥臭的血水也已经浸湿了他们的衣裳。

但是不管怎么说，严一龙都是幸运的。他只是被震昏了过去，却并没有受伤。虽然炸弹落地时掀起的泥土把他活活地埋住了，但透过土疙瘩的缝隙，他还是看到了右前方的马圈里拴着的几匹棕色骏马。那时，它们正惊恐万分地踢着腿，仰着脖子嘶吼着，似乎在呼唤着他……

严一龙向那个方向匍匐前进着。他好像已经想好了逃命的方法。在经过前面的弹坑时，他看到了正在那里拼命挣扎着的高桥正夫。这个年轻的日本士兵显然还活着，或许他也在寻觅着逃生的机会。严一龙用手势和他打了个招呼，指了一下右前方的马圈，暗示着逃命的方法。他会讲一些日语，能够和高桥正夫做一些交流。当然，那要归功于他就学过的那座大连师范学校。

高桥正夫没有那么走运，他的左手臂好像被削掉了一截。对于他来说，想要像严一龙那样匍匐爬行，显然是十分艰难的。

他们一步一喘地互相勉励着，避开周围可能存在着的人影，乘着还没有退尽的硝烟，蠕动着、坚持着，悄悄爬进了马圈，互相帮衬着，拼着命地站了起来，并且解开了拴在马槽上的缰绳。在把高桥正夫抱拥着推到那匹棕色战马的后背上以后，严一龙也跳了上去。他坐在那个日本军官的身后，夹紧马肚子，向着命运之神策马飞驰。

子弹很快就从他们的身后飞过来了。那一定是马蹄声惊醒了那些被炮弹震昏过去的躺在弹坑里的俄国士兵。但是严一龙他们已经顾不上那些了。求生的欲望让他们低下脑袋，紧贴着马脖子，飞也似的朝着俄军太平洋军事基地残垣外的海滩方向跑去。严一龙明白，只有离开这里，才能避开日本军队飞来的炮弹……

这时，来自203高地的日军炮兵部队的第二轮炮击开始了。那一轮的炮火排山倒海，远远超过了第一次，严一龙他们没能幸免。有一块弹片击中了他们的坐骑，把他们一下子从马背上掀了下来。

那匹棕色的战马死了，但他们还活着，还在呼吸着空气。严一龙睁大了眼睛，甩了一下脑袋，拍了拍盖在身上的土，把头上的长辫缠在脖子上，惊魂未定地向四周观察了一下以后，便扶起高桥正夫，跌跌撞撞地朝着左前方跑去。他看见了那片紧靠着海滩的黑松林，而且，那里好像还停靠着船只。

"也许还会有老百姓……"

严一龙指着那片黑松林，操着还不太熟练的日语，比画着对高桥正夫说道。

高桥正夫点点头，他已经听明白严一龙话中的意思。是的，他们现在饥寒交迫，又受了伤，就是不倒在炮弹的碎片中，也会饿死在这片海滩上。当务之急是要找到一个能吃东西的地方，让他们能够喘口气。他们停顿了一下，最终下定了决心，互相搀扶着向着那片黑松林走去……

但是，噩运再一次从天上降临了。那时，又有一颗炸弹从他们的头上飞过，在他们附近落地爆炸了。弹片像狂风似的飞来，把他们轻轻地掀到天上，又重重地摔回地面，让他们一下子就失去了知觉……

不知道过了多长时间，就像是在鬼门关里转了一大圈似的，高桥正夫嚅动了一下嘴唇，微微地睁开了眼睛。他不知道周围发生了什么事情，也不知道身在什么地方，但却在迷蒙中感觉到了什么。那好像是一个大房子，而且来来去去地还有很多人，他们是一些穿着白大褂的男男女女，而自己则昏昏沉沉地躺在铺着白褥子的榻榻米上，浑身上下难受万分，根本无法动弹。

"水……水……"

高桥正夫呻吟着呼唤道。很快，一个穿着白大褂的女人走到了他的面前，俯下身来察看他的情况。

"呵呵,谢天谢地,你……你总算睁开了眼睛……"

这是个日本女人的声音。

"我们以为你不会醒了,整整二十八个小时啊,没有任何知觉,就像死人一样……"

"这……这是什么地方?"

高桥正夫吃力地问道。

"医院,旅顺的医院!我叫井上纪子,是这里的护士。我负责照顾你们!你们真是命大啊,不仅逃离了枪林弹雨,还被当地的渔民救起来,送到了我们这儿!"

"我们,是……是啊,我们是两个人!他……他呢……"

"你的那个战友?他的伤比你还重,到现在还没有醒呢……"

"那……他在哪儿呢?"

高桥正夫锁起了双眉。他感觉焦急,试图探起身子,去看看周围的情况,但却被纪子护士轻轻挡住了。

"他正在做手术呢!有两块弹片钻到了他的身体里,其中一块打中了肩膀,差一点就伤着颈动脉!现在,田村大夫正在给他做手术呢。"

井上纪子皱了皱眉头,有点悲伤地说着。她看上去有二十七八岁,虽然年龄不大,但已经是个很老练的护士了。

"噢……"

高桥正夫微微点点头。听到来自日本的医生正在给严一龙做手术时,他有些放心了。在此之前,他一直担心日本的医生会拒绝为中国的伤员治疗。

"你刚才说……这里是旅顺,你的意思是……我们,大日本帝国的军队,已经把俄国的占领军赶跑了吗?"

"是的。前天中午,俄国人投降了,我们的军队已经彻底占领了旅顺!好了,别再说话了,快闭上眼睛睡觉,一会儿还要给你做手术呢!你的手,还有你的脚……有两块弹片钻进了你的大腿,你的伤势也不轻呢！哎呀，你看，你的腿上又出血了……"

井上纪子掀开盖在高桥正夫身上的被子，俯身察看他的大腿，又用钳子夹着白纱布，塞进了那个伤口，高桥正夫疼得哆嗦起来。

"好好躺着吧，别动！运到这里来的伤员太多，都住不下了。所以，你们这批重伤员做完手术以后，得马上转移到船上去，在船上继续治疗……"

"船上？"

"是啊！要把你们送回日本去，到日本的医院去治疗！战争还没有结束，俄国的远洋舰队正在赶来，他们还想把旅顺夺回去呢！所以，这里还很危险，还有很多仗要打呢！你……你怎么了？放心吧，不用担心，到时我也会在船上的，我会负责把你们送回日本的……"

"那么我……我的那个朋友呢？他怎么办？"

高桥正夫是在严一龙的帮助下得以生还的，他自然很担心严一龙的安危。

"他也走，和你一起走，到日本去治疗！你看，他现在也被送回病房里来了！那块肩膀里的弹片应该取出来了吧……"

井上纪子轻快地走到刚刚推进病房的担架边上，和推着担架车的女护士们一起，把严一龙移到了榻榻米上，随后又回到了高桥正夫身旁。

"现在该轮到你了，来，别动……"

井上纪子一边安慰着，一边又和几位女护士一起，把高桥正夫抬起来，放到了那辆担架车上。

"祝你好运……"

井上纪子对躺在担架车上的高桥正夫耳语道，但那时，高桥正夫的所有注意力都聚焦到了不远处，还处在麻醉状态中的严一龙身上。

等到他们再次相遇时，已经是在去日本的深海号军舰的船舱里了。为了方便他们相互照应，井上纪子特意把他们安排在了相邻的铺位上。

虽然刚刚经历了生死之劫的严一龙和高桥正夫还没有精力尽兴交流，但是他们已经能侧着身子互相打量了，而且还能尽量伸展手臂，通过握手来给对方加油打气。

11. 百合子

严一龙是作为日俄战争中的异国英雄，和一个日本士兵的救命恩人被送到东京市立医院去救治的。但是，在伤口还没有完全愈合之前，因为高桥正夫的原因，他就在病床上接受了日本各家媒体的采访，以一个二十多岁中国青年的眼光，去谈论日俄战争，讲述他在那场惨绝人寰的战役中的所见所闻了。此后，他又忍住伤痛，和高桥正夫一起参加了"日俄战争退役军人协会"举办的各种社交活动，接触了日本上流社会的名流雅士，并接受他们的邀请，在多个演讲会和讨论会上叙述自己和高桥正夫在死亡线上绝处逢生的经历，从而被日本媒体描述成了一个"在战火中舍生忘死地救出日本士兵的中国英雄"。

在日本舆论经久不息的渲染中，严一龙和高桥正夫俨然成为一对形影不离又无话不谈的好朋友。因为自己比高桥小七岁，所以，严一龙自然而然地把高桥正夫当成了自己的哥哥。尤其是在走出医院大门以后，他也像个小弟弟一般，当仁不让地接受了高桥哥哥一家的邀请，住进了他们位于东京江户川高级住宅区中的高桥私邸。面对如此在幽深中透射出威严的高门大院，尽管心底有深深的惶恐不安，但也能感受到许多的安慰和自豪。

高桥家宅是一幢有着两百多年历史的日式三层别墅。从外观上看，黑檐白瓦、亭台楼阁、假山脆石、小桥流水，错落有致。院内的花园中，被修剪得整整齐齐的矮脚松和樱桃木绿盖如云。一千多平方米的庭园里，在花草的幽香之外，又透露出豪华而且雅致的气派，足以显示庭园主人尊贵的身份。

那一天，在高桥正夫的陪伴下，严一龙穿过花间的石板小径，走进庭园北边那座由明亮的落地玻璃窗环绕着的会客厅。客厅里的摆设有着独特的创意。那些大大小小的沙发之间安放着棕色的高脚茶几，被奶白色的茶巾遮罩着、衬托着，使上面粉色的西式茶具显得格外醒目。客厅中间是一张足有五米长的椭圆形意大利玻璃桌，上面摆放着两个绘有玫瑰红图案，插着淡黄色百合的玻璃花瓶，色彩对比强烈，特别绚美怡人，为整个房间平添了几分古典和儒雅之美。

最让人瞩目的应该是墙角处足有一米多高的由柚木雕刻而成的西洋人物立像，还有墙壁上挂着的一幅幅用油彩描绘的欧洲文艺复兴时期的人物肖像画了。那些艺术品色彩细腻、形象逼真，尤其是画中人物那栩栩如生的神情呼之欲出，足以显示出创作者的艺术功力和文化素养。毫无疑问，这里应该是高桥家族会见欧美客人的专用房间了。

紧挨着这个西式客厅的，是一间典型的日式会客室。

二十来米见长的榻榻米和端放在上面的八张涂着黑釉，闪着暗光的矮脚暖桌，桌边整整齐齐地排列着绣着各种图案的蒲团。会客室四周用宣纸制成的日本式地灯和固定在顶棚的和式吊灯，朴实而含蓄的光线柔和地互相辉映，显示出主人遵循和传承本国历史文化传统的决心，以及他赋予这座宅邸的深厚的古韵和气息。

这两间会客室是被一排排三米见高的画着浮世绘图案的和式拉门隔开的。那种东西方文化相倚并行的装饰，肃穆凝重，让刚刚走进来的严一龙感到紧张。尽管高桥正夫一直陪在他左右，并通过不断地介绍这些摆设来抚慰他，尽可能消除他的不安情绪，但严一龙还是难免诚惶诚恐。

他不但不能放松，而且在此刻，那夺人的阳光和摄魄的静寂纷纷压上了他的心头，让他浑身上下肌肉痉挛，尚未痊愈的伤口突突作响，似乎随时都会崩裂开来。他的脊背渗出冷汗，心脏随着庭园里的蛙鸣起伏停顿，每一次涌动都直冲喉头，似乎一直在往嗓门外面跳。那种感觉是他这辈子都难以忘记的，但毫无疑问，此时的严一龙只能跟着命运的脚步，来到隐蔽于庭院深处的老高桥的面前。尽管他无法断定，这样的遭遇对自己来说，到底是幸运，还是危险。

和式客厅的门被拉开了，七十三岁的高桥旭走了进来。他穿着黑色锦缎长衫，梳着背头，长须长鬓，紧锁着的双眉之下，目光闪烁，敏锐而又狡黠。他的个子不算高，最多只有一米七左右，但高视阔步、气宇轩昂，有着一种不同于常人的居高临下的气势。他的身后跟着一个形象清纯甜美的女孩。女孩梳着马尾辫，长着一双大大的眼睛，一张圆圆的娃娃脸上笑意盈盈。她是高桥正夫的妹妹百合子，也是老高桥最宠爱的宝贝女儿。这个芳龄十九岁的姑娘的出现，使会客厅里的紧张气氛瞬间就减轻了不少。

百合子比她的哥哥高桥正夫小十四岁，是她的父亲高桥旭五十岁、母亲洋子四十一岁时生下的女儿。这个千金宝贝的到来，让高桥夫妇激动得热泪盈眶，甚至好多天都难以安眠，后来更是宠爱有加。但也许天意如此，明明处在家族严密地保护之下，那种并非人人都会感染的天花病毒，却偏偏盯上了高桥家的这颗明珠。在她两岁那年，死神在她身边转悠了好几天。老高桥调动了最好的资源，好不容易才把这个宝贝女儿抢救回来。这着实把高桥夫妇吓坏了，他们始终自责，认为女儿的不幸是他们的不慎带来的。为此，他们心甘情愿地加倍偿还，恨不能把所有的爱都倾注在百合子的身上。为了这个宝贝女儿的幸福，高桥夫妇自然是不惜一切的。

当然，这些经历并没有影响百合子纯情明亮的性格。她聪明、漂亮，有着独到的见解，而且非常任性。她从小就被父亲送进了贵族女校上学，毕业后又以优异的成绩考进了以皇室、元老院院士和日本贵族家庭子女为主要生源的江户女子艺术学院，在那里学习美学和艺术。因为集万千宠爱于一身，百合子成了高桥家族的晴雨表，她的迷人的微笑和忧伤的眼泪几乎可以左右这个家庭。只要她随便拿出其中的一件，就足以让她的父母缴械投降。

也许是出于对于异国男子的好奇，百合子不知道怎么搞的，突然对严一龙产生了兴趣。她经常以到医院探望哥哥高桥正夫的名义，到严一龙的病房去玩，一会儿送鲜花，一会儿送水果，尤其是在报纸上看到，在旅顺的俄军营地，严一龙在枪林弹雨中策马救回哥哥性命的报道之后，她就更加崇拜他了，不仅把严一龙当作英雄，当成哥哥的救命恩人，还一直把这些事情挂在嘴上，在家人面前不停地唠叨。这种情况让高桥旭感到担忧，为此他特意关照夫人，要洋子做到防患于未然——决不能让女儿就此动情，陷入和这个中国平民后代的感情纠葛当中。

关于百合子的身世，严一龙在住院期间就听高桥正夫讲过了。他明白百合子的好意，并有意无意地接受了和她的来往，期望依靠百合子的帮助赢得高桥家的信任。然而，百合子任性率直的性格决定了，她的任何心思都会表露在外。本来，天真无邪是女孩儿最为美好的特质，但是严一龙却感到了深深的困惑和不安。为此，他不得不更加小心翼翼，尽量做到谨慎处事。这种类似于走钢丝的状态显然是一种困境，稍有不慎就会引来灾难。但是，也许是因为高桥正夫的指点和帮助，也许是命运使然，在以后的日子里，严一龙屡次化险为夷，如愿以偿地走近了高桥家族。

在此之前，严一龙还没有正式拜见过高桥正夫的父亲——高桥旭先生。他知道，老高桥是日本右翼黑帮组织白虎会的创始者，又是日本财团三和洋行集团公司的总裁。他的能量很大，上通日本皇室、首相和国会议员，又与政府内阁的官僚、民间的黑道组织以及日本民族主义团体来往密切，是一个在政府和民间架设桥梁，能发挥强大的影响力和号召力的大人物。当然，这些事情都是严一龙从高桥正夫那里打听到的。它就像是《天方夜谭》中的故事一样，不仅给严一龙留下了深刻的印象，还成了他深夜里的梦魇。对他来说，老高桥是一座令人望而却步的高山，这一点毫无疑问。但是，今天，自己竟然能够与他走得那么近，近得可以看见他胡须的颜色，这令严一龙又敬又怕。他紧张得指尖冰凉，身体也忍不住颤抖了起来。

"中国的年轻人，好！好！中国的希望就在你们身上……"

高桥旭一边说着，一边来到严一龙的身边，拍了一下他那个正在瑟瑟发抖的肩膀。

"老爸，您不要忘了，这个中国英雄还是哥哥的救命恩人哪，我们要好好感谢他才对啊……"

站在一旁的百合子用一种娇嗔的口吻说道。她似乎想把现场的紧张气氛降下来。

"噢……对，对，没错！来，来，我儿子的恩人，快过来，我来给你说说我的那些中国朋友。"

高桥旭点着头应和着，把严一龙拉到了挂在墙上的照片面前。

"这些照片都是在这个客厅里拍的。你看，站在我边上的这个英俊的小伙子就是中国云南的将军蔡锷。那个正在夸夸其谈的，是来自中国广东的革命家孙文……还有，那个中国的美人，她是绍兴的义士秋瑾……这些年轻人都是我的好朋友。他们现在正在日本留学，但明天就会回国，参加你们中国的革命。毫无疑问，他们将成为未来大中国的栋梁……"

高桥旭的赞许和自豪从眉宇间流露出来，这不禁让严一龙肃然起敬。他不知道老高桥想要对他说些什么，也不知道他的那些中国朋友究竟是一些什么人，但他却为此感到欣慰。因为从老高桥有很多中国朋友这一点来看，这个日本黑白两道通吃的，有权有势的大人物恐怕还是喜欢中国人的。

"我爸有很多中国朋友都在日本的学校读书。今后我跟爸爸求求情，让他也送你到学校去读书，和那些中国的进步青年认识一下。"

高桥正夫补充道。他似乎想去解释些什么,但犹豫了一下以后,还是止住了。

"去学校读书……"

严一龙一愣,猛然间想起了许文娟。是啊,此刻的她,一定伸着脖子在黄花沟的村口张望,并且数星星、盼月亮地守望着他回去呢!他怎么可能乐不思蜀,安心地留在日本读书呢?

严一龙怔怔地想着,那短暂的走神令高桥旭感到不快。他望了严一龙一眼,突然一声不吭地转过身去,率先走出了客厅,把一脸茫然的严一龙和多少有点不安的高桥兄妹抛在了身后。

"没事,没事……老爸就是这个脾气,一言不合就会那样。别在意,一龙哥。来,我先带你到卧室去,把住房安排好,让你早早得到休息才行……"

百合子安慰着严一龙,并和她的哥哥一起,把他带到了花园里金鱼池塘对面的一楼客房。兄妹二人关照用人给他架床铺被,折腾了好一阵子方才离开。

和高桥旭的初次见面就在这种不祥的气氛中结束了。然而也正是老高桥那种威严的气势和随时都会挂在脸上的冰霜提醒了严一龙,让他明白了自己寄人篱下的处境。并且,这里是异国他乡,对他来说,几乎所有人都是陌生的,他感受到了巨大的孤独。虽然受到了高桥兄妹的关照,但是,在没有保障的日子里,有了今天却未必会有明天,只有小心谨慎行事,一切听从安排,才是他唯一的保身之策!

那一天晚上,严一龙失眠了。他睁圆了双眼,在万籁俱寂中辗转反侧,始终无法入睡。这是一个僻静的区域,虽然在傍晚时分也会传来学生们放学时发出的嘈杂声,但最多也不会超过十分钟,很快周遭就会恢复宁静。随着夜幕的降临,这一带将会更加冷清,更不要说夜半三更时分了。此刻,严一龙望着天花板,感到万分彷徨。恍惚间,似乎还听到了木屐的走动声,那声音越来越近,越来越近,严一龙简直要从床上跳起来了。

"没错,那是娟子的脚步!是的,一定是她!她正流着泪向我跑来……"

严一龙茫然地凝视着周围,脑海中的画面挥之不去。显然,对恋人的思念侵扰着他,让他长夜难眠、泪湿衣襟。

"不行,我要回去!我要跟高桥正夫说,我要去告诉百合子,我和许文娟已有婚约。现在,她正在家乡,日思夜想地等着我,要我回家,和她成婚!我不能再在这儿待下去了,可是……怎么做才可能回到家乡啊?这里和旅顺隔着茫茫大海,即使有再大的本事,也无法穿越过那黑暗的深渊啊!我……我……唉……"

严一龙懊恼地不断摇头叹息,他不知道自己是否有和高桥正夫吐露实情的勇气,这对于他来说似乎是一次冒险,因为他实在想象不到,如果高桥一家知道了真相,等待他的将会是什么。现在,他的伤口还没有完全愈合,可能还需要继续治疗。即使伤愈可以归国,恐怕也要靠高桥家族的恩赐,为他安排归国的船只才行啊……

严一龙抬起头,仰望着天花板,既悲哀又无可奈何。是啊,不去烧香,自然不会得到菩萨的关照,但也不会就此遭受菩萨的惩罚啊!这种并不深奥的道理谁都明白,可是,假如不是那样呢?假如自己烧了香,甚至还磕了头、许了愿呢?

一个小时过去了,严一龙仍然沉浸在巨大的烦恼之中。他忍不住跳下床,推开窗,让夜风带来一丝清醒。他终于感悟到了一些什么,而且好像也能从中梳理出一些脉络。虽然不是全貌,但毕竟能够看清楚一些了。是啊,没错,他必须要把自己掩饰起来,瞒住这一切,不惜手段地讨好高桥家族,利用他们的权势去寻找回国的机会。

严一龙再一次把目标锁在了百合子身上。她骄纵任性,只要顺着她的心愿,讨她的欢心就行!一旦得到这个公主的帮助,那一切就都好办了。只是,这种方式也让他害怕,他担心自己会控制不住情感。

一旦假戏真做，卷进那种情感的漩涡，恐怕就会万劫不复了，尤其是这种事情如果传到百合子的父亲那里的话……

愁云拥上了严一龙的眉头。他就像变了个人一样，沉默寡言，而且也不得不工于心计。这种变化被百合子捕捉到了。有一次，两人在客房前的池塘边一起观赏金鱼戏水时，百合子突然发问。

"一龙哥，你是个有勇气的人，但在你的眼睛里，我却看到了另外一种东西！你……你有什么心事吗？"

"没……没有……"

严一龙避开了百合子的眼睛，慌乱地掩饰着。

"你胡说，我已经从你的脸上看出来了！你……你是有什么不能说的秘密吧？"

"我……是的，百合子。我……我担心，我们的交往会惹你爸爸生气……"

"哦……是这个吗？这没问题，你放心吧，老爸肯定不会反对！我这就去告诉妈妈，让她来说服爸爸！"

"别……别跟你母亲说！不要去讲……"

"怎么了？为什么不让我讲？难道还有什么其他原因吗？"

"我……"

严一龙一时语塞。他嗫嚅着，差一点就要说出自己已经有婚约在身的事情。

"你是不是在想家啊？想你的爸妈，或者……在想你的女朋友？你……难道有女朋友在中国吗？"

百合子盯着严一龙的眼睛，直截了当地追问。她疑惑的表情和凌厉的目光像利箭一般直射过来，让严一龙防不胜防。他避开了她的视线，似是而非地点点头，又犹豫着摆了摆手。他有点惶恐，因为他分明感受到了百合子那种看似平和却又暗潮翻涌的深情。为了掩饰内心的紧张情绪，情急之中，严一龙突然吹起了口哨。嘴唇翕动之间，俄罗斯民谣《三套车》苍凉、忧伤的旋律奔涌而出，它成功引开了百合子的注意力，还改变了他们之间的话题。

"呵呵，真好听，原来你还有那种本事……"

"当然！而且我……我还会学杜鹃叫，你听……"

严一龙一边说着，一边把右手的大拇指和食指放到唇边。

"嘀咕……咕咕……咕咕……"

百合子被逗得哈哈大笑起来。

"还真像回事，一龙哥。以后，你想找我时就学这种叫声，不管什么时候，只要听见这种声音，我就会立即赶来找你的。"

"这……这可能吗？这么大的地方，你怎么就能听到我的声音呢？"

"其实，我的卧室离这儿也不远，你看……"

百合子指着前方建筑物二楼角上那间敞开着百叶窗的房间说。

"那就是我的房间。我在那里肯定能听到你的杜鹃声……"

"也许……"

严一龙下意识地点了点头，他显然没有明白百合子的话中所含有的意思。

"一龙哥，你看，这里多好玩啊！你还是安心地待着吧，少想其他的事情为好！而且，现在也不是你回国的时候。我爸对我说，中国现在的世道很乱，不是革命就是战争的，每天都在死人，非常动荡不安……"

"是啊，是啊，可是我……"

严一龙抬起头来，支吾着，把视线移到了天空飘浮着的白云上。他又有点忧虑不安了，这或许正是看人脸色过日子的常态。虽然没有食宿之忧，但却要被一些无法告人的心思熬得憔悴不堪。

"我理解你，一龙哥。离开家那么长时间，谁会不想呢？这是人之常情，我一定会想办法帮助你的。也许，这事情还真有可能，不过……"

你要对我保证，只能回家去看看，然后马上就得回来。我可不想让你就此消失了……"

百合子欲言又止地卖了个关子，还低下脑袋娇嗔地偷笑了一下。她并不知道，此刻，她的话就像是天边的一抹霞光，恰好照进了严一龙的脑子里，让他的眼睛一下子迸发出了光芒。

"真的吗，回国？这……这会是真的吗？"

严一龙急切地问道，连声音也有些颤抖了。

"是的。可是……这是为什么呀？为什么一说起回中国的事情，你就那么激动呢？难道……你真有女朋友在那里，让你日思夜想吗？"

"我……唉……百合子，我离开家乡已经四年多了。我爸妈一定以为我死在了战场上，正伤心得死去活来呢……"

严一龙抬起头，压抑住翻滚在心灵深处的躁动，低声地解释着。他的回答似乎赢得了百合子的同情，她也有点激动起来了。

"是啊，一龙哥，我理解你的心情。行，行……我这就去跟老爸讲，让他帮你想办法！但这是有条件的，你去了以后得马上回来！一龙哥，只要你保证，我就可以帮你……"

"好，我……我答应……"

严一龙吞吞吐吐地说道，那种突然出现的希望让他激动得有些语无伦次。

"老爸以后要在大连成立公司。到那时候，我就可以向他提议，让你和我哥一起到那里工作，作为大连公司的雇员，在日中两地自由往返。这样，你就可以随时回家看望父母了……"

"你爸要在大连成立公司？"

"是的。"

"什么时候？"

"不知道。不过……应该快了吧！"

"啊……那太好了……"

"有什么好的？那不是什么好的工作，而且现在……中国还危险得很！"

百合子瞟了严一龙一眼，有点不太情愿地说道。严一龙那副归心似箭的样子，让她多少有些不安。

"没事，我不怕。大连离我的家乡很近，我就是在那里上的学。百合子，你……你一定要跟你爸爸好好说说，无论如何也要让我到大连的公司去工作啊……"

严一龙恳求道。他两眼发光，充满希望，但就是不敢坦陈他和许文娟的感情。

"好，我答应你。不过……老爸如果同意你到中国公司工作的话，就一定会先让你到日本的学校去读书，先安心地学习日语，学习贸易，并去结识他的那些中国朋友。他们都是中国的勇士，老爸一定会让你向他们学习，和他们做朋友的。而且，大连的公司今后也要和那些中国人合作，很多事情还要得到他们的帮助才行……"

百合子把她从高桥旭那里听到的消息一口气地吐了出来，她的情绪显然受到了严一龙的感染。然而，对于严一龙来说，百合子的撮合意味着什么呢？

人生的变幻有着它所属的天象，对此，人们望而生畏，却又无能为力。

12. 东京弘文学院

东京弘文学院成立于 1896 年。

那时的亚洲就像一个火药桶，随时会被汹涌澎湃的战火点燃。虽然发生在中国的两次鸦片战争均已结束，但是由义和团、小刀会和红灯照之类的民族主义团体掀起的武装斗争却从来没有停息过。类似的反抗运动在印度也正如火如荼，各种各样的反抗英国殖民统治的民族运动在各地风起云涌。在阿拉伯民族聚居的中东地区，以及印度支那联邦、东南亚和东北亚地区，因东西方文明冲突而起的战火，燃烧在亚洲大陆的每一个角落，世界几乎没有一块净土可供栖身了。

那是一个动荡不安却又充满激情、酝酿变革的时代。但相对而言，经历了明治维新运动，完成了社会形态更替的日本，早已走上了独立发展之路。国民经济整体向好，社会运行比较稳定，因此几乎成了中国人普遍青睐的福地。由此卷起的赴日风潮，首先来自清王朝内部的知识阶层。

为了借鉴日本明治维新的成功经验，以光绪皇帝为首的清廷改革派在日本投下巨资，租用并改建了东京饭田桥以西牛込神乐坂一带的民家，建立了为清王朝培养人才的教育机构——东京弘文学院。他们邀请著名的教育家，日本高等师范学校校长嘉纳治五郎先生出马担任校长。按照有关章程，这所学校除了教授中国留学生英语、俄语和日语以外，还设立了以教授数学为中心的理科专业以及军事、体育、体操等学科，并在1902年把它发展成了中国留日学生专属的教育学校。

清王朝希望弘文学院能够培养出为朝廷出力，在政治、军事和科技方面都能引领清廷走出困境的优秀青年。但创立者做梦都不会想到，这个掏尽皇室银子的学校，却聚集了一大批包括陈天华、黄兴、胡汉民、秋瑾和宋教仁等人在内的，企图推翻封建统治，让中华民族走向共和的仁人志士。他们和明治维新派的日本人一起习武练兵，筹集资金，寻求同党，准备在中国策划武装叛乱。因此，在严一龙来到日本时，该校已经成了酝酿推翻清政府的摇篮和革命党人的海外总部。

而且，果然如百合子所愿，严一龙也被高桥旭送到了这所学校。这一结果当然要归功于高桥兄妹，尤其是高桥正夫对严一龙在旅顺战场上表现出来的智慧、冷静和果敢给予了极大的渲染，言之凿凿地向他的父亲保证，这必将是个有为的中国青年等，才让高桥旭相信严一龙是有潜力的，也因此对这个中国青年产生了兴趣，希望能为儿子高桥正夫培养一位忠诚的助手，将来作为三和洋行中国公司的骨干力量之一，辅佐他们父子扩张政商两界的版图。老高桥认真地思考了儿女们的建议，仔细掂量了可能的得失，终于做出了那样的决定。

然而，严一龙对此中深意并不了解，只是考虑到学成毕业以后，可以借助高桥旭的大连公司实现回国的愿望，才勉强同意了老高桥的安排。但是，当他走进弘文学院的大门，和来自中国的同学们朝夕相处以后，他的想法改变了。因为学校里充斥着反对清王朝封建统治，呼唤民族独立和民主共和的思潮。年轻的学子们期盼沉疴在身的中国发生变革，为了实现革命理想，不惜以命相搏。这种氛围不仅深深地感染着严一龙，还让他对此产生了浓厚的兴趣，生命里也有了新的追求。为此，除了一些必修的课程，如政治、历史和日本语言课程以外，严一龙还特意报名参加了军事训练的课程。更是热衷于出席各种各样的沙龙，也据此结交了很多激进的，有着革命思想的朋友。他大连的同乡路大水就是其中之一。

严一龙是在学校举行的抗议日本文部省发布的《清韩在日留学生取缔规则》，纪念在1905年12月8日到东京大森海岸跳海自杀的革命志士陈天华的追思会上和路大水熟悉起来的。那时，路大水正在朗读陈天华在自杀前写下的"绝命书"，他声情并茂地朗读着，那痛苦而又悲壮的声音把严一龙吸引住了。

　　呜呼！我同胞其亦知今日之中国乎？今日之中国，主权失矣，利权去矣，无在而不是悲观，未见有乐观者存。其有一线之希望者，则在于近来留学者日多，风气渐开也……然进观吾同学者，有为之士固多，可疵可指之处亦不少。以东瀛为终南捷径者，其目的在于求利禄，而不在于居责任。其尤不肖者，则学问未事，私德先坏，其被举于彼国报章者，不可缕数……

……

近来每遇一问题发生，则群起哗之曰："此中国存亡问题也。"顾问题有何存亡之分？我不自亡，人孰能亡我者！惟留学而皆放纵卑劣，则中国真亡矣。岂特亡国而矣，二十世纪之后有放纵卑劣之人种，能存于世乎？鄙人心痛此言，欲我同胞时时勿忘此语，力除此四字，而做此四字之反面：坚忍奉公，力学爱国。恐同胞之不见听而或忘之，故以身投东海，为诸君之纪念。

……鄙人虽死之日，犹生之年矣。

……

路大水的手在发抖，眼睛里渗出了泪水，声音也变得嘶哑了。那种悲愤的神态和泣血的言辞让在场的一些同学羞愧得低下了脑袋，还让坐在前排的几个女生流下了眼泪。也许是陈天华这位故人的死和他四处飘零的命运使她们想起了家乡，让她们情落深处，泣泪成行了。

"同胞兄弟姐妹们，我们不能再沉迷在酒精里，不分黑天白夜地纵酒取乐、高谈阔论了，自诩为民族的精英了！我们要继承陈天华英烈的遗志，绝不能再这样沉沦下去……而且，正如天华兄在绝命书中所说的那样，我们赖以栖身的帝国已经不是安全的避风港了，日本政府答应了大清的要求，颁布了针对我们的规则，让清王朝的屠刀直接跨越大海，向我们这些流亡者的脑袋砍来。可我们……我们却还在花天酒地地空谈什么理想和信念！可怜哪，我的同胞啊……"

路大水情不自禁地挥手演讲，还时不时地呼叫着，并且仰起头来，把目光投向会场穹顶下那一排排的窗户上，沉默着叹了一口气。

空气在刹那间凝固住了。但是，好像还没能过上十秒钟，它又被一阵炸雷般的声音所震裂了。

"我们不能再在这里空谈了！我们要回去，参加义勇军，去抗争，向朝廷索命！"

那是一个名叫杨度的男青年的声音。他站起身来，向在场的同学们挥动着手，大声地叫喊。杨度在 1902 年就进入了弘文学院，此后又应四川总督锡良的邀请回国，并在戊戌变法后到北京参加朝廷的经济特科的考试，还取得了第一名。但是不久，他又被大清朝廷怀疑是康有为、梁启超的同党而不得不亡命日本。1905 年，他在孙文的介绍下在日本加入了同盟会，成为以推翻清王朝为使命的革命军的重要干将。

"对，回家，回国去！我们不能再这样沉沦下去了……"

人群中传来声援杨度的呼喊声，此起彼落、经久不息。学生们挥舞着双手，还义愤填膺地喊起了口号。毫无疑问，那些青年人是最为冲动的了，只要用火星去点燃，他们立即就会成为旧世界的爆破者。

这时，又有一名学生走到了台上。他脸形偏瘦、颧骨突出，但那双深邃的眼睛却炯炯有神，闪烁着炽烈的光芒。

"他叫什么名字？"

严一龙好奇地向路大水询问。

"宋教仁。四年级的学生。"

"宋教仁？"

"是的。他来自广东，是个天生的演说家。一龙，我们学校有很多人才，他们都是革命家，是反清革命运动的骨干。尤其是这个宋先生，他是我的好朋友，一会儿我就把他介绍给你。"

"啊！太好了，谢谢你，大水哥！"

严一龙激动地拉着路大水的手，正想说些什么，却被路大水给拦住了。

"别讲话，一龙。让我们静静地听教仁兄演讲！"

严一龙惭愧地点了一下头，平复了一下激动的情绪，把目光投向了讲坛上的宋教仁。

"在今天的亚洲，日本确实是一个安全的好地方。它打赢了日清战争（甲午战争），又把强大的俄国军队赶出了满洲。现在，他们正意气风发地乘着明治维新带来的好运，拼着命向前发展。可是，我们千万不能忘记，就是这个日本，正虎视眈眈地盯着我们的祖国，这是所有中国人不得不注意的！过去，我曾经和诸位一样，无数次地寄希望于日本，总以为日本人会帮助我们推翻帝制，走向共和，但事实却让我们再三地失望！而且现在，本届日本政府又列出了针对我们留学生的种种限制。他们随时都可能利用那些条款，把我们送到清王朝的虎口里去。他们的行为让我想起两年前刚刚宣布独立的西班牙。当时，西班牙人为了国家的独立，也曾寄希望于美国。但是他们没有想到，美国人利用了他们的感情，趁机侵占了西班牙的领土，奴役并屠杀了二十多万西班牙人！同学们，我们要以此为鉴啊！这个世界上没有什么救世主，也没有人会帮助我们推翻清朝政府，实现共和。我们只能靠自己，靠自己的力量！我们要回国，参加国内的义勇军，和革命力量站在一起，用自己的鲜血去浇灌中华民族通向共和新纪元的道路！这正是陈天华烈士以死明志，为我们做出的明鉴啊！"

宋教仁挥动着手臂，声嘶力竭地呼喊。他的崭新的见解触动了严一龙的神经，让他产生了难以抑制的亢奋。

"来，一龙，跟我来……"

没等严一龙回过神来，路大水已经拉着他的胳膊，挤到了宋教仁跟前。

"教仁兄，这是严一龙，是刚来的一年级学生。"

"好，好啊，严同学，欢迎你！你会在这里学到很多东西的……"

宋教仁握着严一龙的手，连连鼓励着。

"教仁兄，这个严同学可不是一般人啊！他在日俄战争中拼死救出了日本黑帮头子，大财团三和洋行总裁高桥旭的公子，被日本媒体称为'中国的英雄'！"

"哦，还有这样的事情？"

宋教仁瞪大了眼睛，颇为惊奇。

"是啊！那个高桥总裁的公子现在和严同学成了好朋友，还让他住进了自己家里，就像他们家的亲人一样……"

"哦……难道真的是他？日本的政治家，白虎会的创立者高桥旭？"

"是的，就是他，黑白两道通吃的大财阀！"

"对了，我想起来了，我曾经见过这个高桥旭，知道他的一些事情。这个人……可不是一般的人物啊……"

宋教仁握着严一龙的手上下打量，并掩饰着自己的激动之情。

"大水兄弟，这可是一件重要的事情啊！和高桥一家成为好朋友，对我们革命党人来说简直太重要了！中国革命需要日本人的帮助，尤其是要得到类似高桥旭那样的日本上层人士的帮助！严同学，你……一定要和高桥家好好相处，鼓动他们支持和帮助中国的革命党人。只是……我下周就要动身去香港，否则我们真的可以好好聊聊，做出一些具体计划的。不过，这也没有关系，用不了多久我就会回来了。而且，大水兄弟还留在日本，他也是一位有为的战士。严同学，你以后可以多和大水兄弟联系，和他交流。有困难时，也可以向他求助……"

"好，谢谢，谢谢您，宋先生！我一定会努力，和大水哥一起，为中国革命做贡献！宋先生，真希望您也能够早一点回到日本，让我再一次聆听您的教诲！"

严一龙兴奋地握紧了双拳，由衷地感谢道。虽然他并不能全然理解宋教仁的意思，但是却明确地认识到了高桥旭的地位和价值，并且也懵懵懂懂地感觉到革命党人对他寄予的某种期望。

纪念陈天华的追思会结束了，但严一龙依然沉浸其中不能自拔。他告别了路大水，离开弘文学院，沿着江户川向高桥家走去。没过上十分钟，就看见了正在河道拐弯处等他的百合子。

弘文学院离高桥家并不远，只要沿着江户川北往东走，最多十多分钟就可以到达。那时，百合子刚刚放学，这条小路也是她回家的必经之路。因此，她常常会在早上约着严一龙一起上学，又会在放学后在江户川边等待他，然后在夕阳的余晖中，双双散步回家。

这是属于他们的时刻，但那一天的状态却不同于往常。尽管百合子不断地询问学校里的情况，严一龙却始终没有吭声。他的样子让百合子感到蹊跷。

"一龙，你……你怎么了？难道学校里出什么事了吗？"

百合子停下了脚步，她不免有些担忧。

"没有。"

"那你为什么紧绷着脸，像换了一个人似的？"

百合子不解地追问，她似乎有点不高兴了。

"我想回去！回国，参加义勇军！今天，学校里谈的都是那些事情。很多同学都哭了，他们都喊着要回国参加革命……"

"参加革命？你……手无缚鸡之力，能做那些事情吗？是不是因为农历的新年快到了，它又勾起了你的思乡之情啊？"

百合子不以为然地摇摇头。她没有想到，自己的话恰恰点到了严一龙的软肋，让他想起了奔赴旅顺日俄战场的前夜，和许文娟一起相偎着交换信物，依依惜别时的情景。

"不……不仅仅是这些！因为我……我在学校里认识了很多吵着要回中国去的革命志士！我要和他们一起，回国参加革命，参加推翻清王朝的战斗！"

严一龙的心里有点虚，但还是加重了语气，强词夺理地说道。他知道这是借口，一个唯一可以在百合子面前提出的理由。只是对于他来说，还有什么能比回家和许文娟完婚更加重要呢？

"你想参加革命？你……"

百合子重复着问道。她掂量着"革命"这两个字的分量，半晌没有说出话来。当天晚上，百合子比画着把这一切都告诉了她的父亲。

她期望父亲能纠正严一龙的想法，但却没有料到，她的诉说引起了老高桥的兴趣。

"噢，这小子？他有这种想法了？好，好啊，有进步，确实有进步！看来，这个学没有白上。"

"爸爸，您……您这是什么意思啊？"

"没什么！不过，现在他还不能回国，还不到时候。但是，我们早晚会把他送到中国去，让他为我们工作的！"

高桥旭眯着眼睛自言自语道，全然没有顾及坐在他身边的百合子的情绪。

"可是，我想要留住他，不让他离开日本……"

"为什么？"

老高桥惊疑地盯着百合子的眼睛，顿时沉下了脸。他想要看穿女儿内心隐藏着的东西。虽然他没有继续刨根问底，但是，从百合子的眼睛里，他已经发现了某种变化。

当天晚上，高桥旭把儿子正夫叫到了屋子里，询问他在大连筹建公司的情况，并好好地训斥了儿子一顿。他要让小高桥采取措施，严加管教严一龙，并警告他，决不能让那个小子再度接近自己的女儿。

"严一龙？这……这怎么可能呢？老爸您……您一定是误会了！百合子还小，她口无遮拦，哪有什么真情实意的东西，最多只是随便说说而已！而且……严一龙心心念念的是回中国去，他跟我讲的都是他家乡的那些事。他归国心切，希望能够早点回去，没有半点要在日本住下去的意思啊……"

高桥正夫摇着头为严一龙辩护道，显然没有把父亲的忠告听进去。

"嗯，没有就好！当然，那也许只是我的担心而已！正夫，你应该知道，我就这么一个宝贝女儿，怎么可能让她这么早就谈情说爱，甚至和一个外国人建立感情呢……"

"当然……我当然明白！不过，老爸您……您要是实在担心的话，那我们……还是早一点把严一龙送回中国吧，因为筹备公司也需要人！"

"是的，我也是这么想的，只有让那小子离开，才能断了百合子的心思！不过现在还早，还不到时候。现在，我们要对他严加管教，不能让那小子钻了空子，产生什么非分之想！还有……正夫，你也要好好调查一下，看看他的品行和能力，以及过去在中国的经历，看看他到底能不能为我们所用。送他去读书，是为了我们公司的未来，决不能竹篮打水——一场空啊……"

高桥旭把儿子数落了一顿以后又回到卧室，再一次就这个话题关照了妻子，要她找女儿谈话，决不能让她继续钟情于那个中国小子！但是，妻子高桥洋子对此却不以为然。

"其实……夫君，您没有必要去管那种事情！只要那男人有才华，人品也不错，对女儿好，那就随他去，管他什么异国异族的，只要百合子幸福美满就行……"

"什么？你……呸，亏你说得出口！我看，就是你的放任，宠坏了百合子，才造成了今天的局面！幸亏被我发现了，还来得及，不然……就真的完了！"

老高桥瞪着妻子，大声地嚷嚷道，气得连胡子都翘了起来。

"不，夫君，此话差矣！夫君一世英名，又有那么多的中国朋友，其中也不乏栋梁之材啊！假如那些人中间真的有乘龙快婿，那也不失为一件好事啊！中国大陆虽然混乱，但毕竟是个大国。和我们岛国不一样，它是一定会安定下来发展经济，并且一定会走在我们前面的！因此……假如夫君所言当真，而此后的一龙君又真的能成为英才，能够为我所用，那对于夫君的大业来讲，就如同老虎添翼，不仅能够为我们张目助势，就是对于日本来讲，也是一件非常有益的事情啊……"

"这……这当然！只是……夫人所言虽是，但这小子能否成才，究竟是个什么样的人，还要另当别论！当前，对于那小子，我们还一无所知啊……"

"那就抓紧时间派人去了解，去调查，何必难为我们的女儿呢？"

"是啊……唉，我是担心，就这么一个宝贝女儿，我怎么舍得她上当受骗呢！"

高桥旭望了洋子一眼，忍不住连连叹气。迄今为止，百合子一直都是属于他的。她是他一生的幸福所在，任何人都不可能将她夺走。可是现在，他老了，百合子却长大了。她变得越来越成熟，越来越有主见，任性得让他觉得周围都是敌人，处处都埋伏着陷阱。为此，他不得不去设防，防范那些可能会到来的危险！可是，这毕竟不是万全之策啊！长久下去怎么可能呢？女儿长大了，一切都要变了，光是父母之爱，恐怕已经满足不了百合子的欲望了。她要展翅高飞了！对此，他这个当父亲的又怎么能以帮助女儿为借口，去阻挡女儿对幸福的追求呢……

发生在高桥家族内部的这场围绕着严一龙和百合子的争论，就这样悄无声息地结束了。对此，百合子和严一龙并不知情，他们依然我行我素地来往着。很快，在爆竹声中，在对故乡和情人的思念中，严一龙度过了在异国他乡的第一个新年。在外人看来，一切都再正常不过了。但是没过多久，那种表面上的安宁就被路大水带来的消息改变了。

那一天，路大水告诉严一龙说，他收到了宋教仁的口信，要严一龙联系高桥旭，期望通过这个日本黑帮头目的帮助，为中国南方的革命军购买一批包括山地炮和轻重机关枪在内的武器弹药。

"这……我……我能行吗？当然……我，也可以帮着去问一下试试，可是这……"

严一龙吞吞吐吐地回答道。他觉得为难，因为这显然不是一件轻而易举就可以做到的事情。但是路大水却不这样认为。他相信这是严一龙的机会，不但可以做得非常完美，而且还能一举两得。因为这件事情不仅能帮助南方革命党人，是对中国革命事业的支持，而且会消除高桥家族对他的疑虑，甚至能帮助他获取高桥旭的信任，让他在日本人那里站稳脚跟。

"一龙君，不要担心，这件事情并不难，你是完全可以做到的！据我们了解，高桥财团属下有很多公司，其中有好几家都在偷偷地和中国人做军火生意，我们最多也只是他们眼中的一个新的买家而已。为此，你要告诉他们，宋教仁领导的南方革命党人是守信用的，他们会按照合约准时付款。所以，你根本就不用害怕。你想一想吧，对赚钱的买卖，日本人怎么会不争抢着去做呢？其实，我们找高桥旭帮忙做这件事，除了想通过他把价格压下来一点，并且同意我们分期付款的请求之外，也希望他能够找到一个安全可靠的渠道，早一点发货给我们。而且，我们还想通过高桥财团，找到日本的赞助商，让日本政界、财界的有识人士，都能来支持我们中国的革命事业……"

"好……好的，我明白了！我……我去试试看吧……"

路大水的反复解释，终于说动了严一龙，让他坚定了完成任务的信心。此后，他和路大水商量，决定把攻克目标首先放在高桥正夫的身上，再通过他去说服他的父亲。随后，再由严一龙出面，和这个黑帮头目详述南方革命党人的计划，并说动他，允许小高桥和自己联手完成这个任务。为了防止可能发生的不测，他们决定单独联系，平时互不打扰，各负其责。事情进展得十分顺利，没过几天，高桥旭就让他的儿子带话过来，让严一龙直接向他报告这件事情的原委。

"宋教仁？他要购买武器？这……这当然是可能的！他现在正在帮助孙文，在广州组织义军。我知道这些事情，也知道这个广东人。其实，我……我曾经和他见过面。不过……一龙君，这份合约的最后签订者是谁呢？是我和宋教仁签，还是和其他人？"

高桥旭眯着眼睛，突然把话题一转，就像是在验证真伪似的考问起了严一龙，让他一下子紧张了起来。严一龙的脊背上冒出了冷汗，说话也变得结结巴巴。他低下头，避开了老高桥的目光，不由自主地想起了第一次和老高桥见面时的情景。那种梦魇般的经历始终压在他的心底，每次想起都会浑身发抖。

"当然……当然是宋教仁了！这件事是他托付给一龙君的，那他当然会赶到日本来和老爸您见面的……"

是高桥正夫的声音，他显然在为严一龙解围。此刻，他再明白不过，促成这笔军火交易，对于他老爸来讲轻而易举，根本不存在任何困难。他只是不相信严一龙会有这样大的本事，能够结交上宋教仁那样的革命家，并接受他们的重托，去促成一笔军火生意而已。

"是的，那是当然的，只要事情能够成功，宋先生是一定会赶回来和您签约的！这一点决不会有错，因为宋先生在回中国之前就对我说过，做完香港的事情之后，他会马上赶回日本……"

顺着高桥正夫的话音，严一龙像吃了一颗定心丸一般。他明白小高桥的好意。虽然路大水并没有跟他提到具体的签约人，但是，只要完成任务，能把事情做成功，那一切就都是可能的。

他们的解释得到了高桥旭的认可。而且也正如事前所商定的那样，他们把工作分成了三个部分，先由路大水负责和宋教仁联系，把南方革命军需要购买的武器弹药清单，所期望的交货日期、价格、付款方式以及运输手段等情报拿到手，转交给严一龙，再让他把这些情况转达高桥正夫，由他向高桥旭汇报，并最终由原路，把老高桥的意见反馈回宋教仁和南方革命军的手中。事件进展得非常顺利，不到两个月，双方就达成了一致，并决定了签订协议的时间。

那一年的5月1日，宋教仁带着南方起义军的代表团来到了东京，作为南方革命组织的领导，他按时出现在高桥旭家的客厅里。二人端起酒杯，像老朋友一样寒暄，并共同为这笔交易的成功而庆贺。宋教仁还特意在高桥旭面前夸奖了严一龙，把合作的成功归功于他。老高桥笑逐颜开，忍不住再三地拍打严一龙的肩膀，向他表示谢意。

从此以后，高桥旭对严一龙开始另眼相看。他重新定义了严一龙在他心目中的地位，认为他很可能会成为高桥家族优秀的代理人，代表高桥财团以及他的白虎会到中国去参政经商，并成为高桥家族和中国革命党人以及他们可能会创建起来的中国新政权之间的重要桥梁。因此，高桥旭开始带着严一龙参加日本上流社会的各种活动了。他把严一龙当作高桥家族的一员，一同会见了许多日本政界、财界的重要人物。就像是看到了源源不断的庞大利益一样，他在严一龙身上投下重金，培养、教育，甚至有些不惜一切。

高桥旭的反常引起了白虎会中一些人的注意，他们开始猜测老会长栽培严一龙的原因了。有不少人认为，这是在为高桥家族培养女婿，从而有意无意地在老高桥面前吹捧严一龙，甚至还当着众人的面，把严一龙称作高桥家族的乘龙快婿，好像严一龙肯定会成为未来的高桥家族的栋梁似的。

这一系列的变化并没有给严一龙带来什么影响，他仍然期盼着高桥家族在大连的公司能够尽早地建立起来，好让他能早日回国，并和许文娟团聚。那种归心似箭的感觉在欢送宋教仁回国前的饭桌上也曾流露。那时，严一龙甚至还产生了拜托宋教仁说服高桥旭，把自己送回中国的念头。那种心思虽然被他强压了下去，但还是让宋教仁看穿了。

"一龙兄弟，你应该安心地在日本生活下去。就你的情况来看，待在日本的意义要远远超过回国。在推翻清朝争取共和的革命道路上，不惜为国捐躯的年轻人多如牛毛，但你却是独一无二的！对于中国的革命，你能起到的作用比一个连、一个团都要大。对此，你千万要好好考虑和珍惜啊！我们中国社会将要发生大的变化，革命和变革将会席卷整个大陆，那里充满着危险，也蕴含着机会。所以，你不必着急，要听从我们的安排。只要机会降临，我们会在第一时间来接你回家的……"

宋教仁语重心长，并且，他的担忧一直延续到了第二天上午，在日本横滨码头登上归国的轮船之前。那时，他一边安抚严一龙，一边叮嘱路大水，希望他继续做好严一龙的工作，让他务必紧紧牵住高桥旭这根线，帮助中国革命党人做更多的事情。

宋教仁的教诲多少触动了严一龙的心神，让他逐渐明白了自己留在日本，和高桥家族处好关系的重要性。但是，日本那种死板的、千篇一律的生活并不能从心底改变严一龙的孜孜望乡之情，稍有风吹草动，它们又会卷土重来，并且加倍地折磨他的心性。那一年的冬天，当路大水急急忙忙地跑来告诉他，说自己已经接到天津同盟会的命令，要在五天后乘船回上海，并在上海转道天津，组织从日本回来的年轻学子，成立一支以留日学生为主体的起义军队伍时，严一龙的心又蠢蠢欲动了。

"五天后去上海，到天津去成立起义军部队……"

严一龙惊愕之余，有一种难以抑制的兴奋之情。毫无疑问，他的心思又被路大水的新任务给勾引了出来。

"大水兄，你能不能跟你的组织说说，让我也和你一起走，帮助你们工作？我……我也是一个留日的学生啊……"

"那不行！我们有纪律，个人没有权力，所有的事情都得听组织的！而且，一龙兄弟，上一次，宋教仁先生不也跟你讲过了吗？要你和高桥家族处好关系，安心在日本住下去。一龙兄弟，我们的事情可不是闹着玩的，它很危险，随时都会掉脑袋，所以你……你还是待在日本的好！"

路大水劝说着。他没有想到，严一龙回国的念头依然那样强烈。

"不，大水兄，我要回去！要不，你介绍我参加同盟会，加入你的那支起义队伍吧！只要能让我回国，什么样的工作我都能做！"

"不行，一龙兄弟，你要听从宋先生的教诲啊！而且，高桥家待你不错，百合子姑娘也喜欢你，你还是打消了这个念头吧！"

"可是大水兄，你？唉，我……我该怎么说呢？你们真的不了解我的情况啊，我……我……"

严一龙犹豫不决，但还是吞吞吐吐地把他这几年的经历向路大水和盘托出了，包括他和许文娟怎样订婚，又怎样分别至今的全部经历。说完，他涨红着脸，闭上了眼睛，如释重负般地长叹了一口气——这毕竟是五年以来，尤其是他到日本以后，第一次向外人披露自己的身世啊！

"怪不得啊！看来，你的情况是有些特殊，我们应该重新考虑才是。一龙兄，我这就去向组织汇报，试试看，或许他们能够批准，同意你加入同盟会，帮助你尽快回国，加入我们的起义队伍。不过，一龙兄，你也要好好地做准备啊！同盟会是一个革命组织，它的目的就是要推翻清政府，建立共和国。一旦入会，个人的生死可就没保障了……"

路大水握着严一龙的手说。他显然被严一龙的真挚情感所感动了，决定帮助严一龙实现愿望。

五天以后，路大水和严一龙再一次在横滨港相会了。路大水将在当天下午3点钟，从这里坐客轮去上海。然而，分别之际，路大水并没有给严一龙带来什么惊喜的消息。同盟会总部认为，严一龙应该舍弃和许文娟的婚事，去发展和高桥百合子的感情。因为，只有这样做，才可能为中国革命做出更大的贡献。

"一龙兄弟，你不要以为同盟会对你不重视、不信任，其实，正是因为他们看重你，才要求你留在日本的！组织上的意见非常正确，因为高桥家族在日本极具声望，而我们又非常希望得到像高桥旭这样的日本友人的帮助！所以，你要以革命利益为重，丢掉那些儿女私情才行啊！再说，一龙兄弟，退一万步来讲，你冷静地想一想，女人……她们不都是一样的吗？尤其是结婚生孩子那种事情！也许你不同意我的看法，强调什么爱情或者感情，但是，它和我们的革命事业相比，又算得了什么呢？个人之间的感情可以培养，每天在一起生活自然就会产生情感。更何况，那个许文娟，她和你分开了那么长的时间，那么多年音讯全无，有谁能够保证，她会一如既往，在家乡痴痴地等你呢……"

路大水苦口婆心地劝说，那演说般的语调让严一龙感到心寒。是啊，路大水说得也许有道理，而且，这也正是严一龙再三担心的事情。时间是一把杀猪刀，五年来，这把刀会不会留下什么伤痕呢？严一龙怔怔地想着，一下子说不出什么话来了。

分别的时刻来到了。路大水和严一龙握了握手，拥抱了一下就登上了客轮。他也没有再说什么，因为他知道，廉价的安慰解决不了朋友的问题。况且，严一龙是个重感情的人，他的烦恼绝不是三言两语的说教就能解决的！然而，人生总不能完全受情感支配吧？识时务者为俊杰，更何况，现在的中国，正处在这样的一个乱世之中……

路大水走了，他把无尽的烦恼留给了严一龙，就像是在一场大梦中刚刚清醒过来一样，严一龙大汗淋漓，一下子就虚脱了。

13. 感情游戏

那天晚上，严一龙再一次失眠了。

他睁着双眼，数着隔壁客厅里座钟发出的嘀嗒声，没有任何睡意。无奈之下，他干脆披衣起床，走出房间，来到旁边的花园里。花园很大，曲径通幽、溪流潺潺。中间修了一座池塘，里面养着金鱼。水面上有星星点点的莲花，旁边还有三四棵百年大树。每到夜晚，微风起时，那些繁茂的枝叶在月光下婆娑起舞，给这座始建于江户后期的花园，平添了一种扑朔迷离的朦胧。

严一龙漫步在绿色丛中，嗅闻着花草的芬芳，突然感到了充实。那应该是路大水留给他的，无形的启迪的力量，让他多少感觉到了来自命运的恩赐。

是啊，命运哪曾亏待过他呢？在他失去许文娟以后，不是又把百合子送了过来，让他填补了情感的空虚？对此种恩德，怎么还能不满足，不好好地感恩呢……

严一龙深深地吸了一口气，似乎有些坦然了。他环顾四周，突然发现前面这座面向花园的三层洋房，正被皓月照得如同白昼一般。尤其是二楼角上那扇百叶窗，此刻更显得铮铮发亮。虽然紧闭着，但还是像一颗星星那样吸引着他的目光。

没错，那是百合子的卧室。现在，她在干什么呢？是大梦沉沉地在天宇间遨游，还是和他一样，在忧愁和烦恼中无法入眠呢……

严一龙推测着，突然回想起百合子说的，只要他模拟杜鹃的叫声，她就会立即赶来和他见面……是啊，这是个测探百合子的好办法。可是那可能吗？她一定是随口说说的吧？况且现在，已经将近半夜两点了……

也许是出于好奇，严一龙犹豫着，但还是把拇指和食指放到了嘴唇边，"嘀咕……咕咕……"地用力吹了起来。他像是做了什么坏事似的紧盯着百叶窗，期望百合子的身影能够出现。

严一龙是出于寂寞和空虚才去做那件事的，但那扇百叶窗里却真的戏剧性地亮起了灯光。而且，窗帘也在慢慢地往上拉着，没过上两秒钟，百合子那张睡意蒙眬的脸蛋就出现了。

"啊，百合子……"

严一龙嚅动着嘴唇在心里叫道。他有点心动地向她招招手，又用手指了一下自己所在的位置，期望她能够下楼来，但百合子却摇了摇头。她当然明白严一龙的意思，但是她用右手指了指三楼的窗户以后，还是拒绝了他。显然，她在担心自己下楼的脚步声会惊醒楼上的父母亲。

失望和悲伤溢满了他的胸膛。他轻轻拍了拍胸脯，双手合十向她致歉，准备退回客房。没料到，百合子又向他招起了手。她指了指别墅左侧通往二层的楼梯，好像是在邀请他上楼，到她的房间里去。

"这……现在？凌晨两点，到她的卧室去？这百合子，她一定是发疯了，竟敢在这个时间，在她父母的眼皮子底下，把一个和她同样昏了头的男人，叫到她的房间去……"

严一龙惊呆了。百合子的邀请让他感到魂不附体，一时间不知道如何是好。没错，百合子一定是坠入情网了，可是，严一龙又何尝不是呢？那种孤独和对温暖的渴望，那种对拥抱和爱抚的期待，让他汗毛倒竖、勾魂荡魄……有什么可以责难的呢？爱是火种，它可以无尽地燃烧，驱逐阴霾、照亮心灵，它甚至不受局限，几欲烧到骨髓，尤其是对两个还没有尝过爱欲禁果的年轻人。

可是，那真的是爱情吗？那种责问从良心走向脑海，又从脑海回到灵魂，让严一龙浑身打战，虚弱不已。他显然不敢迈出那一步。但是，欲望就像一张网，一个网眼破了，整张网都会随之支离破碎。

严一龙摇了摇头。他显然无法越过心理上的障碍。三十六计走为上，看来，只能以逃避才能换得良心上的安宁啊！严一龙转过身子，全然不顾正在焦急企盼的百合子的眼神，回到了自己的卧室。他横倒在床上，用被子蒙住了脑袋。

这一次，他真的失眠了。

第二天早上八点半，当严一龙洗漱过后刚刚走出卧室时，百合子已经在走廊外面等着他了。他们默默地走进餐厅，在准备用餐时，百合子开口了。

"昨晚怎么了……"

她的眼圈发黑。显然，昨晚也没有睡好。

"太晚了，都凌晨两点了！而且，我……害怕你爸爸会听见那些声音……"

他说的也是实情。因为他根本猜不透老高桥的心思，万一踩了雷，那一切就都完了。

"是啊，确实是太晚了……"

百合子低声附和道。她或许也在为自己的轻率而后悔。

一场风波就这样平息了,但感情的涟漪却在这两个年轻人的心里荡漾开来。它没有界限,也无法理喻,大概只能用几何学上的"圆"才能解释了。圆有两点,爱是圆心,与欲望相连,欲望则围着圆心不停地旋转。它们互相吸引着、相望着,只有结合才能构成圆圈。但是,一旦感悟到那些,什么样的事情就都可能发生了。

机会终于到来了。有一天,高桥旭要带着夫人去伊豆半岛旅行,儿子正夫又恰好在九州出差。而百合子却因为要上学,不能离开东京。这显然是一个好机会,严一龙和百合子在犹豫了好一阵子以后,还是毫不犹豫地抓住了它。

晚上八点半,严一龙终于跨出了那一步。他推开了虚掩的门,心荡神迷地走进了百合子的卧室。一切似乎都已经准备好了,幽暗的光线,低回的音乐,醉人的芳香,还有一种令人窒息的静谧……

严一龙一阵晕眩,他的脸都有点发烫了。啊,女人啊女人,为什么你总是能摧毁男人的意志,让他沉迷其中,臣服在你的石榴裙下呢……

还没有回过神来的时候,他看到了百合子。四目相对的一瞬间,严一龙的防线彻底崩溃了。他轻轻地叫了一声,一下子就把百合子搂进了怀里。他迫不及待地解开了睡衣的腰带,脱去了她粉色的内衣,呼哧呼哧地把她抱到床上,把发烫的嘴唇贴到了她的脸上。他发狂似的对着她的眼睛、鼻子和嘴唇,并顺着她那洁白而修长的,能够勾起无限遐想的脖子,以及那因情窦初开而高高耸起的乳房吻了下去……

本来,他应该脱去衣服,毫不迟疑地迎接那灵与肉碰撞结合的激情一刻。但是,说也奇怪,就在这场交响乐演奏到最热烈的阶段,严一龙却突然停下来了。也许是感悟到了什么,或者是什么意念让他突然改变了主意。总之,在通往情爱天国的关隘之前,他停住了。他呼哧呼哧地喘了一阵粗气,沮丧地从百合子的身上滚了下来,横着躺在了她的身边。

"一龙，你……你怎么了……"

"我……"

严一龙转过头去，避开了百合子那双炽热的眼睛。

"难道你……还在害怕不成？自从你帮我父亲的公司做成那笔买卖，父亲他已经对你另眼相看了……"

"但是这……这并不意味着他会容忍我们之间突破界限啊！"

"要不……干脆就去明说了吧？把我们的事都去告诉老爸，让他同意我们交往？"

"别这样，百合子！你……不要这样……"

"那又是为什么呢？一龙，今天你……你怎么变得那样吞吞吐吐了呢？"

百合子有点不解地追问，但严一龙却沉默地摇了摇头，什么话都没有说。

"一龙，你……你知道日本的一个叫作井原西鹤的作家吗？"

面对严一龙的缄口不言，百合子突然转移了话题。

"井原西鹤？不，不知道啊！"

严一龙迷惑地摇摇头，他不知道百合子为什么在这种时刻突然提起一个日本作家。

"是啊，你当然是不会知道的。井原西鹤是日本江户时期著名的作家，他的小说被改编成了狂言、歌舞伎和戏剧等，在日本几乎家喻户晓，尤其是他的短篇小说集《好色五人女》……"

"《好色五人女》？"

"是啊！那本小说集是根据江户时代五个女人的真实经历改编的，特别是写'八百屋的阿七姑娘'那一篇更是名扬日本。那个女主角，阿七姑娘，唉……她的遭遇可真是让人可怜啊……"

"八百屋的阿七姑娘……它讲了一个什么样的故事呢？"

严一龙怔怔地问道。他实在想不明白，百合子此刻为什么要讲述一个发生在江户时期的故事。

"这……算了,不讲这个了,这些内容,留着你以后自己去看吧……"

百合子望着严一龙,发现他正专注地睁大了眼睛,期望去探寻她的真实想法之后,突然又提高了嗓音,中断了他们之间的对话。她沉默着,把悬念留了下来。还诡异地笑了一下,让严一龙如坠迷雾,更加摸不着头脑了。

屋子里又沉寂下来,只有音乐声还在继续。那像是一首江户时期的演歌,词曲幽怨悲怜、柔和缠绵,而演唱者忧郁的声音,又使那本来已经显得悲凉的曲调变得更加凄美了。

也许是触景生情,百合子也变得忧郁起来。她没有吱声,只是下意识地抚摸着严一龙的手。没过多久,她突然像触了电似的,低声惊叫了起来。

"啊,一龙,你的手……这……这伤疤……"

百合子抬起身子,端详着那块伤疤,露出了心疼而又不解的表情。显然,她摸到的是严一龙在奔赴旅顺战场之前,向许文娟表达心迹时,用烧红的煤块烫在左手掌心留下来的痕迹。

"这……一定是战争带来的吧?"

正当百合子沉浸在对那条伤疤的猜测中时,身边的严一龙发出了压抑的抽泣声。

"一龙,你……你怎么了……"

百合子痴痴地问道,但是严一龙没有回答。那时,他的眼睛里满含着泪水,全然不顾不知所措的百合子。毫无疑问,和严一龙复杂的人生感悟相比,百合子显然要简单得多。

"一定又是思乡之情在作祟吧!尤其是像一龙哥那样多情的男子……"

百合子只能去猜,去揣摩严一龙的心思。她虽然任性、多疑,但是一旦遇到了吸引她的眼神，能够让她心动的男人，属于女性的那种天然的同情心就会被调动出来。那时，男人的眼泪就像是一种催化剂，把隐藏在女人心灵深处的母性甚至母爱催化出来，使她的亲吻甜蜜而具有力量，给她的男人以勇气，让他不再软弱，也没有悲伤。那种情愫实在无法解释，也没有什么道理可讲。它纯洁得就像是一张白纸，可以任人涂鸦和描绘。

终于，严一龙停止了啜泣。他仰起头，用手背擦了一下脸上的泪痕。他的眼神羞涩而回避，也并没有解释自己伤心的原因。这是一种说不清、道不明的情感。它和伦理道德有关，是一种孤独和绝望的发泄。它是复杂的，不仅会让自己感伤，还会传染给别人，使温情脉脉而又生性多疑的百合子在冥冥之中感觉到了责任，觉得自己应该成为他的太阳，用她的光芒照亮他的回家之路。

从那以后，百合子就周旋在她父亲的身边，催促着老高桥，要他尽快筹备他们在大连的公司。

这一天终于到来了。

1908年8月，三和洋行大连分行在大连正式挂牌开张了。同时，高桥旭也采纳了百合子的意见，让严一龙作为他儿子的助手，与高桥正夫一道被派往三和洋行大连分行工作。当然，这也是他听从了夫人洋子的意见，经过反复地思考，并对儿子做了再三关照，要他在中国好好考察严一龙一番以后才做出的决定。对此，百合子的心情既兴奋又复杂。为此，她忍不住要把哥哥拉到父亲跟前，要高桥正夫答应，无论如何都要善待严一龙。

这个让严一龙心旌摇荡的消息是百合子带来的。当她眼泪汪汪地把高桥旭的决定告诉他时，这个心神不定的男人瞬间愣住了。他心潮起伏，无法自拔。那种复杂的情感顿时化成了热泪，从他那兴奋而又愧疚的眸子里滚了出来。他甩了一下脑袋，抱住了百合子，只觉得自己已经无颜再去探视她的眼睛了……

啊，那真是没有办法想象的。那种游离在百合子和许文娟之间的不能言喻的情感，或许正是他的揪心之处，让他痛楚却又无法坦诚相对。

在严一龙离开日本前夕，高桥旭把他叫到身边，用一种极为严厉的口气和他谈了一次话。老高桥警告严一龙，要他无条件地听从高桥正夫的命令，包括不能擅自离开公司，以及和不知底细的人交往等等。此外，老高桥也给严一龙灌了一些蜜糖。他告诉严一龙，自己是出于无奈才临时把儿子派往中国的，这只是一个权宜之计。一旦公司走向正轨，他就会把高桥正夫召回日本，接自己的班，帮助他主持白虎会的工作。到那时，严一龙就会成为三和洋行大连分行的总经理，全权代理高桥家族在中国的业务。

高桥旭的许愿让严一龙浮想联翩，产生了无数个梦想。带着那种将信将疑，一半是火焰，一半又是海水的心情，他告别了高桥一家，登上了前往中国旅顺港的丸旗号客轮。

第 四 章

14. 看走了眼

走进未知世界就像是进入一场梦境一样，绝不是一件容易的事情，尤其是在1907年那个时局动荡，危机四伏，酝酿着革命，造就着灾难的时候。

许文娟就是在那一年嫁到在大连南满铁路局工作的李玉强家里的。

那时她还不到二十四岁，青春年少、风华正茂。虽然经历了月缺花残、生离死别的苦楚，但是在思无量尼姑庵的修行和清莲住持不厌其烦的开解，还是让她那颗破碎的心灵得到了抚慰，至少可以走出当初那种痛不欲生的状态了。那时，由列宁领导的布尔什维克在十月革命中推翻了俄国沙皇统治，第一次世界大战一触即发。而根据1905年9月和俄国人签订的《朴次茅斯条约》，日本政府又从俄国人手中接过了包括旅顺、大连和南满铁路在内的所有施政权，正准备在中国大地上，用日本式的铁镣代替俄国人的枷锁。

中国的方方面面，正发生着翻天覆地的变化，尤其是对于李玉强这个曾经横行南满铁路局的家族来说。

李玉强的父亲叫李秀根，是个出身土匪家庭的混子。在太平治世，这种人原本不可能有任何机会，但是在晚清末期的满洲，恰恰给了罪恶以温床。这时的李秀根看准了时机，趁着义和团之乱，抱上了正虎视眈眈地觊觎整个东北亚地区的老毛子的大腿,当上了俄国人在南满铁路警务部门的督察。一朝权在手,便把令来行。从此,李秀根把他的狐朋狗党召集在一起,利用铁路局安保之便,培植了一个无恶不作的流氓集团,由此开始呼风唤雨,为人处世八面威风。

他的儿子李玉强也正是在那时被他塞进南满铁路局的。这个游手好闲、不思进取的花花公子,仗着他老爹的照应,在铁路局常常欺侮和他一起工作的女职工,制造了一起又一起风流事件。尽管多次被路局管理部门警告或除名,但总是能在其老子的庇护下,换着花样地"转世托生"。

然而,风水轮流转。谁也不会想到,发生在满洲大地上的日俄大战,不仅大规模地影响了这片土地上的黎民苍生,也让流氓李家的命运发生了强烈的逆转。

就在李玉强四十三岁那一年,全面接管旅大地区的日本人派出警察清洗了老毛子留下的黑恶势力。他们在大庭广众之下吊死了李秀根,以儆效尤。又把他的儿子李玉强从已经更名为满洲铁路局株式会社的保安部门赶了出去,让他彻底丢掉了饭碗。突然间的巨大变故把李玉强的母亲吓得半死,没过多久,她也跟着她的老头子一命呜呼了。

然而,在短短的一年中失去双亲,找工作又四处碰壁的李玉强却不知悔过,仗着他老爹巧取豪夺留下的家底,继续吃喝嫖赌、花天酒地,毫不收敛。某一天,在牌桌上输个精光以后,在争吵中,李玉强突发脑出血,不省人事地倒在了赌台上。虽然被送进了医院,暂时留下了小命,但却落下了半身不遂以及语言功能障碍等后遗症。从那以后,李玉强的生活就无法自理,离不开人的照顾了。

这就是李家宁愿出重金也要和许文娟成亲的原因。

这件事是由李玉强的姨妈来操作的,是她和媒婆张小翠合谋,连哄带骗地把许文娟娶进了家门。那一天,当拄着拐杖的李玉强揭开了许文娟的盖头时,他兴奋地拍打起了自己的脑门,嘴角难以控制地咧向了耳根。他做梦都不会想到，桃花运竟然会降临到他这样只剩下半条命的人身上。

可是，李玉强的样子却让许文娟的心不由得凉了半截。

毫无疑问，在成亲之前，新娘都会对未来的婆家怀有很多期待，许文娟自然也不例外。在到达李家之前，她也做过猜想，最坏的、最丑的、最让人厌恶的，等等。她并不敢奢望媒婆能给她介绍什么好人家，但未来的丈夫竟是一个无法自理的病人，则是她打死都不可能想到的。

就这样吧，当所有的想象都离开了她的时候，许文娟所能做的，也只能是面对现实罢了。日子还是要过下去，要想生存就必须认命。只是，从此以后，生性活泼的许文娟选择了缄默不语。

这或许是一种防卫的手段，是她关上了心灵大门的象征。但是也有例外。每当手脚不便的李玉强咿咿呀呀地恳求许文娟，向她献殷勤、示弱或者哀号，她也会颤抖着闭上眼睛，去施舍她的柔软与温存。这不需要思想，只要有发烧的身体就行。只是，当许文娟恢复理智，她感到痛苦和悲凉。在那时，她的脸上会挂上冰霜，心灵之门随即关上。这自然会激起李玉强的愤怒，只要他够得着，他不够利索的上肢仍然能对这个弱女子施以老拳，仍然能揪着她的头发使劲殴打。如果他够不着，他也会拿起手边一切工具，扔她、砸她，加上含糊不清的唾骂。许文娟不堪其辱，只能披散着头发，夺路而逃。

这样的日子周而复始，似乎看不到尽头，但又能怎么样呢？对许文娟来说，她已经无家可归，只能选择半夜出逃，清晨归来。回来以后，她煮饭熬粥，伺候李玉强的一日三餐，还要洗涮打扫，把一个原本臭烘烘的家料理得井井有条。有好多算命的忍不住跑到李玉强的姨妈家，谄媚地夸奖李家的运气，说了许多重振雄风之类的好话。他们甚至断定，在不久的将来，许文娟还会给李家怀上个大胖小子，这个家族的未来，一定还会兴旺发达。

然而，所有的祝福都是一厢情愿，什么好运都没有出现，相反，李秀根留下的财产却见了底,就连常常给予他们资助的李玉强的姨妈也因为时局的动荡而自顾不暇了。为了维持生计,补贴家用,李玉强只能打发许文娟外出做工。这正好也应了许文娟的心思,她早就不想看李玉强那张脸,不想过那种稍有不慎就会挨打受骂的日子了。为了能够早日脱身,许文娟让母亲王彩云帮忙在亲戚家找来一个名叫月花的姑娘,住在家里照顾李玉强。而自己则来到了由日本人出资和经营的著名的紫金阁会所,做了一名女招待。

紫金阁会所建在大连老虎滩的山脚下,面向大海,背靠黑松林,是一座独具特色的日本式庭园建筑,也是当地唯一的高档会所。它占地不大,但也有几十间各自独立的居室。会所的布置隐秘安逸,气氛悠闲舒适,既适合喝酒行乐,也能供人随时休息。如此匠心独具的风水宝地,它的客人自然也是那些有钱有势的头面人物,一般人是绝对没有胆量到那里一掷千金、寻欢作乐的。

而且,虽说紫金阁只有二十来个女招待,人数不多,但她们个个肤白貌美、风姿绰约,甚至还有一点见识和文化,能够陪客人很好地饮酒聊天。这正是紫金阁有别于大连其他青楼酒馆的地方。而且,在紫金阁里,姑娘们只卖艺,不卖身。

为了保护那些百里挑一才精选到手的姑娘们的安全,紫金阁流行一条不成文的规矩。据说,那是日本明治维新运动的始创者们定下来的,它的目的是保护女性的权益,让那些即使受到过玷污的姑娘,也能有机会安心地、不受歧视地参加工作。为此,在紫金阁,除了久美子这个日本籍老板娘以外,其他人员都不能询问姑娘们的出处。而姑娘们则可以根据自己的需要,隐姓埋名地接待客人,不会因此而受到骚扰。这正是吸引许文娟的地方,尤其是这里的收入也不少,因此,当初有人做介绍时,她未经思索就同意来这里工作了。

此后,她在紫金阁里换了一个名字,清子。许文娟以"清子"之名在这里干得得心应手,可以说,深得那个日本老板娘久美子的赏识。

很快，两年过去了。

1909年，在日俄战争结束四年后的一天，许文娟受到久美子的委托，送一位紫金阁的顾客。这一天，他准备带着妻子和孩子，到旅顺港乘坐客轮返回日本。

那时，旅顺和大连等地的施政权已经落入日本人之手，而他们所推行的又是把日本人移民到满洲地区的基本国策。尤其是和清政府签订了公约，取代了俄国在辽东半岛的利益，为称霸满洲全域打下了基础以后的一段时期，这里更是充斥了大量的日本移民。据统计，在日俄战争结束后的短短几年之内，该地区的日本人口一下子就增加到了五万之多。

现在，日本政府要做的，就是如何找到借口，把早已撤回国内的日本军队，再一次地派遣到满洲来。

当许文娟把日本客人送到旅顺码头候客厅的时候，正逢从日本横滨港开来的丸旗号客轮靠岸，旅客们正陆续下船的繁忙时刻。那时，码头上人来人往，穿着和服的日本旅客跶着木屐，拎着旅行袋和行李箱，鱼贯地从轮船上走下来，朝码头的出口处蜂拥而去。就在那时，当许文娟把客人带到检票口，准备最后的送别之际，她看见了候客厅玻璃窗外走过一个熟悉的身影。他穿着灰色和服，拎着行李箱，和同行的日本人正在谈笑着什么。其间，他向停在出口处的黑色轿车挥了挥手，轿车那边两个西装革履的男人也在微笑着向他们挥手打招呼。显然，那辆轿车是派来迎接他们的。

而此刻，许文娟简直不敢相信自己的眼睛。

"一龙哥……难道是他……一龙哥？啊，没错，真的是他，真的是一龙哥！一龙哥啊……"

许文娟的眼睛湿润了。是啊，怎么那么巧……那么巧呢？这个日本服饰的男人，他……他……难道他不是我日思夜盼着的严一龙吗？

"啊……一龙哥、一龙哥……"

许文娟失神地大声叫了起来。她踮起脚尖，拼命地向着严一龙匆匆远去的背影挥起了手。可是那时，窗外熙熙攘攘、人头攒动，一龙哥怎么可能听见她声嘶力竭的叫喊呢？

"怎么？看见熟人了……"

正在准备检票登船的日本客人僵在了那里，有种走也不是、不走也不是的尴尬。而且，她的失态显然也让他们感到诧异。

"是的，对……对不起，我确实看到了熟人！是的，不过……"

许文娟语无伦次地回答，那种慌乱之情溢于言表。

"清子小姐，你快去忙吧，我们自己可以走的。"

也许是出于同情，客人中的日本主妇从许文娟手里接过船票，并把它递给了穿着警服的检票员。

"啊……对不起了！谢谢，谢谢你们！祝福你们一路平安……"

许文娟连连点头，向他们鞠躬赔罪，并目视着他们通过检票口以后才匆匆转身。她绕过后面的人群，竭尽全力地向候客厅外跑去。现在是最最关键的时刻，她不能让从天上掉下来的机会，就这样在她的眼皮子底下白白逃掉啊……

但是，当她好不容易冲到了候客厅之外，那个被她认定为严一龙的男人已经坐上了黑色轿车，而且，车子也启动了，正在缓缓地向码头外面的大道上驶去。

"一龙……一龙哥……"

许文娟挥着手，一边呼喊，一边追赶，期望轿车里的男人能听到她的声音，看到她的身影。但那显然是徒劳，因为那辆车正加速向左边的大道上拐去，而且马上就要消失了。也许是来自上苍的恩典，就在轿车驶入大道的刹那，车身的侧面的文字短暂而又清晰地暴露了出来。许文娟看到了"三和洋行"几个白色的大字，它那么醒目，那么刺眼，让许文娟的双膝一下子就酸软了。

"一龙哥……"

许文娟的呼吸越来越急促，她已经泣不成声，却仍然跟跟跄跄地坚持着，向轿车驶离的方向追去。黑色的轿车早已绝尘而去，但在许文娟那被泪水冲刷过的、茫然失措的眼神背后，升起了一种信念，一种由希望带来的光芒。那光芒充实了她的灵魂，让她看到了命运的转机……

15. 脑海中的风暴

这几天应该是许文娟最最难熬的时刻。无论是白天还是黑夜，无论是工作时还是睡梦中，她都在回想着看见严一龙的情景，推敲着其中一个又一个的细节。

"那个穿日本和服的男人是一龙哥吗？"

"没错，我不会看错，那是千真万确的！"

"那么说，失踪多年的一龙哥去了日本？现在，他从日本回来了？"

"应该是的。他从日本横滨开来的客轮上走下来，被一辆写着'三和洋行'的轿车接走了……"

"为什么会写着'三和洋行'？三和洋行意味着什么？它又在哪里呢？在旅顺、大连，或者其他什么地方？它和一龙哥有什么关系吗？难道一龙哥在那里工作？为什么他不提前想办法告诉我呢？难道是因为找不到我……"

许文娟在自问自答中，越来越沉默了。显然，她提出的都是最为重要的问题，是关键中的关键。它们缠绕着她，却不能给她回答。

"啊，不能气馁，不能气馁啊！我无论如何也要找到答案！"

许文娟给自己下着命令。她本是一个意志坚定的人，而现在那种意志更是变成了信念，升华到了精神高度。她费尽心机地思考，把大脑中的思维演变成清晰的轮廓，并把焦点对准了"三和洋行"。没错，只要找到三和洋行，就可以找到严一龙！可是，怎样才能找到三和洋行呢？许文娟思忖良久。终于，像是从梦境中苏醒过来一样，她确信自己有了答案。

许文娟把寻找的方向放在了前来紫金阁喝酒的日本客人身上。

"没错，这是肯定的。到这里来的日本人，或者帮日本人工作的中国人里面的业务对象和合作者中间，一定会有三和洋行的人！"

许文娟的思路被打开了。她不厌其烦地询问紫金阁的客人，并把重点放到了在辽东半岛区域工作的日本商社职员身上。很快，她就从一个日本商人的身上找到了答案。

"这是一个新成立的公司，它应该在大连东大门的关西街。我去过那里……"

那个日本商人肯定地告诉她。

"东大门、关西街……"

许文娟反复咀嚼着那几个地名，内心久久不能平静。一个星期以后，她得到老板娘的批准，走出紫金阁，去寻找她的恋人了。许文娟把自己好好地梳洗打扮了一番，戴上了严一龙赠送给她的贝壳项链，坐车来到了位于东大门的关西街，没费多大劲就找到了三和洋行大连分行那幢四层高的大楼了。虽然门警没有让她进去，但她还是纠缠着打听到了一些严一龙的消息。

"一龙哥果然在那里工作……"

许文娟窃喜着，志得意满地回到了紫金阁。她以为，自己的心情终于可以平静一阵子了，但没想到，此后的日子却更加难熬。她的思想混乱到了极点，陷入了一种不可理喻的状态当中。

"我应该去见一龙哥，到三和洋行找他去！可是我……我又该怎么跟他说呢？能说我已经嫁人了吗？虽然那是父母之命，媒妁之言，可是一龙哥他……他能原谅我吗？万一，他不肯原谅我呢……"

许文娟瞪大了眼睛，眼神空洞、脑子发热，一种强烈的骚动扰乱着她的思绪,让她难以看到方向。

"可是……我说这些干什么呢?去追念伤怀的往事,表达内心的痛苦,显示自己的清白,或者在他面前大哭一场,来洗刷自己的耻辱,博取他的同情吗……"

许文娟反反复复地责问自己,却并没有找到更好的答案。但最终,那种在爱人面前坦白,一吐而快,然后听命于老天安排的想法还是占了上风。

"是的,我应该这样做。因为我爱他,希望他能幸福,有一个圆满的爱情,一个他应该得到的归宿。可是……结果呢……毫无疑问,那些妄动和愚蠢给我带来的只是痛苦、悲哀、黑暗和绝望!我……我怎么能这么做呢?不,绝不能这样!要知道,是严一龙让我咬着牙活到今天的,我凭什么一定要把伤口裸露给他看呢?我应该瞒着他,或者……根本就没有必要去找他!我应该等着,让他来找我,就当我从没去过旅顺港码头,从没在那里看到他……我……我什么都不清楚,什么都不知道!对,对啊,我应该这样做!什么东大门、关西街的,让那个三和洋行见鬼去吧……"

许文娟在心里点了点头,她觉得自己找对了方向,而且是唯一能够让自己获得安宁的好方法。她把视线投向了窗外,那是紫金阁的庭院,那里有一片绿荫。把心灵沉到那里去,她感到心安理得。

一天就这样过去了。许文娟觉得过得很充实、很坦然。又过了两天,好像也还可以,还能感到心安理得。然而,到了第四天,应该说是在第四天的晚上,许文娟忍受不下去了。那种烦躁不安之感,狂风暴雨般袭来,让她心悸,喘不过气来。

她觉得有人在窥视她。为此,她吹熄了炕桌上的油灯,在黑暗中凝视四周。当然什么也不会有,但那种压迫感依然纠缠着她,让她不得不捧起脑袋,睁大眼睛,一再地想象和思考。终于,她感觉到了,她一直想要摒弃在心灵之外的东西,此刻已经推开了门,骇然闯到了她的眼前。

"啊,我不能再欺骗自己了!自从战争结束以后,我为了寻找严一龙,费了多少劲,流了多少泪,度过了多少个不眠之夜啊!幸亏苍天有眼,它怜惜地把严一龙送了过来,让我能看见他,在稍纵即逝的机会里看到'三和洋行'那几个字,轻而易举地得到那个地址,还在大楼警卫那里确认了他的存在……可是现在,我明明知道一龙哥就在那幢楼里,却不敢去找他,只能躲在这里胡思乱想,这……这又是为什么呢?不行,不行啊,我得去,应该赶快去,我怎么能不去见他呢?难道……难道我就这样没有勇气吗……"

许文娟自叹着,从炕上坐了起来。她盯着天花板,期望从黑暗中梳理出正确的答案。

"是的,我得去,向他坦白,把我的遭遇告诉他,接受他的审判。至少……我至少也要写一封信给他,让他知道我一直在找他,找得那么辛苦!我……唉,可怜哪,我竟然那样想他、爱他,为他销得心憔悴……"

许文娟喃喃地叙说,还深深地叹了一口气。她好像下定了决心,不,那应该是一种不可抑制的冲动。

"是的,我应该给他写信!不管什么结果,我都不能再等下去了!我要见到他,越快越好……"

许文娟坐了起来。她披上衣服,点燃油灯,拿出白纸,歪歪扭扭地写了起来。第二天早上,她又向紫金阁的老板娘请了假,风风火火地赶到东大门关西街三和洋行大连分行,央求那个门警,放她进去寻找严一龙。

然而,还是不行。那个门警与几天前判若两人,变得粗暴起来。

"说什么都没用,我不会让你进去的!你以为你是谁,竟然指名道姓地要找我们公司的头,简直是不知道天高地厚!行了,别纠缠了,你别再到这里来了……"

门警提高了嗓门,不耐烦地训斥她。但还是架不住许文娟的再三央求,同意收下了她昨晚花了整整三个小时才写成的充满深情的书信。

"行了吧,现在你可以走了吧?"

"是的,我这就走!好人,您真是一个好人!谢谢您,拜托您了……"

许文娟流出了眼泪,并向后退去。走出很远,她还在鞠躬致谢。

"总算完成心愿了,接下去的事就交给命运吧……"

许文娟啜嚅着、念叨着,把希望寄托在了明天。在此后的两个多星期里,她始终记挂着这件事,甚至还计算着邮递员送信到紫金阁来的时间,期望能够得到严一龙哪怕只是只言片语的回答。

等待是情人间最为痛苦的经历。它是腐蚀剂,是毒药,是诡诈的陷阱。它消磨人的意志,腐蚀人的灵魂,让人的精神在妄念中崩溃。然而,此刻的许文娟却感受不到那些。在紫金阁的风花雪月里,在每天如一日的昏昏沉沉之中,许文娟想的都是和严一龙有关的事情。是啊,谁能想到,那些刻骨铭心的岁月,那些海誓山盟般的爱情,一旦别离,就会成为断线的风筝,飞得无影无踪。几度风雨之后,它竟然还会惊鸿再现,让那个朝思暮念着的一龙哥,与她近在咫尺,却又宛如在天边一般……

许文娟不得不感叹这种命运的捉弄。她不明白,严一龙为什么不肯马上来看她?为什么不立即给她写信?她甚至怀疑起了自己和严一龙的交往,是否真的是她想象中的那样生死不渝?啊,爱情真是一个魔鬼啊,它游离在人类情感的两个终极,非祸即福,非爱即恨。它藏匿在《荷马史诗》的巨兽搏斗中,又散发在但丁诗歌的忧愁缠绵里,既放出光芒,又制造黑暗。在人类情感的世界里,还有什么能比爱情更让人景仰,又更让人绝望呢……

几天过去了,严一龙仍然音信杳无,那种状况显然异常,让许文娟变得更加心神不宁了。她自然不会想到,那一天,她离开三和洋行大连分行大楼还不到一分钟，那封编织着她的万千柔情，寄托着她无限牵挂的信件，就被那个门警撕得粉碎，扔进了大楼收发室的垃圾桶了。

16. 重　逢

正如许文娟所看到的那样，那一天，在旅顺港坐上三和洋行派来的黑色轿车，一路绝尘而去的，正是从日本横滨出发，乘坐丸旗号客轮来大连赴任的严一龙和高桥正夫。多日的海上旅行虽令人疲倦不堪，但是，久违的家乡的空气还是让严一龙激动不已。

在大连分行职员们的簇拥下，严一龙和高桥正夫住进了洋行新建的公馆。他们俩的卧室隔廊相望，于公于私，走动起来都非常方便。这种安排抬高了严一龙在公司的地位，让公司上下百十来号员工对他都不敢小觑。但是，这种待遇也束缚了严一龙的自由，让他时时刻刻处在小高桥和同僚们的眼皮子底下，于无形中增加了压力。这或许正是高桥旭的安排，百合子的授意，或许三和洋行的职员已经接到了高桥旭的指示，要他们随时监视严一龙的举动，并定期向远在日本的老高桥父女打小报告。总之，一切皆有可能，因为百合子在为严一龙创造回到中国的机会时，也为他画了一个圈，让他只能从事高桥家族限定范围内的事情。百合子只是希望他就此释怀乡愁，并不意味着放任自流，更不可能允许他和其他女人有相处的机会。这是女人的本能，而像百合子那样有权有势又有时间的女子，对感情的投入度和占有欲往往更加强烈。对此，严一龙无法确认，但却常常能感觉到隐藏在公司里面的百合子的眼睛。然而，毕竟已经远隔重洋，百合子不太可能随心所欲地去控制严一龙了。这一点，就像重获自由的严一龙一样，他也不会再去唯命是从的。

其实，自从走进高桥家的第一天起，严一龙对百合子的感情，就掺入了很多虚伪自私的东西。为了在人生地不熟的日本生存下来,他要利用百合子的感情,要依靠高桥家族的势力。为了早日回国,与许文娟重续姻缘,他也同样要利用百合子的特权。严一龙的目的自私而又猥琐,但却又不得不这样做。这种状态和他的生存环境有关,尽管他会因此而受到良心的折磨,心灵深处也会背上沉重的包袱,但是,多少也可以让人理解。

鉴于此,在回到大连初期,严一龙不得不克制住自己的感情。他既不敢造次地寻找父母,也不敢给许尚水写信,他担心自己所做的一切都会被许文娟知晓,并且顺藤摸瓜地找到三和洋行来。许文娟是这样的人,只要有任何一点蛛丝马迹,她都会找上门来的。他相信她对自己的感情。可是,一旦真有那样的事情发生,可就大难临头了啊!

在没有找到万全之策之前,严一龙必须和高桥正夫一起行动,老老实实地处理公司的事务,用忠诚和安分守己把自己伪装起来。而且那时,严一龙对三和洋行大连分行的工作还两眼一抹黑,从这个角度来看,他也需要安下心来,好好地学习业务,尤其是在他刚刚来到三和洋行大连分行的日子里。

严一龙企图用繁忙的工作填补对于许文娟的思念。但是,在夜深人静时,许文娟的容貌和声音还是会难以抑制地浮现在他的脑海里。她的喃喃细语,那温柔的气息,在万籁俱寂之中,由轻而重,由远而近,竟会把他的耳膜震得铮铮作响。这样的日子,严一龙怎么能够泰然处之呢?

"不……不行!我一定得想办法,尽快联系上娟子,不能再让她等待,再让她失望了……"

严一龙翻身下床,在卧室踱起了方步。他的脑子飞快地转着,终于从一团乱麻中,找到了清晰的线索。

他发现了一个两全其美的方法,为此,他立即着手给他的父亲写信。他想通过父亲严子鹏的帮助，把他回国的消息转告许文娟，并让她明白，自己暂时不能和她联系的苦衷。

严一龙做得天衣无缝，但命运却并不那么俯首帖耳，甚至还会出人意料地掀起漩涡。因为有些事情既没有办法推理也不可能预测，只能凭借运气才行。

可惜，严一龙的运气不够，终于危机出现了。那一天，高桥正夫突然拉住他，邀请他一起到紫金阁去喝酒。那是很少见的事情，但也非常自然。要知道，紫金阁本来就是日本人和大连上流社会人士喝酒作乐的地方啊！

高桥正夫的提议无可厚非，严一龙自然也不能反对。

也许，高桥正夫已经是紫金阁的常客了，他一进门就对前来迎接的侍女嚷嚷着要见老板娘久美子，并指名要一个名叫玉梅的姑娘来侍候他们。高桥正夫告诉严一龙，说玉梅姑娘会弹三弦，还会配着琴声唱歌，正是她幽幽的琴音和缠绵的歌声吸引了他，才让他把所有的空闲时间都扔在了这里的。看来，高桥正夫不但治愈了枪伤，也扫除了战争带给他的心灵上的阴影。虽然丢掉了一只胳膊，但却给他换来了难得的自信和潇洒。他帮助父亲处理日本三和洋行的贸易工作，和老高桥一起扶助以孙文为首的中国流亡革命家，并凭着敏锐的眼光，趁着清朝末期中国各路义军准备发动革命的机会，向他们出售日本产的武器装备。他们的军火生意做得顺风顺水，因此，三和洋行不仅在大连成立了分行，还把触角伸向了广州和武汉等更加遥远的地方。为了从西方国家筹集资金，高桥家族又瞄准了上海，准备在那里成立分行，企图把东京、旅顺、武汉和上海连成一体，成为日本国内以对中国贸易为主要目标的最大的军火公司。

此刻的高桥正夫已经无法和过去相比了。虽然他还不会讲中文，但却熟悉了在中国各地的生活，从某种程度上讲，他真应该算是一个中国通了，尤其是在熟门熟路的大连、旅顺和辽东半岛各地。高桥正夫的变化还体现在他和严一龙之间的关系上。这或许是因为他接受了父亲的嘱托，也或许是因为他们之间一些微妙的变化，使得他不得不对严一龙产生戒心。总之，在来到大连以后，高桥正夫和严一龙之间如兄弟般肝胆相照的情谊一去不返了。二人对此心知肚明，只是不愿意挑明而已。

走进紫金阁那扇足有两米高、三米宽的金粉雕花大门以后，高桥正夫和严一龙就被老板娘久美子和女招待玉梅带进了被称为如玉厅的包房。玉梅一边把他们请到榻榻米的方桌两旁就座，一边通知内厅厨房准备好酒菜，随后拿起三弦，玉指轻拨，婉转啁啾地弹唱起来。那时候，如玉厅包房的拉门被悄悄打开了，一位同样着和式传统服饰，但妆容更加素雅的女子，端着烫热的酒壶和下酒小菜，静静地走了进来。当她俯下身子，准备把酒菜一一摆放在客人面前时，她那微微翘起的眉梢，就瞥见了正处在目瞪口呆之中的严一龙。

"啊……一龙哥！"

女子失声叫道，酒壶里面的酒洒了出来，打湿了严一龙的衣袖。

"清子，你怎么搞的，把酒都洒在客人衣服上了？妈妈，妈妈，您快来……快来呀……"

显然，来人正是许文娟。此刻，她的失态让玉梅大吃一惊。她立即放下三弦，走到方桌边上，拿出掖在腰间的手巾，帮严一龙擦拭起来。

然而此刻，严一龙已经难以回过神来了。他做梦都没想到，自己会在这样的地方，以这种形式和昔日的恋人见面。他嚅动着嘴唇，死死盯着失魂落魄的许文娟，正不知如何是好之时，老板娘久美子跑了进来。

"对不起，对不起……清子……你，你出去吧……"

久美子轻声命令着许文娟，并连连向严一龙致歉。她重新为客人们斟满了酒，极力想平息这一小小的意外事端。

"没事，没事……"

严一龙掩饰着自己的情绪，故作镇定地说。望着在惊愕中不情愿地退出包厢的许文娟，他眉头深蹙，咬紧了牙关，同时把酒盅里的清酒一股脑儿地倒进了嘴里。

但这一切，如何能逃过高桥正夫的眼睛呢？

"你，来过这里？"

"没有……"

"那你，认识这个女人？"

"不……不认识……"

"噢，是吗？这……这不可能吧？"

高桥正夫盯着严一龙的眼睛，表情充满了嘲弄。他虽然听不懂中国话，不知道刚才那个女人说的是什么，但是严一龙手足无措的样子却不能不令人狐疑。

"我想她……一定是认错人了！"

严一龙辩解着，并回避了高桥的眼神，不安地低下了脑袋。

"行了，别解释了，我明白着呢。不过……我还是要提醒你，不要辜负了我妹妹的一片情意……"

高桥正夫收起了他浮浪的表情，一字一顿地发出了警告。之后，他紧绷着脸，突然站了起来。

"行了，今天太扫兴了！没兴致，不喝了！"

他掏出钱包，把里面的纸币扔到桌子上，便自顾自地率先走出了包房，把不知所措的久美子和严一龙扔在了身后。

"完了……什么都不用说了，一切都完了，高桥正夫已经起了疑心，他一定发现了什么！或许今天就是他设的局，让我和许文娟相会，探测我们之间的情况，这……这是非常可能的，他或许早就知道了我和娟子的关系……"

严一龙惊恐不安地猜测着，心虚地跟着高桥正夫走出了紫金阁，一起坐上了一直等候在外的黑色轿车。回程中，他希望高桥正夫能开口说些什么，好让他多少能够猜一猜对方的心思，但高桥正夫却沉默着，紧锁眉头，把头望向了窗外，这更加重了严一龙的疑虑和不安。

这注定是严一龙的一个不眠之夜。

"这是怎么回事呢？上苍怎么会做出这样的安排，让娟子以这样的身份，在这样的场合出现？她叫什么？还被人叫作清子，并当着小高桥的面，叫我'一龙哥'！这……天哪，为什么会这样？这……这究竟是怎么回事啊……"

严一龙的思绪起伏跌宕，犹如一头沉没在深渊中的野兽。他的眼睛发酸，脑门发热，不得不推开窗子，让夜风吹进来，驱散他的慌乱。但是没过多久，他又匆匆关上了那扇窗，并蹑回到卧室门口，贴着门板，努力监听屋外走廊里的动静。他担心，此刻的高桥正夫会不会也在蹑手蹑脚地监听他的动静呢？

一个小时就这样过去了。严一龙除了烦恼，什么都没有得到。又过了一个小时，渐渐地，好像有一些模糊的线条，在他的脑子里形成，并且沉淀了下来。虽然还无法看到全貌，但毕竟已经清晰很多了……

"不行，我要像武士那样举起盾牌！虽然无法攻击，但却可以防御！事到如今，逃避恐怕已经无济于事了，只能奋起自卫，举起盾牌，挡住那可能射向自己的暗箭！"

下定了这样的决心以后，严一龙不免舒了一口气。而且，空气中传来的涩涩的、甜甜的海水的味道，似乎也在为他传送着力量。

"幸亏这里是祖国，是我的家乡，让我可以随心所欲地呼吸，并从中汲取力量！是啊，总会有办法的。浩瀚的大海上空，总会有飞鸟在翱翔！无常的人生背后，一定有拼搏的勇士！只要我有信心，就算掉进深渊，恐怕也能找到办法的……"

严一龙在心中暗暗盘算，他终于觉得，自己已经找到了对付高桥家族的方法。

17. 互吐心声

两天以后，在确认了高桥正夫到奉天出差的那个晚上，严一龙心怀鬼胎地走出了三和洋行大连分行的公馆。他一反常态地戴上黑色礼帽，并压低帽檐，遮住眼睛，深一脚浅一脚地悄悄来到了紫金阁。在紫金阁的大门外，他紧张地环顾了四周，犹豫一番之后，便轻轻推开了那扇酱红色的大门，对着殷勤迎接的女招待，笨拙地报出了许文娟的名字。这时，严一龙的神志是恍惚的，直到他看到女招待迷惑不解的表情以后，才发现了自己的失态。

"呵，对不起，是我记错了，她……她应该叫清……清子！请让清子姑娘来陪我吧……"

严一龙奇怪的举止引起了女招待的不安，她稍微犹豫了一下，干脆把老板娘请了过来。

"啊，是您啊！我知道您会来的！这次，恐怕是来请清子姑娘喝酒的吧？"

久美子满面春风，她好像早已料到了这一切。因为她深谙风月，早已有了非同一般的洞察力。上一次，从严先生和清子姑娘见面时的神态中，她就认定他们两人之间，有着非同一般的关系。今天，严先生是独自一人前来的，这就更加证实了久美子的判断。因此，她没有迟疑，马上把严一龙带到了一间叫作水云厅的包间。这个包间的拉门正对着庭院，是紫金阁里最为安静的房间。

安排好了严一龙以后，久美子就客客气气地退了出去。不久，她又把所谓的清子，也就是许文娟领到了水云厅的门口。这善意的举动让许文娟感激不尽。她向久美子深深鞠了一躬,便鼓足勇气推开了拉门。

许文娟今天的装束特别雅致。紫色的和服，日式的发髻，淡淡的粉妆和略显忧郁的神态，让她显得更加楚楚动人。然而，严一龙背对着她，似乎在欣赏窗外的风景，并没有转过身来。在沉默与凝重的气氛中，许文娟迟疑着，但还是开了口。

"对不起，一龙哥，上一次……给您添麻烦了……"

许文娟向严一龙欠了欠身子，眼圈倏地红了。然而，她带有哽咽的声音并没有带来什么反应，严一龙好像没有听见似的，仍然一动不动地望着窗外的景色。他似乎也在掩饰涌动在内心的紧张情绪，因为，那如鲠在喉的感觉，早已经在撕扯着他干哑的喉咙了。

"呵……这里，真是一个好地方啊！"

一阵沉默过后，严一龙轻咳一声，突然间开腔了。

"娟子，你……你是什么时候到这里来的？"

他似乎在寻找更合适的措辞，因此不得不一再地停顿。

"两年……不，应该是两年半以前……是经朋友介绍到这里来的……"

"朋友介绍的？你……你为什么要做这样的工作呢？这是你来的地方吗？唉……难道不能待在家乡，在那儿找一点事情做吗？"

严一龙突然转过身来，望着许文娟，向她抛出了一连串的问题。

"家乡？呵，家里哪有工作可做啊？我……我是为了活下去才出来做事的呀！在家乡……我……我们实在是无路可走了！战争结束后，海水变成了血水，到处都是死尸。我爹他们……渔民都不去捕鱼了，捕来的鱼也卖不掉，什么工作都没有，实在……实在是没有活路啊……"

许文娟潸然泪下，她停顿着，过了好一会儿，才抬起头来。而此时她发现，严一龙的眼角也泛出了红潮。

"仗一打完，我就去找您了，到处打听您的消息！那时，凡是在战场上活下来的人都回来了，就是看不到您的影子……我……我听不到任何有关您的消息啊……"

许文娟用衣袖擦拭着眼泪，她抽泣着，肩膀也随之耸动起伏。那种悲恸触动着严一龙的心灵,令他百感交集。他从口袋里掏出一块手绢,递给了许文娟。

"都怪我,都怪我啊……"

严一龙重新转过身去,再一次把目光投向了庭院外。此时,夜雾正在庭院里弥漫着,把花草树木都淹没了。

"一龙哥,您带我走吧!让我跟着您,不管到什么地方,再苦再累都行。只要和您在一起,我就是死了也心甘啊……"

在压抑的哭声中,许文娟突然伸出双手,上前两步,从背后抱住了严一龙。她把脸贴到他的脊背上,咬住了他的外套,企图去止住自己的哭声。世界在那一刻突然安静了,就连旅顺港的海浪都停止了翻卷。不知道为什么,因为就在那时,她想起了李玉强——那个绑架了她命运的男人!

"看来,一龙哥还不知道他的存在……但是,他早晚是会知道的,黄花沟的人总有一天会告诉他。与其这样,真不如早一点向他坦白,主动说出来的好。"

但是,虽然这么想,许文娟还是没有勇气张口。她担心,刚刚到手的幸福会瞬间消失,光明会再一次退回到黑暗里。而此刻,被悲伤深深触动的严一龙的内心最为柔软的地方,也出现了另外一个身影——那是百合子,她在刹那间闯进了严一龙的心窝,并且,用一双充满哀怨的眼睛,紧紧地盯住了这一对曾经的恋人。

这或许是另外一种心心相印?在这苦苦相恋的两个人中间,在他们久别重逢难舍难分之际,有一种力量,像电流一般地掠过他们的身心,让他们两人不约而同地慌乱起来。

严一龙颤抖着转过身来,像生怕自己摔倒一样,扶住了许文娟的肩膀。他的眼神闪烁,嘴唇翕动,欲言又止。是啊,能说些什么呢?那么多年过去了,娟子一定忍受了太多的苦痛才沦落至此的。作为恋人,他本应以十倍、百倍的代价去补偿才行啊……

严一龙悲欣交集，他似乎在寻找一种令人心安的方法，让他既对得起过去，也握得住未来。没过多久，他的眼睛就重新放出了光芒，似乎已经不再为情所困，或者已经无所畏惧，也无暇顾及了。此时此刻，还有什么力量可以熄灭那盏因饱蘸了岁月的桐油而毕剥燃烧起来的爱情之灯呢？在深情的注视中，严一龙猛地把娟子拥进怀里，亲吻着她的头发、她的额头，并且很快就贴到了她的唇上。他们如漆似胶地拥吻，就像两条在燃烧中缠绕在一起的火舌。那火焰越烧越旺，横亘在他们间那座时间的冰川在顷刻之间就消融了。

"娟子……你放心，一切都会好起来的！你等着，忍一忍，快了，我们肯定会在一起的！那时候，我会娶你，你一定会成为世界上最幸福、最漂亮的新娘……"

严一龙喃喃呓语着，吐出的是一连串的誓言。那许诺让许文娟沉醉，使多年未曾出现的笑容再度浮上了她的面庞，就像是一束盛开的花朵。许文娟沐浴着幸福，同时也陷入一种无法察觉的麻木当中。她丝毫也没有感受到，自己心爱的男人言语之间透露出来的那种困惑，更不可能去了解他背后的隐情。他们无法面对现实，只能怀揣着各自的秘密，把希望寄托给明天。

从那以后，许文娟背着瘫痪在家的李玉强，把紫金阁当成了两人重温昔日时光的场所。他们像在黄花沟谈恋爱时一样，在这里缠绵缱绻、难舍难分。只是，每一次云雨之后，他们都会惆怅失落，担心好事会被人戳破，幸福会突然消失。那种感觉，就像是沐浴在天堂的光芒里，却要时时刻刻去窥视正在地狱中蠢蠢欲动的魔鬼一样。

18. 较　量

也许是昨晚喝得太多，让酒精麻醉了头脑，严一龙一着枕头，就昏睡了过去，没过五分钟，就已经鼾声如雷了。早上醒来以后，他感到神清气爽。

这样好的睡眠是最近这段时间很少出现的。

自从和许文娟重逢，再次坠入爱河之后，严一龙几乎天天都在失眠。他躺在床上，望着天花板，试图屏蔽掉那些堆积在脑海中的杂念，但却没有任何效果。尽管他不断地努力，创造气氛，让自己产生睡意，但那些事情就如同章鱼的触角，在他的脑海里无限延伸，挥之不去，让他实在无法闭上眼睛。

这一天清晨五点钟左右，严一龙就起床了。他拉开窗帘，一束清冽的光影顿时倾泻了进来，这种奇妙的感觉使他情不自禁地把眼睛贴在了玻璃窗上。

天空正飘着雪花。久违的故乡的雪呵，那种情景如此亲切，使他仿佛在猛然间想起了童年时代打雪仗、堆雪人的事情。

"也许，会有什么好事发生……"

严一龙喃喃道。他的判断不无道理，因为老天常常会在适当的时候让万物景象和人的行动互相融合着，产生了巧妙而又喜悦的效果。可是，今天又会是什么呢？是晚上和许文娟见面，重复那些销魂的情事呢，还是会有其他什么惊喜或是不安？

想到这里，严一龙突然打了一个寒战。他发现，和许文娟重逢以来，当年那种纯真的感觉就再也不曾出现了。他感到迷惑，又希望把它归罪于时间，归罪于那场让人生死两茫茫的残酷的战争！是的，战争剥夺了他们的青春年华，摧毁了两小无猜的感情，把原本简单的关系变得复杂了起来。对此，严一龙摇摇头，他多少感觉到一些释怀。

上午九点钟，严一龙准时来到了办公大楼。今天，他要参加公司举办的年度会议。在他刚刚走进大门的时候，门警递过来一封信，它来自旅顺黄花沟，是驿站的邮差在一个小时以前送来的。那是父亲的回信，是严一龙一直期盼着的来自家乡的讯息。他是多么希望能从字里行间得到鼓舞，让他增加一些勇气和信心啊！

当他打开信封正想阅读时，高桥正夫闯了过来。他叫住严一龙，和他一起走进会议室。这使得严一龙不得不暂时把信件塞进口袋里。但是，尽管这样，那种迫切的心情还是让他离开了会议室的圆桌，找机会溜了出来。他躲进洗手间，仔细地阅读了那封信。那确实是他爸爸严子鹏的亲笔信。信中，除了表达对儿子的"死而复生"感到惊喜，以及介绍了家中情况之外，其他的内容都是和许文娟有关的。为此，严一龙睁大了眼睛，没有过上一分钟，就被信中所述的内容震惊了。

"……出于无奈，我们只能解除了和老许家的婚约。但是谁也没有想到，此后不久，许尚水竟然以三百两银子的价格，把娟子嫁给了在大连铁路局工作的一个名叫李玉强的人。娟子因此离开了黄花沟，至今音信全无……"

严一龙惊呆了，他盯着那几行字，怎么都不相信他爸爸所讲的这些会是真的。

"这……这怎么可能呢？难道娟子她……她一直在骗我？编造谎言、隐藏事实，为了某种目的，或者……纯粹是为了发泄怨恨，对我进行报复？啊，这……这真是太可怕了！"

严一龙一阵眩晕，又生怕漏掉什么信息似的，反复地研读那些文字。毫无疑问，至此，他已经多少了解了许文娟这些年来的遭遇。

"世事无常啊！但是娟子她……她为什么不如实地告诉我呢？我们见了那么多次面，每一次都水乳交融、难舍难分。这期间，她有一千个、一万个机会向我袒露心声，倾吐她的无奈。她也可以恨我，抱怨我。可是她……为什么要锁住心扉，强作欢颜呢？是担心我会介意，会生气，会怀恨在心，并从此离开她吗……"

严一龙揣摩不出任何头绪。是啊，当真诚被欺骗取代，悲伤和失落就会裹挟而来。可是，这能完全怪她吗？许文娟不是已经多次提出要我带着她远走高飞吗？这是不是在暗示我，希望在逃离这个苦海以后再告诉我真相呢?可是……

真是难以想象!人心真是一个阴谋的池塘,一个痛苦的舞台,对此,人们束手无策,只能视它为冰冷而又广阔的鸿沟……

两行热泪从严一龙的眼眶里滚落下来,他的身体几乎不受控制地抽搐着。然而,也正是在那个时候他才感悟到,他是那么地爱着她,全身心地爱着她啊!没错,娟子是他的,他不能没有她。她已经刻进了他的灵魂,就像灿烂的彩云,占据了他全部的视野,充满在他的脑海里,让他心无旁骛,万难回头!

不知过了多少分钟,他才在同僚的呼唤声中惊醒过来,离开洗手间,失魂落魄地回到会议室。他已经明显感觉到了,此刻,高桥正夫看他的眼神极其不满,其他人的眼神中也充满了疑惑。而且,高桥正夫在此后的讲话中还好几次提到了他的名字,但是他却恍恍惚惚的,什么都没有听进去。

会议终于结束了。显然,高桥正夫不会把他放走。他阴沉着脸,把严一龙叫到了自己的办公室。

"一龙君,你在想些什么?"

高桥正夫的眼神犀利,而且话中有话。

"我看你开会时心不在焉,大概没有听清楚我说的话吧?告诉你,一龙君,老爷子最近要来大连了。而且,百合子……她也会来,陪着老爷子一起来!"

"什么?百合子她……也要来吗?"

严一龙显然有些吃惊。

"怎么了?难道你不想见到她吗?告诉你,我妹妹她……可是再三地记挂着你呢!"

高桥正夫耸了耸肩膀,皮笑肉不笑地回答他。

"不……没有。当然,我……我也在……想着她呢。我只是担心,漫长的旅途对她来说,会是一种折磨……"

严一龙掩饰着内心的慌乱。那时，他又想起了百合子在她的卧室里跟他提到的那个日本作家井原西鹤，还有他的小说集《好色五人女》中的情节。此后，他按照百合子所说，到学校的图书馆里，把那本小说集借了出来，认认真真地读了一遍，尤其是其中的《八百屋阿七物语》那篇。

故事讲到，阿七姑娘因为家里发生火灾，只能到附近的吉祥寺去避难，并在那里和寺庙里的和尚吉三郎一起坠入了情网。后来，由于自家的房屋已经建好，阿七姑娘不得不和吉三郎分手，搬回家中。但是，由于对吉三郎的思念，她纵火烧毁了自己的家，企图再次搬到寺庙里去避难，以便和她的情人相会。结果，他们的奸情被官府侦破，阿七姑娘被判以火刑，殉情而死。

对于这样的情节，严一龙有点不以为然。他觉得，这大概是作家的想象和杜撰。尤其江户时期的日本，教育已经普及，怎么会出现那种愚蠢的人和事呢？可是，他有点不明白的是，一个著名的作家，为什么要编造一个如此荒唐的故事呢？而且，百合子为什么会在那种让人意乱情迷的夜晚，专门去提到这个故事呢？这……这到底是为什么呢？难道，百合子她……她也想模仿那个菜市场的阿七姑娘吗？她能怎么做呢？难道要到中国来放火烧房，后乘乱把自己劫回日本？这……这可能吗……

严一龙皱着双眉。他不知道百合子的出现会带来什么，是凶，是吉，还是其他的情况？或许，是她听说了自己和许文娟交往的事情，特意赶来兴师问罪的？

严一龙怔怔地想着，就像是被逼到了悬崖边上一样，刚刚找到了重获自由的感觉，却再一次陷入了两难的困境！

他不敢正视高桥正夫，但那种故作镇定的神情，还是逃不过高桥正夫的眼睛。这个曾经被他当作哥哥的日本人，此时冷冷地笑了一声，突然提高了声调，把今天的内容，直愣愣地甩给了严一龙。显然，今天他是有备而来的。那种胸有成竹和志在必得之感，直接击溃了严一龙心灵深处的防线。

"一龙君，我和朋友最近重游了旅顺的203高地，而且还……顺便去了一趟黄花沟……"

"黄花沟？"

"是啊，黄花沟！那……不是你的家乡吗？"

高桥正夫停顿了一下，显然话中有话。他从口袋里掏出烟斗，将里面塞满烟叶，点燃以后，慢慢地抽了起来。

"一龙君，下面的话我就不用再说了吧？其实，我早就知道你的事情了。还记得在紫金阁酒馆里发生过的事情吗？那一次，我只是想验证一下，传说中的情节是否属实。果然，一切都被证明了，你的慌乱说明了一切！既然这样，那么一龙君，我们就开诚布公地谈一谈吧。你，难道真的准备和紫金阁的那个清子，不，和你的老乡许文娟……娟子姑娘……就这样混下去吗？当然，这也是人之常情。你和她青梅竹马，又因故分别多年。为过去的情人尽一份心意，谁都可以理解。但是，你要明白，她已经嫁人了，她的丈夫叫李玉强！尽管他瘫痪在床，那也是她的丈夫，这一点，你恐怕比我更清楚！"

"她的丈夫……瘫在床上？"

"你还不知道吗？我已经调查过了。那个李玉强，他是个恶棍，劣迹斑斑、恶贯满盈。是老天的惩罚才让他得上那种病的,这是他的命，也是许文娟的命！命中注定，无法抗拒，难道你还不懂吗？还有……你要明白，这件事要是传到我妹妹的耳朵里，再让我老爸知道，那就不会像我现在讲的那样轻松简单了……"

高桥正夫尽量克制着他咬牙切齿的感觉，但那些话就像是针尖麦芒，一下一下地扎进严一龙的心里，让他痛得简直说不出话来。他抬起眼睛，看了高桥正夫一眼以后又低下了头，只觉得冷汗正一阵阵地从他的脊梁骨里冒出来。

"你，一龙君……准备怎么处理呢？"

高桥正夫步步紧逼。

"我……高桥兄，既然你都知道了，我就不瞒着了。你说得对，她叫许文娟，是我的恋人。我们是在那场战争开始之前订婚的。我的遭遇让她也跟着受罪，受歧视、受欺凌。为了活下去，她只能离开家乡，只能嫁人。可是，我万万没想到，她的丈夫竟然是一个瘫痪在床的病人！这……唉！高桥兄，难道你……你不觉得她可怜吗……"

"可怜？一龙君，你在说什么呢？她是否可怜已经与你没有关系了！她已经嫁了人，虽然嫁的是个废人，但这是她的命，命啊！天命不可违！这一点，我刚才已经说过了。可是，一龙君，我关心的并不是那些，这一点你应该明白！本来，这都是你的私事，如果不是为了我的妹妹百合子，我……才不会关心你的那些臭事情呢……"

说到这里，高桥正夫猛地停顿下来。他恶狠狠地盯着严一龙，并突然用他剩下的那只手朝桌子上狠狠地砸了下去。之后，他摇了摇头，喘了一口气，又大声说了起来。

"假如你不去处理这件事情，那我就只能报告给老爷子了。至于后果，我不用说你也会明白！当然，我也会因此惹祸上身，跟着你一块受到惩罚。但是，不用怀疑，首当其冲的，只能是你啊……"

"高桥兄，就当我求你了，你可千万别跟他们讲！尤其是百合子，她对我那么好，可是我……唉，这一切都是我造的孽啊！我对不住她，对不起百合子！可是，好兄弟，你说，我……我应该怎么办呢？"

严一龙抬起眼睛，求饶般地望着高桥正夫。

"毫不犹豫地离开那个女人！假如……假如你做不到，那就把她交给我，由我来处理……"

"你？可是……"

严一龙的眼睛湿润了。他知道高桥正夫话中的意思，而且这也是他最为担心的。他实在无法想象，失去了许文娟，那会是何种情景？

"啊，不！不行！我要保护她，不能让娟子受到任何伤害！假如连自己心爱的女人都保护不了，那我……我还算是男人吗？"

严一龙的喉咙里发出"咯咯"的声响，内心的誓言似乎马上就要冲口而出……

办公室里静默下来，一时间，天地万物似乎都静止了，心悸的感觉击打着严一龙，也悄悄感染着高桥正夫。

在某种程度上，高桥正夫或许还是讲一些情意的，要不他也不会帮助严一龙促成那笔和宋教仁之间的军火生意。高桥正夫有过那种感恩心，毕竟是在严一龙的帮助下，他才得以逃出生天的。前几天重游旅顺故地，他还曾特意走访了203高地。当年，他和严一龙正是从那片断垣残壁中亡命出逃的，或者说，他们是在俄国海军司令部的眼皮子底下逃走的。每当想起这场劫难，他都会从心底泛出感激之情。没错，严一龙是他的救命恩人。但是，尽管这样，他也不能辜负父亲的嘱托，他得坚决站在高桥家族一边，决不能容忍严一龙做出哪怕是任何一点侵犯高桥家族利益的事情。

高桥正夫仰起头，闭着眼睛，陷入了短暂的沉思。之后，他又自以为是地点了点头，似乎在掂量着那个隐藏在心底的计划。对此，他确实考虑了很长时间。沉默了好一会儿以后，他又像是下定了某种决心似的，突然换了一种口气。他想搞清楚严一龙的真实想法，以便对症下药地实施他的计划。

"一龙君，你……真的想娶她，让她为你生儿育女、传宗接代吗？"

"这……"

严一龙没想到高桥正夫会这样问。他沉吟了一下，点了点头，又使劲地摇了摇头，紧锁的双眉早已暴露了他内心的矛盾与纠结。

"我知道你想帮助她，以此来安抚自己的良心，这是很多男人的想法。不过……或许还存在更加两全其美的办法……"

"两全其美？"

"是的。我们可以帮许文娟找一个工作，给她一个住处，至少让她过得比现在好一点。哪怕是以我们洋行的名义，给她一个职位也行……"

高桥正夫诡异地笑了一下，抛出了他思谋良久的诱饵。

"给她找一个工作？以洋行的名义？如果真能做到，那就太好了！可是这……这可能吗……"

严一龙被彻底绕晕了。他当然不知道高桥正夫的心思，还以为对方念着旧情，正设身处地地为他着想呢。

"当然！但是，做这个事情是有条件的，那就是许文娟她……她必须用自己的手，去处理掉她的身边人。而且，我和你都不能去帮助她！"

"这是怎么回事？我……我不明白。她的身边人……难道你……指的是她的丈夫？你想让他们分手，休了她的丈夫？"

"男人对男人，是可以用决斗去解决的，但女人不行！女人只能动手，做掉这个男人！"

"做掉他？这……这可不行！她是个女人，手无缚鸡之力，也没有那种勇气，不可能去做这样的事。不……不行！这事不行！"

"为什么？女人？手无缚鸡之力？你……唉……你真是想错了，一龙君！一个狠心的女人的力量会超过十个男人！只要她肯动脑筋，用智谋，就没有什么做不到的！况且，她面对的是个离不开床板的废人，对于那个男人来讲，许文娟的力气已经足够大的了……"

"不，不行，许文娟她……她没这个胆量！要不……我们帮她去做吧，就是出了事，也能对付一阵子。而且，看在日本公司的面上，中国的警察多少也会卖点人情的……"

"不行，你别打这个主意，这不可能！这件事我们不能插手，更不能牵涉到公司。现在，东北的张作霖处处在找我们日本人的麻烦，日中关系变得越来越微妙，我们只能小心翼翼、谨慎行事才行，稍有疏忽就会惹出麻烦，酿成外交事件！所以，你和我都不能搅到这件事里面去，必须让那个女人自己动手，而且要赶在老爷子他们到旅顺以前完成！一龙君，你要好好想一想，这事不会那么难的！我……我可是为你着想才这么考虑的！这也是最后的方法了！而且，决不能再让此事拖泥带水地传到公司，更不能惊动老爷子……"

"可是，高桥兄，这事……我……真的没有勇气，也不忍心对她开口啊！"

"不忍心？一龙君，你真是个十足的混蛋！你不忍心对那个女人开口，但却有勇气对我妹妹伸出魔爪！你……你别以为我不知道，那一天，在我们家二楼走廊的拐角，我曾亲眼看见你偷偷摸摸地走进我妹妹的卧室！你……你到里面去干了什么？做了什么伤害我妹妹的事情？你……你简直就是一个流氓，竟敢玩弄我妹妹的感情！唉，当时的我……真想闯进去好好揍你一顿！可是我……我忍住了，看在你是我的救命恩人的分上，我还是强忍了下来。这口气拖到今天，也没有告诉老爷子！但是，这不等于它结束了，它没有完！不可能因为时过境迁，一切就都可以抹杀的！而且，事实也已经证明，你果然心怀鬼胎，一再地欺骗了我们。假如这一次……这一次，你仍然跟我耍心机，不老老实实地依计行事，那我们之间的恩义也只能就此了断，你也就不要怪我不客气了！"

高桥正夫愤恨地说着，燃烧着的情绪把他的脸都扭歪了。他举起那只健全的右臂，干净利落地做了一个抹脖子的动作，又把脸凑到举起的烟斗跟前，猛吸了一阵子以后，才不耐烦地站起来，率先走出了办公室，把错愕惊惶的严一龙丢在了身后。

"看来，没有什么可以考虑的余地了，高桥正夫已经洞察了一切，并对娟子做了最后的安排。是凶是吉，恐怕只能听天由命了……"

严一龙泥塑木雕般地呆立在原处，听渐行渐远的高桥正夫的脚步声，不由得打了几个寒战。毫无疑问，他已经被逼到墙角，没有退路了。

19. 人心后面是悬崖

　　辽东半岛的冬天苍凉而又阴郁。那种大雪后本该出现的阳光，此刻却躲进了厚厚的云层当中，锁住了大地最后的温暖。虽然没有起风，枯枝败叶没有被卷上天空，让空气多少保留了一些透亮，但却丝毫减轻不了重压在人们心头的阴霾。大街上，行人佝偻着身体，低头缩颈，匆匆而过，没有表情，没有声音，就像在幽冥的世界里一样，无法立足，也找不到任何怜悯之心。这或许正是人类社会纵贯古今历久不变的底色，它毫不手软地把上苍写在人们额头上的"希望"二字轻轻地抹掉，却又像什么都没有发生过似的，万年如一日地走到了今天。

　　刻骨的寒凉在那天晚上特别显著，尤其是在严一龙走出三和洋行公馆的时候。他步履蹒跚，脑子里一片空白，竟然破天荒地忘记了和许文娟约好的时间。他们本来说好晚上八点钟在紫金阁见面的，但现在已经是八点二十分了。不过，一切显然都不那么重要了，严一龙已经失去了往日的激情。他不知道自己应该对许文娟说些什么，也想象不到今后可能会发生的事情。他只是觉得，有一股力量在推着他，假如不顺势往前走，就一定会坠入万劫不复的深渊。到时候……一切或许就都晚了……

　　他有那种预感。

　　一辆驿车从远处奔驰而来，系在牡马脖子下面的一对铜铃叮当作响，打破了夜空的冷寂，让他下意识地挥了挥手，登上了停在他面前的驿车，把紫金阁的地址告诉了车夫。呵，一切都来得太过突然了，本来应该花工夫好好研究的事情，现在都没有时间去想了。高桥正夫已经为他设计好了一切，他必须赶在高桥旭一行到达旅顺之前去完成它。看来，他只能硬着头皮上了，即使前方是铁壁铜墙也要撞过去，就算是碰得头破血流也行。

马车在向前飞驰,但严一龙的心绪却被他的思维拉扯着往后拖行。面对两难的境地,他找不到解药。此刻,即便是集人类一切圣德于一身的救世主,面对递到嘴边的苦酒,恐怕也会左顾右盼、低头不决的。半个小时过去了,马车在铜铃的欢叫声中到达了紫金阁。严一龙付了车资,跳下马车,迟疑了一下之后,还是摁响了门铃。

开门的是接待过他的玉梅姑娘,她把他带进了水云厅。当严一龙拉开门走进去,准备吩咐玉梅姑娘去召唤许文娟时,却没有料到,玉梅从背后抱住了他。

"严先生,今天……让我来陪您解闷吧?和清子姑娘相比,我哪一点不如您的心意呢?"

"不,不行……快去叫清子!清子姑娘呢?"

严一龙慌乱而焦急。

"清子姑娘正在接待别的客人呢。严先生,今天就让我来陪您吧?这……不行吗?"

玉梅媚笑地讨好着。

"不……不行!今天我是来谈事的……"

严一龙沉下了脸,不耐烦地挣脱了她的双臂。

"可是……严先生,对不起,清子姑娘她……她正在和别的客人逗乐、喝酒呢……"

玉梅不情愿地松开手,还在试图挽回局面。

"行了,别说了!快去把你们的老板娘叫来吧……"

严一龙的厉声呵斥,让玉梅吃了一惊。她望了他一眼,有些委屈地躬了一下身,默默地退了出去。没过上两分钟,许文娟就被久美子带了进来。

"严先生,您好大的面子啊!我可是在别的客人面前硬拽着把清子姑娘换下来的!好吧,现在就把她交给您了……"

久美子瞄了严一龙一眼，表情中透露着一丝不满。

"给您……添麻烦了！"

严一龙点头应付了一下，直到久美子退出水云厅，并且把房门带好，才把目光落到许文娟身上。他发现她的穿着和往常不同，黑色的绸缎和服上，有丝线绣成的红色玫瑰。那种以红与黑为主要色调的日式装扮，让许文娟显得格外骄矜。

"和服的颜色很别致啊，是老板娘叫你穿的吗？"

"是的……"

许文娟应了一句。她发现严一龙的声音与往常不一样，字里行间好像充满了嘲讽。

"听说你正在招待客人……今天，又是哪方来客呢？"

"妈妈告诉我说，那两个人是刚刚从横滨过来的日本客人，好像是来自一个……对，来自一个叫作白虎会的组织。"

说罢，她有点疑惑地望了严一龙一眼，总觉得今天的气氛有点不对，因为严一龙从来就没有关心过她接待客人的事情。

"日本人？白虎会的？哦……那会是什么人呢……"

许文娟的回答让严一龙感到吃惊。他知道老爷子高桥旭和白虎会之间的关系。那些活跃在东北亚地区的日本黑道组织成员到这里来干什么呢？难道是来打前站的？他们和高桥旭到大连来的计划有关系吗？而老高桥他……他带着家眷到大连来的目的又是什么呢？

冷汗在严一龙的额头渗了出来。

"看来，老爷子和百合子他们真的要来了！我……我必须抓紧时间，按照高桥正夫说的那样，让许文娟尽快处理好身边的事情才行！"

严一龙怔怔地想着，那种慌乱不安的神情，显然被许文娟觉察到了。

"一龙哥，您怎么了？"

"我……我……唉，娟子，你不应该瞒着我啊……"

严一龙心慌意乱，他翕动着嘴唇，摇了摇头，又闭上了眼睛。他不知道自己为什么要去提那件事情，这是他的心病，他不得不说。但为什么是现在呢？为什么要在这个节骨眼上去撕开那道伤疤呢？

严一龙重新睁大了眼睛，他觉得自己正在扮演一个面目可憎的角色。而这个角色，此刻正张牙舞爪地，把他不愿、不想，至少是现在不希望去捅破的纸，毫无怜悯之心地撕扯开了。那是一种卑劣的行径，但他无法控制。此刻，悲凉和无奈的情绪弥漫开来，不仅让严一龙感觉虚脱，也让许文娟五内俱焚。

她扑通一声跪了下来，把额头贴在了地上。在肩膀剧烈的耸动中，泪水如泉水般奔涌出来。她想解释些什么，可是那巨大的哀恸让她实在发不出声音。是的，还有什么语言可以描述她这些年来心中的悲苦呢？如今，命运已经向她发出了传票，她只能认罪，去接受审判，即使是面对末日也行……

面对瘫倒在脚下的许文娟，严一龙泪雨滂沱。他不得不闭上眼睛，颓然地接受造物主那双翻云覆雨的巨手。之后，他掏出手绢，一边抹了一下自己的眼睛，一边俯下身去，把跪在面前的许文娟扶了起来。在斑驳的泪光中，在末日的绝望里，他无限深情地端详着自己的爱人，并把她拉入怀中，又把自己的嘴唇贴了上去。他吻着她的嘴唇、她的泪眼、她的额头，生怕因为一瞬间的疏忽和不当，使他的爱人永远地失去了踪影……

"啊，娟子，我爱你，我不能没有你！在这样的乱世之中，我要竭尽全力地保护你啊……"

严一龙哆嗦着承诺。对于他们之间的情感，他已经在心灵深处再三地确认过了。

"娟子，是我让你受尽了折磨，是我害了你！你是被迫的，我知道，你是没有办法！有罪的是我，所有的罪孽都是我造成的！我……唉，我怎么就那么命苦呢……"

面对许文娟黯淡无神的双眼，严一龙心碎得难以自持，发出了一声声的哀号。

"不，一龙哥，是我……我才是罪人，应该受到惩罚的是我！我……我……我命苦啊，一龙哥……"

许文娟声声泣血，昔日的遭遇一幕幕在脑海里划过。是啊，自从在黄花沟的大路旁把严一龙送上战场，她就再也没有幸福快乐而言了。这些年来，她承受了一切，容忍了一切，失去了一切，也放弃了一切。此刻，她不再害怕，也不再逃避。她似乎下定了决心，不再去顾忌生活的黑暗与无情。她的眼神坚定下来，哪怕是风暴撕扯苍穹，哪怕是浊浪滔天而来，她也要把它担起来，而不能让心爱的一龙哥跟着痛悔……

"不，娟子，你没错！你有什么罪？有罪的是社会，是那场可恶的战争啊……"

"不，不……一龙哥，是我没这个福，没那种命啊！我就是那个罪人……其实，在当初，在和您重逢的那一刻，我就应该把这一切都告诉您，向您坦白的！我犹豫过，深思过，也下了决心，但是我……还是没有勇气面对……我怕失去您，怕我多年的希望，在刹那间消失！我……我是一个自私的人！一龙哥，我对不起您，您……您走吧！看在老天的分上，您离开我吧，去寻找您的幸福吧！您九死一生，才刚刚回来，希望才刚刚展开，您应该，也必须获得更多的幸福才行啊！我……已经没有那个福分了！其实我……我也已经想过了，并在心里做了准备。我……我……如果真相败露，那我就永远地在您面前消失，远走高飞，离开这个纷扰的世界！其实，我已经够幸运的了，我在您那儿得到了本不应该得到的一切。我应该知足，应该满意才对啊！我的命就是这样，老天就是这样给我定下的。可是您……一龙哥，您却不是，您还有着无限的前程啊！真的，一龙哥，您走吧，离开我吧！我对不起您，我要向您请罪……"

许文娟喃喃地诉说,并且再一次跪了下来,把脑袋贴在地面上,向严一龙表示她的义无反顾。过了好一会儿,她才重新抬起头,睁大眼睛,空洞无神地望向水云厅外。或许,这是她最后一次观察那座庭院了……山水楼台、明暗交错、天庭黝黑、人色俱灭……她的生命之火似乎在逐渐熄灭,但是她的内心却安定了下来。

"不……不!娟子,你别那么想,我决不会离开你,这一生一世都不会离开!真的,我也想过了!自从莫名其妙地去了日本以后,我就一直在寻找机会,回中国来,和你团聚、结婚!可是我……我也没有办法啊!我曾想寄信回来,或者托人捎信给你,但都无法做到。我们音信不通,怎么都无法取得联系。我只能忍着、熬着,求乞日本人,等待机会的到来。可是现在……再说这些又有什么用呢?我们得解决问题才行啊!娟子,振作起来吧,我们好好动动脑筋想办法,跟命运搏一搏,去争个输赢!我们一定会战胜厄运的,娟子,你说对吗?"

"可是……一龙哥,难道……我们还能有救吗……"

"有,当然有!我问你,你……你能不能找个借口,跟那个李玉强分手?"

"唉,能想的、能做的,我早就去做了,哪怕只有万分之一的可能都行!可是一龙哥,您不知道啊,那个李玉强,他就是个恶魔,是不会放我走的!今天我……我能离开那个家,到这里来工作,就已经是万幸了!一龙哥,唉,我……我实在是摆脱不了他啊……"

许文娟刚刚安定下来的内心再一次荡起了波澜,眼泪又止不住地流了下来。

"假如用钱……用钱去说服他,离开他呢?"

"钱?不行!以前这么做或许还有可能,但现在不行了!他……他得了病,瘫在床上,行动不便,钱对他已经没有用了。他想要的是我这个人,要让我照看他一辈子!"

"可是,你现在不是已经离开他,到这里来工作了吗?"

"那是因为，家里已经穷得揭不开锅了，才不得不让我来的。没有我的收入就过不下去了！没有办法，我只好让我妈在老家帮他找了个人，代我照顾他，才换来了他的恩准。"

"妈的，这个混蛋！要不，我找几个人去教训他一下，逼着他放人呢，行不行？"

"那也没有用！李玉强本来就是黑道上的人，他不在乎那种事情。而且，他的姨妈还活着，还有很大的势力。亲戚中，还有好几个土匪，一旦处理不好，就会搞得鸡犬不宁……"

许文娟摇头沉思着，过了一会儿，她突然又像是找到了什么好方法似的，一下子兴奋起来。

"要不，我们就偷偷溜走吧？神不知鬼不觉地一走了之，离开这里，逃得远远的，把所有的噩梦都扔在脑后，开辟新天地，重新过日子！一龙哥，您说呢……"

"这……恐怕不行……"

严一龙摇了摇头。他想起了高桥正夫讲的话，想到正在日益扩张着的日本人的势力，也想到了百合子父女马上就要到旅顺来的那些事。

"不能冒这个险！我……我不能舍弃好不容易才到手的工作。这个代价太大了！今后，就算李玉强不来找我们麻烦，那些日本人也不会放过我的……"

"那……那我们应该怎么办呢？难道只能这样偷偷混下去吗？"

愁云再一次笼罩了许文娟的脸庞。

"假如……假如真的分不了手，那……那就只能叫他……去死了！"

严一龙沉吟了一番，突然从嘴里蹦出了这句话。是啊，高桥正夫提出的，不正是这个方法吗？不管这个日本人出于什么动机，把李玉强这个拦路虎尽快地处理掉，都是他和许文娟必须要做的选择……

"让他去死？这……"

许文娟失声惊叫了起来，显然，这个主意完全超出了她的意料。

"是的，娟子！我们不能被他挡着道啊，幸福只能去争取才行！"

严一龙激动起来，他觉得，已经到了把高桥正夫的计划告诉娟子的时候了。

"娟子，我的老板，就是上次把我带到紫金阁来的那个日本人。他对我说，只要除掉李玉强，他就可以把你弄到我们洋行来工作。我不知道他出于什么目的，也不知道他为什么要帮助我，可是，假如你真的到我们这儿来，那他……他以后恐怕也会帮你的，因为我……我毕竟是他的救命恩人啊……"

"这……这当然好啊！可是这……这可能吗？"

许文娟半信半疑，对这突然降临的喜讯感到怀疑。

"是啊，我也不相信，但是它确实是我的老板说的！也许，那个李玉强是我们老板的仇人，也许他另有什么打算。总之，不管它了，因为李玉强他……他毕竟是我们未来幸福的拦路虎啊！只要能除掉他，解决这个问题，用什么样的方法都行！"

"可是……怎样才能让他死呢？"

"干掉他！想一个方法，神不知鬼不觉地把他处理掉！只是，我担心的是我们的老板！他……不知道为什么，他再三地叮嘱，不让我参与。也许……是因为我在他的公司工作，他担心我会为公司带来麻烦吧？因为他反复地交代，张作霖现在正在找日本人的麻烦，出了事会引起外交纠纷什么的……唉，这些话真真假假，真不知道是怎么回事。不过，娟子，你放心吧，不管怎么样，我都会帮助你的，只是要瞒住他罢了。我……我相信，我们一定会把这件事做好的……"

"不，一龙哥，您的老板说得对，这件事不能让您动手，应该由我独自去完成！灾难是由我酿成的，也理应由我来承担！而且……这件事恐怕也只有我才能完成，因为只有我才知道那个家伙的生活规律啊！所以，一龙哥，您就相信我，放手让我去做吧！"

许文娟咬牙切齿道，她已经明白了严一龙的意思了。

"可是，娟子，我不放心啊！这……这本应该是由我们男人来做的！"

"一龙哥，相信我，我……我会比你们男人做得更好！您说吧，我应该怎么做……"

她的内心更坚定了，这一点，从她紧锁的双眉间就可以看得出来。

"可是……唉……"

严一龙深深地叹了口气。他的心在颤抖，似乎感到了自己的怯懦和伪善。可是,除此之外,还能有什么更好的方法呢？严一龙思来想去，总觉得不踏实。他实在是想不明白，高桥正夫反复关照着他的，不让他参与此事的真正原因。

"这里面或许有什么见不得人的阴谋，或许还有什么政治方面的考虑，但是不管怎么说，都不能再犹豫了，假如让高桥正夫起疑心，真不知道会有什么样的悲剧发生呢……"

严一龙怔怔地想着。虽然还是犹疑不定，但思路却多少清晰了一些。

几天以后，他终于下定了决心。

"娟子，只要做了这件事，除掉那只拦路虎，一切就都会好起来的！你想想，紫金阁是日本人开的，三和洋行也是，我们都在日本人的手下工作。而且，用不了多久，这里也会成为日本人的天下，所以，我们……要借日本人的手去争取幸福，创造自己的未来啊……"

严一龙悲哀地说着，为自己寻找着理由。他多少有些羞愧了。

一切，就这样定下来了。

在此后的日子里，许文娟增加了回家的次数。她仔细观察着李玉强的生活规律，计算着女帮工月花姑娘每天到家里来的时间。她和严一龙商量着、算计着、设计着具体方案，一步一步地做准备，并决定在1911年2月的一个冬夜，去实施那个看似天衣无缝的计划。

那天晚上九点钟，严一龙来到了紫金阁。在老板娘久美子的安排下，他当着玉梅以及其他女招待的面，和许文娟在水云厅里故作姿态地饮酒作乐，并装出一副醉态。直到第二天凌晨，紫金阁的姑娘们渐渐散去，各自回到宿舍，进入梦乡以后……

凌晨两点半左右，天地混沌、夜色深沉。观察了周围的情形之后，许文娟脱下和服，换上紧身衣裤，用黑围巾包住头部，又在身上裹上一件深蓝色的大衣。在严一龙的帮助下，她蹑手蹑脚地拉开水云厅的大门，穿过庭院，从东北角的小木门钻出去，走到了紫金阁后面山坡上的东门口。那扇门是由一排排的竹竿捆扎起来的，虽然美观，但形同虚设。对此，熟悉紫金阁的人都知道。因为，那些常常趁夜色溜出去与情人幽会的女招待们，走的都是这条道。她们只要在篱笆墙边侧过身子，从竹竿间的空隙钻出去，再顺着斜坡往下走，穿过一条泥泞的小径，就可以来到大路上。她们在那里拦一辆驿车，付足了车资，就可以去往她们想去的任何地方。而且，她们通常会在天亮之前顺着原道返回，神不知鬼不觉地回到紫金阁，就当作什么都没有发生过似的，继续过那种陪客人花天酒地的生活……

这是紫金阁的姑娘们通往外部世界的秘密通道，对此，许文娟自然熟门熟路。现在，她正孤注一掷地踏上这条小道。在穿过那条泥泞小径，马上就要走出严一龙那灼灼抓心的视线时，她稍稍犹豫了一下……

她停下脚步，深深地吸了一口气，回过身来，对着水云厅的方向惨然一笑。她知道，她心爱的一龙哥，此刻正透过窗棂的缝隙，殷切地关注她的一举一动。她想用一次回眸给他以安慰，但是眼泪却不争气地流了出来。她停顿了片刻，仰起头来，擦了一下眼泪，深呼了一口气，让怦怦狂跳的心安静下来之后，终于狠下心，猫着腰，踱出了他的视线，消失在漆黑的夜雾当中了。

什么都看不清了。在呼呼腾起着的雾霾中，魑魅魍魉似乎也在悄悄后退，为那个瘦弱的黑影让出了一条通道……

凝视着无边的黑暗，严一龙如同石塑木雕一般。而且，没过多久，他的汗毛就竖了起来，从他的尾椎开始，倏的一声，蹿到了头顶。他突然醒悟了过来，想起了自己的使命……

是的，现在，他必须马上回到水云厅去，在那里静候着许文娟的归来。这是他和她的约定，也是他们精心策划的这一幕戏剧的尾声。他要配合着她，一丝不苟地去演完才行！

第 五 章

20. 安勇警长

第二天清晨6点钟左右，大连市甘井子区警察署安勇警长的住宅门外响起了咚咚的敲门声。这声音很急促，还伴随着低切的呼唤声。敲门人是一个二十七八岁的年轻人。他穿着警察制服，戴着狗皮帽子，裹着厚厚的藏青色大衣。从他那种畏首畏尾却又不得不用力去敲门，欲呼又止却又不得不去扯开嗓子的神态中可以判断出，他应该是那位安勇警长的部下。看来，一定是发生了什么重大的事情，否则他是绝不敢在冬天的清晨，在他的上司正浓浓地沉浸在睡梦中的时候去打搅他的。

五分钟以后，屋子里传来了窸窸窣窣的穿衣系带的声音。没有过上一会儿，一个男人的声音从屋里传出来了。

"谁……谁呀？这深更半夜的……"

"安警长，出事了，三里道环西街的民宅发生了火灾……"

"火灾……有什么可大惊小怪的，通知消防署去灭火就行了。"

屋里的男人嘟囔着打开了门，满嘴酒气地伸出脑袋，望了一眼被他称为小方子的年轻人。这个叫作安勇的警长是个酒鬼，昨天晚上，他自斟自饮着喝到半夜才进入了梦乡。

"这大冬天的，取暖不慎发生火灾是常有的事，小方子……"

"安警长，这不太像是火灾啊……现场发现了尸体，一男一女两个人……"

"一男一女，两具尸体？"

"那个男的死了，那个女的，好像还有一口气……"

"哦？还活着？送医院去抢救了吗？"

"去了！我们已经在现场做了处理。可是，送到医院时，她已经没有意识了，恐怕也是凶多吉少……"

"这……"

安勇锁起了双眉。显然，他的酒已经全部醒了。

这是一个桀骜不驯的人。

他身高一米八三，有一张方方正正的脸。那高耸宽大的鼻梁，深凹下去的眼眶，以及浓密的眉毛，各就其位地堆砌在脸上，给人以一副标准东北硬汉的感觉。只是他的嘴巴与众不同，不但很大，而且经常歪斜着，尤其是在他做出判断的时候。他很少展露笑容，但有时也会出人意料地发出冷嘲热讽般的大笑。那时，他的五官会堆积在一起，张开大嘴，露出牙齿，暴出牙床，从嘴角挤出一堆不知道从哪儿伸展出来的皱纹。那样子像一头猎犬，又像一只恶狼，狰狞、恐怖，从而让面对他的人在陡然中产生一种畏惧而又莫名的恐惧心理，并由此生发出一连串的生理反应。

但是，不可否认，安勇是正直、自信的，他有着坚定的信念、非凡的勇气和无可软化的心肠。在那个年代的东北，不但有战争的创伤，还刚刚经历了一场人人谈之色变的黑死病，死了足足七八十万人。在这种情况下，安勇警长依然疾恶如仇，保持他刚正不阿的品行，因此更显得弥足珍贵。虽然他今年只有三十七岁，这个年龄和他的资历在拥有两百来号人的甘井子区警署里还排不上号，但他毕业于日本陆军士官学校，到警署供职后，凭着独特的思维，参与并破获了好几起疑难案件，受到了上级部门的嘉奖，还被破格提升为第一刑警处的警长。而且，安勇警长的行情似乎还在看涨，因为他的功绩已经受到了刚刚被提升的奉天国民保安会军事部部长张作霖的注意。正在招兵买马的张作霖已经让人传话给他，许愿要把他提拔到旅大区警署去担任要职。升官发财对于衙门内的官吏来说自然是趋之若鹜的，但安勇却不以为然。他尊敬官府，仇视反叛，在他看来，抢劫杀人、作奸犯上都是不可容忍的事情。那是罪孽，需要严厉地打击。正因为如此，他才会坚持自己的信念，对既定的一切箴言和道理，毫不怀疑和反思，并且顽固地用直线思维去评判人世间复杂的事物。

安勇警长不畏威权、疾恶如仇，因此也收获了许多的拥趸。这是他的骄傲，也是他的悲哀。因为过多地侦办案件和审讯犯人，他每天都在面对人世间的不平与黑暗，因而心理也变得黑暗起来。这种状态令他沮丧、痛苦，甚至自我怀疑。因此，失眠多梦是他的常态。

这或许和他的身世有关。

他出生在哈尔滨，爸爸是当地的中学教师，但在他十一岁的时候就因车祸去世了。他的母亲出生在旅顺，在哈尔滨无亲无故。丧夫之后，她皈依了佛门。因为还要照顾年少的安勇，所以她白天在寺院做义工，晚上回家照应，省吃俭用、含辛茹苦地把他拉扯成人。又在他成年后把他送到日本留学。回国以后，母亲一手为他包办了婚姻。只是没有想到的是，就在他到大连甘井子区警署赴任的那段时间里，他的母亲和新婚不久的妻子都被卷进了那场肆虐一时的大瘟疫里，相继因黑死病而悲惨辞世。她们的离世让安勇少了一份牵挂，但却失去了心灵上的归依和抚慰。此后，能够伴随他，让他得到片刻安宁的，恐怕只剩下酒精了。那种只有在酒精的作用下才能获得宣泄和得到慰藉的状态，竟然随着时间的流逝变成了习惯。不论在什么情况下，只要得到闲暇，他就会一杯接一杯地喝酒。酒过三巡之后，他会晃晃悠悠地走到院子里，把星星、月亮当成听众，对着天空高声倾诉。甚至，他会以高深的进化理论嘲讽现实的悲哀，并从哲学的角度抨击人性的顽劣。

安勇孤傲不羁又高义薄云，同时他又刻苦、克己、狭隘、死板。

他既听命于上司，又固执己见；既有人性的思考，却又不相信人性本善……多种特征纠结于一人，恐怕与他在青年阶段受到日本陆军士官学校残酷的军事化训练，以及家庭一再遭遇重大变故有关。那种由多重矛盾所构成的复杂特质，是那个时代的产物，但是没有人会为此感到羞耻，更不会有什么社会组织为此去买单。

不管怎样，安勇警长的工作精神和独到的管理方式，使甘井子区从过去重案、血案频发的混乱状态中走了出来，形成了现在这种相对稳定的局面。对此，奉天行政当局注意到了，安勇也因此获得了张作霖的特别嘉奖。然而现在，安勇显然又遇到了新的难题，因为，昨夜发生的火灾案情假如真的隐藏了什么重大的刑事犯罪行为，而他又对此做出了误判的话，那将是一件绝对无法容忍的事情。

"走，小方子，到现场去！"

安勇警长低吼了一声，并且用手拍了一下额头。他裹上大衣，快步走出屋子，心急火燎地关上大门，登上警署派来的由两匹白马拖着的驿车，直奔三里道环西街的方向而去。

21. 扑朔迷离

火灾的现场真是惨不忍睹，尤其是在东方欲晓，整个天际还处在晦暗交错的时刻。此刻，那幢平房的屋顶已经被烈火烧得精光，外墙也被毁得只剩下几根木檩子了。被熏得漆黑的横梁斜着倒向墙角，而那些散落在各处的碎砖乱石、玻璃瓦片则苟延残喘地冒着最后一丝青烟。到处都是污水，那大概是前来救火的邻居们泼的。污水和灰烬错杂、搅拌在一起，给灾难现场平添上了无尽的悲凉。

正如小方子所报告的那样，这确实不像是一般意义上的火灾。这一点，从安勇警长皱起的双眉、张开的鼻孔，以及他反反复复的深呼吸中就可以看出来。他眯缝起眼睛，迈着沉重的步伐，在案发现场走来走去，那种天生的职业敏感以及无与伦比的嗅觉告诉他，这是一场刑事犯罪。

在现场各处查看了好几遍以后，他才来到横卧在门框旁边，被室内倒塌下来的烟囱压住了双脚的尸体旁，仔细地观察。

那是一具被烟火熏烧过的男尸，已经很难辨认死者生前的模样了。这种景象在常人眼里呈现出来的是凄凉恐惧，但对安勇来说则完全是另外一回事。

"这是这场悲剧的主角……可是，为什么他的上身倒在门外，下身却横在屋内呢？是压在腿部的烟囱阻碍了逃生，还是其他什么原因……"

安勇眉头紧锁，聚精会神地观察着这具面目全非的尸体。直觉告诉他，这就是此案最重要的突破口。

"死者名叫李玉强，五十一岁，是个腿脚不便的残疾人。"

小方子站在一边提示道。他知道他的上司在犯罪现场侦查时的习惯。因为不到火候，安勇是决不愿意让人打断他的思绪的。

"那个女人的位置呢？"

安勇并没有在李玉强的尸体旁纠缠，他关心起了另一位受害者的情况。

"在这里！她倒在了李玉强的身后……"

小方子指着地上用石膏粉画出来的人形轮廓补充道。

"身份查清了吗？"

"是一个二十多岁的女人……她应该是许文娟，是李玉强的老婆。"

"应该？"

"是的。这一点不会有错！深更半夜的,在同一个屋里出现的女人，不是他的老婆又会是谁呢？为了这事，我还特意询问了他们的邻居王老汉。他在报案时说，李玉强的老婆还不到三十岁，年轻又漂亮……"

小方子望着安勇充满狐疑的眼睛解释说。

"噢，一个年轻漂亮的女人……"

安勇一边嘟囔，一边沉思着，各种各样的疑问缠绕在他的脑海里，让他难以平静。

"一个五十多岁的残疾人，和他年轻又漂亮的老婆？如果是丈夫在第一时间发现了火灾，那他应该立即选择逃生，那么，他的逃生速度会有多快呢？为什么会比同屋的女受害者——就算是他的老婆——更早一步逃到门口了呢？他是在什么时候、在什么情况下发现火情的呢？只要再坚持一步，他或许就能逃到屋外，从而避免死亡的噩运。可是，在这么关键的时刻，他却倒下了，是因为体力不支，还是其他的什么原因？是被绊倒了，在门框边上被熏死过去的，还是什么原因，导致了他最终的死亡……"

他的眼神死死地盯住用石膏粉画出来的人形，在她头部的位置，伸出了一个类似于手臂的图案。

"那是她手臂的位置吗？"

显然，安勇警长又发现了什么新的线索。因为女人倒下的位置在尸体的后方，她右手的手臂向前伸展着，应该是要去拉住什么东西，但双腿却被倒下来的火炉压住了，最终无法脱身……

"是的，当时的她就是这个样子的……"

小方子一边说着，一边模仿女人倒在地上的姿态。

"看来，她是想去拉住倒在前面的男人？可是，这又是为什么呢？她不想让她的男人逃生？还是想借助他的力量？或者，还有其他的什么原因……"

安勇重新把目光移到了那具男尸上。他看到了一根横倒在男尸右边的，已经被浓烟熏黑了的拐杖。而且，在拐杖右边的泥土里，他发现了一小块红色的东西。

"那是什么？"

"啊，珊瑚？一块红珊瑚！"

小方子惊叫一声，并伸出手，想把那块半埋在泥灰中的红珊瑚捡起来。但是安勇拦住了他。

"这种装饰品，怎么会出现在这个地方呢？"

安勇弯下身，仔细端详着，突然又在它的前方发现了几块精致的小贝壳。它们虽然零落在一片污垢之中，但是本身的光泽还是使它们在泥土里闪了出来。安勇情不自禁地兴奋起来。从那些装饰品中，他联想到了女人和情杀。

"虽然不可思议，但还是有可能的……"

安勇再次用手掌拍了一下脑袋，把掉落在地上的那些装饰品的位置一一记录下来之后，便把它们收集起来，用手绢包好，放到了斜挂在肩头的挎包里。

随后，他甩了甩头，好像又想到了什么……

看多了人生路上的各种惨痛以后，当事者自然也会走进那些悲惨的故事里，把自己当成其中的角色。这种事情常常发生，不足为奇，并且成了警察的职业病，一种因为社会的黑暗和人性的痛疽所酿成的不可治理的顽疾。对此，安勇自然也无法避免。因为他本身就是一个幻想的创作者，一个能够在细微的研究中去发现真理的哲学家。况且，眼前的景象已经足够让他产生构思，在想象的世界中翱翔一阵子了。当然，光有这些还不够，因为浪漫主义的想象离不开现实世界的滋养。况且，那些故事的本因以及产生故事的土壤，也是他最最需要去研究，并做出关注的。

安勇眯着眼睛，还不时地点点头。他站起身来，又回到屋子里面，把目光聚焦在被推倒在地上的火炉和那根折成两截的被火焰烫红了的烟囱上。他想通过屋门后的水缸和被甩在地上的水瓢发现一些什么。毫无疑问，他想去寻找这场火灾的源头，因为在那里多少可以判断出这场火灾是自然产生的，还是经过人为加工而成的。

安勇丈量着火炉和西墙边上那座已经被烧塌了的土炕的距离。他在计算着被害者，尤其是那个残疾人在睡梦中惊醒，跳下土炕，冲到屋门口需要花费的时间。

"假如，是这座取暖炉产生了浓烟，惊醒了躺在炕上的夫妻俩，使他们慌不择路地冲向屋门逃生的话，那么，从土炕到屋门口也仅有六米多一点——这不是一个难以逾越的距离，即使是在睡意蒙眬之中，也是不应该夺走两人性命的。就算男主人的腿脚不便，借用拐杖移步，也不至于逃不出去。可是，如果有其他难以想象的因素，或者是有什么障碍物，耽误了他们，那就另当别论了……"

安勇琢磨着诸多的细节，想象着、推理着，再次移步到了男尸旁边。

"为什么需要借用拐杖才能走路的老男人，会先他年轻的老婆一步，逃到屋门口来？难道是他老婆在生死交会的瞬间，把生的希望让给了她的丈夫？当然，这么做也是有可能的。可是，这屋子里就他们两个人，空间也就不过如此，她有必要这么做吗？这个女人，她……她……"

安勇又把目光投到了用白色石膏粉勾描出来的女人轮廓上。

"那个女人被送去医院时，神志还清醒吗？"

"没有，不过还有一点知觉……"

"她叫什么名字？"

"许文娟……"

"许文娟？是啊，刚才你已经说过了……那个，许文娟，她……她平时是干什么的？是家庭主妇，还是什么……"

在安勇看来，受害者家庭比较贫穷，屋主又是残疾人，无法养家糊口。那么，是什么在维持他们的生活呢？或许，这里的女主人是要出门找些零活干的……

"不，不知道……也许他们不需要工作，靠钱庄的利息就能活下去……"

小方子思索着，摇了摇头，而且还打趣地补充了一句。

"吃利息？这话是……什么意思……"

安勇瞪了小方子一眼，助手的话显然引起了他的兴趣。

"我是听他们的邻居，那个火灾的报案人王老汉说的。他说，屋主李玉强出生在大户人家。虽然这处住房并不怎么样，破破烂烂的，但他在这一带，也还是个有头有脸的人物呢……"

"噢，好像还挺有说头的……要不，你快去把那个王老汉请来，我想跟他聊一聊。不过，现在恐怕不行……"

安勇内心的焦急，常常可以从他在推翻自己决定的瞬间暴露出来。现在，他不急于去召见那个证人了，他希望从还处在抢救中的女受害者那里，去掘取更加宝贵的线索。

"看来，我们得先赶到医院去，会会那个昏迷不醒的女人。她或许已经被救了回来，或许已经处在临终状态。不管怎样，她现在所说的每一句话都应该是珍贵的！但是现在，我们还有很多东西没有掌握。要不，小方子，你还是把报案人先叫来吧，让那个王老汉和我们一起坐车去医院。我可以在路上听听他的高见……"

经过反复地思忖，安勇终于下定了决心。他揉了揉眼睛，又拍了两下巴掌。这是他的习惯，说明他已经做出了某种决断。

十分钟后，那个被称为王老汉的报案人被小方子带来了。这是一个六十多岁的饶舌的老头，一坐上安勇的驿车，就滔滔不绝地打开了话匣子。

"今天早晨四点多，天还墨黑墨黑的时候，我就起床了。在后院的茅房撒尿时，我听到了邻居李玉强和他老婆吵架的声音。声音好大，还撕心裂肺的，也不知道是为了啥。没过上一会儿，他们那屋子就冒出了浓烟，还噼噼啪啪地闪出了火光，一看就知道发生了火灾，吓得我不住地惊叫。我想喊人来一起救火，但已经来不及了，没过上两分钟，那火苗就唰唰地往上蹿。可怜那两个苦命的主儿，还没有等到人来帮忙,就被熏死在房子里了……"

"噢,没过上两分钟,火苗就蹿起来了?"

"是的,没错。就几分钟的事儿,火头子就比人还高了!这是千真万确!"

王老汉添油加醋地描述着,好像生怕安勇他们不相信似的,还特意将声调抬高了几分。

"你听见了他们的吵架声,还撕心裂肺的?那么,他们……在吵些什么呢?"

"这个……不好说,听不清楚。不过,这对夫妇之间吵吵打打就像是家常便饭,所有的邻居都见过。您想想,他们怎么能不打架呢?那个李玉强五十出头,前几年中了风,留下了后遗症,不仅腿脚不便,说话、吃饭都成问题了。可是那女的呢?还不到三十,正值风骚之年,长得又像个天仙……这两个人凑在一起,嘿……嘿嘿,癞蛤蟆配天鹅,这能搞到一块儿去吗?不过,李玉强也应该满足了,他是享过清福的。过去,他在铁路部门供职,也算是一个有头有脸的主儿,要不怎么可能娶个大美人回家?唉……只是,人生一世,草木一秋,要不是俄国人叫日本人打跑了,他们老李家就败不下。不过,败了也没关系,瘦死的骆驼比马大。可是,屋漏偏遭连夜雨,此后不久,那李玉强又得了一场病,最后只能瘫在床上了。这也是命,让他落得了今天这种下场……"

王老汉带着几分感叹,幸灾乐祸地把他知道的情况全说了。但是安勇此时却把注意力完全集中在"女主人许文娟是个大美人"这样的内容上了。

"残疾人、大美女、经常吵架……这,可就有戏可唱了!年轻漂亮的女人为了钱财或者虚荣什么的,嫁给一个比自己大几十岁的男人,而后又因为他卧病在床而心生怨恨,甚至另寻新欢,从而酿成灾难……这样的事从古到今,数不胜数。那么,眼前的灾难也会是这个老套路吗……"

安勇浮想联翩,他咧开的嘴巴露出浮浪的讥笑,但是却没有发出声来。而这个微小的表情变化,却让王老汉给捕捉到了。

"唉,您可别小看那个许文娟,她可能耐着呢!看到李玉强的身体一天比一天差,她就出门找活去了。要不是大美人呢,还真叫她找到了好地方,好像是一个什么公馆,在那儿管吃管住的……"

"公馆?噢……那是一个什么地方?"

安勇饶有兴致地追问,他的兴致显然是被吊起来了。

"好像叫什么……对了,那是日本人的地盘,叫……叫……对,叫紫金阁。没错,是叫紫金阁。那里面可了不得,好像一般人都进不去!"

王老汉声情并茂、口沫横飞,看得出来,许文娟在紫金阁供职一事,曾在这一带的邻居们嘴里引起过不小的轰动。这既让他们垂涎欲滴,又让他们排斥忌恨……

"紫金阁?"

"是的,是日本人开的公馆!"

"是三里道上的那个吗?"

"三里道?我可不知道。可是,这方圆百十里的,不就这么一个紫金阁吗?"

"看来,王老汉说得没错,是三里道上的那个紫金阁!可是,假如情况真是这样,那还真有点麻烦呢,毕竟这牵涉到日本人……"

安勇皱着双眉沉思。也许是一种神来的臆念,让他隐隐地感到了不安。

"那女人她……她每晚都住在紫金阁吗?"

"是的。"

"那她的男人怎么办?谁去照顾他呢?"

"一个十八九岁的小姑娘,好像是从乡下找来的。他老婆把他交给了那个丫头,给他端屎把尿、做饭做菜,自己则在外潇洒快活,多少天都不回家一趟!"

王老汉添油加醋地说着,果然,他的话再一次引起了安勇的注意。

"噢?多少天都不回来一趟?可出事的这一天,她却回来了?"

"是啊!而且一回来就打架,还弄出了火灾,真是个扫帚星!"

安勇应酬地点点头,把脸别了过去。过了一会儿,他突然又像是被点中了穴位一样,突然转过身来,紧紧地拉住了王老汉的手。

"我问你,火灾以后,你去过现场吗?"

"去了,怎么啦?"

"你看见躺在地上的一男一女了吗?"

"看见了。"

"你仔细看了吗?"

"仔细?这倒没有……太惨了,也不敢看啊!而且,那个时间,黑灯瞎火的,也看不清啊……"

王老汉挠挠后脖颈,好像在努力地回忆现场的情景。

"是啊,黑灯瞎火的,不仔细看,绝对看不清……"

安勇失望地闭上了眼睛,自圆其说地点了点头。他好像感觉到了些什么,但又缺乏自信。毕竟,他还没有掌握过硬的证据,只能靠想象去推理。但事实,或许并不是这样……

"医院快到了吗,小方子?"

安勇对着坐在驿车前排的助手问道。他好像有点着急了。

"还需要五分钟,马上就要到了。"

安勇转过头,向驿车外面的马路张望。那时,太阳已经升起,天色已经大亮了。

驿车终于在和仁堂医院的门口停了下来。这是一座飞檐穹顶、红瓦高墙的建筑,最早是由俄罗斯东正教会出资修建的,后被改建成医院,专门收治俄罗斯的伤病军人。日俄战争以后,它被东北的赵尔巽政府从俄国人手中收回，并进一步地建设成当地医疗设备齐全、技术最为高超的教会医院。这幢建筑物的颜色鲜艳、造型别致，尤其是在上班的钟声还未敲响，初春的晨雾尚未散尽，红砖碧瓦在若隐若现，慢慢被朝阳勾勒出轮廓之时……

然而此刻，别致的景色丝毫打动不了安勇的心扉。他跳下驿车，带着王老汉，在两个早已等候多时的年轻护士的带领下，急匆匆地向手术室的方向冲去。

那时，医护人员正在手术室内紧张忙碌地抢救那个体无完肤，但尚处于麻醉状态中的病患。

"她怎么样，醒过来了吗？"

因为拥有轻易闯进手术室的特权，安勇的语气显得咄咄逼人。

"没有。她的情况非常糟糕，烧伤面积达到了百分之七十以上，恐怕凶多吉少……"

"无论如何，请你想办法救活她！"

"当然，我们会努力的。情况理想的话，后期可以做植皮手术。但是，一切都要在她的生命体征得到恢复以后才能考虑。目前，患者送到这里已经有四个多小时了，一直处在昏迷状态之中。能用的手段我们都用了，现在，只能看患者本人的求生欲望了……"

安勇搓了搓手，重重地叹了口气。他转过身来，突然发现站在他身后的王老汉脸上出现了一种异样的神态。那时，王老汉张开嘴巴，睁大了眼睛，惊愕地望着躺在病床上的那个女人，显得十分慌乱。

"你怎么了？"

"警长，她……她……她不……不是许文娟！"

"噢？那么她……她是谁？"

安勇吃了一惊，冷汗一下子从后背和额角渗了出来。

"她是月花！"

"月花？"

"就是那个丫头,从乡下叫来的小保姆!"

王老汉因紧张而抬高了声调,他的声音甚至嘶哑和变形了。

"什么?你没看错吧?来……王老汉,你过来!别着急,走近一些,看看清楚……"

安勇拽住王老汉,把他拉到了病床边。医护人员虽然非常反感,但是也十分无奈。

"没……没错,她是月花……是月花啊!"

"可是……你刚才不是说,听到了他们夫妻俩的吵架声?"

"是啊!那是李玉强和许文娟的声音,这一点千真万确!警长,我是绝对不会听错的!可是……眼前这个女人,她……她明明就是月花啊……"

王老汉惊恐万状,神情又极度沮丧。眼下所发生的一切,显然超出了他的理解,他已经完全蒙了。

"哈哈……哈哈哈……一切果真如我想象的那样……哈哈,哈哈哈……"

安勇拊掌大笑,他粗大的五官全部拧到了一起。那莫名其妙的举动顿时让在场所有的人都深感骇然,就连手术室的负责人也未敢哼声。

"您……您笑什么!"

王老汉战栗地问。

"好了,什么都别说了,我什么都明白了……"

安勇此刻充满了自信。他摘下他的狗皮帽子,稍微转了一下身,向主治医生深深地鞠了一躬。

"医生,这个小姑娘,就拜托您了!她是无辜的,而且,我们非常需要她的证词。请您……无论如何也要救活她!"

还未等主治医生做出回答,安勇就在众人迷惑不解的目光下率先走出了手术室。他昂首挺胸、得意扬扬,两眼放射着炯炯的光芒。

这是一种得意之色,一种即将成功,胜利在望,准备大干一场,却又不得不小心地收起手爪,紧缩腿脚,免得因为不慎让事情变卦而功亏一篑的复杂表情。他的那种心态是难以描述的,既可以用大勇若怯、大智若愚这样的话语去形容,也可以用美中之丑、丑中之恶去表达,这些东西都是安勇与常人不同的地方,对此我们一会儿就可以看到了。

22. 去向不明

我们的文化不认同西方文明所宣扬的肉体与灵魂的二元论,但却相信大自然的夜空中会存在星座,相信天象之变会给人间带来祸福的传说。在此基础上,如果造物主还能发明出一种技术,把人的智商嫁接给某种动物,从而创造出一种比狼更凶狠、比狗更忠诚、比狐狸还要狡猾的物种,并让它和天道万象相结合,那故事就会更加完美和精彩了。

安勇就是这样一个混合物种。因为他曾经就读的日本陆军士官学校就是用这样的标准去要求学生的。他们希望每一个学生都能掌握传说中"天狗吃月亮"般的本事,这虽然只是一种妄念,但是却能激发学生们的热情。久而久之,那些从士官学校走出来的学生,尽管还缺乏动物的凶残、忠诚和灵性,但多少已经在某种程度上获得了一定的兽性。

安勇警长是这些学生中的佼佼者,这完全影响了他的行事风格,尤其是在警长这个位置上,在处理案件的过程中。

离开和仁堂以后,安勇再一次来到了火灾现场。这是一次不可思议的灾难,是什么原因导致了它的发生呢?他让王老汉把他带到了他早晨方便时的矮墙边,从那个角度观察案发现场,尤其要观察那个冒出浓烟、蹿起火苗的地方。

安勇学着王老汉撒尿的样子窥探。起火点显然是在屋子中央取暖炉的位置，它和受害者栖身的土炕之间只有不到三米的距离。只要没有风，炉子到土炕之间也没有易燃物，那么即使没有盖上炉盖，火炉中即便蹿起火星，也不会马上跑到三米以外的地方去，更不会燃起大火，酿成灾难。因此，起火点和受害者之间，很可能会有引起火灾的媒介物。如果具备那样的条件，火星就很有可能在一瞬间化为火舌，在更大的范围内燃起大火。

"可是，这个媒介物会是什么呢？假如是人为的，那就意味着，有人在那里放置了汽油、煤油或者类似的东西……"

安勇一边思索，一边不住地在火炉附近的地面上巡视。果然，在火炉边被污水打湿的灰烬里，他发现了一根短短的，虽已面目全非，但尚未完全烧毁的布条。在火炉边上出现残留的布条，这显然有点不可思议。安勇捡起它，仔细检视，并拿到了鼻子跟前反复嗅闻。他的嗅觉异于常人，不一会儿，他就闻到了一丝属于煤油或者灯油的气味。

安勇咧开嘴巴，发出了一声冷笑。他用白纸把那根布条包了起来，期望通过进一步检验，能够发现人为导致的助燃成分。虽当时，中国还没有这样的化验技术，但是安勇在日本的学校里已经接触过了，并且，他还能学着当年老师的样子，亲自还原这些实验。

我们不得不佩服这位警长的直觉和能力。化验的结果证明，这的确是一起人为事件。而且安勇根据分析认为，犯案人正是死者的妻子许文娟。

因此，他在案情分析报告上写道：

出于某种原因，许文娟在那天夜里突然返回家中，发现了熟睡中的丈夫和保姆月花的奸情。在气急败坏之时，她叫醒了丈夫，并和他发生了争吵。这时，羞愧难当的月花试图用被褥遮盖住赤裸的身体，并一声不吭地蜷缩在炕角。

在许文娟的咒骂中，李玉强拿起拐杖，恼羞成怒地追打妻子，一不小心推倒了屋子中央的火炉。慌乱之中，许文娟失手扔掉了先前用于引燃油灯的油芯子，却不料正好把它扔到了倒下来的火炉上。火苗在刹那间就蹿了起来，而这一幕正好被醒来如厕的王老汉看个正着。在这种情况下，月花姑娘只能慌乱地套上衣服，跳下土炕。

此时，为了逃生，许文娟准备夺门而出，而李玉强则紧随其后，死死地拉住了她，并扯断了她脖子上项链。但与一个残疾人相比，许文娟毕竟更加强壮。她转回身来，奋力地摆脱李玉强的纠缠。在拉扯的过程中，李玉强撞倒了烧红的烟囱，他的双脚被压在下面，这种状况使他难以继续打斗或者逃生，而且还遭到了严重的烫伤。

在这种情况下，许文娟并没有伸出援手，反而逃之夭夭，因此导致了悲剧的进一步发生。

此时，正在奋力救火的月花，发现火势已经无法控制。就在她准备逃生之时，却因浓烟遮住了视野，被先一步倒在地上的李玉强的脚绊倒，并被倒下来的烧红的火炉压住腿部而动弹不得……

（从现场情况来看，月花还有很多可疑的不确定之处。）

接下来，浓烟把他们全部熏晕了过去，最终难逃被烧死或者严重烧伤的噩运。

本案应该是一起偶然发生的悲剧。迄今为止，还找不到任何线索可以证明，本案是一起经过策划，有着预谋的案件。

安勇用他缜密的思维，把自己在案发现场看到的和听到的情况推理归纳了一番，并添加了各种想象的注脚。但是他依然感觉到，他似乎还是没能走进案件的中心。不过有一点则是肯定的，那就是，此案一定和李玉强的老婆许文娟有关。她参与了这起案件，否则她为什么在明知家里发生了火灾，丈夫也在灾难中死亡的情况下，不马上赶回家里来呢？这不符合情理啊！现在，已经是下午1点多了，火灾现场却仍然没有看见她的影子……

安勇思忖再三，决定立即赶往紫金阁，会一会那个许文娟，从中寻找蛛丝马迹。在安勇看来，了解李玉强夫妇之间的情况，是一件刻不容缓的事情。虽然紫金阁是日本人的地盘，但是作为事件管辖区警察署的警长，他要去见事主，并把她带到警察署去讯问，则是名正言顺的事情。

安勇赶到甘井子区警察署，拿上了有关涉外搜查的证件后，便兴冲冲地来到了紫金阁。他向前来迎客的玉梅姑娘亮出了证件，直接提出了要面见许文娟的要求。这时，老板娘久美子赶过来了。

"许文娟？噢，是清子姑娘啊。对不起，她今天休息。"

久美子的中国话虽然生硬，但态度礼貌周全，而且不露声色。

"休息？噢，在睡觉？"

安勇充满怀疑地看了久美子一眼，故作姿态地晃了一下脑袋。他探头探脑地试图往门里窥探，却被久美子制止了。

"对不起，我们这里不欢迎警察。而且，清子姑娘也不在，今天上午，她请假出门了。"

"请假出门了？这……她是几点离开这里的？"

显然，安勇不相信这样的回答。

"早上八点多吧……"

"八点多！这么早？"

"是的，确实是早了点……不过，这种事情在紫金阁是常有的。在这里通宵喝酒的客人常常会和姑娘们约好，在天亮以后把她们带出去玩……"

"这么说，许文娟她……在昨天晚上还接待了客人？"

"是的。不过后来，我离开了紫金阁，不清楚具体的事情。但是，值班的玉梅姑娘在,她当班执勤,应该知道清子的情况。是吧,玉梅姑娘?"

久美子转过身,向刚才那个开门迎客的姑娘问道。

"对,妈妈说得没错,清子昨天晚上在水云厅里陪客人喝酒,一直到早上八点钟才和客人一起出去的……"

"一直到早上八点?一步也没有离开过紫金阁?这……你……你们没有说错吧?"

安勇沉下了脸,目露凶光,试图威慑她们。

"当然没错!"

"你们知道吗?许文娟,不,你们所说的那个清子,她……她们家今天凌晨出事了,发生了火灾,还死了人……"

安勇气急败坏地说道,他似乎产生了一种被欺骗、被愚弄的感觉。但是,紫金阁的老板娘却并没有在乎。

"她家的事和我们没有关系,对此,我们也没有兴趣。"

"没有兴趣?对,对,您说得对!当然了,这事与你们无关,所以我才会赶来这里。许文娟是受害者家属,我们有权要求见到她!"

"警察先生,我已经明白您的意思了,而且,刚才我也已经回答了您的问题。清子姑娘上午请了假,和客人一起出门了。"

"客人……哼,这真是一个绝好的借口啊!请问,那个客人是干什么的?他叫什么名字?"

安勇提高了音量,他显然已经不耐烦了。

"对不起,我不能告诉您。我们这儿有自己的规矩……"

久美子冷冷地回答。面对安勇的气势,她没有丝毫胆怯。

"那么许文娟她……她请了多长时间的假?今晚,她应该还来上班吧?"

安勇的语气缓和了几分。这种无可奈何让他不得不放下了身段。他明白,眼下,和这个日本女人发生冲突,对于他来说,可能并没有什么好处。

"也许……假如没有问题的话，她今天晚上是要来上班的……"

久美子犹豫了一下，还是回答了安勇的提问。毕竟，她感觉到了对方态度上的变化。

"好，能回来就好……"

安勇嘟囔了一句，并掏出了怀表。他想，现在已经是下午三点了，再过上四五个小时，那个女人就会回到这里，那时再见她也不迟……他瞅了久美子一眼，不情愿地挪动脚步，走出了那扇绛红色的大门。

他把希望寄托到了晚上。

四个半小时以后，安勇再一次踏进了紫金阁的大门。这次来迎接他的是久美子本人。

"对不起，警长！我不得不遗憾地告诉您，清子她……她突然辞去了这里的工作……"

"什么？许文娟她……她辞……辞职了？"

久美子的话让安勇一下子愣住了。他语无伦次地重复道，再一次产生了那种被愚弄的感觉。

"这么说她……她今天下午回到紫金阁了？"

"是的。她是为了办理辞工手续才回来的。"

"办辞工手续？"

"是的。"

"那是几点钟？"

"五点半左右。她在会计那儿领了上个月的工资，拿了行李以后就走了。"

"下午五点半？您……您不会是在逗我吧，老板娘……"

安勇重复着那个时间，忍不住地拉开声调叫了起来，那种懊恼与悔恨暴露无遗。

"假如我能死缠烂打，或者干脆坐在这里死等，不也就抓到许文娟了吗？可是现在，那个女人却在下午短短的几个小时内跑掉了？这是为什么？难道有人向她通风报信，或者……这纯粹就是这个日本老板娘在编故事，蒙骗我，玩弄我呢……"

安勇懊恼地想着，越来越觉得蹊跷。他睁大眼睛，忍不住抬高了声调，对着久美子喊了起来。

"啊，老板娘，您……您是在开……开我的玩笑吧……"

"您这话是什么意思……"

"我想说，您……您这是在撒谎，是在欺骗警察，是在帮助犯人逃脱法律的惩罚！"

"放肆！警长，您太过分了……"

久美子厉声喝道，并没有被安勇的讹诈吓倒。

"这……老板娘，对不起了！其实我并没有怪罪您，也不想和您吵架！我只是想找到那个女人，因为她的丈夫在今天的火灾中去世了。按照常理，她无论如何都应该回去看看。难道……她对那一切都不关心吗？那是一起纵火案，有人放火烧死了她的丈夫！现在，我们不得不对此事展开追查……"

"是的，刚才您已经说了，我也明白了。但那是你们的事，和我们紫金阁无关。这一点，我在今天下午就跟您讲过了……"

"可是……我们只有在您这里才能找到死者的家属！那个女人就在您的紫金阁工作，并且她也住在这儿……"

"是的，您说的没错，到今天中午为止，事情是这样的。但是下午以后，情况发生了变化。清子她……辞去了这里的工作，有关她的一切，已经和我们没有任何关系了……"

"那么她……她会去哪呢？回老家还是……"

"那我们就管不着了！只要走出紫金阁的大门，她就是一个自由的人！"

"可是，除了这里……她没有什么地方可去啊！"

"那是您的判断，跟我们没有关系！啊，对不起，警长，时间已经不早了，您可以走了。您在这儿多待一会儿，都是我们的晦气啊……"

久美子冷冷地下起了逐客令，并且很快就转过身去，砰的一声关上了玄关的大门，把安勇留在了那扇门外。

"你……妈的！老板娘，你等着，我们一定会再来的！"

安勇一边握紧拳头大声咒骂着，愤愤不平地转身离开。在回到警察署以后，他那烦躁的情绪有增无减，精神状态也坏到了极点。

"看来，此案并不像我想象中的那样简单，没有可靠的人证物证，恐怕很难立案……"

安勇又想到了上午在医院里看到的那个失去了意识的保姆。是啊，假如她能活过来并开口说话的话，一切或许就会迎刃而解……

想到这里，他站起来，准备找小方子一同去探个究竟。但是，噩耗传来了。小方子告诉他，虽然医院一直在全力抢救，但月花姑娘还是在一个小时前断了气，永远地离开了这个世界。

"死了？她……临死前，说过什么没有？"

"没有，她，根本就没有醒过来。"

与安勇火急火燎的样子相比，小方子显得比较持重。

"他妈的！跑的跑，死的死，还不到一天，这些线索就统统在眼皮子底下消失了？"

安勇气急败坏，那样子就像是一个输光了家底的赌棍。

23. 一波未平

重大的错误就像锁链，它是由许多细小的铁环连接构成的。伟大的胜利也是一样，只要能理顺其中最较劲的一环，胜利或许就相去不远了。

那时，安勇正坐在警察署的办公桌前，紧锁双眉反复思索，并且像描画天书一般地在白纸上不断地画着符号和线条，试图去梳理出纵火案的种种细节。只是，他无论如何也不能理解，紫金阁的老板娘久美子为什么要如此卖力地去包庇许文娟。

一般来说，公司的经营者是绝对不会容忍牵涉了命案的下属的，但这个日本女人却不那样。她甚至还有意无意地怂恿自己的员工为许文娟做不在案发现场的证明。这究竟是为什么？是坚守职业道德，还是和她反复强调着的许文娟的客人有关呢？女人后面隐藏着有权有势的男人，这种情节并不新鲜，尤其是像许文娟那样漂亮的女人。虽然安勇直到今天都还没有见过她，但是从他人的描述中，他已经完全可以想象她的容貌了……

安勇怔怔地沉思着，不由得又想到了喝酒。苦于此刻公干在身，他是无法随心所欲的。望着办公桌旁装酒的柜子，安勇咂了咂嘴，强忍着拍了一下脑袋，又把思路转回到那起纵火案上来。

"是啊，像许文娟这样年轻貌美的女人，和李玉强这种无德无义又因病瘫痪了的恶棍结合在一起，纯粹是一种悲剧。她应该有千条万条理由要离开他，甚至盼望着他去死。可是，这一次，李玉强和小保姆被她捉奸在床，她本来完全可以以此为借口，顺水推舟地离开他，一走了之，可是她却非要拼着命地抵抗，从而酿成惨祸。难道这只是出于女人本能的嫉妒，还是因为由来已久的仇恨？或者是其他什么原因……"

安勇疲惫地扔下手中的笔，站起来，在屋子里踱起了步。虽然此刻不能喝酒，但他还是走到柜子边上，拿出一瓶酒，打开盖子，冲着瓶口猛嗅了一阵子。之后，他无可奈何地深吁了一口气，从桌子的抽屉里掏出烟叶，塞进烟斗，把它点燃，眯起眼睛吞云吐雾起来。

"光凭王老汉的证词，恐怕还无法立案，必须要找到许文娟有作案时间的证明才行啊……"

他企图去寻找新的突破口。此后，他在凌晨时分，火灾发生的那个时间段，反复奔走在紫金阁到火灾现场之间，企图找到线索或者目击证人。假如，有人夜晚经过这里，在火灾发生那天的凌晨三点半左右看到过像许文娟那样年轻的女人，假如他愿意出面做证的话，那在警察署的立案会上，就具有了十足的说服力。因为能否立案不仅牵扯经费问题，还和他能否有权对此展开进一步的调查息息相关。

安勇的判断不无道理，但能否找到靠得住的证据却不好说。据他考察，夜半三更还在马路上晃荡的，除了酒鬼就是流浪汉。当他们听说警察要调查的是一个年轻漂亮的女人时，马上发动了他们的想象，绘声绘色地编故事，让人根本无法相信。不过，在那些乱七八糟的信息中，一位驿车车夫的证言引起了安勇的关注。

"应该在凌晨三点十分左右，有一个女人在三里道拦上了我的车。那里不是市区，也没有餐厅酒吧。一个年轻女人在那种时间，出现在那样偏僻的地方，显然是可疑的……"

"是个年轻女人吗？"

"我没有看清楚，像是一个年轻女人的声音……"

"她跟你说了什么？"

"路名。她让我送她到环西街曲原路的路口，她在那里下的车。"

"曲原路？这……好啊，没错！曲原路离火灾现场不远，而三里道又在紫金阁附近……好……好啊……"

安勇兴奋得一下子涨红了脸。他记下了驿车车夫的名字和住址，以便通知他到警察署来做证。然而，就在安勇想着如何跟紫金阁的老板娘算账，争取从她这里找到许文娟的下落时，他的助手却带来了一个惊人的消息。

小方子告诉安勇，警察署的值班警察接到了一个女人的电话，她说发生在环西街的火灾是一次人为事件，纵火者是许文娟，正是她，烧死了她的丈夫李玉强。电话还透露说，许文娟在事件中也受了伤，现在应该在医院里治疗。

"什么？许文娟正在医院治伤？这个告密电话很有意思！是一个女人……她还说了什么？"

安勇反复玩味着小方子的转述，心情跌宕起伏。

"没有了。"

"那么……打来电话的女人是谁呢？她叫什么名字？"

"我们也追问了，但她马上就挂了电话。"

"哦……不肯说出名字？那么声音呢？是年轻人还是……"

"听不出来。还没等我们反应过来，她就把电话挂断了。"

"这会是一个什么人呢……"

安勇陷入了沉思。

"用电话告密，这很时髦啊！电话机是个奢侈品，除了政府机关在使用以外，其他地方几乎还没有。当然，外国的公司和洋行就不一定了，比如说紫金阁……"

他的思维在紫金阁这里停了下来。一提到日本人经营的这个会馆，他的神经就绷紧了。

"会不会是紫金阁的人？只有她们才知道警方在调查这个案子！假如真是这样的话，那么她又会是谁呢？老板娘不会，那一定就是她手下的员工了？会不会是她呢？没错，应该是她……"

安勇的眼睛亮了起来。他仔细地回想和久美子的对话过程，终于想起了那个双目含情，被老板娘称作玉梅的年轻姑娘。

"这是个聪明的女孩，她很可能会使用电话这种新鲜的东西！由于嫉恨或者是其他原因，她向警方告密，想通过警方的手置对方于死地？这……这也是很有可能的。可是……会不会还有其他原因？譬如，受人之托，或者是，许文娟的辞职侵犯了紫金阁的利益……还有，玉梅为什么会知道许文娟受伤住院的事情呢？是她亲眼所见，还是道听途说？难道……她希望警方立即展开抓捕……"

思绪像波浪般，一阵过去，一阵又来。看来，那条铁链的哪个环节出了问题，它们没能圆满地接上，所以才引发了那么多的问题！可是，现在不是考虑这些的时候啊，当务之急是要抓住许文娟，乘她受伤住院之际！没错，她受了伤。在那种突发情况下，又是打斗，又是火灾的，受伤也在所难免。而且，好像还有人希望许文娟去死？从那个告密电话看来，为了灭口，他们应该是不惜铤而走险的……

安勇分析着问题的症结所在，可越想却越为许文娟的安危担心了。是的，他必须马上找到她栖身的医院，抓住她，并把她安排到由警察署控制的医院里去。只有她安全了，这起案件才能水落石出，进而才能抓住凶犯，否则，就很可能会铸成大错！

他的脑神经飞速地运转着，很快就做出了决定。

"小方子，你立即去调查一下城里城外能够治疗烧烫伤的医院，看看是哪一家收容了许文娟。我们要立即找到那个女人，这是当前最最重要的事情！"

他要小方子在两天之内查出结果，在他看来，这应该不是什么难题。因为，旅顺和大连的医院并不多，能够治疗烧烫伤的地方更是凤毛麟角。

果然，没有过上多少时间，好消息就传来了。有一位线人向方群报告说，市郊有一家"慈惠诊疗所"治疗烫伤。那是家私人医院，在日俄战争以前就以治疗枪伤火泡出了名。在火灾发生的当晚，他们曾收治了一位被烫伤的女病人。

"慈惠诊疗所？私人医院，噢……在那里住院治疗，恐怕要花很多钱吧？"

"是的。听说是一个男人为她付的……"

"男人？当然是男人了，有女人就一定会有男人！或许，他们还会是一对相好呢……看来，现在发生什么事情都是有可能的，为了心爱的女人，那个男人是会舍弃一切的……"

安勇抬起头来，目光炯炯地望着小方子。他深深地吸了一口气，像是老狐狸闻到了尿臊味一样。此时，他又想起了紫金阁老板娘提到的许文娟的客人。

"能在日本人的地盘上混的，绝不会是等闲之辈，这……这才是我们要多加小心的！可是，唉……"

安勇突然叹了一口气，因为现在，他还没有权力调动警力。

"是啊，目前，这件事还没有立案，所有的事情都必须自己一个人去做，而且还不能声张出去！这……这确实令人无可奈何。幸亏还有小方子能帮我，否则，真是有点势单力薄了。不过，这也应该够了。我一个人就相当于一个班，而对方，不过是一男一女而已……"

经过了一番内心的较量以后，安勇再一次变得踌躇满志起来。两分钟以后，他就带着武器，和小方子双双坐上了警署的驿车，向慈惠诊疗所扑去。他觉得胜券在握，但却只算对了一半，因为慈惠诊疗所是私家宅邸，它有权拒绝警察出入。为此，安勇在诊疗所的入口处和门警发生了争执，搞得动静很大，还惊动了医院的院长。当然，这些矛盾很快就得到了解决，十分钟后，他们在二楼值班女护士的带领下，直接来到了他们要找的女病人所在的病房。那间病房位于二楼走廊的尽头，此刻，那扇白色的屋门正紧紧关闭着。

"您要找的病人，应该就在这里。"

女护士礼貌地对安勇欠了一下身以后，轻轻敲响了屋门。但是，里面什么反应都没有，这太奇怪了。女护士犹豫了一下，加重了力度，再次敲了一下，还是没有动静。

"这……"

女护士回头看了安勇一眼，犹犹豫豫地，从口袋里掏出了钥匙。她打开屋门走了进去，但屋内空空荡荡的，连一个鬼影都没有。

"这……这到底是怎么回事？刚才我还看见她出来开门，把一个男人迎了进去……"

女护士哭丧着脸，望着安勇那副掩饰不住的凶相，显得非常紧张。

这是一间十多平方米大小的带卫生间的独立病房，里面的布置非常简洁，除了一张床、一张桌子和几个柜子以外，并没有太多的陈设。

安勇反复地巡视着每一个可能的疑点。他冲进卫生间，迅速检视了一番，之后又退出来，床上床下、柜内柜外仔细察看。

"看来，许文娟和那个男人已经离开了⋯⋯"

安勇嘟囔着，下意识地摸了一下被子，发现那里面还暖暖的。这说明，屋子里的人刚刚离开。

"你是什么时候看到那个男人的？"

"半⋯⋯半个小时以前，我亲眼看见他从楼梯上走过来，敲开了这间病房的门。"

"后来呢⋯⋯"

"患者从里面把门打开，把他迎了进去⋯⋯"

"以后呢？他们⋯⋯再也没有出来吗？"

"没有，我没看见有人出来。只是⋯⋯后来，我去了一趟洗手间⋯⋯"

女护士避开了安勇锐利的目光，她实在是有些惶恐。

"哦？那是什么时候⋯⋯"

"应该是您在医院门口和警卫交涉的时候⋯⋯"

"噢⋯⋯难道你也听见我们的争执了？"

"是的，这个楼道不隔音，一楼争吵，二楼三楼都听得见！"

女护士指着窗户说。

这句话显然刺激了安勇的神经，他愣了一下，突然转过身，迅速来到了窗台附近，并向外张望起来。他发现，窗户是微微打开着的，从这里，医院大门口处的情景可以一览无遗。

"呵⋯⋯这⋯⋯"

安勇拍了一下大腿，不由自主地叫了一声。

"妈的,他们跑了!但应该没有走远,或许正躲在一楼或者三楼的什么地方……"

他稍稍停顿一下,又马上推开了挡住去路的女护士,迅速向病房外面冲去。

"走,我们分头去找!你到三楼,我去一楼!那个女人受了伤,他们走不远,或许现在还藏在医院内的什么地方……"

安勇一边大声招呼着紧随其后的助手方群,一边顺着楼梯,大步流星地往下跑。他在一楼付费窗口前停下脚步,看见那里有十来个人正在排队,是等待付费的病人。

"这些人里,会不会隐藏着我们要找的人……"

他的目光四下扫射着,发现里面并没有什么年轻的女人。同样,一楼诊疗室门口也没有面目可疑的人。然而,也正是在那时,安勇像是回光返照一样,突然想起了什么。他快步冲出了医院大楼,直接跑到了诊疗所的入口处。

"要守住诊疗所的出入口!只要许文娟他们还没有离开医院,就不用担心抓不到他们……"

安勇是一个出手果断的人,但是很遗憾,他还是晚了一步。

"你们……你们刚才有没有看见一男一女从这里跑了出去?"

他声嘶力竭地向刚才和他发生争执的门警发问。他的神态十分骇人,让那个门警惶恐万分。

"刚才……一男一女?没有……没有……"

"没有?"

"是的,是没有。不过刚才……好像有一个男人背着一个女人,从这里走出去了……"

"一个男人背着一个女人?好像?你到底,看清楚了没有……"

安勇厉声问道,这种似是而非的回答让他倍加愤怒。

"是,是的,我看见了!不过……这有什么问题吗?女人的腿受伤了，她的家属背着她……不是很正常的事情吗……"

门警啰啰唆唆，他并不知道这个面目可憎的警察的心思。

"腿受伤了，还没法走路？你……你是怎么知道的？"

"因为……她的腿上缠着纱布！"

"噢……那他们……他们往哪个方向去了？"

"那边……"

"呵……那边……妈的，那一定是许文娟他们了！这……或许那女人的腿脚不便，我现在还能追上他们……"

安勇顺着门警指示的方向望去，他的心里还残存着一丝希望。

"恐怕……不行了！刚才，门口正好停着驿车。那一男一女是坐着车离开的。"

"妈的……唉……"

安勇叹了一口气，并狠狠地瞪了那个门警一眼。

"是啊，假如不是这个蠢货，我们就不会弄出动静。假如……自己一开始就做好准备，多带一些警力，封锁住医院所有的出入口再开始搜查，那就不会有现在的这种结果了……"

沮丧失落之情毫不掩饰地从安勇的眼神里流露出来了，但他没有气馁，因为挫折在所难免，尤其是在复杂的案情面前，那或许正是他接受各种挑战的精神源泉。而且，安勇相信，自己一定能找到许文娟，也一定能够侦破这起曲折离奇的纵火案。

24. 接受新任务

几天过去了，但是关于纵火案的调查却没有丝毫的进展。而且，甘井子区警察署消防科又对此次行动提出了质疑。他们要从事故的角度重新认证，认为这只是一次因火炉老朽倒塌所造成的普通的火灾。

消防科的意见为纵火案的立案带来了障碍，而为了等待立案申请报告的批复，安勇他们也已经浪费了一个多星期的时间了。

两个多星期以后，安勇的申请报告有了回复。但回复是令人失望的，上司不仅做出了把此案移交给消防科的决定，还为安勇布置了与此案完全无关的新的任务。

"安警长，火灾的事你就别管了，交给消防科吧，你还有更重要的事情要做。"

甘井子区警察署署长王正清慢条斯理地对他说。这位上司今年五十二岁，是一个性情温和、遇事沉稳的资深警探。仅在甘井子区警察署的任上，他就已经干了二十多年了。

"现在，种种迹象表明，关内的革命党人正在向关外移动，很有可能会在旅顺、大连一带集结。所以，你要把侦查的重心转移过来。因为那些革命党人，才是我们最最危险的敌人……"

"什么？不，不行，我不同意！"

安勇拼命地摇着头说。他没想到，两个多星期的煎熬等待，换来的会是这样一个结果。

"您难道没有看到吗，王署长，为了这起纵火案，我已经跑断了腿，前前后后，也花了一个多月的时间了……"

"正因为这样，才决定让消防科去处理那个案子！安警长，你要知道，警署现在上上下下对你都很有意见，是我再三调停，他们才同意让你折腾这一个多月的！可是你……你不仅没有提出火灾发生的原因和解决问题的方法，还钻进了牛角尖，固执地认为，受害者的老婆是纵火犯。最要命的是，你现在连那个女人的面都没有见着！看来，她躲开你是有道理的，或许她根本就和那起案子无关！唉，好吧，安警长，算我成全你……再给你一个星期时间，假如再没有结果，那就按现在的决定办，别再跟我提什么立案的事情了……"

王署长把手一挥，率先走出了办公室，把手足无措的安勇撂在了一边。谈话就这样出人意料地不欢而散了，安勇在愤慨之余，不由得回顾起了案情。

"是啊，从医院逃脱以后，许文娟会去哪里呢？除了紫金阁以外，她在大连根本就没有栖身之地。而且，她也不会再回到那个会馆了。那么……哪里才是她的隐身之地呢？这一切，想必和她身后的男人有关，她能在诊疗所成功出逃，就说明了这一点。但是，问题就在这里，因为直到现在，警方对那个男人还一无所知。他……他究竟是个什么人呢？假如只是一个擅于寻欢作乐和逢场作戏的客人，那他是不会去自找麻烦的吧？看来，他一定和许文娟有关系，而且还非常密切。或许，这个人就是她的亲戚、老乡，更有可能是她的相好！不把这个问题搞清楚，案子就不可能取得进展……"

安勇苦苦地思索着，眼睛里突然放出了光彩。他决心去一趟许文娟的老家，到黄花沟去探望一下她的父母，调查她嫁给李玉强以前的情况。尽管这需要自己支付旅费，但那也是没有办法的。王署长只给了他一周时间，他必须在有限的时间内突破难关，找到新的线索。这应该并且也是有可能的——因为逃离了诊疗所的许文娟，很可能就隐藏在黄花沟的什么地方。

安勇很快就付诸了行动。他在第二天一早就坐上了去往黄花沟的驿车，并且在下午两点钟的时候，成功见到了许文娟的父母亲。他从许尚水那里听到了许文娟的故事，包括她是怎样失去严一龙，又为什么嫁给李玉强的全部经过。

"那么……那个月花姑娘呢？她又是怎么回事？"

"月花是我老伴家的远房亲戚，因为穷得实在过不下去，才让她到我闺女家去帮忙的！可是，谁能想到会发生那种事情呢？真的是冤家作孽啊……"

许尚水悲伤地叹了一口气，幽幽地望着窗外远处的山峦。那种气氛自然感染了安勇，并且也从另一个方面提醒了他，让他认识到，被生活逼迫着成长的许文娟，很可能拥有非凡的胆量和韧性。

"苦难的生活造就人。正是因为遭遇过这样的灾难，才有可能成为一个凶狠的罪犯。这是一定的……"

安勇怔怔地点了点头，但是马上又自我否定了。

"不，她的背后一定会有男人的踪影，一定是那个男人在帮助她。我相信,这是绝对不会错的。可是,那个男人……他……又会是谁呢？"

他想到了许尚水提到的，许文娟以前的恋人。

"战争结束了那么多年，那个严一龙他……他依然生死不明吗？"

"是的。不管是陆地还是在海上，只要是医院，我们都去找过、问过了，但始终没有发现他的下落。为此，我女儿哭得死去活来，晕倒了好多次。大概是觉得她可怜，一个医院的护士才告诉她，日本人刚刚占领旅顺的那几天，有好多艘日本舰艇，拉着那些在战争中受伤的人，到日本去治疗了。也许……严一龙也因此去了日本……"

"日本？日本的军舰会把中国人也一起拉去吗？"

安勇疑惑地问。他在分析许尚水言语中可能会隐藏着的信息。

"是啊，我也是这么问的，但那个护士的回答很肯定。她说，这是很有可能的事，因为被拉到日本去治疗的不仅有中国人，还有一些俄国的伤病员……可是，谁能相信这些鬼话呢？俄国是日本的敌人啊，难道日本人连敌人都救吗？假如真是那样的话，那严一龙是有可能被拉到日本去救助的……"

"是啊，有道理，这真的有道理……"

安勇连连点头。之后，他又抬起了眼睛。

"严一龙的父母亲应该还活着吧？难道他们也不知道自己儿子的下落吗？"

"我问过他们，他们确实不知道……"

"他们的家也在黄花沟吧？要不……我们现在就去他家，和他们聊一聊？"

"是的，过去他们是住在这里。但是，五个多月以前，他们搬走了，离开黄花沟了……"

"哦，搬家了？搬到哪去了？"

安勇掏出了烟叶，挤巴着塞进烟斗，点燃后便一口一口地抽了起来，他那鹰犬般的耳朵又竖起来了。

"不知道。"

"那么……村里有没有帮他们搬家的村民呢？"

"没有。这些活都是他们自己弄的，是严家老爹严子鹏赶着大车走的。"

"严子鹏……严一龙的父亲？"

"是的。他们搬家以后，再也没有回到村子里来……"

"哦……"

安勇锁着双眉，眯着眼睛，掂量着这些刚刚到手的情报。

"那么你……能否再想想，你女儿离开紫金阁以后，可能会去的地方？"

"不……不知道。"

许尚水摇摇头，似乎悲从中来。

"从出嫁的那天起，她就开始记恨我了，再也不和我说话，也不跟我联系，就像是没我这个父亲似的。唉……是啊，是我作孽，把她推到了火坑里，我……我真是该死啊……"

许尚水的眼泪流了下来。他耸动着衰老的肩膀，那种深深的悲哀暴露无余，没有任何掩饰。

"看来，许尚水的话是真的，至少他的情感是真实的……"

安勇点点头，离开了黄花沟。他再一次赶到位于旅顺市郊的慈惠诊疗所，确认着为许文娟付住院费的男人的名字。他认为，那个人很可能就是失踪了的严一龙。对此，安勇似乎有着天然的直觉。

"可是，对不起，我们并不知道他的名字。他并没有使用支票付费，给的是现大洋。而且，这个人很大方，他多给了不少。为了把多付的钱款还给他，我们也想找到他……"

慈惠诊疗所的院长回答着，他当然不会想到，他的话给安勇带来的失望。

"那么……那个男人的年龄呢？"

"看上去不到四十……"

"不到四十？他……他会不会是严一龙呢……"

安勇抬起头来，他空洞的目光和天空一般大而无当。

"真是混沌迷离！这个家伙，这个生死不明的男人，还有他……那个突然搬离了黄花沟的爹娘……"

这里面显然存在不少问题。可是，要想探明这一切真相，是要花费很多时间和精力的。可是现在，王署长却要把他调走，这不是在纵容犯罪吗？唉……

安勇叹了口气，再一次走进了王正清的办公室。他想恳求署长，让他继续干下去，但是还没有等他开口，王署长就先声夺人地把话题引开了。

"安警长，奉天市警察署在前几天发现了一个乱党分子的窝点，还抓到了好几个同盟会的人，并且取得了口供。他们已经获知关内革命组织已经潜入旅大管辖区的消息。为此，奉天革命军事保安部命令我们，要做好准备，随时对乱党分子实施抓捕。并且，还有线人来报，日本最大的黑道组织白虎会的总裁及其随员，近期也会到访旅顺。他们要和同盟会的成员密谋，走私武器弹药，甚至还会支持乱党分子在旅大发起武装暴动。所以，我们要加倍提高警惕，决不能掉以轻心……"

"白虎会？武装暴动？这……这可能吗？"

安勇半信半疑，他以为，这只是王署长让他放弃追查纵火案的借口。但是没有想到，王署长竟然从办公桌的抽屉里取出了一份奉天革命军事保安部发来的文件。

"你看，这是张作霖部长签署的命令。他要我们和各警察署加强联系，搜查打击打着贸易旗号，却在暗地里走私武器弹药，支持乱党分子的不法日本商社。为此，我们要集中力量，保障重点，不能再分心了。尤其是你，安警长。你要知道，张部长可是亲自点了你的名的……"

王正清故作姿态。他高昂的语调让安勇如鲠在喉，只能干瞪着眼睛，什么话都说不出来。

只能听从安排了，这是没有办法的事情。但是，每当想起那桩纵火案，他的心里总是会一阵阵地发颤。这是他的心病，他实在无法忘记那个消失得无影无踪的女人！

第 六 章

25. 总裁到来

正如甘井子区警察署的线人和暗探所密报的那样,白虎会的总裁高桥旭和他的夫人洋子以及爱女百合子一行,乘着日本海军那艘由大型运输舰改建成的伊水号客轮,在一个星期以后的某个中午抵达了旅顺港码头。

高桥一家是作为日本军部海军访问使节团中的一员,受邀来参加由东三省总督赵尔巽和日本关东总督府共同举办的清日两国友好交流活动的。本次访问是一次高规格的活动,为此,日本海军司令部特意派遣了伊水号客轮护送代表团一行。而且,清王朝的满洲总督赵尔巽还亲临旅顺港,和日本旅顺总督府的官员一起,在码头上举办了盛大的欢迎仪式。

其实,这次访问是由日本方面提出,经朝廷批准后实施的。1908年7月14日,由桂太郎总理大臣重新组阁的第二届日本内阁政府,继续推行他在第一届政府中实行的政策,削弱因日俄战争胜利而逐渐壮大的军部势力,执行他在政友会的盟友,明治天皇的老师西园寺公望元老提出的建立军政一体化,并由此过渡到民政制度的主张。桂太郎政府把至今为止日本天皇亲自批准的由政府外务大臣、陆军大臣、参谋总长和陆军教育总监所共同监管的旅顺日本总督府,改为由外务大臣单独指挥下的民政机关,并废除了一直由军方把持着的殖民开拓局，把军职人员在旅顺的职权限定在守备旅顺总督府和维持南满铁路及其附属区域的治安范围以内，并把其他需要和清王朝以及满洲地方政府进行的外交、金融、贸易等各方面的事宜，全部交给了总督府的文职人员来负责。

桂太郎内阁政府否认了军内强硬派的主张。为限制他们在满洲的权力，还专门进行了包括人事在内的一系列改革。他们对清政府伸出了橄榄枝，期望派遣由政府文职人员组成的代表团访问旅大地区，和满洲赵尔巽政府握手言欢，举行日清两国间的亲善活动。

桂太郎内阁政府的示好，得到了来自清政府的积极的回应。这当然是件好事。它虽然不能解除赵尔巽总督对日本军方的警戒之心，但至少可以让他腾出手来，对付正在关内关外煽动并随时准备发动武装暴动的南方革命党人。为此，赵尔巽命令奉天革命军事保安部的张作霖部长，要他出马到旅顺港码头参加欢迎仪式，亲自为日本代表团接风。

张作霖的爱将安勇警长和他的上司甘井子区警察署的王正清署长也参加了这场欢迎仪式。现在，他们两人都已经升职，成为张作霖最近成立的满洲乱党分子缉查行动队的正、副队长。他们彼此间的上下级关系虽然没有改变，但因为该行动队由张作霖直接领导，所以安勇的发言权显然要比过去大了很多。

此刻，旅顺港码头，清王朝的黄龙旗和日本海军的旭日旗迎风招展，一排排穿着大清王朝海军制服的鼓乐队，敲锣打鼓，演奏着清日两国曲目，现场呈现出一片欢乐祥和的气象。然而，人群中的安勇并没有片刻的闲情逸致，他负有重任，为此他必须睁大眼睛不停地巡视，以期比任何人都更早地发现人流中可能潜藏的危险。

就在安勇恪尽职守，保持着高度警惕之时，他看见了人群中的久美子，那个紫金阁的老板娘，还有她属下的那些花枝招展的姑娘们。只见她们清一色穿着用料考究的日本和服，踏着小巧的木屐，挥舞着小小的太阳旗。这里面当然包括玉梅，就是那个被安勇怀疑打电话到甘井子警察署，报告许文娟行迹的可疑的女人。安勇本想迎上去和她们聊聊，以期得到有关许文娟的更多的消息，但是碍于王署长的交代，他还是放弃了这个念头。

是的，今天关注的重点，只能是正在从伊水号上走下来的日本客人。他们绝不是什么良善之辈，应该说是各怀鬼胎，或者说是怀揣着各种目的而到这里来的。在现在这个社会混乱、危机四伏的时刻，有谁能保证他们不会是南方革命党人的支持者和暴动的参与者呢？

安勇是一个君主立宪制的支持者。他坚信并忠实地执行保皇派的忠君护国理念，从来不去怀疑他们的政治主张以及由此滋生的社会顽疾。他不愿把社会问题提高到政治角度上去考虑，那种固执和盲从，或许正是得到满洲保皇派重镇张作霖赏识的重要原因。

安勇有着敏锐的嗅觉和鹰隼般的眼光，但可惜的是，他并没有见过他的追查对象——许文娟和她朝思暮想着的未婚夫严一龙，也没有见过和严一龙有着重要关系的高桥家族，以及他心之所系的与这桩命案有关的诸多人等。这确实是一个巨大的遗憾，因为他们中的很多人今天都会集聚在码头上熙熙攘攘的人流当中。所以，当王正清署长指着远处走来的那个梳着背头，身着青色和服，趿着木屐，拥有不凡气质的日本男人介绍说，他正是大连警方需要密切关注的高桥旭时，安勇都不会想到，许文娟背后的那个神秘的男子，此刻正和高桥正夫以及三和洋行的职员们一起，站在迎接队伍的最前端，向他们的董事长夫妇热烈挥手呢……

毫无疑问，他们正处在安勇的视野范围内。但是，这并没有引起安勇的关注。此时，他的目光正高度集中在高桥旭及其夫人身上。这个早有耳闻的白虎会首领的到来，让安勇成功地与严一龙戏剧化地失之交臂。

"百合子……"

严一龙激动地挥着手，并冲出人群，向刚刚踏出船舷的百合子跑去。他的高分贝的呼喊几乎超越了震耳欲聋的鼓乐，让百合子疑惑地停下了脚步。

当她终于看到了挥手跑来的严一龙时，也忍不住大声回应起来。

"啊，一龙，一龙君……"

百合子小跑着冲出了人群，和迎面跑来的严一龙紧紧地抱在了一起。久别重逢令他们失去了顾忌，那些突如其来的亲密举动，让百合子的母亲洋子感到异样。她拉了一下丈夫高桥旭的手，希望老高桥能去关注一下宝贝女儿出格的行为，但是老高桥似乎毫无反应。此刻，他正眯着眼睛，沉浸在一种难以为外人所察觉的缜密的思绪里……

一个月以前，白虎会和同盟会代表在东京签订了一份军火交易合同。但是，由于中方内部人员的叛变，该情报被密报到张作霖那里，引起了满洲当局的警惕。虽然张作霖还不清楚那份合同的具体内容，也不了解这批武器弹药交付的具体时间和地点等情况，但是，这件事却成了老高桥他们难以逃脱的一个大麻烦。因为，事情一旦败露，白虎会不但不能顺利地把军火交到南方革命党人手中，还要承担巨大的违约责任。他们会面临高额的赔款，信誉也会蒙受损失，并且授人以柄，给正在实施的日清两国睦邻友好关系的桂太郎政府的外交政策带来危害，从而影响白虎会及其属下的日本浪人团体在日本国内的地位。

这些事情必须要小心对待，一旦处理不当，必将酿成灾难。尤其是现在，南方革命党人已经秘密潜入旅顺，军火武器交易正在按照计划一步一步地推行的时候。只要不出现意外，趁着日清友好气氛所带来的便利，一切就都会顺利地实现。

然而，就在高桥旭带着家人和众多白虎会的兄弟踏上伊水号，开启了这趟至关重要的旅行时，严一龙和许文娟的奸情，又被高桥正夫以电报的方式传达到了老高桥手中。这令他愤怒不已，因为它不仅关系到爱女的名誉，还雪上加霜地让他联想到了此前不久发生的，向清政府告密的中国内奸。这件事一下子让他乱了方寸，失去了旅程中应有的兴奋。

"严一龙知道公司的内情，一旦出现问题，他很可能会出卖我们，成为又一个内奸……"

在伊水号豪华的客舱里，高桥旭反复地思考着。这件事似乎成了心病，以至于刚刚住进一号官邸，也就是代表团下榻的棒槌岛宾馆别墅区以后，就心急如焚地和高桥正夫展开了密谈。

"能不能重新找一个翻译，不让严一龙参加这次谈判……"

"这……恐怕已经来不及了！明后天的会谈十分重要，一时半刻也找不到值得信赖的翻译。而且，严一龙参加了迄今为止所有的会议，突然把他排挤出局，很有可能会弄巧成拙。一旦再出现什么差错，不仅到手的买卖要完蛋，还会给公司带来无法预料的灾难！"

"我总以为，他能成为我们的家人，可是……唉，决不能再出现问题了。上一次的内奸，让我们白虎会蒙受的损失超乎预料，这一次，决不能再重蹈覆辙！"

高桥旭神情阴鸷，咬牙切齿，让高桥正夫感到十分骇然。

"这事应该怪我，是我优柔寡断，坏了事情！唉，要不是百合子再三叮嘱，让我关照严一龙，我就不会处处迁就他，更不可能让今天这种状况发生！其实……我早就对严一龙做了调查，也发现了他的问题，但是却没有急于着手处理！唉……为了成全百合子的姻缘，不让她伤心，我也想过很多办法，还鼓动严一龙说服他的相好，让那个女人动手杀人，她得手以后，把案情通报警方，借警察之手除掉她。这本是一个完美的计划，只要做掉那个女人，断了严一龙的念想，这小子就会死心塌地地回到百合子身边，永远跟着我们走！但是，没有想到的是，那个女人在作案得手以后，竟然成功地逃脱，并且去向不明。这……这肯定是严一龙在背后相助，让她逃离了警察的追捕！唉……我真的没想到，严一龙这小子竟然会那么钟情于她，全然不顾百合子的痴情。早知道是这个结果，我就应该下定决心，重新培养一个翻译，不让严一龙参加公司的会议。那样，我们就不会留下今天那种祸根了……"

小高桥叹了一口气，语无伦次地解释，把自己精心策划的计划全盘托了出来。他诚惶诚恐地望着老高桥，生怕父亲怪罪下来，把责任算在他的头上。

"混蛋！严一龙……要不是百合子，我……我真想劈了他！"

老高桥一边歇斯底里地叫骂，一边站了起来，在榻榻米上来回踱步。

"一会儿，你把这个混蛋叫来，我要好好地教训这个忘恩负义的家伙……"

"不过……还是要忍耐一下，先过了眼前这一关再说。而且，这一次，还得让他当翻译。等熬过这几天，再跟他好好地算账……"

"嗯……可是我……忍不住这口气！今晚，我得教训一下这个混蛋，至少要好好地警告他才行！为了安全，你这几天也要紧紧地盯着他，不能让他离开我们的视线，避免走漏风声，坏了我们的大事！"

高桥旭挥了挥手，猛地停住了脚步。他抬起头环顾四周，把视线落在窗外那片翻滚着的云海当中。他的脑子里闪过了一丝光亮，淡淡的。那种并不经意的表现似乎在告诉儿子，作为父亲的他已经打定主意了。

26. 苍茫时分

虽然已经是5月中旬，但初夏的妩媚与温暖却还没有光临辽东半岛和渤海湾。晚上七点钟左右，天空飘起了雨丝，并且还出人意料地刮起了寒风。风越刮越大，雨越下越密，最后竟发展到了电闪雷鸣的程度。大自然似乎能体察到人的心情，它发挥神力，让黑夜愈发黝黯深沉，也让人的心情更加忧伤和悲凉。

晚上八点钟左右，刚刚吃完晚饭的严一龙就被高桥正夫带到了棒槌岛。他们一前一后，谁也不说话，朝着董事长高桥旭下榻的官邸方向走去。小高桥那张冷若冰霜的面孔，营造出一种近乎恐怖的氛围，令严一龙忐忑不安，冷汗直流。

高桥旭下榻的是一幢由俄罗斯设计师设计建造的，有着二十多间豪华客房的联体别墅，其住房、餐室和客厅各自独立，中间隔着二十来米，有走廊相互连接。高桥旭和他的秘书、保镖们住西边那幢有着尖顶塔窗的俄式三层楼房，洋子和百合子母女及女用人们则分散住在东边拥有上下两层十来间住房的日本式洋房内。这些房间的设计独具特色，各有千秋，特别是一排临海的会客厅，不仅体现了东西方文化的不同理念和风格，还兼具了私密、隔音的功能，彼此互不干扰，可以同时举行各种不同的活动和会议。

高桥旭把今天晚上的谈话地点放在了会客厅右角上一个名叫富士的和式客厅内。他显然是做了考虑的，因为那里离百合子的卧室很远。他并不愿意让他的爱女知道今天的谈话，从而卷进他们和严一龙之间的缠斗当中。

富士厅有八十多平方米。除了屋子四角立着的大概有八十厘米高的青瓷花瓶，和正面墙上挂着的日本国旗，旗帜前面安放着的一张两米见方的红褐色矮脚桌，以及矮脚桌两旁榻榻米上的六张绿色丝绸坐垫之外，其他地方空空荡荡的，几乎没有多余的摆设。

高桥正夫和严一龙相继无语地走进来，并在矮脚桌边的丝绸垫子上落了座。大概过了五六分钟以后，客厅的拉门打开了，腰挎日本军刀，穿着一身青灰色和服的高桥旭走了进来。他向刚刚起身，在伈伈伲伲中弯腰鞠躬的小高桥和严一龙摆了摆手，示意他们坐下，并在靠着太阳旗那一面的矮脚桌边坐了下来。这个位置正对着严一龙，从那里可以清楚地看到这个让高桥旭感到头疼的中国青年的神态。

老高桥铁青着脸,一言不发,他的剑一样的目光凌厉地逼近了严一龙。半晌过去了,直到侍女端来茶具,给他们斟满茶水并退出客厅后,他才发话。

"一龙君,听说,你回到故乡以后,一直沉湎女色、不思进取,整天泡在酒馆里面莺歌燕舞,是这样的吗?"

高桥旭声色俱厉,直奔主题,那种愤然的情绪令严一龙魂飞魄散。

"我……"

严一龙嗫嚅着,既想要解释些什么,又不知如何开口。他当然听懂了老高桥的意思,对此,他既无法面对,也没有办法逃避。他一直就知道,自己迟早会受到高桥家族的审判。只是没有想到,这个审判会来得如此之快,让他措手不及,没有任何思想准备。

"一龙君!你大概觉得自己很聪明,能瞒天过海,逃过我们高桥家的眼睛,是吗?"

高桥旭极具忍耐的声音之上,是眼睛里射出来的寒光。

"告诉我,那个叫许文娟的女人,是你的什么人?"

"她是我……我的恋人……"

严一龙嘟囔着,发出了一种只有他自己才能听到的声音。

"什么?你的……恋人?你这个畜生!你竟敢欺骗我,欺负我的女儿,你……"

高桥旭忽地站了起来,高声喝道。

"你……严一龙,我命令你,你必须在两天之内,把她带到我这儿来,当着我的面砍下她的脑袋!不管她是谁,是你的什么人,你都必须给我做到!你……你听明白了吗!"

高桥旭歇斯底里地叫起来,全然不顾正在向他使着眼色,暗示他要保持冷静的儿子高桥正夫。

"我……对不起,董事长!我……我不能……不能去做那种事情,而且我……也做不到啊!"

严一龙抬起头来，注视着老高桥，一字一句地说着。也许，是许文娟秀丽的瞳仁一直占据在他的脑海里，鼓舞着他，为他输送了勇气和力量，才让他敢于把心里的话说出来，透露出了他的信念和意志。

"好啊，严一龙！有种……算你有种！那么……好，好，我……我……"

高桥旭恼羞成怒，他突然从刀鞘中抽出了悬挂在腰间的武士刀，刀尖直接对准了严一龙的咽喉。

"好……来吧！一死百了，我……董事长先生，我已经……准备好了！"

严一龙闭上眼睛、竖起脖子，还挺直了腰杆。显然，他也豁出去了。

"八格！"

高桥旭大声地叫骂着，那只高举着军刀的手却颤抖了起来。他没有想到，这个年轻人竟然如此视死如归，这等于断了他的退路，令他不由得怒火攻心。就在高桥旭怒目圆睁、张牙舞爪之际，客厅的门突然打开了，穿着深蓝色睡衣的百合子猛地闯了进来。因为，她已经打听到了她父亲和严一龙的谈话内容，并及时地赶到，正焦急地等在会客厅的门外。

显然，百合子已经顾不得高桥家族一直以来赋予她的荣誉了。她衣冠不整地跪在了严一龙的脚边，俯身贴近地面，向她的父亲发出了悲鸣。她哀求着，不断地请求父亲原谅严一龙。那声音凄厉而绝望，让将她视为掌上明珠的老高桥几乎昏厥过去。

"爸爸，爸爸……您，您先把我杀了吧！没有了他，我……我也不想活下去了！一龙君，你……你快跟爸爸说，刚才的那些话都是假的，是胡说，是传言，并不是真的！那是别人对你的诽谤，对吧？一龙，一龙，你说，你快说……快跟爸爸说呀……"

百合子抬起身子，拉住严一龙的手拼命摇晃着。她的巨大的恐惧和哀痛在此刻表露无余，未加丝毫掩饰。她在哭求什么呢？是在恳求爸爸刀下留人，保全她爱人的性命，还是在哭诉自身的悲戚、无奈和绝望呢……

没有人能够知道，或许只有老高桥才能明白。因为，高桥家集万千宠爱于一身的百合子的哭诉，已经渗透到了他的骨髓，瓦解了他的意志，让他双目失色，悲欣交集。是啊，对于这个宝贝女儿，他们亏欠得太多太多。现在他……怎么能让她再去遭受那种委屈和痛苦呢？

"百合子……"

老高桥怆然失声、老泪纵横。他颤抖着，手腕一转，把暴怒的军刀挥向了眼前的矮脚桌，桌子的一角在瞬间被劈开了。他的抖动停止了，刚才激动的情绪在突然之间平息了下来。他把军刀稳稳地插回刀鞘，淡漠地瞄了严一龙一眼，转过身去，一声不吭地离开了富士厅。

会客厅里又出现了那种短暂的让人心悸的静寂。

两分钟以后，高桥正夫也站了起来。他瞥向严一龙的一刻，眼神复杂、神情阴郁，步履如同老高桥一般趾高气扬。在跨出客厅门槛的一瞬间，他还是忍不住地转回身来。

"一龙君，你应该知道我爸爸的意思了吧？对此，我也不再多说，希望你……好自为之！"

高桥正夫走了。他再一次把那种叫不破的静谧，留给了悲戚与懊丧笼罩之下的富士厅。空气似乎凝固住了，除了一对年轻男女的心跳以外，什么都没有。还是百合子率先打破了沉默。她轻轻地拉了一下严一龙的手，把它贴到了自己的脸上，久久地摩挲着，期望用温情安抚正处于惶恐无措之中的严一龙。

"一龙……你告诉我，我爸说的那些事……那个女人，许文娟她……是真的吗……"

就这样地停顿了好长时间以后，百合子才吞吞吐吐地问道。她多么希望爸爸说的只是一个流言啊！但是严一龙没有回答她的问题。他只是握着她的手,缓缓地揉捏着,却什么都说不出来。他能说些什么呢?此时此刻,有什么语言可以抚慰眼前这个日本少女的痴情的心呢……

"是的,不能再隐瞒下去了!我必须把一切都吐露出来,告诉她,向她诉说,请她原谅。即使会造成创伤、酿就灾难,也必须要做!为了娟子,为了百合子,我都应该这么做啊……"

严一龙怔怔地想着,身体不受控制地抖动起来。那一刻,他觉得有一双眼睛正在盯着他看,目光炯炯地,直视着他的灵魂。

"一龙,您别瞒我……我不会生气的。您……您还是把真实的情况告诉我吧……"

百合子一再地央求着。只是,她把对他的称呼由"你"改成了"您",那种语气上的细微的变化,显示着她内心涌动着的巨澜。毫无疑问,百合子已经意识到了什么。

"百合子,还记得那一天晚上,在你的卧室里……你看到我手上的疤痕,询问我的那些事情吗?那是我在上战场之前的晚上,为了表示对她的爱,用烧红的煤块烫在手上留下的。那是我的纪念和对她的保证!她……那个女人……就是许……许文娟!"

严一龙吞吞吐吐地,他的声音由轻而重,到最后竟然铮铮作响。他近乎歇斯底里的心理,把压抑多年的痛苦,一下子地宣泄出来了。

"百合子,我……我可以陪你笑,陪你哭,陪你玩,陪伴你做任何事情。我可以给你快乐,给你温暖,不管你要什么,我都可以给你!只是……只是……我……我……"

严一龙没有勇气继续说下去了,因为他发现,百合子此时面色苍白、神情恍惚,她那双原本明亮的眼睛,突然变得黯淡无光。

"百合子,你……"

在惊愕错愕之间,严一龙试图还想去寻找什么语言,却不料百合子竟然放声地尖叫起来。

"只是什么呀？您说，您说呀……"

这种表现，超出了这个女孩的教养，那是巨大的悲痛撞击的结果。她显然已经听懂了，只是她还想看看严一龙说那些话时那种绝情的样子。但是，她怔怔地注视着他，沉默了一会儿，还是忍住了。

"我……我会做一个好妻子的……"

百合子突然压低了声音，喃喃地说道。她的神情悲伤、哀怨，似乎在恳求严一龙，又像是在告诫自己，显示着无奈和心酸。她的泪水再一次地滚落下来了，脸上写满了委屈和不甘，但却毫无办法，她只能喃喃地倾诉，用她气若游丝的声音。这似乎是在恳求严一龙，又像是在祈求上天，抑或是在告诫自己……没有人能够知道，少女苦楚的热泪中隐藏着的会是什么……

"你会的，我相信……"

望着百合子痛苦的神情，严一龙似是而非地回答着。

"但是！您却不愿意娶我！"

百合子重新歇斯底里起来，愤怒的情绪好像随时可以爆发。

"百合子，我……我……我对不起你，我是真的对不起你啊！可是我……我不得不说句真心话，百合子，我们之间的感情……那种情感它……它不平等。它不是爱，不是男女之间那种纯粹的爱情……爱情啊！百合子，我住在你们家，不敢抬头，不敢大声说话，不敢去见你们家的任何人！我战战兢兢、度日如年，那种寄人篱下的感觉，让我悲苦惊慌，却又无处可逃！当然，百合子你……你对我好，处处帮着我，为我着想，为我说话，对此我是知道的，我明白那其中的道理。可是，它……它却让我更加悲凉，更加伤感，更加渺小，更加可怜！我从心里感觉到，我们之间的那种无限……无限的距离啊……"

严一龙扳着百合子的肩膀，语无伦次地说着，那种锥心的痛楚，让他的眉目扭曲、泪水滂沱。然而，他越是真诚地剖白，对百合子来说，就越像一把尖刀。那一句句、一声声，无一不在剜割着她的心灵，让她疼痛得有如万箭穿心。

"一龙,您……您……"

百合子指着严一龙,瞪着眼睛,摇着脑袋,嘟囔着,却又什么都说不出来。

"过去我……没办法跟你说这些话,但是今天,我……我……"

"行了,别说了,严一龙……"

百合子尖叫着打断了他,并且迅速地跑出了会客厅。她没有返回卧室,而是打开了走廊上通往海滩的那扇门。这不禁令严一龙大吃一惊,他犹豫了一下,不得不冲出会客厅,追着百合子跑了出去。慌乱当中,他看到百合子的身形跟跄、步履蹒跚,几欲摔倒。而海滩上,此刻正风雨飘摇,夜色沉沉。

"百合子,百合子……"

严一龙呼喊着,大步追了上去。他从背后抱住百合子,就像是永远不愿意再失去什么那样,把她紧紧地揽在怀中,温暖她冰冷的身体,还有她那破碎的心。

"百合子,你别伤心,别难过。以后,我仍然会陪着你,和你一起笑,一起玩,一起……"

"不……不可能了!我……我已经不会笑了,我的笑容已经被您夺走了……"

"别……别这样想,不会的!也许……也许几天以后,你就会改变主意,就会忘掉我的!是不是,百合子……"

"不,命运已经把我逼到了绝境!我知道,希望已经没有了!可是我……严一龙,一龙,我真的不明白您……您……难道您就不能离开那个中国女人吗……"

在剧烈的颤抖中,百合子泣不成声地追问。她渴望在他的眼神中找到确切的答案,但是,她的眼神再一次黯淡下来,很快又垂下了额头。

"一龙,没有您,我……我会发疯,会死的……"

百合子哇的一声大哭起来，那声音混混沌沌的，像是在祈祷，又像是在悲叹，让严一龙心酸而又悲痛。他沉默着，没有再说话，只是紧紧地搂着她，生怕她会消失在眼前那一片回荡着波涛声，黝黑凄凉而且越发浓重的雨雾当中似的。

　　那是一幅多么凄美的景象啊！

　　尽管那一对男女相拥着，被各自的思想所推动，被交驰着的电流所触及，期望用语言去摆脱纠结，用情感去消除眼前的痛苦和烦恼，但是现在，他们却都意外地静默下来了，就像是在揭开彼此间的结局以前，他们首先应该去体会未知世界的那种凶险和恶行似的。此时此刻，她和他都在想些什么呢？是哀，是忧，是悔，还是恨？没有人能明白。上苍在操纵人类命运的时候，是绝不可能事先演示一遍的。

　　雨慢慢地停息了下来，雷声渐远，闪电也在不断地退却，天色居然开始放晴了。然而，好景不长，很快，湿气就演化成了黑雾，沉沉地随着海风飘浮上来，就像是要去淹没岸边所有的一切，那样，让天地在刹那间变得狰狞和恐怖了。

　　远处传来了急切的脚步声，那是高桥正夫的气息。他是被他的母亲洋子派出来去接百合子的。显然，他们也在担心着百合子的安危。

　　"一龙君，你先在楼下等着，我把百合子送回房间以后再来接你。我们也要早点休息，明天上午还有重要的会议……"

　　高桥正夫的到来，打破了一瞬间的地老天荒，他转身向严一龙通告了一声，便搀扶着百合子向东边洋房的走廊走去。

　　夜已经很深了，但严一龙却没有丝毫的疲惫之意。他只能遵从高桥正夫的嘱咐，在海滩上继续等待。在强烈的不安当中，他开始回味起小高桥转身时那种诡异的表情，以及，"明天的会议"所包含的意思……

　　"看来，他们还是需要我的……"

第 七 章

27. 反 省

社会的变革和人心的向背是那个时代的特征。那些本应该去问一个为什么,花时间花精力去研究的课题,却由于岁月的动荡而被忽视了,特别是1894年7月25日开始的导致大清帝国北洋水师全军覆没的甲午战争,1898年9月21日"戊戌百日维新运动"的失败,1900年打着"扶清灭洋"名义揭竿而起的义和团革命运动和随之而来的八国联军侵华战争,以及1904年爆发在中国大地上的直接改变了严一龙和许文娟命运的"日俄战争"等等。

这短短十年时间里发生的动乱、革命和战争,不仅冲击着中国的上层领域和知识阶层,也让整个社会处在急剧的动荡和混乱之中。它让保皇派变成了自由派,让民主派挥起了无政府主义的大旗,让知识分子从崇尚资本主义转向了崇拜皇权政治,又让政治精英在呼唤民主、人权的同时,提倡什么新权威主义……这种种思潮就像是被海浪席卷着的泥沙,忽而朝东,忽而朝西,忽而沉寂下去,忽而又卷将上来,但最终却不得不汇聚在一起,共同面对这个现实世界。

这个看似多元化的时代的信息是极其混乱的,一会儿是乌托邦,一会儿又是世界大同,没有根据,却能够产生梦想。这些理念被当权者挂在嘴边,又被思想精英们当成标签,并逐渐成了社会的共识。其中的一部分人还特别激进,他们煽动暗杀、政变,发动武装起义,胁迫既定的社会秩序，但结果一定不会顺利，因为统治阶级有着自身包括煽动民族主义在内的维持政权的法宝。他们早就给可能会实行的政治改革打了预防针了。其中，最具功能的或许就是那条源于儒教文化，在前朝大明的政治土壤中得以迅速繁衍的告密制度了。

从明朝开始，密探、奸细和"包打听"就成了一个很好的职业，它们被执政者们认可并在社会上盛行。那时候，检举、告密、背叛、出卖等恶行不但不受到惩处，还会得到表彰和奖励。这种价值观念深入骨髓，让改革者们的行动在起心动念之时，就被围剿摧毁。那些剧情在历史上反复上演，在本故事中也得到了体现。

安勇警长或许就遇上了这样的事情。

这或许就是天意。因为谁也没有料到，就在严一龙和百合子在沙滩上演奏命运交响曲的第二天早上，一个年轻人骑着快马，沿着棒槌岛的崎岖小道，挥鞭吆喝了六七十里，在中午时分赶到了大连稽查行动队的总部。

这是一个极有心计的密探，其调查手段的高超和情报的准确无误让他声名远扬。他拿着大连市甘井子区警察署的津贴，还多次获得过高额的奖金，深受当局司法刑事部门的欢迎。这一次，他把日本人正在棒槌岛别墅区一号官邸和关内革命党人密谋的信息送到了安勇的案头。信息的内容让安勇立即站了起来，他开始调兵遣将，并在一个多小时以后，带着几十号人马，匆匆赶去了案发现场。

但是，他们此行注定毫无斩获，因为那时，棒槌岛的一号官邸早已经人去楼空，而且，什么破绽都没有留给他们。

乱党分子具有流寇性质，他们的密谋方式一定也是短平快的。尤其是密探来通报的这一群，他们悄悄地从海上来，稍有风吹草动，又迅速地从海路逃回关内。这种有组织的集结和流窜在短短一个小时之内就可以完成，正是人们长期从事地下斗争训练的结果。显然，棒槌岛特殊的地理环境，也是他们选择在此密谋的重要原因。这些情况本来并不复杂，但是安勇却忽略了。

"妈的，他们一定从海上逃跑了……"

安勇站在一号官邸前面的海滩上追悔莫及。很快，他就把怨气发泄到了白虎会总裁高桥旭身上。

但是，他的缺乏证据支撑的激烈行为，立即招来了日本外务大臣的抗议，并且酿就了一场外交风波。满洲总督赵尔巽为此大为光火，甚至要把他赶出稽查行动队。

这一教训是深刻的。假如安勇能够好好地分析情报，封锁那一带海域，堵住乱党分子的退路以后再去布网。假如他能在夜深人静之时，在充分做了准备之后再扑过去，其结果就很可能是不一样的了。

安勇懊恼万分，心绪坏到了极点。能够缓解他的痛悔的，自然就是酒精了。那天晚上，皓月当空、繁星闪烁，大地悠然宁静。安勇在自家的院子里茕茕孑立，他守望明月的背影看起来好像一个智者，但事实上却只是一个醉汉，一个自始至终在自斟自饮和半醉半醒的状态中昏昏沉沉的醉鬼。那时候没有胡言乱语和高声咒骂，就是他知罪悔罪的最佳表现了。

"我应该受到惩罚，应该削职为民。我钻进了乱党的圈套，放走了让他们认罪服法的机会，还被倭人倒打一耙，让皇旗蒙羞、王法受辱，丢了警察署稽查队的脸。今后，我还有什么脸皮再次穿上警察制服，高谈法令、法规，领取我的年俸呢……"

面对苍穹，安勇一遍又一遍地自责着，情到深处，竟然也泪水涟涟。然而，几杯酒下肚，他突然产生了新的想法，并且推翻了前面被再三肯定了的理由。

"妈的，我大概是在寻找逃避的方法吧？为了一个判断上的失误就垂头丧气、萎靡不振，辜负皇上的隆恩……我真是个伪君子吗？我本来就是一个警察署的警长，完全可以放弃现在的职务，专心处理刑事方面的案件。世上还有那么多的冤魂在等着我，要我去抓捕和惩治罪犯呢！这本是大众的利益，我怎么能辜负上天赋予我的责任呢……"

安勇越喝越多，但一些模糊的线条还是在他的头脑中形成，呈现出越来越清晰、越来越明朗的态势。他甚至认为，已经看到了明天以后的自己，那正是他心中的道德楷模的形象。

"是的，哪怕是真的受到处分，就算是撤职也没关系。只要让我留在警察署，让我继续以警察的身份去执法、去匡扶正义就行……"

安勇握紧了拳头，那种因下定决心而产生的勇气是那样强烈，使他在冥冥之中产生了莫名的冲动。凡是警察，哪怕只是刚刚踏进这道门槛的侦查人员，尽管他们性格各异，对责任感的认识也不一样，但有一点却是相似的，就是他们都会认为，自己才是光明和真理的象征，是代表上苍来斩妖除恶，并让法律彰显威严的使者。他们并不会考虑什么社会的堕落、政治的黑箱、制度的不公和战争的邪恶，更不会想到，正是这些因素导致了生命被侵犯、尊严被践踏等等。他们只会一味地行动，把所谓的法律悬挂在普罗大众的头顶之上……

安勇自然是其中的一员，他比别人更加关注自己的职责和荣誉，也更加在乎失职可能会给上司带去的麻烦。他知道，是奉天革命军事保安部的张作霖部长保护了自己，在赵尔巽总督面前再三求情，才让自己逃过了这一劫。为此，他必须亲自向张作霖谢罪，当面听候他的处分。不管多么严厉的斥责，哪怕是对他的公开羞辱也在所不惜。他认为，只有把自己推到悬崖边上，置于死地，才有可能绝处逢生……

在酒精的强大作用下，安勇颠三倒四、胡思乱想，直到凌晨三点，才放下酒杯，横倒在床。很快，他便鼾声如雷地进入了梦乡。第二天起床之后，他毫不迟疑地雇了一辆驿车，踏上了北上奉天的请罪之旅。

28. 意外收获

奉天军政保安大楼位于奉天市北区，是一座用乳白色大理石装饰起来的五层楼办公大楼。它花费了朝廷上千万两白银，是清王朝三朝元老、重量级的封疆大吏赵尔巽在广州卸下湖广总督职务，被任命担任东北三省军政总督以前，再三上奏朝廷并获得恩准后，才得以建造成功的。因为动用了国库的大量资金，又是刚刚投入使用，所以这幢大楼看起来格外雄伟壮观，从而成了奉天市民的骄傲。此刻，安勇要造访的张作霖部长的办公室，就安置在这座建筑的三层楼里。

因为得到了奉天总督赵尔巽的重用，这位出身草莽的好汉，没用多久就成了保皇派军队中的重要一员。那时，赵尔巽六十六岁，而张作霖才三十五岁。他忠于这位足够做他父亲的长者，坚定不移地支持袁世凯，极力维护王室的利益，是清王朝以及袁世凯洪宪称帝时在满洲大本营的军事重镇。由于张作霖毫不留情地镇压同盟会革命党人以及支持他们的日本政治团体，从而受到清廷的破格升赏，不仅奖励其顶戴花翎，还被封为二等子爵，成为东北三省的实力派人物。因此，能被张作霖看中并成为心腹，显然是安勇警长的荣幸。

走进张作霖的办公室，安勇谦卑地鞠躬敬礼。之后，他挺直了腰板，像一名光荣的战士一样，一声不吭地站在一边，直到张作霖放下手中的文件，疑惑地看着他时，安勇才说明了自己的来意。他陈述了自己因棒槌岛搜查案所引发的外交事件，递交了要求辞去"乱党分子稽查行动队"副队长职务的申请报告，请求张作霖革除自己的职务，并希望能让他回到甘井子区警察署继续担任警员。安勇低垂着脑袋诚恳地诉说着，表达出一种驯服且坚定，随时准备接受惩处的态度。那张俨如花岗岩般的面孔坚毅而布满阴霾，但是却写满了忠诚。

此举果然得到了张作霖的赏识。他不但没有接受他的辞呈，反而命令他立即赶回大连。因为乱党分子正在寻找机会，准备把那批军火运往天津和青岛，企图在发动起义时使用。张作霖挥动着刚刚送到他手里的密报，为安勇布置了光荣的任务。他要求安勇亲自带队，去搜查落户在旅大地区的日本人商社和会馆，以及他们在大连的各个窝点。他断言，那批武器弹药正是不法分子从日本运过来的。它们被南方革命党人接收以后，藏匿在旅顺车站码头的货物中转仓库中，只要安勇能够找到相应的证据，就有理由拘捕隐藏在那里的革命党人和他们背后的日本人。

"安警长，不要气馁，好好干！抓住这次机会，你一定能建立功勋……"

张作霖拍着安勇的肩膀鼓励他，把笼罩在这位忠诚的警长心中的愁云一下子就吹跑了。

回到大连以后，安勇立即把那些密探和"包打听"们召集起来，开会研究，并设置了联络点，把他们撒在了各个可疑的地方。他和稽查行动队的王正清队长商议，把行动队的警力分成两个大队，由他们二人各自带领指挥。安勇在制定了行动计划以后，立即投入了工作，并派出巡逻艇，仔细搜查了关内开往旅大区的各种货船，对那一带海域和包括岛屿在内的漫长的海岸线做了拉网式排查。他让警员组成小分队在棒槌岛宾馆别墅区巡逻，并布置了密探，监视位于大连市区的三和洋行等日本人开办的公司，并要随时向他报告情况。安勇断定，同盟会的成员已经来到了旅大，他们肯定会和白虎会的总裁高桥旭密谈。而密谈的内容，一定包括这批军火的交接时间、地点，以及运往关内的方法等等。

"现在是关键时刻，决不能掉以轻心。"

安勇向他的队员们交代，让他们把脑袋里的弦绷得紧紧的。没过上几天，他带领的第一大队就有了收获。因为他们找到了那批寄放在旅顺港C号仓库内的武器弹药,包括轻重机枪在内,都是清一色的日本货。

"好,好……但还是要沉住气!慢慢来,不能着急!找到军火是次要的,关键是要抓人,抓到那些革命党人……"

安勇关照着他的部下,并制止了一部分人急于缴获军火,以期请功受赏的行动计划。他再三强调,要求他们遵照执行以静制动的方针,一边调查码头C号仓库的租用者,以及这批军火进入仓库的时间,一边守株待兔,二十四小时轮班倒地监视仓库周围的情况。他命令部下,既不能暴露自己,又要做好准备,随时出击,抓捕前来取货的乱党分子,以及那些等待在轮船上准备接装军火,伺机出海潜逃的同党们。安勇期望这次行动能把这批潜入旅大地区的乱党分子一网打尽,为此,他要求王正清率领的第二大队暂缓对日本公司的扫荡,免得打草惊蛇。

安勇的计划天衣无缝,但却为时已晚,因为王正清率领的第二大队已经伸出了拳头,在旅大各地搜查并查封了包括"丸经""日昌"在内的多家日本贸易公司,以及那些和他们有经济往来的中国公司。为了完成扫荡任务,王正清期望安勇能率一部分警力赶来增援,因为他们发现,白虎会的总裁高桥旭正率领着包括日本浪人和帮会团体在内的日本人,在市区的大和宾馆召开会议。由于日本人人数众多,势大力沉,为防止发生不测,王正清期望能得到安勇的帮助。

"白虎会?高桥旭?"

安勇反复咀嚼着这几个名词,反复地掂量着。这本不是他应该考虑的事情。安勇的任务是查找乱党及高桥旭团伙私自贩运、藏匿武器弹药的证据。为此,他的人马在旅顺码头也已经潜伏了好长时间了。然而,就连安勇自己都没想到,高桥旭这个名字有着如此的魔力,它竟然一下子吸住了他的眼球,让他为此改变了所有的计划。

"啊,高桥旭,又是那个老高桥!好,好……这一次,我要亲自赶过去和他较量,一扫先前遭受的委屈……"

安勇在心里嘀咕着，多少有点儿激动了。他把手下的警员分成A、B两班，让部下方群率B班继续留守，埋伏在旅顺码头C号仓库周围。自己则带着A班人马，匆匆赶往大连市区。

对于自己的决定，安勇显然有些担心。为此，他再三关照小方子，强调抓捕和取证之间的逻辑关系，要他在乱党分子开始取货以后才能动手。即使出现什么意想不到的情况，也可以带领组员先炸毁仓库再说。因为他们的底线是，决不能让武器弹药落入乱党之手。安勇觉得自己的决定是正确的，因为张作霖也曾叮嘱过他，要他亲自带队去搜查白虎会在旅大区的窝点，抓捕躲藏在那里的可疑分子……

三个多小时以后，安勇带着队伍和王正清带领的第二大队警员在大连市区会合了。他不顾旅途的劳顿，和王正清简短地商定之后，便立即包围了大和宾馆。安勇率领部下，长枪短炮地率先冲了进去，并且直扑高桥旭及其党羽开会的房间。

在这个圆桌会议的主宾席旁，安勇用手枪对准了高桥旭的脑袋。擒贼先擒王，因为这样就可以要挟老高桥，让他命令参会的所有日本人都放弃抵抗，老老实实地接受警方的检查。

面对警方的威胁，高桥旭拉长了脸。他认出了安勇，知道他就是上次率部在棒槌岛上给他找麻烦的人。

"又是这个会讲日语的警察！好啊，来者不善啊……"

高桥旭环顾了一下四周，发出了一声冷笑。他知道，会议室已经被包围了，但仍然神色若定，没有显示出任何慌张。他推了一下挂在鼻梁上的金丝眼镜，向在场那些衣冠楚楚的参会者以及蠢蠢欲动的保镖们摆摆手，要他们保持冷静。高桥旭的镇定是有道理的，他压根就不相信，眼前的这些警察即使得到了张作霖的授意，也不敢在找到他们和革命党人勾结的证据以前，在日本人的管辖区域对他们撒野的。

"一龙君，你问问他们，为什么要到这儿来……"

高桥旭向他的专用翻译严一龙发出了指令。然而，还没有等到严一龙开口回答，安勇却先声夺人地吼叫起来。

"别废话！在座的所有人都必须拿出身份证明，无一例外！"

安勇并没有耐心等待严一龙的翻译。在警员们长枪短炮的威胁之下，在座的一干人等只能无可奈何地掏出身份证件，接受警方的调查。他们都是日本人，并且都是驻屯在旅大各区的日本公司的领导，护照上的信息已经充分说明了这一点。

安勇接过护照，按照上面的照片，一个一个地辨认着。在经过高桥正夫的座位时，他还特意多看了一眼。当年，他在日本留学时，曾经在报刊上看到过高桥正夫的名字，知道他在日俄战争中死里逃生的英雄事迹。这个被当年的日本人称为"独臂英雄"的青年人，现在已经是三和洋行的社长了。

"那么你呢？你的证明！"

安勇把目光移到了高桥正夫身边的严一龙这里。

"日本人开会，要你这个中国人来干什么？"

当他翻看严一龙递过来的证件，发现他是中国人时，竟然用讽刺的口吻问他，但是很快，他就收起了他的怠慢感，因为严一龙的证件让他傻眼了。

"哦，严一龙？你就是严一龙？"

此刻，封藏在记忆里的，许文娟的父亲许尚水在黄花沟跟他讲过的那些话，顿时浮出了安勇警长的脑海。

"严一龙，怎么会出现在日本人的会议上？难道他……他真的被日本军队带去了日本？还是他……成了南方派过来的乱党成员？"

然而还未等他继续追问，严一龙又递过来了一份三和洋行出具的职工证明。当他盯着严一龙的出生地一栏，看到"旅顺黄花沟"那几个字时，禁不住冷笑了起来。

"啊……得来全不费工夫！这……真的该好好感谢上苍啊……"

安勇心下窃喜，但仍然不露声色，并且再次板起面孔，大声命令他的部下。

"把这个翻译官带走，其他的日本人全部扣押在会议室里，等搞清楚了情况以后再说……"

"为什么？严先生是我们从日本带过来的工作人员！"

高桥正夫叫了起来，他显得特别着急，因为他担心严一龙会经受不住拷问，把三和洋行的秘密泄露出去。

"翻译官是中国人，他的事不用你们日本人管！走，带走！"

安勇的部下应声为严一龙戴上了枷具。

高桥正夫大声抗议起来。他试图阻拦，却被他的父亲制止了。老高桥向儿子摆摆手，要他控制好自己的情绪。

在面面相觑中，严一龙被安勇的部下押解出了会议室。这是一场意料之外的收获，因为这次包括大和宾馆在内的，对大连市内各个可能的乱党窝点的突袭搜查，除了能震慑一下日本人，让他们尝尝中国警察的厉害之外，并没有取得什么实质性的效果。它让安勇感到蹊跷，总觉得自己上了日本人的当，最终会使他失去在旅顺码头抓捕那些私运军火并随时准备出逃的乱党分子的机会。

安勇的直觉是正确的，他们显然中了高桥旭的调虎离山之计。

为了掩护南方革命党人顺利取出并运走白虎会寄存在旅顺港码头C号仓库里的军用物资，高桥旭故意召集驻旅大区各日本公司的总裁，大张旗鼓地在大和宾馆举行会议，其目的就是想制造假象，吸引警察当局的目光，让他们误以为白虎会首领正在大和宾馆与同盟会成员密谋，从而把大部分警力调到大连市区去，减轻准备在旅顺码头仓库夺取军火并把它们抢运到货轮上去的南方革命党人的压力。

高桥旭算计得非常得体，因为就在安勇撤出部分埋伏在码头仓库附近的警力，带领他们前往大连市区之后不到两个小时，一场激烈的战斗就在C号仓库那一带发生了。

下午五点半，当年从东京弘文学院毕业回国的同盟会会员路大水率领敢死队员,率先在C号仓库附近引爆了炸弹,把埋伏在周围的警察吸引了过来。但是,这个爆炸声最多只是一个信号弹,它让那些化装成小贩、食客和路人的革命党人纷纷亮出武器,就像是事先做过演练似的,自动分成三个小组,沉着有序地阻击着闻声扑来的警察队伍。

其中,路大水率领的第一小队任务最重,他们拼死阻击,不让那些警察靠近仓库一步,从而掩护了担负着运输任务的第二小队。

第二小队的任务应该是最最重要的。他们要在枪林弹雨之下,把成批装着武器弹药的木箱从仓库里搬运出来,放到事先藏好的独轮车上,运往停泊在码头上整装待发的轮船里。由于木箱的目标很大,一旦被流弹击中就会引起爆炸,不但会引起伤亡,还会暴露目标,陷入被警方围猎的不利形势。但是,没有办法,因为条件所限,革命党人也只能铤而走险了。事实上,这本来就是一次自杀式的计划。

最终,在第三小队穿插迂回的助攻下,很多军火物资被抢运出来,安全地搬到了船上。虽然损失巨大,但是却避免了安勇计划中炸毁仓库,一举歼灭所有革命党人的最坏结果。

在这次激烈的战斗中,革命党人训练有素、攻守有方,而警察部队则显得笨拙无能。没过多久,攻守双方的势头就发生了变化。因为,警方的攻击力量并没有预估中的那么强大,这显然和安勇抽走了一半的警力有关。它所带来的后果,在战斗的收尾阶段暴露得尤为明显。

晚上七点钟,在革命党人的顽强抵抗下,本来处于优势的警察队伍终于放缓了进攻节奏,眼睁睁地看着军火物资被陆续搬进了船舱,让那艘货轮翻卷着浪花,在警察的眼皮子底下悄然地驶出码头,消失在夜雾弥漫的大海中了。

这次失败是惨重的,它让闻讯赶回来支援的安勇懊恼万分。他咬紧了牙关,抿起宽厚的嘴唇,默默地巡视这个不久前还让他志在必得的战场。不过,不管怎么说,他的收获还是有的。在他的指挥下,警方已经找到了充分的证据,证明存放着军火的C号仓库的租赁人,正是日本人的公司三和洋行。

"果然是他们，这个高桥家族的老窝！"

安勇望着送上来的那一份份有关三和洋行的文件，恨恨地说了一句，心中多少浮现出了一丝安慰。

29. 功败垂成

高桥旭的智商是不容低估的，这当然和他在日本政界、军界、经济界多年的跌打滚爬有关。不管从哪个角度去看，他都不应该算是一个传统意义上的商人。高桥旭心胸开阔、运筹帷幄，虽然有着商人的精明和唯利是图的一面，但他高义薄云、遇险不惊，那种坚定的信念和考量，也是他百折不败的最重要的原因。

高桥旭全身心地支持席卷了中华大地的民主革命运动，并资助孙文、宋教仁等人实现驱逐鞑虏、推翻清政府的政治理想。他鼓动游说日本财团贷款给同盟会，向中国革命党人输送武器弹药，支援他们的武装暴动，在政治、经济和军事等多个领域全方位地配合着他们。为了帮助同盟会培养人才，高桥旭还拿出私产，资助受清政府迫害而逃亡到日本的仁人志士，把他们送进东京士官学校和弘文学院学习，为培养和训练中国民主革命未来的骨干力量做着贡献。

当然，高桥旭集团的支持并不是没有代价的。作为回报，孙文也行文立据，表示新政府会在革命成功以后把中国满洲的建设发展权交给他们，并抵押那里的土地，出让管理权，用来偿还日本财团的贷款。孙文还承诺，以后，一定会让以三和洋行为主的日本公司主导中国腹地的武昌铁路建设，并且会支持三和洋行在中国各地成立分公司、组建银行，把他们从海内外筹集的资金放到高桥旭所开立的银行里去，用以参与满洲以及中国内地的经济建设。

为了实现那些目标，高桥旭不惜一切地奔走于中日两国之间，亲自指挥白虎会和三和洋行在中国的行动。他当然知道其中的风险，也了解满洲总督赵尔巽对待日本人的态度，但是他敢于静观其变，不仅能沉着应对，而且成竹在胸。

果然，一切正如他所算计的那样，日本三和洋行、白虎会和受到张作霖支持的稽查行动队之间的冲突，在旅顺总督府和日本施政区政府的干预下，很快就得到了解决。没过多久，稽查行动队就无条件地释放了扣押在大和宾馆的日本人。而白虎会的日本浪人也在高桥旭的劝说下，配合着做了一番外交辞令上的保证，让事态渐渐得到了缓解。什么问题都没有出现，这是一个意料之中的结果，但高桥旭还是感到担忧，因为警察很可能会利用他们捏在手里的三和洋行租借C号码头仓库并秘密存放军火的证据，顺藤摸瓜地找到他们和同盟会之间进行了军火交易的内幕，并以此再次去引燃日清两国之间的外交冲突。

高桥旭对此有着清醒的认识。为了避开那些风险，他决定在日本政府派遣部队大规模地进驻中国旅大地区以前，把所有在三和洋行工作的日本人都撤回去，待同盟会等南方革命党人和清政府之间的争斗有了清楚的结果以后再作打算。

这一决定得到了高桥全家人的支持，只有百合子，她说什么也不愿意，因为严一龙还在警察手里，她要等着他，带他一起回日本。其实，这也是高桥父子最为忧虑的事情。他们也在担心，严一龙会把他所知道的秘密供述给警方。虽然他们并不明白警察逮捕严一龙的原因，但是这已经不重要了，尽快地把严一龙从警方手里弄出来才是当务之急。

高桥旭反复地思索着，寻找着最佳的方案。为此，他推迟了伊水号轮船返回日本的时间，还让旅顺总督府日本施政区的官员出面，给稽查行动队施加压力。他把营救严一龙的任务交给了儿子，并限定了时间，要求小高桥亲力亲为地完成这个任务。

对于稽查行动队在大和宾馆抓捕严一龙的事情，高桥正夫也觉得蹊跷。从现场的情况来看，这好像是一种即兴行为，他们并没有准备，也不知道严一龙会出现在这个由日本人召开的会议上。可是，他们为什么要抓严一龙呢？因为他是翻译，掌握了三和洋行和中国人之间交易的内幕，还是他本身的原因，参与了许文娟犯下的纵火杀夫案，让把柄落在了警方的手中？显然，严一龙是被警察验明身份以后抓走的，这说明，警方一直在追捕他。而在大和宾馆的行动，只是他们在偶然间的收获，是一次"顺便"的抓捕。这种情况表明，严一龙已经在大连警察署留下了记录，甚至还可能存有案底。因此，他决不会是因为以翻译的身份参加了会议，并掌握了日本公司的内幕才身陷囹圄的。

然而，此刻显然不是深究这些原因的时候，因为不管是刑事案件还是其他什么，只要落到警察手里，都可能会引燃火种，让严一龙供出三和洋行和同盟会之间的秘密，再一次地惹来麻烦，让日本方面逃脱不了干系。因此，小高桥只有尽快行动，争取在严一龙的精神溃败之前，把他从警方手中解救出来……

高桥正夫推想着，一方面派出线人到警察署去了解了严一龙的近况，一方面和旅顺施政区的日本官员商量到稽查行动队去捞人的方法。

当然，就在高桥正夫紧锣密鼓地为营救严一龙上下其手的时候，安勇也没有闲着，他也在抓紧时间，希望以最快的速度打开严一龙的"金口"。这是一场时间的竞赛，对此，竞争双方都明白严一龙的口供的重要性。尤其是安勇警长。由于王正清的瞎指挥，让他为追剿军火行动的失败懊恼了好一阵子。而且，为了向关注这起案件的张作霖说明原因，他还不得不编造理由，做自己上司的替罪羊，为他背黑锅，代他受处分，并且还不能抱怨……

"真是晦气……"

安勇恨恨地咬着嘴唇。他多么想把恶气发泄到严一龙身上去啊！但是他又心存侥幸，期望能从严一龙嘴里挖出宝藏，让案情另辟蹊径、重现光明。

安勇抱着这样的想法，望着坐在审讯桌前的严一龙。他准备从已经掌握了一些内情的纵火案入手，因为那是一桩死罪，一旦查证，严一龙和他心爱的女人都会付出承受不了的代价——那种恐惧最容易击溃对方的心理防线，完全可以让他乖乖地就范。

"严一龙，你知道我们请你来的原因吗？"

"不知道……"

"作为日本白虎会总裁的翻译，你难道不明白我们抓捕你的原因吗？"

"不清楚……"

"你难道不知道日本人在我们大清的所作所为吗？他们偷卖军火给关内的乱党，支持叛乱分子的武装暴动，企图推翻大清帝国！而你，身为帝国的臣民，却助纣为虐，为外夷出谋划策。你已经犯了叛国通敌的滔天大罪，难道你不知道吗？"

"我……我只是一个受雇于人的小翻译，行言语沟通之方便。此言此举，何罪之有？"

严一龙据理反驳着。他并不认为，这是警方抓他的目的。

"看来，不用大刑，你是不会说实话的！不过这也没关系，今天，我们并不需要用勾结外夷的罪名来拘捕你，因为我们已经查明，你还负有其他恶案，其中的每一条都是死罪，不可能再有机会逃脱出去！"

安勇换了一个角度，突然把他的撒手锏甩了出来，这应该是他在抓捕严一龙之时就已经想好的。

"你是什么时候从日本回来的？"

"两年以前。"

"回来后，见过一个叫许文娟的人吗？"

"许文娟？我……我见过她。"

"你认识她吗？"

"认识……"

严一龙坦然地回答。自从在紫金阁和许文娟一起策划了那起纵火案以后，他就做好了接受警方调查的心理准备了。

"你回来后见过她几次？有没有那种亲密的关系？"

安勇阴险而又淫荡地笑着。

"她是我的恋人……"

"恋人？没错，可那是过去的事！现在，她已经结婚，已为人妇，这个，难道你也不知道吗？"

安勇继续追问。严一龙从容坦荡的态度让他颇觉意外，但他仍然按照自己的调子往前走着。

"这个……我是知道的。"

"那么你……认识她的丈夫吗？"

"不认识。"

"她结婚的事，你是怎么知道的？"

"我听说的……"

"听说的？"

安勇装出了一副难以置信的表情，之后又突然提高了声调，改变了口吻，大声地质问起来。

"许文娟的丈夫死了，被你的恋人……那个许文娟放火烧死了，你知道吗？"

安勇的语气凶狠而又严厉。这是他常用的手段，用来观察被审讯人的可能的反应。

"警长，您跟我说这些干什么？我是认识许文娟，和她一起喝过酒，但从来没有问过她的家事……"

严一龙一字一顿地选择着语言，他知道言多必失的道理。

"那么，你跟她都在哪里喝酒呢？"

"紫金阁。一个多月以前，我还和她喝过一个通宵。"

严一龙眯着眼睛回忆道，并把许文娟回家放火的日期说了出来。

他企图以轻描淡写的语气向警方证明，许文娟有不在场和不具备作案时间的可能。

"哦……"

安勇面无表情地点点头，他当然明白对方的意思。

"那么，喝酒以外呢？难道……你们没有那种更加亲密的关系吗？"

"我不是说过了吗，她是我的恋人！"

"对，你是说过，而且还付诸了行动。你引诱她，和她调情做戏，勾引她的情欲，让她离不开你，最终走上了杀夫之路。事后，你又担心引来灾难，想要撒手不管，所以去鼓动别人向警方告密，想借我们之手除掉许文娟这个累赘。因为现在的你，追求的是高桥家的千金，你正不遗余力地在寻找新欢！"

安勇声色俱厉，自认为他的假设天衣无缝。因为，在调查严一龙的过程中，他已经听到了一些关于严一龙和百合子的传闻。他以为，抛出高桥家千金这张"王牌"，就能起到震慑作用，但是，没想到的是，他收获的只是严一龙冷冷地一笑。

"对不起，警长，您这是在编故事吧？我根本就不知道您在说些什么……"

"严一龙，你放明白点，这里是警察署的拘留所，没有人会给你讲故事！被抓到这里来的人，不脱几层皮是不可能走出去的！"

安勇重重地拍打着审讯桌，厉声喝道。他本想看看他的先入为主的推断，会为严一龙带来什么样的反应，但是没有想到，自己不但被严一龙嘲笑了一番，而且没有任何收获。

"你老实说，许文娟现在在哪里？"

安勇沉不住气了，他恼羞成怒地大声喝道。

"在紫金阁吧？"

"紫金阁？你是怎么知道的……"

"我想……除了夫家和紫金阁,她还能到哪儿去呢?"

严一龙停顿了一下,眨了眨眼,诚恳地回答道。

"这……也许这是句实话!毕竟严一龙也想让我们抓到许文娟,替他扫清成为高桥家乘龙快婿的障碍啊!是的,没错,除了紫金阁,许文娟还能有什么藏身之地呢?或许她……她根本就没有辞工,还藏在紫金阁里面,借着那个日本老板娘的庇护,在避着风头呢……"

安勇品咂着严一龙言语,飞速地旋转着大脑。他突然想起前不久,在紫金阁遇到老板娘久美子时发生的那些让他至今都在耿耿于怀的事情。它提醒了他,应该乘着现在搜查日本公司和抓捕国内乱党分子的势头,再去闯一闯紫金阁,找机会一扫他在那里多次碰壁的耻辱。反正严一龙已经是瓮中之鳖了,假如能趁此机会把许文娟也抓到手,让这对狗男女在审讯室里相见,那将会产生多么精彩的戏剧效果呀!

安勇的如意算盘打得山响,他忍不住中断了正在进行的审讯,并且不顾严一龙提出的抗议,让人把他关进了拘留所的禁闭室里。他还叫来了方群,要他安排警力,跟着他一起行动。没有过上一个小时,他就带着小方子和几十名警察,以搜查南方乱党分子的名义,冲进了紫金阁的前厅。

这场搜查行动纯粹是一场报复和羞辱。闯入紫金阁之后,安勇马上命令老板娘久美子和包括女招待在内的所有员工都集合到他面前。他让那些年轻的女子自报姓名和住址,并当着她们的面训斥了久美子,并且以寻找许文娟的名义,让属下在紫金阁大肆搜查,甚至连女招待的宿舍都没有放过。这一连串的粗暴行为把这座优雅的庭园建筑祸害得乱七八糟。只是,无论他们怎么折腾,都没有找到许文娟的下落。

"许文娟在哪里?"

安勇气急败坏,他的声音都有点变调了。

"我不认识许文娟。如果您要找的是清子的话,我已经告诉过您,她……早就辞工了……"

久美子并不害怕这个虚张声势的讨厌鬼。虽然高桥父子在紫金阁喝酒时曾多次关照过她，要她在日本政府派军队进驻旅大区以前，谨慎处理好和警方的关系，但是她却不以为然。她始终觉得，只要没有在警方手里留下把柄，她就不必感到紧张。

久美子的冰冷态度让安勇无可奈何，但是，他似乎发现了一些新的线索。因为那个自称玉梅的女招待总想和他搭腔，只是因为有久美子在场，她才有所忌惮，屡屡欲言又止而已。安勇领会了她的意思，并马上示意方群，指定久美子陪同去庭园搜查，而自己则利用这个空当和玉梅相约，在这里的搜查全部完毕以后，在紫金阁的东大门外面见面。那个东大门正是纵火案发生的当晚，许文娟从紫金阁的篱笆墙间钻出去的地方。

看来，玉梅并不是等闲之辈。她虽然只有二十三岁，但是从长春应聘到紫金阁至今，也有四年之久了。而且，她面如满月、体形丰满、能说会道，在紫金阁，也有不少固定的熟客。

也许是因为见多识广，也可能是先天如此，这个姑娘特别饶舌，热衷于传播飞短流长。对此，她不惜花费时间、精力，经常偷窥、窃听别人的隐私。她做这些事情毫无目的，既不利己，也不利人，但就是津津有味、乐此不疲。这显然是一种病态，一种由欲望和本能造就的表现，其目的只是为了去图一时的快感而已。

今天，她和安勇见面时的谈话，首先是从给警方打去的告密电话开始的。

玉梅大方地向安勇承认，说这个电话就是她打的。她说，那是三和洋行的老板高桥正夫授意的。因为从高桥社长那里传来的消息，一般都不会出错，尤其是杀人放火的那种事情。

"是高桥正夫让你打的电话……"

安勇陷入了混乱，并对玉梅的供述产生了怀疑。

"为什么想要置许文娟于死地的会是高桥正夫呢？他的目的是什

么？是为了百合子，还是为了三和洋行？或者，他干脆就是为了严一龙……"

安勇头晕目眩，一度无法冷静下来。

"现在没有必要去问结果，当务之急是要从眼前这个女人那里掏出更多更重要的东西……"

他安抚了一下自己的情绪，恢复了那种志在必得的表情。

"那么，玉梅小姐，你觉得许文娟是纵火杀夫的人吗？"

"我想是的！虽然那天晚上，她和严先生玩了一宿，装出一副根本就没有离开过紫金阁的样子，但是，外人不知内情，我还能不清楚吗？他们那晚是在水云厅里消遣的，而水云厅的院子里有一扇养花工出入的小门，从那里离开紫金阁，外人绝对发现不了。刚才，我就是从那儿溜出来的。那天半夜，清子也一定是从那儿跑出去，犯了案之后，又神不知鬼不觉地溜回来的。所以，她完全可以装出一整夜都在水云厅里和严先生喝酒约会的样子，这些都是她专门表演给我们看的……"

玉梅扬扬自得地，似乎在叙述一件丰功伟绩。应该说，她对许文娟的落井下石，也不完全是受人驱使。许文娟长得比她漂亮，不但有许多客人喜欢，而且也受到了老板娘久美子的青睐。为此，本来自视颇高的她，在许文娟面前则不得不沦为弱势。然而，今天，她翻身了，终于可以出一口恶气，借警察之手去实施报复了，这可是等了好久才到手的机会啊，怎么能不让她感到兴奋呢！

玉梅的分析让安勇频频点头，也让他再次确认了自己的推理。看来，严一龙确实是共犯，他想为许文娟做不在场证明，希望帮助她逃跑，并把她藏匿起来。可是，严一龙为什么要这么做呢？他不是在追求高桥家的女公子吗？许文娟不正是他的一个障碍吗……唉，这真是不合逻辑啊！可是，不管怎么说，这件事一定和高桥家族有关，否则，高桥正夫也不会借玉梅之手去嫁祸一个和他毫不相干的女人……

安勇梳理着那些曲折复杂的关系，越来越觉得不可理喻了。这时，玉梅又提供了新的线索。她说，许文娟在出事那天下午五点半回到紫金阁时，还没有辞职的意思，但是，仅仅过了半个小时，在接到一个男人的电话以后，她便急急忙忙地提出了辞职。

这个证言让安勇再一次地改变了思路，使他多少有点明白了其中的奥秘。

"你们的老板娘，她在对我撒谎！"

"当然，她当然不会把真实情况告诉您的！"

"她为什么要护着许文娟？"

"不知道。也许和什么客人有关吧？"

"客人？日本人？"

"我想是的。"

"那么，打电话给清子的男人又是谁呢？"

"这个，我确实不知道……"

玉梅摇摇头，她当然无法理解许文娟的种种神秘行为。

"那是通知许文娟立即逃离紫金阁的信号！那人显然知道纵火案的侦查进展。假如，这个推测没有错的话，那他一定就是严一龙了！严一龙要许文娟立刻逃跑，而高桥正夫则想把她送给警方——这是两个男人之间的争斗，是严一龙和小高桥之间的战争。然而，这到底是为了什么呢？这场战争的目的又是什么呢……"

安勇眉心深锁，转念又想起了被关押着的严一龙。

"警察先生，清子她……她能跑哪儿去呢？除了娘家以外，她无处可去呀！不过……那个电话或许是她的相好打来的，清子她……会不会住到她相好的家里去呢？"

玉梅打断了安勇的沉思，大胆地说出了她的猜测。

"相好的家里？我怎么没想到？对，这是非常可能的！"

像是开了窍一般，安勇瞬间就想起了许文娟的爸爸许尚水在黄花沟告诉他的信息，严一龙的父母亲已经搬离了他们家乡的那些事情……

"严一龙的父母会不会搬到大连市来了？或许就在三和洋行公馆附近？是啊，没错，严一龙的父亲认识许文娟，他当然会帮助她，把她接到家里去。只要儿子一开口，老人家就会照办的。看来，得抓紧时间赶回去，连夜审讯严一龙，从他的嘴里找到他父母亲居住的地方……"

安勇的眉头又锁起来了，但他什么也没有说，只是和玉梅简单地告了别，便带着方群等人打道回府了。然而，就在他回到拘留所准备再次提审严一龙时，当值的刑警却给了他当头一棍。他们说，一个小时以前，严一龙已经在王正清的批准下被释放了。

"什么？释放了？"

安勇大吃了一惊，他真有一种想骂娘的冲动。但是，当他赶到王正清的办公室，看到署长的一脸怒容以后，却又什么话都说不出来了。

"你不用叹气，也不要有什么不满！你要明白，旅顺是日本人的地盘，随便抓他们的人，是要出事情的！"

王正清瞪着眼睛，以守为攻地大声斥责。

"可这里是大连，我们抓的又是中国人，和日本人有什么关系？"

"他是日本公司的翻译！你有什么理由去抓人家的翻译官？为了这个事情，三和洋行的高桥社长和旅顺施政区管辖处的松尾处长都到这里来了，他们带着宪兵来抗议要人，请问，我能扛着不给吗？"

王正清用手掌拍打着桌子，怒不可遏。然而，尽管他讲得很有道理，但却说服不了安勇。

"三和洋行是C号仓库的租用人，同盟会的人就在那里劫走了日本人存放的军火！他们之间正在偷偷地做着军火生意，这些已经是铁板钉钉的证据了。现在，我正准备从严一龙的嘴里掏出更多的东西，去向张作霖部长报告，可你……"

安勇毫不示弱地大声吼叫。然而，王正清虽然理亏，但是在权力面前，面子显然要比道理来得重要。

"那你为什么不跟我商量呢？我告诉你，以后少在我面前提那个张部长！要记住，我是这里的署长，是稽查队的队长，我才是你的上司！"

"你……唉，行了！事情紧急，争论这些又有什么意思呢？我问你，王署长，严一龙离开这儿之后到哪儿去了？"

"我怎么知道？他是和高桥正夫他们一起走的！"

"一起？唉！当初，我抓这个日本人的翻译，就是为了去调查三和洋行在C号仓库私藏军火的那些事情的。这个严一龙，他不仅知道日本人的秘密，还和一桩刑事杀人案有关。我本想从那个案件入手，通过他的口供，找到三和洋行和同盟会之间进行军火交易的证据，并以警察署的名义报告张部长，去惩治那些日本人。这样做，完全也是为了我们警察署，可现在……唉，功亏一篑！完了，全完了……"

安勇放低了声调，连连摇头，显得十分沮丧。

"不会完！怎么会完呢？明天我们再去抓嘛！今天，放人有放的道理，明天，抓人也有抓的理由！我就不信，过了一个晚上，煮熟的鸭子就会飞走吗？我支持你，明天再多带一些弟兄，向三和洋行去要人，以你说的那个杀人案为由，再去把严一龙抓起来。我告诉你，刑事案件是最好的理由，最好还能把那个高桥正夫也一并带来，让我也出出今天的晦气……"

王正清乘势下了台阶。

领导自然有领导的艺术，这正是很多人才高八斗却当不了领导的原因所在。不过今天，王正清的心里也确实窝着火呢，因为高桥正夫和松尾处长来到警察署时，居然在他的部下面前大声训斥了他，那种飞扬跋扈的样子，实在是让他刻骨难忘。从那种意义上来说，他也确实期盼安勇能压一压日本人的威风，代他出这一口恶气。

"明天……好，明天吧！现在已经是晚上十一点半了，一切只能拜托明天了……"

安勇抬起头，茫然地看了一眼桌上的座钟，禁不住长叹了一声。

30. 新的线索

这一天的夜晚特别黑，没有月亮，没有星星，只有流动着的乌云，低低地压在山峦树林之端，勾勒出几根暗沉枯萎的线条。也许只有一袋烟的工夫，夜色就被雾霾锁住了。那种黑暗激励着鬼魅铤而走险，在这个世界的犄角旮旯兴风作浪。这是一定的，但却无法掌控，可是，这又能怪谁呢？

安勇望着天空，思索着，从院子里走回卧室，又从卧室踱回到院子里，魂不守舍。他总觉得视线之外正在发生一些什么。他相信那种感觉，但遗憾的是无法付诸行动，只能守着黑夜，无奈地期盼着黎明的到来。

那一夜，安勇几乎没有合眼。他数着时间，听着钟声，在东方刚刚出现鱼肚白时就起床了。他眼珠通红，四肢倦怠，思维木讷，体力不佳。这种状态显然是正常的，因为安勇没有想到，即将开始的这漫长的一天，他可能会遇到的事情。

早上七点半，安勇来到了警察署。他集合好队伍，交代好任务以后便急匆匆地带队出发了。为了以防万一，考虑到可能会出现的不测，他还下意识地配置了巡逻马队，让他们在外围等候调遣，随时准备抓捕可能会拼死逃窜的严一龙及其同党。他考虑得非常周到，而且，他的计划也应该算是完美的。

安勇一行直扑市中心的三和洋行，并毫不迟疑地包围了这栋办公大楼。他的行动滴水不漏，但却没有获得预期的效果，因为他们想要抓捕的高桥正夫和严一龙那时都没有在公司里面。

"他们去哪了？"

安勇对着高桥正夫的女秘书钱小丽怒吼，担心、慌乱、猜疑和愤恨之情一览无余。

"不知道。高桥社长他……早上八点钟到了公司，拿了一份电文就匆匆忙忙地走了。"

钱秘书低眉顺首，回答得一丝不苟。在全副武装、凶神恶煞般的警察面前，她不敢造次撒谎。

"电报？什么电报？是谁发来的？上面写了什么？"

"不知道。是今天凌晨才发到公司里来的，还没等我去验收，社长就把它拿走了！"

"那么……他会去哪里呢？姑娘，你可要跟我说实话，不能有半点虚言啊！"

安勇的语气里充满了威慑。

"是的，长官，我明白……今天，社长他……按计划……他应该到他爸爸那里去……"

"高桥旭？他在哪里？"

"在船上。从两天前开始，总裁一家就住到了停在旅顺港的伊水号客轮上去了……"

"伊水号客轮！"

安勇重复了一句。他想起那天在旅顺港码头欢迎以高桥旭为守的日本代表团时的情景。

"看来，老奸巨猾的高桥旭想跑了！他一定在担心警方会找到他们走私军火的证据，在大连抓捕他们，才去鼓捣施政区的官员去做出那种安排的。他甚至可能已经求助了日本军方，在离开旅顺之前，为他们提供全程保护！反正，军火已经卖了出去，交到了乱党分子手中，他已经完成了使命，没有必要再在这儿待下去了……"

安勇沉吟半晌，突然感觉到了事态的严重性。假如再不抓紧时间，那一切就真的完了！

"伊水号什么时候离开码头？"

"也许……就这两天？"

"什么，这两天？我的姑奶奶，这两天？这……这到底是哪一天啊……"

安勇心急火燎，一股无名火正从他的心头升起，冒到了嗓子口，他的声音都为此发烫了。

"不知道，我真的不知道啊，长官！不过我听说……他们好像在等待一个什么人……"

钱秘书避开了安勇咄咄逼人的目光，哆哆嗦嗦地回答。

"等人？等谁？难道是严一龙？今天早上，严一龙是和你们的社长一起走的吗？"

"不是，不是，今天早上，严先生并没有和社长在一起。"

"噢……"

安勇的眼睛亮起来了，他觉得有了明确的追查目标。

"看来，他们的确是在等严一龙了。他是三和洋行的翻译官，是日本人的心腹，知道日本人和乱党分子勾结的情况。这些内情一旦泄露，对三和洋行，甚至对日本人的影响都不会是一般的了。为此，高桥旭这样精明的人，他怎么可能会把严一龙这样的活口留给我们呢……"

安勇怔怔地想着，推测着，情不自禁地又把追查的目标引到严一龙身上来了。

"按常理来说，昨天晚上才被释放的严一龙，应该不会那么快就到伊水号上去的。他总得回家收拾一下东西，甚至还会到许文娟的藏身之地去做一番告别的……不过，为了严一龙的安全，高桥正夫也有可能在昨天晚上就慌里慌张地把他送到了船上，从时间上看，这种可能性也是存在的……"

安勇的大脑在不停地运转着，而且又想起了那天在大和宾馆带走严一龙的情景。

"那么，你们的翻译官先生是不是也被送到船上去了？"

"不会吧？严先生他……他……昨天晚上才被社长从警署带回公司。而且，社长还约了他，要在公司里开会呢。"

"开会？什么时候？"

"今天上午。"

"上午？"

"是的……"

"可是，现在已经是九点钟了，怎么还不见他们的影子？"

安勇惊诧地看了一下手表，他突然担心自己会打草惊了蛇。

"严一龙这家伙，他不会还在宿舍里呼呼睡觉吧？"

助手方群趁机调侃了一句。

"不会的。社长一大早就到屋里去叫他了，但是他不在，这是很奇怪的事情。刚才，社长还在追问他的行踪呢……"

钱秘书不安地说着，她的话好像点到了安勇的穴位，让他在突然间感悟了。

"严一龙他……他平时都住在公司的宿舍里吗？"

"是的。"

"他在旅顺没有自己的房子吗？"

"没有。不过……"

钱秘书欲言又止。

"不过什么？"

安勇瞪着眼睛追问。

"听说严先生在大连的海边买了一块地，还盖上了房子，并把他的父母都接过来了……"

"哦……果然如此……"

安勇觉得，自己已经越来越接近事实真相了。

"那么……那块地在哪儿呢？"

"不知道。严先生从来没有说过。我……我也是听高桥社长提起才知道的……"

钱秘书战战兢兢。她已经从警察来势汹汹的态度里看到了一种危机。

"看来，这个秘书没有说谎……"

安勇掏出一支烟，把它衔在嘴里，点燃后猛吸了起来。他的思维在飞速地运转，一个计划正在他的脑子里清晰起来。看来，现在正是关键的时刻，稍微迟疑就要贻误战机！

"小方子，我们兵分两路。你带着人马继续守在这里搜查日本人勾结乱党的证据。一旦发现高桥正夫和严一龙他们，就立即实施抓捕，不能犹豫！不过，我估计他们不会再到公司里来了，一定在别的地方纠缠着呢。所以，我这就去寻找他们。如果没有问题，我们今天晚上七点半在警署会合，带着人证、物证，到旅顺和日本人交涉，让他们把高桥团伙从伊水号上'请'回来……"

安勇低声命令着助手，随后又走进高桥正夫的办公室，要求钱秘书把他带到三和洋行严一龙下榻的公馆里去。安勇的目的很明确，他要仔细搜查严一龙的房间，去找到严一龙父母亲在大连的住址。安勇相信，敢于冒着风险打电话到紫金阁，通知许文娟辞工逃离的严一龙，一定会在登上伊水号之前赶到那个女人的藏身之地，去和她做最后的告别的！

"现在，严一龙或许已经到那儿了，高桥正夫或许也在往那儿赶着。他们的目的不会一样，但是，那里已经变成了一个搏斗的舞台，恐怕是不会错的……"

安勇的智商是不容否认的。虽然有时候也会陷入自我中心的陷阱，但这一次，命运的天平确实在向他这一方倾斜。

他带着部下在严一龙的房间里搜查了一个多小时以后，终于在严一龙写给大连供电局的要求派电工去配置电源的委托信上，看到了那个新地址。它位于大连市西面金石滩海边的一个叫作李家屯的地方，从这里骑马过去，即使抄近路也得走两个多小时。然而，路途再远也得去啊，因为案犯都集聚在那里，只要将他们抓捕，一切就都会真相大白的！

安勇对他的部下命令道，并且带着马队，率先策马飞驰而去了。

31. 纵火惨案

金石滩的李家屯村位于辽东半岛西部，距大连市区有五十多里的路程。由于那一带是浅水湾，水深不到十米，而且布满了礁石，还被连绵起伏的百来米高的山峦围绕着，因此看起来就像是一个微型的要塞，易守难攻。但是，这么好的地理位置，却阴差阳错地逃过了日俄战争的劫难，保存了它原有的怡人风貌。

金石滩的海产品很丰富，尤其是海胆、贝壳等生活在海区礁石缝隙以及浅海区沙泥里的生物。每到春夏之交，来自各地的鱼贩子就会云集在此，现买现卖，买进运出，把这个原本只有百来户人家的渔港搞得非常热闹。但是，尽管这样，李家屯还是一个穷乡僻壤，其主要原因是，那些丘陵山峦挡住了通往外界的通道，使鱼贩子以及外乡人难以到达，也大幅度地提高了海产品的运输成本。为了解决这个问题，当地几个豪族在日俄战争结束后不久就商量着筹备钱款，还向李家屯的村民收了份子钱。之后，他们依靠蛮力穿山凿洞，花了一年多的时间，打通了外界通往李家屯海滩的隧道，并将它取名为霞浦关。虽然那只是一条长十八米、宽六米的土路，但在当地却被传得沸沸扬扬，成了辽东半岛的一大新闻。

这条隧道的开通使李家屯一带的地皮行情看涨。每到夏天，旅大地区的大户人家都会携老带幼地到此避暑、度假。他们捡贝壳、洗海澡，并像猎犬嗅闻野兽的气息一样，到处打探合适的位置，希望在这里置业盖房。为此，李家屯的豪族们还趁热打铁，发挥他们在地方上的影响力，辅以经济手段在屯子东头紧挨着山麓的高地边上组织搬迁，腾出一片区域，盖上了几十幢砖木结构的二层瓦房，出售给那些愿意在李家屯一掷千金的外乡人。他们还铺就了一条从屯东出发，可以直通霞浦关隧道的马车道。这条足有五米宽的马车道尽其所能地敞开胸怀，为外来客人提供方便。

严一龙为父亲购置的新宅就坐落在那里。

那是一处上下两层的住房，共有四间卧室，还有宽敞明亮的客厅。由于这里地处李家屯的最东头，紧挨着通往霞浦关隧道的车道，因此交通显然要便利得多。而且，从安全的角度来看，这里的设计也堪称绝妙，因为这一带的地势总体平坦，而严一龙的新家却处在屯子的制高点。远远望去，不仅能瞭望到李家屯西边入口处一排排散落的土坯房和破落不堪的茅草房，还能随时观察屯子东边那一片刚刚"开辟"的新天地。所以，不管李家屯发生什么，不管是屯东还是屯西，只要有陌生人进入，狗吠声一起，他们就能在第一时间察觉，并据此做出审时度势的反应，更可以脚底抹油，随时窜入马车道，越过霞浦关，在迅雷不及掩耳之间逃之夭夭。

拥有如此的天时地利，或许是许文娟命运的加持。因为此刻，她就藏身在这里，在严一龙父母的照顾下生活。

纵火案发后的那天一早，许文娟就跟着严一龙离开了紫金阁。他们避开门警的眼目，悄然无声地来到了他下榻的三和会馆宿舍。在那里，又顾不上休息地急切交流了事情的全部经过，并简单商定了对策。在这个过程中，严一龙还帮助许文娟在伤口部位涂上了治疗烫伤的药膏，并用纱布做了简单的包扎。在休息了几个小时以后，许文娟又回到了紫金阁，那是傍晚五点半左右。她按照两人商议的结果，向老板娘提出了辞工。这个突如其来的变故让久美子惊诧不已。

久美子出生于日本的一个贫苦家庭。为了生活，她在少女时代就被送到了亲戚家，尝受过人间的冷暖，因此对许文娟抱有同情与怜悯。虽然她并不清楚许、严二人的缠绵往事，但却从许文娟忧郁不安的眼神里，看到了她所经历过的种种艰辛。

"清子，你决定了吗？"

"是的，妈妈……"

"清子，你要明白，一旦离开这里，我……我就没办法保护你了……"

"谢谢您，妈妈，我……我明白！可是,妈妈……您还是让我走吧！留在这里，我只会给您添麻烦……"

"这都没有关系，只要是我能做到的……"

"可是，我……已经决定了……"

"那……就好。既然是这样，我就不勉强了。只是，清子……你听好了，今后，你随时可以回来找我，不必顾虑。不管遇到什么困难，我都可以帮助你！唉，真不知道你……为什么，为什么会这么匆忙地做决定。以后，你……你可要多长几个心眼才行啊……"

在久美子恳切酸楚的语调中，许文娟感受到了她真挚热烈的情感。为此，她在久美子的关照下顺利地从会计处领取了工资，没有受到任何刁难。她整理好行装，并等来了严一龙的电话，随后便告别了久美子，坐上驿车，来到了位于市郊的慈惠诊疗所，在那里疗伤，期望能过上几天安稳的日子。

没有想到的是，警察会那么快地摸到他们的行踪，在她的伤口还没有痊愈之际就扑了过来。幸亏那个门卫拦住了警察，他们的争执引起了严一龙的警觉，使他明白必须马上逃离诊所。因此，在当班护士走进洗手间的刹那，严一龙立即铤而走险，带着许文娟冲下楼梯，混入诊疗所大门口进进出出的人群里,在警察的眼皮子底下逃走了。这也许是上苍的安排,因为那时,诊疗所门外正好停着一辆驿车。严一龙背着许文娟迅速地跳上驿车,并付足了车资,让车夫心甘情愿地载着他们狂奔了五十来里路,把他们直接送到了位于金石滩李家屯的住所。

那个安静的渔村本应是许文娟最安全的藏身之处,况且,她还得到了严一龙和他父母亲的百般呵护,感受到了来自亲人的温暖和安慰。但是,那种连日的奔波、疲惫、担心和恐惧,还是击垮了她的精神世界,让她开始发烧,剧烈地咳嗽,并整夜整夜地失眠,陷入了极度的痛苦之中。

有一位心理学家好像说过,一个人经历的事情过于复杂,感触太深,并且反复咀嚼,那么这种折磨就会改变人的睡眠状态,让他很快入睡并且马上醒来。那种睡眠很浅很短,用不了两三个小时,它就会让他睁开眼睛回到睡眠前的状态。而且,一旦醒来之后,那些原来的烦恼就会加倍增长,重新占领脑海,让新愁旧怨再一次地冲击他的心神。

这或许是一种抑郁状态,而许文娟在那时也难免身陷其中。

"怎么会是这样的呢?为什么会搞得这么糟?还引来了警察,让我和一龙哥全家都不得安宁……"

许文娟精神波动、心神紊乱,翻来覆去地不能入睡,总觉得有一种病菌正在吞噬着她的神经细胞。昨天晚上,她好像是在半夜十二点钟才闭上眼睛的,但没想到,不过是凌晨两点多,她的眼睛就又睁开了。那时,她不但没有困意,而且神志敏锐,可以清楚地回忆起事发那天的情景。那是一个彻底改变了她人生轨迹的事情,而此时此刻,她又是那么清晰地记得那地狱般的过程……

那天凌晨两点半,她打开了水云厅庭院东北角的小木门,在严一龙灼热不安的注视下离开了紫金阁,坐上了沿途经过的驿车,并在环西街的交叉口下了车。她悄然无息地迅速通过了狭窄泥泞的小道，让身影隐藏在无边的夜色中。那附近有很多民居，但是，没有关系，因为许文娟事先已经踩过点了，在凌晨两三点钟，尤其是在2月天零下二十多度的深夜里，那一带连鬼影都不会有的。

许文娟走得很顺利。虽然途中也遇到了一两个酩酊大醉的酒鬼，但她还是在神鬼不觉间回到了那幢令她深恶痛绝的小屋。在进去之前，许文娟猫腰巡视了一下四周，在确认一切都安然无恙以后，便鼓起勇气，蹑手蹑脚地打开了房门。那时，李玉强正蜷在屋角的火炕上，喉咙像是被塞上了破棉花一样地打着鼾。他睡得很死，这并不让许文娟感到意外，但让她吃惊的是那个女用人月花。此刻，她竟然赤身露体地躺在李玉强身边，还把脚搭在了他的胯骨上。看得出来，她并不是被逼无奈，而是心甘情愿地和这个废物男人苟合到一起的。

这样的场面大大地出乎许文娟的意料，甚至也打乱了她的计划。不知道是出于恐惧、愤恨、嫉妒还是哀伤，她只觉得自己的牙齿在咯咯打战，血液也在一个劲地往脑门上涌。面对这对沉浸在美梦之中，对一切都浑然不觉的男女，她的思维一片混沌，几乎就要忘了自己是为什么才要到这里来的。

这种状态显然是危险的。

幸亏她很快就从茫然失措的状态中走了出来，并且恢复了理智。只是现实打乱了她和严一龙反复推演的计划，因为现在，她要面对的是两个人，除了死有余辜的残废人李玉强，还有一个身体健全，生命之树才刚刚开始伸展的月花。她是无辜的，尽管她和自己的丈夫睡在了一起。这不免让许文娟心悸，令她下定决心却又震荡摇曳。可是……已经顾不上那么多了，一旦跳入命运的深渊，就决不会有什么回头路。这是命，是她许文娟的命，也是月花姑娘的命啊！当然，它会在许文娟的灵魂上再重重地刻上一条疤痕，但这又算是什么呢？此时此刻，就是被阎王爷打入十八层地狱，掉进油锅里煎熬，也只能在所不惜了。

许文娟轻轻地移动脚步，如行尸走肉一般机械地执行了她的计划。

她来到距土炕三米左右的装有铁皮烟囱的火炉边，打开了炉盖。她发现炉膛内的煤块被压得很紧实，炉火也奄奄一息，要重新点燃并不容易。这是月花的工作，她每天晚上离开这里以前，都会仔细地把还剩一些火星的煤块压死，并关好炉膛，使它不至于因为空气流通冒出火星而引发火灾。这对烧煤炉的人家而言再平常不过了，但是对半身不遂的李玉强来说可不是小事。因为一旦灾难发生，他根本就没有逃生的机会。

许文娟有条不紊地执行着计划中的一切。她异常镇静地往炉膛里添了几块煤，催醒了炉火。这并不危险，致命的是，她还在火炉和土炕之间扔了几块浸透了煤油的灯芯布条。这是她从紫金阁的厨房里偷出来的，是一种在两三个小时之内都不会挥发的易燃物，只要溅上火星，十之八九会被引燃。这是整个计划中最为关键的一步，它来自严一龙的锦囊妙计。

现在需要的，只是火星了。

这一着很容易，只要打开炉盖，往里加足了燃料，借助于空气和时间，在煤块充分燃烧起来之时，火星就会飞出。这些火星一旦溅到饱蘸着煤油的布条时，就会燃成火苗并且蹿起来，顺着地面的布条，直接燃烧到土炕边上。而那时，土炕上的棉被正好垂下了一角，拖到了地面上……

火灾随时可能发生。即使今天做得不到位，明天也还可以再来。这一切都是在家里面发生的，无论如何都不会泄露出去。所以，他们可以在这个安全的空间里反复地"实验"，直到大火真正燃烧起来为止。

这是一个完美的计划，只要不是天意，这场杀人游戏就不会露出破绽。

十分钟过去了，所有的步骤都已经完美地实施了。许文娟抬起眼皮，向沉睡中的男女投去了最后一瞥。那目光是复杂的，没有语言可以形容，它悲切、凄楚，宁静如水却又令人癫狂。人心的黑暗深不可测，只要走进去，就连魔鬼也会哀伤。

现在，当务之急是要迅速逃离这个是非之地。可是，当许文娟退出这间屋子时，却又像丢了魂似的突然停住了脚步。她想起了放在抽屉里的那串贝壳项链。是的，她不能让严一龙送给她的定情信物就此葬身火海。这当然是一个借口，但它来得非常及时，是她悬崖勒马的最后机会。它很可能会让她就此冷静下来,让罪恶止步于妄念之中……

许文娟再次潜回这间屋子，并打开抽屉，取出那串项链，把它挂在了脖子上。也许是因为紧张，挂在脖子上的项链发出了轻微的叮当声，让许文娟惊恐万状地把视线投向了炕上。那时，月花那张因为贫穷而泛着菜色的面容，因为单纯而显得无忧无虑的笑脸，在她的脑海里反复再现着，让她颤抖，并幡然悔悟。

那一定是精神世界的回光返照，它让许文娟战栗着，显然不能自已了。她产生了愧意，挣扎着左右为难、凄楚不安。那种原因没人知道，但上苍一定会明白。因为那时，许文娟确实后悔了，她想收回那一切，至少不能如此这般地杀人，让那个无辜的月花姑娘死于非命。

"一切都还没有发生，或许还来得及……"

许文娟念叨着，注视着月花那张熟睡着的脸庞以及躺在她身旁的男人。

那时,好像有一种感觉，或许就是某种意念的牵引，催促着许文娟，要她去叫醒躺在炕上的月花。那是她原本不曾想到过的事情，但现在，她却是那么希望自己能够带着这个姑娘，一起逃离这个火坑啊……

但是，怎么才能做到叫醒月花却又不去惊醒李玉强呢？许文娟犹豫着，恍惚着，不知道命运之手会伸向哪边。然而，还没等她有所动作，事态就在那一刻发生了急剧变化。因为她的右脚尖踢倒了火炉边上竖起的铁钳，那咣当一声，让她的汗毛都惊得竖起来了……

"谁？"被惊醒的李玉强抬起身来，借助煤炉发出的微光，他看见了茫然失措的许文娟。

"你要干什么？"

李玉强失声叫道。虽然，尴尬与羞惭曾经闪烁了一下，但他的情绪马上就反转过来了。

"滚，你快滚！"

在穷凶极恶当中，李玉强竟能借着月花的身体一跃而起。他回身抽出炕上的荞麦枕头，反手向许文娟砸了过来。也许是因为紧张，也许是睡眼惺忪的缘故，他那只臭烘烘的枕头没有打中许文娟，却打翻了架在火炉上的烟囱管，而且那烟囱倒下时还带歪了炉子，使膛内已经烧起来的煤块一下子撒出去一半。

那时，荞麦枕头和饱蘸着煤油的灯芯布条应声燃烧着，噼啪地延伸着，引燃了炉边不远处堆放着的衣服和杂物，火情完全失控了。

许文娟愣了一下，拔腿就往屋门外跑去，但是没有料到，就在她刚刚跨出门槛之时，李玉强已经摸到了自己的拐杖，并拼命打了过来。这一次她没有逃脱，被拐杖一下子打倒在地，脖子上的贝壳项链也应声散落了。她一边爬，一边试图去捡那些贝壳和珊瑚。这为挣扎着爬过来的李玉强带来了机会，让他能在身后拽住她的脚。

但是同时，又一截烟囱管倒了下来，压住了李玉强的腰，使他动弹不得。而烟火再次燃爆起来，浓烟在屋里弥漫开来。李玉强绝望了，他忍受着灼烫和烟雾，拼命地蠕动着，紧紧地拽住许文娟的脚。他不能容忍许文娟的行为，不能让她先一步地逃离火场。

然而，还没有过上两分钟，情况就发生了变化，那应该是月花的功劳。那时，她刚刚从巨大的恐惧中抽离出来，胡乱套了件衣服，并且跳下。显然，她被这突然发生的变故吓住了。可是，当她发现李玉强准备和许文娟同归于尽时，她没有选择救火，而是从后面摁住了李玉强，用力地把他往回拖。在千钧一发之时，她本能地阻止李玉强的恶行，舍命地帮助许文娟去逃脱魔爪。

"月花……快跑，快跑啊……"

许文娟尖叫着，用尽全力踹开了李玉强的双手。就在她挣扎着爬起来的时候，火炉突然横倒了下来，压住了月花的下半身。火焰迅速吞噬了这间屋子，使月花窒息着无法动弹。

"姐……姐……你快走，快……快逃命！这柱子……房顶的柱子就要……倒下来了……"

月花摆着手，指着屋顶大叫着。

"不，不，月花，我……我一定要把你救出去……"

许文娟流着眼泪，发狂地叫着，用尽全力去踢开压在她身上的火炉。然而就在那时，天花板上的一根柱子卷着火舌掉下来了，它再一次卷起火焰，烟雾弥漫了整个房间，并且，火焰燃向了屋外。

"姐……你快走，快走啊……"

月花艰难地叫着，那应该是她发出的最后的声音。

"月花……"

许文娟五内俱焚，但一切已经无法挽回。因为灼人的热浪正在向她奔来，稍有迟疑就会把她也卷进火海。许文娟抬起头来，一种求生的欲望和冥冥之中传来的严一龙的声音，让她本能地迈开双脚，跨过李玉强的身体，一瘸一拐地朝着马路的方向跑去，逃离了这个人间地狱。她浑身漆黑，衣衫也破烂不堪，在惊慌失措地躲着可能会遇到的人和车辆，直到凌晨五点半以后才回到了紫金阁。

她顾不得给严一龙看脚上的伤口，更来不及去诉说那个惊心动魄的场面。她只是抓紧时间洗漱化妆，换上和服，要还原昨天晚上和"客人"喝酒行乐时的媚态才行。

等她稍稍定神以后，严一龙给她倒了一杯清酒，看着她喝下去。又叫人给水云厅再送上一瓶清酒。五分钟以后，就在玉梅端着托盘，推开水云厅的门走进来之前，他和许文娟已经重新落座，紧紧地搂在一起，装出一副半醉半醒的样子了……

一切还算顺利。虽然险情不断，而且在辞工离开紫金阁时，还引起了包括玉梅在内的姑娘们的怀疑，但是在严一龙的呵护下，许文娟还是靠着运气，耍着小聪明地应付过来了。

严一龙是她的初恋，也是她唯一可以委身的男人。而且，正像老天所保佑的那样，他们的爱情也有了结晶，就在她的身体里面，已经三个多月了。为此，她是多么希望能够亲口把这个消息告诉严一龙，看到他听到这个喜讯时放声大笑的样子啊！

然而，一切都实现不了。她冒着九死一生的危险，执行严一龙的计划，清除李玉强这个孽障，期盼着得到三和洋行的帮助，到那里工作，和严一龙结婚，生儿育女的好事，不仅成了天方夜谭，而且情况还变得越来越坏。

虽然他们也过了一段安稳的日子。在摆脱了警察的追捕，从慈惠诊疗所里逃出，平安地来到金石滩这个偏远的小渔村以后，严一龙还常常能从大连回来，在李家屯的新房里和她作鱼鸟之乐，行云雨之欢，陪着她度了好多个周末。但是，那种好事情马上就没有了。尤其是最近一个多月。严一龙突然回不来了，而且变得音讯杳无，就连严子鹏都不知道他的行踪了。

"一定是出现了什么紧急情况，让他有家难回……"

许文娟胡思乱想着，并且噩梦连连。那种身体和精神上的双重创痛，让她觉得天都快要塌下来了。

让她心碎的消息再一次传来了。那一天，严一龙的母亲接到亲戚带来的消息，说那次火灾不仅让李玉强死于非命，还让月花也命丧黄泉。为此，警方在大和宾馆抓走了严一龙……

"啊，什么？果然……果然出事了！这……"

许文娟嚅动着嘴巴，惊恐万状，脸上的血色一下子消失了。

"罪孽，罪孽啊！我……我竟然连累了一龙哥，实在是罪不可恕啊……"

她仰起头，双眼圆睁，盯着天花板，耸动着肩膀号啕不止。

"完了，一切都完了！老天爷啊，你为什么不能给我一片立足之地呢……"

许文娟的身体又开始火烧火燎起来。那种高烧让她眼前发黑，浑身发冷，整日昏昏沉沉地，即使是喝了严一龙的母亲为她熬制的红糖姜水也无济于事。

天色彻底地黑下来了。但是许文娟的眼睛一直睁得大大的，茫然地望着天花板。她没有再吃东西，那种状态一直到她昏睡过去以后仍然没有得到改善。

32. 最后的选择

对于严一龙来讲，这个晚上应该是他一生中最为揪心也是最最紧张的时刻。

自从在大和宾馆被捕，遭到安勇警长的审讯，并被关押到了拘留所以后，严一龙就已经明白了自己所面临的处境了。毫无疑问，那个名叫安勇的警长已经产生了怀疑。他到黄花沟做了调查，了解了自己和许文娟的经历，也多少明白了他投靠高桥家族，又如何回到大连和娟子再续前缘的来龙去脉。这些本来都是严一龙事先算计到的，但出乎意料的是高桥正夫的行为。因为他不明白，在自己完全执行了小高桥的计划之后，对方为什么会在突然之间变卦呢？

这是什么原因呢？高桥正夫到底是在真诚许愿，还是给他设下了圈套？这一切是否和自己在三和洋行的工作以及知道了高桥家族太多的秘密有关系呢？是啊，他严一龙既然有了别的女人，不可能成为高桥家族的成员，那么，让他活着本身就是危险的事，他们怎么可能会因为他而去帮助许文娟，让她逃脱警察的追捕呢……

严一龙为自己的天真感到羞愧，冷汗也嗖嗖地从他的脊梁骨上冒了出来。

作为日本人的助手和高桥正夫的好友，严一龙确实知道高桥家族内部很多见不得人的事情。他们以支援中国革命的名义在日本社会募捐，却将筹来的钱款据为己有。他们把日本的兵工厂和医院捐来的武器弹药和医疗用品走私到中国，从中赚取巨额赃款。他们鼓动中国革命党人暴动，却趁这个机会铲除异己、杀人灭口。他们表面上支持那些新兴的组织，却又处处索求自身在中国的利益……这些交易，严一龙几乎都参与了。他给他们出谋划策，为他们效犬马之劳，却因此陷入了泥潭，堵住了自己所有的退路。这些教训是深刻的，严一龙总算认识到了，但为时已晚。

幸亏严一龙在棒槌岛一号官邸见到了久违的路大水，他是代表天津同盟会参与这次军火交易谈判的。他们两人自横滨分别以来，音信隔绝已有五年之久。那种久别重逢的激情让他们忍不住地拥抱起来。只是，会场上到处都是白虎会的骨干，在那种紧张而又严肃的氛围下，他们不可能有更多的交谈，更没有机会推心置腹。高桥父子不认识路大水，在五年前和宋教仁做的那笔军火交易中，路大水并没有出面，但这并不等于高桥父子一点也不了解路大水，也并不等于他们对严一龙和路大水之间的交情毫不猜疑。然而，尽管处在日本人的严密监视之下，他们还是找到了机会。路大水在匆匆离开棒槌岛，准备从水路出逃，而日本人又因为安勇他们的赶来，慌乱地自顾不暇的时候，把他在天津的联络地址和电报号码交给了严一龙，为严一龙和许文娟命运的转折起到了极为重要的作用。

此后，警方包围了大和宾馆，并在高桥父子面前抓走了严一龙。事实上，严一龙并不清楚被捕的原因，但是被提审时，安勇一直围绕着纵火案和许文娟来追问，就使他多少明白了其中的原委。显然，那个警长是想撬开他的嘴巴，查明纵火案的真相，并以此案子要挟，让他供出三和洋行和革命党人进行军火交易的内幕。这一招确实令严一龙进退维谷。他感到非常棘手,因为真相一旦败露,不仅严一龙和许文娟这对苦命鸳鸯会陷入牢狱之灾,日本人也一定会先下手为强地将他们灭口……

在警察署拘留所那间黑暗的小屋子里,严一龙坐立不安,并不断地揣摩着高桥他们可能会采取的行动。

"没错,他们搭救自己的机会还是存在的。日本人不可能让警察无休止地拘禁和盘问了解他们底细的人!他们一定会担心,怕我把秘密供出去。而且,百合子也一定会央求她的父亲,要他想方设法地营救我。她一直想把我带回日本去,只有在日本,她才能掌控我,逼迫我回心转意……"

严一龙陷入了沉思,越想越觉得羞愧。百合子对他恩义并重,无可挑剔,但这却成了他无法医治的心病。毕竟,不论是过去还是现在,他的心一直被许文娟占据着。尤其是现在,当他从父亲嘴里得知,娟子已经有了身孕的消息以后。

"不行,我已经无权选择了,只能成为知恩不报的小人,背着这个情债,选择我的责任——而且,我也只能带着娟子亡命天涯了……"

严一龙嚅动着嘴巴。那种声音虽然微弱,但却振聋发聩。他仿佛看到了眼前出现的鬼影幢幢的道路,以及在那条道路上被追逐着的自己的灵魂。

"假如……假如我还有活路,还能获得自由,我一定要带着娟子投奔路大水。我要和他一起南下,用人间蒸发的方式,斩断和百合子的情丝,并永远地摆脱高桥家族的魔爪……这……恐怕也是我脱离苦海的唯一选择吧……"

严一龙怔怔地想着,恍惚之间,他突然间感觉到幸运了。因为就在十多天前,在棒槌岛分手之际,路大水向他发出了邀请,只要他做出决定并告知动身日期,路大水就会派人来接应。路大水还告诉他，推翻清王朝已经指日可待。这是历史的车轮，没有什么人可以阻挡……

严一龙瞪着眼睛回想着，虽然疲惫，但并不沮丧，就像是暗夜迷路的旅人看到了北斗。他抓住拘留室的铁栅栏，狠狠地摇晃起来。那巨大而刺耳的声响和狱警宣布严一龙获准释放的消息同时响起，让他差一点就没听到这一重要的消息。

日本人这么快就赶来相救了，这令严一龙感到意外。但是，当前来迎接的高桥正夫告诉他，回到宿舍以后，要立即收拾东西，在第二天上午会议结束以后，和他们一起乘坐伊水号返回日本的消息时，他就完全明白了。

"看来，高桥家族准备撤离中国了，在大连警方找到他们和革命党人私相授受的证据以前，带着我一起逃回日本。看来我……我应该抓紧时间，尽快行动才行……"

当天晚上，严一龙回到了三和会馆宿舍。他匆匆整理了行囊，并在晚上十点钟左右潜入了三和洋行的办公室。那时，大楼里所有的人都已下班，办公室早已空无一人。严一龙左右旁顾着，打开了办公桌上那盏昏暗的台灯，在抽屉里取出两把装满子弹的左轮手枪，小心翼翼地把它们放到了包里。之后，又来到公司的电讯收发室，向天津同盟会发出了电文，把行动计划以及准备逃跑的路线和时间告诉了路大水。他在做着各种准备，有条不紊、事无巨细，直到他把能想到的一切都已经完成以后，才乘着夜色匆匆潜回了宿舍。

他在宿舍的厨房里吃了点东西，有滋有味地喝了一杯白兰地，并且在沙发上假眠了一会儿，稍稍定了一下神以后，才戴上黑色的鸭舌帽，拎上行李箱，走到了街边的石子小道上。

那时已经是夜半一点多钟了。

严一龙低着头，无声地前行。他尽可能躲避着过往的行人，以免行踪被熟人发现。他拐了几个弯，在一个十字路口停下了脚步，环顾了一下四周，擦了擦头上的汗水，在确定并没有什么人盯梢之后，才闪身坐上了经过的驿车，付了车资，直奔金石滩的李家屯而去。

凌晨三点半左右，严一龙终于回到了家中。他把自己的计划告诉了父母，并让父亲严子鹏立即饲喂牲口、套上马车，做好即刻离家出走的准备。随后，他走进卧室，坐在炕沿上，深情而热烈地凝望着还在熟睡的许文娟。也许心灵是会有感应的，因为就在严一龙灼热的目光中，许文娟睁开了惺忪的睡眼。

这显然不是梦境。昨天晚上，她睡得很好，梦中所见也尽是如愿的好事。那虽然虚妄，但她却相信，一切美梦都会成真。果然，她的梦灵验了，就在她刚刚睁开眼睛的时候，一龙哥出现了，他安全地来到了她的身边，把盘踞在她脑海里那么多天的阴霾，一下子扫光了！

许文娟像花朵一般粲然一笑，突然间坐了起来，伸开双臂搂住了严一龙，用她发烧的嘴唇紧紧地吻着严一龙冰凉的脸颊。他们拥抱在一起，忘情地亲吻着。

人世间常常有这样的时刻。当恐惧消退，痛苦为甜蜜所取代，大自然就会恢复它本来的面貌，希望也就会像星星一般地飞升起来了。那时，许文娟目光炯炯、喜溢眉梢、信心倍增，那种本来就属于她的青春光华，此刻突然间迸发出来，让屋子里充满了光芒。

"娟子，你……你的烧退了？"

严一龙摸了一下她的脑袋。

"退了，全好了，什么病都没有了！"

许文娟跳下炕，把胳膊伸平，闭着眼睛在原地转了一圈。随后，她又抱了严一龙，娇嗔地在他的唇边吻了一下。

"肚子里的那个呢……"

严一龙关切地问着。

"哦？你已经知道了……"

"是的，是爹让人告诉我的。"

"可是，爹爹怎么不事先通知我呢……"

许文娟娇羞地嗔怪着，脸颊上晕染了红霞。那种属于女孩子的小欢喜，让她犹如一株被爱抚过的含羞草，一下子把青嫩的细叶卷了起来。

"不过这样也好，宝宝也在辛苦地盼望着爸爸的到来呢……"

"好，那就好。娟子，你马上穿衣洗漱，吃一点东西，我们随后就出发。今天，我要带你远走高飞，离开这个是非之地！"

严一龙紧张而又兴奋。显然，他也被许文娟亢奋的情绪所感染了。

"现在就走？"

"是的！"

"为什么？"

像是预感到了什么似的，许文娟突然紧张起来了。

"不要多问了，娟子。夜长梦多，我们必须离开这儿，马上，越快越好……"

"哦，我明白了！"

许文娟默默地点点头，她的神经又开始绷紧了。

早上八点半左右，当太阳升起，大地一片明媚之时，严一龙带着许文娟，告别了母亲，坐上由父亲严子鹏驾驭的马车，向着东边的霞浦关隧道疾驰而去。他们知道，穿过隧道以后就会看见一条石子路，在石子路的尽头，就会有一条通往天津卫的宽阔的马车道……

也许时间尚早，车道显得十分冷清，但这正是严一龙所希望的。他搂着许文娟的肩膀，还把一条棉被裹在了她的身上。他们靠在一起，耳鬓厮磨，倾听着马蹄声、鸟叫声和马车上的铜铃声，以及随时而起的吆喝声和父亲甩动着的马鞭清脆地炸响……那些声音犹如天籁，但在逃亡者的耳朵里，它们又是那样的伤感、孤独和悲怆。

是啊，命运留给他们的销魂时间实在是太短了，细细算来，这应该是他们相会以来的第一次长途旅行。此刻，那些正在吐浆抽穗的玉米，昂首挺胸的高粱，炊烟袅袅的农舍，以及根根直插云霄的白桦林，都在他们的眼前一一逝去，就像是人生，黑暗光明，交错隐晦，茫然无涯，转瞬即逝。灿烂之后，却又天地晦暝；欢喜之际，却又寂寥无限……

33. 螳螂在前

那时候应该是上午十点钟左右，正是安勇警长和他的骑警马队疾速向金石滩李家屯方向奔袭而去的时候。也许是因为某种心理，此刻的安勇有点得意。他的心里痒痒的，那种经过推算，饱尝艰辛，经受曲折，走过弯路，却终于闻到气味，找到洞穴，触摸到了事件的内核，从而胜券在握的兴奋在催促着他，让他快马扬鞭，并愈发地心神不宁了。

一切并不顺利，尤其是当下那种反常的气候。

如此令人窒息的热浪，在农历七月初的辽东半岛本来是不应该出现的。它使安勇不得不压制住内心的焦急，放慢速度，安排马队寻找水源，让它们有机会饮水吃草、养精蓄力。这是没有办法的，为了此后的博弈，即使是耽误时间也要去做。

终于，在一个多小时以后，大概是在上午的十一点半，安勇警长和他的马队才大汗淋漓地赶到目的地。他们不敢怠慢，打听好严一龙家的门牌号以后便跳下坐骑，掏出手枪，兵分两路，包围了那幢新盖不久的二层瓦房。

警察的到来并没有让严一龙的母亲感到惊慌，因为她的儿子早就把这种可能告诉她了。当时，她正在洗衣服，那是许文娟昨晚脱下来的粉红色睡衣。

"老婆子，你洗的这件，是许文娟的衣服吧？"

安勇果然是优秀的猎犬，刚刚来到现场就闻到了味道。他踱着方步走了过去，把那件衣服从洗衣盆里拎出来，反复端详着。

"许文娟去哪了？你的儿子呢？他们是不是在一起？"

安勇声色俱厉，毫不顾及他所问询的对象只是一位老妇人。但是，严一龙的母亲却像没听见似的，一声不吭，依然我行我素地搓着衣服。

"老太婆，回答我，他们去哪里了？"

安勇气急败坏，但严一龙的母亲仍然不予理睬。她显然打定了主意，不管警察怎么诈唬，她都不会说一个字。这令安勇无计可施，只能像个无头苍蝇一般，在屋里屋外来回巡视，寻找着严一龙和许文娟可能留下的蛛丝马迹。终于，他细心的部下发现，严家后院的马圈空空如也，但还算新鲜的马粪却都没有清理。

"啊，一定是严老头子赶着马车，把他们都送走了！"

安勇一拍脑门，羞愤的血瞬间涌了上来。

"妈的，再不当机立断，就彻底错过机会了！"

安勇嚅动着嘴巴，再一次地冲到严一龙的母亲跟前，咄咄逼人地追问着她的老伴严子鹏，以及严一龙和许文娟的去向。

但严家老母亲仍然不理不睬，她的淡漠彻底激怒了安勇，让他气得几乎就要跳起来。

"你……老婆子，我告诉你，你儿子的恋人是有夫之妇，还是个杀人犯，是她放火烧死了自己的丈夫！你……难道你要包庇一个杀人犯吗？你要明白，包庇她，帮助她逃走都是犯罪行为啊……"

安勇声嘶力竭地叫道，但严家母亲还是没有说话。虽然在听到安勇吐出的"杀人犯"三个字时，她的肩膀颤抖了一下，但还是低垂着眼睛，稳住了神，继续缄默不语。

那时，安勇的一个名叫李曲民的助手走了过来，他带来了目击者的消息。

"早上八点半？往西边方向走了？"

听闻汇报，安勇有些错愕。他掏出揣在上衣口袋里的怀表，看了一下时间。

"现在已经十一点半了，再在这里耽误时间，他们就逃之夭夭！"

安勇恨恨地嘟囔着，瞪了严一龙的母亲一眼，无可奈何地朝着他的坐骑走去。

几分钟以后，马队已经离开了严家大院，沿着屋后的车道向西奔驰而去了。

"没关系，我们是快马，他们是慢车。而且，他们途中还要给辕马饮水、喂料，不然，马车根本跑不了……一切皆有可能，虽然已经晚了三个小时，但希望仍然存在！"

安勇抓了一下头发，给自己打着气。他从不气馁，即使前景灰暗也决不放弃。两个小时以后，他的马队终于到达了马车道的尽头，站在了一个Y字形的岔道口。从那儿往西是营口、海城和山海关，然后就是关内。可是此刻，关内枪林弹雨、战事连绵，革命党人正在和皇上的御林军殊死搏斗呢——到那里去，显然是飞蛾扑火，自寻死路。

那么往东呢……

往那里走，可以经瓦房店、庄河，最后进入丹东，是从一望无际的平原转向山地起伏的丘陵——那里，应该是最容易潜伏和藏匿的地方了……

安勇犹豫着，勒着骏马在原地打着转。他思考着做了好多个假设，但就是没有想到帮日本人做军火生意的严一龙，在革命党内部还会有路大水那样的亲朋挚友的事情。他晃了一下脑袋，左顾右盼着，突然像抓准了阄似的，把手挥向右边，并率先在东边的那条道路上狂奔了起来。

又过了两个小时。当他们饥肠辘辘地来到庄河边，认定自己一定是误入了歧途以后，这才停止了脚步。

"妈的，连鬼影都没见上一个，真是混蛋透顶啊……"

安勇瞪着双眼，对着庄河恨恨地大骂了一声。他心中震怒，满脸羞惭，就像是一个被小毛贼暗算了的恶霸。然而，世上哪有十全十美的事情呢，再伟大的将军也有失手的时候啊……

安勇摇晃着脑袋，无可奈何地打道回府。

那时候正是下午四点半左右。与安勇的运气相比，那个时间却是高桥正夫功成名就的时刻。

这要归功于今天一早他在三和洋行取到的那份电报，那是天津同盟会路大水给严一龙的回电。电报中称，他会亲自率队在营口通向海城的公路入口处接应。这份电报让小高桥大吃一惊，联想到今天早晨严一龙的突然失踪，高桥正夫不由得渗出了冷汗。

"混蛋！看来，这个家伙已经溜了。他或许在昨天半夜已经跑了，现在早已回到他的新宅子，并带上那个骚女人正往关内跑呢……"

小高桥咒骂着，立即从白虎会旅顺事务所调来了两个人，带着他们坐上了三和洋行的美式吉普车，直接奔向通往营口的公路。高桥正夫没有时间也不敢向他的父亲报告，因为老高桥曾多次关照，要他监管好这个心术不正、不守规矩的人，决不能让他脱离高桥家族的视野，或者落到警察手中。最近，老高桥甚至还发出严厉的指令，要求他采取一切手段，把严一龙这个活口带到船上，在伊水号驶离中国，到达公海海域时解决掉。老高桥这样的要求并不过分，因为他知道，严一龙已经被警方盯住了，他在旅大区域内出现任何不测，都会给高桥家族带来麻烦，影响三和洋行在中国的利益。然而现在，让高桥旭担心的事情果然发生了。那种失误假如无法挽回，他怎么去向父亲交差，又怎么去面对妹妹百合子呢？

现在能做的只能是追堵拦截了。在严一龙逃亡的途中拦住他，赶在他和革命党人会面之前抓住他！高桥正夫焦虑地想着。他感到不安，因为谁也不能保证迟到了那么长时间的追踪是否还会有效果。然而苍天有眼，他们的吉普车竟然真的在距离营口仅有二十来里地的时候截住了他们！当他看到偎依在马车上的严一龙和许文娟时，仍然不敢相信自己的眼睛。他狂叫着把车开到马车跟前，在呛人的尘土还未消散之时，欣喜若狂地跳下车来。

"真是天意啊，一龙君……终于又让我看到你了！你怎么不打声招呼就走呢？这也太不够朋友了吧！不过……还好，还来得及。不用担心，老爷子还不知道这些事情！好，不多说了，走吧，跟我回去……"

高桥正夫用他那掩饰不住的得意展示着他的骄横。

"你赶来干什么呢？告诉你，我已经受够你们这一套了。"

严一龙表现得颇为淡然，但内心深处却紧张无比。因为，眼前的一切已经完全出乎了他的意料。为了预防万一，在说话间，他已经悄悄地把包里的手枪塞进了口袋，并故作姿态地跳下了马车。

"走吧！只要你跟我回去，我们就还是朋友！一龙君，你就是爱耍小聪明！没想到吧，你的朋友路大水发来的电报竟然落到了我的手里。否则，我真的不知道到哪儿去找你了。不过，我还真是不明白，严一龙，你为什么要跑到关内去呢？是想去参加革命，带着你的杀人犯女朋友一起去打仗？还是想出卖我们，给同盟会或者是别的什么人送情报？不过……行了，现在，不用再去猜测了，一切都已经结束，你已经身不由己了！来人，把这几个人给我绑起来！"

他的两个助手应声拔出手枪，准备对严一龙等人动手。但是，他们的速度还是慢了一步，因为那时，严一龙已经掏出了手枪，并对着天空放了两枪，还把枪口对准了高桥正夫。

"别动，再往前走我就开枪了！高桥君，不要以为，我不会杀人！"

严一龙的声音尖锐刺耳，长久以来的屈辱、懊丧，此刻一下子爆发出来了。那时，严子鹏和许文娟也跳下了马车。严子鹏举着防身用的砍刀，许文娟则拿出了严一龙准备的另一把手枪。他们站在严一龙的背后，虽然听不懂二人之间的日语对话，但已经觉察到了他们所面临的危险。

"哈哈……真是完美的一家人啊！没错，一龙君，看来你在我们这里学到了不少，已经磨炼成钢了！不过，你的担忧实在多余，就是为了百合子，我也不会去伤害你的！"

高桥正夫冷笑着，并用手制止了助手的下一步行动。这显然是一个僵局，他不得不算计着，要如何做才能强行把对方绑走。

"从人数上看，现在是三对三。自己有武器，而对方也是全副武装，不占什么优势。而且，这里是营口政府的管辖区，日本人在这里没有特权。万一有人报警，引起营口警署的关注，就会引起外交纠纷。看来，还是不能来硬的。动硬的只会两败俱伤，老爸对此也再三关照过。况且这也不是我的目的啊……"

高桥正夫吁了口气，有意无意地换了一种语调，试图把眼前这种紧张的气氛缓和下来。

"一龙君，看在你我曾经是生死之交的面上，我们还是商量一下！只要你能跟我回去，向老爷子做个说明，以后，你要去要留我都不管！但是现在，你必须跟我走，否则，我无法向老爷子交代……"

高桥正夫故作姿态，这些话似乎打动了严一龙，让他多少冷静了一些。是啊，决不能轻举妄动。为了让娟子和老父亲能平安离开，他也得用智谋，动脑筋去解决问题。眼前这种剑拔弩张以命相搏的方式，恐怕是起不到什么好作用的。

"好，高桥君，我可以跟你走，但是，你得放过他们！"

严一龙思索着，嘟囔了一句，那声音细若游丝，但是，高桥正夫还是听见了。

"不行，那不行！那个女人是杀人犯，我得把她交给警察！"

高桥正夫声嘶力竭地喊道，并再一次地向他的部下挥了挥手，要他们赶上去抓人。是啊，这一次决不能再让许文娟逃走了！他要斩草除根，断了严一龙的念想，即使是为了百合子，他也应该那样去做。况且，抓捕杀人犯是合乎道义的事，就算是被闻讯赶来的警察发现，引起纠纷也没有关系。

"高桥君，你不要逼我！告诉你，逼急了，我真的会杀人的！"

严一龙歇斯底里起来。他举起手枪，再次向天空放了两枪。显然，他准备豁出去了。

"你……你真是混蛋！为了这个婊子，这个杀人犯，你真的准备鱼死网破吗？"

"是的，来吧，我早就准备好了！"

严一龙大声叫道，并一下子跨到了高桥正夫跟前，把枪口对准了他的脑袋。他二目圆睁，面部扭曲，双手颤动，手指也已经扣住了扳机，那颗顶在枪膛里的子弹，似乎随时都会顺着他的情绪飞射出去。

"好，好！我答应你，这次不带她走！不过,她早晚都要被打死的！我们高桥家是不会放过她的……"

高桥正夫无可奈何地再一次向部下摆了摆手。他后悔在离开公司之前，没有多带一些帮手，以至于现在，他不得不吞下严一龙送给他的苦果了。

严一龙没有回答小高桥。他一手持枪，继续对准他的额头，另一只手向身后的父亲示意。

"爹，你们快走，带着娟子赶紧离开……"

"那你呢？你怎么办？"

严子鹏紧张得一时不知如何是好。

"我……留下来，跟他们去，回旅顺……"

严一龙的决断不无悲伤。这是一个无奈的选择，因为他决不能让怀有身孕的许文娟重新陷入灾难中去！要解决眼前的危机，他只能做此选择。然而，此刻，许文娟却说什么也不愿意走。

"这……这不行！我不走，一龙哥！我们受了那么多苦，等了那么长时间，好不容易在一起了，我们……我们怎么能再分开呢！要么一起走，要不就一起死……"

许文娟披散着头发,摇晃着脑袋,两眼发直,语无伦次地叫道,那种崩溃和绝望就是从她那双挂满泪痕、黯然失色的眼睛中都可以看得出来。

"爹,快把娟子送到车子上,拉着她走……赶快走!"

严一龙咬牙切齿地呼喊,那声音冰冷而惨淡,足以渗入许文娟的骨髓,让她去铭记一辈子的。

"不能啊,一龙哥,别……别让我走!一旦离开,我们就没有相会的那一天了!"

"不,娟子,你……你要听话,走,快走!跟着我爹,走得远远的!你放心,娟子,我死不了,我有办法活下去,我们一定有相会的那一天!你就相信我吧!只是……你……娟子你……今后不论如何,再苦再难,你都要活着,拼命地活着,顽强地活下去!因为你还有'他',我们的孩子,还有……还有他的未来啊!他需要你,需要你啊……这是我们的根,我们的命,我们的命根子啊,娟子……"

严一龙大声叫道,并用他的左手在身后挥动着。他不能疏忽,不能放松警惕,更不能把目光转向他人,因为他了解高桥正夫,知道这个只剩下一条胳膊的日本人的那种凶猛。他要把枪口对着他,自始至终地盯着他,时时刻刻地让他面临死亡的威胁。因为,任何疏忽都会让眼前这个日本人不顾一切地反扑过来的。

"走,娟子,快……快走啊!爹,快把她拉走,走,你们快点走啊……"

严一龙撕裂的嗓子,带着哭腔喊道。他没有流泪,他担心泪水会模糊他的眼睛,影响他的视线。

"可是……一龙哥……一龙哥……"

许文娟用一种近似于疯狂的撕心裂肺的声调狂叫起来。她明白严一龙话中的意思,他让她想到了自己腹中的胎儿。是的,这确实是她的未来,是她和严一龙的命根子。这个宝贝决不能因为她的悲哀和疯狂而命落黄泉！许文娟含着眼泪点着头，终于迈出了脚步，在严子鹏连拉带拽地扶持下，一步一回头地坐上了马车。她感到绝望，而且浑身发冷，就像是掉进了冰窟，陷进了深渊一般地哆嗦着，几乎就要晕厥过去……

马车启动了。在严子鹏那一声声从牙齿缝里蹦出来的"驾驾……驾……"的吆喝声，以及那壮行一般的鞭鞘声中，马车终于踢踏踢踏地向着夕阳狂奔起来，渐行渐远，为大地留下了一抹长长的跃动着的暗影……那时，天边的晚霞就像是一团燃烧着的火焰，把一波又一波的感触送到了严一龙的心头，让他热泪盈眶、悲不自言……

"好一幕生死别离的情感大戏啊……精彩，精彩！好吧，一龙君，我已经践行了诺言，现在，该轮到你了……"

望着在暮色中渐渐远去的马车，高桥正夫斜睨着严一龙扣着扳机的手，紧张而又不无讥讽地说。他试图用此举打消现场凝重的气氛，从而让严一龙移开他一直不敢放松的手。但严一龙没有松懈，他仍然紧握手枪，继续指着小高桥的脑袋。

"别动，高桥君！别想耍我，我没那么蠢，让你的汽车去追他们的马车！告诉你，不等到天黑，我是不会放过你的！不过……你也可以放心，既然我答应了，就一定不会食言。我会跟着你一起回旅顺，去见你的家人的……"

严一龙坚定地说，他显然识破了高桥正夫的诡计。为了能够让父亲和娟子走得更远、更安全，他要耗在这里，和小高桥一起，熬到双方都筋疲力尽为止……

一个小时就这样地过去了。终于，天色已经完全黑下来了，所有的悲楚、哀痛，希望和念想，都随着天边不断涌动着的霞光，走进了无极之中。大地暗沉无光，世界混沌一片。

终于，晚上九点钟光景，严一龙放下了手枪，跟着高桥正夫坐上了他们的吉普车，在半夜十二点多钟到达旅顺码头，登上了早已等候在那里的伊水号客轮。凌晨一点半左右，伊水号客轮载着严一龙他们，鸣着汽笛出航了，它离开了大地的怀抱，驶向了幽冥的深渊。

谁也不知道伊水号客轮此后还会发生一些什么，但是，那些场景一定会被历史记录下来的。因为那时，在那艘轮船的上空，在那个漆黑黝黯、广漠深邃的云层深处，有两颗星星正在注视着它们。那是风神雷神的眼睛，它们追逐着这条遨游在大海上的蛟龙，就像是一双巨手在操弄着自己的玩偶一样。

第 八 章

34. 武昌起义

二十世纪初的中国是一个火药桶。

早在十九世纪的最后十年，集会、游行、起义、暴动、叛乱、革命等，就频繁地在中华大地上发动起来了。1895年，广州起义爆发。在那以后的十几年间，惠州起义、黄冈起义、安庆起义、镇南关起义，以及1907年9月由革命党人黄兴发动并领导的广东钦廉防城起义，1908年4月发生在云南河口的武装起义，1910年2月12日的庚戌广州新军武装起义，和1911年4月27日的黄花岗起义等也相继爆发。那些足以让大清王朝瑟瑟发抖的危机此起彼伏，如潮水般涌动，把民众的愤怒和痛苦积累起来，变成了无穷无尽的能源，就像火山熔岩不停地翻滚，随时都有可能喷发出来。那时，街头巷尾的话题除了变革便是革命，而流血牺牲也成了一种口头禅。因为推翻腐朽的清王朝，已经成为全国人民的共同目标。

岁月的风貌或许就是在那时开始改变的。

那些渴望改革、期待共和的年轻人，挥舞着刚刚着色的青天白日旗拥向街头，煽风点火，到处串联，并且认定，1911年就是他们创造奇迹、夺取成功的转折点。终于，一个迟迟没有出现的引爆点，一场革命的最终契机，在这一年10月10日的深夜到来了。然而，这个日期并不是计划中的最佳时机。它完全是在被迫、无奈、危险而又惶恐的状态下，不得不在仓忙中去选定的时间。

1911年9月24日，位于武昌的革命党组织文学社和共进会的负责人蒋翊武、孙武，以及以留日学生为主体的湖北新军代表路大水、刘复基等六十余人，在武昌小朝街85号的文学社内召开了秘密会议。会议选举并产生了以蒋翊武为总指挥，以孙武为参谋长的起义总指挥部，还把武装暴动的时间由原定的10月6日中秋之夜推迟到了10月16日，并在汉口宝善里14号设立了政治筹备处——这是一幢位于俄罗斯租界内的三层别墅。

一切都在有条不紊地进行。武器、弹药、交通工具和人员配备，还有起义队伍的组织、规划，进攻的方向和撤退的路线等，都经过了反复地磋商和研讨，被一一落实了下来。为了顺利攻占清政府湖广总督府那座坚固如城堡般的建筑，起义军总指挥部决定尽快制造出更多有着更大威力的炸弹。他们把这个任务交给了参谋长孙武，并最终由他的部下路大水和刘复基等人落实。

这不是什么困难的事情。而且工作的进展一直很顺利，并没有出现什么波折。但没有想到的是，10月9日深夜，意外却突然发生了。这完全是一次人为事故，是安装炸弹引线时不小心引发的爆炸。而且，爆炸又引发了火灾，不仅造成了人员的伤亡，还引来大量的俄国巡捕，把宝善里14号这幢小楼里里外外搜查了好几遍。

俄国人把搜查到的有关武装起义的文件、旗帜以及武器弹药，原封不动地转交给了清政府新晋湖广总督瑞澂。这个官运一直亨通的少壮派封疆大吏在收下这批"礼物"后竟然大惊失色，不得不连夜发布了戒严令。根据文件内容，瑞澂很快就顺藤摸瓜地找到了武昌起义的总指挥部，并派出重兵包围了那里。这场攻防战的结果自然是不言而喻的。因为清军是有备而来的，把革命军打了个措手不及。

当时，在宝善里14号爆炸中受伤的参谋长孙武和路大水等人，刚刚被紧急转移到这里救治。为了掩护身负重伤的孙武以及指挥部的其他骨干成员安全撤离，路大水、刘复基和彭楚藩等八名勇士在指挥部外围和两百多名清兵进行了殊死搏斗。他们坚持到了最后一刻，直至弹尽粮绝，在重伤中被俘。

恼羞成怒的清兵把他们捆绑起来扔到马车上，押解到汉口清军大营，连夜进行了审讯。他们不惜采用重刑，期望撬开他们的嘴巴，获取起义军的详细情报。总督府的官吏们费尽心机，但是一无所获。无可奈何之下，瑞澂总督动了杀机，准备把他们尽快送上断头台，以便以一儆百。

10月10日凌晨三点，一名同情革命军、钦佩路大水等人的六十多岁的狱卒袁玉刚把这个消息送了进来。他买通了看守，把一盅米酒和几片萝卜干端到了路大水跟前，希望为临刑的壮士饯行。然而这顿"最后的晚餐"并没有勾起路大水的食欲，他转而央求这名狱卒，希望帮他找来笔墨，因为他有话要留给亲人。

路大水并没有成家。他的父母亲几年前双双因病去世，他和胞弟路大山一起埋葬了父母，把家事安顿好以后，便远赴日本留学读书了。此时，作为唯一的亲人，路大水自然有很多话要跟胞弟讲。但事实上，兄弟两人自从一起踏上推翻清王朝、追求实现民主共和的革命道路以后，就一直没有停止过交流。两人那种视死如归的决心十分明了。为此他们还特意留下了遗言，要以国事为先，把家事、私事置之度外。然而此刻，有一件事让路大水放不下心，那就是前来投奔他的学友严一龙和他的已有身孕的妻子许文娟。

路大水曾经对严一龙许下承诺，并在电文中答应过，愿意为他此次出逃提供任何帮助，包括带人到指定地点去接应他们一家。

其实，自从在天津同盟会指挥部接到严一龙的电报，路大水就感到了不安。虽然严一龙在电报中并没有详述他的困境，但他深知严一龙的性格。

"严一龙是一个多疑的人，有着坚定的意志和忍耐力。他的工作原本非常顺利，但是为什么要冒险逃离三和洋行呢？这里面一定有无法诉说的隐情，否则，严一龙何必铤而走险、亡命天涯呢……"

快速地思考过后，路大水马上发出了回电，并且按照电文中的承诺，带着十来个人，各揣刀枪武器，短衣长裤地在那天中午之前赶到了营口通往海城的公路入口处，静静地等待严一龙一行。为此，他还特意找来了熟悉那一带地形的部下高虎娃，让他来提供一些必要的帮助。那时，高虎娃已经成为了革命军的一名干部。

路大水想象着严一龙接到电报时的反应，并且推算了严一龙一行抵达接头地点的时间。

然而，事情并没有想象的那么顺利。他们从中午一直等到下午七点多钟，都没能看到严一龙的身影。那时，夜雾渐渐升腾起来了，虽然天边还残存着几缕火烧云，但是已经没有什么光泽了。大地黝然，没有人影，也没有风声，让这条平日就颇为冷清的土道显得更加冷寂可怖。

"是不是发生了什么意想不到的事情呢……"

随着天色变暗，路大水越发焦急起来。正当他准备放弃接应、打道回府之时，高虎娃跑了过来。他报告说，他好像听到了远处传来的马蹄声，以及夹杂着的马鞭和吆喝声。那声音虽然含混不清，但还是应该再等一等，看看情况再说。

那时，路大水已经降至冰点的情绪又重新跃出了火花。他满怀惊疑地把目光投向了大路的尽头，希望载着严一龙的马车能够来到这里。

"队长，你看，那个移动的黑影，好像是一辆马车……"

没过多久，高虎娃就激动起来。他指着远方向路大水报告说。

"是的，是的，那确实是一辆马车！"

路大水也激动起来了。毫无疑问，接到严一龙一家，不仅可以帮助这个昔日的同学解除困厄，还能扩充同盟会的阵营。毫无疑问，他自然不希望此行无功而返。

在夜色中的大道上，马车快速地向这边奔来，越来越近，越来越清楚了。

"啊，队长，没错，是他们，是严一龙他们家的马车……"

高虎娃兴奋地大声叫着。他顾不上招呼身边的伙伴，拔腿就向马车驶来的方向狂奔过去了。因为，他已经在马车夫连连挥动着的马鞭和吆喝声中，闻到了昔日东家的味道。没错，这确实是严子鹏驾驶着的马车。而与此同时，严子鹏也清楚地看见了高虎娃。

"虎娃……你怎么会在这里啊？"

停下马车以后，严子鹏不无惊疑地问道。

"大叔，我们是来接应你们的！来，我给你介绍一下，这是我们的路队长。"

"我是路大水，严一龙的同学。大叔，一龙呢？"

路大水一边和严子鹏握手，一边把目光移到了马车的后座。

"路队长，你好。一龙曾经多次跟我说起过你，可是他……一龙他，他没能来成……"

严子鹏泣不成声。为了儿子的嘱托，为了把娟子安全地送到路大水这里，他不得不绷紧神经，克制着对儿子的惦记，一路狂奔，直到把儿媳安安全全地送到目的地为止。此时，他已经完成了使命，已经无力再去叙述这几十个小时以来的遭遇了。

"一龙没能来成……"

路大水迟疑着，他本能地走到了马车后座。他看到了蜷缩成一团，还处于惊恐当中的许文娟。

"啊，娟子，你……你怎么也来了？娟子……你还记得我吗？我是虎娃呀！路队长，这就是许文娟，她是一龙哥的未婚妻。"

未等路大水开口询问，高虎娃就先他一步认出了许文娟。他显然不知道，在他离开家乡以后，许文娟所遭遇的事情。

"一龙的未婚妻……"

路大水若有所思地点点头，他想起了严一龙在东京弘文学院跟他提起过的那些往事。

"虎娃，你有所不知啊！娟子她……她已经是一龙的媳妇了，她是我们严家的儿媳了！而且她……她还怀上了一龙的孩子，现在已经三个来月了。"

听到他们之间的对话，严子鹏想起了自己的使命。他忍住悲痛，向路大水介绍了一些基本的情况，希望他们在严一龙不在的情况下，能更加关照许文娟母子。

"噢……是吗……"

路大水认真地点了点头，并迅速地打量了一下眼前这个紧张不安的女人。

"弟妹，你好，我叫路大水，是一龙兄弟在日本读书期间的同学。"

路大水简单地做了自我介绍。显然，他也为严一龙感到担忧。

"弟妹，你不要紧张，我们会帮助你的。只是，一龙他……他在哪儿呢……"

路大水追问道，但许文娟并没有回答他的问题。她跳下马车，有点激动地望着高虎娃。她当然认出了他，虽然多年未见，但高虎娃的样子仍然和从前一样，纯真得让她心跳。许文娟沉默着，那种在与一龙哥生离死别、物是人非之际突然出现的光芒，唤起了她一直忍耐着的悲伤。她犹豫着，嚅动着双唇，未及开言，两颗晶莹的泪珠却不由分说地从眼眶里滚落下来。

"虎娃，一龙他……他……"

许文娟无法止住悲声，她只能仰起头，噙着眼泪，把眼光投入到眼前那一片繁星点点的夜空。她凝神地注视着那里，嚅动一下嘴唇，又把目光转到了高虎娃身上。然而，没能过上两分钟，她就瘫软在地，一下子晕了过去。

人心和岩石一样，也有一些被泉水滴穿的孔。只要怀有情感，那些空隙就永远不会被堵住。尤其是现在，在夜色下，大路边，一个不明所以却又满怀热情，一个惊魂未定却又喜出望外。那种浑然天成的偶然相遇所带来的结果，绝对是命中注定的，并非常人所能预测。因为，翻云覆雨的命运之手带来的激越的金石之声常常会超越人的情感承受力。

此后的事情自然是不难想象的。因为路大水在听完了严子鹏的诉说，了解了严一龙的遭遇以后，不由得长叹了一口气。虽然他不清楚严一龙和高桥家族以及百合子之间的纠葛，但直觉告诉他，此一去，严一龙很有可能陷入万劫不复的深渊。这件事成了他难以忘怀的心病，让他挂念着始终无法释怀。

路大水觉得自己肩上的担子更重了，他必须照顾好严一龙的家属。为此，他把他们带回到天津，安排他们住在城郊的川水旅馆。因为自己无法抽身，所以又特意安排高虎娃来帮助完成这一切。现在，他已经知道了自己的部下和严家的渊源，由高虎娃去照顾他的"老东家"的生活，真的是再恰当不过了。

把这些事情安排好以后，路大水马上投入到训练留日归来的年轻学子的任务中了。因为他要带着他们到武汉去，参加那次名垂史册的武昌起义……

然而现在，命中注定，一切都无法挽回了。路大水身陷囹圄，并且即将赴死。没有任何迹象表明，当局有放他们一条生路的可能。现在，他唯一能做的，恐怕也就是为世间留下只言片语的那种事情了吧。

狱卒袁玉刚满足了路大水的要求，他找来了笔墨和纸，在桌子上一一铺开，让路大水尽情挥毫抒怀。他答应再三，一定会把他的遗言平安地带出去，送到他的亲人手中。路大水满怀感激，但却无以回报，在凝眉沉思之中，他用戴着镣铐的手，握紧水笔，饱蘸墨汁，写起信来：

  虎娃贤弟，自津卫与弟分别以来已两月有余。日月如梭，光阴似箭，吾本该早回津卫与贤弟相会，却不料奉命留驻武汉，研制军器，乃至受伤被俘，被困敌营。在此悲愤无奈之际，吾不得不和贤弟诀别，留下此终别之言。

吾三十有八，却死期将至，且难过清晨五更之明。虽未能足寿，但也尝遍人生五味，有恨无憾，亦算善始善终也。儿时吾娘嘱我，汝有宽厚之肩，黑密之发，明亮之眸，润巧之手，苍天已恩与汝一切，汝当无须再悲欣交集。

吾娘所言是也。

吾虽不才，但亦能知书达理，体味人生，以血明志，且不屈不挠。吾虽不能尽孝于爹娘，但亦想报答亲人生我养我育我德我之恩，为此吾顿首拜伏，盼贤弟能让吾之魂灵卧于爹娘之畔，对此吾将在九泉之下叩首拜颂，感叹人生之厚盛之丰足是也。

比起此等琐碎，吾最为牵挂之事乃学友一龙君合家安危！吾本念想一龙君能成功向往革命，投奔义军，却没料来者则是学友之妊娠五月之妻。其哀言证明，吾挚友一龙君已落入日人高桥之手，让吾闻之心痛而又心悲吾深知高桥家族之凶之恶之狡诈，学友落入其手恐凶多吉少，生还渺茫。即使脱身，也必定九死一生。对此悲局，其五甲之妻如何承受是也……

对此凶险之局，吾痛心疾首，却又无能为力。在此，吾再次叩拜贤弟，务必怜香惜玉，为吾照料吾友之妻，尤其是其即将临世之血脉。吾盼嘱贤弟能视为己出，潜心助友，育林树人，直至一龙君之血脉成年成业为人为夫是也。吾悉贤弟为一龙君之乡友，亦是贤弟少年之东家之兄长。在其蒙恨受难之际，吾望汝仁慈为善，扶幼济之，此乃做人之道，亦是为人之本是也。

今日武昌，人心惶惶，战火一触即发，此乃行天之道，无奈之举。但愿庶民能于幸存，免受战事之害。只是，此战火非武昌一地是也，弟所在之处津卫亦会发生激战，其烈度势必更加残酷。

津卫为京都之侧,为保皇室社稷,清廷必然垂死挣扎,调御林军做最后一搏。据吾之察,此战必将伤及平民,危及生命,毁及街町及建筑,为此,天津亦不能留也。

望贤弟见此书后,即将一龙君之父之妻带离天津,择一安全之处,确保吾友之妻平安生产。若有不便之处,贤弟亦可在属下卫生队择一护士,令其相应相随,以其女性之细微而助一龙妻之生产,共度险期难关,而不负吾友一龙君之期盼……

想来也是哀伤。吾友一龙君之事,本该吾亲力亲为才行。但世事难料,吾不仅身陷囹圄,亦将成刀下之鬼,命将至此,亦只能跪拜贤弟尽心尽力了。

哀哉,痛哉!苍天之下,如何为之才能得吾愿也?若贤弟能念吾临终之悲望,不仅一龙君能安于险谶,吾在九泉之下亦能平心静目也……

路大水写完遗言,扔下笔墨,长舒了一口气,如同卸下了压在心头的重担。他闭上眼睛,静默了片刻,之后,又接过狱卒递上来的米酒,毫不犹豫地一饮而尽。此刻,他的心情似乎平静了下来,好像可以从容地奔赴黄泉了。

1911年10月10日凌晨,路大水和刘复基、彭楚藩等人被斩首于武昌湖广总督署东辕门外。他们的首级和宣告他们死讯的布告,作为一种警示,被悬挂张贴在汉口的城门口。

然而,瑞澂的血腥杀戮并没有起到作用。当天晚上,新军工程营的队官吴兆麟和班长熊秉坤就当众宣布,他们两人将担任起义军的临时总指挥和参谋长,并把武昌起义的时间提前至10月10日晚上。按照计划,他们将在那一时刻指挥起义军,向清军大本营发起总攻击。

吴兆麟和熊秉坤的决定得到了武昌革命军党组织文学社和共进会的赞同,也得到了以留日学生为主体的起义部队士兵们的响应。他们一呼而起，在那天晚上十点钟开始，炮击了清廷的总督府，吹响了武昌起义的号角。

10月11日清晨五点钟，起义部队的士兵们在南湖炮队连续炮击的掩护下，呼喊着冲进了由重兵把守的湖广总督府。此时，距路大水等人从容就义之时，也就是一天的工夫。虽然起义军为此付出了沉痛的代价，瑞澂总督也在混乱中逃脱了义军的追捕，但起义部队还是占领了武昌、汉口和汉阳，并在距总督府不远处的咨议局大楼会议厅内召开了由起义军各部队代表参加的，由新军八镇的司务长蔡济民主持的紧急会议。会议决定，立即设置参谋部、军务部、政事部和外交部等政府行政管理部门，并发布安民告示，宣告成立"中华民国湖北军政府"，并以军政府的名义电讯全国，发布了《告全国电》，并把国号改为"中华民国"。

武昌起义成功了，它的胜利在中国近代史上的意义不言而喻。而且胜利的人民也没有忘记为此牺牲的英烈们。因为此后不久，路大水等人就被视为国民英雄，受到人们的怀念和瞻仰，其遗骨也遵照英烈们的遗言，得到了厚葬。其中，路大水的遗体在高虎娃的安排下，被曾经帮助过他的老狱卒袁玉刚护送到了他的家乡——辽宁省铁岭境域的靠山屯村，在他胞弟路大山的祈愿下埋在了爹娘身边，在青山碧水的故乡颐享天年。

第 九 章

35. 受惊的马车

　　人世间的万事万物很难预测。那种深邃遥远的感情本来早已忘却，但它竟然会在某个时刻突然重现，把深埋在记忆深处的情景再次推到眼前，让他咀嚼，并产生幻想。比如那一天晚上，高虎娃在毫不知情的情况下接到他的上司路大水的命令，到那条荒僻的土路上去接应客人，却鬼使神差般地和那个曾经给他带来无限悲伤和沮丧的女人重逢了。这种偶然间的偶然，假如不是上苍特意地关顾和安排，怎么可能会出现呢……

　　这真是不可思议的。

　　那一天深夜，高虎娃一行回到了天津。按照路大水的指示，把早已疲惫不堪的严子鹏和许文娟安顿在天津市东北角的川水旅馆。之后，他独自返回了天津同盟会的宿营地，在天色微明的时刻躺进了被窝。然而，他睡不着了，那时，一种梦幻般的感觉就像潮水一般，在他的脑海里不断地涌现着。

　　其实，高虎娃在四年前做出的离开黄花沟的决定，只是一时冲动而已。他并不知道要去哪里，却又模模糊糊地觉得，自己必须要离开家乡，去做些什么事情，至少可以远远地躲避那些屈辱和痛苦。一天凌晨3点钟，他顺着村外的马车道往北走，在无意中搭上了邻村老乡去营口拉货的马车。在营口，他又跟着人群走到辽河边的集市上去看热闹，还时不时地把眼光投向那些推着小车正急急忙忙去集市采购货物的商贩。

那时，集市上熙熙攘攘，送货的马车和买货的小车川流如梭，大人小孩热闹非凡。那是再寻常不过的一天了，但是，改变他命运的事情就在那个时刻出现了。

因为，就在那个谁也不会去注意的时刻，突然发生了事故——一辆堆得高高的满载着货物的马车，因为被集市的旮旯里突然蹿出来的野狗所惊吓，让辕马不受控制地狂奔了起来。它把拽紧了缰绳企图重新夺回控制权的马车夫甩到地上，直接撞向集市边的摊位，使装在车上的麻袋一个接一个地被甩了下来。

那让人惊骇的一分钟过去了，但那匹辕马仍然拉着马车狂奔着，没有丝毫停息下来的苗头。它很快地就要闯下大祸，惹上人命了，因为就在它前方还不到五米远的地方，一个二十多岁的妇女正惊慌地呼叫着她的孩子，而她那个还不到五岁的儿子此刻正哭叫着坐在地上，惊吓已经让他不知道怎么办才好了……

高虎娃显然看到了那个情景。他没有多想就本能地冲了上去，一个箭步跳上了马车，顺势跨到了辕马的背上，死死地勒住了它的脖子，并且"吁……吁……"地吆喝着，硬是让马车在即将踏上幼儿的身躯之前停了下来。

高虎娃的一系列完美的动作受到了路人的喝彩。但这种事情对于他来说并不是什么难事，在黄花沟时常常会遇上，只是今天做得更加出色一点而已。

一场事故被避免了。

高虎娃跳下马车，把缰绳交到气喘吁吁地赶过来的马车夫手上。他正准备去寻找被自己扔在地上的挎包时，一个三十来岁的男人走了过来，在后面拍了一下他的肩膀，把挎包递给了他。

"兄弟，谢谢你了……"

这个名叫耿立群的三十二岁的男人，正是那位受惊了的孩子父亲。他带着家小来到高虎娃面前再三感谢，说什么也要表示一下心意，但都被高虎娃谢绝了。

"小兄弟，你叫什么名字，家住在哪儿呢？"耿立群热情地问道。当他知道眼前的名叫高虎娃的小伙子家住黄花沟，既不想回家，又没有什么地方可去的情况时，他愣住了。

"你想在营口住下来，还是……"

耿立群有点诧异地问道。当他发现眼前的小兄弟并没有这样的打算以后，便冒昧地提出了建议。

"要不，你跟我一起到天津卫去？我哥哥在那里的巡警局工作，我们正准备去投奔他呢！"

耿立群热情地邀请着。显然，高虎娃的壮举打动了他，让他觉得这个小伙子是一个忠勇之人，一定是遇到了什么难以诉说的隐情，才陷入如今这种困境的。他觉得自己有义务来帮助高虎娃，回报他的救人之恩。高虎娃同意了。他并没有拒绝耿立群的好意，因为他也实在无处可去啊！

他就这样随着耿立群来到了天津，并在他的哥哥耿立忠的安排下做了巡警厅的一名副手。后来，因缘际会，他成为同盟会的会员，并自愿加入了天津地区的义勇军敢死队，是一个能够统领二十多人的小队长。

高虎娃离开黄花沟已经四年多了。在那期间，他根本就没有时间去想发生在故乡的各种往事。假如不是同盟会的上级路大水抽调他和一干兄弟去接应严一龙的话，他真的把故乡的人和事都抛在脑后了。然而现在，一切都变了，断了线的风筝又接了起来，娟子又来到了他身边，就住在他触手可及的地方。这就像是一只打翻了的五味瓶，酸甜苦辣咸，各种滋味再一次涌上心头，使他本来已经六根清净的生活，一下子又惹上了霜雪……

"唉，人世间还有什么能比那种突如其来的偶然更让人伤神的呢……"

高虎娃感叹着，那种一半是希望，一半是责任，既来自情感，又带有负疚色彩的情愫搞得他神思恍惚，不知道怎么办才好了。

"不，我不能有非分之想。娟子是少东家的媳妇，是我的嫂子，而且怀有身孕，马上就要生产，我……我怎么能有那种龌龊的念头呢……"

高虎娃掐着自己的胳膊，痛苦地责备自己。唉，命运为什么要一再地捉弄他，在他痛定思痛之后，又一次地把那味苦药送回到他的嘴边，在他以一名革命党人的要求反复磨炼自己的时候，再一次地诱惑他回到从前的日子……

那一天晚上，高虎娃失眠了。

与高虎娃相比，许文娟显然要淡定得多。

毫无疑问，和高虎娃的重逢是她做梦都没有想到的，尤其是在她历尽劫难、生死攸关的时刻。许文娟既兴奋又激动，她再三地感谢命运能够在她对严一龙的极度牵挂时把高虎娃送到身边，让她在苦难之中身有所依，心有所靠。

她的那种感情是纯洁的。因为她坚信高虎娃是她和一龙哥的救星，是帮助一龙哥来保护他的骨血的。她不会就此陷进和高虎娃的复杂的情感中，因为她深深地爱着严一龙，时时刻刻地在回想着他们分别时的情景。

在那之后的几天里，许文娟近似于病态般地向高虎娃叙说严一龙在日俄战争中的遭遇，以及他奇迹般地救出高桥正夫，在俄国军营里生死逃亡，受伤后又被日本军舰送往横滨，被日本人誉为英雄的经过。她形具神生、赞誉有加地极力地神化着那一切，即使和高虎娃单独相处在一起时也不例外。许文娟的执着符合人性，在心理学的很多条款中都可以找到出处。因为，那一天夕阳下的生死别离实在太突然太惨烈,它把严一龙的整个形象都刻进了她的骨髓,让他成了她精神上的支柱。

许文娟的话让高虎娃感到卑微,使他几乎失去了直视她的勇气。而且,随着时间的流逝,那些燃烧在高虎娃心灵深处的火焰也慢慢地熄灭下来,他又像过去在严家当长工时那样,机械地把路大水交给的任务当作东家的关照,兢兢业业地完成他的"工作"。

那种状况或许是可悲的,但却是自然的产物,对此高虎娃虽然伤心,但并不失落。因为那时天津同盟会正在酝酿起义,准备在清政府的心脏举行暴动。这些工作不仅需要时间,还需要坚强的意志和详细的计划。而且,调动人力、武器、资源,设定进攻的方向和撤退的路线,以及做好善后工作等等,都需要高虎娃去参加。此外,高虎娃还要到战斗在第一线的敢死队里去煽情,用他天生的最为质朴的语言,让他的同道、队员们鼓起勇气,激发情感。那些繁忙的工作几乎占用了高虎娃的大部分时间,让他不得不把个人的烦心事抛在了脑后。

然而就在那时,路大水的遗书送到了。那里面拜托给他的内容,让他本来已经平静下来的内心又掀起了涟漪。其实,那些事情又何须路大水嘱托呢?它本来就是高虎娃倾尽所有也会去做的。早在半个多月以前,高虎娃就想到了这一点,他把严子鹏和许文娟的住处从川水旅馆搬迁到了耿立忠的房产——一座位于天津西北方的名叫小云屯的村子的平房里。同时,为了照顾已有四个多月身孕的许文娟,他也已经从革命军卫生队里调出一位名叫欧阳秋的二十九岁的女兵,把她派到许文娟身边,让她和许文娟住在一起,照顾她的生活,并再三地关照她,要她随时向他汇报许文娟他们的生活情况。高虎娃事无巨细地做了安排,因为他已经把照顾好严氏翁媳当成了自己的责任,而且只要有时间,他就一定会到小云屯去探望他们。

时光匆匆,转眼到了1912年。1月17日,他再次找到机会来到小云屯,准备陪许文娟和老东家严子鹏,一起迎接即将到来的农历新年。

然而，就在高虎娃到达小云屯还不到两天，天津同盟会的领导就派人来通知说，那个反袁斗士、鄂军天津办事处总指挥胡鄂公提前从南京赶了回来。他带着孙中山临时大总统的命令，要召开京津地区北方革命协会各反清组织的大会，传达大总统和民国临时政府的指示，为天津起义做出具体部署。为此，他们要求高虎娃即刻赶回天津，参加这次会议的组织工作。

这一突发情况让严子鹏翁媳倍感意外，尽管他们已经多少知道了虎娃的情况，和他加入了天津同盟会的事情。

"情况一定非常紧急，不然，他们不会那么急切的……"

高虎娃一边收拾行装一边说着，并把别在自己腰间的日本造驳壳枪和子弹夹以及挎包里藏着的那颗手雷递到了老东家严子鹏的手里。他叮嘱着严子鹏，要他小心保管，必要时还可以做防身之用。

他叮嘱过严子鹏之后，又转头向许文娟道了歉。

"娟子，对不起，不能陪你们过年了！"

"你……你，这是要去打仗吗……"

"也许是……有这个可能，不过……"

高虎娃欲言又止地避开了许文娟的忧伤的眼神。

"虎娃，你……你不去……不行吗？"

许文娟跨前一步，激动地拉住了高虎娃的手。也许是想起了当年在黄花沟大路口送严一龙去参加日俄战争时的情景，她的眼睛突然红起来了。

"不……不行！我是敢死队的干部，理应冲在最前面的！不过，娟子，你放心吧，我会平安回来的！"

高虎娃平静地摇了摇头，把手从许文娟的手心里抽了出来。虽然感到悲哀，但还是忍住了。

"敢死队？虎娃，你……"

高虎娃的话让许文娟大吃一惊。她并不明白敢死队的含义，但光凭那几个字眼，她就知道了虎娃此行可能会遇到的危险。

"虎娃你……你不要去了，这……难道不行吗……"

她的声音颤抖着，用一种近乎央求的口气，试图去改变高虎娃的决定。但是，高虎娃摇了摇头，还咧开嘴巴苦笑了一下。他没有再说什么，只是向严子鹏鞠了一躬，又对着许文娟挥了挥手，之后便义无反顾地走到院子里，解开了枣红马的缰绳。他牵着马，走到屋外，跨了上去，吆喝着，夹紧了马肚子，便和他的助手骑着的那匹白鬃马一起，在门外的马车道上飞奔起来，很快地就消失在马车道的尽头。

没有什么可以留恋的了，他高虎娃这一生是注定要到战场去厮杀，去决斗，到鬼门关上去搏命的。这是上苍的决定，人力决难挽回。

36. 天津起义

1912年1月29日午夜十二点，天津起义的枪声打响了。

那个时间是在1月27日的下午四点匆匆确定的。在接近1912年新年的时候，刚刚成立的中华民国临时政府湖北军政府决定，把前水陆部队总指挥官胡鄂公派往京津地区，要求他把当地的革命组织、各路反清团体组织起来，筹备北方革命军，准备在清朝政府的大本营发动武装暴动。

胡鄂公是在1月22日赶回天津卫的。

自从1912年1月初，胡鄂公在上海会晤了沪军都督陈其美，从那里得知孙中山决定举兵讨伐袁世凯的消息以后，便立即动身赶往南京，并在四天后谒见了新晋的中华民国临时大总统孙中山。他在那里接受了指令，获得了由孙中山亲自批准的从民国临时政府陆军部调拨来的二十万大洋的筹备经费。

回到天津后，胡鄂公立即召集北方革命协会的各反清组织代表，传达了孙中山的指令,并在1月27日,在位于天津法租界同盟会总部的小白楼里召开了紧急会议。他要求各革命组织团体响应大总统的号召,建立北方革命军总司令部,并在天津发动武装起义。

当天下午,他们把会场转移到天津吉祥里14号,在那里宣布成立北方革命军,并推举胡鄂公为总司令,还召开了司令部的第一次会议。他们决定,在两天后,也就是1月29日的午夜十二点发动起义。为此,胡鄂公还要求北京、保定和通州等地的同盟会、铁血会、北振武社、急进会、克复堂、北方革命总团和共和革命党等革命团体组织在天津起义爆发以后立即举事,派兵支援天津的革命党人。

这个匆忙的决定付出的代价是巨大的。

那天午夜十二点钟,埋伏在天津直隶总督府衙门左侧二十来米远杨树林里的三门火炮,同时向天津总督府发射了炮弹。

那是参加天津起义的革命军发动进攻的信号弹。此后,由高虎娃率领的一百多名敢死队队员,在起义军第一路军指挥官姜赐卿的指挥下,立即从左右两侧的埋伏地冲了出来,趁着炸弹在总督府内爆炸起火之际,呼喊啸叫着向前冲锋。虽然在总督府前三岔河口的金钢桥一带遭到了守军的顽强抵抗,但他们还是越过了金钢桥,顽强地攻入了总督府。

然而,战事并不如想象中的那么顺利。因为刚刚晋升为内阁总理大臣的袁世凯,对起义军准备举事之情早有耳闻,并做出了精心部署。由于革命军在武昌起义、滦州起义等战事中暴露了他们惯常的做法,即先集中兵力攻打总督府,由此激发民心士气,再一鼓作气地攻占警察署、军事督练公署以及电报电话局等等。所以,袁世凯对此做了针对性的安排,他特意把兵力分散开来。除总督府以外,还在其左右两侧的警察署和军事督练公署布置了重兵。因为总督府和那两个衙门相距只不过三百来米远,可以形成三足鼎立式的防御阵地,一旦总督府受到攻击,就马上出动埋伏在其两侧的部队,从后面攻击起义军,形成前后、两翼夹攻之势，让起义部队首尾不能相顾。

这场战斗十分惨烈。从后面包抄过来的清军部队，不仅击溃了正蓄势待发的起义军第七路和第九路军，还发现并堵住了第一路军敢死队从总督府撤退的后路。狡猾的袁世凯为了剿灭部分突围出来的起义军战士，还特意在战场周围安排了巡逻马队，专门去抓捕那些"漏网之鱼"，企图一举歼灭所有的参加天津起义的革命军战士。

高虎娃是在攻进总督府以后才接到撤退命令的。那时，胡鄂公派人送来了加急战报，告知第七路和第九路军指挥官林少甫和韩佐治已经阵亡，起义宣告失败，并要求敢死队员们赶紧撤离总督府。

接到命令以后，高虎娃摊开地图，反复研究了总督府周围的地形，并立即改变强行从正门突围出去的计划。作为先头部队，他带领十几名队员，迅速来到总督府北面七八米高的围墙边上，在墙边的树干上挂上绳子，利用绳索等工具，翻过了围墙，独辟蹊径地突围出去，巧妙地逃出了清军的包围圈。

高虎娃的选择是正确的，因为清军还没有顾及那里。那是他们包围圈中的一个漏洞，一条缝隙，是战场上的隐蔽之处，亦是军事家们常常会忽略的地方。况且那一天没有月光，就连星星也躲进了乌云里，那种黑暗是逃亡者的最佳屏障，它让他们有了喘息的机会，有了窥视命运的可能。只是黑暗本身也是个陷阱，它在给逃亡者带来希望的同时，也给追捕者带来惊喜。这是极有可能的，而且事实也正是那样。因为就在高虎娃他们平安地越过高墙，逃离清军包围圈，钻进总督府北边八百米远的杨树林里，自以为进入了安全地带以后，一支正在战场周边巡逻着的警察署的马队，发现了他们的踪影。

这是一场搏斗，并也是最后的机会了。狭路相遇勇者胜，只有战胜对方才有逃生的可能。高虎娃让大家借着树影的掩护，在黑暗中与追兵们玩捉迷藏，伺机冲出重围。然而，追兵也不愚蠢。他们在经过了多次试探，扔下了几具尸体以后，便改变了战术，采取只围不打，步步缩小包围圈的方法，试图拖住这些残兵剩勇。而且，他们还迅速地派人去搬救兵，期望在黑暗逝去黎明到来之际，将这股义军部队一网打尽。这一招相当致命，它逼得高虎娃等人只能缩在包围圈里，找不到突围的机会。

情况相当危险。

高虎娃思考着，决定不顾一切，孤注一掷了。

他匍匐到树林边上，借着清兵星星点点的火把，看见了左边不远处的那条马车道。那里视野开阔，没有隐身之地，就是能够逃出杨树林，恐怕也逃不过清兵马队的追击。而且，那里又是清军增援部队的必经之地——从那边出逃，显然毫无可能。

然而，他同时也发现，那时许多清军士兵已经放松了警惕，他们跳下坐骑，把马匹集中地拴在马车道旁边那片空地的小树上，并躺在树下休息，睡觉。这种情景可能会给义军带来机会，因为只要能鼓起勇气，借着黑暗的掩护，接近那些高头大马，并迅速解开它们的缰绳，跳上马背，让骏马载着他们逃出重围，就有可能找到生机……

这当然是一着险棋，但此时此刻已经没有别的方法了，是死是活，就此一招！

高虎娃思考着，暗暗地下定了决心。他悄悄爬回原位，低声地把敢死队员们召集起来，要他们按照他的设想，用手雷炸出一条血路，趁着硝烟四起之时，冲出树林，抢夺巡警的坐骑，以最快的速度逃出重围，各自奔窜，并在天津郊区的小云屯村会合。

这恐怕是当下唯一的方法了。义军弟兄们几番犹豫以后，还是下定了决心，听从高虎娃的意见，并根据地形，各就各位地往树林边上潜行着。

高虎娃把手雷扔出去了。这是突围的号令。在那一声巨响之后，十几枚手雷也跟着砸向了清军阵地，在硝烟和清军士兵的鬼哭狼嚎中，义军战士呼喊着从掩身的树林里冲了出来，向围而不攻的清兵们发起了总攻击。

在那个时刻，死亡似乎已经成了代名词。因为这次顽强的攻击，除了高虎娃等少数几个人在血染战袍以后夺得了战马，得以逃出重围之外，其他的战士在接近战马之前，就倒在了清兵的凶弹之下。

当然也有例外的。

一个名叫魏泉浩的队员，虽然骑上了战马并跳上了车道，但还是被追来的清兵击中坐骑，被生擒活捉……

夜深了，京津卫大地上飘起了黑雾。这本来应该是逃亡者们的福音，但没想到，此刻却成了他们的灾难。因为黑雾遮住了高虎娃他们的眼睛，却让一个躺在树丛中的拾荒者听到了他们的对话声。这个穷困潦倒的可怜人在不久以后就遇上了前来增援的清兵。为了一些赏钱，他添油加醋地指明了高虎娃前行的方向，还把义军准备在小云屯村会合的打算和盘托出，给正在气急败坏中的清军士兵，注射了一针兴奋剂。

时也运也。命中有劫，绝非人意可以左右。

37. 九死一生

大概是在凌晨四点钟，小云屯村的马车道上传来了急促的马蹄声。那音越来越近，越来越清晰，终于停在了严子鹏一家借住的院子外，并且马上传来了急促的敲门声。当严子鹏急急忙忙地披衣下炕，走出屋外，打开院门时，高虎娃和他的部下秦明俊就顺着门板倒了下来。

"虎娃哥？你……你们怎么了……"

此时，在睡梦中被惊醒的许文娟和欧阳秋也已闻讯赶了出来。

"娟子，先别问了。快……快把虎娃他们扶进屋里，让他们上炕暖暖身子再说。"

严子鹏一边说着，一边把虎娃他们的坐骑拴在院子边的马槽上，并立即关上了院门。他要娟子马上到厨房生火烧水,并关照欧阳秋,让她帮着脱下虎娃他们的衣服,查看伤情,为伤口敷药止痛。随后,他又来到灶房,和娟子一起,在锅里煮上面条。他希望虎娃他们在包扎好伤口以后,能喝上热水,吃上口热饭,再躺到炕上去休息。

然而,就在他把一切都准备妥当以后,高虎娃睁开了眼睛。

他实在是太累太紧张了。那种经历了九死一生的搏命之后突然出现的温暖,让他紧绷着的神经一下子松弛下来了。他瘫软在炕上,声泪俱下地向严子鹏诉说自己如何带领弟兄,在天津起义失败后逃离总督府,抢夺马匹,逃出杨树林,到小云屯来的事情。他望着老东家衰老但又饱含着关切的脸,忍不住地大哭了起来。

高虎娃的哭诉让严子鹏和许文娟他们感到悲伤,但同时也提醒了严子鹏,让他想到了拴在屋外院子里的高虎娃他们的坐骑。现在,这些战马是最为重要的,它们是逃命的工具,随时都可能会派上用场。

严子鹏把高虎娃他们两人安顿下来以后,心神不宁地走出屋门。他把马匹牵到马圈里,添上草料,又挑起水桶,到村东头的水井去打水。然而,正在严子鹏把水桶放到水井里去时,他听到了低低的马的嘶鸣声。那声音遥远而又微弱,但却十分真切,假如不是在冬季沉寂的清晨,那一定感觉不到。严子鹏一愣,他放下水桶,静心倾听起来。没错,那确实是骏马的嘶鸣,远远的,至少在两里地以外,数量还不少,而且还夹着杂乱的马蹄声。

"现在……天还没有大亮,怎么会有那么多马匹到这边来……"

严子鹏的神经猛地抽搐了一下。他赶紧跑到附近的一处高岗向远处眺望。那时候,应该是早晨六点来钟吧,虽然冬日的黎明比平时来得更晚,天边的鱼肚白还没有完全翻出来,但是在马道的尽头,隐约浮现出的幢幢鬼影,以及他们举着的火把的光斑,还是透过清晨的薄雾,在大地隐晦之处忽明忽暗地显现出来。

"这……一定是清军了!他们好像是在往屯子的方向走?这些

人……他们……会不会是冲着虎娃来的……"

严子鹏的头皮一下子发麻了。他定了定神，顿时撂下水桶，拔腿就往村子里跑去。他当然不会想到，小云屯离天津城才二十多里地，沿途又都是平原，用不了两三个时辰，清军的马队就可以赶到这里来的。而且，按照清军的惯例，他们在发生了大事件以后，一般都会在附近拉网搜捕，抓紧机会去捉拿那些漏网的起义军战士和策划举事的革命党人。

严子鹏慌慌张张地回到家里，推醒了正在酣睡的高虎娃。他把看到的情景一五一十地叙述了出来，那种紧迫的状态让高虎娃一下子从炕上跳下来了。

"没错，一定是清军得到了什么情报，赶过来抓我们的……"

高虎娃揉了揉眼睛担心地说道，所有的困倦和睡意一下子消失殆尽了。他立即来到马圈，牵出战马，和秦明俊商量着定下了方案。

"大叔，真是对不起，连累了你们！唉，也是我大意了，没想到他们会顺藤摸瓜地追过来。来者不善，善者不来啊！为了以防万一，大叔你还是套上马车，拉着娟子她们，到村西头老耿家的亲戚那边去躲躲吧。只要说出耿家兄弟的名字，他们就会收留你们的。现在，我要带着小秦到村子东头去阻击清军。如能把他们引开并得以脱身，我会到老耿家来找你们的……"

高虎娃满脸愧意地对严子鹏说道，又递给他两枚手雷，让他作为防身之用。随后，高虎娃又来到欧阳秋身边，帮着把已经有了八个月身孕的许文娟扶到了马车上，盖上被褥，并再三关照欧阳秋，要她一定要照顾好娟子。

高虎娃一一交代好，看着严子鹏的马车走出院子，向村子西边驶去以后，这才跨上坐骑，带着秦明俊，向小云屯村的东头飞奔而去。

高虎娃的猜测没有错。就在他们夺取了战马，向小云屯村方向狂奔而去的时候，清军已经撬开了俘虏魏泉浩的嘴。他们不但了解了敢死队队长高虎娃的情况,也弄明白了逃窜着的义军士兵准备在小云屯村会合的情况。而且,在去小云屯村的追赶途中,他们又在拾荒者那里再次确认,有几个义军士兵先他们一步向小云屯村方向逃去的情况。因此,只要抓紧时间,在天亮之前赶过去,就一定能在那里重建奇功。

然而,没有想到的是,马队在小云屯东部遭到了伏击。但只有两个人的零星抵抗根本就阻挡不了清兵的步伐。只要从两侧包抄上去,就一定能抓住这两个逆党分子,随后再设置陷阱,把那些准备到小云屯村来会合的余党一网打尽。

清军的图谋很快就被高虎娃察觉了。只是那时,太阳已经高高升起,高虎娃他们也已经无险可守。在无可奈何之中,为了拖延清军进村的时间,保护严子鹏一家和可能来此会合的起义军兄弟,避免他们落入虎口,高虎娃他们只能骑着战马和清军绕圈子了。

然而,不测的事情还是发生了,因为高虎娃看见了正赶着马车飞驰而来的严子鹏。这时,马车上已经空无一人,严子鹏显然已经把许文娟她们安顿好了。但是,他来这里干什么呢?这不是在给清军提供活靶子吗?

高虎娃非常着急。他奋不顾身地向包抄而来的清军连续地投出了两枚手雷,并在扬起的尘埃中命令秦明俊,要他纵马从南边车道引开追兵,而自己则朝着东北方向,迎着严子鹏的马车飞奔而去。

"大叔,大叔……快离开这儿,回村里去……"

高虎娃扯着嗓门大喊,但严子鹏就像没听见似的,依旧快马加鞭,迎着清军的马队奔去。

"大叔,大叔,快回来,快回来……"

"虎娃,我掩护你们,你们走,快走……"

严子鹏的声音混杂在飞扬的尘土中,他的马车也已经杀向了清军,而且,他还向清军甩出了一枚手雷。

"这……这可如何是好……大叔,不,不行啊!"

"决不能让大叔就此受伤送命，落入虎狼之口……"

高虎娃念叨着，拍马向严子鹏的马车赶去，并在靠近马车的刹那间跳上了严子鹏的车子。这和他在辽河边的集市上舍命救下耿立群幼子时所用的功夫一样，都是在家乡黄花沟放牧时学到的，没想到竟屡屡在危难时刻派上用场。

"大叔，掉头，快掉头，往南边的车道跑！"

高虎娃一边喊着，一边用驳壳枪回击着紧追不舍的清军的骑兵。他射中了领头的那个距离他们只有十来米远的清兵，并拔出挂在腰间的手雷，再一次向清军的骑兵队扔过去。然而，几乎就在同时，清军也向他们扔来了两枚手雷。那种剧烈的爆炸在顷刻间炸死了辕马，掀翻了马车，把车上的他们甩到一边，让高虎娃一下子失去了知觉。

也许是对严子鹏的惦记，刺激着高虎娃的神经，让他根本就无法闭上眼睛的缘故，只过了五六分钟，他就迷迷糊糊地苏醒过来了。他伸了一下腿，但那里除了钻心的疼痛外没有任何知觉。他又想晃动胳膊，但那里显然也动弹不得。此刻，他的双手已经被绳索紧紧地绑在身后，让他一下子明白了，自己已经成了俘虏。高虎娃悲哀地睁开眼睛，神志也恢复了正常。他看见了不远处的清军士兵。那时，他们正围着倒在前面不远处的严子鹏，还用枪尖戳动着他的躯体。

"不用管他们了，这个老家伙也死了，还有那个年轻的。两死一伤，只剩下一个活口……"

"妈的，才三个人，就干掉了我们七八个弟兄……"

那几个清兵咒骂着，把严子鹏和部下秦明俊的死讯送到了高虎娃的耳朵里，让他那灰白的脸蛋上闪烁出了一种愤怒而又悲哀的光泽。

"呵，大叔，严大叔…… 我的老东家啊……"

高虎娃念叨着，泪流满面地大哭了起来。他扭展着身体，企图向严子鹏的尸体爬过去，但马上就被清兵用绳索给拽回来了。

"哼，这就是你们造反的结果！"

一个清兵朝他的身上踢了一脚，幸灾乐祸地说道。

"呸！全中国的人都知道天就要亮了，只有你们……你们这些白痴，还抱着黑暗死死地不放……"

高虎娃望着站在他面前的清军士兵，昂起头来，一脸正气，毫无惧色地说道。

"妈的，死到临头，还要嘴硬！"

一个清兵飞起一脚，向着高虎娃的脑袋踢过去，他显然被高虎娃的骂声激怒了。

"要杀要剐，来一个痛快的！"

高虎娃瞪着发红的双眼，从心底里爆发出强悍的悲声。他的灵魂在嘶吼，为老东家的死，为许文娟的安危，也为自己今天的处境而涕泪交流。毫无疑问，此刻，绝望已经充斥着他的身心，让他心力交瘁、万念俱灰。

高虎娃被押走了。他的身体扭曲着被塞进了木制的囚车里，和清军的马队一起，慢吞吞地向着天津卫走去。

那时大概是早上九点钟。

冬日的阳光在那一刻本应该是和煦温暖的，但天边却在那时刮起了北风，卷起了落叶和尘土，把大地搅得混沌一片。

38. 枭雄袁世凯

此后的几天，应该是中国近代史上最为关键的时刻了。

从1912年1月30日开始，中国各方政治势力的争斗，被推向了决定性的时刻。政治家们纷纷走上街头，发表各种各样的政治宣言，向清王朝政府发出最后通牒，要他们在政治谈判或军事行动中做出抉择。革命者的目标非常明确，那就是要不惜一切手段，尽快结束王权政治，建立一个民主共和的崭新国家……这些事情历史书上已经记载得非常清楚，并没有什么新鲜可言。但是，它们和主人公的命运却有着休戚与共、生死攸关的关系。

这一系列的斗争和较量，早在1911年10月10日革命军取得武昌起义胜利以前，就已经进入白热化的状态了。那种烽烟四起、民不聊生的状态，让当时清王朝的统治者，已故光绪皇帝的妻子隆裕太后和宣统小皇帝溥仪的父亲摄政王载沣不得不听命于英、美等列强的意见，去重用袁世凯，请他出山，让他率领由他亲手建立的北洋陆军去发挥作用，镇压起义军，尽快地收拾眼前那种混乱的局面。

然而，这正是载沣不愿意去做的事情。他一直怀疑他的亲哥哥光绪皇帝就是被袁世凯亲手杀害的。为此，他一直想借隆裕太后之手除掉袁世凯，雪恨报仇。载沣觉得，袁世凯对王朝的忠诚只是表面现象，他实际上是在收紧羽毛，削除麟角，韬光养晦，以图霸业。这种政治上的策略就是从他在暗中收兵买马、培植亲信、建立私家军、觊觎朝廷的军权等一系列行动中都可以看得出来。为此载沣认为，袁世凯就是朝廷的祸害，大清的天下很可能会毁在像袁世凯这样的阴谋家手里。

载沣的判断是正确的。但袁世凯却是一只狐狸，绝不是什么人都可以拿捏得住的。他见利忘义却又左右逢源，那勃勃的雄心深藏不露，并非谁都可以察觉的。为了获取朝廷的信任，袁世凯一方面派军南下，镇压起义军部队，并对此高调地进行宣传，一方面又频频与同盟会等革命团体的领军人物接触，在各方之间讨好卖乖。

他奏请朝廷收买革命军，和反对力量议和，停止对他们的讨伐，说这是为了收买人心，体现朝廷的宽宏大度，而暗中却在想，如何去纵容起义军，对他们网开一面，养敌自重，借革命军之力向朝廷施压。对于袁世凯的这种两面三刀的伎俩，载沣看得非常清楚，可是现在，朝中无人，只有袁世凯才能掌控局面，尤其是他打造的那支最具实力的北洋陆军。军权代表了一切，为此，载沣不得不低头向袁世凯求助，期望把这个枭雄拉到清王朝的阵营里面来。

1911年11月1日,以摄政王载沣为首的清王朝政府宣布,修改《宪法》,解散满人皇族内阁,由资政院出面,在11月16日成立以汉族代表为主的内阁政府,并推举袁世凯为内阁总理大臣。为了拉拢收买袁世凯,载沣还忍痛割爱,把位于北京锡拉胡同19号的慈禧故居赏给了他,期望他能够成为自己的心腹,全心全意地为朝廷效力。

载沣的所作所为自然也影响着武昌起义胜利后相继独立的各省起义部队,以及隐藏在他们背后为起义军提供军费资源的海内外政治势力。那些大佬们深知其味,并且采用和清政府相同的手段,不甘落后地向袁世凯抛出了诱饵。

11月9日,武昌起义的领导者黄兴以南方革命军总司令的名义致电袁世凯。他把袁世凯比作中国的拿破仑和华盛顿,表示只要袁世凯能够掉转枪口,推翻清王朝的统治,那么革命军占领的南北各省政府就接受他的领导。11月12日,中华民国军政府鄂军都督黎元洪也向袁世凯示好。他诚恳地提出,只要袁世凯能反戈一击,那么军政府就会力挺他担任中华民国第一任大总统。两天后,已经成为中华民国临时政府大总统的孙文也向袁世凯抛出了橄榄枝。他给袁世凯发出密电,声称,只要袁世凯能够助革命军一臂之力,共同推翻清王朝,那么他甘愿辞职让位。

毫无疑问,此刻的袁世凯已经成为清朝末日中国各种政治力量百般讨好、谄媚和拉拢的对象了。因为那时,他既掌握着清朝政府的最高权力,又拥有如同私家军一般的北洋陆军,既是王朝心中的救世主,又是反对力量的希望。他翻手为云,覆手为雨,在朝廷内外独步天下,傲视群雄……

然而,尽管这样,袁世凯还是一如既往地执行他的小心翼翼、四平八稳、见风使舵、八面玲珑的政策。他不见兔子不撒鹰,不到最后一刻,决不暴露他的真实面目。

11月26日，在清政府的委任下，袁世凯指挥北洋军队一举攻克汉阳，打击了鄂军的气焰，逼得鄂军都督黎元洪乖乖地坐到谈判桌前，签署了停战协议，从而平息了朝廷内部主战派的不满。但是，仅仅在四十天以后，他就变了花样，反掌一击，命令北洋军队将领联名签署电文，状告朝廷，称军情紧急，要求各王公大臣们捐献私财，毁家纾难，共克时艰。此一举，又压制了朝廷内部逐渐抬头的主战派的势力。

1912年的1月12日，袁世凯在军机大臣奕劻的配合下再次发难，以"顺时顺民顺天下"为名，在朝廷内部的会议上提请小皇帝退位，并拿出了民国政府优待清室的条件。四天后，他又绕过摄政王载沣，直接上奏隆裕太后，连哄带吓地，不仅阐明了朝代更迭的历史规律，还以法国大革命中法王路易十六和王后被送上断头台的故事相威胁，逼迫宣统皇帝和平退位。他提出，只要皇帝能够让出权力，拥护共和，就仍然能保持尊号，领取岁费，继续享受富贵荣华，并保住皇室贵族的体面和荣耀。他的提议虽然遭到了隆裕太后的严厉斥责，但袁世凯还是看出了隐藏在她内心的恐惧，从而为日后的成功找到了方向，埋下了伏笔。

然而，让袁世凯万万没有想到的是春风得意的他，竟然会在那一天退朝回家的路上，阴沟里翻船，遭到同盟会天津分会成员的劫杀，虽然侥幸逃过了一难，但侍卫队长等十人却死于非命。这出恐怖的暗杀剧情让袁世凯吃了一惊，使他从此和天津革命军结下了梁子，在心里记下了天津同盟会的名字。为了报仇雪恨，袁世凯派出亲信赶往天津，秘密地调查活跃在那里的革命军的情况，寻找着打击报复的机会。

这次的暗杀行动是身在南京的孙中山亲自部署指挥的。对于口蜜腹剑、两面三刀的袁世凯，孙中山和陈其美等人早已经按捺不住心头之怒火了。他们不仅安排了暗杀行动，还在海内外筹措资金，准备北上讨伐袁世凯。为此，孙中山还特意把鄂军水陆部队总指挥胡鄂公叫到南京，要他响应北伐军事行动，在天津筹备武装暴动。1912年1月18日，孙中山草拟了《五条要约》，并让它在1月22日见诸报端，向袁世凯发出了最后通牒。孙中山的讨伐行动逼得袁世凯没有了退路，使得他不得不撕破脸皮，从幕后走向台前，向革命军举起了屠刀。

1月27日，袁世凯接到亲信的秘密报告，获取了革命军准备在两天后的1月29日，在天津发动起义的情报。为此，他立即召开军事会议，并派出北洋陆军，支援天津直隶总督府的守备军和天津警察署，以铁血的手段镇压了起义部队。同时，他还以孙中山的南京政府暗中策划刺杀行动以及策动天津暴动为由，拒绝了孙中山在南北议和会议上的提案，并且凭着镇压天津起义的成绩，炫耀自己的军事实力和政治资本，以此去威胁大清皇室和南京中华民国临时政府，从而向国内外的政治势力宣示，泱泱中华，唯袁世凯才是当今中国之扭转乾坤的圣人。

袁世凯明白，时机即将成熟，他的时代就要来临了。只是现在，他还必须要忍耐，继续小心翼翼、阳奉阴违。这是必须的。因为清王朝系百足之虫，死而不僵，他们能否同意让位求和，仍然是个未知数。在眼前这个此起彼伏、动荡不安的时代，稍有不慎就会前功尽弃。

为了夺取中国的最高权力，就必须削弱南京政府激进的逼宫行动。为此，袁世凯装出一副忧国忧民的样子，使出了浑身解数，试图说服孙中山。他的理由是，如果西方各国不能在清帝退位后及时承认中华民国，南京政府又不能完全、及时地统一中国，那么国家就会陷入无政府状态，时局就会出现混乱，社会秩序也就无法得到维持……

袁世凯言之凿凿，其观点似乎无可挑剔，孙中山自然也无法反对。但孙中山没有想到的是，袁世凯竟然会在那时背着他，鼓捣他的亲信段祺瑞，串通好北洋陆军的五十名将领联合签名，向朝廷连发两封"乞求共和"的电文，先他一步向隆裕太后及保皇党逼宫，明确提出了"谨率全军将士入京，与王公痛陈利害"那样恐吓性的内容，以图穷匕见的方式，威胁摄政王载沣和隆裕太后以及那些不肯放弃清王朝政权的王公大臣们。

这一着显然奏效了。

1912年2月12日，隆裕太后带着六岁的宣统皇帝溥仪，被迫地在故宫养心殿里举行了她人生中的最后一次召见仪式。在各国公使的见证下，隆裕太后接受了袁世凯的"优待清室皇族"的条件，代表小皇帝颁布了退位诏书，把政权移交给袁世凯，将清王朝所有的土地转让给中华民国政府，结束了清王朝自进入山海关以来的长达二百六十八年的皇权统治。

2月13日，袁世凯向全国发表电文，在各报刊上公开发表了同意隆裕太后在退位诏书中所述的内容，支持中国实行共和制度的文章，迫使孙中山按照他在南北会谈上签下的决议条例，实现当初许下的诺言，向南京政府的中华民国临时参议院提出，放弃一切权力，辞去中华民国政府临时大总统的辞文。

2月15日，南京政府参议院批准了孙中山的请辞报告，正式推举袁世凯为中华民国政府的临时大总统。

袁世凯按照自己的意愿，一步一步并且技高一筹地蒙过了南京政府孙中山等人的眼睛，夺取了中国的最高权力。但是他还不能高枕无忧，因为如何去安抚他强大的政治对手——那个雄踞在南方并拥有强大兵力的孙中山，仍然是他面临的最大问题。为了维护北洋军阀支撑着的中华民国新政府的安全，他可以去拉拢人心，竭尽全力地稳定中国北方的社会秩序，但是南方呢……

袁世凯长叹了一口气。他闭着眼睛冥想，心神又开始激荡起来了。他回忆起自1910年11月2日就开始的和孙中山边谈边打，经历了一年零三个月的南北议和会谈的经过，想起了孙中山多次提出的要在推翻清王朝以后，立即释放被清政府囚禁的政治犯的动议，不禁又嘀咕了起来。是啊，假如现在就去满足孙中山的要求，实施这些条例，显示自己的诚信，那么就一定能堵住南方革命党人的口舌，收买人心、稳定军情，并由此获得国内外各种政治势力的支持……

想到这里，袁世凯的眼睛又亮起来了。他细细地思量着，终于做出了大赦政治犯的决定。

但是，为了避免这些人出狱以后再次犯上作乱，为起义的军队效力，袁世凯又让他北洋陆军的亲信们制定了一系列的条文、细则，还把政治犯仔细分了类，并再三斟酌，把那些不肯放弃政治信仰的犯人戴上刑事犯罪的帽子，冠冕堂皇地以刑事案件为名去惩罚他们，尤其是那些让他耿耿于怀的在天津起义中被捕，关押在原清军大营里的天津同盟会的起义军将士。

袁世凯决不会去赦免他们。每当想起自己差一点命落黄泉，倒在他们枪口下的那些心惊胆战的事情，他就恶从胆边生，恨不得立刻把他们一个一个送到地狱里去才行。

39. 死神的阴影

高虎娃正是让袁世凯恨得咬牙切齿的政治犯之一。自从入狱以后，他就一直被关押在原天津清军大营的死囚牢里。

由于受到了酷刑，高虎娃浑身上下皮开肉绽，膝关节疼得几乎站立不起来。此刻，他耷拉着脑袋，奄奄一息——什么希望都没有了。没有人来通风报信，也没有人来找他说话。关在这个漆黑的死囚牢里，既没有白天，也没有黑夜，所有的理想、信念都被悲愤和恐惧碾压成了齑粉。

高虎娃万念俱灰，就像一具失去了灵魂的躯壳，没有思想，只剩下了本能。唯一值得庆幸的是，他已经做好了准备，那种意志足够支撑他奔向刑场，去从容赴死。

那一天早上，死囚牢的走廊传来了脚步声。在一丝刺眼的光亮中，狱卒打开了高虎娃囚室的铁门。

"高虎娃，快起来……"

"干什么？"

高虎娃随口回了一句，但他马上就意识到，自己讲的是一句废话。现在已经过了送饭时间，狱卒在这个时候来叫他，还能有什么好事吗？

"干什么？呸，还能干什么吗？赶快收拾一下吧，马上就要送你上路了！"

狱卒阴笑一声，幸灾乐祸地回复他。

"好……好啊，我的死期到了？好……奶奶的，快，快去拿纸笔，伺候老子说上几句！老子马上就要身首异处了，临走时还不能说上几句话吗……"

高虎娃大声叫道，向狱卒索取了纸墨。他想留下只言片语，在最后的时刻道出心声。高虎娃没有爹娘，那个把他当作儿子的东家已在他的面前命归西天了。还有那个严一龙，他们俩是一起长大的兄弟，但此刻也生死不明，失去了音讯。现在唯一能够去敞露心扉的对象或许就只有许文娟一个人了。但她是最最重要的。他爱她，在生命危在旦夕之际，他不能再去顾忌严一龙的存在了。他必须坦诚地向她表示爱意，决不能放弃人生中最后的机会。

然而，事情并不如他想象的那样黑暗。因为他并不知道，外面的世界发生着的事情，而且，那种不可思议，也在狱卒的话中被证实了。

"哈哈，想死，活腻了是吗？哪有这么便宜的事儿！袁大帅要你们活着，活着去受苦受难！哈哈哈……"

那狱卒阴笑着，又吐出了一句话，把高虎娃一下子地弄蒙了。

"你……你这是什么意思？难道老子死期未到？你……你不是在捉弄老子吧……"

"行了，别废话了！赶快收拾东西，马上搬家！今天要送你到别的地方去。那边是天国还是地狱，就要看你的造化了……"

那狱卒催促着，没有过上一会儿工夫，就把仍然蒙在雾里的高虎娃塞上了囚车，让他和其他几十个蓬头垢面、满身血污、散发着恶臭的囚徒们一起，穿过热闹的市街，在市井百姓麻木的注视中，来到天津英租界巡捕房，被重新关进那一排排整齐排列着的拘留室里。

这个让一众囚徒感到迷惑不解的事情，正是袁世凯及其党羽与天津租界的英国人仔细商量以后所决定的。

袁世凯的目的非常明确，为了避免遭到新成立的中华民国政府以及同盟会等革命组织的反对，他准备以破坏社会治安，造成社会动荡等罪名，把天津起义战斗中的被俘义士移交给天津英租界巡捕房，企图假外国人之手去加害他们。毫无疑问，这些犯人对于英租界当局来说也是一个烫手山芋，为了尽快处置那些人犯，英国人是不会心慈手软地去顾及什么社会舆论的。

袁世凯的借刀杀人计划，很快地就被京津地区的新闻媒体披露出来了。这个消息引发了抗议的热潮，使各个阶层各个行业的人都走上街头，示威游行，罢工罢市，向中华民国临时政府请愿，声援这些已成砧板上之鱼肉的仁人志士。他们的怒火不仅对准了正准备出席中华民国临时大总统就任仪式的袁世凯，还引向了和袁世凯沆瀣一气的英租界当局。那种社会舆论甚至震惊了英伦三岛，使远在欧洲的英国政府感到忧虑，从而迫使天津英租界当局，不得不放下身段，去和京津冀地区同盟会等组织以及天津起义军指挥部的代表去谈判。因为此刻，英国人还没有想好，如何通过审判，让租界法庭名正言顺地以刑事犯罪的名义，去治罪于那些起义将士。

三天以后，胡鄂公以中华民国军政府和鄂军水陆总指挥、鄂军政府主持北方革命全权代表的名义，到位于天津市维多利亚道191号的英国驻天津领事署去交涉。他义正词严地指出："英、法、德、俄、日等国在武昌起义后，已承认革命军为清王朝政府的交战实体，有权没收清军军需军械，并明确表示恪守中立，不偏倚任何一方。但天津英国租界当局却背信弃义，不仅搜去革命军没收的皇亲豪族等不义之财，还暗中支持清政府，逮捕并迫害反清的革命军将士，这完全不符合英国'恪守中立'的态度。"胡鄂公还指出,"即使在宣统皇帝退位,清政府已经将权力移交给中华民国临时政府以后,英租界当局仍然无视民情,违背诺言,对民国政府提出的释放政治犯等要求阳奉阴违,拒绝执行,不仅拒不偿还我革命军资产,还助纣为虐,拘捕拘留我被俘的革命志士。如此这般下去,共和革命的火焰就必然要燃烧到这里,租界地区的秩序就不可能得到维持……这种情况绝不是民国政府所希望看到的。因此,为了避免此等不祥之事的发生,吾特意到贵署相告,期望总领事先生能以时局为重,以租界居民的生命财产安全为先,以仁心仁爱之意出发,释放被转移到租界巡捕房的革命志士,归还我北方地区革命组织所缴获的文书以及饷银等等……"

胡鄂公在会谈中据理力争,驳斥了英国驻天津总领事的狡辩,还把其谈话内容发布在当天晚上的报纸上,并传送到了英伦三岛,使英国政府不得不正视事实,认真地考虑他们的外交举措。

这一系列的交涉所起到的效果是明显的。那几天,不仅关押在巡捕房的起义军将士的伙食得到了改善,还出现了囚犯亲属前来巡捕房探监的情况。这样的幸运也降临到了高虎娃的头上,在他面对死亡,整天处在阴暗恐惧的时刻,突然听到好友耿立群要到这里来探望的消息,让他惊喜得简直不敢相信自己的耳朵。直到走进那间有着阳光的会客室,看见耿立群的身影以后,这才感觉到了世道的变化。他望着耿立群,嚅动着嘴唇,百感交集,热泪盈眶,一下子语塞了……

耿立群向他介绍了清王朝的崩溃和中华民国临时政府的成立过程,以及袁世凯公开发布的释放政治犯的条文。他还告诉虎娃说,胡鄂公正在和英国租界当局谈判,要求释放被转移到巡捕房的天津起义军将士,并在谈判中特意提到了他的名字,因此,他很可能会被列入第一批被释放的起义军将士名单……

"啊,我还能够活着出去,活着去看到蓝天,看到鲜花,看到星星和月亮,看到娟子,看到希望和未来……啊,活着,活着多好啊……"

高虎娃颤抖着，呼唤着，那种对于自由的期冀之情油然而起，使他忍不住地想去呼喊、哀号，歇斯底里地撞击会客室那道厚重的大墙。人生常常会有那样的时刻，当死神隐退，悲伤不再，希望降临，光明再现，哀愁和恐惧不再折磨悲惨的人，所有的思维都被求生的欲望所占领时，痛苦也就出现了。它就像一个黑洞，诱使你每时每刻去探视，期望去发现那里面隐藏着的星光。因为希望已经无法让你再去忍受至今为止那种千篇一律的高墙里面的生活了。

两个多星期以后的一天，阳光照进了巡捕房，洒落在了高虎娃的身上。那天早上，在早餐还没有送来之前，狱卒突然带话来了，他要高虎娃收拾衣物，赶快滚蛋。

"什么？滚蛋？这是什么意思……"

高虎娃咀嚼着狱卒的话，半响都没有反应过来，直到牢门打开，看到狱卒脸上出现的那种不耐烦的神色以及催促着走人的样子时，这才明白，自己每天每夜心心念念祈愿祷告的时刻到来了。

高虎娃跳了起来，全然不顾站在他的身后，催促着让他拿上衣物走人的狱卒的吼声，尽可能快地向拘留所的犯人管理处走去。这是离开英租界巡捕房拘留所的最后一个关口，所有的将要获得自由的囚犯，都要在那里做完登记并按下手印，验明正身并写下保证书等一系列的手续后，才能走出拘留所的大门。

高虎娃的内心是慌张的，他显然已经等不及了。而此刻，在英租界拘留所的大门外，在蓝天白云之下，耿立群兄弟也早已经等候多时了……

40. 游戏人生

这一天所发生的事情，对许文娟来说也同样非同小可。

三天前，那是一个阳光灿烂的日子。虽然从渤海湾刮来的寒风依然撕扯着京津大地，但春日的萌芽已经展露了颜色，春天已经不可阻挡地出现在神州大地上了。

早晨六点钟，许文娟睁开了眼睛。这一夜，她虽然只睡了五个小时，但睡眠质量还是可以的。而且，她还做了一个梦，不仅听到了喜鹊的叫声，还看见一个像是严一龙那样的人，披着阳光，站在火炕之前，温柔地凝视着她，使她在梦醒之后仍然能感觉到那种温暖，就像是梦境的延续似的。

这样的好梦最近很少出现，尤其是在严子鹏惨死，两小无猜的高虎娃身负重伤，被清兵抓捕，音讯全无的那段日子。那时候的梦境里全是血腥画面，除了恐怖，没有一点光明，而且梦醒之后，都还能摸到挂在脸颊上的泪珠。

然而，今天不一样了。这是一种从来没有过的感觉，虽然惆怅悲哀依旧，但心灵里面涌出来的却是一丝欣喜的滋味，让她陡增了几分希望。那会是什么呢？是什么东西触动了她的神经，纠结着她的心神呢？她不知道。或许是严一龙显灵了，他在自己的骨肉即将来到这个世界之前，把他的爱情和思念，希望与梦想，寄托着一起飞进了她的灵魂，再现到她的梦境里来了……

掐指算来，她和严一龙分别已经将近半年了。在那漫长的日日夜夜，一龙哥会在哪里，又都在干些什么呢？他一定会知道，这几天是临产期——他的宝贝，他的骨肉，随时都有可能降临到这个世界上来的……

许文娟忧郁地思索着，把视线转向了躺在她身旁的欧阳秋身上。此刻，这个姑娘还闭着眼睛酣睡着，没有丝毫要醒来的样子。她的担子实在太重了，尤其是在严子鹏离世，家里失去了主心骨，全靠她一个人里里外外地撑着，照顾着面临生产行动不便的许文娟的时候。

"真是难为她了，假如没有她在身旁，自己将怎样度过那些困苦的日子啊……"

许文娟嚅动着嘴唇，这是她来自肺腑的声音。自从高虎娃在起义部队的卫生队中把她挑出来，带到许文娟身边以后，她就没有过上一天安稳日子。虽然她只比许文娟大几岁，但她却已经是一个非常成熟的革命战士了。

欧阳秋出生在广东惠州一个贫困家庭，还不到七岁，她就被父亲卖给了邻村的地主家，当了童养媳。十二岁那年，因为实在忍受不了婆家的摧残，她拼死从那里逃了出来，跑到广州，几经波折之后，终于被一家中药铺的老板选上，成为该厂调制药粉的童工。三年以后，在工友的介绍下，欧阳秋加入了华南地区的革命组织兴中会，参加了"驱除鞑虏，恢复中华"等一系列的反清抗争运动，成为南方革命党人黄兴率领的革命队伍中的一名卫生员。

1907年9月，欧阳秋参加了黄兴等革命党人组织的广东钦州、廉州起义。失败后，又随着起义部队转战武汉三镇，而后又来到天津，加入了天津同盟会，成为天津起义部队中的一名战士。天津起义前夕，她接受了高虎娃的安排，按照路大水曾经发出的命令，照顾已经有五个多月身孕的许文娟的生活。

望着欧阳秋大梦沉沉的样子，许文娟不禁再一次地想起把她派到自己身边来的高虎娃。前几天，她曾听欧阳秋讲起的袁世凯要大赦政治犯的事情。虽然她的讲述并不全面，但还是给许文娟带来了希望。

许文娟明白高虎娃的心思，知道他喜欢她。那一年，高虎娃为了能娶到她，曾不惜一切地去哀求她的父亲。他是在被拒绝以后感到绝望才离开黄花沟远赴他乡的。每当想起那些事情，许文娟总觉得对不起他，那种痛楚在时间的积累下愈发沉重，时刻牵动着她的神经，尤其是在听到他被清军抓捕，又有可能被袁世凯大赦而重新获得自由的关键时刻。

"啊，这一切假如是真的该有多好啊……"

许文娟忍耐不住了，她犹豫地伸出手，摇晃了一下欧阳秋，把她从睡梦中叫了回来。

"哇，天都那么亮了……"

欧阳秋揉了一下眼睛，翻身坐了起来。

"真对不起，睡过头了！娟子，你怎么样？睡得还好吗……"

"挺好的，只是……"

许文娟吞吞吐吐地回答道，露出了一丝浅浅的笑容，但是，她波动在心中的忧虑还是被细心的欧阳秋发现了。

"娟子，你怎么了，有什么担心的事吗？"

"没有……没有！昨晚我做了一个梦，梦中还听到了喜鹊的叫声……"

"喜鹊声？好，好啊！那可是件好事啊！"

"是啊，我也觉得。但是会有什么好事呢……"

"是一龙哥的消息？要不就是肚子里的孩子？总之这是个好兆头！"

欧阳秋翻身坐了起来。她一边穿衣服，一边故作轻松地安慰着许文娟。

"会不会是高虎娃的事情呢？前不久你不是告诉过我，说他可能会被放出来？这事过去又有半个多月了，会不会有什么新的进展呢……"

许文娟犹豫着但还是吐出了心声。她的话提醒了欧阳秋，使她也皱起双眉深思起来了。

"要不我到老耿家去打听一下？也许，这个事情真的有了什么结果，特意托喜鹊来给我们送信了？"

"是啊，最好今天就去，越快越好……"

许文娟催促着，她的心绪也被欧阳秋的赞同声掀动起来了。

好消息果然传来了。小云屯村西头耿家大院里管事的先生告诉欧阳秋，说他刚刚得到了耿氏兄弟的来信，准备在三天后的早上九点到天津租界巡捕房去接高虎娃。他说，接到了本国政府命令的英租界当局已经同意北方革命军司令部的要求，将分批释放在天津暴动中被捕的义军将士。他们还把被捕人士的具体出狱时间正式地通知了胡鄂公。

这真是一个让人震惊欢悦的消息。它来得那么及时，让许文娟忍不住地笑逐颜开。是啊，它是不是也在暗示，严一龙也会像高虎娃一样，有惊无险地回到她身边，再一次地和她团圆呢……

许文娟想象着，充满着希望，就像是阳光下一朵晶莹滴泪的花朵，顾盼着，摇曳着，突然迎来了生机盎然的春天一样。人世万物有着它自己的走向，就像人生总是逃不过冥冥中的那双巨手，让我们的命运被它操纵、主宰。今夕不知何夕，不知道未来在哪里，何处才是尽头！

"欧阳姐，我也要和你们一块去接高虎娃……"

许文娟突然冒出了那样一句话。那种突如其来的要求，让欧阳秋吃了一惊。

"你？不行，而且，我也不能去！这几天你就要生了！万一出了什么闪失就麻烦了。"

"不，不会的，还要过几天呢！我当然知道自己的状况！"

许文娟执意地请求着，仿佛不那样做，就不足以向虎娃表达自己的感激和歉意一样。

"只有付出努力，真心实意地赎罪，佛祖就会伸出援助之手，同情和帮助你的……"

这是当年，思无量的清莲住持对她的教诲。对此，她不仅铭记在心，并且总是觉得，清莲住持会在人生旅途的关键时刻出现在她的面前，为她指出光明大道。

许文娟的殷切终于打动了欧阳秋，使她不得不同意了她的请求。为此，她特意赶到耿立群家，把这个计划告诉了他的家人。要他通知耿立群，让他们在迎接高虎娃之前能到小云屯村来转一下，接上她和许文娟两人，并且要在马车上铺好被褥什么的，尽可能地保证孕妇的安全。

三天以后的那个清晨，许文娟和欧阳秋早早地就起床吃饭、梳洗打扮了。六点钟，当天边的曙光刚刚出现，耿立群的马车就要来迎接她们之前，欧阳秋突然想到了一个问题。

"娟子，我们应该让高虎娃住到这里来吧？"

"那当然！是啊，可是……哎，欧阳姐，我……我怎么就没想到这个问题呢……"

许文娟似乎是在反问自己。她觉得奇怪，这么重要的事情，为什么会在她们跨出家门之前才被轻描淡写地提出来呢……

"高虎娃没有家，一直和他的战友住在一起。出狱以后，他的身体状况一定很差，需要专门有人来护理、治疗。我想，耿家大院没有这样的人，所以高虎娃他……他只能住到我们这儿，让我来照顾他……"

"当然，那是应该的，只是……"

许文娟说着说着突然停顿下来了，她好像想起了什么。因为许文娟明白，假如严一龙在场的话，他一定是不会同意的。高虎娃喜欢她，追求过她，对她有好感，这一切一龙哥都知道。他怎么可能允许高虎娃和她同住在一个屋檐下呢？这件事要是传到一龙哥的耳朵里，肯定会惹出是非的。

然而，欧阳秋并不知道个中隐情。她没有见过严一龙，不了解他的个性，也不知道高虎娃一直在暗恋着许文娟的事情。可是，这种只能意会不能言说的秘密，此时此刻的许文娟，怎么可能好意思去说出来呢……

许文娟翕动着嘴唇。她有点矛盾。一边为自己的自私感到惭愧，一边又想不出什么万全的方案。那种进退两难的样子，欧阳秋多少感觉出来了。

"高虎娃被上过重刑，在监狱里又受尽磨难，作为他的战友，一个革命军队里的护士，我怎么能不伸出手去帮助他呢？娟子，你不用顾虑，日后，就算严一龙知道了也没有关系，我来说服他，为你做证明……"

欧阳秋孜孜不倦地说着，突然明白了许文娟的难处。但是，现在这种时刻，还能考虑那些事情吗？世界上能有什么比救治自己的战友还来得更重要的呢？

"男女授受不亲之说已是过去的事了，现在是新时代，不能再被旧风俗捆住手脚！再说，这儿是耿立忠的房产，高虎娃他住在这里，也没有什么不妥的。而且，现在家里就我们两个，没个男人也不行啊！万一有个三长两短，需要男人去对付的话，高虎娃还真的能抵挡一阵子！这种事情说到哪儿都在理，一龙哥也一定会明白的。娟子，你就放心吧，不要再去想了……"

欧阳秋苦口婆心地做着工作。但她显然是多虑了，因为许文娟并不排斥高虎娃。当年为了反抗父母逼婚，许文娟不是还倔强地向父亲许尚水表示过，要嫁只能选择高虎娃？这点点滴滴无不表明了她对他的情意。如今，高虎娃即将逃离牢狱之灾和虎狼之刑，在这种生死交加之际，她许文娟怎么可能把他推到门外，置之不管呢……

许文娟怔怔地想着，她并没有为自己解释，也没有说明这里面的原因和那些复杂的因果关系。

马车颠簸着朝天津城的方向出发了。

那时天边还弥漫着淡淡的雾气，早春的寒意还在制造着伤感的气氛，但太阳已经升起，树影变得清晰，悦耳的鸟鸣声也不断地从林子里传来，让许文娟感到安慰。那时，她只觉得有一种东西在推动着她，让她心颤地往前走，再也无法转回身来。那或许就是人们所说的单行道，一旦踏入，就不可能再有回头路了。

早上八点钟，他们一行来到了租界里面那高墙壁垒，缠着电网，安着木栅栏,由荷枪实弹的英国士兵严密把守着的巡捕房。也许今天是个特殊的日子,那时,巡捕房外面的空地上已经密密麻麻地停着十多辆马车了。人们跳下车来,交头接耳地互换着情报,睁大了眼睛,注视着巡捕房那扇黑色的大铁门,为将要释放的亲人担忧着。

半个小时以后,大铁门右下角的人行小门被反复地推开、关上,吱呀扎呀、叮叮咣咣地响个不停。不断有蓬头垢面的犯人从里面走出来。他们踉踉跄跄的,与亲人抱成一团,呻吟着哭泣着叫喊着,然后又破涕为笑地向着自由走去。那情景让人伤怀,但毕竟是喜庆、祥和的。

大概是在九点十分,高虎娃出现了。

他缓步跨出了那扇小门,眯着眼睛,仰起脑袋,好像在观看挂在树梢上的那轮太阳。也许是突然到来的自由让他心神恍惚、悲喜交加,那时,他感到晕眩,额头上还渗出了冷汗,尤其是那双手,它下意识地往天上指着,簌簌发抖,好像在打着摆子一样,让他无法镇静下来。

"啊,虎娃,高虎娃……"

耿立群和欧阳秋见状,双双跑了过去。但还未等他们来到跟前,高虎娃就双腿一软,晕倒在地上了。

"啊,虎娃,虎娃……"

欧阳秋尖叫着,和耿立群一起,手忙脚乱地扶他起身,给他喂水,并架着他往马车的方向走去。

"虎娃,你看,娟子她……她也来了……"

欧阳秋指着刚刚跳下马车,正手足无措的许文娟说。

"娟子她……她也来了……"

高虎娃惊喜地抬起头来,茫然地望着前方。他的眼睛湿润了。一种幸福的感觉止不住地在他的眼眶里流溢了出来。

"啊,娟子,娟子……"

高虎娃嚅动着嘴唇,失声地叫道,他终于看见挺着肚子,蹒跚着迎来的许文娟了。高虎娃甩开架着他的耿立群和欧阳秋的手,竭尽全力地向前跑去。他感觉到，力量正从他的脚下升起，涌动着占领了他的全身。那是一种精神食粮，滋养着他，使他比任何时候都要来得坚强。就好像迄今为止所遭受到的一切，那些屈辱、伤害、痛苦和悲哀，都是为了迎接今天的幸福那样，变得无足轻重了。高虎娃出神地盯着娟子，炽烈的目光就像是火种，点燃了许文娟心底里的干柴，让她也追随着燃烧起来了。

"虎娃，你受苦了……"

许文娟喃喃地诉说着，她想哭，而且情绪还特别悲哀。望着高虎娃胡须邋遢的尖瘦的脸庞和充满着情感的眼睛，她挣扎着张开嘴巴，似乎想去说些什么，但显然已经不行了。那时，一种迷雾般的黑暗袭了过来，遮住了她的双眼，让她瘫软下来，无法控制地倒在了高虎娃的怀里。

人们伸手采花的时候，花朵会半跪半迎地抖动着，望着它的对象。上苍在抓取人的灵魂时，人的身体也会同样出现这种症状。那样的事情常常发生，只是我们没有发现而已。

那一天晚上，许文娟出现了临产前的症状。那种阵痛说明，用不了多久，严一龙的骨肉，一个崭新的生命，就要降临到这个并不太平的世界上了。

第 十 章

41. 张作霖的亲信

转眼就进入了深秋。

但是，历史不会忘记，那刚刚逝去的七八个月里，中国社会上发生着的那些事情。

时代的暴风雨呼啸着在每一个人头上掠过，上上下下地把神州大地洗刷了一遍，就像是在播种制造仇恨的兴奋剂那样，把变革衍生、积累下来的暴戾和仇恨催化成了复仇的行动。它让中国变成了一部庞大而又失速的机器，运转着，让那些无处依归的灵魂，借着清算旧制度的机会游荡，发泄着欲望，制造罪恶，在骚乱中裹挟无辜的生灵，碾压着才刚刚苏醒的民主和自由的萌芽……

那是一个黑暗的年代，不过黑暗中仍然有着它的避风港。

它们就在满洲。那应该归功于袁世凯。

也许是某种熟虑远见，袁世凯早在担任清廷直隶总督北洋大臣之际，就把手伸进了满洲。他以守护大清帝国皇陵为名，把山东、河北的流民移居到那里，大肆地培植亲信，使那里变成了所谓的"龙兴之地"。因此，即使是在帝国毁灭、朝廷崩溃的今天，满洲的社会秩序仍然稳定，延续了三百多年香火的清王朝的祖陵和基业并没有受到破坏。对此，袁世凯和他的心腹——满洲总督赵尔巽，显然是立了大功的。

早在辛亥革命之前，赵尔巽就利用自己一手扶持起来的绿林大盗张作霖和他的土匪武装，疯狂地镇压东北的革命军了，尤其是和京津、华北地区接壤的京津同盟会等组织。中华民国建立以后，赵尔巽摇身一变，把自己的部队插上了革命军的标签，再一次受到了袁世凯的信任，成了中华民国驻奉天总督，统管东北黑龙江、吉林、辽宁、热河四省。赵尔巽并没有忘记他麾下的功臣张作霖。趁着中华民国正在招兵买马筹建陆军之际，他上报袁世凯，期望民国政府能够提拔张作霖，实现那个土匪头子的梦想，从而让张作霖一跃中的，如愿以偿地成了中华民国陆军第27师师长，并被授予中将军衔。

　　受到赵尔巽荫庇的还有旅大甘井子区警察署的副署长安勇，因为安勇是张作霖特意点名的爱将。那种任人唯亲的人事制度在当时名正言顺，没有什么可以质疑的。那一天，当安勇一如往常地在上午九点来到警察署上班时，他的上司王正清署长突然到他的办公室来了。他用一种认真而又不乏自嘲的口吻，向他传达了旅大区警察总署发来的，关于让安勇接替他的职务，担任甘井子区警察署署长的决定。

　　"什么……你说什么……"

　　毫无疑问，这个突如其来的消息让安勇大吃了一惊。虽然人事调动、提拔升迁这种事情不足为奇，但是由失去职务的当事者亲自来传达，还是非常罕见的。

　　"这有什么好问的？兄弟，这是运气，运气！好好干，你……你在民国政府里，一定会洪福齐天的……"

　　王正清极力表现出大度的样子，但心里还是酸酸的，隐藏着一种说不出来的苦衷。

　　"那你呢？"

　　"我？我……恐怕得告老还乡了……"

　　"这……不可能吧？你还没到退休的年龄啊！"

　　"为什么不可能呢？这和退休没有关系！朝代变了，一朝天子一朝臣啊！自己人留下，升官发财，局外人走开，退休、出局！官场游戏历来如此，天经地义，没什么可奇怪的。对此，我早就想明白了！唉，我也已经五十出头了，应该到了享清福的时候了……"

王正清话中有话，矛头直接指向了张作霖。但是，这又能怪谁呢？谁让他既无能又误判了形势，不肯早早地投入到这个绿林大盗的麾下呢？

安勇有点同情地望着他，心中如同打翻了的五味瓶一般。他理解他的上司。虽然他给自己办案带来过麻烦，让他错失了好多次立功的机会，恨得痒痒的却又无可奈何，但那毕竟都是过去的事了。现在，看着他那掩饰不住的失魂落魄的样子，安勇还有什么不可以理解和原谅的呢？

"好了，别再多想了，顺其自然吧！大哥，今晚我请你好好喝酒，消愁解闷……"

安勇拍了一下王正清的肩膀，不无伤感地说道。他明白这一行人的心态，他们都认死理，固执己见，有着火暴的脾气，只相信自己的判断，听不进别人的意见。而且，都还有着至高无上的荣誉感，轻易不会去认输。但是，一旦真的要解甲归田，离开岗位，那种痛苦和愤懑，失落和沮丧，则是一般人难以理解的……

两天以后，旅大区警察总署的委任状颁发下来了，安勇被任命为甘井子区警察署署长。他有点得意，但更多的是责任。坐在署长办公室的皮椅子上，他细数着至今为止所经手的案件。当然，其中大部分的案子都非常清楚，不存在疑义，很多犯人已经伏法，得到了应有的惩罚，但是，还有一些是悬而未决的，其中最让他耿耿于怀的自然还是那起发生在旅顺三里道环西街的杀人纵火案了。此案发生至今已经三年有余，但案犯许文娟和严一龙仍然在逃，这是绝对不能容忍的，必须尽一切力量，在他担任警察署署长的任期内，让犯人归案，受到法律的制裁才行……

往事历历。那种旧恨再次浮上心头，让安勇双眉深锁、十指紧握，愤懑不已。

是啊，为了那起案件，他顶住了多少压力，蒙受了多少羞辱啊！每当想起自己在那一年秋天到严一龙家搜捕，和逃犯失之交臂，又在去关内还是去关外的交叉路口选错了方向，让犯人在眼皮子底下逃之夭夭的事情，他的牙齿就咬得咯咯咯地发响。从那以后，他还不止一次地到旅顺黄花沟的严家老宅以及金石滩的李家屯去蹲点、调查，布置眼线，监视许文娟和严一龙的父母，企图从他们的行动中找到方向，但终究一无所获，所有的线索都随着案犯的失踪而消失了……

"妈的，他们到底逃到哪里去了？在关内？天津或者北平？躲到了那些大城市里面？还是在高桥家族的保护下，远遁日本了……"

安勇皱着眉头嘟囔着。不管他如何殚精竭虑，但这个案子陷入了僵局，则是不可否认的。此后，繁忙的工作又让他不得不放下这件事情，因为那时关内各地烽烟不绝，起义暴乱此起彼伏，社会上兵荒马乱、沉渣泛起，市民人心惶惶、朝不保夕。虽然他管辖的甘井子区还算过得去，但来自关内的流言和随之而起的倒卖枪支，走私军火，偷盗拐骗，抢劫杀人的大案凶案还时有发生，让他深陷其中，实在无法专注纠缠于涌动在他心头多年的那起杀人纵火案了……

半年时间就那样在动荡中过去了。终于，当时针转到1912年9月上旬，有关此案的消息又传来了，并再一次地揪起了安勇的心扉。

那个消息是安勇的老部下方群带来的。他汇报说，三和洋行的社长高桥正夫和他父亲，白虎会的总裁高桥旭，以及在1911年8月末乘坐伊水号客轮离开旅顺的日本浪人一行，又大规模地组队来到了旅顺，并且仍然下榻在棒槌岛别墅区宾馆的一号官邸内。

这种事情本来没有什么可以大惊小怪的。因为那时，正是日本方面仗着自己是支持辛亥革命获得成功的功臣，到新建立的中华民国身上去索取利益的时候。他们以维护南满铁路沿线的治安为由，增派警备部队，到奉天一带驻扎，并大规模地向满洲移民。在那样的时刻，这个在旅大区苦心经营了那么多年的高桥家族，怎么可能闲着不去抓取那些唾手可得的权益呢？他们完全有理由像苍蝇争抢蛋糕一般，在最短的时间内倾巢而动，向旅顺扑过来才对啊！

这当然是不用质疑的。但是，由于它牵涉到逃犯严一龙，关系到了那件案子的去向，则就是另外一回事了。对此，安勇再次瞪大了眼睛。

"那个严一龙呢？他是不是也混在日本人里面？"

"没有，这次没有严一龙！我特意让人去查了一下……"

"没有……是啊，当然不会有他！那个严一龙不是带着许文娟，坐着他爸爸赶的马车逃离了李家屯吗……"

安勇沉思了一会儿，突然又想起了什么。

"那么这一次，老高桥的翻译又是谁呢？"

"是一个叫三浦幸子的日本女人。"

"三浦幸子……噢，这确实是个新人！那么……高桥家的公主百合子呢？她也来了吗？"

"没有！这一次高桥旭没有带家眷来。"

"噢……他的夫人和女儿都没有来……"

安勇明显地感到了失望。在他的心里，严一龙好像应该出现在日本人的群体里，继续地周旋在高桥家族那些男男女女的是非当中才对啊……

"严一龙他……难道他真的逃到关内去了……"

安勇再一次自问着。但是不久，他又否定了自己的判断。他总觉得，高桥家族不会抛弃严一龙。他们需要他的帮助。否则，当年，他们为什么要动用旅顺总督府的日本官员，不惜手段地把他从警署的拘留所里救出去呢？

"不可能，绝对不可能！严一龙一定还隐藏在旅顺，周旋在中日两国的民间势力之间，继续发挥着他的神出鬼没、两面三刀的作用……"

安勇固执于他的想法，并关照方群，让他想方设法地买通高桥正夫的秘书钱小丽，从她嘴里去打探严一龙的行踪。

几天后，神通广大的小方子就把钱小丽带到了警察署，几番询问以后，安勇再一次死了心。因为钱小丽告诉安勇说，严一龙被高桥社长从警察署带回公司的当晚就消失了，他再也没有回到公司里来。而且，有关他的话题也成了禁忌，公司里没有人再去议论他的事情了。

"那么……这一次呢？高桥父子回到旅顺以后，也绝口不提严一龙的名字吗？"

"是的。不过，我也觉得奇怪！因为严先生是高桥先生最信任的人，还是百合子小姐的恋人……而且现在，不正是公司最需要他来帮忙的时候吗……"

钱小丽揣摩着安勇的心思，战战兢兢地回答着。

"为什么呢……这事会不会牵涉到百合子呢……"

安勇自问着，想起了在审讯时，严一龙再三强调自己是许文娟的恋人，以及金石滩李家屯村的邻居说的，他们曾亲眼看见，严一龙和许文娟坐着严子鹏的马车，在警察的马队到来之前，从霞浦关消失了的事情。

"是的，没错，严一龙确实是和许文娟一起出逃的。这肯定是事实！只是因为高桥家族不能容忍许文娟的存在，所以才解雇了严一龙！这……这当然符合逻辑，可是……"

安勇怔怔地想着，并再一次否定了自己的想法。他觉得自己的思维有些混乱，就像走进了一个迷宫，转悠着却始终没有找到出来的方法。

"现在，就连百合子的消息也都不再出现了吗？"

安勇再一次问钱小丽，他还是没有死心。

"没有，百合子也没再到中国来。而且，她也不打电话到公司来询问有关严一龙的事情了……"

"噢，是吗……"

安勇无可奈何地点点头。

他让小方子送走了钱小丽，而自己则来到警察署附近的小酒馆，用酒精去洗刷已经麻木了的神经。他感到失望，却又总是觉得，高桥家族在旅顺的再次出现，一定会使那个案子变得更加扑朔迷离的。

42. 意外的消息

甘井子区警察署长的工作是非常繁忙的，尤其是在中国社会刚刚脱离清朝政体，走进民国体制，举国迎接改朝换代的时刻。

由于清政府的警察署是吃皇粮的衙门机构，所有的经费饷银都来自王朝政府，所以近水楼台先得月的自然也是那些皇亲国戚，以及和他们沾边的人。为此，甘井子区这个本来只有百十来号编制的警察署，却上上下下地挤满了皇室的家属亲友。他们享受着清朝祖坟皇陵的荫庇，仗着王朝的权威，怠于职守，为所欲为，根本不去顾及自身的口碑与形象。对此，前署长王正清只是一味地委曲求全、敷衍了事。为了保住乌纱帽，维持警署内的稳定，他只当没看见似的，不去纠缠那些头疼的事。

然而现在不一样了。甘井子区警察署成了民国政府的下属机构，老资格的警员夫役们自然不愿再去忍受了。他们联名上书，要求变革，希望清除旧俗、整肃纲纪，把那些吃皇粮的遗老遗少赶出去。那种呼声汹涌澎湃，使得新上任的署长安勇不得不投入大量的精力去面对和处理。然而，现实是很复杂的，关键原因正在于他的顶头上司。因为张作霖并没有打算在这方面有所作为，这就给安勇带来了困扰，使得他不得不四处填坑、八方救火，使出浑身解数去安抚各种势力，寻求平安之道。

然而，屋漏偏逢连夜雨。就在安勇狼奔豕突、疲于奔命之时，甘井子区内发生了一起特大凶案。案犯在私闯民宅抢劫杀人后的逃亡途中，又连续杀害了五个市民，还成功地摆脱了警察的追捕，藏匿在了什么地方。这一状况不仅把区内的居民搞得人心惶惶，还让安勇受到旅大区警察总署的责难，被限令在两周内破案。无可奈何的安勇只能放下耿耿于怀的纵火案，不再去叨揪动着他心扉的逃犯许文娟和严一龙，带着刑侦队，扑到一线去追捕犯人。那种状况就像是一只天天在跟着主人周围的猎狗，见到今天的猎物就会忘记昨天的食饵一样，把注意力全部集中到了新的犯罪者身上。

这是职业病，而且无法救治，只有在当事人受到强烈刺激，或者某种特殊的情况出现时才能发生改变。这种事例在犯罪心理学和刑事侦缉学的教科书上反复出现过，并多次被学者引用。果然，就在安勇调动人员，集中精力去抓捕眼前这个抢劫杀人潜逃犯时，意外的事情发生了，他的神经又被纠缠住了。

那件事情是这样出现的。

我们知道安勇有阅览报纸的习惯。那一次，当安勇一如往常地在《旅大晚报》登载刑事案件的第四版上寻找记者对眼前的这起缉拿抢劫凶杀案犯的有关报道时，却突然发现了一篇与此案完全无关的文章。那则新闻至关重要，它让安勇的眼睛一下子发绿了。

那是一个名叫许志良的记者撰写的，被登载在旅大区的近邻城市——营口的市政府发行的《营口时政日报》上，并在两天后被《旅大晚报》的社会新闻版面转载。那篇文章篇幅不长，不足千字，但却字字嵌进了安勇的心里：

  1912年9月12日凌晨，营口市北四乡大坡屯发生一起抢劫凶杀案。一个名叫许文娟的三十来岁的妇女，为了保护她的孩子，不惜持枪抵抗，拼死搏斗，和前来偷袭的三个黑衣男子发生枪战，又因为寡不敌众而身负重伤,被赶来支援的乡亲送进屯里李姓医生的诊所救治,至今仍然昏迷不醒,生死难卜。

北四乡大坡屯一带的治安状况一直不错,即使是在改朝换代,民心汹涌的情况下,也始终保持着良好的记录,从未发生过特大刑案。因此,本次事件为当地村民带来了强烈的不安,也受到了当地士绅和官吏们的关注。

根据本案侦查员营口市警察署齐德义警长的调查报告说,本案事主许文娟一家,几个月前才从外地迁移过来。因此,袭击他们的犯人一定是事主过去的仇家,此次袭击行动的目的,很可能是寻仇报冤,等等。

然而,记者对此却不敢苟同。

事主许文娟是一位妇人,目前只有三十来岁。在搬来营口之前,即使存有什么前隙旧怨,亦很难造下如此的血债孽缘。况且,事主一家并不富有,没有什么浮财值得他人觊觎垂涎。因此,此案必有蹊跷,存在悬外疑念,并不是什么抢劫凶杀之言就可以一蔽了之的。

对此,记者将继续跟进,追踪采访,探明真相,以正民心……

此刻,许志良记者的这篇报道就像是一颗重型炮弹,在安勇面前炸开,把封存在他脑海中的往事一下子给炸出来了。

他怔怔地望着这张报纸,咬着牙齿,目不转睛地盯着那一个又一个的铅字,沉默着,魂不守舍。他的思维在跳动,极尽可能地驰骋、想象。那种突发其来的冲击波,让他浑身上下的汗毛都一根根地竖起来了。

"那……那会意味着什么呢,它……它究竟想要告诉我什么呢……"

安勇嘟囔了一声,再一次把眼睛埋进了报纸里。

"是啊，没错，三十来岁，年龄相仿，不会是同名同姓。这个新闻稿上的许文娟……一定就是我要找的那个女人！可是，她竟然还会持枪抵抗？这……啊，是的。这是极有可能的！许文娟本来就是一个胆大凶暴的杀人犯嘛！现在是乱世，搞到枪支并不困难。她的同案犯严一龙和日本人做的不就是军火生意吗？那么……她要保护的那个孩子又是谁呢？难道她生孩子了？这……当然，这也没有什么可奇怪的！她和严一龙在一起那么多年，怀孕生子完全可能。而且，这起案子发生在营口一带也合乎情理！那一年，我不正是因为选择了庄河、通化方向，才错误地放过了逃向营口、海城的他们吗……"

安勇对照着新闻稿件，自问自答地思考着。终于，在各种烦琐的推理中，他重新找到了思路，并且坚定了自己的信念。

"没错，这个新闻稿上的许文娟，正是我想尽办法要去抓捕的人。这一点绝对没有错！许文娟身负重伤，躺在一家诊所里，危在旦夕，或许已经魂归西天了？是啊，这个事件发生在9月12日凌晨，可今天已经是16号了，谁知道这四天的时间里会发生一些什么！或许，她真的死了……死了？这倒也好，对她来说，那是一件好事！逃脱了法律的制裁，也算是有了一个好的归宿，让我省心，不用再去纠结不安。现在，我完全可以放下心来，去做其他的事情了……"

安勇自言自语地说着，安慰着自己。说真的，他是多么想去忘记那起烦心的纵火案，把许文娟这个名字彻底地从他的记忆库里抹去啊。可是，说也奇怪，他越是这么想，却越是做不到，那种不成形的思维困扰着他，让他烦闷得几乎不能自已。

"不行，我还得跑一趟，到大坡屯的那家诊所去。是的，那里面还有太多的疑问了！为什么歹徒来袭时，严一龙不在第一时间冲出去抵抗呢？他在哪里？总不至于躲在一旁，让女人去应付可怕的杀手吧？还有……那些黑衣歹徒是何方神圣？他们的目的是什么？目标又是谁？难道是死者李玉强的亲人为寻仇报恨而来，还是其他的什么呢……唉，许文娟啊，你可不能就此丧命啊！你得活着，等着我，我还有很多事情要请教你呢！直到今天，我都还没见过你的芳容啊！你……你怎么能死呢？真要死，也得等我们见过面以后才行啊！许文娟，你真的会死吗？没有那种苟延着却又活过来的可能吗……唉，生死都是未知数，我不能仅凭着一则新闻就去结案，了却自己的心事！只是，没错，这是一定的，我必须赶过去，马上到大坡屯案发现场，到那个诊所去看许文娟，看着她去死！我要给她送葬，要不就趁她还有一口气时，把她逮捕，解押回来，出出我的恶气！还有……我或许还会在那里看见严一龙！那……那就更好了，我一定要抓住他，乘这个机会，把案子查个水落石出，搞清楚严一龙、许文娟以及他们背后的日本人之间的事情！是的，我得马上动身，赶紧走，尽快赶过去，马上就去，这真是一个千载难逢的好机会啊……"

  安勇痴痴地想着，并且捏紧了拳头。他已经下定决心了，接下去就是如何去调整日程，安排行程的事情了！这当然是没有问题的。贵为一署之长，还有谁可以限制他的行动呢？只要他自己下定了决心就行……

  第二天一早，当天色还处在朦胧状态之时，安勇就起床了。他是一个言行一致、行动果断的人，只要做了决定，那就一定要去履行，并且在所不惜。

  安勇备好武器弹药，准备着所需物资，并且雇上了驿车。只是，那辆驿车的价格让他犹豫了好一阵子。因为，本次行动纯粹是他个人所为，那些路费无法加在其他案件上，一切都得自掏腰包。当然，这也是没有办法的。不过，为了节省费用，他也想过骑马到大坡屯去的事情。但是，那样动静太大，会走漏风声，传到旅大区警察总署，就会留下话柄。因为现在，除了需要紧急处理的事情以外，其他力量都要扑到那起抢劫杀人的大案上去。在这个节骨眼上，他这个当署长的怎么能顾此失彼地开小差，背着他人去干其他的事情呢？所以，他必须保密，速去速回才行！然而，尽管这样，他还是犹豫着，在临走前叫来了亲信方群，把自己的计划详尽托出，以期有备无患。

早上八点来钟，当日头高高挂起，天色大亮之时，安勇坐上了驿车，踏上了这个前程未卜的旅程。

43. 凶犯为何而来？

北四乡大坡屯位于营口市西，是从关东地区转向辽东半岛南部的必经之地。那里有三千多户人家，七八千口居民，其中主要是来自山东和河北的移民。他们分别住在方圆二十七八里地的区域内，相依为命、相敬如宾。虽然生活习惯和作息时间不太一样，但秩序井然，很少发生纠纷，即使在时代变革、政权交替的动荡时期也一样。因此9月12日凌晨发生的抢劫凶杀案，给大坡屯这个移民集中地带来的震惊和冲击，是难以想象的。

那一带的警民关系也不错，还曾经受到过奉天省政府的表彰。这一点，就是从安勇乘坐驿车来到营口，在齐德义警长的陪同下，由西向东，穿过大半个屯子来到诊所的途中，就可以看得出来。那时，沿途村民不时地向齐警长打着招呼，那种熟悉和热情几乎让安勇目瞪口呆。

诊所的女护士把安勇他们迎进了办公室，还没有让他们等上两分钟，那个姓李的医生就赶来了。他忐忑不安地告诉安勇说，9月12日被送到诊所抢救的那个三十来岁的女人，在做完手术以后的第二天凌晨就被几个不速之客接走了。

"接走了？谁……是谁把她接走的？"

李医生的回答让安勇愣住了，也让齐警长感到吃惊，显然，这是一个连当地警署都不知道的新情况。

"是两个人……对，一男一女两个人！他们是赶着马车过来的！"

"一男一女？两个人？这……李医生，您能否再回想一下，尽可能讲得详细一点……"

安勇气急败坏地要求着，他显然有点着急了。

"9月12日晚上，大概是七点钟吧，我刚刚为那个女人做了手术，取出了她肩上和腹部的子弹，涂上药包扎好不久，他们就来了，要求把伤者接走。我拒绝了他们，因为伤者需要静养，稍有疏忽就会出人命。但他们不听，以自己是家属为由硬要把她接走。我没有办法，僵持了好一会儿以后，只能让步了。我让他们到半夜以后再来接她，这样至少可以防止伤口再次出血，减轻死亡的概率。他们同意了，并且一直等在诊所，直到凌晨两点，那个负伤的女人醒过来之后，我才同意放行的……"

"他们是谁呢？真的是那个女人的家属吗？"

安勇咄咄逼人地追问着，好像有点不相信李医生的话。

"应该是的。因为来接伤者的那个女人，就是早晨把伤者送到我这儿来的人。"

"那个女人她……她多大岁数？"

"好像有二十多岁。讲一口本地话，应该是本地人。"

"噢，本地人，二十多岁……那么，那个受伤的女人呢？"

"她应该是南方人。虽然身受重伤，处在昏迷状态，但是我听到了她苏醒以后说的话，那是南方口音。"

"南方人？她叫什么名字？"

"许文娟，这是他们在挂号本上留下的名字……"

李医生拿出了诊所的挂号本，指着许文娟的签名说。

"可是……许文娟是本地人，她怎么会讲南方话呢？您一定是听错了吧？"

"没有，受伤的女人讲的确实是南方话，我记得没错！"

"这就怪了，也许受伤的并不是许文娟本人？"

安勇转过身去，和齐警长对视了一番。他感到不满，因为齐警长的情报并不准确。有些事情甚至都没有调查，让他白白兜了好大一个圈子。

"那么那个男人呢？他叫什么名字？"

"不知道，不过……"

"不过什么……"

安勇目不转睛地盯着李医生，穷追不舍。

"他们……对，他们管他叫虎娃，高虎娃！对，没错，那个女人是这么称呼他的……"

李医生眯着眼睛回忆着，突然换了一种口气，肯定地说道。

"高虎娃？这……这是怎么回事？为什么不是严一龙？难道……这是一个和纵火案毫不相关的案子？可是……光在这儿猜测又有什么用，还是得赶到受害者家里去见到他们才行……"

安勇向身边的齐警长使了一个眼色。显然，他已经不愿意再在这里浪费时间了。

"那个女人被接走后，一定回到家里去了吧？"

"是的。她住在大坡屯西边81号，从这儿过去大概需要半个小时……"

齐警长有一点不安地回答。因为，他已经感觉到安勇的不满了。

三十多分钟以后，他们来到了大坡屯西头81号那座砖瓦结构的平房。但是此刻，那扇小门紧锁着，即使用力地拍门叫喊，都没有人应声。

"这……难道里面没有人……"

安勇摆了摆手，并在平房前后转了两圈。他在窗户外仔细察看了屋内的情形，直到认定里面确实没有人时，这才下定决心撬开了门锁，闯了进去。

屋子里面，锅碗瓢盆、被褥家具齐全，被打扫得井井有条、干干净净的。它似乎在告诉这些闯入者，屋子的主人只是短暂外出，随时都有可能回来。只是，炕头边的墙壁上残留着的弹孔，以及虽然被干土掩埋，但仍然依稀可辨的血迹，还是让人联想到黑衣人来袭时的那种恐怖情景。平房里似乎没有留下主人匆忙逃遁的迹象，但细心的安勇还是感觉到了什么，因为他发现，衣柜里已经空无一物，它们好像都被主人打包带走了。

"受害者一家已经离开了这里，到什么地方去了……"

安勇有点懊丧地自言自语道。他的心中十分愤懑。

"可是，这……唉，都怨我……也许是我们关注此案的警力不够，没有把精力放在追查这个案子的真相上！看来，受害者这边也是需要调查的。他们或许是有隐情，和什么人结下了梁子，躲到这儿来避难，却不慎被仇家发现了。而且，为了防患于未然，他们不得不再次出逃，远走他乡……唉！不过，这种案子发生在以外来人口为主的大坡屯，也不足为奇啊……"

齐警长故作姿态地自嘲了一番，为自己开脱着责任。他说的也是实情，因为大坡屯地处交通要道，又以移民为主，比起其他地方，土匪或者流窜犯更会光顾这里。他们往往会袭击住得偏僻的人家，以便在犯案后迅速逃离。本次事件也符合这一特征。因为受害者的住宅，远在屯子西头的偏僻处，和大坡屯中心街市有着一段距离。

"可是，你刚才不是说，这是一起有的放矢的寻仇行为吗？"

安勇没好气地瞪了齐警长一眼。假如对方是自己的部下，他或许早就扯着嗓门骂娘了。可是现在，没有办法，他只能忍着，压制着自己的情绪。

"是的，我是这么说的。而且，我们也已经派出了警力，在追查那些黑衣凶犯……"

"那么……有结果了吗？"

"还没有，哪有这么快！但是，早晚是会有结果的……"

齐警长提高了声调。他对安勇的态度十分不满。

"算了，我们别打口水仗了，换一个话题吧……"

安勇咽了一口气，尽量压低了声调。他显然不愿去扩大矛盾。不看僧面看佛面，以后，或许还要麻烦他们呢。而且，作为一署之长，他的视角和齐警长之流也不一样啊！他关心的是受害者的下落，这显然是齐警长所不能认同的。

"看来，房主一家，一时半刻是不会回来了……"

"是的，有这个可能。"

看见安勇退后了一步，齐警长也改变了态度。而且，为了缓和气氛，他还故作姿态地惊叫起来，好像发现了什么重大线索似的，让安勇着实地吃了一惊。

"哎……安署长，你看，那上面写着什么……"

齐警长拉了一下安勇的衣服，指着炕沿的木条上歪歪扭扭地刻着的痕迹。那好像是用指甲画出来的字，浅浅的，不经意地，显示着"作者"的心思。这当然不是什么重大的发现，只是齐警长为了缓解气氛所做的谄媚之举而已。然而，它却激起了安勇极大的兴趣。因为他发现，那指甲画写着的全是"一龙""严哥"那样的字眼。

"它……它们……这些字意味着什么，又想去说明什么呢？那个当事者是想去表示心情，反映一种爱意，还是想寄托情思，抒发某种哀愁呢……没法猜测，也无法想象！但是可以肯定，这些指甲印一定是许文娟画出来的。是她在特定的时间和特定的气氛中留下的痕迹。也许，它还是这对狗男女在炕上云山雾水寻欢作乐以后所做的一种激动的表达……"

安勇如获至宝，他弯下腰，瞪大了眼睛，仔细地端详着那些指甲印。顿时，他打消了自己的疑虑。因为，那些歪歪扭扭的文字已经证明，住在这间平房里的名叫许文娟的女人，正是他所要去追捕的案犯，这一点已经没有任何疑义了。

然而，此后发生的事让安勇更加傻眼了。因为目睹这家屋主出走的一个名叫玉芬的邻人告诉他，这家人在两个月前搬到这里来时，有两个婴儿，三个成年人。但是在两天前的早晨，他们乘坐马车匆忙离开时，只剩下一个婴儿了。

"什么？两天前？一个婴儿不见了……"

安勇伸长了脖子，将信将疑地望眼前这个中年妇女。

"是的，那两个男孩是一对双胞胎，搬来时才几个月，浓眉大眼的，很好玩。我闺女还时常到他们家去，逗那两个小孩玩……"

"双胞胎男孩？噢，这……这是真的吗？"

"是的！那天早晨，他们走的时候，我还去打了招呼！我看见了那个女人，就是受伤的那个。她盖着被子，躺在大大小小的包裹边上，脸色苍白，状态很不好。而女主人则抱着一个正在哭闹的男孩坐在她身边，看起来惊恐不安。那时，那个主事的男人正忙着套马驾辕，根本没时间搭理我。所以，我只能自讨没趣地向他们挥挥手，道了个别，回到了自己的家门口。然而，尽管这样，我还是清楚地看见了。那个女人怀里只抱着一个男孩，马车上也确实只有一个孩子，这一点千真万确，绝对没有错……"

玉芬大婶唠唠叨叨地说着。从她那张纯朴的、黑乎乎的脸庞上，安勇看不出任何编造和臆想的痕迹。

"但是，这和杀人案有关吗？那些袭击者，难道是为了孩子而来……"

齐警长瞪着眼睛对着玉芬问道。他不想再在安勇面前露怯，显示他带领的侦查小组的疏忽和纰漏了。但安勇则不然，此刻他已经顾不上去考虑齐警长的情绪了。

"你是什么时候发现孩子不见的呢？是事件前，还是事件以后……"

"就是他们走的那天早上！哎，对了，事件发生的前一天，也就是9月11日的下午，我还带着闺女去他们家串门了。我给她的双胞胎编了两根红绳，两个孩子，一人一根。孩子的母亲当时就给孩子们戴上了，她很开心，还再三地向我表示了谢意。看来，那些犯人确实是为了孩子来的？怪不得那个女主人走的时候情绪会那么不好！是啊，怎么可能好呢，自己的骨肉都被抢走了啊……"

玉芬涨红了脸补充着，就好像发现了什么新鲜事似的，显得十分得意。

"那对双胞胎的母亲叫什么名字？"

"许文娟。"

"那个男主人呢？"

"不清楚……不过，孩子他妈好像叫他虎娃，对，他叫高虎娃……"

"高虎娃？没错，李医生讲的也是这个名字！那么……那个受伤的女人呢？"

"不知道！那个女人也许是他们的亲戚，是帮他们带孩子来的吧……"

"噢？是吗……"

安勇痴痴地想着，仔细地推敲着那个女人提供的信息。

"也许这个大妈的话是对的，她和李医生的证言有着相似的地方！受伤者不是女主人许文娟，而是一个和她认识的南方女人。这一点虽然疑点重重，但也算合乎情理。可是，那个高虎娃又是什么人呢？他怎么会出现在许文娟的身旁呢？难道他是双胞胎的父亲？还有……他们一定是感觉到了迫在眉睫的危险，才匆匆逃离大坡屯的，但是，那又是一种什么样的危险呢？它来自哪里……"

安勇怔怔地思考着，推想着。在百思而不得其解之时，他提出，要齐警长把他带到营口市政府发行的那个《营口时政日报》的编辑部去，会一下写这篇凶杀案文章的记者许志良。但是，当他们在第二天一早风尘仆仆地赶到那里时，那个许志良却已经不在了。编辑部的主任告诉安勇说，为了调查大坡屯的凶杀案，许志良已经离开营口到天津去了。

"天津？"

"是啊……"

"他什么时候回来？"

"不知道。假如你们对那起案子感兴趣的话，可以去看他的后续报道。许志良是一个优秀的记者，他一定会连续不断地给我们发稿，并不停地追踪那起案件的真相的。"

"是啊，我相信……"

安勇悻悻地点头，向编辑部主任表达着谢意，但是心灵深处，却产生了一种浓重的失落感。他为自己好不容易找到许文娟的踪迹，又鬼使神差地再次失去线索而深深地悲哀。

"天津，天津！他们一定是到天津去了……"

安勇念叨着，似乎想寻找自己到天津去的可能。但是，此刻的大连百孔千疮，还没有走出混乱的边缘，他怎么可能放下工作，越权越位地到天津去寻找那条游进人海里的泥鳅呢……

安勇感叹着，虽然悲观失望，但还是满怀信心地给天津警察总署写了一封信，期待他们去关注此案。是的，现在已经是民国政府了，一切皆有可能！

第十一章

44. 奉天城的陌生人

这是中国近代史上的至暗时刻。

虽然辛亥革命取得了胜利，清王朝崩溃，中华民国政府建立，中国社会进入了共和时代，但群雄并起，军阀割据，战乱不断，民不聊生。恶政，并没有随着时代的变迁而变得仁慈起来。

一年过去了，到了1912年的秋天，中国社会依然没有出现什么变化。相反，随着日本大隈内阁政府对华政策的改变，中国的社会反而变得更加复杂起来了。

那一天，就在高虎娃和许文娟遭到黑衣人袭击，匆忙逃离北四乡大坡屯以后的一个多月的那天傍晚，辽宁奉天城外的泥道上走来了一个体格粗壮的男人。

也许是长期的流浪生活使他看起来特别显老，假如不是头上戴着的狗皮帽，把他那张流着汗水的脸庞遮去一大半的话，那我们是完全可以看清他的扭曲着粗纹的额头，和浓眉下面那一对闪烁着不安的眼睛的。

他留着胡子。那种因为没有时间、没有机会、没有工具所造成的络腮胡子，乱喳喳地顺着他的脸颊爬行下来，参差不齐地在嘴唇边上绕了一圈，让他刚毅的脸庞，在他人的眼里，一下子就变得狡诈、凶狠起来了。

也许是因为右脚受过伤,他走路时有点瘸,以致斜挎着的帆布兜里放着的东西,常常会随着脚步的移动发出咣当的碰撞声,让他不得不停下来窥测四周,直到确认没有人在关注他时,这才安心地吐一口气,继续朝着暮色深处走去。

他套着一件狗皮大衣,步伐踉踉跄跄,还敞着怀。虽然疲劳和浓重的睡意让他忍不住闭上了眼睛,但他仍然扭动着身体,坚持着走进了路旁高大的树丛里,尽可能地把身体隐藏进去,以至于在昏睡过去以后,不会让人和野兽发现他的踪影。

他,或许是一个正在被追捕的人,至少他的心里是那么想的。为此,他从来不回首打量自己走过的道路,就像恶狼离开旧巢去寻找新的窝点一样,轻易不肯回头。因为,走投无路的人和亡命天涯的狼都相信,猎人一定会蹲守在原地,期待着他们回来自投罗网呢!

此刻,那些紫霭色的火烧云已燃烧殆尽,天边最后的光泽也随着冉冉升起的雾霭而变得模糊难辨。原野一片苍凉,那种凄暗和悲凉让陌生人有点恐慌。他停下脚步,眨一下眼睛,哆嗦了几下,还甩了甩脑袋,这是他企图赶走睡魔时的习惯动作。此刻,饥饿和干渴双双袭来,身体上所有的器官都在折磨着他,让他不得不停下脚步,把狼一样的目光投向了前方……

屈指算来,他已经好长时间没有好好吃饭好好睡觉了。伴随着这种日子的除了恐惧,应该还有苦苦的思念!

他在惦念他的父母、妻子?恋人,还是孩子……

没有人能够知道。

晚风吹来了,初秋的寒意使他颤抖。他的脑子里虽然一片空白,但眼神还是一刻不停地在黑暗中搜索着。终于,他能够影影绰绰地看见奉天城雄伟的城墙和穹形的城门了。

时间已经很晚了,但那扇城门还没有关闭,它仍然敞着胸怀,向路人洞开,而且没有警卫,也没有路障。那种状况让他合起了双手,就像是看见了神坛一般,幸福得马上就想去伏地叩拜。他盯着那座巨大的拱门,果断地甩开大步,踉踉跄跄地朝那个方向狂奔而去。

一个小时以后,他出现在奉天城西城区安里街的一个名叫金水居的旅馆跟前。警惕地向四周巡视了一番以后,他才在旅馆门口的小摊上买了三张煎饼,掀起挂在旅馆木板门外的暖帘,躬身走了进去。

金水居旅馆地处偏僻,门庭冷落,没有什么特征,并不是他愿意选定的地方。他是在估算了自己的钱袋子以后才决定住到那里的。他带着一些盘缠,这些钱大概还够他在这里住上十多天。

这个偏僻的旅馆对于他来说,此刻却是一个安全的好地方。为此,他匆匆地办理了入住手续,毫不在乎那些简陋的设施。这个过程很顺利,没有露出什么破绽。只是在登记入住者姓名时,他迟疑了一下,写下了"龙生"两个字。

没有人会去关心一个过客的真名实姓以及身份的那种事情。但是,他在签名时的犹豫不决的样子,则引起了老板娘的关注。这样的旅馆本来就是藏垢纳污之地,客人不愿留下真名是常有的,但问题是,老板娘那对独特而又犀利的眼睛,此刻正如毒蛇一般地向他射来,让他惊恐得几乎就想夺门而逃。

他终于踏上金水居的楼梯,住进了二楼东侧临街的201号房间。那是一间很小的屋子,除了床和一个可以安置衣物的小柜子以外,什么都没有。不过,这已经够奢侈的了。对于他来说,有一张能够安然入睡的床就已经足够了。他定了定神,拿出了煎饼,就着水壶里的水大口地撕咬起来。没过多久,他就横倒在床上,大梦沉沉、鼾声如雷了。

凌晨三点二十分左右,这个人醒来了。

也许是天气闷热,或者是心中有事,让他无法熟睡。此刻,他揉着眼睛,突然从床上坐了起来。虽然没能睡上多久,但疲劳似乎已经消除。而且,他也已经养成不愿意在睡眠上多花时间的习惯了。

那时候临街的教堂传来了钟声,那种当当的声音像是唤起了什么似的,让他不由自主地跳了起来。他推开窗户,伸出头去,向远处眺望。那种动作是下意识的,并不能给他带来什么启示,但是,一种本能却使他竖起耳朵,去捕捉回荡在空气中的声波……

他在想些什么呢?是期望在这片静谧的土地上寻找什么慰藉,还是试图在万马齐喑的黑暗中去窥探些许的神秘呢?

没有人知道!

此刻,他思维紊乱、心情沮丧,脑子里好像有一种东西在揪动着,让他时不时地去抚摸刻在身上的一条条伤疤……

45. 亡命者的归宿

那个陌生人正是消失了多年的严一龙。

本来,他是想在金水居旅馆留下真实姓名,用这种方式向这片土地宣告他回来的消息的。但是,他不敢,还没这个胆量,更不敢轻易地松懈神经。

多年的遭遇让他变得谨慎起来。他觉得,在那些看不清的角落里,常常会埋伏着陷阱,隐藏着一对又一对虎视眈眈的眼睛。那种长久的晦气抹杀了他的思想,扭曲了他的灵魂,让他变得寡言少语、面色沉郁,眼神里还带有一丝阴戾。

那种脱胎换骨般的变化应该来自一年以前。

1911年夏末秋初的那个让人断肠的傍晚,当他泪眼蒙眬地望着许文娟坐着父亲赶着的马车,在暮色苍茫中消失在满洲大地的地平线上时,命运就把他变成另外一个人了。

那时候他也曾想过和高桥正夫他们去殊死一搏的。因为,许文娟已经脱离了危险,拼死一搏或许还能获得生机。但就在那一刻,一种侥幸心理左右了他的思想,让他天真地以为,高桥正夫会看在多年的交情，以及他和他妹妹百合子的关系上，不会对他做出什么过分的举动。

但是，就在他首鼠两端、犹豫不定的空当，高桥正夫动手了。他的那两个日本助手冲了上来，用匕首抵住他的腰眼，逼迫他放下了武器。他们绑住他的双手，把他推上吉普车，并在两边裹胁着他，让他无法动弹。

吉普车开动了。经过了三个多小时的颠簸，在半夜一点钟左右，他们抵达了旅顺港码头。

高桥正夫率先跳下了车。那时，码头上几乎看不到人影，但他依然睁大眼睛左顾右盼，提防着可能会出现的不测。在认定周围并没有警察或者暗探在监视他们之后，这才让部下把严一龙推下吉普车，押着他登上停靠在码头边上的伊水号客轮。他们把他塞进甲板下面的水手休息室的小房间，用绳子把他的身体反绑在紧靠着墙壁的床架子上后，便关上门扬长而去了。

从那一刻起，严一龙的精神就崩溃了。他意识到了自己所面临的危险。

在天明前那几个小时里，除了轮舵工和一两个技师会偶然地在甲板上出现一下以外，不会有任何人。要想杀人灭口，把他置于死地，这显然是一个最好的时间。

"可是，高桥正夫为什么要对我下毒手呢？是我掌握了他们太多的秘密，还是因为我背叛了百合子，让高桥家族蒙羞受辱？这……这一切恐怕不是小高桥能擅自决定的。他一定得到了他父亲的指令。可是，小高桥为什么还要把我带到伊水号上来？他完全可以在路上对我下毒手啊？难道在最后这个节骨眼上，他还要等待高桥旭的什么指示吗……"

严一龙思前想后。可是无论他怎么去猜测，都觉得自己死期已到，那些刽子手一定会在轮船夜航在茫茫大海上的时候，把他从人间除名的。

"现在能救我的，恐怕只有百合子了！对我，她或许还余情未了。而视女儿如同心肝的老高桥，或许还能看在百合子的分上，对我网开一面。可是，那善良的日本姑娘此刻又在哪里呢？她一定还在梦中呼呼熟睡着吧？我……我怎样才可能解开身上的绳索，到客舱里去找到她呢……"

严一龙把注意力集中到绑着他的绳索上来了。

他有一种紧迫感，总觉得生死之差很可能就在眼前这两三个小时之中。他甚至认为，此刻，高桥正夫正在他父亲的客舱里，在等候老高桥的命令呢！他们一定会马上赶来，把他扔到海里，让他彻底地消失。这是一定的！所以，现在是最为关键的时刻，要想活命，就必须立即解开绳索逃生，以最快的速度逃离这个小房间，找到百合子……

严一龙怔怔地想着，情不自禁地晃动着身体，把绑着他双手的床架子摇得咣当咣当的。尽管他拼尽了全力，但情况还是没有发生任何改变。

他想呼救，大声地呼喊，但是又感到恐惧。虽然他认识老高桥手下的很多人，并且，那些人对他也有好感，有可能会帮助他，为他求情。可是，万一不是这么回事呢？万一呼救声惊动了更多的人，从而使杀身之祸提前到来呢……

严一龙仰起头来，睁大了眼睛，巡视着眼前狭小的舱间。他想找到什么能够割断绳索的工具。这里是水手的休息室，那些充满着野性的人，应该会带着匕首什么的防身工具的。

但是，他很快地就感到了绝望。

因为这间舱房里，除了捆绑着他双手的架子床和门边一张小桌子外，竟然空空如也！不过，想来也是啊，哪个水手会把刀具那样的东西，堂而皇之地放在随处可见的地方呢？而且，这间休息室好像没有人住，没有水手们生活过的痕迹……

时间在静谧中流逝着,那种沉寂让严一龙焦躁不安,因为时间紧迫,每分每秒都关系到他的生死存亡啊。

"或许地板上,床底下,舱房的某个角落里……会有我需要的东西……"

严一龙焦虑地想着,并且挺直腰杆,尽可能地倾斜着身体,让他的上半身能顺着床架子往地板上滑溜下去。

这一次,他获得了成功。他的身体挣扎着,终于滑到了床板下面,可以半斜着脑袋去观察地板的角落了。

收获还是有的,因为严一龙看见了一根横倒在地板上的铁杵。那或许是水手们在船只触礁,坐救生艇逃难,要去撬动阻碍他们的石头时所用的工具。它很坚硬,就像一根粗铁条,既可以当拐杖也可以用来防身,可是现在,它却帮不上他的忙。

严一龙叹了口气,但是没有泄下劲来,因为他又在桌子下面的缝隙中看见了一个玻璃瓶。那像是一个酒瓶,应该是水手们喝完酒之后随手扔掉的。它或许能派上用处。只要把它打碎,那些玻璃碎片就可以帮他去割断绳子……

严一龙睁大眼睛,死死地盯着那个酒瓶。当他发现自己已经找不到别的出路时,便下定了决心。

他斜靠在地板上,尽可能地扭动身体,用脚去勾那个瓶子。这些动作是艰难的。但是在几经努力之后,瓶子还是被他的脚尖碰到了。它咣当一声倒在地面上,并顺着轮船的晃动,滴溜溜地滚到了他的身边。

瓶子是有了,可是,怎样才能把它变成玻璃碎片呢……

严一龙寻思着,又把目光落在那根铁杵上。可是现在,他没有办法去拿到它啊!

或许还有一个笨办法可以尝试。

因为严一龙发现,舱门边的墙壁都是铁板,只要用力把瓶子踢过去，一次两次三次，反反复复地撞击铁板墙，瓶子或许就能碎成两段。当那些碎片再一次在轮船的晃动下滚回来时，他就可以用那还能转动的手指捡到它，并用它的碎裂之处割断绑着他双手的绳子了……

他的设想是成功的。虽然花费了半个多小时，在他筋疲力尽，希望渺茫得几乎让他放弃努力的时刻，那个碎裂成三段的瓶子碎片终于滚到了他的身边，被他的手指捏住了……

十五分钟以后，严一龙获得了解放。他踢开了那一段段沾着他鲜血的绳子，跟跟跄跄地站了起来。他又想起了那根铁杵。此刻，对于手无寸铁的他来说，这根铁杵简直就是一把利剑啊！

严一龙走到小屋门口，把铁杵捡了起来，像拐杖一样地撑住地面。他屏住呼吸，放轻脚步，把耳朵贴在门板上，细听着外面的动静。在断定外面没有什么岗哨，一切都相安无事之时，他鼓起了勇气，拉开了小舱间的门。然而这时，那扇铁门吱吱呀呀地响了起来，不仅刺耳，简直就像是末日审判的号角，让他惊恐得一下子不知道怎么办才好了。

严一龙哆嗦着，不知所措，耳朵里回响着的除了动脉血管敲打他太阳穴时发出的咚咚声，以及如同穿山风一般呼呼的喘息声以外，什么都听不见了。严一龙低下脑袋，望着地面，一动也不敢动，就像是一尊正在被雕琢的石像一样。

然而，什么动静都没有，一切照旧，平安无常。命运给了他最大的恩赐，让他很快地就从那种丧魂落魄的状态中恢复了神志。

严一龙抬起眼睛，四下张望。在昏暗的灯光下，他看到了拘禁他的休息室门左边的那条长长的过道。它的两边排列着好多大同小异的小舱间。那时候，小舱间的一扇扇小门紧闭，显得格外静寂，恐怖。

"这些屋子里面不会空无一人吧？他们是在睡觉还是在值勤？然而，不管怎么样，这里都是最危险的，必须马上离开……"

惊魂不定的严一龙把目光从过道深处收了回来，向另一个方向扫射过去。虽然眼前的景象是他被绑到这里时没有注意到的，但高桥他们推着他，从甲板楼梯口推下，又塞进小舱房里面的经过，他却记得非常清楚。它说明，通往甲板上面的楼梯，应该就在现在所处的位置附近，并不需要他仗着胆子，通过左边这条看上去非常恐怖的长长的过道。

严一龙很快地就发现楼梯所在的位置了。

他定了定神，踮起脚尖，屏住呼吸，蹑手蹑脚地向那个方向摸去。

终于，他找到了旋转楼梯，并且登了上去，一分钟以后，便在甲板上露出了脑袋。他看见了大海，看见了在海平面的极限之处翻滚着的那一条条的鱼肚白。

现在是黎明时分，天还没有亮，正是人们沉浸在美梦中的时候。这显然是最佳的时机，它应该给他带来好运，让他有充分的时间去找到百合子。是啊，他不是会学杜鹃叫声吗，当年不正是他发出的"嘀咕……咕咕……"的声音，才让百合子从卧室的窗户里探出脑袋，和他相约着去共度良宵的吗……

严一龙回想着，正在感谢命运之神的眷顾和恩赐之时，一种让他惊恐的声音传过来了，那是跟着小高桥一起去追捕他的那两个日本随从。此刻，他们正从船舷的左边走来，一边走，一边说着什么，其中的一个好像还拿着枪。

"老板说了，今天不能开枪，要用刀子去送他上路。"

"行，反正那家伙是头被绑着的死猪……"

那两个人互相打着趣，虽然音量很低，但对严一龙来说，却不啻五雷轰顶，让他惊惧地一下子失去了方向。他左右旁顾着，慌乱地向相反的方向爬去，试图找到一个藏身之处，但是却没有想到，手中的铁杵会碰到舷梯的扶手，发出哐当的声音，让那两个日本人吃了一惊。

"妈的，这头死猪跑出来了……"

他们马上发现了严一龙的藏身之处，并毫不迟疑地向他扑了过来。

什么退路都没有了，狭路相逢勇者胜！严一龙甩了一下脑袋，顿时挥起铁杵,向冲上来的日本人横扫了过去。他打倒了举着匕首扑上来的恶狠狠的年轻人,却给另一个拿着枪的中年人留下了空当。

砰的一声,一颗子弹从他的枪管里面飞出来了,虽然没有击中严一龙,但却打破了晨曦的静寂,让随着轮船飞翔着的海鸟惊叫着扑棱起来,把不祥甩到了每一个角落。

严一龙本能地后退一步。他躲在桅杆的柱子后面,扫视着那个追击者的动静。那时,他看见了通向轮船上方的舷梯。

"啊,那上面应该是头等舱的位置吧,百合子下榻的房间一定也在那边,只要到了那里,那个日本人就不敢开枪了……"

严一龙沉思着,顿时猫下腰来,拐着弯地向那里跑去。那里本应该是他的幸运之处,但此刻却没有任何温情。因为就在他扶着舷杆准备登梯之时,一个人影在舷梯上面闪了出来,他举着手枪,居高临下地对准了严一龙。

那正是高桥正夫。

他俯视着严一龙,脸上充满着得意的表情。

"别再乱跑了,一龙君!本来,我是不想再见到你,才让我的手下去送你上路的。可是你不干,非要拼命地往这里跑,逼得我不得不亲自出马……好吧,现在我就成全你,让你弄个清楚,走得明白……"

高桥正夫甩着垂荡在左肩下的空袖子,用残剩的右手举着手枪,对准了严一龙的脑袋,从舷梯上向下逼来。他歪笑着,咧着嘴巴,神色张狂而又冷酷。

"一龙君你……你曾经是我的恩人和兄弟,我也曾不惜代价地帮助过你,处处为你着想!可是你不干,不听话,非要和我们高桥家结怨结仇,那就怪不得我了!你……你为了一己之利,私通革命党,勾搭有夫之妇,玩弄我妹妹的感情,并不惜鼓动他人去杀人放火!你不听我的再三劝告,和杀人犯私奔,让那个婊子逃之夭夭!这一切的一切,用你们的中国话来说,就是不仁不义、无父无君、恶贯满盈、死不足惜！可是我……我竟然还一直袒护你……唉，真是瞎了眼了，我……我为了帮助你洗脱罪名，不知道被老爷子训了多少次了……"

高桥正夫举着手枪，一字一句地数落着，那种在心灵深处涌动着的怨恨，在天边刚刚裸露着的那抹阳气的催发下，显得分外激切。

一时间，严一龙竟然无言以对了。

"是啊，小高桥说得对。从他的角度看，正义无疑都在他们那边。可是，那些加之于娟子生命中的痛苦、摧残、苛责和黑暗呢？它们难道不是罪恶，不是犯罪，不应该得到惩罚和清算吗？是的，我确实私通革命党，请求他们来接应我，帮助我和娟子私奔，期望逃离厄运，那是因为时代给我们打开了一扇通向自由的大门！它要我们远离苦海，投入到革命的洪流中去！尽管这会让我背上罪名，冒渎法则，造成罪孽，并为此去追悔反省，竭诚竭力地去赎罪……可是，尽管这样，我仍然没能逃过厄运。啊，那可憎的厄运，你为什么一直要追踪着我，不放我们一条生路呢……"

严一龙凝视着高桥正夫黑洞洞的枪管，极力克制着那些已经涌到了嗓子眼上的话语。因为，他还想活着，活着见到娟子，和她享受阳光，享受空气和自由。他们要成立家庭，生儿育女，那种诱惑，已经不是什么祈愿和希望了，它变成了一种本能，一种与生俱来的本能！然而，此刻的高桥正夫已经不会再去顾及严一龙的感受了。他高举着手枪，一如所愿地吐着心声，没有丝毫的犹豫。

"我们本来不是冤家，也不应该成为冤家，但是为了大日本帝国的荣誉，为了我们高桥家族的名声，我不得不这样去做啊！你……严一龙，你要记住，是你逼得我出此下策，才走到今天这步险棋上的。你……你不要怨恨，也不要怪罪我，那是你的命，你的命啊！告诉你，一龙君，这一切都是我们老爷子决定的，而且……要不是我的袒护，恐怕你都熬不到今天……"

高桥正夫注视着严一龙，傲慢而又自负地说道。他把严一龙逼到了轮船甲板的桅杆边上,使他忍无可忍,再也无法抑制自己的情感了。

"好啊,高桥君,来吧,你开枪吧,打死我吧!看来,我是万死也不足以雪你之一恨啊!你……你说的没错,我是在玩火,玩火者必自焚,这是古训,现在……是到了我遭报应的时候了!高桥君,你……你开枪吧,我已经没有什么可说的了……"

严一龙声嘶力竭地叫道,他知道生死存亡的时刻快要到了。然而,尽管这样,他还在心存侥幸地期盼着百合子,期望她能够在这最后关头,伸出援手,去阻止她哥哥的恶行。

"啊,百合子,你……你在哪里啊!你不是向我推荐了那本书吗?你不是在暗示我,会像书中的阿七姑娘一样,不惜烧毁自己的家屋来找我、见我吗?可是现在……你……你在哪里?你又会在哪里呢……"

严一龙睁大了眼睛,嚅动着嘴唇,那种神色显然让高桥正夫察觉到了。

"哈哈……哈哈哈,严一龙你……此时此刻,难道你还在盼望我妹妹来帮你求情吗?你……你利用我妹妹的单纯,让她陷入苦难的情网,无情无义、无德无信,简直就是一个恶棍!幸亏……幸亏那一页已经翻过去了,不可能再出现了!严一龙,你将为此付出代价,而且我……我告诉你吧,我们太阳民族的女人决不会恋旧,我们高桥家,也决不会让伤害百合子的人,在这个世界上再存在下去的!"

高桥正夫嘶吼着,再一次举起了手枪,将枪管直接抵在了严一龙的额头上。然而,就在他的声音落下,准备去扳动枪机之际,严一龙所期待着的百合子真的出现了。她身穿睡衣冲出二楼舱门,尽管身体还被两个女佣紧紧地搂抱着,但她仍然挣扎着,大声地哭叫了起来。

"哥哥,我……我求求你,求求你,你不能开枪,不能开枪啊……"

百合子号啕大哭,摆脱了女佣的手,从舷梯上冲了下来。她没有穿鞋,衣冠不整、头发凌乱,面庞也因为极度的悲痛而变得晦暗无光。她趔趄着站在了严一龙和高桥正夫中间,那种浑然失色悲哀无限的眼光，就像电流一般射进了高桥正夫的心扉，让他一下子愣住了。

"你……百合子你……唉，妹妹，你……你不是同意了吗？我们不是已经讲好了吗？你……你怎么……唉，对这个忘恩负义的家伙，你……你还有什么可以去思情留义的呢……"

"不，哥哥……我……我求求你，不要去伤害他！不要，不要！我……我要他活着，让他活下去……只要他活着，我就有盼头，就有希望，就有念想啊……"

百合子睁大了眼睛语无伦次地念叨着。那声音撕人肺腑，就像是被掏去了生命的灵魂，在夜半荒冢里发出的鬼叫声一般。显然，在处死严一龙的问题上，她和高桥正夫以及她的父亲之间已经达成了默契，她已经同意了他们的计划。而且，为了避免看见处死严一龙的尴尬场面，她也准备退避三舍，假装不知道的。可是，为什么在现在这个节骨眼上，她却突然反悔，做出违背高桥家族意愿的行动呢？是一种灵魂上的救赎？是对昔日恋人的留恋，不想看到心爱的人在自己的面前血淋淋地奔赴黄泉……还是一种自救、自绝，一种对于生命的悲悯，期望以此来弥补自身的恐惧，去求得良心上的安慰呢……

没法道明，也无法说清！人的情感瞬间万变，对此，摩西早已经在他的巨著《创世纪》里列举了无数个例子，并反复再三地说明了。

时间在一分一秒地走动着，僵持让宁静和绝望凝聚在一起，构成了精神世界里最为寒冽的时刻。

本来，百合子的出现或许是能够延缓严一龙的生命的。但是，没有想到的是，她的那些悲恸欲绝的话语，却字字刺痛了严一龙的心扉，让他羞愧难当，无地自容，只想一死而了之。

"百合子……"

严一龙凄厉地惨叫一声，突然跨过挡在身后的栏杆，在高桥正夫和百合子的惊叫声中，义无反顾地扑向了大海。他再也不去顾及船上可能会发生的事情了。因为，百合子的爱越是猛烈，越是让他感觉到幻灭,而此时此刻,他确实也已经丧失了求生的欲望了……

严一龙突如其来的行动,让甲板上所有的人都猝不及防。他们尖叫着拥到栏杆旁边,在翻滚的波浪中搜寻严一龙的身影……

这个时间差非常重要。它让高桥正夫不知所措地忘了举枪射击,给对方以最后一击,从而使他的对手在冥冥中萌生了希望,本能地抓住机会,遨游着把身体掩藏进翻腾着的波浪里。当然,这也是百合子的功劳,是她的尖叫声阻止了高桥正夫的恶行,在最后一刻保住了严一龙的生命……

然而,再说这些已经没有什么意义了,没有人再会去关注那些细节。此刻,伊水号客轮依然在向前行驶着,没有丝毫要停下来的意思。它愈走愈远,朦胧不清,但严一龙还是看见了它。那应该是偶然的,是上苍把这个机会赐给了他,让他在最后一刻浮上了水面,看见了载着百合子一家的,孑然远去的伊水号的影子。

46. 苦难旅程

我们知道,严一龙是一个强者,但是这还不够。应该说,他还是一个智者,一个为了摆脱苦难的命运,常常会有意无意地寻找机会,勤奋学习,并能学以致用的人。

严一龙的学识不算渊博,但因为出生在旅顺,在那一带海滩上长大,所以,他从小就对航海知识充满了兴趣。或许正是这一点挽救了他性命,让他在跳入大海以后,不至于因失去方向而乱了方寸。因为,在被高桥正夫押到伊水号船舱里囚禁起来以后,严一龙确实想过了这艘客轮的行程,并仔细地推算过,一旦跳入大海以后,可能会存在的逃生机会。

他知道,伊水号离开旅顺港到现在还不足五小时,现在,轮船的位置应该在长山群岛和东西褡裢岛之间。那一带海面狭窄,周围遍布着小岛,岛屿之间的距离最多也不会超过一千米。而且现在正是夏末的早晨,气压稳定,海面风平浪静,凭着他的水性去拼搏一番,或许就能登上附近的礁岛……

严一龙就是这样在海水里拼搏着,借助着海浪的力量。尽管四周还是浩瀚的深渊,死神并未远去,但他鼓足勇气,奋力搏斗,终于在四个多小时以后看见了救星。那好像是一块礁石,它矗立在海面上,上面居然还长着两棵小树。

"啊……那……那应该是我的福地吧……"

奄奄一息的严一龙注视着它,念叨着,拼足全力向它游去,并且在半个小时以后,爬上了那块礁石。

那时正是晌午时分,太阳当头,和煦的阳光照耀着把柔情洒进了每一个角落,但是严一龙已经感受不到那种温暖了。他闭着眼睛喘着气,还没有顾上去察看周围的情况,就不省人事地昏睡过去了。

等他再一次睁开眼睛时,已经是傍晚时分了。那时,有两个男人站在他的身旁,其中的一个还往他的嘴里倒了几口淡水。

"他醒过来了……"

那个看上去五十来岁的男人对另一个二十出头的年轻人说道。他们讲的是高丽话,虽然听不懂,但严一龙已经从表情中看懂了他们的意思。

"这是在什么地方啊……"

严一龙试着用中国话问,但是对方不明白。无可奈何之下,他又改用了日语。这一次好像有了起色,对方产生了反应。

这要归功于日本吞并朝鲜以后强势推行的日本语教育。这种被普及着的教育,至今已经持续三四年了。所以,只要用日语,再加上一些手势,就可以和当地人沟通。虽然有诸多不便,但还是可以编造理由,避开他们的疑念,不用去解释自己为什么会昏睡在这里的原因了……

严一龙怔怔地想着,并握拳拱手,向他们作揖感谢。他从手势和勉强能够说出来的一字半语的中日文单词中明白了他们的意思。他们姓李,是父子俩,家住朝鲜西海岸的云从里。他们的渔船停在乌蟒岛的海滩边上,现正在这一带海面上捕鱼。

　　"乌蟒岛?这里是乌蟒岛……"

　　严一龙追问道,并眯起眼睛咀嚼着这个地名。他想起在学校上地理课时,老师好像对他们讲起过这个岛屿。它在长山列岛的东部,周围几乎没陆地,岛上还栖息着很多海蛇,有毒,会袭击人类。从这儿往东去,就是西朝鲜湾,离陆地很远,是一个没有人迹的不毛之地。

　　"这……"

　　想到这里,严一龙倒吸了一口冷气,脸色一下子变得铁青。好在,这对父子并没有丢弃他的意思。他们表示,不会为严一龙特意改变路线和航程,但只要严一龙能够工作,帮他们捕鱼,他们就会给他提供食物和水,并在三天以后把他带到自己的家乡云从里去。

　　"云从里?朝鲜……"

　　严一龙瞪大了眼睛,但他仍然点了点头。是的,这是唯一的生路。他总不能一个人在这个荒无人迹的小岛上去等死吧!况且,他早已经饥肠辘辘,饿得快要支撑不下去了。

　　他们的交易成功了。

　　严一龙得到了李氏父子恩赐的食物。那是两个玉米饼子,虽然烤得发黑,硬得难以下咽,但在此刻却成了佳肴,让严一龙在绝望中获得了生机。

　　李氏父子的渔船在落日的余晖中离开了乌蟒岛。他们带着严一龙,一边撒网捕鱼,一边朝西朝鲜湾的方向行驶着。那是开往他们家乡云从里去的海路,但却是严一龙断肠之旅的开始。这是没有办法的。此刻,严一龙只能听命于他们,南辕北辙,遵从安排,到一个完全陌生的国度去。

三天以后的早晨，渔船来到了西朝鲜湾的云从里港口，平安地靠岸了。李氏父子给了严一龙一袋烤好的玉米饼，作为他三天的劳动报酬，虽然不齿，但也算是个安慰，至少可以让他渡过眼前的难关。为了防止突然出现的不测，严一龙在上岸以后立即离开了那里，向着北方走去。他知道那是通往中国大陆的方向。

严一龙在下午三点多钟到达了一个名叫铁山的小镇。那是个小煤都，有着很多露天煤矿，空气很脏，但却能找到工作，挣到回家的盘缠。这种诱惑对于此刻的严一龙来说，显然是无法抵挡的。

严一龙拎着装着玉米饼的袋子，在小街上逛着，尽可能地朝着人多的地方走去。他知道日本的煤矿常常会在下午招聘第二天帮他们挖煤运煤的临时工。这种活繁重累人，但随时可以拿薪辞工走人，这对于此刻的他来说，是再合适不过的了。

严一龙在一家名叫玉露煤矿的招工小棚子跟前停下脚步，有点怯懦地往里面探视着。就在他犹豫不定之时，有人在他背后重重地推了一把，让他趔趄了好几步，好不容易地才站稳了脚跟。

"好啊，小伙子，够结实的，没有问题，进去写上名字就行了……"

那个差点就要把他推倒在地的四十多岁的日本男人，对严一龙挥动着手，比比画画地说着。他显然把严一龙当成前来这里打零工的朝鲜人了。

严一龙望了他一眼，硬着头皮走了进去，来到坐在桌子边上的包工头跟前。他犹豫了一下，便在报名册上写下了"龙焱"两个字。这个名字是他想了好长时间才决定的，他觉得它和严一龙的谐音相近，不会有辱于他老严家的门风。

工作找好了，接下来的就是吃和睡的问题了。

喂饱肚子自然容易。他还有十来个玉米饼子，足足可以坚持两天。但关键的问题是睡觉。明天要干体力活，不好好找一个地方睡觉怎么行呢？况且走了一天的路，此刻的他早已经疲惫不堪。

从招工的地方退出来，严一龙继续在小街上行走着，寻找着可能的落脚之地。那时候已近黄昏，天色也有点暗淡下来了，但他还是没有找到方向。无奈之中，他走进了一家旅店，想和店主商量，能不能先住下来，在退房时再结清费用。但是，店主上上下下打量了他一番以后，立即拒绝了，并且毫不客气地把他赶了出去。严一龙又到另一家旅店去碰运气，但结局基本上一样。其中，一家旅店老板甚至把他当成了不法之徒，扬言要去报告警察，使得他不得不打消了去旅店投宿的念头。是啊，此刻，谁会相信他这样的一个满身都是鱼腥味，身无分文，付不出定金，来历不明，流浪到这里来的中国人呢……

天越来越黑了。此刻，街边的铺子已经关上了大门。虽然零星的油灯还在一些不甘寂寞的夜店里忽闪忽灭着，露出一丝微弱的光亮，但小街很快就静寂下来，把黑暗铺满了每一个角落。

严一龙步履蹒跚，一直走到了小镇边上。他看到一个一米多高的草垛子。那是用刚刚收割下来的高粱秆堆积起来的，虽然硬茬扎人，但可以阻挡初秋夜晚大地的凉气。而且，它堆在农家大院后墙的空地上，阴暗隐蔽，不易被人发现，在那里去对付一夜，或许还是可行的……

严一龙注视着高粱垛子，犹豫了一阵子，但还是迈出了脚步。此刻，他已经不再抱有找到什么安逸的地方，安稳地睡上一觉那种奢求了，因为他的上下眼皮正在打架，困惫不堪，实在是坚持不下去了。

然而，就在那时，临近的街道传来了悦耳的声音。那应该是教堂的钟声，它回荡在夜空，悠扬动听，声声撼人，让严一龙惊愕得张开了嘴巴。他想起了在日本读书时听朝鲜同学讲起过，在日清战争（甲午战争）结束以后，朝鲜半岛的基督教信徒从一千多人暴涨到了二十多万，教堂的数量也增加了几十倍的那种事情。

"啊，一定是教堂在传播福音、济世度人，才会笼络住那么多的人心吧……"

严一龙凝神静思，突然心旌摇荡，把眼神光投向钟声传来的那个方向，并且停下了脚步。

"啊，现在已经是晚上九点钟了……"

数着刚刚停息下来的钟声，严一龙言不由衷地嘟囔了一句，那种凄凉、期待、无奈和黯然使他情不自禁地感叹起来。

"哎，要不……到教堂里去碰碰运气吧，在那里或许就能找到什么恻隐之心的……"

严一龙抬起头来，彷徨着，但还是下定了决心。

十多分钟以后，他终于找到那座尖尖的屋顶，上面竖着十字架的三层砖瓦建筑了。他走过去，忐忑不安地推开教堂那扇虚掩着的木板门。

果然，就在他犹疑着四处张望之时，一个挂着白色十字架项链、套着黑色长袍的神父迎着他走过来了。他面容仁慈、眼神清澈、声音温和，微笑地望着严一龙，吐出了一连串的高丽话。然而，此刻的严一龙疲倦得已经无法再去动脑筋，应付猜测那些话语了。他麻木地做了一个想要睡觉的动作，表达了自己的要求。

神父明白了他的想法。虽然有些惊疑，但还是把他带到了信徒们的休息室。那是一个有着一百多平方米的宽敞的房间，在紧挨着窗户的墙壁跟前，还砌筑着一排有着十几米长的烧着暖炉的火炕。此刻，上面虽然已经有十来个汉子躺着了，但仍有空位，让走投无路的严一龙感到了一阵阵惊喜。

"啊，太好了……"

严一龙用日文向眼前这位六十出头的神父感谢道。但是没想到，那神父却改变了口吻，向他吐出了一口标准的东北土话。

"小伙子，你应该是从中国来的吧……"

"是……是的。那您……您呢？难道您是中国人吗……"

严一龙有点口吃了，他望着神父有点紧张地反问道。

"我叫朴智善，出生在吉林延边，是本堂的主持。那你……你贵姓呢……"

"我……我叫龙焱……"

严一龙支吾着,还是不愿意吐露自己的真名。他有点兴奋,而且刚才袭来的那一阵又一阵的疲困,此刻也一下子消退下去了。他没有想到,命运竟然会如此宽待自己,让他在山穷水尽时,能够遇到老乡,得到慷慨的帮助。

"教堂每天早上六点钟都会提供粥食早餐,你可以放心食用。还有……在找到新的住所以前,你都可以在这里住,不用顾虑。这里就是你的家,我们就是你的家人。而且,这里没有人会来干扰,非常安全,因为上帝始终在保护着我们……"

朴智善神父一边在胸前画着十字,一边叮嘱着严一龙,直到把他送到火炕边上以后才离开休息室。

"啊,教堂真是一个神奇的地方啊,它竟然不问出处就让我这样的流浪汉住进来,在这种神圣的天国里,度过人生中最为艰难的时刻……"

严一龙的眼泪流出来了,那种感动几乎不能自已,让他伤感地久久都闭不上眼睛。

就这样地,严一龙在铁山镇安顿了下来。他白天去玉露煤矿挖煤运煤,晚上就住在教堂里,在这两点一线上奔波着。

煤矿的收入很低,每天只能挣四毛钱左右,在吃喝花费之后所剩无几,根本就攒不到回家乡所需要的费用。这使得严一龙不得不压抑住思乡之情,把对许文娟的思念深深地锁在心里。

也许是上苍的怜悯,就在严一龙在玉露煤矿做了半年多的苦力,看不到什么转机的时候,一个好梦突然降临了。那或许要归功于他那口熟练的日本语。因为那时,"煤矿的苦力中来了一个不会说高丽话,但却能够讲一口日本语的中国人"的传言,在矿上传开了。这本来也不是什么大不了的事情,但却引起一个好事的日本监工的注意。那日本人在确认了这一切并非虚妄之言以后，便把严一龙带到煤矿管理总部，把他推荐给了自己的上司山田信之副总裁。为了扩大生产规模，那时的玉露煤矿正在招聘能讲日本语的职工，作为管理层的一员，帮日本人处理公司和工人之间发生的纠纷。

严一龙很快地就得到了山田副总裁的赏识，成为他的专职翻译。报酬也由日薪改为月薪，翻了好几倍，每个月能收到三四十块钱。最为关键的是，严一龙以后不用再到矿井里去做什么苦力活了。他只要努力学习高丽话，跟着山田跑东跑西地开会应酬，和公司管理层的日本人搞好关系就行。这种事情并不难。早在三和洋行工作时，严一龙就熟知和日本人打交道的方法了。现在，只要能维持好这份工作，小心翼翼地，过上一两年，他就可以攒够回家的盘缠，离开这里，去和许文娟及父母亲团聚了。

严一龙规划着他的梦想。

然而，小半年过去了，事情并没有预料的那样顺利。因为，被日本人侵占、掌控了所有权益的朝鲜半岛，此刻正在发生深刻的变化。那时，野心勃勃的日本政府，正趁着辛亥革命的成功和清王朝政府垮台的机会，增兵东北，扩大在满洲的势力范围。他们把朝鲜半岛当作是自己屯兵积粮，侵入中国的桥头堡，而活跃在此的一线人物里，有很多是和高桥家族有关的白虎会组织的日本浪人。然而，严一龙对此并不知情。他当然不会想到，离鸭绿江对岸的安东城还不到两百公里的有着丰富煤矿资源的铁山镇，竟然也活跃着高桥家族和白虎会的人。

这个危机是用那样的方式出现在严一龙面前的。

1912年7月上旬的一个早上，当严一龙背着挎包，走出教堂，准备到玉露煤矿总部去上班的时候，朴智善神父突然慌慌张张地赶了过来，把他拉进了小小的忏悔室中。

"龙先生，您……您有什么事情瞒着我吧？您……您不叫龙焱，您的真实姓名应该叫严……严一龙吧……"

朴智善盯着他的眼睛问着,并且把对他的称呼改成了"您"。那种突如其来的陌生感,就像一盆凉水泼到严一龙头上,让他一下子就愣住了。显然,朴智善神父已经听说了什么,或者已经发觉了迫在眉睫的危险。

"您……朴先生……您是怎么知道的?我……真是对不起您,我……我是叫严一龙,可是您……难道……难道发生什么事了吗……"

严一龙语无伦次地回答道。他感到羞愧,觉得自己无颜面对眼前这位老人,但又不得不去面对现实。一定是发生了什么不测的事情,才让这个善良的神父,如此地惊慌失措的。

"您……严先生,您……您已经无法再在这里住下去了。您得离开,立即离开这里!因为日本宪兵他们……他们马上就要赶到教堂里来了。他们要来抓您!因为他们已经知道了您的过去,并且接到了抓捕您的命令……"

"这……"

朴智善的话让严一龙呆若木鸡。他怔怔地瞪大眼睛,一下子不知道怎么办才好了。

"我马上给您写一封信,向教会的朋友推荐。以后您……不管您走到哪里,只要遇到困难,需要食物或者住宿什么的,都可以到教堂去求助。来……您拿着这张条子,去寻求那里的神父,他们一定会帮助你的!我的兄弟,严先生您……您快走,快离开这里,日本人或许已经出发了,他们正在往这里赶,您再不走……或许就走不了了……"

朴智善催促着,并从忏悔室桌子的抽屉里取出纸条,写了几行字,匆匆签名后就把它递给了严一龙。他拉着严一龙来到教堂东侧,打开了那扇紧锁着的淡黄色的小门。

"看到这条小路了吧?从这里往前走,不到二十里地就会看见一片茂密的树林。树林中间有一条石阶路,顺着它走上去,就可以到达青云山的顶峰。但是,您没必要走那么远,用不了两个小时,山腰里就会出现一个和我们这儿一样的教堂。那里的神父叫金玉仓，是我的延边老乡，也会讲中国话。您只要给他看我写的这张纸条就行了！他一定会帮助您的，您放心地去就行！"

朴智善指着眼前的小路，一字一句地说着，突然间又像想起什么似的。他让严一龙等着，随后来到教堂的厨房，把一笼刚刚蒸好的窝窝头倒进了布袋，并再次回到东侧小门边上，把它递到了严一龙的手中。

"兄弟，您快走吧，别再犹豫了……"

"可是，朴先生您……那您呢？我……我一定给您添麻烦了……"

严一龙六神无主。对于突然到来的险情，他压根就没有做过准备。

"我……我没事，您放心吧……孩子，只要我们一心向善，问心无愧，上帝一定会保佑我们的……"

"呵呵，是……是的……朴先生，谢谢您！那我……我走了……"

严一龙喃喃地说着，情不自禁地向朴智善鞠了一躬。随后，他转过身，顺着神父指引的方向望去，隐隐约约地似乎看到了远方那座黛色的山峦。他停顿一会儿，突然又像发了什么誓言似的，狠下心来，向那个方向飞奔而去。他没有回头，也没有再去看站在他身后，正在画着十字，为他的旅途祷告的朴智善神父。好像只有这样，他才能够下定决心，离开这个在绝境中救了他，给他留下无限温暖的地方似的。

是啊，所有的梦想都在刹那间被碾碎了，其中的原委虽然不甚清晰，但朴智善的忠告绝不会是空穴来风！一定是自己在玉露煤矿露出了马脚，被日本人发现了什么破绽，引起了他们的怀疑。或者是和三和洋行有关的人认出了他，向日本人告密，说出了他的过去……可是，此刻再去纠缠那些又有什么用呢？一切都已经成为过去，唯一不变的是，严一龙再次成了一名逃犯，一个亡命天涯的人……

严一龙飞也似的在小路上奔跑着，没有吃东西，也不知道疲倦。虽然路边的野花三三两两地伸展着腰肢，极尽妩媚地把夏日的阳光照耀在他身上,让他闻到花香,感到温暖,但这一切却再也掀不起他的激情了。此刻,严一龙慌不择路,并且怒不可遏。他似乎在诅咒命运,但却无可奈何,因为他只能听凭它那双鬼手的捉弄,对此,任何抵抗恐怕都是无用的!

大概跑了两个多小时,严一龙终于看到了一座有着很多古树的大山。那一定是朴智善所说的地方吧?严一龙猜测着,顺着山脚兜着圈子。果然,他发现了一条可以通向大山深处的用石块铺成的台阶路。

严一龙停下脚步,环顾着四周,又回想了一下神父的交代,犹豫着但还是果断地向那条台阶路跑了上去。说也奇怪,也许是八月天碧水青山的灵气,那时,一种奇特的感觉突然在他脑海里涌现出来了。那不是迷茫,也不是寂寞,却像是一种感悟,一种安慰,一种觉醒,一种被命运之手抚摸着,支配着,意识到了苦痛,却又一定能战胜困境,赢得挑战的冉冉而起的勇气。是啊,只要闯过这一关,命运就会重展笑颜的。为此,严一龙还特意摊开左手掌,看了一眼那道伤疤。那是当年到旅顺参加日俄战争前夕,在黄花沟和许文娟别离时留下的。那个爱的印记是幸福的象征,又是精神的依托。它跟随着他,保佑着他,激励着他,鞭策着他,使他从未放弃过和命运格斗的勇气和希望!

严一龙义无反顾地登上了那条小道。

半个小时以后,他又听到那熟悉的来自教堂的钟声了。它悠远纯净,在山谷间依稀回荡,有如天籁。

严一龙凝神细品,禁不住泪流满面。

他抬起头来,向山巅之中的那片浓荫望去。就像是得到大自然的馈赠,获得了再生的功能一般,他的勇气顿时陡增了一重。此刻,他大口大口地呼吸着如水的空气,追逐着钟声的源头,再一次加快了速度……

正如朴智善神父所说的那样,在这座大山的半山腰上,确实有一座名叫青云的教堂。教堂里的神父金玉仓有五十多岁。他热情地款待了严一龙，让他在那里泡了热水澡，好好地吃了一顿饭，之后还安安稳稳地睡了一觉。

但是，那样的好日子只有一个晚上。

第二天，也就是在教堂举行早祈祷以后还不到一个小时的时间里，噩耗就传来了。一个信徒匆匆赶来告诉金玉仓说，昨天下午，日本宪兵包围了铁山镇教堂，还抓走了朴智善神父。

很明显，事实已经证明了一切，而且，似乎还在朝着更坏的方向发展。因为金玉仓断定，在朴智善神父那里找不到结果的日本宪兵，一定会顺着教堂的线索继续追查，去寻找严一龙的。他们当然不会放弃离铁山镇只有二十里路的青云教堂。因为日本人知道，青云教堂地处高山峡谷，草木葱茏、地形复杂，特别便于隐蔽逃匿，是许多反抗日本人的朝鲜武装力量的藏身地。为此，他们一定会调集重兵，前来这一带扫荡搜索的。

"严先生，我的兄弟，您得赶紧逃到大山里去，至少也要到那里去躲一阵子才行啊！要不，我先让人把您带到半山腰的岩洞里。那是教会储藏食物的地方。您先在那里避一避，过了这一阵子再说吧……"

金玉仓絮絮不休地劝说着，那种焦灼之情溢于言表，让严一龙锁紧双眉，不得不再一次地去面对严酷的现实。

"可是，光躲着藏着怎么行呢？我的目标是回家，回到我的家乡去啊！神父，我……我总不能把时间耽误在这里，躲着不走啊……"

"我明白，严先生，您的心情我当然明白。可是，安全是第一位的！因为，现在到中国去的路很危险！本来，青云山的旁边就是平安道，那里紧挨着中国，翻过山去只有百十里地就可以到鸭绿江边，过了江就是安东了。可是现在，日本人正在那里修建南满铁路，到处都是他们的宪兵，您……您怎么可能从那边回中国去呢……"

"南满铁路？修路……啊，那……那好啊，这应该是一个好机会啊！让我混在民工队伍里，讲讲日本话，干活、赚钱！而且，百十来里地以外就是鸭绿江,只要找到机会,随时都可以开溜过去。如果能够得到上苍的庇护,那里就是一条最快最好的回家之路了!当然,白虎会的浪人走的也是这条道。他们神出鬼没,无处不在,稍不留神就会被他们认出来。而且,那些得到高桥家族指示,企图去抓捕我的日本人,或许也已经在那里设防,布下了眼线,等着我去上钩呢……"

严一龙沉思道,反复地给自己提着问题。可是,不管他怎么想,怎么去算计,都跳不出那种归心似箭,急于求成地和许文娟他们早日相聚团圆的念想。是的,不能再另辟途径,绕弯拐道了!眼前的道路虽然危险叵测,险情重重,但已经处在漩涡中的他,除了去搏命一探以外,还有什么可想的呢?

"当然……除此之外还有几条路。只要沿着鸭绿江北上,还有很多条小路可以去对岸!但那都是些荆棘小道,山高路陡,险峻幽深,非常危险。当然,好走一些的也有,比如通往高句丽的集安,图们江边的钟城以及延边的珲春等等,但是那里的山林,土匪出没,治安状况极其糟糕……"

"这……"

严一龙嚅动着嘴唇,嘟囔了一句。他锁着双眉犹豫着,始终下不了决心。

"要不先到山上去躲一躲,考虑一下再做定夺吧……"

金玉仓神父思索着提出了建议,但严一龙摇了摇头拒绝了。他似乎已经打定了主意,准备豁出去了。是啊,既然哪里都是深渊,那就只能去赴汤蹈火了!比起这些,如何才能早早地回家,找到娟子,才是更加重要的。按照怀孕的日期去计算,此刻的娟子应该已经分娩,孩子也应该好几个月了吧……

严一龙怔怔地想着,眼中闪着盈盈的泪光。他擦了一下眼睛,再一次向神父提出了问题。

"金先生,翻过大山以后的那条去山脚下的路,要走多长时间呢?"

"快的话也要两天多……"

"两天多？那好啊！我想先翻过山去，到平安道去碰碰运气。假如有可能的话，就溜到鸭绿江边，过江去安东……"

"是啊，一切顺利的话，那当然好啊！可是，日本人在那里的戒备是最最森严的……"

"我明白！但是那里离我家乡近，而我……我离家已经一年多了，实在不愿意再舍近求远地绕弯子了……"

严一龙皱着双眉，念念有词地说道。每当想起许文娟和那个刚刚出生的孩子，他的心里就像被刀子剜了一样，感到一阵阵的疼痛。

"好……好兄弟！既然您已经下定了决心，那就去碰碰运气吧！当然，假如平安道那边实在危险的话，您还可以再退回到山里来，顺着山脚的小道北上，走云昌、榆坪、新延和龙滩的那几条路。从那里走，也可以到高句丽的集安，并从那里转道去通化城的……"

"通化？那敢情好啊……那么，走那条路需要多少天呢？"

"恐怕要个把多月，而且都是山路。那边日本人防范不严，但土匪的势力很大……"

"好……好的。"

严一龙锁着双眉点了点头。他终于下定了决心。

第二天凌晨六点多，当太阳还未升起，青云山还处在一片朦胧之中时，严一龙就告别了神父，向着大山深处走去。他的第一个歇息地是半山腰上的山洞。那正是金玉仓神父交代给他的，教堂储藏食物的地方。为此，金神父还特意指派了两个信徒，让他们把严一龙送到那里，陪他在那里过上一夜，为他备好食物和防身用的匕首，进一步地指明了路途以后才离开。

翻越青云山应该说还是顺利的，但在往山脚方向走时，严一龙却迷了路。他七转八绕，见路就走，但转悠了好半天之后，却又回到了原地。他焦躁不安，却又想不出什么好办法。为此，他不得不在草丛中坐了下来,掏出挎包里的窝头,慢慢地啃着,为自己补充着能量。那时已过晌午,假如再不走出大山,就只能在森林里过夜了。但是,这片林子里哪里会有山洞,可以去让他蜷身歇脚的呢?他已经在大山里露宿了四个晚上,无论在精神还是体力方面,都已经到达了极限。

严一龙一边狼吞虎咽,一边回想着他来时走过的路。他顺着太阳的光线,把视线投向了北面的那片林子。是啊,往北走总是不会错的,那里是朝鲜和中国的国境线。只要往那里走,向北继续向北,那么,所踏出的每一步都是回家的路、希望的路。只要向北走,就一定能走出林子,找到前行的方向……

明确了这一点以后,严一龙又迈开大步,顺着阳光的指引,向北面的方向走去。他还拿出匕首,每隔十米左右就在树干上刻下标记,不让自己再走弯路。终于,在夕阳西下,天边还残留着一抹云霞之际,他走出了大山,看到了树林边的马车道,以及位于车道以北三四里地的小村庄。

"啊,真是要感谢上苍啊……"

严一龙感叹着,望着远处时隐时现的福地,他禁不住地合起了双手。

天色迅速地暗下来了。紫色的浓雾在晚风吹动下呼呼升腾着,把一种说不出来的苍凉笼罩在他的周围。然而,这或许正是他所需要的。因为只有在月高风黑的夜晚,像他这样的亡命徒才有苟且活下去的可能。

严一龙眨了一下眼睛,甩着脑袋哆嗦了几下。此刻,额头上的汗水已经变得冰凉,让他忍不住地要举手去擦,但是,他马上就意识到了自己的愚蠢。因为他的上衣褴褛不堪,已经难以遮住裸露着的双臂,更何况手臂上的汗水正顺着腋窝往下淌着,浑身上下都已经是汗汗渍渍的状态了。

晚风吹过来了。虽然时令还处在夏末秋初之际,但已经充满了凉意,让严一龙情不自禁地打了一个寒噤。此刻,他的脑子里空白一片,但眼睛还在转动，机械地在黑暗中寻找着方向。终于在一片朦朦胧胧的黑雾中，他似乎发现一些什么了。

或许，那是屯子里闪烁着的油灯亮光。它镶嵌在黑色的广漠中，充满着诱惑，让严一龙那双在黑暗中感到昏花的眼睛，激动了好一阵子。

他嘟着嘴，发出了几声只有自己才能听得到的声音。那种用期望和天真组合成的神态，真可以去媲美神明！

严一龙犹豫了一下，但还是躁开大步，迅速地朝那个方向走去。他相信希望的大门，会向他这个苦命人打开的。

此刻，紫褐色的火烧云已经燃烧殆尽，空气中最后的光泽也都被大地的雾霭笼罩着，使脚下的路变得黑暗难辨。但是，在经过了一个多小时的跋涉以后，顽强不屈的严一龙还是走进了屯子。他顺着土坯的阴影，小心翼翼地向着屯子的腹地摸过去。那个村子不大，好像只有百十户人家，既有茅草房、木坯房，也有两层楼的木桩房，它们稀稀落落地散布在一片山坡上，让严一龙思考了好一阵子。因为，从那些建筑物的形状和用料上去看，严一龙可以去揣摩到屋主的家境和生活现状。

严一龙把视线落在一间连门板都没有的黑洞洞的小屋里。它挨着一间用木板和土坯砌建成的破旧的板房，敞开着门，没有任何动静。严一龙睁大眼睛，久久地注视着它，犹疑了好一阵子以后才迈出脚步。他试探着把身体靠在小屋的外墙上，企图去察看屋里的情景和它周围的情况。

这是一间推碾玉米或者其他农作物的农家作坊。这一点，从小屋中间安置着的石头磨盘就可以推想出来。现在还不到秋收季节，磨坊里也没什么可以碾磨的东西，但它的里面却堆满了农具等杂物。也许，屋主会时不时地到这里来取东西的。可是，管他呢，只要能够对付一晚，平安无事地过上几个小时就行啊……

严一龙抬起头来，细听着周围的动静。但是那时，除了自己的呼吸声和偶尔传来的风声以外，什么都听不见。严一龙吸了一口气，权衡着利弊得失，思考着应急方案，终于狠下心来，跨进了那间屋子。

一切就像是为他做了准备似的那样，那个磨盘下面居然还堆着十来捆被收割被晒干了的茅草，让严一龙欢喜得简直就要叫了起来。

"啊……今晚能睡上一个好觉了……"

严一龙嘟囔了一句，再一次把眼光投向屋子外面。在确认一切如常，没有留下任何隐患以后，他这才松了一口气，放心地在茅草上横了下来。他为自己绝处逢生，能在逃难路上再次找到歇脚之地而暗暗庆幸。

严一龙的宽心和胆量有着他的道理。

因为他断定屋主是一个穷人，而穷人是不太会为难逃难者的。况且，他有吃的，挎包里还有七八个玉米饼子，还有防身用的匕首，可以预防突如其来的袭击。而且，他还有在玉露煤矿里赚来的工钱，假如遭遇不测，还可以花钱买平安。总之，他兵精粮足，不管是在哪一方面，都可以去应付一阵子的。况且，他如此思量，只是想去借宿一晚而已啊……

严一龙沉思着，一边告诫自己不能睡觉，一边却闭上了眼睛。他太疲倦了，睡魔就像千年爬藤一般地缠上了他，让他马上就昏死般地睡了过去。

早上六点来钟，严一龙重新睁开了眼睛。应该说，他是被一阵脚步声惊醒的。此刻，磨坊里仍然幽暗，但脚步声却越来越近了。而且，那个声音正是冲着他这个方向来的。

"这……情况不妙，与其被瓮中捉鳖，还不如主动出击的好……"

严一龙定了定神，顿时站了起来。他下意识地摸了一下放着干粮和防身武器的挎包以后，便果断地走出了屋门。

严一龙的出现让对方也吃了一惊，以至于他扛着的一大捆茅草，一下子地从肩膀上滑落了下来。

"你……你……"

那个看上去已经五十出头的朝鲜汉子用手指着严一龙，趔趄了一下，惊悚得不知道说什么才好了。

"别……别怕，我不是坏人，我，我……我是中国人，在这里迷路了！我……我要去修路，到铁路那边去……"

严一龙语无伦次地说着。

他说的是夹杂着中国话的高丽话。那些高丽单词都是他在玉露煤矿里学来的，但眼前的汉子显然听不懂。他睁大眼睛，盯着严一龙，吓得连连后退着。

"我……我迷路了……我要到修路的工地上去……"

严一龙再一次解释道，并且做着弯腰筑路的动作。但对方仍然没有明白。只是和刚才相比，他似乎有点镇静下来了。他犹疑了一下，用手向东边的方向指着，嘟噜嘟噜地吐出了一串高丽话，好像严一龙打听的修路工地，就在那个地方似的。

严一龙向着他指的方向望了一眼，又转过身来，向眼前这个满脸狐疑的朝鲜汉子鞠了一躬，表示了一下谢意以后便迈开大步，朝着东边飞奔而去了。他已经达到了目的。三十六计走为上，此刻，马上离开这里才是上策。

严一龙来到了屯子东头。

那里有一个用泥坯墙围起来的大院子。它好像是村公所，是屯子的长老们来议事的地方。严一龙停下脚步。他这才明白，刚才那个农夫一定是想让他到这儿来，寻找什么庇护的。

严一龙犹豫着，但愣了一下以后还是壮着胆子走了进去。

至今为止，他昼伏夜行，避着阳光潜伏在山崖密林里，尽可能地躲着人的做法，绝非长久之计啊！要想回家，和娟子他们团聚，他就必须从黑暗中走出来，去面对人世间的一切。

严一龙把视线投向周围，小心翼翼地走进大院，没有过上一分钟，他就看见了贴在办公室北边墙上的那张告示。

"这难道是一张招工启事吗？这里是不是离铁路工地已经不远了？"

严一龙猜测着，加快脚步向那堵墙走去。他期望在那张告示上找到什么线索。

然而，他做梦也没有想到，这竟然是一张日本军政府用朝鲜语写就的通缉罪犯的布告！那告示上画着的十多个通缉犯的图像里面，列在第二排中间的那个人，就是他严一龙！虽然，那张画像和他本人并不相似，他也不明白那一排排写着的朝鲜语表达了什么，但朝鲜文字中夹杂着的有关于"严一龙……三十五岁……龙焱……玉露煤矿"，以及什么"……旅顺…… 杀人放火……"等等汉字，就已经清楚地表明，他严一龙已经是上面所指的人犯，已经登上当地日本军政府颁布的犯罪者的通缉名单了！

严一龙冒出了冷汗，心跳的速度也加快了。他惊疑地盯着那张布告，本能地向后退了两步，并且再一次地抓紧了挂在他肩上的挎包，好像那里面藏着什么救身符似的。

"看来高桥和他的白虎会人马已先我一步地来到了这里……"

严一龙倒吸一口冷气，只觉得天地都在转动，让他无法镇静地再在这里站立下去了。他必须走，赶紧地逃离这里，而且，再也不能用"龙焱"这个名字了……

严一龙瞪着双眼，飞快地转过身来，逃出了这座疑似村公所的大院。他慌不择路地向着南边的方向跑去。因为那边有重叠的山峦，有密林，有山洞，只有逃到那里，把自己再一次锁起来，才可能获得安全！

此刻，天气闷热难熬，天边还时不时地响着雷声，那一道道紫铜色的光线还会从天庭里突围出来，虽然只有一眨眼的工夫，但却照亮了天上人间，把所有的鬼影都映射出来了。幸亏天上还没有落下雨滴。它痉挛着、震撼着但还是留下了余地，在严一龙逃进山林，躲到山麓边的洞穴里面之前，收住手脚，忍住了淫威，忍耐着过了二十多分钟以后才开始发作……

终于，它滚着黑雾，轰隆隆地响着，歇斯底里地卖弄着天象，让倾盆大雨在顷刻之间倒进山川河流，使整个世界都为此瑟瑟发抖起来了……

这种景象在夏日的山区里常常看到，虽然吓人但并不稀罕。不过它还是让海边长大的严一龙感到发怵。然而，让他惊魂的还远远不止这些。因为，就在他躲进山洞里魂魄未定之际，山洞外面竟然传来了枪声。那砰砰的声音在电闪雷鸣的交替中回响着，让严一龙紧张得连汗毛都竖起来了。

"难道……难道有人发现了我的踪迹，追上来了……"

严一龙从刀鞘中拔出匕首，心惊胆战地把视线投到了山洞外面。终于，在隆隆的雷声和闪电的交歇之间，严一龙看到了一个黑影。此刻，他正深一脚浅一脚地朝着洞口方向跑来，还拿着枪，并且时不时地回头张望着。

"他是谁？难道有人在追他？这……这会是个什么人呢？是个逃犯？否则，他为什么会向着山洞跑来，而且熟门熟路的……难道这……这里是他的栖身之地，而自己则是一个闯入他人家园的不速之客……"

严一龙惊悚着，一下子不知道怎么办才好了。他本想冲出山洞，立即离开这里，但好像已经来不及了。因为那个人影已经来到洞口，他的呼哧呼哧的喘息声已经先他一步地传进洞里，就像是某种冲击波，让惊骇中的严一龙不得不缩在岩壁上，一步步地后退着。幸亏自己躲在暗中，可以借助洞外的光线去观察对方的动作，而对方却无法发现自己。但是，说这些都没有用！现在，最最关键的是要知道来者的身份，并根据这个情况去做出选择和判断。或许他和自己一样，也是一个被命运逼迫着，正处在走投无路之中的逃亡者呢……

严一龙睁大了眼睛，注视着这个五米开外的人影。

那人看上去四十来岁,和自己一样衣衫褴褛,神色慌张。他猫着腰,低着脑袋,似乎在寻找什么,并且很快地就摸到严一龙的身边,逼得他几乎无法藏身了。

严一龙缩紧着身体,挪动脚尖,企图往山洞的深处躲一躲,却不小心地踢到了一块石子,让那滚落的声音,如同万籁俱寂中落到了地上的银针一样,虽然轻微,但不啻一声炸雷!

"谁……"

那人举起手枪惊恐地喝道。那是高丽话,尽管压低了嗓门,但仍然犀利刺耳。

"啊,这大概是一个流浪汉,或许还是一个抗日分子吧?他不应该对我产生威胁!与其拼死相搏,还不如携手同行为好。况且,我们间的距离只有两米多,万一对方受到惊吓,开枪射击,那一切就都完了……"

严一龙寻思着,顿时鼓足勇气,从隐身处走了出来。因为,他已经从对方惶恐不安的神态中,揣摩到了他的身份。

"我……是我……"

严一龙用高丽话回答着。由于紧张,他此刻的声音有点发抖,语感也显得笨拙起来。

"我……我是一个逃难在此的中国人,是为了避雨才……才跑进来的……"

"中国人……啊,哈哈……"

那人突然改变口气,用一口东北话回答道,而且还咧开嘴,爽快地笑了起来。

"啊,你……你也是中国人……"

"我叫敦戈尔,是蒙古人。只是你……你怎么会跑到这儿来的?"

"唉,说来话长,我……我是想混在修路的民工队伍里,渡过鸭绿江,逃回家乡去的!可是我……我被日本人盯上了,还上了他们的通缉名单……"

"你……你也被日本人通缉了……"

那个自称为敦戈尔的人瞪大了眼睛,有点惊疑地问道。

"是的。可是,我……我是无辜的。日本人一定是搞错了,或者是因为其他的什么事情……"

严一龙支支吾吾地解释着。他并不想让对方知道他的底细。

"算了,别再说了,那些话留着以后再谈吧!现在,我们得赶紧走,离开这里!日本宪兵正在追捕我,雨停了以后他们一定还会来搜山的。所以我们得趁着烟雨之际离开这里。我是因为有东西留在这里,才不得已地回洞里来的……"

敦戈尔打住了严一龙的话,又把目光转移到了地面上。很快,他就找到他藏匿的物品了。那是一个打着绑带的背包。也许里面藏着什么重要的东西,以至于他拿到手里时,竟情不自禁地舒了口气。

他们一起走出了山洞,冒着还在滴答的小雨,向山坳中走去。显然,敦戈尔对这一带的地形非常熟悉,刚过晌午,他们就来到大山深处一个叫作魏家村的小屯子,并走进一间用泥坯和木板打造成的小屋。小屋建在树林深处,隐蔽安静,应该是敦戈尔固定的藏身和歇脚之处。

"其实,我也想混在修铁路的民工中,溜到鸭绿江对岸去的。我有事,必须赶回中国,但闯了几次都失败了。还有……我和你一样,也上了日本人的通缉名单,他们也在到处找我,抓我!现在,鸭绿江两岸戒备森严,几乎成了日本人的兵站,有大量的日本兵在那里集结,被编着队地派往满洲各地。看来,走平安道回中国是不行了,我们必须换一条路才行啊……"

"那么,走哪条道合适呢?走云昌还是高句丽……"

严一龙急切地问着。他想起了金神父讲过的那几条路。

"是的,我也在掂量着呢。其实,这里已经是云昌境内了,只是离南满铁路工地太近,是日本人的驻守要地。而且,你说的那个高句丽也不行,那是朝鲜人的圣地,日本人一定会派重兵在那里把守的。我们得绕开那些地方,从临江前边的桦皮甸子或者大栗子一带穿越国境。那是长白山脚下,地形虽然复杂,但日本人的布防很弱,只要过了国境,进入中国,一切就不用担心了……"

"桦皮甸子或者大栗子?那……我们得走多久啊……"

严一龙有点担忧。因为,那些都是新名词,是金玉仓神父没有提起过的地方。

"快的话一个半月就行。现在是7月末,我们应该能在9月中旬赶到那里,在那里跨越国境,到对岸的通化去!这条路虽然遥远,但沿途都是即将成熟的玉米、高粱,它不仅是藏身的好地方,还是我们的大食堂啊……"

"那……好,那好啊!那么我们……我们什么时候出发呢?"

"不急,明后天就行!我们先在这里休息一下,准备好食物,养精蓄锐,等到明晚天黑以后再上路。现在,这里还很危险,尤其是最初的这几天,我们还是要昼伏夜出,加倍小心才行……"

敦戈尔皱着双眉,一副老谋深算的样子,让严一龙看到了希望。

第二天的晚上是一个难得的好天气。

也许是因为前一天的暴雨把天空彻底洗刷了一遍,此刻,它一碧万顷、皓月当空,银光如瀑布般地倾泻下来,穷尽了人世间的所有柔情。这应该是一个好兆头,尤其是对于命悬一线的逃亡者来说。

晚上九点钟,严一龙把匕首揣在腰间,扛着敦戈尔给他的毛瑟枪,斜挎着干粮袋子和水壶,全副武装地跟着敦戈尔踏上了征途。

也许是走投无路,或者是绝处逢生,一向多疑的严一龙在此时,却对这个比自己年长的蒙古汉子产生了信任。他不仅把身家性命全盘交付,还和他成了知心朋友。虽然没有达到无话不说的程度,但毕竟可以去坦诚相见了。

严一龙终于忍不住地把自己的种种往事,包括他和许文娟如何海誓山盟，而后又天各一方、生死未卜的事情，一股脑儿地向敦戈尔兜了出来。同时，他又在敦戈尔的叙述中知道，这个蒙古人已经发电报通知了朋友，要他们在10月19日下午四点钟左右，在位于满洲奉天城浑河北岸五里河的名叫玉泉楼的酒馆里见面，要在那里商量大事。

原来，敦戈尔是一个活跃在朝鲜北方抗日义勇军队伍中的情报人员。他和张作霖的朋友东北军28师师长冯麟阁有深交。这一次回国，他不仅要把在日本驻朝鲜军政府里获得的有关于28师政治部里有奸细，日本人是通过那人去收集东北军情报的消息告诉冯麟阁，还要和冯师长的对头，那个极端的民族主义者巴布扎布去见面。

敦戈尔和巴布扎布一样，都出生在内蒙古卓索图盟的土默特左旗，是一起长大无话不说的同乡好友。然而在辛亥革命以后，他们之间的关系发生了质的变化。当年赴旅顺参加日俄战争的前满洲义勇军将士巴布扎布，现在则成为一个提倡借助日本军国主义势力，去实现蒙古独立的武装部队的首领，而主张依附于中国，实现中华大一统的敦戈尔，那时候却远赴朝鲜，参加了抵抗日本帝国主义的义勇军队伍。

巴布扎布的民族主义理念是有着他的政治背景的。那时的外蒙古，已经在清王朝的崩溃混乱之际建立了博克多汗国，其叛离行为不仅没有受到惩罚，还得到国内外许多政治势力的支持。其中一些武装集团甚至鼓吹，要借此机会向全世界宣告，让内、外蒙古一并从中国分裂出去，建立大蒙古帝国，而巴布扎布以及他领导的武装力量，正是其中的一个最为积极的吹鼓手。

正因为如此，巴布扎布才会在半年前，带领数十名士兵，离开内蒙古的大冷营子，去投奔科尔沁右翼前旗的辅国公阿尔花，并成功地领导了开鲁县的武装暴动，从而被外蒙古的库伦政权，任命为他们的五个方面军的指挥官，并被封为镇国公。

六个多月以后，这个三十八岁的野心家在获得敦戈尔从朝鲜送来的有关俄国沙皇政府将签订《中俄蒙协约》，承认中国对外蒙古宗主权的情报时，顿时感觉到了机会。他积极活动着，在得到了企图复辟清王朝的满蒙和一部分汉族人士的支持，以及日本政府会对他进行武装支援的许诺以后，便立即召集各路军马，准备武装叛乱，用武力去反对这份协议书的实施。

为此，他要求敦戈尔尽快赶回来,期望在《中俄蒙协约》发表之前，和他一起携手举事。然而敦戈尔并不同意他的主张，而驻扎在吉林郑家屯的28师师长冯麟阁，对此也深感痛恶。因为，冯麟阁已经在那时收到北洋政府的命令，正在寻找机会，去扑剿巴布扎布的队伍。

为了避免引燃战火，两股军事力量之间显然需要一个共同的友人。这是非常重要的。而敦戈尔无疑是其中最为合适的人选。因为他既有可能劝阻巴布扎布的武装叛乱，又有可能游说冯师长对巴布扎布去网开一面。可是，如此理想的调停人，却在这个节骨眼上被困在鸭绿江南岸，在中朝两国的国境线上，和日本人捉迷藏。

这实在也是无可奈何的。

不过，也许是因为上苍保佑，敦戈尔和严一龙还是在一个半月以后，如期来到中朝国境线上，有惊无险地避开日本军的巡逻马队，在临江镇西南方的桦皮甸子跨越了国境，并在9月13号到达奉天省的江源。

一切还算顺利。但没有想到的是，在大风大浪里走过来的他们，却在阴沟里翻了船，在江源进入通化以后遇到了麻烦。

这恐怕要怪罪于严一龙。因为是他不习惯山路，在长途跋涉中又不善保养，使得脚底下打满血泡，疼痛难忍，因此不得不在到达通化附近的二道江子时停下脚步，动起了在集市上去买马代步的念头。那一天正是赶集的日子，二道江子的集市里面熙熙攘攘的，尤其是马贩子们，正忙着讨价还价地，在购买骏马的马市上显着身手。

为了能尽快地骑马赶路，严一龙并没有像那些为了赶着秋收打苙，运送粮食，不得已地去购买马匹的用户那样，斤斤计较地讨价还价。

他没有过多的论价就做出了决定,并爽快地付了钱,把那匹黑色牡马牵走了。

严一龙当然是有眼光的。那匹牡马速度快,耐力好,作为赶路用的坐骑非常合适,就是骑上两个人,也可以无碍地奔跑上一阵子的。但问题是严一龙爽快付款的样子,他露富的举动犯了大忌,因此成了土匪抢劫的目标。

其实,早在他们背着枪风尘仆仆地走进集市的那一刻起,就有探子盯上他们了。那些土匪把严一龙他们俩当作是城里来的豪族子弟,并很快地叫来了弟兄,在他们离开二道江子,踏上崎岖的山路不久以后,就拦住了他们。

两军相遇勇者胜。

就在敦戈尔连连开枪撂倒了两个土匪,跳上严一龙骑着的黑色牡马,掉头奔向山路边的树林,准备重演当年严一龙和高桥正夫一起逃出俄罗斯军营的那幕戏剧之时,一颗子弹飞过来了。它击中了马肚子,让那匹牡马惨叫着倒了下来,把骑在它身上的人也甩了出去。

"妈的,这帮匪徒,为了钱财简直不要命了!来,一龙,我掩护你……你快走,往树林里跑,快去……"

敦戈尔果断地推开了严一龙。自己则倚靠着牡马的尸体,向不断扑上来的匪徒们连连射击。

也许是出于敬畏之心或者是贪生保命之情,此刻的严一龙竟然服从了敦戈尔的指示,一个人朝着树林深处跑去,而且因为紧张过度,他竟然没有看清前方的山崖,慌不择路地掉进有着七八米深的崖沟里,虽然被树枝挡着,没有遭到致命危险,但还是扭伤了脚脖子,摔昏了过去。

一个多小时以后,严一龙睁开了眼睛。他躲在草丛里,浑身是伤,疼痛难忍。

应该说他是被子弹的砰砰声和一阵阵的叫骂声所惊醒的。

那是土匪们在开枪。由于找不到伤害了他们好几个兄弟的外乡人的行踪，土匪们正对着沟底，发泄着怨恨和怒气呢！

严一龙的隐藏地是安全的。那里紧贴山崖，还长着好几棵大树，郁郁葱葱地，用它的枝丫遮挡着，使他不用过分地担心土匪射过来的子弹。

此刻，最揪着他心弦的自然是敦戈尔的安危了。那个蒙古汉子现在会在哪里呢？他脱离了虎口，还是落到了土匪手里，或者……

严一龙的心里痉挛着。他不愿意去想象，也不敢去推测，而且，一种近似于犯了大罪的感觉，还时不时地向他的心头袭来，让他实在无法自拔。

"我……我怎么会临阵脱逃，把危险留给敦戈尔一个人，自顾自地跑掉呢？我……我还算是一个男人吗？贪生怕死，苟且偷生，我……我……"

严一龙铁青着脸，咒骂着自己，越想越沮丧，恨不得就想去抽自己的嘴巴。

"还有什么可以去补救的方法吗？现在，敦戈尔或许还活着，他身负重伤，但一息尚存，正在林子里苦苦地等着我去救援呢……"

严一龙怔怔地想着，似乎有点感悟过来了。他用手去抓树干，企图扶着它站起身来，但脚刚落地，一种钻心的疼痛就让他尖叫着，重新摔倒在了地上。

"啊，我的脚……"

严一龙悲伤地嘟囔了一句，这才意识到了自己的伤情。此刻，他的右脚背发青发黑，肿得像个馒头，根本无法站立，那种状况自然地抑制住了他的好不容易才萌发出来的英雄主义气概，使他理直气壮地又退回到了求生自保的私念里。

"也许……这也许就是命运的安排啊！为了让我在良心上过得去，它故意让我蒙难受伤，还用伤痛阻止我，让我苟生保命，不去救人。

这……这或许就是一种暗示啊！是的，敦戈尔单身一人，无牵无挂，他应该是为了革命，为了事业和理想才来到这个世界上的。而我不是那样！我有娟子，还有孩子！那个还没有见过面的孩子，或许正在盼着他的爸爸去抱抱他呢！我……我怎么能一死了之呢？我要是完了，那娟子和我们的孩子怎么办呢？我……我是不得已才为自己去着想的，这显然是命……是命运啊……"

严一龙思索着，虽然舍命去救援敦戈尔的心思还在不断冒出来，但理智却重复着，一次又一次地把它压下去了。他甚至还理出了一个头绪，并为它添上了注脚，使他变得更加合理，并也让他更加理直气壮起来了。

"没错，理想越崇高，牺牲自然也就越多，那是想干一番大事业的人的命运。而我……我只是一个小人物，我只想和娟子依偎在一起，老婆孩子热炕头，过一个普通人的生活，除此之外，没有任何念想！而且我……我已经回到了祖国，离家乡离娟子只有一步之遥，希望就在眼前了，为什么我……我还要豁出命地去救人，白白地去蒙受至今为止所遭遇到的苦难呢……"

严一龙仰起头来，望着繁枝茂叶里透射过来的一丝丝的光影，心情也豁然明朗起来了。虽然还有些羞愧，有些卑微，还时不时地因为某种嚣乱而烦恼，但毕竟有了主意，似乎还占据了道德高地，让他终于能够安然释怀了。

"然而不管怎么样，我还是得马上离开这里，哪怕是撑着爬着滚着也行，一刻都不能迟疑！那些土匪或许还会来这里，到这里来找我、抓我，而且这伤、这山林的夜晚，也会要了我的命！我不能坐以待毙啊！虽然跌下崖沟里时，把敦戈尔给的毛瑟枪丢了，但那个挎包还吊在我的身上，那些在玉露煤矿挣来的血汗钱还在，还有那一把匕首，金玉仓神父给我的那把匕首，它还挂在我的腰带上，还能作为防身之用，去抵抗一阵子的……"

严一龙念叨着，并使劲地搓着右脚掌，期望加快血液循环去减轻瘀青带来的伤痛。此刻太阳已经西斜，山崖里也开始朦胧起来了。虽然一切仍然依稀可见，但秋日的山雾已经在周围聚集，再不离开，很可能就会被淹没到雾里去，而再一次地迷失方向！

严一龙显然有点着急了。他挪动着双腿爬行着，还捡到了一根树枝，并把它当作拐杖，一次又一次地尝试着，期望能够站立起来。也许是因为梦想，一种求生的欲念，一种能够活着去和恋人相会的渴望，让他勇气倍增。因此，在反复地摔倒了几次以后，他终于能凭借着那根树枝的力量，摇摇晃晃地挺立在地面上了。

"啊，请上苍保佑我，渡过这个难关……"

严一龙祈愿着，鼓起勇气，克服了伤痛，踮着脚尖，移动着、跳跃着，终于迈出了脚步。在经过了两个小时的拼搏之后，他走出了枝叶繁茂的杂木林，来到一条蜿蜒在山沟里的马车道上。

他显然有点激动了。

此刻，这条朦朦胧胧地向远方伸展着的望不到尽头的马车道，激起了他无限的遐想……

"是啊，这是一条通往故乡的大道啊！假如……假如能有一辆马车经过这里，或者在这儿遇到老乡，或者……唉，哪怕就是看到什么人影都行啊！他们一定会同情我，救我，帮助我的！为了回家，我经历了那么多苦难，难道这还不够，还要继续下去吗？难道……这个世界上真的就没有一点点的恻隐之心吗……"

严一龙喃喃细语着，双手合十地眺望着远方，近乎祷告一般地跪在马车道边上的草丛上。也许是因为气力用尽，伤痛难忍，无法再去站立起来，或者是心存侥幸，期望奇迹的出现，此刻的严一龙，再也不想去迈动脚步了。

山坳里十分安宁，没有任何动静，而且天边好像还刮来一股冷峭的北风。它摇晃着枯枝树叶，窸窸窣窣的，就像是野兽的吼叫声一般。

它揪着严一龙的神经，让他情不自禁地悲伤起来了。

"这……今天……难道我今天又要露宿在野外，饥寒交迫地去度过不眠之夜吗……"

严一龙自言自语地巡视着周围。

至今为止，他已经有过无数次地苟且在野外的经验了，每一次似乎都能够化凶为吉。但是今天的情景却不一样。这里地处偏远，前不巴村后不着店，而且他又茕茕孑立、形影相吊、心寒伤痛、饥肠辘辘，实在无力再去找寻食物和栖身之处了。

严一龙摇摇头，悲伤地叹了一口气，再一次地睁大眼睛，期望去发现奇迹。他知道，此刻，自己正在经历生命中的最为艰难的时刻，他必须鼓起勇气，调动所有的力量，去度过眼前的危机……

也许是上苍的怜悯，或者是鬼神注定他还命不该绝，总之那时，他听到了马鞭子在空中挥响着打着鞭鞘抽向牲口的声音。那声音空旷遥远，而且只是轻轻一下，但却实实在在地震荡着他的心魂，让他喜出望外地仰起了脖子。

他的判断显然没有错。没有过上十分钟，一辆马车就在朦胧稀疏的车道上闪现出来了。它踢踏踢踏地奔驰着,正在向严一龙的方向跑来。

"那……那一定是上苍派来的使者了……"

严一龙嚅动着嘴唇念叨道，满怀着希望地挥起了双手。但是，他没有想到，马车并没有因为他而停下来。那个马车夫睁着眼睛望着前方，就像是没有看见他似的，让马车呼啸着从他的身边跑过去了。

"掌柜的，救……救救我啊……"

严一龙绝望地叫道。但是马车夫并没有理会他，依然我行我素地赶着马车往前跑着。

"爷爷，我们帮他一下吧！"

那好像是一个小姑娘的声音。她坐在马车夫的后面，直愣愣地望着正在向他们求救的严一龙。那种稚气在夜空中回荡着，让严一龙热泪盈眶。

"孩子，这世道坏人多，我们还是少管闲事的好……"

"可是，他不像是坏人，我们救救他吧！要不野狼会把他吃掉的……"

那个小姑娘继续求情道。但是马车夫仍然没有听进去。他舞着鞭子吆喝着，没有过上两分钟，它就绝尘而去，消失在黝黑的山坳里了。

"这……看来我……我只能在这儿坐以待毙了……"

严一龙悲哀地低下头，用手捶着地面，情不自禁地痛哭起来。那种无情的打击，让他绝望得几乎就要崩溃了。

然而，就在他悲愤欲绝、痛不欲生之际，希望突然又出现了。严一龙做梦也不会想到，那辆消失得无影无踪的马车，此刻竟然会掉转车头，又重新进入了他的视野。也许是良心上的发现，或许是那个小姑娘的魔力，总之，那辆马车确确实实地正在向他跑过来，并且很快地在他面前停下来了。

"你是谁？为什么一个人在这荒山野岭里？"

马车夫跳下车来，甩出了一口东北话。那是个六十来岁的老汉，他摘下戴在头上的狐皮帽子，疑惑不解地望着严一龙。

"我……劳驾你了，大爷。我……我从桦皮甸子过来，在二道江子的山道上遇到土匪，马被打死了，我摔伤了腿,还掉进了崖沟里……"

"你……噢，这事我也听说了！东山的土匪今天确实在二道江子搞了事，袭击了买马的汉子，抓了一个受伤的，还逃走了一个！你……难道你就是跑掉的那一个吗……"

那个马车夫眯起了眼睛，若有所思地望着严一龙。

"是……是的，我就是跑了的那个……可是，掌柜的，我的朋友他……他受伤了，被抓了？土匪把他抓走了？这话是真的？你……你是怎么听到的……"

严一龙睁大了眼睛，惊讶地问道。他没想到自己会在这种时刻、这样的场合听到敦戈尔的消息。看来他们被土匪袭击的事情已经成了当地的新闻。可是，这种新闻又会给敦戈尔带来什么呢？是福，还是祸呢……

"掌柜的，我的朋友他……他应该还活着吧？"

"应该活着！他是受了伤才被土匪绑走的。土匪一般不会杀人，他们要的是钱，只要拿钱去赎就行！不过……谁知道呢？对于外乡人，他们也许会撕票的……"

马车夫不无悲伤地摇摇头，还忧虑不已地叹了一口气。

也许是因为严一龙的情感打动了马车夫，让他感到安心，或者是坐在马车上的小姑娘再三恳求，要爷爷伸出援手去帮助的原因，总之，老爷子很快地就相信严一龙了。他让严一龙坐上马车，并和他唠起家常，还把自己的情况告诉了严一龙。他说自己叫葛忠义，住在前面十多里外的三源浦，是为了接儿子儿媳妇他们一起回老家，帮他去收割大田里的高粱，才在今天中午赶到二道江子那边去的。因为儿子临时有事，要晚几天才能走，而十一岁的孙女又纠缠着要坐马车去奶奶家玩，所以才匆匆忙忙地赶在天色暗下来之前，驾着马车离开二道江子，回三源浦去的。

啊，这……简直就是命运的恩赐啊，它让严一龙在危急关头又有了一个安全的落脚地！

此后，他住在葛忠义家，帮他们干农活，一瘸一拐地下大田割高粱，收玉米，用葛老爷子拿来的高粱酒擦脚治伤，还时不时地陪着小孙女玩，和他们成了好朋友。

本来，严一龙是完全可以接受葛老爷子的邀请，在他家过完冬天，彻底养好伤再走的。但是，因为他惦记着敦戈尔的下落，知道敦戈尔会在10月19日的下午四点，在奉天的玉泉楼酒家和朋友们见面，所以，在葛老爷子家里住了两个多星期以后，他就向他们告辞，准备到奉天去了。虽然脚伤还没有好利索，但他还是要早早地上路。因为，他期盼着能在玉泉楼酒家找到敦戈尔，当面去向他请罪、致歉。

严一龙的柔情得到了葛忠义的赞赏。为了表达自己的情谊，葛老爷子不仅把原来准备留给儿子过冬用的狗皮袄子和自己戴的狗皮帽子送给了严一龙，还赶着马车和小孙女一起，送了他几十里路，在梅河口镇请他喝酒吃饭以后，才依依不舍地和他分手告别的。那时，葛老爷子的小孙女哭得稀里哗啦地，让严一龙也红了眼睛。是啊，他真得感谢她，假如不是她利用自己在葛老爷子心中至高无上的地位，执拗地去劝说，并让老爷子改变主意，掉转马车去救他的话，那么他严一龙的命运，很可能就被改写了。

离开梅河口以后，严一龙吸取了教训，再也不绕近道走小路了。他按照葛老爷子的指示，经草市，下清原，直奔抚顺，虽然多走了几十里地，但还算顺利，在十月初到达了那座煤都。他在那儿的旅馆小息几天之后，终于踏上了前往奉天（沈阳）的路程。

曙光在前，但这也是严一龙整个旅途中最为危险的时刻。因为日本的大隈内阁政府，已经以维护南满铁路沿线的治安为由，向奉天增派了大量的日本警备部队，而二十万左右的日本移民，也正集聚在那里，等待日本军队去为他们去寻找落脚点。毫无疑问，他们中间自然隐藏着高桥家族的部下和白虎会的日本浪人。他们正在调查他的下落，追寻他的行踪。而且，那个名叫安勇的鹰犬也不会闲着。那些警察们一定在盯着他，窥视着他，企图重新把他打入地狱中去……

这确实是无可奈何的。但奉天是严一龙回家的必经之路。他无法绕过那里。况且，他还决定要到玉泉楼去寻找他的恩人敦戈尔。他已经错过了与敦戈尔同生共死的机会，决不能再错过那个向他赔罪的机会了。

当然，严一龙也存在着一种侥幸的心理。他始终认为，只要能够小心行事，就一定能躲过那些危险。严一龙的判断也许有着他的道理。因为失踪了一年多的他，已经变成另外一个人了。现在，他的头发已经长得披到了肩膀，胡须也没有规则地随着两鬓延伸下来，连成了一片，让他看上去老了十多岁。假如不去仔细地辨别，那是不可能去联想到他那曾经有过的文质彬彬的书生样子的。

是啊，苦难的旅途已经彻底改变了他的形象，但是，谁又能够保证，命运的拷问已经结束，他的人生就一定能苦尽甘来，重见天日了呢……

47. 敦戈尔的建议

这一天下午三点钟，严一龙早早地离开金水居，赶到城南浑河北岸五里河的玉泉楼酒馆。他明白今天，10月19日下午四点钟，是他到玉泉楼酒馆找到那个蒙古汉子，在生死劫难后和敦戈尔相遇的唯一的机会。

为了防止意外，严一龙提早一个小时就来到酒楼，在靠着浑河水二楼窗前的地方找了个位子坐下来。因为那里可以清楚地看见进出酒馆一楼的客人。

严一龙眯着眼睛巡视着周围的状况，突然想起了自己在街边书摊上买的那本名叫《东洋文韵》的杂志。他把杂志拿了出来，放在桌上醒目的地方。因为敦戈尔告诉过他，由于不知道前来相会的人是谁，所以和来人的接头方法就靠这本流行在当地的杂志。这种手持信物的联系方式虽然笨拙，但却可靠安全。

然而尽管这样，严一龙还是有点忐忑不安。他叫来侍者，点了一壶烧酒和两叠下酒的咸菜，尽量表现出一副老到的样子。他自然不敢去喝酒，生怕那些酒星沫子会让他错过和这位蒙古兄弟见面的机会。而且，他还时不时地探出身子，去俯视来往于楼下的客人，尤其是在时针指向下午四点钟的那个让他兴奋而又不安的时刻。

玉泉楼是一个清朝皇族的亲戚投资的有着两个楼面的酒馆。虽然规模不大，但因为占据着浑河之畔，因那种地理上的优势而名扬一方。满洲人嗜好喝酒，因为酒馆不仅是他们流露真情，宣泄私愤的好地方，还是他们敞开心怀和他人交流，从中获取信息，增长知识，刺探情报，结亲交友，审时度势，议论时局的最佳场所。玉泉楼酒馆的消费不贵，只要花上零星碎银，就能买上几块豆腐干和煮熟的萝卜、土豆，以及一壶烫得滚热的烧酒。菜肴虽然简单，味道也一般，但香气依旧，并不影响食欲。

此外，酒馆还是男人寻欢作乐、女人卖弄风情、恋人幽会谈心的好去处。凡是孤独的、失落的、伤感的、忧郁的男人和女人，只要来到酒馆，就一定能找到为他们解开愁结、治疗心病的对象。喝酒如同吃药，用酒精麻痹神经，把心病娓娓道出，总比压抑着锁在心里好。因为酒精是个好东西。它是人生的最佳伴侣。那些不会喝酒的男男女女们，怎么可能会品尝到爱情的滋润和生活的美好呢？也正因为如此，酒馆一定还是一个藏污纳垢或者卧虎藏龙的地方。凡是要追查隐私，缉拿罪犯，就一定要去那里。谁知道那挂着一盏盏红灯笼，有着楼阁和廊墙，烟雾缭绕，人来人往，回荡着吆喝声和淫荡笑声的酒桌边上，会隐藏一些什么样的恶徒呢……

严一龙怔怔地想着。他并不喜欢酒馆那种嘈杂的地方，假如不是要在这里去寻找敦戈尔，他是绝不会到这里打发时间的。

果然，让严一龙感到不快的事情发生了。

那时，一个穿梭在酒桌之间卖唱讨钱的年轻姑娘突然被一个醉醺醺的中年男人搂进了怀里。那个男人和他的桌友狂笑着，还想用他胡子邋遢的臭嘴去亲姑娘的脸颊，让她连哭带喊地尖叫了起来。为了打破这种尴尬的局面，酒馆的伙计走了上去。他向那个男人点头哈腰地表示着歉意，期望对方就此放手。但是，那个男人不但不松手，还扇了那伙计一记耳光，把他一下子打倒在地。

"八格牙路……"

那男人恶狠狠地骂了一句,并在桌友的喝彩声中,再一次把姑娘抱到了自己的腿上。

"日本人,这家伙是日本人……"

严一龙望着那个肆无忌惮的日本男人,情不自禁地嚅动了一下嘴唇。那时已经是下午四点十五分了,严一龙正在为自己还没有找到敦戈尔而焦虑着呢。

五分钟过去了,但邻桌的骚乱不仅没有结束,还愈演愈烈,引起了周围中国客人的愤怒。那时候有几个血气方刚的年轻人还站了起来,想去帮助那个姑娘。但是,他们站着却没有动手,只是敢怒不敢言地注视着日本人,始终都没有发声。

那种状态显然激怒了严一龙。

也许是想引起人们的注意,让混杂在人群中的敦戈尔去发现他的存在,严一龙顿时大喊了一声。他走到日本人跟前,伸手就给了那家伙一记耳光。

"放开那个姑娘!"

严一龙说的是日语。他的低沉的嗓音和不屈的意志,把那几个企图寻欢作乐的日本人一下子给镇住了。

闹事的日本男人放开了怀里的姑娘,擦了擦嘴角的血丝,目露凶光地站了起来。同时,他的朋友们也放下了酒杯,摆出了一副准备决斗的架势。

然而,严一龙并没有却步。他捋了一把络腮胡子,嗖地一下从挎着的帆布包里掏出匕首,用牙齿咬住了凛冽的刀刃,并且挺直了身板,抱肘而立,像一个真正的武士那样,两眼放射出了冷冷的寒光。

那阵势显然把日本人给吓住了,他们面面相觑。显然,他们并没有携带武器,这一点从他们惊慌失措的眼神中就可以看得出来。

严一龙撸起衣袖,露出一条条刻着伤疤的胳膊,稍稍瞄了对方一眼后,他把匕首从嘴里取了下来,让刀刃贴近小臂外侧隆起的肌肉上,只是轻微地一划,鲜血便喷涌而出。严一龙没有皱眉,也没有咬牙,只是圆睁着双眼望着他的对手,没有半点胆怯之情。

"来……来呀……"

他的牙齿缝里蹦出了这么一句日本话。

那声音犀利、刺耳,让在场所有的人都感觉到了隐藏他内心深处的霹雳之恨和愤然之情。

严一龙的自残行为以及由此显示出的准备去拼命的架势,把那几个日本人镇住了。他们互相望了一眼,悻悻地点点头,互相打了个招呼以后,便在众人鄙视的目光下,灰溜溜地走下楼梯,离开了酒馆。掌声响起来了。围观着的酒客们用掌声向严一龙表示敬意,但那里面却没有敦戈尔。严一龙并没有因为他仗义相助,去发现那个蒙古汉子的影子。

严一龙有点失望了,但随之而来的则是一种难以言说的忧虑。

"看来敦戈尔没有到酒馆来,他或许还被扣在土匪窝里,受苦受难,或许,他根本就没有像葛老爷子说的那样,活着被绑到土匪窝里去了……"

严一龙的思维又回到他逃离事发现场的那一刻了。那是他心中永远的痛啊!他怎么会忘记那一幕幕记录着他耻辱的场景呢?

严一龙坐回到位子上,一边用衣袖揾着仍然在渗着血丝的胳膊,一边举起酒壶喝了一大口烧酒。猛然间,他突然发现自己已经闯下了大祸。

是啊,假如不是为了在嘈杂的酒客中去引出敦戈尔的身影,那他很可能是不会去做这种事的。那种英雄救美之举虽然壮美,但肯定会传到好事的警察那里,让他们顺藤摸来,给他至今为止隐姓埋名的逃亡生活带来无法想象的后果!看来,他必须马上离开这里,逃之夭夭,可是一旦离开这儿,他就再也看不到敦戈尔了……

严一龙迟疑着,正在犹豫不定之际,一个东北汉子走到他的跟前。

他四十出头，留着短短的寸头，显得机警敏捷。

"义士，你是为了和人约会，才来这里的吗……"

那汉子望了一眼桌上放着的《东洋文韵》，话中有话地问道。

"是的……可是今天，我的朋友没有来……"

"你的朋友叫什么名字？"

那个东北人也掏出一本《东洋文韵》，在严一龙的面前晃了一下。显然，他是在展示自己的身份，那样子让严一龙产生了希望。

"他叫敦戈尔……"

严一龙犹疑地说道。只要一提起敦戈尔的名字，他的心里就会感到痛楚。

"敦戈尔？你是敦戈尔的朋友……"

听到对方提到了敦戈尔，那个汉子显然有点激动了。

"是的。你……你认识他吗？"

"是啊！不过说来话长！义士，我们得赶紧离开这儿，换个地方再聊。这里不能久留！刚才那几个日本人，一定会带着武器，叫着同伙赶过来的……"

"可是我还没见到敦戈尔啊……"

"他已经去了郑家屯……"

"郑家屯？啊……敦戈尔，他活着，他还活着！真的吗，大哥？敦戈尔还活着吗……"

严一龙有点激动了。他反复地问道，眼睛里充满了期待。

"郑家屯在哪呢？大哥，我也要去，到那里去找他……"

"你……你找不到他。他躲起来了！五天前，郑家屯的百姓和日本人发生冲突，引来了大批日本士兵。现在，那边人心惶惶的，随时都会打起来，非常危险……"

"可是，我还是想去，我要去找敦戈尔……"

"如果……如果你只是想见敦戈尔的话，那很简单，他过几天就会来奉天,在这里去会见冯麟阁师长。"

"冯师长?啊,是的,敦戈尔跟我讲起过他!好,大哥,我听你的,在奉天等他……"

严一龙自言自语着,多少有点安心了。他和那个东北人一起离开玉泉楼酒馆,把谈话地点转移到了附近的茶馆,并从对方的介绍中知道了他的名字。

他叫江天云,是敦戈尔的游击队安排在奉天的联络员。今天,他是受敦戈尔的委托才到玉泉楼来的。因为敦戈尔担心,那些没有收到通知,不知道会议已经改期的朋友,仍然会从外地赶到玉泉楼来,去找他等他的。

江天云的话让严一龙安心。他把住的旅馆告诉了江天云,表示自己要在奉天等敦戈尔。严一龙算计着,虽然盘缠已经不多,但再应付个把星期恐怕还是可以的。

三天过去了,但什么消息也没有,又过了两天,就在严一龙着急得如同热锅上的蚂蚁,准备到江天云的住处去寻访之时,这个联络员到金水居来了。

江天云告诉严一龙,因为事情紧急,敦戈尔临时改变了计划,正在巴布扎布的军营里谈工作,一时半会还来不了奉天。但是,江天云带来了敦戈尔的口信,说假如严一龙同意的话,他愿意写信,推荐严一龙到张作霖那儿去工作。因为,张作霖为了和日本人交涉,正在招募懂得日本人招数、能讲一口流利的日本话的人。

"张作霖?这……这是真的吗,敦戈尔要我到那里工作?"

严一龙抬起头来,目不转睛地盯着江天云,一下子语塞了。他有点晕,似乎还有一种飘逸在云里雾里的感觉。那些本来触手不可及的事情,此刻,却突然地可以去摸到边了!

"好……好啊,不过,你得让我再想一想,大哥!这可是个大事,我要好好地想一想才行啊……"

"当然，那当然！不过，这机会难得，敦戈尔一定是为你做了精心考虑以后，才去这么安排的！现在，张作霖虽然还是大都督赵尔巽的部下，还屈尊于陆军27师师长的位子，但他是袁世凯的左臂右膀，是民国政府的红人，而且才只有三十七岁！这个年龄就掌握了东北的半个天下，今后的前程一定无法计量。所以，你得抓紧时间做决定，不要辜负了敦戈尔的一片心意啊！"

江天云谆谆地叮嘱道，离开了金水居，把严一龙撂在了身后。

那一天晚上，严一龙睡不着了。失眠中却又一直在做着美梦。那些难以预测的事情，是很难区分是还是不是的。但是，意志却已经为他制定了目标。而那时，严一龙的思维确实已经越过了障碍，进入一种假设的阶段。他准备自问自答地去完善，那些已经可以看到的答案。

"假如我成了张作霖部下，有张作霖为我撑腰，那我……我还用得着去惧怕白虎会，去担心高桥家族和那些始终在盯着我和娟子的警察吗……"

严一龙思考着。虽然理性在警告他，但意志却已经为他做出了决定。

"是的，这是一个好机会，一个不能错过的良机，我一定要用它来改变自己，从绝境中走出来！虽然危机重重，前程难卜，并会耽误我去寻找许文娟的时间。但正是为了娟子，我才要去投靠张作霖这棵大树，这个未来的东北王啊……"

严一龙打定了主意，并在第二天一早就赶到江天云的家，把自己的决定告诉了他。严一龙无法去判断自己的未来，但他深信，命运已经为他打开了一扇通向光明世界的大门，他只要执着地往前走就行了！

48. 冤家路窄

也许是命运使然，或者是人生的某种暗示和巧合，总之在上述的事情发生了七天以后的那个上午，安勇警长来到奉天北区张作霖的办公大楼。他是应奉天革命军事保安部的命令到这里来的。军事保安部想让安勇负责警卫工作，和张作霖率领的奉天四省民国政府第一届国会议员代表团一起，到北京去参加会议。

此刻，那座由乳白色大理石构筑而成的大楼名字依旧，仍然叫作奉天军政保安大厦，但气氛却与过去完全不一样了。由于张作霖把他兼任的陆军第27师师部搬到了这里，因此大楼内外的值勤警察全部换成了荷枪实弹的军人。张作霖这样做的目的非常清楚。因为这既可以显示他在民国政府大总统袁世凯那里获得的权势，还可以就此去要挟同在楼里办公的曾经的恩人赵尔巽，从而去表现出他这个未来的"东北王"的威严。

由于通知来得突然，没有思想准备，也不知道张作霖的真实意图，安勇显然有点不安。他走进保安大厦，正准备向三楼张作霖的办公室走去，期望去会见他的恩师时，却不料在二楼拐角口上，遇到了刚刚从27师政治部办公室里走出来的严一龙。虽然那只是不经意的瞬间，但他却像在黑暗中撞见了猛虎那样，一下子停住了脚步，屏住了呼吸。

他们之间没有说话，也不敢迈步，那种本能，应该说是那种苟于自卫的本性，使他们双方都停住了脚步。他们对视着，虽然只有短短的三秒钟，却足以让人窒息，并且产生了无限的能量。然而，就在那一瞬间，在对方还没有反应过来之时，严一龙就低下脑袋，顺着楼梯飞也似的跑了下去，把还处在惊愕恍惚中的安勇甩在了身后。

"这……呵，他？他是谁呀……"

安勇摇着脑袋自问道。他本是个一眼就可以去望穿乾坤的人，但此刻的思维却像是被什么东西堵住了似的，一下子地转不过弯来了。

他望了一眼政治部办公室的门，又把眼光投向已经跑下楼梯的严一龙的背影，迟疑了一会儿，但还是迈出脚步，向一楼方向追了上去。他跑到大楼外面，向四处张望着，但那时已经没有严一龙的身影了。

那种状况让他犹疑地瞪大眼睛，甩了一下脑袋，又无可奈何地退回到了楼里。

"妈的，真是见鬼了，这络腮胡子……他……怎么就那么眼熟呢？我……我……唉，我怎么那么蠢呢？我怎么不把他拦下来去问些什么呢，哪怕只是去听听他的口音也行啊……"

安勇自问着，有点后悔地推开二楼27师政治部的门。因为刚才严一龙正是从那里走出来的。

安勇的收获是不用质疑的。因为他不仅在政治部的秘书那里，知道严一龙是作为日语翻译被聘用，到这里上班才只有三天，而且，还从人事处的花名册上，知道了严一龙自报的名字和住处。

"龙生……金水居旅馆……"

安勇咀嚼着那几个字眼，眯起了眼睛，企图在记忆深处去寻找那些和龙姓相关的人和事。

"这个龙生来头不小，背景很深，一被聘用就成了张作霖师长的专用日语翻译……"

一个管人事的干部多舌地说道。他的不经意的插话提醒了安勇，让他马上把搜索的方向，转移到了和日本人相关的事情上了。

"他有介绍人吗？是谁把他介绍到这里来的……"

"介绍人？对……对！他是有介绍人，一个四十多岁的名叫江天云的蒙古人……"

那个人事干部一边翻看花名册，一边回答道。

"蒙古人？江天云……"

安勇闭上眼睛，仰起了脑袋，让思维在记忆中翱翔着。

"江天云曾经在28师师长冯麟阁那里供过职，担任过冯师长的副官……"

"噢，是吗？冯麟阁的副官……"

安勇的脑袋有点晕。他反复地念叨着那几个名字。终于，或许没有花上太多的时间，他就把怀疑对象锁在了老对头严一龙的身上了。

"啊，我怎么会忘记这个冤家呢？为了查明和他有关的凶杀案，半年前我还风尘仆仆地赶到营口北四乡大坡屯去查访，为突然冒出的一个名叫高虎娃的人而感到困扰。那件事的真相至今都未查明，但严一龙却在这里冒出来了……"

安勇琢磨着，推敲着，两眼炯炯发光。他觉得自己已经透过那一大把乱糟糟的络腮胡子，看到严一龙的那对卑琐的眼睛了。

"没错，是他，一定是他，严一龙！龙……生？他用这个化名，是不是想要说明他严一龙已经复而再生，失踪了一年半以后又重新回来了呢？现在，他能够冠冕堂皇地走进奉天的中枢，在军政保安大厦里工作，说明他已经趁着社会的动荡，勾结上了有权有势的同伙。这些家伙或许就是一些乱党分子。他们结伴营私地混进了奉天最高的政治舞台！这……这可是要多加小心，去认真提防的！为了不让他再给社会带来灾难，我得马上去抓捕他，彻底摧毁那个犯罪团伙！只是我……我现在孤身一人，又在参加会议，没有可以支配的时间，也无权去调动这里的警力，并且，还不知道对方的底细。这……唉，要是能回一趟大连就好了。在那里我就能调集人马，让他们赶过来抓人！可是……唉……不过，尽管这样，我也要去会会那个家伙，总不能让他再从眼皮子底下，逃之夭夭吧……"

安勇从办公室里走出来，回到了自己下榻的军政保安部的招待所。他和衣躺在床上，闭上眼睛，锁上眉头，想去梳理一下纷至沓来的思绪。但是，没能过上五分钟，他就烦躁得咚的一声跳下了床。

"不行，我得赶快动手，一分钟也不能耽误，决不能再节外生枝了……"

安勇嘟囔着，不知所措地踱起了方步。

本来，他还想先去暗访一下那个介绍人江天云，探一探虚实再说，但在一瞬之间，他就改变了主意。

是啊，此时此刻，他不能再犹豫了！严一龙是压在他心头多年的无法消除的阴影，他让他蒙羞，让他遗恨，他怎么可能忘却那些耻辱，让这个罪犯和他一起去享受那种和煦的阳光和清新的空气呢？为了能够抓住他，把这个家伙绳之以法，即使是铤而走险，也在所不惜了……

安勇攥紧了手中的枪，只觉得血在往脑门上涌着。他跑出招待所，叫上了驿车，准备立即奔向严一龙隐居着的金水居去。但是，就在他踏上驿车准备出发之际，却又停住了脚步，并若有所思地眯起了眼睛。

他确实又感觉到了一些什么。

安勇是一个考虑周全、万事俱细的人，这正是他与旁人不一样的地方。那时，他转过身来，叫停了驿车，急急忙忙地向保安大厦走去。他来到大楼电信室，给甘井子区警察署的心腹方群发了一封电报，命令小方子，要他立刻通知从奉天到旅大的沿线的警察署，留意一个会讲日语的留着络腮胡子的三十出头的男人。一旦发现，就立即扣留，并交给大连警方。同时他又谆谆地关照，要小方子带着警察，马上赶到位于黄花沟的严一龙母亲的住处，和许文娟的父亲许尚水的家，在那里埋下伏兵。他相信，严一龙只要能获得一口喘息的机会，就一定会回老家，去探望并去打听许文娟的下落的。为了保险起见，安勇还决定，要甘井子警察署派出巡逻队，加强大连市中心三和洋行大楼附近的巡逻，一旦发现类似严一龙那样的可疑人物，就立即实施逮捕……

安勇面面俱到地部署着，直到认为自己已经堵住了所有的漏洞以后，这才踏上了前往金水居的征程。

下午四点半左右，安勇赶到了金水居旅馆。那时太阳已经西斜，初冬的奉天城已经昏暗无光了。显然，此刻是抓人的好时机，那种兴奋感让安勇忍不住地激动起来。他围着金水居，前前后后地转了好几圈，直到确认那个旅馆的进出口只有一个地方以后，这才推门走了进去。他快步走到柜台前面。那副凶神恶煞的样子让老板娘着实地吃了一惊。

"我要找住在这里的一个叫龙生的人，快……快把我带到他的房间去!"

"龙生?他……他不在,还……还没有回来呢!你……你是谁啊……"

老板娘斜着眼睛打量着安勇,吞吞吐吐地一时不知道说什么好了。

"妈的,我……我是警察!"

安勇掏出了手枪,爆着粗口。他当然明白经营那种藏污纳垢之地的人的险恶。对付那些奸诈小人,他是绝不会掉以轻心的。

"警察?这……你这是……干什么啊……"

老板娘结结巴巴地,一下子慌神了。

"别废话了,我问你,龙生现在在旅馆吗?"

"不在,他还没有回来……"

"他几点钟离开旅馆的?"

"中午。他……他今天一早出门,但晌午前就回来了。随后……他又出门了,好像是中午十二点以后……"

"十二点?十二点多离开这里的……"

"是的。"

"好!那你……你马上把我带到他的房间去。我要去搜查他的房间!"

"好……好的。"

老板娘连声回答着,把安勇带到了 201 号房间。

那时,房间里空荡荡的,但严一龙随身带着的白色挎包还在。它孤零零地放在床头柜上,里面还塞着几件衣服,让安勇在无形中感到了安慰。

"那家伙在军政保安部大楼里见到我以后,一定先赶回旅馆,随后再匆匆忙忙出门的。他的行李还在,这说明他还没有逃走。也许,他还存在着几分幻想,以为那一把络腮胡子就能骗过我……呸,真是痴心妄想!看来,他一定是去找同伙了,或许就是那个江天云!他们要在那里商量对策！唉……不管怎么说，这个严一龙肯定会回来的，只要在旅馆里守候着，等着他，我就能瓮中捉鳖……"

安勇怔怔地想着，犹豫着，终于下定了决心。他让老板娘为他安排了一间紧挨着一楼登记柜台的房间，准备等在那里守株待兔了。

49. 再落虎口

此刻，严一龙正慌不择路地朝着大连的方向行走着。

虽然已经入冬，但心中的燥热还是让他汗水直流。严一龙没有想到，自己刚刚走进张作霖的27师政治部，在那里工作，看到曙光，绝处逢生才没有几天，就遇上了冤家对头，那种沉重的打击，让他惊悚得一下子不知道怎么办才好了。

"难道，那个警长也在军政保安大楼里工作？或许，他就在三楼的警察总署上班！假如真是那样，那一切就都完了！我会三天两头地遇见他，被验明正身，经受各种电闪雷击，重新落入他的魔爪！或许，他今天也已经认出了我，正在着手抓捕我了……我……我怎么可能再待在那里，过那种提心吊胆的日子呢……"

严一龙自问着，那种感觉就像是看到了凶神恶煞、奸诈阴险的魔鬼，让他浑身上下都起了鸡皮疙瘩，汗毛也一根根地立起来了。

"没有什么可说的了，我……我必须离开这里，马上走，远离那些灾难！是的，这是命中注定的，我要割舍眼前的一切，即使是再好的工作也只能丢弃。三十六计走为上，一刻也不能耽误！其实，命运也是公平的，它又让我回到了初衷。当初我……我不正是为了娟子才再三坚持，受尽苦难，活着熬到今天的吗？现在我……我应该尽快地回到家乡，找到娟子，永远地逃离这个警长的视线才对啊……"

严一龙思忖着。

为了实现他金蝉脱壳的计划，严一龙动足了脑筋，耍着聪明，故意把挎包和衣服扔在了房间，也不去结账，造成自己还住在旅馆的假象，迅速地开启新的逃亡旅程。他认定警察会寻踪而来。因此，这些小计谋，多少地能为自己赢得一定的时间。严一龙在这方面的算计是很地道的。因为长时间的逃亡，已经让他积攒了很多应付突发事件的经验了。

果然，在安勇赶到金水居的时候，严一龙已经离开那里六个多小时了。他走得很顺利。出城以后甚至还搭上了一辆去白塔堡拉货的马车，让他多赶了二十多里路。他期望今晚能在十里河过夜。因为，那里是奉天和辽阳的交界处，是政警两不管的地界，在那种地方留宿，不仅不会出问题，甚至还会在第二天一早，搭上到辽阳农贸市场去买卖货物的马车。

深夜十二点，严一龙深一脚浅一脚地来到了十里河村。他走进一家客栈，付了几个铜板以后就在屋里的大炕上躺了下来。那屋子昏暗无光，炕上也已经躺着好几个人了，但是严一龙不在乎。这种状况或许还是他所希望的。因为这会保证他的安全，让他放心地睡上一觉。他注视着天花板，啃着从店主手里买来的窝窝头，没有过上多少时间，就把思维锁进了梦乡。

第二天早晨五点多钟，严一龙睁开了眼睛。应该说这是屋外院子里套辕喂料的马车夫的吆喝声把他惊醒的。他揉了揉眼睛，坐起身来，竖起耳朵去倾听外面的动静。

"那是一辆马上就要去辽阳赶集的马车！只要和马车夫套套近乎，搭讪着帮他们一手，或许就能坐上这趟顺风车……"

严一龙定了定神。他跳下炕来到屋外的院子里。他的判断没错，没有过上半小时，他就成功地坐上马车，和六十来岁的马车夫一起唠着家常，奔驰在去辽阳镇中心运货的马车上了。

严一龙是本地人，对这一带的地理环境和风俗习惯熟门熟路。正因为如此，那一段从奉天到大连的本来需要走上十天半月的路，他花了九天就完成了。虽然途中也遇到了风险，在海城那里差点被扭送到警察那儿去，但凭着运气和聪明，他还是化险为夷，顺利地逃脱了。

十二月初三，一个天上飘着雪花，到处都是积雪，气温下降到零下十多度的寒冷冬夜，严一龙走进了大连东边金石滩的李家屯。他按捺不住内心的激动，加快步伐，朝着屯西的方向跑去。他根本就没有想过自己可能会被人注意，被人盯梢，或者家里附近已经被人监视着的安全问题。因为，即将和亲人相会的喜悦，已经占据了他的整个思维。

严一龙已经好久没有去光顾他的新房子了。但是吃惊的是，此刻，那座房子周围长着乱草，没有烟火气息，让他陡然产生一种不安的感觉。他推开院子木栅栏的门，匆匆走进去，来到小楼的门前，悄悄地拍了几下。但没人回应。他又走到窗口前面，敲响了玻璃窗。但仍然没有人出现。

严一龙慌神了。他停顿了一会儿，把眼睛贴到窗户上，使劲地往里面瞅着。他希望能看见什么，但却什么都看不到。那种静寂让他寒心，以至于身体都有些抖动起来了。他摇摇头，犹豫着，但还是下定决心，从背包里掏出匕首，把紧挨着大门的玻璃窗捣碎，打开窗户，并顺势爬进了屋里。他来到一楼客厅，并大声叫着冲上楼梯。他以为母亲正在二楼的睡房里熟睡着呢……

然而，什么人也没有，不仅仅是二楼，整座房子就连鬼影都没有一个。严一龙显然有点抓狂了。他悲凄地四望，嚅动着嘴巴，呆滞在黑暗中，发出了一种只有他自己才能听到的声音。

"这……这……难道出了什么事情，让爹娘他们都卷进去了？要不……他们，他们搬回老家去了……"

严一龙自问着，这才想起自己应该去点燃蜡烛。是的，借助烛光，或许还能发现什么值得安慰的事情。可是，现实情况却完全相反。因为，在忽闪忽闪的烛光里，他看到的是挂在墙上的父亲的遗像。

"啊，爹……"

严一龙惊呆了，他不敢去想，也不愿意去想，生怕再去看到什么触动他心弦的画面。

此刻，有一抹月光在雪景的反射下照进来了，就像是上苍故意安排的那样，拉长了影子，淡淡的，把窗户的线条投射在里屋的炕上，让他情不自禁地回想起两年前的夏日傍晚。

啊，那是一种什么样的景象啊！他和怀有身孕的许文娟躺在炕上，恩爱情暖，缠绵无限，以及双双坐上父亲驾驶的马车，远走高飞，奔向自由，寻找希望，在那个秋日，在满洲大地，在那一轮夕阳的照耀下，天各一方，生死茫茫……

两行热泪从严一龙的眼眶里滚落下来了。

他跌坐在炕沿上，抚摸着落满了灰尘的枕头，痛哭失声，直到天边翻出了鱼肚白，东方破晓之时，这才迷迷糊糊地把身体倒在一旁，进入了梦乡。

不知道过了多久，大概是在七点多钟的时候，严一龙被冻醒了。他打了一个哈欠，伸了一下懒腰，顿悟着马上下定了决心。他准备立即赶回老家去。到黄花沟老宅去找父母亲，打听许文娟的下落。他相信他们会在那里。

严一龙洗了一把脸，咬了几口玉米饼子以后，便义无反顾地出门了。从金石滩到黄花沟，紧走慢赶地也需要十多个小时。虽然这一带熟人多，搭顺风车的机会也不少，但严一龙却不愿意麻烦乡亲。他不愿意自己回乡的事被张扬出去，引来什么不测。因为这些都是可能的！是啊，离开家乡已经五年多了，谁知道那段时间里发生了什么，会出现什么灾难呢……

严一龙抄着近路，走着小道，尽可能地避着人影，但他却无法抑制住涌动在心中的感情。这里是他的家乡，是他精神的源泉，亦是他和许文娟销魂的地方。那些念想，回忆，奢望和憧憬，随处都可以找到。

它揪动着他的心神，催使着他走到阳光下，大口大口地呼吸新鲜空气。

说也奇怪，当人们一如既往地在家乡的土地上行走的时候，是不会感到那些屋子，院落，车道，栅栏，那些光秃秃的树杈和一望无际的山丘，会和自己有关的。但是，一旦离开了它，一年两年，五雨十风，历经磨难，饱受孤寒地再回到这里时，你就会感到它们的温馨了。你会发现，它们是多么重要，而你又是那么地惦记着它们！它们的妩媚，娇嫩得让你心痛，它们的悲哀，又会让你如此揪心。你记得住它们的容颜，闻得到那种味道，那是因为，那里曾经留下过你的心血和肝胆，你记挂着它，就像是在眷念母亲的音容一般……

严一龙慢慢地走着，步履沉重，还时不时地停下脚步，回头看着。此刻，他再也不去躲避人群了。这确实是非常遗憾的。因为上苍给人们设计的总是单行道，一旦进去就无法回头。这或许就是我们常常念叨着的命运。命运在把人们推向深渊时，是从来不会心慈手软的。

天色已近黄昏，风向也有点变了。那时，一股不知道从哪里钻出来的黑雾突然掠过地平线，肆无忌惮地升腾起来，使得那些本来笼罩着白雪的山峦，一下子地就像是被墨汁浸染了一般，变得昏黑幽暗起来了。

有几只老鸦在雪原上扑棱着。它们刚才还在野地里觅食，现在却鸣叫着焦躁地朝已经落尽了树叶的枝杈上飞去，寻找着自己的巢穴……

这样的天色会意味着什么呢？这种由雾霭、白雪、原野和乌鸦形成的神秘，和严一龙的命运有着什么关联呢？

没有人会知道。

大自然在显示某种意境时，是从来不会让我们去认识它，推测它的。它要让我们望着黑暗，去感受恐怖，想着未来，却又去赌咒现在！

晚上七点多钟，严一龙走进了黄花沟的村子里。

那时，天色已经完全黑了。虽然，地上的雪块还在不甘寂寞地闪烁着，把光影投射到村子里那一幢幢房檐上，让屋顶的瓦片铮铮发亮，但一切都已经无济于事了。因为，黑暗已经压抑在大地上，把那些魑魅魍魉，完全地掩藏在黑暗的深处了。

那是劫数，也是天命！

劫数和天命是上苍这个魔术师变出来的花招。它制造想象，给人希望，却又在刹那间把想象和希望，撕得粉碎。然而，遗憾的是，严一龙并没有意识到这一点。因为，在看到那幢有着棕色窗户、黑色屋檐，呈现着棕黑色的两层楼老宅以后，他的脸色就开始变得明亮，心跳也加快了。

"娘……娘……您的不肖子孙回来了……"

严一龙热血沸腾，快步地向它走去。他深情地注视着那扇木板门，颤颤抖抖地伸出了右手。虽然，在这之前，他也曾回头注意了一下身后的动静。但那只是一种习惯性的动作，没有任何意义。因为此刻，已经没有什么可以去阻挡严一龙的回乡探母的急切心情了。

严一龙屏气吞声地，把耳朵贴紧了门板，倾听着屋子里的动静。也许，才刚刚等待了五秒钟，但他却像等了五个小时一样，忍不住地叫喊起来了。

"娘……娘……"

严一龙哆嗦着，忍不住地又叩起了门板。

十秒钟过去了。那让人心颤的时刻，终于被屋里传出来的轻微而又短促的嘟囔声打断了。那声音是凝固的，用一种低沉警觉的口吻表现了出来。

"谁……"

"我，是我……我是一龙，严一龙，您的儿子啊，娘……"

严一龙大声说道。他只觉得自己的心都快要跳出来了。

"一龙？一龙……我的儿？呵，真是我的儿吗……"

屋子里的声音重复着。那种已经无法控制的语音，和窸窸窣窣扳动门闩子的声音，混合在一起，变得越来越亲切了。

木板门终于被打开了。严一龙的母亲露出了脑袋。她的仁慈的目光让严一龙的思绪越过了两年多的时间和空间，发出了无穷的光芒。

"娘……娘……"

严一龙情不自禁地抱住了母亲。

他的声音是颤抖的，脸部的肌肉也因此抽搐起来。走进屋里以后，他茫然四顾，突然又像想起了什么似的，情不自禁地把身体转向了母亲。

"娘，娘，俺爹呢……"

严一龙有点不安地注视着母亲。毫无疑问，他担心着的事情被证实了。因为，他看到了母亲那对忧伤的眼睛。

"俺爹他……他……他怎么了……"

严一龙急切地追问着，还情不自禁地趔趄了一下。

"他……他死了！为了救虎娃，你爹他……他被清兵打死了……"
母亲失神地叫道。她抱紧了严一龙的身子，情不自禁地抽泣起来。

"虎娃？哪个虎娃？我们家的长工高虎娃？这……这究竟是怎么回事啊……"

严一龙望着母亲大声叫了起来。他不愿意去接受这个事实，并顽固地认为母亲一定是听信了什么人的话，才去相信那些流言的。不过，有一点他还是清楚的。因为，在冥冥之中他已经感觉到，在他离开家乡的那两年多的时间里，家里出了大事。

"儿子，别着急，我们慢慢说，慢慢聊！你……你那么老远来，走了那么多路，肚子一定饿了吧？来，帮我一起做面条，我们边吃边说……"

严一龙的母亲岔开了话题，吞吞吐吐地说道。她好像在斟酌着什么。那声音凄苦而又温情，让燥热的严一龙不得不静下心来。他随着母亲走进灶房，帮着去点燃柴火，烧水和面，正准备去引出话题时，他好像听到了一种声音。那像是脚步声，乱喳喳的，而且还伴随着光芒。那应该是反光,一种从窗外雪地上反射过来的类似于金属物一般的光泽。

严一龙的心揪动了一下。他惊恐地睁大眼睛,悄悄地走到窗前,顺着那股寒光搜索过去。

终于,他看见院子外面围上来的警察了。黑压压的一群,至少也有几十个人,而其中挥着手领头的正是他的死对头,那个让他如芒在背的警长安勇!

严一龙哆嗦了一下,本能地后退了一步。他转身向客堂间的北边走去。因为那里还有一扇门。但是一切都来不及了,那边也站着警察。他们正是为了堵住出口才守在那里的。严一龙倒吸了一口冷气,又退了回来。看来,警察已经包围了这座房子,埋伏在这里,等了已经好长时间了。

他们显然是有备而来的,而眼前正是他们准备去收网的时刻。

严一龙定了定神,左右旁顾,又回到了灶房间。他望着母亲,而母亲也在盯着他。他们四目相对,面如死灰却没有言语。因为此刻,母亲也一定感觉到了那种迫在眉睫的危险了。

"严一龙,投降吧,你已经被包围了……"

门外传来了安勇的叫声。那声音充满着得意之情。是啊,他怎么能不沾沾自喜呢?这个多次逃脱,让他蒙羞,耿耿于怀却又始终没能抓到手的罪犯就在眼前。他成了瓮中之鳖,即使是再有本事也插翅难逃了!现在,他有那么多的人马,底气十足,无论对方再顽强,再凶猛,再厉害,不惜一切地去拼死搏命,恐怕也无济于事了。

安勇冷笑着,推开了门。然而,正当他闯进去准备进一步动作之时,一种近似于疯狂了的哭叫声,从屋子里面震荡出来了。那声音凄楚,刺耳,就像是被勾走了灵魂的鬼叫声一般……

那是严一龙母亲的叫声。

因为,她做梦也没有想到,警察会随着她儿子的出现而到来,在他们还没来得及互诉衷肠之时,就要抓走他,让他们从此天各一方!

"娘,娘……"

严一龙哭泣着,紧紧地搂抱着他的母亲。但是,那个可怜的女人此刻已经不行了,她瘫软在地上,显然已经承受不住这种打击了。

警察拥进来了,至少有五个人。他们冲到严一龙身边,把他按倒在地,五花大绑地捆了起来。

"儿子……我的儿子……"

严一龙的母亲悲哀地叫道。她转过身去,跪在安勇跟前,恳求他开恩,期望能再给她一些时间,让她去诉说这两年多来发生的事情。但是,她却什么都说不出来了。那些隐藏在内心深处,如鲠在喉、不吐不快的话语,此刻,一下子地凝固住了。

母亲跪在地上,直愣愣地盯着严一龙,一动也不动。她嘟囔着嘴巴,哆嗦着,突然意识到了一些什么。

"带走……"

安勇大声叫道,让部下把严一龙押出去,全然不顾正在挣扎着的悲恸欲绝的母亲。

"儿子,你要活着,活着……你还有孩子,孩子!那是娟子为你生的,两个儿子,双胞胎……为了他们,你…… 你也要活着,活着去见到他们啊……"

严一龙的母亲大声叫道。那声音悲哀无限,把世上所有的痛苦、悲哀和怨愤都凝聚在了一起。她睁大眼睛,盯着严一龙,嚅动着嘴唇,期望把她儿子的形象,带到永恒的记忆中去。

50. 命运使然

安勇是在一个星期以前匆匆赶回大连的。

自从在金水居空手而归以后,他把希望寄托在军政保安大楼里的27师政治部办公室,期望在那里抓到严一龙,并且还试探着去抓捕严一龙的介绍人江天云,但终因对方提供的是假地址,无法找到而作罢。

然而,就在他四处碰壁不得不死心之时,他的助手方群那里传来了消息。那是一个在海城工作的警察,向甘井子区警察署发来的电报。他说有一个四十来岁的男人因为付不出住店费,和旅馆经营者发生冲突,在逃跑途中又被旅馆的伙计抓住,在扭送去当地警察署的途中,又被他挣脱着逃走了。那男人留着络腮胡子,还会说日语,其年龄和特征都和甘井子警署通缉中的人物相像……

"他说有一个四十来岁的男人因为付不出住店费,和旅馆经营者发生冲突,络腮胡子,会讲日语?这……没错,一定是那个严一龙了!可是他……他为什么要到海城去呢?难道在见到我之后,他就立即逃出奉天去海城了?他在那里有同党?海城是他们的老巢?假如这是真的,那他为什么一开始就不待在海城,而去住奉天的旅馆呢?况且,他又是因为没钱,付不出住店费才暴露行踪的?这说明他在海城既没有朋友,也没有住处!那么……只剩下一个可能了。他一定是想趁我在奉天办事的机会,逃回老家去,在海城中转,去奉天,走大连,回旅顺……"

安勇翻来覆去地思索着,还找来地图,盯着海城周围标示着的城镇乡村看,过了好一会儿才舒展眉头,并情不自禁地拍起了大腿。

"没错!他想给我设一个迷魂阵,悄无声息地回老家去寻找许文娟……"

安勇自言自语着,突然觉得,这是他所有推断中最有可能的一个。为此他做出决断,并向奉天军政保安部请假,作别,叫上驿车,日夜兼程地赶到海城。在会见了报案者和事发旅馆的日本侨民,了解了真相以后,他更坚定了自己的想法,并迅速赶回大连,着手检查方群在金石滩李家屯和旅顺黄花沟那边布下的眼线等情况,把侦查工作做在了前面。安勇考虑得非常周到，没有过上两天就有了收获。

那是来自李家屯线人的报告。他们在屯子西边发现了目标：一个留着络腮胡子的男人在深夜敲碎了严家住宅的玻璃，从窗口跳进屋子，还在那里过了夜。

"好……好！这家伙终于露面了……"

安勇瞪着眼睛，长舒了一口气。

他本想立即动手抓人的，但转念一想又觉得不妥。因为，在李家屯没有见到母亲的严一龙，一定会不甘罢休地赶到黄花沟去的。他甚至会在他母亲的带领下，到许文娟的藏身之地去相会，这样，就可以在那对久别男女的忘情之时，一箭双雕地把喜剧变成悲剧……

安勇压制住蠢蠢欲动的心思，心怀叵测地阴笑一下。他要方群沉住气，不露声色地盯住猎物，监视严一龙在李家屯的动静，而自己则在办公室里踱起方步，还卷了一根纸烟，把它放在鼻孔前反复嗅着，期望烟香能给他带来灵感。

也许是因为烟草刺激了他的神经，那时安勇突然做出决定，并立即召集部下，亲自带队赶往黄花沟，比严一龙早一步地来到严家老宅。他在那里潜心埋伏，守株待兔，静候着严一龙的到来。

五个小时以后，安勇在严家老宅附近看见了严一龙的身影。他忍耐着，在严一龙母亲把她儿子迎进屋里以后，才指挥部下，从三个方向包围了那里。

为了不让对方发现，他还特意把严家老宅正面的岗哨给撤下来，让严一龙可以放心地出行。但是，在看到走进屋里的严一龙迟迟没有动静之后，他又心神不定了。他感到纳闷。假如严一龙母亲真的知道许文娟躲在什么地方，那她应该马上带着儿子去见才对呀，可是……

"许文娟可能没有在村子里，或者严一龙母亲根本就不知道她的下落……"

安勇思忖着，显然有点不安了。他怕发生变化，怕严一龙从他母亲那里得到自己还没有掌握的信息，再一次地从他眼皮子底下溜走。

"这……这是绝对不能允许的！"

安勇咬着牙嘟囔道，并终于下了决心，准备闯进门去，提前动手。他知道现在还不是抓捕严一龙的最佳时机，但只要把这个案犯抓到手，一切难题就都会迎刃而解的。

安勇做出决定，并如愿地抓住了严一龙。他让部下把严一龙捆绑起来，塞进囚车，押解着连夜赶回大连，并仍然留下了眼线，要他们不眠不休地继续蹲守在那里，监视严一龙的母亲。

安勇总是觉得，许文娟一定躲在家乡的某个地方。是啊，像她那样的拖着孩子没有胆识的女人，还能跑到哪里去呢？即使能在外面避一阵子风头，但风声过后就一定会回来的。这里毕竟是她的巢穴。她能离开这个生她养她的地方吗？因此，只要许文娟还在黄花沟，严一龙的母亲就一定会冒死地去通知许文娟，把严一龙被抓的消息告诉她的。

安勇坚信这一点。但很快地又失望了。因为黄花沟以后再也没出现动静。它让安勇无奈，愤懑使他不得不把重点全部转移到了严一龙的身上。可是，尽管他动足脑筋，用尽刑罚，却仍然撬不开严一龙的嘴。为此，安勇还动了要把严一龙的母亲抓来，用母子之情去逼使他们说出许文娟藏身地的想法。但是，他很快地就打消了这个邪恶的念头了。因为直感告诉他，那个饱经风霜的老太婆是不可能出卖已经当了母亲的另外一个女人的。况且，她还是她的儿媳妇，是一对双胞胎孙儿的母亲。

"可是，那个老女人为什么会在最后时刻，跟儿子去说双胞胎的事呢？难道这里面有奥秘……"

安勇又想起了营口的大坡村发生的双胞胎兄弟被抢走的事情。

是啊，那又是怎么回事呢？那些凶犯会是谁呢？

安勇摇着脑袋，一筹莫展。不过尽管这样，他还是相信，自己已经走到了案件的中心，只要再努力一把，就一定会完美地结束这起案子了。

安勇充满信心，但时间却已经没有了。因为张作霖一个星期以后就要赴京开会，为此奉天革命军事保安部再三命令安勇，要他即刻赶往奉天。

军令如山，安勇自然不敢违抗。他只能搁下严一龙的案子，去听命于军事保安部的调遣了。然而，他没有想到，就在第二天，又一个命令传来了。它让安勇五雷轰顶，只觉得头皮一阵阵地发麻。

那是一份由张作霖亲自签署的指令。它要安勇释放严一龙，并带着他到张作霖那里去听候调遣。

"带着严一龙……去听候调遣？这……这是怎么回事呢……"

安勇沉不住气了。他反复地看着电文，一下子不知道怎么办才好了。

"啊，世上还有这样的怪事，它竟然要一个警察署警长，带着他费了千辛万苦才抓到手的罪犯，一起到奉天去见警察总署的最高领导，还要让犯人去听候他的调遣……"

安勇忍不住地发电报去询问保安部的朋友，甚至打电话去找张作霖秘书。那本是不应该的事，但他却斗胆地做了。然而所有的回答都是一样的。这个事情千真万确，没有任何疑义，他安勇必须执行命令才行。

这个百折不挠的警长崩溃了。

他掏出烟卷，点燃后便急不可耐地抽了起来。

他记得自己曾关照过警署内知道严一龙案子的人，要他们严守秘密，决不能透露案情。当时，他是为了稳住隐藏着的许文娟，才这么安排的。可是谁能想到，这事还真的泄露出去，还传到了张作霖的耳朵里……

远处传来了一声闷雷，那种低沉浑厚的声音痉挛着，就像是野兽发怒时爆发出来的吼声一般。这种情况在冬日的大连极为罕见，就好像天要塌下来似的，让安勇的心情格外沉重。

看来，这个案子还有很多他不知情的地方。这几年的社会动乱，不仅让严一龙插上了翅膀，有了逃出如来佛手心的幸运，还给了他强有力的后台……

安勇沉思着，隐隐约约地，好像还感觉到了什么。但是，不管怎么样，他都得无条件地去听从张作霖的命令啊……

安勇感到沮丧，并不得已地叫来狱医，要他马上把严一龙送到医院去治伤。因为，他不想让严一龙受到酷刑的事情败露出去。他还叫来了方群，把严一龙的善后托付给他，让他替自己带着严一龙到奉天复命。

安勇实在没有脸再去面对严一龙了。

他无法解释，也不想解释。而且他还有着自己的打算，期望在陪同张作霖赴京的过程中，去说服对方，撤销对严一龙的一切成命。

天色已经很晚了，但方群还是来到死囚室。

他面无表情地通知严一龙，说要把他送到警署医院治伤，张作霖还要在奉天接见他，以及他已经获得了自由的事情。

"什么？你说什么……"

这个突如其来的消息，自然让严一龙感到了意外。他认为这是安勇的新花招。但是，在被送进病房，受到至今为止从来没有过的款待以后，他才感觉到，事情发生了变化。

"到奉天去，见张作霖？这……这究竟是怎么回事呢？难道……是敦戈尔、江云天出手救了我吗？他们真有那么大的本事，能说服张作霖，去过问我的案子？或许……那只是一个伪装，是那个警长做的局。他不仅想置我于死地，还想通过我，抓住许文娟，并顺藤摸瓜地抓捕江天云、敦戈尔他们，把革命党的力量一网打尽……"

这个晚上，严一龙失眠了。

他只觉得有人在黑暗中推了他一把，让他向未知的世界迈出了一步。可是，此后呢？下一步呢？他的道路，他的方向又会在哪里呢……

严一龙哆嗦起来了。

他已经无法按照正常的轨道去思考，去理出是非曲直了。就好像大地突然在他面前塌了一个坑，让他停下脚步，惊恐地缩回身子，再也不敢前行了。

躺在医病的病床上，严一龙望着天花板沉思着。他想起了逃难途中和他患难相处了好几个月的敦戈尔，想起了前来接头帮助过他的江天云，想起了葛老爷子和他的孙女以及许许多多在生死一线中救了他性命的人。那种恩德感染了他，鼓励着他，让他看到了光明，产生了活下去的动力。

"假如这一切是真的呢？是神灵在同情我，保佑我，让我从魔窟里突围出来，去和娟子他们团圆呢……"

严一龙反问着自己，一瞬间竟然泪流满面。

他终于振作起来了，并且开动脑筋，定下了与警方周旋的方法。

第二天上午，严一龙向前来探望他的小方子提出，要回黄花沟家里去养伤的要求。他觉得这是一块试金石。如果小方子拒绝他，那就等于暴露了他们的阴谋。严一龙注视着对方，本以为自己一定会遭到对方的斥责。但是没有想到，眼前这个貌似面善的警察，皱了一下眉头以后，居然同意了他的请求。

"可以，当然可以！只是……不能超过三天。三天以后我们就会来接你，带你去奉天，觐见张部长……"

"三天……三天？好……好啊……"

严一龙嘟囔着，忍不住地喜上眉梢。他要求马上就走，离开警察医院，立刻回家。他生怕方群会提出什么要去请示上司之类的话，让好不容易到手的希望，再一次地烟消云散。

下午两点来钟，严一龙坐着警署派来的马车，在方群的护送下，回到了严家老宅。他拥抱着正处在风中之烛的老母亲，悲喜交加却又无法回答她的疑问。

严一龙的话语紊乱，急迫，对于眼前的戏剧性变化，他既不能说明，也无法解释。他认为那是一个圈套，一个误区，一个阴差阳错之间的空隙，一个暴风雨来临之前的苟安。只是，有一点则是肯定的，那就是他必须要利用这个好不容易到手的机会，在对方纠正错误之前，逃出警方的魔掌。

严一龙的话感染着老母亲。

尽管严家老宅门外眼线众多，时时都处在警察的监控之中，但她还是要儿子拼死地逃离，远远地离开黄花沟。

她告诉儿子，说严子鹏是为了帮助参加了革命军的高虎娃，在战斗中被清兵打死的。虽然这只是传言，但她却深信不疑。因为严子鹏的遗骸是高虎娃从监狱里出来以后，赶着马车送来的。此后，高虎娃还叫来许文娟的父亲许尚水，在严家的风水地修坟建墓，和严家亲戚们一起举行仪式，把严子鹏的遗骸埋进墓里，向他做了最后的告别。

母亲的话让严一龙感到犹疑。但他还是随着母亲，来到严子鹏墓前，烧纸点香，依依作别，期望父亲的在天之灵能够保佑他，和许文娟母子早日相会。

两天后的深夜，辽东半岛刮起了暴风雪。那种恶劣的天气，让监视严家老宅的眼线们苦不堪言。他们喝酒取暖，又在酒精的作用下呼呼地进入梦乡，给严一龙带来了绝佳的逃离机会。

凌晨三点钟，严一龙裹着葛老爷子送给他的狗皮袄子，背着水、干粮以及母亲给他的盘缠，戴着狗皮帽子，拽着打狗棍，在老母亲泪光盈盈的目送中，踏上了前往营口北四乡大坡村的小路。

那个地址是母亲告诉他的，并也是两年半前，他拜托路大水去接应许文娟和父亲严子鹏的地方。严一龙相信，只要找到路大水，就一定能找到许文娟。为此，他卷起袖子，抚摸着和许文娟分别时用火烙下的印记，还情不自禁地咯咯笑了起来。那声音怪异动人，别人听不到，但上苍一定听到了。

前路漫漫，风雪为伴。在那些绒绒的雪花中，严一龙似乎看见了许文娟那双柔情的眼睛。是的。此刻，她正和双胞胎的儿子一起，望眼欲穿地盼着他的到来……

严一龙的眼睛湿润了。他向着严家老宅深深鞠了一躬之后，便跨进漫天的雪花中，消失在混沌一片的黑暗中了。

第十二章

51. 联苦成甘

二十世纪初期的革命中心在南方。这种见解已经成为那个时代期待变革、向往革命的年轻人的共识。

1911年,辛亥革命获得成功以后,大批有识之士不畏艰险、前赴后继地从各个地方奔向广东参加革命,尤其是袁世凯1915年12月12日修改国号,自称为洪宪皇帝,复辟帝制,在全国各地引起抗议浪潮的人神共愤的时候。

那股洪流中也出现了高虎娃的身影。

那时候,他正带着许文娟和她的儿子,和欧阳秋、耿立忠他们一起,准备离开北京,去投奔刚刚受到孙中山的委任,成为中华民国军政府第一军总司令的陈炯明。他们想跟着他去攻打惠州城,驱逐镇守在那里的桂系军阀。

惠州是欧阳秋的出生地。一想到自己能够在十年以后去参加解放故乡的战斗,这个当年的童养媳十分激动。但是,这一切对于高虎娃来说,则完全是另外的一回事了。

应该说,这是一次无奈之举。

假如那一年没有发生夺子伤人案,让欧阳秋身负重伤,使许文娟母子分离,整天处在极度不安之中的话,高虎娃是不会下决心背井离乡,舍弃那个经营已久的温暖小屋的。因为,那三个黑衣凶犯是有备而来的。他们的目标很明确。可是高虎娃他们却完全不知情。他们都是些什么人呢？受谁的指使？难道真的是为了孩子，或者是要来伤害许文娟，为冤死的李玉强雪恨……

无法想象，也难以猜测。但是，不管他们来自何方，怀有什么动机，带着什么目的，都说明他们已经盯住了高虎娃和许文娟母子一行，假如不做新的打算，就会反复再三地遭到暗算。这是无疑的，因为高虎娃他们在明处，既无法用心，也无处设防。

经过反复商量以后，高虎娃听从了许文娟她们的意见，并立即收拾衣物，匆匆驾马逃离了大坡屯。他们首先来到小云屯，寄宿到耿立群家里，为欧阳秋疗伤养病。又在半个多月以后，在耿立群的护送下来到天津，并在耿立群的哥哥耿立忠的引荐下，以天津起义军义士身份，被推荐到胡鄂公的队伍里，担任了要职，并在天津安顿了下来。

然而，非常奇怪的是，那种稍稍安定的生活还没能过上几天，高虎娃就感到苦闷了。

他的烦恼来自许文娟。

高虎娃今年三十二岁。在迄今为止的岁月里，他根本就不了解女人。

虽然，许文娟就在眼前，触手可及，并且有赖于他的护佑，但高虎娃却自卑着，不知道怎样走进她的内心。

他把许文娟当作梦中情人。总觉得自己只能在幻境中看到她，抚摸她，和她悄声细语，就像在月光下闻到花香，只能追觅，却无法去寻踪一样。

高虎娃再一次地失眠了。那种爱欲在他的心里骚动，让他再一次萌生出向许文娟去求婚的想法。

那一天，他来到她的房间，缄默着，鼓足了勇气却又说不出口来。他害怕遭到拒绝。这或许是男人的通病。因为不想失败，但同时还能继续保持暧昧关系的最有效的手段就是沉默。锁住嘴巴，把门关起来，沉迷在梦境中，躲在爱情和欲望的阴影里……

对于他的笨拙，当时的许文娟并未真正地察觉。她抬起头来，木然地看看他，并没有去理会。此时此刻，她仍然处在几个月前的那起凶杀案的阴霾里，在丧子之痛中无法自拔。

她并不清楚那天晚上发生的事情。

那时正是深夜，她搂着孩子沉浸在睡梦里，根本就不知道周围的情况。是欧阳秋的惊叫声，让她从被窝里钻了出来。她睡眼蒙眬，完全没有意识到迫在眉睫的危险。是欧阳秋率先跳下炕，不断地向屋外开枪，不让凶犯冲进屋里来，拼死地掩护着他们，否则，不仅孩子会遭殃，就连她都会死于非命的。

然而，那几个黑衣男子还是冲了进来。其中的一人还乘着欧阳秋中弹倒地的刹那间，奔向炕头，夺走了正在哭泣中的孩子。

许文娟看到了那些情景。这是她做梦也没有想到的。她瞪着眼睛锁紧了双眉，既牵挂欧阳秋的伤情，又担心孩子们的安危，迟疑了一下以后，她还是冲了上去，举起高虎娃留给她的防身用的手枪，瞄准了正在往外逃窜的黑衣男子。

然而，她却没有勇气扳动枪机。因为她担心颤抖不已的手会让子弹伤着孩子。她犹疑着，但就在这恍惚不定的一瞬间，那个黑衣凶犯跑远了，很快地就消失在夜雾中了。而那时屋内的孩子的哭声，再一次传到她的耳朵里，让她挣扎着却无法起身。因为，她已经瘫软在地，再也站不起来了……

这真是一幕悲惨的画面啊，它把无尽的痛苦、悔恨、愤怒和悲哀留了下来。许文娟开始责难自己，认为自己犯下了大罪，对不起严一龙。她的悲伤深似大海，绝不会随着时间的流逝而消失。况且，那个事件发生至今还不到半年，此时此刻的她，怎么可能还有心思去顾及其他的事情呢？

许文娟转过身子，避开了高虎娃的眼睛。她抱着孪生兄弟中的那个哥哥,摇晃着那个劫后余生的孩子,沉默了好一会儿才嚅动了嘴巴。只是,没有想到的是,那时她嘴中蹦跶出来的却完全是另一种东西。

那真是非常奇妙的。因为意识的流动,让她突然想起了严子鹏的事情。她催促着高虎娃,要他尽快把安放在耿立群家里的老东家的骨骸送到家乡黄花沟去,交给严一龙的母亲,并去打听严一龙的下落。

许文娟的声音低沉、微弱,那种心口不一的声音,在此刻听起来多少有点奇怪。她或许根本就没有去考虑高虎娃的心思。这自然也是正常的,因为高虎娃已经是家里人了。他既是哥哥又是父亲,是她动荡生活中的保护神。对于高虎娃,她完全不必在意。然而,她没有意识到,高虎娃是一个男人。一个血气方刚、有情有义的男人!这样的男人渴望爱情,是需要用爱情的雨露去滋润养育的!况且,那时他正在深情地爱着她,陷入爱情的漩涡里无法自拔。

然而,对于高虎娃来说,接受许文娟的请求显然是一件快慰的事情。在这个世界上,还有什么能比身负心爱的女人的嘱托,去做牵动她的神经、主宰她的思维而更让人高兴的事情呢?他可以在那一刻走出梦境,缩短和她的距离,在心灵上享受快乐,沉浸到那种无形的快感中去。况且,他对老东家怀有深深的情义。他也觉得,自己有责任、有义务把严子鹏的身后事安排好。

高虎娃马上付诸了行动。他赶着马车,花了一整天,奔驰着来到黄花沟。他请来了许文娟的父亲许尚水,和他一起完成了为严子鹏修坟造墓的工作。他们做得很顺利。只是当严一龙的母亲和许尚水他们,再三追问许文娟的住处,询问她和严一龙的孩子的事情时,他还是留了一手,支吾着把北四乡大坡屯这个旧址留给了他们。虽然,严一龙现在生死不知,下落不明,但高虎娃还是担心严一龙会活着赶过来,出现在他和许文娟的面前。

高虎娃的行为当然是自私的。但在那种事情上哪个男人会不自私呢?然而,尽管如此,尽管高虎娃动足脑筋,拐弯抹角地委托欧阳秋去当说客，想尽办法地去暗示，但仍然无济于事。因为许文娟会装糊涂，她会让高虎娃摸不透她的心思，会顾左右而言他。每一次，在接近那层窗户纸的时候，许文娟总是会打断他们间的对话，把一颗骚动的心，引诱到日常的俗务上面去。

也许是命运的安排，或者是时代的动荡把他们之间的情感往前推进了一步，那时，高虎娃突然接到胡鄂公的命令，要他作为贴身警卫，到北京去赴职。因为胡鄂公在1913年4月8日召开的中华民国第一届国会上，被选为众议院议员，他要把自己的办公地点迁移到北京去。

这份美差当然是恩人耿立忠推荐的。

它给高虎娃的前程，带来了无限的可能。

然而，在听到这个消息之后，许文娟却忧虑了。虽然她也在为虎娃高兴，期望他事业有成，但更多的却是在担心。因为，一旦他们搬到北京，严一龙就找不到她了。严一龙在当年委托的是路大水，但路大水的活动范围只是在天津一带。虽然天津离北京也不远，只有二百多里地，但京城是个大地方，车水马龙的，一旦淹没进去，那严一龙怎么可能在这熙熙攘攘的人群中，再去找到她的影子呢？况且，路大水已经命丧沙场，去世也已经好多年了，严一龙要找到什么人，才可能去打听到她在北京的住址呢……

许文娟思忖着，但还是把忧虑埋在了心里。这是无可奈何的，因为她无法提出反对意见，也不愿就此去伤害高虎娃。

两个星期以后，这个特殊的家庭带着衣物，坐着耿立忠派来的吉普车，来到北京，住进了位于宣武门内的一座漂亮的四合院里。这一带离宣武门外城墙，只有一里多路，就连亲王府也近在咫尺。青瓦绿檐、红灯高挂、花枝繁茂、庭院幽深，装饰豪华的马车，踢踢踏踏地在青石板铺上奔驰着，极尽其富贵奢华之气。能够跻身这片豪门望族之地，真是前世修来的福分啊！然而许文娟却并不开心。而且，没过多久，她的那种忧虑矛盾着的心思就被高虎娃看出来了。

"唉，不管我为她做什么，都打动不了她的心……"

高虎娃有点悲哀地对欧阳秋说道。

他有点失望，甚至丧失了信心，但欧阳秋还是鼓励他，要他耐心地等待。那时，欧阳秋正在和耿立忠谈恋爱，处在热恋中的她，是完全理解高虎娃的苦衷的。

其实，对于高虎娃的这一切，许文娟又何尝不清楚呢？从某种程度上讲，她的悲哀甚至远远超过高虎娃。因为，她的苦刑是双重的，无论她怎样去反抗，去挣扎，那一副情感的枷锁却始终套在她的脖子上，让她沉重得无法抬起头来。

源自灵魂的惩罚是沉重的，而爱情本身就是灵魂的组成部分。

爱情的哲学，在确定原因和指明后果这两个方面，并不能给出圆满的回答。而穷究事理的人，又总是会陷进道德和伦理的泥潭，无法自拔。这种事情没道理可讲，任何说教都会碰壁，其症结的中心，自然在许文娟那一边。

因为，许文娟深深地相信，严一龙一定会活着出现在她面前的，他决不会舍弃她。

这正是她的精神力量所在。

因此，在严一龙的行踪被确定之前，许文娟无法也没有勇气去接受他人的爱意。虽然，现实社会充满着诱惑，但她的情感却始终如一，不可能从那种缝隙中逃遁出去。

高虎娃和许文娟的这种不明不暗的状态又延续了一年多。直到袁世凯病死，张勋复辟失败，中华民国军政府在广州成立，孙中山将矛头指向段祺瑞政府，准备在南方发起第一次护法战争之时，他们的暧昧关系才发生了变化。

因为，胡鄂公那时要南下广州，投奔孙中山，要在临行前把高虎娃和耿立忠，推荐到保定陆军军官学校，让他的得力干将，到军校的步兵科去学习深造。

这或许是最后的机会了。

在现在这种兵荒马乱的情况下，每一次分离或许都是一次死别，再不抓住机会去向许文娟表白心迹，那就真的全完了。

那一天傍晚，当许文娟在四合院的客厅里帮他整理行装时，高虎娃突然从背后抱住了她。他颤抖着，吐出了埋藏在他心里已经多年了的话语。

"娟子，我……我们结婚吧！你……你已经等了一龙哥六年，六年了啊……"

高虎娃的声音在打战，这是一个不幸的人的最后心声。但是，许文娟并没有回答，也没有回过身来。对于高虎娃的突兀的行动，她有点惊愕，但并不慌张。她沉默着，一动也不动，听凭时光在静谧中流逝。

一分钟过去了，许文娟还是没有动静。她或许是在思考，或许是在祈愿，总之，她的肩膀开始抽搐了，好像是在哭泣，无声的、沉痛的，震荡着让人心痛。

高虎娃犹豫了。

他沉默了一会儿，但还是有点不甘心。因为他不想放弃这个好不容易才到手的机会。现在是关键时刻，只有继续进攻，才能胜利。高虎娃思忖着，并再一次地鼓起勇气，把背对着他的许文娟扳了回来。他想看着她，面对面地从她的忧伤的眼神里，去洞察她的内心世界。

高虎娃凝视着她，沉迷着但还是闭上了嘴巴。他想再一次地表白心意，但迟迟地却发不出声来。他不敢。因为他还在担心他的鲁莽，会让她关上门，让黑暗再一次地出现。

"等等……再等一等，好吗……"

许文娟突然开口说道。她还在坚持。尽管她已经明白，自己设置的一道道的防线，正在崩溃之中。

"可是……什么时候是个头呢……"

"明年……等到明年，你毕业回来的那一天！如果那时，一龙哥他……他还没有消息，那我……我就嫁给你……"

许文娟吞吞吐吐地说道。

她抬起头来，泪眼汪汪地望着高虎娃。

她提出了一个时间。为自己设定了期限。这或许是冷酷无情的。但她没有办法。此时此刻，她还能有什么办法可以去躲避呢？她只能自欺欺人地把这个决定权，扔给了时间。这是她最后的防线。为此，她向上苍投下赌注，期望命运能在最后的一刻，把严一龙的好消息带过来。

许文娟仰起脑袋，望着窗外的余晖，抽泣着，并大声地哭了起来。

那泪水流淌着，就像山泉会滴透岩石一般地俘虏了高虎娃的心。他望着她，再也没有多说什么，只是紧紧地拥抱着她，把她搂在怀里，就像要把她融化到心里去一样。

高虎娃走了。他和耿立忠一起，告别了许文娟和欧阳秋，踏上了前去保定军校的征程。在此后的日子里，欧阳秋也一再找机会去劝说许文娟，并告诉她，说自己已经和耿立忠约定了，在他军校毕业回来以后就结婚。为此，她希望自己能和许文娟他们一起举行婚礼。

欧阳秋的忠告就像石头扔进了河里，在许文娟的心中泛起了无数的涟漪。那种或许还掺杂着某种喜悦的刺痛，让她忧伤和悲哀。她无法表明自己的态度，却下意识地抓紧了时间，通过各种渠道去向家乡的亲人报告，自己已经移住到北京的消息。她甚至还冒着被大连警方发现的危险，给自己的父亲许尚水送去消息，告诉他们说，家住小云屯的耿立群会知道她的行踪，只要找到他，就一定能知道她的住处。她一次又一次地和命运打赌，给严一龙留下了最后的机会，期望严一龙能够在高虎娃去保定军校上学的那一年中间，奇迹般地出现在她面前，把她带走，就像他们过去所约定的那样，远走高飞，到一个没有人认识他们的地方去。她执着地在她的赌注上增添筹码，不让她的良心受到谴责。

然而，许文娟的赌博失败了。那一年里，什么奇迹都没有发生。因此，当高虎娃在第二年夏天，从保定陆军军官学校毕业回来以后再一次向她求婚之际，她不得不答应了。这是无可奈何的，而且，一定也是上苍的决定。对此，她除了俯首听命以外，还能有什么办法呢？

他们终于走到一起了。那时高虎娃三十五岁，而许文娟也已经三十三岁了。他们相拥在一起，哭泣着，欢乐着，回忆着他们所走过的道路。那种心酸和悲痛使他们突然觉得，至今为止所经历过的一切苦难，都成了陪衬，唯有幸福才是他们真正的人生。他们四目相望，神思飞扬，并且情不自禁地拥抱着，把嘴唇贴到了一起……

没有什么能比两个灵魂，在风声雨声里放射出来的光芒更让人震撼的了。那种幸福的光泽照耀着他们，把他们的眼睛都照晕了。只是，那些销魂荡魄的欢乐，并没有能打消埋藏在高虎娃心底深处的阴影，他寻找着时机，在和许文娟耳鬓厮磨的瞬间，说出了他的计划。他告诉她说，自己已经和欧阳秋、耿立忠夫妻决定，在婚后，一起南下广州去追随胡鄂公，加入陈炯明的中华民国军政府第一军的部队中，去攻打广东的惠州城。

面对这样的计划，许文娟沉默了半晌，但还是点头同意了。

她明白虎娃的心思。知道他在担心，严一龙会突然地找到北京来。为了避开这种麻烦，断绝她的念想，他要带着她远走天涯，彻底地和过去诀别。

其实，高虎娃是多虑了。因为他的担心，又何尝不是她的忧虑呢！事到如今，她许文娟当然会下定决心，抛下一切杂念，和高虎娃相依为命地同舟共济了。

1918年11月8日，高虎娃和许文娟在朋友们的见证下，于北京东城饭店礼堂，和欧阳秋、耿立忠夫妇一起举行了婚礼，并在此后的12月3日，带着孩子，离开了北京，踏上了南下广州的旅程。

第十三章

52. 杨草坞的百年老店

杨草坞位于广东惠州的西北方，是一个有着方圆几十里地的集散在响水和西枝江之间的村庄。那里地处罗浮山麓，又沐浴着大亚湾的海风，风水独佳，自古以来就是那些来自北方的移民们的出海口。一千多年前，还在唐朝的时候，那些官场不顺，遭到贬谪的人，就被移送到这里来了。他们扎根在这片水害不已、灾难不停的丘陵山地，生息繁衍，形成了很多以江西人、湖南人为主的移民村落。杨草坞应该就是其中的一个。

杨草坞不在交通线上，离最近的公路站也有好几里地，因此，这一带还算安宁。靠着远近的山地湖水，村民们的生活还算可以，生计应该不成问题。所以，这里常常可以看到一些用红泥砌成的两层楼小屋，以及一些气宇轩敞的白墙黑窗、红檐高瓦的瓦房。那纯粹是北方风格的建筑，虽然岁月的沧桑已经使它陈旧斑驳，但仍然可以让人想象到它曾经有过的辉煌。

然而到了近代，一切都变得惨不忍睹了。尤其是爆发了太平天国革命和义和团运动的那些年代。那时，动乱就像暴风雨一般，摧毁着杨草坞，给这里留下了太多悲伤的故事。

风暴过后，满目疮痍，杨草坞也已经失去往日的繁华了。

而且，人祸总是会伴着天灾。因为那时候好久没有发生过的水涝和旱灾，也相继出现了。它使杨草坞村前村后杂草丛生，房壁墙瓦残破不全，稻田颗粒无收，匪患兵灾四起。然而，尽管如此，尽管这里已经僻静萧条，人影稀少，但还不算荒凉。村边的石板路上，还有车轮驶过的痕迹，田埂上还会传来村民们的说话声音。只是，人们变得更加多疑，日子也显得更加困苦了。

那时，好像还发生了一起命案。

前几天，一对本村的兄弟在夜晚回家途中，遭到不明之徒袭击，命丧黄泉，至今都没有抓到凶犯。这件案子引起了村民们的恐慌，但那也只是一阵子的事情，没有多久就平静下来了。

此后，人们对这类事情已经见怪不怪，习以为常，慢慢地就连饭前茶后去闲聊一下的兴致都没有了。

出现这种状况也是有原因的。

因为北方的军阀和南方的革命军时常在这里集结、战斗。胜者执政为王，败者流亡为寇，以至于这一带到处都可以看到冤死的灵魂。

死人见多了，也就没有什么可以害怕了。而且，北方来的移民根本就不在乎死亡。他们对逃难途中倒下来的死人，早就司空见惯了。为此，他们依然前赴后继地往南方赶着，在那里聚集、扎根，从那里出海、留洋。

到处都是陌生人，陌生的面孔来来往往，各奔东西，互不知底，无情无义，丢了邻里乡亲之情不说，还添了人心惟危之悲。

只是，谁也没有想到，这种状态竟会促进当地旅馆业的发展。因为不管是投奔革命，还是移民逃难的人，都要在这里找地方睡觉、吃饭。在找到最终归宿地之前，他们都要在这里待上一阵子，到村里的旅馆饭堂里去扔下一些银子的。

因此现在，只要在杨草坞走上一两里地，就一定能看到客栈、旅馆之类的建筑物。它们没有门牌号码，但却在店门口插着黄色旗帜，上面通常写着李家店、王家栈之类的所有者的姓氏。

由于年轻人都外出营生了，因此，杨草坞旅馆客栈的经营者都是年老体衰的村民。他们既没有手艺，也没有体力，只能腾出自己的住房，拾掇一下租出去，给外乡客人投宿，从而收一份租金，赚几个小钱去养老度日。这种状况很普遍，一度还成为杨草坞老人们谋生的主要手段……

这些事情都发生在1920年的前后。信手拈来，实在是因为它们和本故事的人物，有着太多的牵连的缘故。

杨草坞的东头有两堵高墙，残垣断壁长满绿色的苔藓，脏兮兮的却又非常醒目，让初来的人感到惊奇。

从那儿绕弯往西走，经过一幢倒塌的房屋后便会看见一个打谷场。那里面堆满了谷秭茅草，乱糟糟地，散发着霉味。没有人影，却有两条野狗在打架。它们用前脚在草垛上扒拉着什么，寻找着好吃的东西，还时不时地吠叫争打着。

打谷场附近有一个池塘。越过池塘，再穿过一片稻田，就能看见一幢两层楼的土房。它应该是一家客栈，名字叫作"钱家店"。杨草坞姓钱的人家很少，从族谱上去查或许可以追溯到北宋时期的杭州望族。当年的北宋文豪苏东坡从杭州流放到这里时，或许就带着钱氏姓名的随从，他们的生息繁衍，才留下了今天这家钱家店，和包括他们祖先在内的钱氏家族。

这些事情在今天也许已经无从考证了，但钱家店这座房子上了年头，至今已有百十来年的历史，却是不争的事实。它显然步入了老年期，衰朽破旧，但还没有到达晃动不安，濒临崩溃的程度。

钱家店的房间比较宽敞，但睡房不多，上下两层加起来也只有两间，其他都是厨房客堂什么的。

但这已经够了。

因为房东钱老板是个六十多岁的人，除了喝酒以外没有别的嗜好，稍有些租金就能生活下去。况且，他也已经没有体力和财力再去改造他的房子了。凑合应该是他的生存之道。而且，能和客人各宿一室，互不干扰，却能相互照应，对于他这样年纪的人来说，难道不是一件最为惬意的事情吗？

从旅馆的角度去看，钱家店的条件并不算好，但这里却住上了客人。因为它的门口已经拔掉了那面写着经营者姓氏的黄色旗帜。

人们自然不会知道那客人看上钱家店，选择在这里住的原因。这或许和钱家店位置僻静，价格便宜，只能安排一个客人，不会引出是非，在安全方面能够得到保障有关。

现在，住在这里的房客应该是个中年人。他早出晚归，无所事事，也不知道要去干什么。为此，村里人很少看见他。钱老板曾经问过他的名字以及他到杨草坞来的目的，但他却支支吾吾地隐藏着不说。

也许他在担心什么，或者是什么仇人在追踪他，让他不得不匿名隐身的缘故。总之，他非常警觉、小心，不愿意多说话，最多也只是流露出一些他是来找人的，不知道对方的住址，但要找的人，肯定住在杨草坞的那些信息。

房客的话让钱老板怀疑，但又不便多问。为此，钱老板还出于好意地提醒他，叫他到村子中心的杨家祠堂去打听。因为，杨草坞的村民们有事无事地都会到那里聚集、聊天。他在那里或许就能看见自己要找的人。钱老板的建议使他开了窍，让他沉思着连连点头，好像感悟到了什么。

这个房客应该来了好多天了。因为有人看见一个留着络腮胡子的人，连续几天出现在杨家祠堂那边。在南方，留着大胡子的人不多。因此，他的形象非常醒目，只要看上一眼，就会被他人记住。

那个房客好像特别注意在祠堂里操练走步的孩子们。那个时代，孩子们在空地里喊着口号，习操练武本是常有的事，但那个男人却十分专注地看着他们，并且念念有词，好像他要寻找的人就在那些孩子们中间似的。

房客的想法或许没有错。因为孩子们是最最单纯的。通过那些孩子，他或许就能达到自己的目的。

53. 耿耿自矢，百折不回

毫无疑问，隐居在杨草坞的男人正是严一龙。

自从在1913年2月的风雪之夜，辞别老母亲，离开黄花沟，从安勇布下的"虎口"中逃出来以后，他就昼伏夜行，长途跋涉，避开所有的交通要道，直奔营口北四乡的大坡屯去了。

他走得还算顺利。虽然途中也曾露出风声，留下了痕迹，但并没有遇到太大的麻烦。抵达大坡屯以后，他租下民房，悄无声息地住了下来。本以为自己很快就能找到许文娟，可以在那里喘一口气以后再做定夺，但没想到，却听到了许文娟在半年前遭遇袭击，一个孩子被抢，身受重伤，被送到李郎中诊所去抢救的消息。

这突如其来的噩耗让严一龙捶胸顿足地号泣起来，悔恨与痛惜几乎将他击垮。但痛定思痛之后还是下定了决心，冒着危险赶到李医生那里去打听情况。但是，李医生非但没有把情况告诉他，还把他当成了事件的凶犯，偷偷告诉了警察，让严一龙像受到惊吓的兔子一般地逃窜，反复地变换藏身地，在离大坡屯几十里地的营口镇隐身了好几个月以后才算放下心来。

他并不甘心。因为这是他与娟子分别之后，两人相距最近的一次。几个月后，他又潜回大坡屯，再三地调查、寻访。

终于，有关许文娟的消息传过来了。

那是一个经营房产的人。

他说，在凶案发生一个多月以后，大坡屯公署的人曾经委托他们公司去处理屯西81号前房客丢弃的东西，因为有新的房客要住进来。

他告诉严一龙说,那个房客在案发后不久就出走了,并且一去不返,不知所终。走得还非常匆忙,就连家什衣物什么的都来不及带走。

"出走了,不知所终……"严一龙反复玩味着"不知所终"这几个字,彻夜难眠。

第二天早上,他就迫不及待地赶到屯西81号,围着许文娟住过的房子转了好几个圈。他不敢去敲门,生怕自己的不慎会再次引起警方的关注。幸亏当时向安勇做证的邻居大妈把许文娟一家带着孩子,匆匆逃离大坡屯的情景告诉了他,让他听到了许文娟还活着的消息,否则,真不知道他会去做出什么丧失理智的举动。

"呵呵,活着就好,就有盼头,就有和她相遇的可能……那么,他们会去哪儿了呢?天津、北京、奉天,还是旅顺?到哪里才能找到她呢……"

严一龙反复地思考着,把寻找的方向定位到了天津。

因为他想起了路大水。

当年他曾委托路大水去接应许文娟。因此,高虎娃一定是受路大水之命,才会像过去在严家当长工时的那样,照顾少东家的媳妇和孩子。在遇到凶犯袭击之后,高虎娃一定惊恐万分地带着许文娟母子逃到天津,去请示路大水,在他的指示下,寻找并搬往新的住处。这符合情理。因此,只要能够找到路大水,就一定能知道娟子的下落……

当然,不难想象,严一龙再一次扑空了。

在天津,他不仅知道了路大水的死讯,还听到了路大水的嫡系部队在天津起义中全军覆没的消息。那个悲剧使严一龙慌了神,让他捧着脑袋,像是受到什么毁灭性的打击一样,忍不住地哭了起来。

然而,也就是在那时,有一种东西在他的灵魂中滋生出来了。它直视着他,驱逐着他心中的痛苦和孤寂,让他咀嚼着其中的滋味。是啊,没错,那是爱情!是娟子瞩望着的眼神,是她怀中的孩子的频频招手……

他们揪动着他的心,让他再一次把目光落到当年在黄花沟奔赴战场前夜,和许文娟分别时烫在手掌上的疤痕上。那是他经常会去做的事情。只要遇到困难,犹豫不定,思念娟子却又不知所措之时,他都会盯着那个爱的印记,从中吸取力量。

"不行,我要振作起来,不能颓丧下去,娟子她……她和我的儿子一起,正焦急地在盼望着我呢……"

严一龙抬起头来,暗暗地为自己鼓劲。

说也奇怪,那时,严一龙的脑子里确实闪烁出了亮光。就像是某种暗示似的,让他突然觉得,许文娟他们已经回黄花沟了。她会隐藏在家乡的某个地方,在亲人的帮助下,安魂息痛、休身养伤。因为,只有家乡的水土才可能展开胸怀,去慰藉和安抚处在走投无路中的游子的……

严一龙按照自己的意愿分析着,再一次决定了行动的方向。他要回家乡去,哪怕就是去探望许文娟的父母,打听一下许文娟的消息也行。这是必须的,也是目前唯一可以选择的方法。而且,严一龙自己也需要疗伤,也需要得到家乡山水的滋养啊!

严一龙打定了主意。

这一切真的是非常遗憾的。因为许文娟那时正在天津,正在焦急地寻找严一龙的行踪。他们中间只有一步之遥,只要再追逐下去,一切就皆有可能。但是,命运却偏偏反向而行,把严一龙最后的机会也剥夺了。

由于担心警察还会在黄花沟撒网、钓鱼,监视他的母亲,等着他去上钩,所以,严一龙决定先到奉天,去找江天云,通过他去求助敦戈尔,打听到安勇警长为什么会释放他,还要带他去觐见张作霖的原因。那是一个谜。假如一切真的能够证明警方已经放弃了对他的追捕,那他就可以安心地回家乡去,至少不会像现在这样,心惊胆战地疲于奔命了。

1915年4月,严一龙再一次来到奉天,找到了江天云,并从江天云嘴里知道了安勇释放他的原因。

那果然是敦戈尔的功劳。是他请求驻扎在郑家屯的28师师长冯麟阁,求助于张作霖,才有了安勇上演的那出"捉放曹"的闹剧。不过,无论是敦戈尔还是江天云,他们都不知道张作霖召见严一龙的原因。也许那是因为,张作霖正要和日本人谈判,急需高水平的翻译吧……

江天云还告诉严一龙,说自己正准备带着人马,到郑家屯去加入敦戈尔的队伍。因为现在,日本关东军守备队正在那里挑衅奉天军队,和冯麟阁统辖的28师发生着冲突。所以,江天云希望严一龙能够加入他的队伍中,和他一起动身去郑家屯。

严一龙答应了,但在商定日程时和江天云有了分歧。江天云希望立即动身,但严一龙却想回家乡找到许文娟以后再走。严一龙的儿女之情遭到了江天云的反对。他告诉严一龙说,安勇正陪着张作霖在北京开会。假如那个警长还没死心,还不想放过严一龙,那他就一定会趁着这个机会向张作霖进言,并再一次到黄花沟去布网抓人的。

江天云的话让严一龙心慌。但现在或许正是好机会!他完全可以趁安勇还在北京,还没有布好罗网的时候,神不知鬼不觉地到黄花沟去走一遭……

严一龙揣着侥幸思量着。虽然没有在江天云面前暴露出来,但还是拖延时间,找着借口,悄悄地回到了黄花沟。

这一次,严一龙吸取了教训。他先是偷偷地潜入许文娟家,请娟子的父亲许尚水把自己的母亲约到海滩边的树林里相会。果然,一切都相安无事。而且严一龙还在他母亲那里得到了来自许文娟的准确消息。

"到小云屯去找一个名叫耿立群的人?这……"

严一龙有点疑惑,但母亲对此却坚信不疑。

她把严子鹏带着娟子住在小云屯,在那里死在清兵的枪弹之下,以及高虎娃在耿立群家里取出严子鹏的骨骸，在两年前把它运到黄花沟的事情——告诉了严一龙，让严一龙知道了他在高桥正夫的逼迫下，在通往营口的大路口和娟子分别，而后父亲带着她逃命的详细经过。那些情况让严一龙信服，还引起了他无限的情思。一想到小云屯是父亲的最后栖身地，父亲就是在那里魂归西天的事情，严一龙就悲痛不已。他下定决心，准备立即赶往小云屯去拜访耿立群。是啊，不管耿立群是个什么样的人，能否在他那里打听到许文娟的下落，但那里都是他严一龙必须要去朝拜、祭奠、领恩、谢罪的地方啊……

一个月以后，严一龙来到小云屯。他没费多少周折就找到了耿立群的家。耿家高门阔院，是当地非常有名的大户人家，只是不巧的是，耿立群那时不在家。他们家的女用人告诉严一龙说，耿立群和耿家的男人们最近都去北京了，要三个月以后才能回来。

"北京？三个月……"

严一龙十分懊恼，还忍不住地皱了一下双眉。情非得已，他只能留下了名字，表示自己会再来拜访。严一龙并没有提许文娟的事情，因为他根本就不相信娟子会住在那里。小云屯是个很小的村子，一个外乡女人带着孩子住在那里，是很容易暴露身份的。况且，这里离天津很近，对于反复受到伤害、至今还在被追杀中的许文娟来讲，躲到天津城的人流里，显然要安全得多。

严一龙又一次来到了天津。

他有点后悔，为自己当初在听到路大水的死讯后没能及时排除悲伤，冷静地思考一下就草草离开，从而白白耽误了一年多的时间而懊恼不迭。这一次，他决定潜下心来，在天津去找线索。

然而，一切都是徒劳的。虽然也曾发现一些踪迹，但为时已晚。因为那时候，高虎娃已经带着许文娟离开天津了。

三个多月以后，严一龙无奈地再次回到奉天，因为他想起了自己和江天云的约定。但是那时，江天云已经离开奉天，先行一步地去郑家屯了。这件事让严一龙悔恨不已，只觉得自己对不起朋友。然而，还没有过上两天，更坏的消息传来了。有人告诉他，安勇警长已跟随张作霖回到奉天，并正式调到奉天保安部担任警卫处处长一职。而且，这个大权在握的死对头并没有放下那起案子，他又一次派人到黄花沟去调查他和许文娟的行踪……

"这……这个可怕的警长，他果然不肯罢休……"

看来，只有逃亡，只能再一次地逃之夭夭才行！

严一龙闭着眼睛沉思着，并再一次把逃亡方向锁到了天津。他感到恐惧，而改变这种状态的唯一办法就是隐身到大城市里，消失在人海中才行……

严一龙重新在天津安顿了下来，并在一家贸易行里找了份得心应手的工作。就在那里，他得到了许文娟的最新的消息。

那是两三年以后的事情了。在一次偶然的闲暇中，严一龙翻阅了贸易行订阅的报纸，并在无意中看到了一份发表在1918年11月8日的《天津时报》。那篇文章发布在第六版上，文字简洁，信息量也不大，并且带有广告嫌疑，是该报常常会刊登的内容。

那篇文章是那样写的：

> 在保定陆军军官学校毕业的上尉士官耿立忠和他的战友高虎娃，将于近日良辰佳期，在北京东城饭店双双举行婚礼。届时，该校数十名士官将去祝贺，并为他们送行。据悉，这两对新人婚后将携手奔赴南方，投身孙文大元帅麾下，征讨各路军阀，为中华民国军政府效力……

这则短短的不到两百字的报道，本想通过军官学校毕业的新人在新婚宴尔之时即去投奔革命军的热情激励北方民众，号召大家关注时势，支持刚刚在南方成立的民国军政府。所以，这则消息对于寻常读者来说，是再平常不过的婚礼公告了。但对于此时的严一龙来讲，却不亚于五雷轰顶。

"高虎娃？他……他是谁？难道……就是那个照顾着娟子的长工？他？这……这总不会是同名同姓吧，可是……"

严一龙睁大眼睛，反复自问着，企图从字里行间抠出里面所没有写到的内容。然而，没有过上两分钟，他又有了收获，因为那个新郎耿立忠的名字冲进了他的眼帘，让他情不自禁地想起小云屯的大户人家耿立群了。

"耿立忠、耿立群，只差一个字！还有……高虎娃，小云屯的，这一切……怎么就那么巧呢？这里面……难道没有什么内在的关系吗？那个耿立忠，他会不会就是耿家的什么人呢？如果是，娟子就一定认识他！因为，娟子不是把耿立群这个名字留给了我的母亲吗？而高虎娃不也正是从那个耿家取出了父亲的遗骸，把它送到黄花沟的吗？毫无疑问，高虎娃和娟子他们都应该认识姓耿的那家人！他们搞到了一起，关系密切，互相知情，而我，却完完全全地被蒙在了鼓里……"

严一龙的冷汗冒出来了！虽然一切都还在云里雾里，但他却感到了恐惧。看来，问题没有那么简单，在他舍弃了一切，以命相搏的追索中，许文娟他们却已经走得很远很远了……

严一龙捧着脑袋，面部扭曲、体如筛糠。他突然觉得自己应该马上到《天津时报》去，找到写这篇文章的名叫魏齐的记者，搞清楚那两对新娘的名字。此刻，他是多么希望所有的猜测都是误会，和许文娟没有一点儿关系，只是几个同名同姓的人凑到了一起而已……

严一龙心急火燎地赶到《天津时报》报社，费了很大周折才找到了新闻部。但那个记者不在，他去广州出差了，一时半晌还不会回来。

那天晚上，严一龙又失眠了。他睁大眼睛，翻来覆去地，可是看到的却总是黑暗。他回想起北四乡大坡屯饶舌的邻居大妈讲的高虎娃带着许文娟母子，和另外一个叫作欧阳秋的女人仓皇逃离屯子时的情景。那时，他一直认为，欧阳秋就是高虎娃的媳妇。否则，两个女人怎么会和高虎娃这样一个大男人同住在一个屋檐下呢？而且，邻居大妈还说，欧阳秋看上去像是一个帮工。这句话……恐怕也没有错。因为，娟子确实需要有人来帮她照料孩子啊！不论是路大水还是高虎娃，他们都会想办法去帮她找一个人来的。所以，高虎娃就带着他的媳妇来了……

想到这里，严一龙就像是看见了一缕阳光，顿时放下心来。他没有再去怀疑，甚至还提起了精神，产生了一种莫名的希望。

"没错，娟子是不会变心的，她爱着我，这是一定的。否则，她为什么要托人带来消息，让我到小云屯去找耿立群，打听她的下落呢……"

严一龙自言自语着，并且在房子里走动起来。

人在无可奈何时喜欢踱步，仿佛那种移动会让他产生新的思维似的。然而没走几步，严一龙又忧郁起来了。因为他想到了高虎娃，想到了青年时代的往事。是的，高虎娃喜欢娟子。当年在村公所抓阄时，不正是因为不忍心看到娟子的悲痛神情，才向村长提出，要代替中了签的自己去战场吗？它表明高虎娃的心境，说明他也深深地爱着娟子……

严一龙思绪翻涌，就像是被海浪拨弄着的小船，晃荡着，却始终找不到靠岸的码头。他心旌摇曳，疑虑再三，以至于在庆幸自己得到了许文娟的爱的同时，又怀疑起爱情的持久性和它可能会产生的变异。他仰起头来，在静谧中望着天花板，怔怔地，但终于做出了决定。

本来，他认为自己应该去北京，至少也应该到结婚会场去找一下当事人，打听那两对新人的情况，但转念一想，却又改变了主意。因为当时，很多地方都会遵循旧式的婚礼仪式，只要女方不是名人，一般都不会直呼新娘名字，而会采用某某伉俪之类的敬称。况且，现在已经是 12 月中旬，报上发表的事也过去了一个多月，假如没有意外，那两对新人应该早就办完了婚礼，踏上了南下的征程。

一切已经晚了，错过时机了，比起去北京查访，或许更应该到小云屯去调查。因为严一龙想到了耿家女用人讲的耿立群和他们家的男人离开小云屯去北京的时间，从而再一次把怀疑的对象锁在了耿家这一字相差的两个男人的关系上了。

"是啊，他们很可能就是亲兄弟。耿立群是为了参加他哥哥的婚礼才到北京去的！假如真是那样，那么耿立群就一定知道两位新娘的底细。况且，他本身就认识许文娟和高虎娃！"

推理一旦被确信，行动的方向也就明确了。为此，严一龙立即踏上了去小云屯的路途。这一次，他没有扑空，耿立群果然已经回到家了。

严一龙的到来让耿立群紧张。虽然他曾多次听高虎娃讲起过严一龙和许文娟的事，但并不清楚他们之间那种复杂的关系。现在，新郎新娘刚刚结婚，严一龙就找上门来，这恐怕不会是一件好事情……

耿立群忐忑不安地把严一龙带进客厅，并吩咐仆人沏上了茶。这是他们的第一次会面。那种生疏感就像一扇屏风，挡在了他们之间，让他们心思各异、各怀鬼胎。他们相视一笑，却都没有说话，尴尬地坐在绛红色的高背椅上，任凭着时间流逝。

"承蒙贵府不弃，收留家父骨骸，不肖子严一龙专程前来致谢……"

"客气，客气。这本是小弟分内之事，一龙兄见外了！只是现在时局混乱，没能让令尊遗骸早日落土，回贵府安葬，小弟始终觉得罪过……"

他们寒暄着，终于打破了尴尬，让严一龙直言不讳地吐出窝在心头上的疑问，直接切入了主题。那时，严一龙环顾着四周，就像是在欣赏客厅里展示着的红木家具似的，突然转过来，沉下了脸，直视着耿立群，把气氛一下子地搞得紧张了。

"立群贤弟，请问耿立忠是贵府的什么人呢？"

"立忠……他,他是家兄啊?难道……一龙兄和家兄认识?"

耿立群有点疑惑地望着严一龙,他没有料到,严一龙会首先提到他的兄长。

"令兄刚刚在北京结婚吧?"

"是啊,可是……"

"贤弟您……您是为了参加婚礼才去北京的吧?"

严一龙并没有理会对方的神色,只是一味地追问。他的脸色开始苍白起来,心潮正在激烈地涌动。为了掩饰自己的情绪,他吐了一口气,低着头把挎包里的《天津时报》掏了出来。他的手有点颤抖,但还是故作镇静地指着报上登载的那则消息。

"您认识高虎娃吧?上次,就是他把家父的骨骸送回黄花沟去的……"

严一龙提高了声调。他的眼睛也湿润了。但是,耿立群并没有去关注他的情绪。他反复端详那张报纸,似乎在筹措应对之词。毫无疑问,他已经完全明白严一龙的来意了。

"我到北京之后又去了武汉,没有赶上家兄的婚礼。可是……怎么了,一龙兄,难道高虎娃做错了什么,得罪了兄长……"

耿立群心口不一地说着,断然否定了他去参加婚礼的事实。因为他明白,男女间的情事,说不清也道不明,局外人只有装聋作哑、避之夭夭,才是万全之策!耿立群不仅这么想,也是这么做的,只是他没有想到,这些话却起了某种安抚作用,让严一龙长舒了一口气,心情也好像变得宽松一些了。

"这么说,您也不知道高虎娃的新婚对象吧……"

严一龙自我安慰式地重复道。显然,这也是他想要的结果。

"不……不知道啊……"

耿立群摇摇头,似是而非地回答着。

他本来就不是说谎的人。果然,他额头上冒出的汗水,让严一龙再一次恐慌起来了。

"您见到娟子了？许文娟，孩子他妈，我……我的老婆……"

严一龙直起眼睛，突然大声叫了起来。但是，没有过上两秒钟，他就意识到了自己的失态，顿悟着并立即降下声调，姿态也变得卑微起来。

"您看见许文娟了？"

"是的，半个多月以前，我到车站为我哥和高虎娃送行时，看到她了。她带着孩子，也在人群里。"

"她也要到南方去投奔革命军？"

"是的，我哥他们十多个人，都准备到惠州去，参加革命军……"

"惠州？"

"是的，广东的惠州。那是我嫂子的家乡，离这里很远很远……"

"您的嫂子？贤弟，哦，贤弟，敢问令嫂芳名……"

严一龙喃喃地追问道。他的声音悲楚凄凉，似乎在哀求着耿立群。

"她……她复姓欧阳……"

耿立群欲言又止。看到严一龙闪烁着的眼神一点一点地在暗淡下去，他既为难，又惭愧，总觉得应该把许文娟母子的真实情况全部掏出来，告诉给严一龙。但是，他又担心对方会因此失去理智，不顾一切地追去广东，酿成不可想象的后果。

"一龙兄，惠州那地方很远啊！而且那边又在打仗，一路上也非常危险……"

耿立群故作其事地说着，尽力地宽慰严一龙，期望去安抚那颗躁动着的心。

但是，严一龙已经听不进去了。因为他的嫂子欧阳秋这个名字已经说明了一切！他抬起头来，下意识地向耿立群作揖辞别，怅然若失地走出了耿府。然而，就在那时，一道闪光在他脑子里出现了，它催着他再次做出了决定。

是的,他要到惠州去,马上就去,找到许文娟!不管她身处什么样的环境,他都要带她走,离开那个混乱的地方!他了解许文娟,认定她不会带着孩子去参加什么革命,更不会和革命党人搅到一块。她一定是被裹胁了,期盼着他去解救……

严一龙喃喃自语着,还情不自禁地握紧了拳头。此刻,那种想法充斥着他的脑海,让他几乎就不能自已了!

严一龙回到天津,但思绪却依然在小云屯里。他回味着耿立群吞吞吐吐的语气和欲盖弥彰的眼神,心里充满了惆怅。看来,他已经失败了。那个一直支撑着他的爱情大厦,此刻正摇摇欲坠地向外倾斜着……

他好像看到了自己所处的位置。

那是一条陡峭的斜坡。而他正在向下滑,并且已经滑到了悬崖边上,再也没有立足之地。可是,应该怎么办呢?是义无反顾地跳下去,还是一步一步地退回来,回到原地,让生活重新开启……

严一龙为自己设定了三天期限,希望能有充分的时间去考虑。然而,还不到一天,他就下了决心。那是一种可怕的冲动,一种心灵的发泄,它来自人类的本能,无法逃避,也无法选择!因为,他已经在心灵深处感悟到,人生太短、太窄,那些短暂的时光,只够让他爱一个人。他无法移情别恋。除了许文娟,他无法开启新的生活。况且,他们还有孩子,那个还未见过面的苦命的孩子!假如他就此退却,咽下高虎娃这个昔日的长工给自己带来的耻辱,那还不如一头撞死为好……

严一龙愤怒地摇着头,心旌摇荡、热血沸腾,已经到了一种无法自控的程度。他迅速地制订了南下惠州的计划,并向天津贸易行提交了辞呈,还从银铺里取出存款,把纸币缝进棉袄的夹缝中。他告诫自己说,这一切是必须的,他只能这样去做。这是一场向死而生的搏斗,他的命运就是这样被决定的,他没有权力去改变上苍的旨意。

三天以后，严一龙离开了天津。他本想先到北京去，看看那个举办过婚礼的礼堂，但又觉得，自己不应该再去咀嚼那些痛楚，把悲哀带到路途上去。所以，他转道去了保定，在那所陆军军官学校转悠了好多天，直到找到学校里那份欢送毕业生去南方的名单，确认了耿立忠和高虎娃的名字以后，才离开了那里。严一龙做得非常仔细，因为他已经身经百战，是一个追踪和逃亡路上的经验丰富的老手了。

走出保定城以后，严一龙花了一些小钱，坐上一辆前往邯郸的运货马车，又在邯郸跳上一辆运煤的货车，来到了许昌。他带着地图，详细地打听了湖广总督张之洞在1896年5月动工的粤汉铁路的现状。那条铁路因为资金不足，英、德、法、美四国的银团贷款还没完全到位，不能按时竣工，但也已经陆陆续续地通车了。只要搭上一段，进入湖北，来到武汉附近，就一定能找到南下的广州的火车。

严一龙做足了功课，信心十足，自以为能够顺利地到达惠州，却没有料到，在湖南湖北的交界地带栽了跟头。他被正在那里打仗的湘系军阀赵恒惕的队伍抓去，身不由己地当了壮丁。幸亏他急中生智，在兵痞们发现自己以前，就把藏着钞票的棉袄塞进被杂木树叶覆盖着的树洞里，做上了记号。被抓时，他又顺从了兵痞们的意志，乖乖地走进队伍，才没有被他们怀疑。当天晚上，他在军队营地安身以后，又悄悄溜回那个树洞边上，把棉袄取回来，拿出钞票，卷捏着把它缝进了被褥里，否则就真的难以想象，他的今后所要去做的事情了。

那一段在人生的底层混荡，披着脑袋度日的兵痞子的生活，让严一龙南下惠州的行程被耽误了将近两年时间。但这也不完全是一件坏事。由于遭到残酷地虐待，他懂得了仇恨；因为被上司反复地惩罚，他学会了反抗。那种悲惨的境遇锻炼了他的意志，并且也造就了他，使得他的心情日益阴暗，处世愈发狡诈，性格逐渐硬朗，就像一个不受道德约束的盲流，无可挽救地变得越来越狠毒了。

兵痞子的生活改变了他的人格，也给他的惠州之行带来了方便，因为部队的移动把他带到了湖南境内,使他随时可以找机会脱身。而且,也正是在部队驻扎到广东附近的临武镇时,命运给他创造了机遇,让他乘着夜色跳进武江,在渔民的帮助下,逃出了兵痞子们的追捕。

"这里离惠州只有八百来里地了,只要不遇到意外,搭乘到什么交通工具,那么,不用一个月,我就可以到达惠州……"

严一龙暗暗思忖着,变得更加小心谨慎。他在地图上标出了行走路线,还给自己定下日程,日伏夜行,坚定地朝着目标进发。途中,他还结识了一个本地商人,跟着他顺利到达了广州,并在这座正处在革命熔炉中的城市里找了一个旅馆,住了下来。他知道,余下的路程更为危险,因为,广州周围战事不断,惠州也正处在战火之中,陈炯明的部队正在猛烈地攻击盘踞在惠州城内的桂系军阀的队伍……

当然,这些消息都是他在广州的报刊上看到的。这些收获之大,常常会让他惊喜地手舞足蹈起来。那一天,一则刊登在《珠江日报》上的消息出现在严一龙的眼睛里了。它对于正在寻找前行方向的严一龙来说,不啻是一盏明灯。

这篇报道是这样写的:

> 刚刚被孙文任命为广东省省长、粤军总司令以及陆军部总长的陈炯明,在攻克惠州和广州以后,准备按照其在福建漳州设立的"闽南护法区"模式,在惠州博罗县辖区的横河镇设立新区。为此,陈炯明任命其嫡系部队一军三师第一团团长耿立忠担任该区区长,并在新区建立新的政治体系,振兴经济,改革教育,严禁赌博、蓄婢和娼妓等扰民行为,并且赈灾募捐、收容乞丐,试行陈炯明总司令在漳州驻扎期间推行过的社会主义制度……

严一龙的眼睛发直了。他并不关心新闻中阐述的内容,只是睁大了眼睛,直愣愣地盯着用铅字打出来的"耿立忠"三个黑体字。他沉默着拿出地图，寻找着那个新区的位置。当他发现横河就在惠州附近时，不由得长舒了一口气。

"没错，那里就是耿立群嫂子的家乡，也是高虎娃他们执意要去的地方，只要在那里找到耿立忠，就一定能见到高虎娃，知道娟子的下落……"

严一龙嘟囔着，并且咯咯咯地笑了起来。虽然有点彷徨迷离，也不知道自己为什么会发出那种笑声，但他已经完全清楚自己要去做的事情了。是的，他必须以最快的速度找到许文娟，带着她逃离高虎娃，回天津，去奉天，到郑家屯去投奔他的恩人敦戈尔。在恩人敦戈尔的照护下，他们可以开启新的生活！这是他经过多少个不眠之夜，一直耿耿于怀的计划，现在，应该到了去执行，去完成的时候了……

严一龙又一次踏上了征程。

为了确保安全，他还雇了一个向导，以最快的速度直奔横河。他感到踏实，并且觉得自己应该昂起头来，以君子的身份，堂堂正正地到横河去找耿立忠和高虎娃，要他们交出许文娟，名正言顺地带着他们母子俩离开惠州，回北方去。

经过三个星期的跋涉，严一龙终于到达横河，并在一个星期以后见到了新区政府区长耿立忠。他本想和耿立忠拉拉近乎，从对方嘴里套出更多有关高虎娃和许文娟的消息。但是，耿立忠很忙，并没有给严一龙留出更多的时间。耿立忠不认识严一龙。虽然欧阳秋曾多次跟他提过严一龙的名字，但他并不知道其中的原委。而且，此刻的耿立忠已经顾不上那些事情了。那么多人正在排队等着，找他谈事，其中也有很多像严一龙那样从北方来的乡亲，他怎么能为了严一龙而耽误其他人的时间呢？

严一龙有点失望，但还是觉得欣慰，因为他毕竟已经在耿立忠的只言片语中得到了高虎娃他们住在横河以北十里地的杨草坞的消息。他已经没有必要为了和耿立忠谈话再待在横河去浪费时间了。

傍晚六点多钟，严一龙到达了竖着杨草坞地界的村庄。那时已是黄昏，空气中最后的光泽也随着冉冉升起的夜雾变得黯淡无光了。站在路旁的土丘上，严一龙撑着腰，睁大了眼睛，把视线投入到那一片片随着罗浮山的走势而起伏的田园风光里。他有点激动，也有点伤感，眼睛里还噙着些许泪花，任凭着思绪在静谧的夜色里飞翔……

　　附近的墙头上有几根枯枝在摇曳，低低地发出一种凄凉的声音，七八只老鸦哇哇地聒叫，在黑暗中盘旋而过，但严一龙都没有去在意。此刻，他的眼睛里出现的是一片黛色的青空，它们随着渐近渐远的晚风，流动着，让他的灵魂也栩栩地飘浮起来了。

　　夜色已经很浓了。那种寒意让他打了个冷战，哆嗦着把思维拉回到眼前这片旷野中。他颤抖了一下，心神不宁地仰起头来，似乎又发现一些什么了。

　　那是在苍穹之下、原野深处闪烁着的星星！它镶嵌在广漠无垠的大地尽头，微弱细小，却又是那样灿烂，让他果断地蹽开大步，大踏步地朝着那个方向走去。

　　严一龙相信，希望之门一定会再一次向他这个苦命人打开的。

54. 昨天已逝

　　正像严一龙所深信的那样，许文娟和高虎娃的新家确实安在了杨草坞的村庄里。那里离杨家祠堂只有一里开外，只要步行十多分钟就可以到达。

　　那是一座砖瓦砌成的平房，是一起南下的朋友和当地的村民帮助着盖起来的，从落成到现在还不到一年的时间。这座房子共有四间屋子，两间储藏室和一个灶间，还用木栅栏围起了一个小院。院子很宽敞，长着几棵果树，还种着蔬菜豆角以及南方特有的杜鹃红和牵牛花什么的，显得温馨、舒适。

许文娟他们住在杨草坞这一带已经有两年了。一开始，他们租住了当地的民房，而后才搬进了新家。在这段动荡的时间里，许文娟不仅抚养着她和严一龙之间的孩子，还再一次怀孕，为高虎娃生了一个儿子。岁月的流逝已经多少淡化了她的记忆，但曾经有过的悲哀和痛楚还是时不时地冒出来，让她伤心、惆怅，就像是嘴里的蛀牙一样，虽然被拔除了，但疼痛却永远地留在了心里。

为了纪念严一龙，许文娟不仅把长子起名为高龙，还把刚满两周岁的小儿子称为高小龙。她不知道自己这么做的目的，但又觉得应该这样去做。也许，这是为了逃脱心灵的责难，或是希望见到孩子时能够想起严一龙，得到精神上的某些慰藉，等等。总之，许文娟放不下严一龙，无法把他从自己的脑海中摒弃出去。

幸亏有了欧阳秋。

她和耿立忠结婚，有了新家以后，仍然牵挂着许文娟，时不时地会到许文娟家来聊天，帮着干些家务活，给她解闷，帮助她去摆脱精神上的困扰。欧阳秋的新居在杨草坞的西头，离许文娟家不远，只有十多分钟的路程。虽然方便，但是在担任横河新区妇女部主任，工作繁忙起来以后，她到许文娟家的次数就不得不减少了。不过尽管这样，她还是惦念着许文娟，并把解决她的困难当作自己工作的一部分。

对许文娟的执着和坚持，高虎娃甘之如饴，因为他深深地爱着她！他明白，要和许文娟心心相印地生活下去，就必须要尊重她的感受，接受她的一切，容许她做她想做的事情才行。

高虎娃是这么想也是那么做的。

自从来到广东加入陈炯明的队伍，被任命为一团的副团长，作为耿立忠的副手主管团里的军事业务以后，高虎娃的工作就繁忙起来了。他不分昼夜地奔赴在第一线，和战士们生活在一起。但只要有休息时间，哪怕就是短短的一两天，他都会赶回家，买上一些小玩具，采上几朵野花,给许文娟和孩子们带回去。他的厚道和温情就像是一缕阳光,让许文娟感受到温暖,并多少地安抚着她的心。岁月的洗礼,让他们成了一对难舍难离的夫妻,而掺和在痛苦中的欢乐,又使他们神思恍惚地投入对方的怀抱,魂灵飞跃地淹没在灵与肉的云海中。他们把满腔的心事倾注在各自的眼睛里,相互吸引,却又泪水盈盈,而那时,总会有一片彩云笼罩在他们的头上,让他们的情感升华,连成一体,心心相印,再也无法分离。

然而,是命运,是命运这个不速之客冲进了他们的生活,打乱了他们的安宁。因为,就在严一龙抵达杨草坞的那一刻起,高虎娃正奉陈炯明之命,率领一团官兵,在惠州城东集合,准备和陈炯明的其他部队一起出发,去进攻占据在江西的直系军阀。那时,高虎娃日不暇给,忙得焦头烂额,对于许文娟来说,简直就是神龙见首不见尾,根本找不到人影。而且,他也根本不会想到,他的家中,此时此刻,竟会发生让许文娟处在漩涡中难以自拔的事情。

那一场危机是他们八岁的儿子高龙带来的。

那时,他已经成了杨草坞的孩子王,整天在杨家祠堂,领着一帮小孩子舞枪弄棒,就像自己马上也要去当兵似的。一天,一个小男孩跑过来告诉他,说有一个外乡人,胡子拉碴的,一直在祠堂边的树林里窥视着他们。那人甚至跑过来搭讪,问东问西的,让他们感到害怕。

然而高龙完全没有把这件事放在心里。

他是一个胆大而又机灵的孩子。他认为小伙伴们的练操习武,引起人们的注意非常自然,即使是外乡人也没什么可奇怪的,因为这里本来就是外来人员的集聚地嘛。为了消除大家的忧虑,高龙决心带着小伙伴们去会会那个"可怕的外乡人"。

高龙并不惧怕生人。但是,他的这一行为却像石头扔进湖里,引起了无数的浪花,让许文娟这个好不容易才安定下来的家庭,一下子又掀起了风暴。虽然这是早晚都会发生的事情,但高龙却把它提前到了一个不适当的时间里，因为那时，高虎娃已经随着部队从惠州去了海丰……

高龙当然不会想到，那个男人在听到自己的名字以后，就纠缠着不走了。他惊诧地望着高龙，喃喃地说高龙长得高大，浓眉大眼，和出生在南方人家庭的那种瘦瘦黑黑的同龄孩子不同，一定是北方人家的种。为此，他还再三地询问高龙的年龄和家庭情况，打听他们家的住址。那个男人的怪异行动让高龙感到非常奇怪。因此，在回家以后，他立即把这件事情告诉了母亲，这使许文娟也跟着惊讶起来了。

许文娟嘀咕着，有点不踏实，而且还产生了一种不祥的预感。她以爸爸不在家为由，再三地叮嘱高龙，决不能把生人带回家来。

然而，不可想象的事情还是发生了。那一天下午，那个男人突然出现在许文娟家栅栏外面的空地上了。他心神不宁地围着院子转着，但眼睛却始终盯着平房的木板门。显然，他是有备而来的，因为他早已在高龙不注意的时候，跟踪了这个孩子，并知道了他们家的住址了。

那时正是秋收季节，杨草坞的村民正集中在大田里，紧张地收割着稻谷。周围非常安静，家家户户的门都紧闭着，几乎没有闲逛的人。那种状况让那个男人感到着急。他担心屋里会没有人，因而总想着跨过栅栏去敲门确认。但是，他犹豫着还是忍住了。因为他并没有确定这家屋子的主人是否就是他想要见的人。

那时许文娟正在屋子里面。她没有下田，高虎娃把他们家的农活全都交给村里的帮工了。她只需要去喂家里饲养的两头猪就行。拌料喂猪的时间是下午三点。所以，就在严一龙裹足不前、进退两难的当口，许文娟和往常一样，拿着簸箕推开了家门。她要到院子西边的储藏室去拿饲料。但是，就在那一刻，她听到了一个声嘶力竭却又是亢奋异常的声音。

那是一种尖叫声，它发自内心、震耳欲聋，刺耳却又熟悉，简直就要击穿她的鼓膜，让许文娟吓得愣了一下，并且本能地扭过头去。

那时是逆光，太阳从那个神秘的男人身后斜射过来，十分晃眼，但许文娟还是看见了站在栅栏外的那个人。他正在挥着手，那种急不可耐的神情让他的脸颊涨得通红。虽然他胡子拉碴、老气横秋，青春的气息早已流逝殆尽，但是，许文娟还是一眼就认出了他。

"一龙？一龙哥！你……难道……难道真的是你吗……"

许文娟睁大了眼睛，怔怔地望着那个男人，突然又像发了疯似的大叫起来。显然，她已经看清了他的面容，认出了那对痴情的眼睛。呵，没错，他正是严一龙，那个一直萦绕在她的脑海里，让她始终无法忘怀的男人！

"一龙……一龙哥……"

许文娟扔掉了手中的簸箕，大叫着向他冲过去。而此时，那个被她称为一龙哥的男人也已经打开了栅栏的门，蹒跚着向她跑来。他们在院子中间的空地上拥抱、亲吻着，那种幸福、悲哀、沉重和甜美交织在一起，使他们几乎忘却了一切。是啊，分别至今已经十来年了，此时此刻，还能有什么语言可以形容他们再次相会时的那种复杂的心情呢……

时间在一分一秒地流逝着。突然，许文娟像过电了一样，一下子推开了严一龙，并从他的怀抱里挣脱出来。她怔怔地看着他，浑身颤抖。过了好一会儿，又悲伤地大哭了起来。

"一龙哥，你……你怎么现在才来啊？你……你来晚了，你真的来晚了呀……"

许文娟摇着头，泪如雨下。但严一龙却不明白她的意思。他还以为是突如其来的幸福把她砸晕了，让她悲喜交加，一下子升到了虚空的境地，不知道如何去应对的缘故。

"娟子，收拾一下，跟我走吧！我等着你，我们……我们永远不会再分离了……"

严一龙一边说着一边走上前去，再一次地抱住了许文娟，生怕她有个什么闪失。然而,许文娟却仍然摇着头。

"不……一龙哥,我们……我们不可能,不可能了啊……"

许文娟睁着泪眼,喃喃地说道。她的声音沮丧而又混浊,就像是从呜咽中挤出来似的。

"为什么,为什么呢?娟子……你……"

严一龙怔怔地望着许文娟,悲不自胜地说着。

"我……我从日本人的手里跳海逃生,流落到朝鲜、奉天,又从北京、天津辗转到此……我一路求人,一路打听,几经生死、千难万险,都是为了找到你,带你回家,永远地和你在一起……现在,我们的父母亲,他们都在盼着、等着我们呢!虽然,那个警长也在找我们,我们还有危险,还不能回家,但是我已经想好了,我们可以到我的朋友那儿去,在那里生活!那里安全,就在家乡边上,而且,我的朋友也会保护我们的!不像这里,乱世悲风,到处都在打仗!那种打打杀杀的事情,哪是你们女人干的……"

严一龙忘情地说着,但许文娟根本就没听进去。她怔怔地望着严一龙,再一次挣脱了他的怀抱。不过,也许是为了安慰严一龙,想缓解一下眼前的气氛,她突然地又抹去眼泪,还勉强地挤出一个笑容,神情也多少镇静了一些。

"一龙哥,我们进屋吧,到屋里谈吧……"

许文娟推开平房的门,拉着严一龙的手走进了屋里。然而,没有想到的是,她一进屋就对着严一龙跪下了。她脸额朝下,双手扶地,泣不成声,那种突如其来的情况让严一龙一下子惊呆了。

"娟子你……你这是为什么呢……"

"我……我……一龙哥,请您原谅我……我……我已经嫁人,已经是人妇了呀……"

许文娟大声地哭叫起来,还把对他的称呼由"你"改成了"您"。她闭上眼睛,不断地叩拜。那种情感来自肺腑,像是一种幽冥煞气,使屋子里的空气顿时凝聚到了一起,紧张得只能听见他们两人那惊不堪言的心跳声了。

也许是心灵上的感应,或者是他们之间的声音太大,那时,客厅的门突然被推开了,在里屋刚刚熟睡过去的两岁的小儿子高小龙突然哭着跑了出来。他呼叫着妈妈,蹬着小腿奔跑着,跪到许文娟身边,企图扶起叩拜在地上的她的脑袋。他声嘶力竭地哭叫着,摇晃着许文娟的手。显然,眼前的景象已经把他吓得不知所措了。

"他……他是谁……"

严一龙望着那个孩子,自言自语地说道。他的脸色发青,牙齿也咯咯地抖动起来。他明白,自己一直担心的事情已经变成了现实。

"他……他是虎娃的儿子!我……我嫁给了高虎娃!一龙哥,我对不起您,我……我实在是没有办法啊……"

许文娟抬起头来,满脸泪痕地低语道,并把高小龙紧紧地搂在了怀里。她温柔地看着他,给他抹着眼泪,那种慈母之情无与伦比,让严一龙无言以对。

"一龙哥,一龙哥,您……您就当他的伯父吧,我真心地恳求您,恳求您了!这……这已经是无法改变的事实了!其实……那时候,我等了您七年,七年多啊!我想尽办法找您,给爸妈带信,让高虎娃把伯父的遗骸送回家去,告诉伯母,让她转告您,要您到天津和北京来找我。这……这七年多的时间里,高虎娃一直在向我求婚,要我嫁给他,但我一直坚持着,设定了期限,希望你能在那个时间内回到我身边来!我……我……我等到了最后的那一天!因为我实在无法拒绝虎娃对我的爱啊!是高虎娃救了我,帮我渡过难关,真心地想着我、疼我!我没有理由拒绝他,也不能去伤他的心啊……但是,尽管这样,我还是拖着、等着,等到他军校毕业以后,等到有了您的消息再说……可那时,仍然没有您的消息,什么消息都没有,我……我……"

"行了,别讲了,我不要听这些……"

严一龙摇着头，打断了许文娟的话。是啊，命运真是捉弄人！它呼唤着我，把我高高抛起，又重重地摔在地上，扔进地狱，让我从此见不到阳光……

严一龙感叹着，锁着双眉，有点愠怒，但还是克制着自己的情绪。

"娟子，我……我不能没有你，不能没有你啊！自从在报纸上看到高虎娃结婚的事，我就感到了不测，想到了各种可能，也预测到了今天！我犹豫过，也失望过，想到了放弃。但是，在反复地询问自己，确认了自己的意志以后，我才明白……娟子，我不能没有你，我的世界不能没有你啊……失去你，我会死，我会去死的！我是下了决心才离开天津，到南方来寻找你的！尽管命运多舛，但我仍想偷生！我……我不责怪你，因为你一直在我的心中，支撑着我的一切啊……"

严一龙悲伤地说着，泪如泉涌。他显然被许文娟的告白震撼了。那些足以致命的声音深入他的骨髓，让他眼睛无神、茫然失色。

"别……别这样，一龙哥！是我对不起您，该下地狱的是我，是我啊！我没有这个福分，请原谅我，原谅我吧！我该死，我真是该下地狱啊……"

许文娟望着严一龙，语无伦次地说着。但是，她悲伤凄哀的神态并没有动摇严一龙的意志。他仍然坚持自己的主张，没有丝毫退却的余地。

"娟子，你得跟我走，我要带着你和孩子回家乡去！现在还来得及，我们走，远远地离开这里。从今以后，我再也不会让你离开我半步了……"

严一龙斩钉截铁地说道，并且推开高小龙，企图重新把许文娟揽进怀里。但是，许文娟拒绝了。她惊恐不已地望着严一龙，再一次把哭喊着的高小龙搂进了怀里。

"别……别这样，一龙哥！我是对不起您，对不起您啊，可是现在……已经晚了，一切都晚了，没有办法挽救了！这是命……命啊！

过去，我愿意为您抛下李玉强，背井离乡地去逃难，那是因为我……我过的不是人的日子，每天都在受到伤害，都会害怕，伤痕累累、度日如年！那时我……我只想逃出去，逃离那个死鬼的魔爪。但是现在……现在的我……我已经离不开高虎娃了！因为我爱他，我……我也不可能再离开他了……"

"什么？娟子你……你爱高虎娃？你竟然会说你爱高虎娃！你……难道你忘了我们之间的誓言，忘了我们曾经有过的一切吗……"

严一龙大声说道。他神色沮丧，那一道道雕刻在他脸上的皱纹，此刻显得蜡黄灰暗。他愤恨地抬起头来，瞪着眼睛，虽然犹豫了一下，但还是脱下了那件藏匿着钞票的棉袄，把左掌心至今红润的伤疤亮在了许文娟面前。他指着那块疤痕，思绪翻滚，哽咽着连声音都走调了。

"娟子，我……我是看着它，想象着你的笑容才拼命活下来的。我盼望着和你相会的那一刻，坚信我们会有团聚的那一天，要不我……我早就死了！真的，娟子，我不能没有你，不能没有你啊！你要相信我，相信我啊！我……我们这就走，离开这里，远远地离开这里！我们还年轻，还有机会，还有很多的机会啊！只要……只要离开这里就行！走，走啊，走得远远的……娟子，听我的话，走吧，娟子……"

严一龙语无伦次地重复着，并且移动脚步，向着许文娟逼过去，让她无奈地后退着、惊叫着、躲避着他。然而，严一龙并没有停住他的行动，他仍然一步一步地向前走着，企图去拉她，强行把她揽进怀里……

然而，就在这个节骨眼上，客堂的门被推开了，高龙闯了进来。显然，他已经在门外等了一会，并听到屋里传来的争执声了。

"不许你欺负我妈妈……"

高龙大声叫道，不顾一切地冲上前去，展开双臂，用他小小的身躯挡在许文娟的面前。那种守门神的样子，让严一龙一下子地愣住了。

"你……你……"

严一龙注视着高龙，嚅动着嘴巴低语着，但还是伸出了手，企图去推开护在许文娟面前的孩子。

"您……一龙哥，您……您不能动手，不能动手啊！他……他是您的儿子，您的亲生儿子啊！他们本该是两兄弟的。我生了一对双胞胎，但他的弟弟却被盗贼抢走了！我……我真是作孽，作孽啊……对不起，一龙哥，我……我真的对不起您啊！我没有照顾好您的骨肉，我有罪，罪不可赎啊……所以，一龙哥，我现在特别地宝贝高龙，心疼他。他已经八岁了，已经长大了，可以保护我了……"

许文娟睁着泪眼，哽咽着，那种悲伤的声音在小屋里流淌着，让所有的人都惊愣了。

严一龙怔怔地把目光转向了高龙。他想起母亲告诉他的娟子生了双胞胎儿子的那些话，也想起了大坡屯饶舌的大妈讲过的孪生兄弟被抢走了一个的那种事情。是啊，他们说的都没错，眼前的一切就是明证！自己来到杨草坞，在杨家祠堂里转悠，不就是希望从村子里的孩子中，去找到自己的儿子，再通过儿子去找到他的妈妈吗？而且，严一龙不就是因为看到了高龙，想到了自己孩提时的模样，才跟着他来到这里，找到许文娟的吗……

"啊，儿子……我的儿子……"

严一龙嚅动着嘴唇，喃喃地说着，并弯下身子，再一次打量了眼前这个已经懂事了的孩子。

"是的，没错，那乌黑发亮的眼睛，浓浓的眉毛，挺直的鼻梁，高高的额头……这不是幻觉，不是假象，是真的，是真的啊！他的血管里流淌着我的血，我的灵魂寄宿在他的身上。我……我怎么能不心疼，不去宝贝他呢？虽然苦难连连、悲怜不断，但是他……在娟子拼死地抚育下，还是像一个大人一样地站在我面前了！啊……我的儿……我的孩子啊……"

严一龙嘟囔着，顿时跪了下来，颤巍巍地伸出双手，泪水纵横着，企图把高龙揽进怀里,但却被高龙猛地推开了。

"什么,我的爸爸?他……他不可能,不可能!我没有他那样的爸爸!我的爸爸叫高虎娃,不是他,不是他啊!妈妈,是这样的吧?你……你刚才在胡说,是在骗我的吧!妈妈,你……你快叫他走,让那个人出去,让他走,快让他走啊……"

高龙转过身,大声地对母亲喊道。但是许文娟并没有理会他。她仍然注视着严一龙,噙着眼泪哆嗦着,一字一句地继续她的话。

"一龙哥,为了永远地记住您,我……我给您的儿子取名叫高龙,又把高虎娃的儿子取名叫高小龙。我期望他们都能得到您的保佑,有着龙的福相,不再过我们这样的苦日子……是吧,孩子?苦命的孩子,你过来,来啊,快过来啊!去给你爸爸磕头,快,快跪下来磕头啊!这个人,他……他……他叫严一龙,是你的亲生父亲啊!孩子,快……快叫他爸爸,快叫啊……"

许文娟站起身来,把高龙拉到严一龙的身边,催促着他,但是,却遭到了高龙的强烈抵抗。他挣脱了许文娟的手,大声地叫喊着,并冲到严一龙身边,用尽气力去推他,企图把严一龙往门那边推。他的愤怒而又稚气的样子,让严一龙悲楚相煎、痛心欲绝,情不自禁地战栗了起来……

两行晶莹剔透的泪水,从他的眼眶里滚下来了。它一定来自他的灵魂,血色涟涟,凝聚着他的悲痛和心酸。对此,上苍也一定看到了。

"孩子,爸爸……爸爸对不起你,对不起你们啊!娟子……我……我一定要把你们带走,决不会把你们留给那个高虎娃的!我……我做不到,我也不会那样去做的!我……我要用我的后半生,用我所有的爱去赎罪,补偿给你们……"

严一龙情不自禁地摇着头。他闭上眼睛,就像是灵魂在被皮鞭抽打着一样,让他疼痛得死去活来。

"你跟我走,娟子,你带着孩子跟我走吧!我不能没有你们,不能没有你们啊……"

严一龙抽泣着,垂下了头,两手揪着头发,向许文娟哀求了起来。他的心都要碎了,但仍然得不到他们的认可。那时,高龙的脸蛋冷若冰霜。他拼命地哭叫着,举起他的小拳头,不断地砸向严一龙,那种慌乱和愤慨被上苍加倍地扩大着,让严一龙再一次地感受到了命运的无情和残酷。

严一龙蜷着腿站起身来,望着天花板,长叹了一口气以后便蹒跚着迈动了脚步,拉开屋门,向已经变得朦胧灰暗的院子里走去。他没有回头,也没有停下脚步,只是一个劲地往前走,毫无方向地往前走着……

天色已经完全黑下来了。夜雾正在突突地升起,透露出无限的苍凉。但严一龙似乎没有感觉到那一切。他只是往前走,把意识留在了那一片黑暗之中。

"一龙……一龙哥……"

他的身后传来了许文娟的尖叫声。

她似乎还想追上去,留住严一龙的身影,但她的腿却被两个儿子紧紧地抱住了。他们大声哭叫着,恳求着母亲,那声音凄楚悲苦,让许文娟忍不住地弯下身去,紧紧地搂住了他们。

55. 决 斗

世界上的任何事情都有着它的运行轨道,对此难以预测也无法想象。比如说现在,当许文娟面临困境,严一龙又走投无路之时,陈炯明却接到了孙中山大元帅的命令,要他暂缓进攻军阀冯国璋留在江西的队伍。因为那时,冯国璋发来密电,期望和民国军政府谈判,同意借道给粤军,让他们通过江西直接攻打皖系军阀段祺瑞,从而为自己避开了迫在眼前的和陈炯明的战祸。虽然这只是冯国璋的缓兵之计，但它却给高虎娃带来了机会，让他抓住这个时间差赶回了杨草坞。因为那时，他已经接到欧阳秋报来的消息，知道严一龙来到杨草坞，找到了许文娟，家里正处在鸡飞狗跳之中的那些事情。

欧阳秋建议高虎娃带着许文娟和孩子先到部队里去避一下，但是，高虎娃不愿意，因为那只是一种逃避行为，不能从根本上解决问题。而且军队开拔在即，什么时候都可能出发，作为一个指挥官，他怎么能带着家属出征呢……

经过再三权衡，高虎娃决定一个人去见见严一龙。解铃还须系铃人，只有和严一龙面对面推心置腹地交谈，才可能解决问题。

高虎娃显然没有把此事当回事。

他觉得，这只是男人的一种表面行为，在找到台阶下去之前，他们会为了面子纠缠一阵子的。但是，许文娟却不同意他的看法。她了解严一龙，因此更加担心高虎娃的行动。她担心虎娃一个人去会发生意外，担心这两个男人之间会发生冲突，把事情搞得更加糟糕。无可奈何之际，她还是做出了决定，同意高虎娃的意见，一起到严一龙那儿去，寻求他的谅解。

他们从村公所那里打听到了严一龙租住的旅馆，并鼓起勇气来到了钱家店。但是，严一龙却不愿意见他们。

严一龙断定，高虎娃，这个过去严家的打工仔，会赶来和他商谈的，因为他是主角，是他夺走了许文娟的心，悲剧的起因就是他。对此背义的行为，严一龙是决不会原谅的。

严一龙愤愤地想着，把高虎娃他们晾在了门外，尽管许文娟再三央求也不愿意松口。严一龙知道，要想让许文娟回心转意，就必须和高虎娃较量，就一定要为自己设定好有利的位置，以过去那种少东家的身份去俯视他，蔑视他才行。严一龙看不起高虎娃，他打心眼里就没把这个雇工下人当成什么对手。只是，让他觉得不可思议的是，当年的这个穷光蛋,这个只会用蛮力干粗活的笨小子,怎么就能赢得许文娟的心,竟然会让许文娟当着他的面,讲她爱上了高虎娃,已经离不开那个男人的那些话!

为什么许文娟会鬼迷心窍地钻进他的死胡同里去的呢……

严一龙有点愕然,但更多的却是悲愤和屈辱。冷静下来以后,他又不甘心地自我解释,假设其中可能会存在的原因。

然而,就像所有的失恋中的男人一样,严一龙在最后还是把愤怒转嫁到了高虎娃身上。他认定是高虎娃勾引胁迫了许文娟,欺瞒了他,侵害了他的尊严,犯下了不可饶恕的罪行。

这是决不能允许的!

因此,严一龙越发觉得自己站在了正义的一边,也更加地理直气壮了。

严一龙当然有着自己的软肋。这是很多男人的通病。他们总以为自己是最好、最强大的,并总是相信自己全身心爱着的女人一定也会为他抛弃一切。那种自信是男人通往灾难的入口,因为那时,严一龙也已经把许文娟的哭泣当作她发出来的忏悔声和求救声了。

然而,严一龙马上就失望了。因为,当他打开门,看见许文娟又像上次一样,拉着高虎娃跪拜在他面前,恳求他去当他们的哥哥和孩子们的伯父,没有半点的变化时,他的心就彻底地凉了。

"一龙哥……"

跪在地上的高虎娃忧郁地抬起头来,刚想说话就被严一龙大声地打断了。幻想的破灭如同拉开了弓弦的箭,把严一龙压在心灵深处的愤怒一下子引爆出来了。

"妈的,你还有脸跟我称兄道弟?你……你这个无德无义的家伙,竟然趁我遭难之际觊觎窥睨,夺我所爱。你……你对得起我吗?对得起老东家对你的养育之恩吗……"

严一龙咬着牙高声喝道,颤抖着连声调都变了。

"不，不是那样的，一龙哥，您……您误会了……"

高虎娃同情地望着严一龙，刚要去说明一些什么时，却又被严一龙抢去了话头。

"你……你不用解释！高虎娃，假如不是你的引诱，娟子她……她会上你的当，跟着你走吗？你……你这个痞子！你可以去当你的官，打你的仗，参加你想要的革命，但不要去蛊惑他人、诱骗娟子、连累大家！这是为人的基本，你……你总会不懂人事、不知常理吧？假如你……你还有人味，还有良心，那就离开我们，离开娟子，滚得远远的，不要让我们再看到你……"

严一龙大声说道。

那是一种抗议，也是一种哀号。他在恳求高虎娃，把他的幸福还给他！在他的前面还有天空、海洋，还有雨露和鲜花，但在背后，却只有悬崖、沙漠和戈壁荒滩……

严一龙确实已经走投无路了。

但遗憾的是，严一龙的痛斥没有得到任何慈悲和怜悯，它甚至还让许文娟走到了舞台中央，让她铁了心地站到高虎娃那边，使严一龙加倍品尝了心酸和痛楚。

"不……一龙哥，您错怪虎娃了！虎娃他……他没有引诱我、胁迫我，是他救了我们母子俩，要不……我们早就完了！也许您说的是对的，虎娃他……他早就喜欢上我、爱着我了。他不止一次地向我求婚，但是我……我一直没有答应！我让他等着，让他帮我一起去寻找您的下落，而他也确确实实地这么做了。他帮我分忧分愁，和我一起惦记着您的安危。这一切我……我……其实我，上一次就跟您说了。我实在是没有办法啊，一龙哥！我们等了您那么多年，熬了那么长时间，一直等到虎娃从军校毕业，要去南方，我必须对此做出抉择的时候……因为虎娃他，他担心我们的安危，舍不得丢下我们，而我们母子也……也实在离不开他啊……"

许文娟嚅动着嘴唇为高虎娃辩护道。那些话滴滴见血，就像是射出无数支利箭一样，刺向了严一龙，把悲哀燃到了极点。她的心声敲击着严一龙，如同雷声一般地轰鸣着，让他彻底地绝望了。

严一龙铁青着脸，嚅动着嘴唇，好像还想去说些什么。但是，他的每一个意念似乎都在发出叹息。是啊，地狱已经不远了，他必须做出抉择才行……

严一龙抬起头来，他看到了桌子上面的那只白手套。那是他早就想到并做了准备的，现在……恐怕是到了要使用的时候了。

严一龙颤抖了一下，但还是伸出了手，抓住白手套，把它扔在高虎娃面前。

这是他向高虎娃发出的决斗信号。

这种绅士间的挑战方式起源于中世纪的欧洲，又盛行于俄国。在日俄战争爆发之前那一段漫长的岁月里，它甚至还影响到了处处显示着俄罗斯风情的黄花沟。为了保护自己的名誉，被侮辱的一方会扔出白手套，向对手提出决斗的要求。这是一种带有污辱性的挑战方式，它意味着要去扇对方的耳光。假如被挑战方不应战，不捡起手套，那就等于认输，自甘受辱，同意对方的要求，放弃到手的一切。这种男人之间的挑战方式，许文娟或许不清楚，但高虎娃却深知其味。

"一龙哥，您……"

"你明白就好，虽然我并不认为你是一个绅士……"

"可是，一龙哥，您……唉，您这又是何苦呢……"

高虎娃望着严一龙，显然有点吃惊。他没有想到，此事会给严一龙带来那么大的刺激。为了夺回许文娟，他竟然会以死相搏，不惜去铤而走险。

"不要说了，高虎娃……这是最后的一步了！我……我抬举你，把你当作绅士，让我们用绅士的方法去一决雌雄吧……"

严一龙有点傲慢地说道，没有丝毫的犹豫。他在等待答案。假如高虎娃不做出让步,那等待他们的就只能是血淋淋的搏斗了。

"一龙哥,您……您这是在干什么啊?虎娃,别……你别上当,不要去理睬那些事啊,我……我求求你们了……"

许文娟望了一下严一龙,又把目光转向了高虎娃,像发现了什么似的那样,突然大声哭叫了起来。她虽然不清楚严一龙扔白手套的真正含意,但却从这两个男人的神情中想象到了那些可怕的事情。她有点害怕,但又不知道怎么办才好,无奈之中,她只能拉起虎娃的手,想拉着他逃离那间屋子,逃脱这即将到来的灾难。但是,高虎娃却把她的手用力地甩掉了。

显然,严一龙的挑衅也燃起了高虎娃的雄风,让他睁大了眼睛,直直地注视着对方。他没有犹豫,并且不顾许文娟的拦阻,捡起了那只白手套。那是当然的,也是无可奈何的。作为一个男人,此时此刻,他怎么可能不去应战呢?

"好,不错,是条汉子,和过去不一样了,不愧是一个闯荡过江湖的人……"

严一龙冷笑了一声,傲慢地说道。但高虎娃并没有去计较。他望着严一龙,提示他们应该再一次碰头,决定那一场搏斗的细节。因为,他不想当着许文娟的面去谈那种事情。

第二天上午,高虎娃和严一龙再一次地在钱家店见面了。为了显示公正,他们还邀请了钱家店的老板,参加了那次会谈。

高虎娃在会谈中主动放弃了用短枪步枪去搏击的方案。

那种百步穿杨、瞬间见血的方式,立竿见影、无法周旋,一旦中弹就会出现血淋淋的场面,没有丝毫挽救的余地。这显然是他所不愿意看到的。

高虎娃知道,严一龙从小就没有做过什么练操习武的事情。他的那两下子,和行伍多年的自己相比,无论是在枪法还是其他方面,都相距甚远。他认为自己稳操胜券,因此也就更加希望,这场决斗只是流于形式，给对方一个面子，让严一龙体面地走下台阶……

高虎娃的想法是善良的。这毕竟和涌动在他内心深处的愧疚有关。因为，在许文娟问题的处理上，他深深地同情严一龙，也明白自己的过错，因此就更不愿意去伤害对方，做那种让许文娟为之心碎的事情。

然而，他的善意并没有得到对方的理解。因为严一龙的想法很单纯，他并没有像高虎娃那样，前思后想的，有着那么多的顾虑。严一龙相信自己会胜利，因为他是为了活着才去拼命的。如果没有许文娟，他活下去又有什么意思呢？一个随时准备去死的人，难道还不能置于死地而后生，去夺得最终胜利吗？况且，他已经占据了道德的制高点，已经在道义上战胜了高虎娃……

严一龙并不在乎决斗的方式。他甚至拒绝了高虎娃提出的让钱家店老板来裁决的提议。他不需要什么裁判，也不愿意纠缠决斗场上的那些清规戒律。因为，他已经视死如归了。

由于找不到刀剑，在条件上受到限制，他们不得不同意了钱老板的提案，改用锄头去对阵。这显然符合杨草坞的传统，因为杨草坞的村民，当年就是用锄头那一类的冷兵器去参加太平天国革命的。用锄头去比武，也有性命之忧，但多少降低了危险系数。不过，尽管这样，我们还是可以用"嗜血"二字去概括它所有的含义。因为，这个世界上的很多人，都是要靠嗜血才能去维持他们的生存。

两天后的下午，那一场令人胆寒却又催人奋起的肉搏战，在钱家店高墙后院外的那片空地上开始了。那里冷清僻静，鬼影都不见一个，显然是厮杀搏命的好地方。

由于决斗现场必须避开人迹，为此，他们把开场时间推迟到傍晚五点钟，错开了那些零星的可能会从大田里收工回家的村民。他们想得非常周到。而且那时日头西斜，残阳如血，那种凄美的景象，正好为这场决斗添上了一种庄严的气氛。

五点钟到了。

在这个催命的恐怖时刻,严一龙和高虎娃各自提着钱家店老板给他们提供的武器,来到了决斗现场。

那是一把锄头,锄把有一米二左右长,锄头上还插着锋利的刀刃。一锄头过去,被击中的一方不是丧命,也会伤残,但高虎娃对此却笃定自若。

昨天晚上,当许文娟知道他们要以决斗方式去一决雌雄以后,就伤心地哭泣起来。那种悲哀的心情直到高虎娃向她保证,不仅自己能够胜利回家,而且绝不会伤害严一龙,他们之间一定能重新和好以后,才逐渐地平静下来。

高虎娃的自信有着他的道理,但却不一定架得住以命相搏的严一龙的气势。因此,当这场生死攸关的决斗,你来我往地进行了十几个回合之后,高虎娃不得不改变了他的以不伤害严一龙为原则的防守方式了。

高虎娃开始反攻了。

两年前在保定陆军军官学校里学到的连环脚和螳螂拳,此刻显然帮上了大忙。它让高虎娃连连得手,还没有过上三分钟,就用锄头击中了对方的脚踝,让严一龙趔趄着乱了阵脚,连连后退,差一点倒在地上。高虎娃抓住机会,一个箭步冲上去,迈着弓步,蹲下身子,再一次地扫出了右腿,在严一龙还未站稳脚跟、稳住重心之时,就用锄把点中了他的腰眼,让他惨叫一声,重重跌倒在地,还没有反应过来之时,就被高虎娃的锄头顶到了脖子上,挣扎着再也无法起身了。

也许是因为伤痛。此刻,严一龙的脸上血色全无,肌肉似乎也有点扭曲了。他闭上眼睛,别无他求,只希望高虎娃的锄头能尽早地砍下来,让他立即离开这个冷酷的世界。

然而,什么都没有发生。

或许是某种意念,还是什么原因,总之,命运在这关键的十字路口上拐弯了。那时,顶着严一龙脖子的锄头被移开了,它咣当一声被扔到了田埂上，让决斗现场在一刹那的静寂之后，响起了一声又一声的乞求声。

那是高虎娃的声音。它悲楚、催泪、振聋发聩……

"一龙哥，我……我再一次恳求您能像过去一样，当我和娟子的哥哥，当孩子们的伯父！我……我知道，这对您来说很难，很难，但是，我还是恳求您……恳求您饶恕我们……"

高虎娃跪在严一龙身边，低着脑袋，双手伏地，耸动着肩膀，悲不自持地说着。那声音断断续续，在夕阳的余晖中反复震荡，让严一龙晕眩，仿佛看到了地狱的光影。

每一个人都有着自己的末日。这就是人们常常挂在嘴上的所谓的绝望。绝望就像会计师，它把事主过去发生的事和以后可能发生的事，加在一起结算。它推测、计算、衡量、计划，企图弄清楚命运的走向。即使它的事主已经掉进深渊，奄奄一息，也期待他们能再度仰望苍天，在最后一刻去得到感悟……

那时候，严一龙静静地躺在地上。他没有回应高虎娃的话，并且拒绝了对方企图把自己搀扶起来的友善的举动。他一动不动地躺着，圆睁着双眼，怔怔地望着落日，眼角上似乎还滚出了一颗泪珠。

谁都不会明白那些思绪背后会隐藏些什么。

那或许是一种哀思，沉沉地，在他的眼神里反射着，一半是光明，一半又是晦暗，把他的过去，那些在黄花沟时代的幸福欢乐，在日俄战场上的生死存亡，在遇到百合子时的愉悦和恐惧，以及离开故乡和母亲，在踏上寻找许文娟的苦难之旅中所遇到的一切，都清清楚楚地映照出来了。他回味着那逝去的时光，如同在无常的世界里看到了魔鬼一般，战栗着、惊恐着，任凭时光倒流，直到太阳西沉、夜幕降临。

没有人知道他在那里躺了多久。

直到决斗后的第三天，当高虎娃和许文娟再一次到钱家店探访，期望恳求严一龙的原谅时，这才从旅店钱老板那里得知了他的情况。

钱老板说，严一龙是在那天深夜十二点多才回到旅馆的。那时他脸色灰暗，一声不吭，并在第二天凌晨五点就退了房，离开了旅馆。他并没有说要去哪里。谁也不知道他会去哪里。只是在他那蹒跚却又坚定的脚步声中，钱老板隐隐约约地感觉到，他似乎已经有了方向，找到了自己要去的地方了。

钱老板的话让许文娟感到凄苦、悲凉，她甚至还为严一龙的不辞而别感到担忧。但高虎娃却没有这么想。他反而觉得高兴，并把它归功于那场生死攸关的决斗，以及他在决斗胜利后，对严一龙说出的一番真挚的请求。他觉得是他的真情唤醒了严一龙，感动了他，让他恢复了理智和平静。而且，高虎娃还相信，严一龙从决定离开钱家店的那一刻起，就已经将他倾尽了一生的对于许文娟的爱，拱手让给自己了。

高虎娃的想象有着他的道理。但谁又能证明，它就一定合乎情理呢？上苍在设定人类的生命轨迹时从来不会心慈手软，所以，人生才没有伊甸园。

第十四章

56. 雨夜血案

10月上旬，本应该是南方广汕一带艳阳高照、秋高气爽的季节，但是1921年却出现了反常，尤其是惠州。

那时，惠州的天气就像是江南的黄梅时节，白天闷热潮湿，傍晚电闪雷鸣，晚上就开始倾盆大雨了。这种恶劣天气显然也影响了高虎娃他们三师一团出发去江西征讨冯国璋部队的时间。为此，粤军总司令部特意在惠州镇中心礼堂举行了团级以上干部会议，重新研究北伐的行动计划。

然而，没有想到的是，粤军总司令陈炯明却在那次会议上带头发难，突然提出了反对孙中山武力统一中国，实行国民党一党执政的建国方略。由于粤军部队在那年5月发生的第二次粤桂战争中损失惨重，因此，作为司令长官的陈炯明，开始对北伐战争提出了异议。他认为那是劳民伤财之举，其目的是为了建立孙中山的一党天下。为此，他要求和北洋政府和平谈判，贯彻"粤人治粤"的方针，让部队在广东休养生息，保证粤军今后在广东的统治地位。

陈炯明的主张得到了广东广西两广派与会代表的支持，但却受到了北方主战派阵营的坚决反对。他们各抒己见地争执着，让那场本来只准备召开两天的简单的会议变成了支持还是反对孙中山革命理念的斗争大会。这种矛盾甚至还走出了会场，让社会上出现了以专门排挤、驱赶并且袭击杀害北方人的地方武装，使本来就动荡不宁的惠州地区的治安状况，变得更加恶劣了。

高虎娃是在一周前接到团部通知，从杨草坞赶到惠州城去参加这次会议的。

自从发生了和严一龙的决斗事件以后，高虎娃一直陪伴在许文娟身边，为她解难分忧，直到他判定严一龙已经离开杨草坞，再也不会到这里来找麻烦之后才赶到惠州去开会的。他和耿立忠一样，是坚定的主战分子，但在与会代表中，他们却是极少数派，不仅被剥夺了发言权，还受到了围攻。那种连日的争执和辩论，搞得他们身心疲惫、不得安宁。

10月12日的晚上，高虎娃带着勤务兵，骑马来到了位于惠州城西南的明湖街道的平房。

那是团长耿立忠考虑到高虎娃的家眷经常会带着孩子前来探望，住在军营里多有不便，为了照顾高虎娃，才在镇内为他配置的。这个住宅不仅有院子、厨房以及客厅和书房，还有淋浴澡堂等卫生设备，宽敞明亮，显然是一个安逸的休养之地。

本来，会议的参加者是不能留宿在外的。鉴于安全方面的考虑，军部要求他们都要住在有着重兵把守的军营里面。然而那天晚上，地区农委会会议一直到深夜才结束，让会议代表高虎娃实在疲累不堪，不愿意再赶回十几里地以外的军营去投宿。因为，即使赶回去，也没有多少时间可以休息，第二天一早，他又要赶回城里来参加会议。这一去一回，既浪费时间又消耗体力，没有任何意义。而且那时，天又下着大雨，雷电交加，道路也泥泞不堪，非常难走……

各种因素都挡住了高虎娃的脚步，使得他在犹豫了一阵子之后，还是违背了军部指示，勒住缰绳，掉转方向，和勤务兵一起来到了明湖街道的住宅。他让勤务兵在院子里的马槽边拴上坐骑，给它喂水喂料以后，再赶回军营，去取第二天会议上要用的文件，而自己则早早地洗漱更衣，在十点钟过后就上了床。这间卧室温馨宁静，能让高虎娃回想起和许文娟在这里一起度过的日子。因此，没有过上多久，他就鼾声如雷地进入梦乡了。

高虎娃实在是太疲倦了，无法抗拒的睡魔像青藤一般缠绕着他，让他把一切都交给了老天爷，并没有想到可能会发生的危险。

高虎娃的大意是酿成这起惨剧的重要原因，但在某种程度上也是命运使然。因为他做梦也没有想到，他在决斗后的行踪，一直被严一龙监视着，从杨草坞到惠州，从军营到会议中心，直到今天的这间屋子为止。它使意外变成了可能，让偶然走向了必然。

这或许就是高虎娃的命。

人生来就是自私的，善和恶只有一念之差。一旦走进绝路，那就会使至今为止所拥有的包括思想、信念、道德和知识在内的伦理，以及自娘胎里就学到的善良、诚信等等，都变得卑鄙龌龊起来。它会让人恨从心底起，恶从胆边生，一味地阴险狡诈下去，使那些本来不该出现的东西，变着花样地涌出来，在心里烹煮，在脑海里沸腾，一边咀嚼过去的苦味，一边去想象将要出现的未来。

这里面发生的事情，多望一眼或许就会明白。假如当时，高虎娃能够仔细地观察严一龙在决斗现场引颈赴死时的表情，认真地去考量对策，而不是一味地请求谅解的话，那结果就很可能不一样了。但是，这个唯一的机会，也被高虎娃的善良错过了。

为了阻止自己身上的不幸，就必须用暴力去消除对方，是严一龙在当时所能想到的全部内容。这种思维在第二天凌晨，在他离开钱家店时，就开始发酵了。他想着复仇的方式，并把潜伏、跟踪、窥探、监视当作唯一的选项。他准备在远离许文娟的地方，背着她对高虎娃下手。因为严一龙坚信，许文娟还爱着他，只是碍于高虎娃的情面而已。只要消灭了高虎娃，一切就能回到正常。

为了寻找下手的机会，严一龙留在了杨草坞，并在夜深人静时，潜行到高虎娃的住房外边，窥探着屋里面传来的声音。他跟着高虎娃来到惠州，在中心礼堂外面徘徊，甚至冒着危险，冒充厨师混进兵营，在高虎娃的宿舍附近徘徊。他把自己变成了狼，不讲信义、忍耐执着，尤其是妒火焚身，被高虎娃他们的欢乐折磨得死去活来之时。

"忍着吧，没错，那一刻一定会到来的……"

严一龙安慰着自己。

直到那一天，当他目睹了高虎娃走进位于惠州西南明湖街道的平房为止。

那时正是晚上十一点半钟。夜深人静却又风雨交加。好像秋雾也在升腾着，发出惨淡的冷光。它在提醒严一龙，时不再来，此刻，正是下手的最佳时机……

严一龙睁大眼睛，向四周扫视着。他打着寒噤，还深深地吸了一口气。虽然有所惧忌，但那种坚定的意志还是催使着他，让他像老虎一般地跳跃起来，翻越墙头，绕过拴着牲口的马槽，神鬼不知地摸到平房的外墙边上。他找到了通向客厅的木板门，琢磨着打开它的方法。但是，还没过上片刻，他就惊疑起来了。因为，那扇门竟然虚掩着，没有锁上，就像是在等待着他的到来似的。

"这……难道这是刚刚离开屋子的勤务兵的过失？为了不打扰上司的休息，却制造了一个让他走向死亡的机会？还是其他的原因？因为突然的事故，发生了什么不测，让高虎娃不得不匆匆忙忙地赶过去……"

严一龙犹疑着竖起耳朵，拔出了插在腰间的匕首，放稳脚步，推开了屋门。他在客厅里四下张望着，马上就感到了异常。因为那时，卧室的门敞开着，里面还传来了什么人的喘息声。那声音非常轻微，但还算清晰，让严一龙的心猛地揪动了一下。

"这……这不像是高虎娃的声音啊！难道……难道有人先我一步地潜入进来？这……假如真是那样，那么他……他会是个什么人呢？

难道和我一样，也是一个杀手，也和高虎娃有仇……"

严一龙沉思着，顿时停住了脚步。他屏住呼吸，企图退回门外去。但是，就在那时，天庭突然打了一个响雷，轰隆轰隆地，发出一阵吼声，还交叉着出现了一连串的闪电，让严一龙惊颤着，差一点就要摔倒下来。

这显然是大自然的杰作！为了卖弄天象，它总是会在关键时刻，显示它的淫威，张狂着，去配合人间的万物景象。

"谁……"

卧室里传来了惊叫声。那是高虎娃的声音，在雷电过后的静谧中分外刺耳。毫无疑问，一定是刚才的巨响惊醒了高虎娃，让他睁开眼睛，看见了迫在眉睫的危险……

卧室里面出现了打斗的声音。那场以死相拼的搏斗肯定异常激烈，让正准备退出客厅，走向院子里去的严一龙，一下子地没有了方向。

"啊……啊……"

那是一种惨叫。是那个杀手的声音。他一定被高虎娃拿着的什么东西击中了。那种悲号声表示，这个偷袭者并没有占据上风。他遭到了高虎娃的顽强反击，溃退着，正准备脱身呢……

然而，谁也没有想到，就在那时，枪声砰砰地响起来了，紧接着又出现了负伤者重重地摔倒在地上的声音。

"啊……是谁中弹倒下来了？是高虎娃，还是凶手……看来，这场搏杀已经进入了尾声，那个胜利者，或许马上就要从卧室里，跑出来了……"

严一龙的心猛地揪动了一下，正准备在客厅里寻找藏身之地时，卧室里面又传来了声音。那是倒在地上的人的哀鸣，它是那么地熟悉，让严一龙情不自禁地睁大了眼睛。

啊，没错，那是高虎娃的声音！他一定被对方的子弹击中，倒在地上了。他已经没有了还手之力，而那个杀手很可能还会冲上来，对着一息尚存的他，再一次地下毒手……

"这……"

严一龙迟疑了一下，突然攥紧了拳头。

不知怎么搞的，这一刻，他似乎捐弃了前嫌，忘记了自己在这个风雨之夜赶来的目的。

那种情感真是很奇怪的。谁能想象，一个凶犯在看到自己要去谋杀的对象，倒在另外一个不知名的杀手的子弹下时，竟会生出同情之念，产生了不惜去拔刀相助的勇气。或许那是严一龙不愿看到自己的搏击对象受虐于他人之手，或许，那也只是一种突然迸发出来的对乡亲、发小的同情和怜悯，总之，那时的严一龙只觉得血往脑门上冲，让他按捺不住地跳了起来。他握紧匕首，冲进了卧室，虽然不知道自己应该去做些什么，但必须要保住高虎娃的生命，不让他再一次受虐，则成了此时此刻的严一龙的唯一心愿！

看见有人突然闯进屋来，那个黑衣杀手大吃一惊。他愣了一下，转过身来，把枪口对准了严一龙。但在迟疑片刻以后，他又改变了主意，在对峙着的一瞬间，回过头，从打开的窗门跳了出去，逃离了凶杀现场。

严一龙一愣，本能地追到窗口，向黑暗中的雨雾探视着。他似乎在掂量着自己是否应该赶上去，追捕那个黑衣杀手。然而，就在犹疑不定之时，他的身后传来了高虎娃的求救声。那声音柔软、微弱，气息奄奄，把严一龙的思维一下子拉了回来。

"一龙哥……您……快……快救我，救我啊……"

高虎娃半睁着眼睛，望着严一龙，哀叫着。他的前胸有两个伤口，正在突突突地冒着血泡。那张曾经充满着希望和幻想，沉浸在爱恋的福地里的脸庞，此刻黯淡无光，没有一点血色。毫无疑问，他已经没有余地，再去考虑严一龙出现在这里的原因了。或许，他还在为自己能够在生命的最终时刻，向他的少东家求救，倒在他的同乡的怀里，而感到幸福呢。

"虎娃，你……你一定要挺住啊……"

严一龙跪了下来，他盯着高虎娃，情难自抑地吐出了那样一句话。他有点泄气，嗓子里还发出了吱吱的声响。显然，他还想再去说些什么，却又因为心虚胆寒而闭上了嘴。他犹豫着，心悸地向四周探视着，似乎想找到什么东西，去堵住高虎娃胸上的伤口。但是，那显然是无用的。因为此刻的高虎娃，正在慢慢地失去知觉。他张大了嘴巴，挺着鼻梁，呼哧呼哧地哆嗦着。

"一龙哥，我冷……我……我好冷啊……"

高虎娃吃力地说着。那显然是失血过多的原因。那时，从他胸腔里涌出来的鲜血已经染红了地板，把跪在他身旁的严一龙的裤子，都浸湿了。

"我……我不行了……一龙，一龙哥！娟……娟子她，她就拜托您了……我，我知道，娟子她……她一直……爱着您，偷偷地……在爱着您啊……"

高虎娃睁大了眼睛，一顿一息地哀叹着，意犹未尽地好像还想去说些什么，但显然已经不行了。他望着严一龙，吐着粗气，留恋着身边的一切，那一张不肯甘心的脸庞由黄变白，由白变灰，失去了最后的血色，只有那一双眼睛，还半睁半闭着，留住了他的无奈和心酸……

严一龙握住了高虎娃的手。

虽然它正在变凉、变硬，但严一龙还是感受到了它的温暖。那时，他们之间曾经发生过的让他感到屈辱、悲伤、痛苦，甚至铭心刻骨的、无法忘怀的往事，突然越过了时间和空间，在他的脑海里聚集着，让他忍不住地大声号泣起来。那些泪水涌动着，顺着脸颊滚下来，滴滴答答地汇成了一片，让他泣不成声，好像要把涌动在心中多年的爱和苦、情和怨都集中到一起，全部发泄到眼前这张已经没有了生命的躯体上去似的。

严一龙哽咽着抬起头来，把眼神投射到了天花板上。那里面什么也没有，阴暗惨淡、混沌一片，但他却清楚地看见了高虎娃那对炯炯的已经洞悉了他的灵魂的眼睛。他们互相注视着，就像是在晦暗中看见了菩萨，让严一龙魂飞魄散，情不自禁地双手合十，祈祷了起来。他不知道自己为什么会变得如此卑鄙不堪，也不明白自己，为什么会钻进牛角尖里，一味地沉沦下去，让猥琐、卑劣、肮脏充斥在心灵里面……

严一龙摇了摇头，好像还苦笑了一下。尽管他是怀着恶念而来，但此刻，却又在为自己并不是直接杀害高虎娃的凶手而倍感庆幸。他痉挛着，呓语连连，直到隆隆的雷声再一次响起，银色的闪电再一次地照亮眼前的一切，让他瘫软得几乎就要倒下来……

严一龙的手撑在了地上。他似乎还摸到了高虎娃的血。它们染红了他，也提醒了他，让他一下子地醒悟了过来。

他本能地感觉到了什么。而且，好像还听到了飞驰而来的警车的铃声。它们让他惊恐地站立起来，猛地冲出卧室，离开客厅，推开院子的大门，迈着大步，在命运的轨道上狂奔了起来。他奔跑着，泪水涟涟，一边疯狂，一边醒悟，把一连串的心酸和悲凉丢在了身后……

那时候风雨缥缈、雷电隆隆，大自然仍然在施发着淫威，我行我素地把恐怖和悲哀洒向每一个角落，好像天庭都要为此坍塌下来似的。

57. 波 及

肆虐了一个晚上的暴风雨，终于在那天凌晨四点多钟收起了魔爪。天空渐渐爬起了一道彩虹，开始用它温馨的手，抚摸苍穹下那些担惊受怕了一个晚上的生灵万物了。此刻，天色渐明、曙光初露、万物复苏，一天又要开始了。

六点半钟，许文娟起床了。应该说，昨天晚上的睡眠还是不错的。

虽然，电闪雷鸣让她和两个孩子吓得直打哆嗦，但是半夜以后他们还是睡着了。这是高虎娃离家去惠州开会的第五个日子，一切还是风平浪静的。但不知怎么搞的，许文娟却总是感到忐忑不安。

她的担忧来自严一龙。因为她了解他，知道他执着和桀骜不驯的性格。她明白，他的不告而别，并不意味着他就此吞下了苦果，而他的失踪则更是危险的象征。为此，她一边唠叨着要虎娃小心谨慎，加强戒备，一边却为自己没能得到严一龙的谅解而伤心。许文娟一直在考虑，准备在适当的时候，把真相告诉儿子高龙，期望用父子之情去感化严一龙，让高龙的纯真善良，抚慰他父亲那颗受到伤害的心灵。

然而，所有的可能都没有了。

当欧阳秋在那天上午把高虎娃遇害的噩耗告诉她时，她就彻底地崩溃了。没错，好日子已经到头，上天的惩罚正在到来，灾难已经开始了。

许文娟带着两个孩子，心慌意乱地赶到惠州，并立即来到明湖街道的那间屋子。此刻，那个曾经留下过无限温暖的住宅，挤满了士兵和警察，他们正在忙碌着，侦查搜索凶犯可能会留下来的证据。

没有什么语言可以描述许文娟在案发现场所受到的刺激了。

她披散着头发，两眼发直，撕心裂肺地痛哭着。那种崩溃和绝望就是从她趴在高虎娃的遗体上，衣服上沾满血迹，以及说什么都不让人搬走遗体的那种疯狂的举动中，都可以看得出来。她嚅动着嘴唇，在死者的耳边低语着。那些话语听不清楚，但神态却已经在告诉别人，她的心已经死了，跟随着高虎娃到另一个世界去了。

许文娟当然不会注意到她左前方站着的那个男人。他显然和现场的士兵、警察无关，确切地说，那人是在目睹了许文娟进入凶案现场以后，才急急忙忙地混在军警和法医的人群中进来的。此刻，他凝视着她，激切而又冲动，蠢蠢欲动，总想靠近她去说些什么。

他以为，现场不会有人知道他的来历，但他可疑的举动还是让欧阳秋发现了。虽然那时,她正搂着许文娟的两个孩子,泪流满面地抽泣着,但悲伤的情绪并没有影响到紧绷在她脑子里的那根弦。

欧阳秋知道那人叫严一龙。她曾经在许文娟的家里看见过他,也明白他和娟子的关系。她注视着他,发现他对高虎娃的死和现场的情况,没有丝毫的兴趣,却只是在意许文娟的举动……

这显然是可疑的。但也是正常的。被爱情冲昏了头脑的眼睛容不得任何东西,尤其是看到自己心爱的人悲恸欲绝,哭得死去活来的时候。此刻的严一龙已经换上了新装,他当然不会在身上留下痕迹,去授人以柄的。他注视着军警们的动静,不惜冒着被人怀疑的危险,挤进人群,近距离地观察许文娟的状况。

这一切虽然引起了欧阳秋的怀疑,但她并没有想过严一龙出现在这里的原因。那时候,她的心思全部用在了许文娟和她的孩子身上。现在正是关键时刻。因为,许文娟在通向未来的道路上,犹豫徘徊着,看不到任何方向。欧阳秋感到了自己身上的责任,并把帮助许文娟走出劫难,当成了帮助高虎娃的最重要的行动。

由于案情复杂,一时半刻也找不到罪犯行凶的动机,和与此关联的确凿证据。而且,昨天晚上雷电交加,没有目击者,受害者又是一个反对陈炯明等北方主战派的代表性人物,还在案发之前特意出席了宣传北伐的地区农委的协调会,为此,惠州警察署认为,这起凶案应该是支持陈炯明的武装团伙干的。凶犯共有两人,案发现场发现的脚印已经证明了这一点。而且,他们很可能是在农委协调会场上发现了受害者,尾随着他来到案发地,在他入睡时下手的。因为惠州地区最近出现了好多起这样的凶杀案件,在作案手法上,也有着雷同之处。

然而,有一位警官提出了疑问。他对那两个凶犯离开案发现场的方式产生了怀疑。因为,凶犯都是从客厅的大门潜入并到卧室去作案的。这一点已经被撬开的客厅门锁和现场的脚印证明了。可是,令人不解的是,这两个凶犯作案后的逃跑路线。

本来，他们完全可以从容地从原路逃离现场。但是，为什么其中的一个会选择跳窗逃跑的方式呢？窗框上留下的血迹说明，凶犯在作案中受了伤，那么，从客厅的大门撤退，应该更加符合常理。

　　可是，事实却不是那样！

　　是因为有人挡住了卧室的门，不让他从那里逃走，使得他不得已地跳窗逃跑吗？这种情况显然是奇怪的。那么，到底是什么原因，让这两个凶犯以不同的手段，离开凶案现场，各自仓皇出逃呢？

　　这显然是一个疑点。但却没有引起重视，因为这并不是什么重要的事情。也许，案犯之间有着分工，一个行凶作案，一个望风警戒呢……

　　这些都是有可能的。

　　对此，犯罪心理学上也常常论证，说凶犯在行凶杀人后会因为烦躁、紧张，做出什么悖于常理的事情。这种情况非常正常，并不奇怪，没有什么可以追究的，尤其是本次案犯逃跑的方式等等。

　　为此，惠州警察署排除了1918年12月从北方来的，被害者内部的人的作案可能性，并认定凶犯是广东本地人，是受害者激进的政治立场，引来的杀身之祸。因为被害者掌握着军权，对军部做出的推迟进攻江西的决定，一再不满，很可能会成为犯上作乱的人选，因此被他的政治对手，列入了尽快需要去铲除的对象。

　　警方的判断非常有说服力。

　　而且他们在搜查一个叫作洪福会的地方帮派的总部时，还找到了一份该组织要去暗杀的人员名单。在那上面标注着的前十个暗杀目标中，确实写着高虎娃的名字和他在三师一团中所担任的职务。为此警方认定，暗杀高虎娃的就是那个洪福会，只要继续侦查，找到行凶的证据，就可以查明此案的真相了。

　　警方的结论得到了高虎娃的生前好友耿立忠以及三师一团官兵们的认可，并且也使许文娟感到了宽慰。因为，在听到虎娃遇难的消息之后，她就立即把它归罪于严一龙了。

许文娟的意念来自直觉，没有依据，但却扎根在心灵深处。然而现在，一切都解除了，警方的通告把她从悲情的思维中解救出来，就像是阳光照进了心灵，让她干涩的眼睛重新放出了光芒。她甚至觉得，自己应该和欧阳秋去分享这一切，坦白自己曾经有过的怀疑和担忧。但想着想着，她还是忍住了，并把它压在了心底里。因为这并不是什么光彩的事情，说出来只会给人笑话，甚至还会让人产生不必要的嫌疑和误解。

许文娟的反常让欧阳秋觉得蹊跷。她还以为娟子已经用她的意志战胜了悲痛，走出了高虎娃死亡的阴影。

"啊，娟子，好……真好！你终于挺过来了！唉……其实什么难关不能闯过去呢？我，虎娃还有立忠……对于我们这些整天钻在枪林弹雨里的人来说，死亡是不足为奇的，活着才是一件怪事情呢！所以娟子你……你一定要振作起来，想开点，跨过这一关，往前看，这一定也是虎娃所期待的……"

欧阳秋由衷地劝慰道。她并没有想得那么复杂，也不知道严一龙的纠缠和高虎娃的遇难，会给许文娟带来那么多的精神负担。假如，欧阳秋的祈愿就此打住，结束那一系列话题，那么一切都可能是美满的。但是命运却偏偏不是那样，它就是要通过欧阳秋的嘴巴，向许文娟传递她最最担心的真相，让剧情逆转，朝无法控制的方向发展。

"那一天，高龙他爸也到现场去了。我看他蠢蠢欲动的样子，总想和你说话。看来他……他一直挂念着你呢……"

"谁……高龙他爸？严一龙？他……你……你看见他了……"

欧阳秋的话让许文娟一下子愣住了。她抬起头来，注视着欧阳秋。显然，她十分在意欧阳秋送来的消息。

"是的，出事的那天他也来了……"

欧阳秋重复着说道，她并没有注意到许文娟脸上异样的表情。

"严一龙也在案发现场……你，你看到他了？你真的看见他了吗……"

许文娟重复着欧阳秋的话，反复地问道。她的眼睛里飘过一丝阴云，神情也有点恍惚了。

"一龙他……他失踪了那么多天，为什么会突然出现在凶杀现场呢？他……他是怎么知道这件事的呢？难道他……他……"

许文娟喃喃自语着，似乎感到了不测，而且眉头也紧张地锁到了一起。

"是啊，我也纳闷着呢？也许是有人告诉他了吧……"

欧阳秋轻描淡写地附和着，还是没有当回事。

"这……也许……也许……但愿是吧……"

许文娟晕眩了一下，她的脸色苍白了，那种好不容易才建立起来的心理防线崩塌了，让她再一次地陷入猜疑和恐惧的深渊。这是一个无法挽救的劫难，但欧阳秋却毫不知情，因为她并不明白自己的善意，会如此触动许文娟的心神。

"娟子……你怎么了……"

"没……没什么……"

许文娟支吾着，掩饰着内心的不安。她没有想到自己拼死拼活地抵抗，从命运的绝壁中挣脱出来，刚刚能够睁开眼睛，但看到的却还是悬崖。许文娟失望了，而且脊梁上还冒出了冷汗。但是，尽管这样，尽管疑念再三，她还是怀有侥幸的心理，期望警察的判断是正确的，并且想象着严一龙在她的追问下，一再否定时的那种可笑的场景。

许文娟终于等到了那个时刻。

那一天，也就是在她回到杨草坞以后第三天的早上，严一龙出现了。他是在两天前回到这里，并再次住到钱家店里去的。此刻，他神情激动，充满了信心，那种感觉是他来到南方以后从来没有过的。对此，欧阳秋也有点诧异。她望了严一龙一眼，向他点头示意以后，便把孩子们带到了屋外的院子里，避开了他们。她相信严一龙和许文娟之间，此时此刻一定有着许多不愿意让第三者听到的话。

"一龙哥，虎娃他……他遇害了……"

许文娟开门见山地说道。她想看看严一龙在听到这个噩耗以后的反应。

"是啊，我也听说了，所以我……我才来找你的！娟子你……你终于自由了，这是老天爷赐给我们的机会啊……"

严一龙注视着许文娟，有点忘情地说道。他并不知道娟子的心思，还以为一切又像十多年前的那场火灾一样，历史只是重复着清除了他们之间的又一个障碍物而已。

"听说？您……您是听谁说的……"

"这……娟子，你问这干吗？"

严一龙支吾着回答道，他显然没有想到许文娟会提出那种问题。

"这……这很重要，一龙哥，您说……您说呀……"

许文娟紧追不舍地问道。她盯着严一龙的眼睛，捕捉着他脸上的表情。然而她失望了，因为严一龙闪烁其词的样子，让许文娟进一步地证实了自己的判断。

"您……您……虎娃出事以后，您是不是也到现场去了？"

"没……没有啊……"

严一龙情不自禁地否认道。他的额头上渗出了冷汗，而且还刻意地避开了许文娟的眼神。因为他明白，说谎人的眼睛会不经意地把内心世界流露出去的。

"可是，有人在现场看到了您！一龙，您……您为什么要撒谎啊？难道……难道您心里真的有鬼吗……"

许文娟有点绝望了。她颤抖着，还嘤嘤地哭了起来。因为，严一龙那种企图掩盖事实的样子，就像闪电照进她的心里，让她一下子地发现了真相。毫无疑问，此刻，许文娟脸上的神情也同样反馈到了严一龙身上，让他突然明白，今天的许文娟是做好了功课，带着悬念来审讯他的。

"啊,对不起,娟子,我……我想起来了,是的,那一天我确实到案发现场去了……"

严一龙喃喃地诉说着。他感到棘手,但还是硬着头皮承认了。他有点担忧,并且想方设法地说服许文娟,生怕她会误解自己。但遗憾的是,严一龙的语言,那一刻显得那样虚妄、无力,没有底气,笨拙得就连他自己都觉得奇怪。

"娟子,你别哭,别伤心啊!我……我是为了你才到虎娃的被害现场去的!我……我担心虎娃的死会让你受不了,你会在那里晕过去,所以我……我才……唉!娟子,我……我是多么想把你带走,远远地离开这个是非之地啊……"

严一龙反复地说着。他想用情感去唤醒对方,让她感受到他的爱意。但是,这已经不可能了。因为那时,许文娟只有一个念头,就是想弄清楚严一龙是不是杀害高虎娃的凶手。这个问题主宰了她所有的思维,让她的情绪一下子变得极端起来。

"您……严一龙您难道……难道凶手是您……真的是您吗?我……唉,其实我……我是知道您的。我知道您不会放过虎娃,一定会找他算账的!可是我……我又是那么天真地希望,这一切都不会发生,您不会去做那种事情,警察的所有判断都是正确的,凶手是其他的人……可是我,我错了,直觉告诉了我,您就是杀害虎娃的凶手,一切都已经被证明了……"

许文娟用手指着严一龙,喃喃地说着,还突然地提高了声调。至今为止,她从来没有像现在这样指名道姓地质问过严一龙,那种歇斯底里的样子,让严一龙一下子蒙住了。

"可是……娟子我……我没有……没有去做那种事情啊……"

严一龙辩解道。但是,他的声音是那样地经不起推敲。因为他不愿意告诉许文娟,自己确实怀着杀意,到了案发现场,准备去杀害高虎娃的那些事情。他不想暴露事件的经过。因为那些话一旦落入警方耳朵，就很可能会被当作凶手，关进死牢，无法申辩也无法证明，甚至面临枪毙、砍头的危险。这是他的软肋，也是他最最担心并也是无法向许文娟说明的地方。然而，不坦诚地说出那些，他又怎么可能赢得许文娟的信任呢？

"娟子，不是我，不是我啊！你……你误解我了，我……我怎么会对虎娃下……下手呢……"

严一龙语无伦次地说着。他的口齿变得含糊，语言也结结巴巴的。那种欲盖弥彰的样子，已经无法使他洗清蒙受在自己身上的那些冤屈了。

"您……严一龙，您胡说！您……唉……假如我……当初我能狠下心来，拒绝虎娃的求婚，他或许……或许还能活着，还能成为我们的朋友，还能有一个好的未来！可是我……我却同意了，和他走到了一起，造成了今天的结局，这……这真的是罪孽啊……"

许文娟痛不欲生地摇着头。然而，没有过上两分钟，她又突然地改变声调，指着严一龙，毫无顾忌地喊了起来。

"是您，严一龙，是您……是您把那种罪恶强加在我身上的！让它从此缠绕在我心里，伴随我一生，毁了我，让我背上包袱，再也无法安宁了啊……"

许文娟大声叫道。她再也不愿意去听严一龙的辩解了。那种涌动在心灵深处的绝望，无以言说，让她直冒冷汗，就像是掉进了冰窟里一般。

"也许我……我没有资格说您！因为我……我也犯过罪，也有过想去杀人的念头！但是它……它和今天不一样，不一样啊！那时候我没有动手，是倒下来的炉子燃起了大火，把李玉强活活烧死的。我没有罪，没有罪啊！而且，那个李玉强，他……他本身就是一个罪人，恶贯满盈、死有余辜！当然……这……这只是我的意愿、我的判断、我的一厢情愿啊！所以，警察要追捕我、抓我，把我当成杀人犯，要置我于死地，但是我……我不这么认为，不承认自己是一个罪人……然而现在，完了，一切都完了！我真的杀了人，变成一个杀人犯了！我……我把我的爱人推进了火坑，让他倒在您的枪口下，死在了我的罪孽中！您……严一龙，是您，是您让我成了真正的杀人犯，尝到了一个杀人犯的滋味了……"

许文娟泪流满面地哭叫道。

那些话融进了严一龙的神经，深入到他的骨髓，让他坠进了无底的深渊。看来，爱情的大厦已经倒塌，命运已经把他和许文娟之间曾经有过的一切，都摧残得体无完肤了。然而，尽管这样，严一龙还是不甘心自己的失败。他无法想象自己和许文娟之间的爱情，会以这样一种方式结束。他继续争辩着，极尽所能地编织着理由，鼓足勇气，却又一败涂地。

"不，娟子，你……你不要这样去想！我……我怎么可能去杀人呢？虎娃是我的老乡，我们是相守着一起长大的，我怎么会做那种事情呢……可是，唉，现在说什么你都不会相信了。偏见和多疑已经蒙住了你的眼睛！可是，娟子，你应该好好地，好好地想一想啊！虎娃死了，但是你……娟子，你还活着，我们俩都活着，我们应该好好地活下去才对啊！而且，我们已经自由了，我们都获得自由了啊，这才是最最重要的！难道……难道现实不是这样的吗？娟子，跟我一起走吧，别再去想虎娃的那些事了！警察已经做了结论，命运已经为我们指明了方向，我们都没事……没事了啊！走吧，娟子，把过去的一切都扔掉，忘记那些丑恶的事情，赶快离开这里，向着明天走……我们会幸福的，一定会幸福的！娟子，我求你了，请你相信我，扔掉那些偏见吧！我真的没有害虎娃，杀死虎娃的人不是我，不是我啊！娟子，不要再让我绝望了！唉……这一切都是命运在作怪，是命运害得我们互相生疑，互不相信！我……其实……娟子，难道你还不明白吗，不管是现在还是过去,我……我才是那个最最爱你的人啊……"

严一龙大声地叫道。那是从呜咽里挤出来的声音,是悲伤、沮丧和爱情的混合物。这确实是真实的感情,是一种从心灵深处迸发出来的东西。他爱着她,确确实实地爱着她,冰清玉洁,苍天也可以做证。但是,此时此刻,这一切却起不到任何作用。而且,它正在朝相反的方向发展着,越走越远了。

"别……别这么说,严一龙!不要再去说什么爱我的那些话了!我……我已经没有爱了!我的心已经死了,在您夺走虎娃的那一刻起,我就没有幸福和爱了……我的爱变成了恨,它让我恨得浑身发颤、咬牙切齿啊!严一龙,我们没有明天,也不会再有明天了!难道你……你不知道吗?在你开枪杀害虎娃的同时,也就杀死了所有的残剩在我心里的对你的爱了……"

"娟子别,你别这么说啊!虎娃他……他真的不是我害的啊……"

"不要再辩解了,严一龙!我们之间什么都没有了……从今以后,我们不要再见面了。而且我……我也不想再见到您了!您的眼睛会让我愤怒,会激起我的仇恨,会抹去残剩在我记忆中的所有的东西!呵……呵……再见了,严一龙,再见了……"

许文娟反复地念叨道,而且声音也变调了,就像是走进了一个冰窟窿一样,浑身发颤。突然,她又惨笑了起来,癫狂着在屋子里来回走动。她的眼神有点恍惚,头发也不知怎么搞的,散了开来,并且还时不时地喘息着。好像有一口痰堵住了她的嗓子眼,让她窒息得无法解脱,没有过上一会儿,她的脸上就没有血色了,而且眼睛也黯沉无光。那种茫然的神态好像在告诉人们,她的身体已经变成了躯壳,灵魂也从肉体中挣扎着飞出去了……

只是,在刹那间,她又机械地停住了脚步,好像想到了些什么。就像是回光返照似的,她又睁大了眼睛,在屋子里巡视起来。看来,她想到她的孩子了吧?一定是她的孩子在这一瞬间,唤起了她的知觉,让她颤巍巍地踅摸着走到客间的大门边上，哆哆嗦嗦地推开了门。然而，就在她往外跨出脚步之时，严一龙从背后赶了过来。他紧紧地抱住她的肩膀，拖着她，挡住了她前行的方向，让她一下子地瘫软了下来。

"娟子，别……别走，你别……别这样啊……"

严一龙的眼泪流下来了。

他颤抖着说道，做着最后的努力。但是，却起不到任何效果。因为许文娟的心神已经不在了。她抬起头，正在向着高虎娃走去，而且，她也确实在院子里的冉冉升起着的光影中看到了虎娃。是的，那应该是高虎娃的灵魂！他正在向她走来，迎接着她，准备把她带向天国的福地……

啊，虹影幻梦已成空，满目皆哀容，这或许正是这对男女在那个时候的真实写照。只是，对于这一切，谁又能够说得清，道得明呢……

幸亏，欧阳秋明了那一切。

她虽然守在门外，但心神却始终留在了屋子里面，关注着许文娟的一举一动。

那时候，她走上前去，把瘫倒在门槛上的许文娟扶了起来，揽在自己的怀里，并且搀扶着她，在孩子们的哭叫声中，一步一步地走向了院子外面的林边小道。她们径直地向前走着，再也没有回头，把站在她们身后，一脸寂寥而又手足无措的严一龙晾在了一边。

繁华落尽，所有的一切都成了南柯一梦……

但严一龙还是不死心。

两天后，他又来到许文娟家，期望就上次的话题，再一次地去说服她。但是，许文娟不在。她家院子的门紧锁着，没有任何声音。

严一龙有一点惘然。他失望地回到钱家店，但仍然没有放弃希望。他期待着明天，相信许文娟在冷静几天以后，一定还会清醒着回来的。是啊，她不会离开他，更不可能抛弃他！这一点绝不可能！严一龙坚持着这种信念……

然而，两天过去了，一切依然如旧，什么事情都没有发生。

那种死一般的静寂让严一龙终于忍不住了。

他迟疑着，但还是迈出了脚步，去求问许文娟家的邻居。这才知道，娟子她们这几天根本就没有回过家，她们在外面已经住了好多天了。

"这……看来，娟子是为了躲避我才住到外面去的……可是她，她会去哪里呢……"

严一龙自言自语着，悲苦有加却又不愿意认命。他不相信他和她的爱情就这样地戛然而止。

百般无奈之际，他突然想到了扶着许文娟一起走出家门的欧阳秋。这应该是早就料到的事情，但心神憔悴的严一龙却疏忽了。他虽然不清楚许文娟和欧阳秋之间的关系，但此时此刻，除了她以外，还有谁会知道娟子的下落呢……

严一龙点了点头，把视线投向了杨草坞的西头。他知道，欧阳秋的家就在那边。

他的运气不错，没费多少周折地就找到了欧阳秋的家。

虽然，欧阳秋家是一幢用红砖墙围起来的瓦房，没有木栅栏，看不到院子里面的情景，但是，严一龙还没有走到那个院子跟前，就已经听到了里面传出来的孩子们的嬉笑声。

"呵……那一定是高龙和他的弟弟吧？他们在那里玩耍？它……它说明娟子她……她一定也住在里面！可是，唉……"

严一龙睁大了眼睛，嚅动着嘴巴，突然长叹了一口气。此刻，孩子们的欢笑声，对于他来说，简直有着一种隔世之感，让他在恍惚之中，产生了一种无法言说的悲凉。

严一龙走到瓦房右边那扇酱红色的木板门前，颤抖着伸出了手。虽然敲开了门，但欧阳秋却把他堵在了门外，不让他进去。她告诉他，许文娟病了，她不愿意见人，更不愿意看见他。

"可是，这是为什么呢……"

严一龙怔怔地问道，满目悲伤。但欧阳秋并没有解释。她只是表示会带话给许文娟，把严一龙的心意转告给她。
　　他们间的对话就这样地结束了，短短的，没有超过三分钟。那种无情和悲寒让严一龙一夜无眠，愤恨得几乎失去了理智。
　　"不行，我还得去找她们，决不能就此罢休……"
　　严一龙嘟囔着，在第二天的一早，就走出了钱家店。那天，天公不作美，从一大早开始就滴滴答答地飘起了雨丝。但是，这并没有挡住严一龙的脚步。他向旅店钱老板借了一顶斗笠，毫不犹豫地踏上了门前那条泥泞的小路。虽然，屡战屡败，但仍然斗志昂扬。
　　欧阳秋家的门被打开了。
　　这一次出现在严一龙面前的不仅有欧阳秋，还有他的儿子高龙。
　　"求求你了……"
　　严一龙望着他们，低声下气地央求道，期望欧阳秋能够网开一面。但是，尽管他磨破嘴皮，反复再三地恳求，欧阳秋还是冷冰冰地把他挡在了门外。
　　"严一龙，请你不要再来了，这是我最后一次为你开门了……"
　　欧阳秋注视着严一龙，无情地说道。
　　"可是……不行，不行啊！欧阳秋，你不能这样，不能这样啊……我……我走了半个中国才找到你们，你……你们不能这样无情啊……"
　　严一龙喃喃地刚想去争辩时，高龙却插话进来，把他的声音给打断了。
　　"爸爸，妈妈叫我把这个盒子交给你……她让我告诉你，叫你不要再来了，妈妈她……她不想再见到你了……"
　　高龙有点悲哀地说道，并且把手中拿着的木盒子，交给了严一龙。
　　"孩子，你……"
　　严一龙哽咽着，顿时说不出话来了。
　　这是他第一次听到孩子叫他爸爸。那种由悲悯产生的喜悦，让他的眼睛一下子地湿润了。

"是的，没错，那一定是娟子的意思，她肯定还爱着我，要不她怎么可能会让孩子来认我这个爸爸呢……"

严一龙思索着，悲喜交集地接过高龙递上来的木盒子。他以为这里面会藏着许文娟的什么心思，或许，这还是她希望重归于好的什么信物！

严一龙心慌意乱地打开了盒子，但是，他马上就失望了。因为那里面放着的是他在旅顺读书时买下的那颗白珍珠。为了表示对许文娟的爱意，他在走向战场前，把它和红珊瑚以及黄花沟海滩的贝壳穿在一起，做成了项链，作为定情物送给了她。这串项链曾经被李玉强扯断过，掉在了火灾现场，但细心的娟子还是找到了其中的白珍珠，小心翼翼地保存到了今天。然而现在，娟子她……她竟然让他们俩的孩子，无情无义地把这个信物还给了他！

"这……这……孩子，你妈妈她……她……难道她真的不要爸爸了吗……"

严一龙失声叫道，顿时泪如泉涌。他俯下身去拉住高龙的手，摇晃着，企图去追问那里面的究竟，但是，却被欧阳秋给阻止了。

"严一龙，我再说一遍，这……这是最后一次……最后的一次了！严一龙，请你不要再来了！这也是许文娟让我转告你的。你……你别以为事情已经过去，警察就不会调查那个案子了！我正告你，高虎娃的血决不会白流，他的死因早晚会被查清，一切都会水落石出的……"

"可是这……这……欧阳秋，这件事不是我干的啊！高虎娃真的不是我害死的！我说的都是事实，请你们相信我，相信我啊……"

严一龙悲愤地摇着头叫道。但是，他的辩解起不到任何作用，反而让欧阳秋更加愤怒了。

"呸，严一龙，你把这些话留着跟警察说吧！你……要不是娟子的再三恳求，不让我去通报警察的话，你……你哪里还会有今天啊！

唉，真是对不起虎娃啊！不过，严一龙，我告诉你，我是决不会罢休的！好了，你……你快走，你快走吧！在我改变主意以前，你赶快离开这里，永远不要再让我看到你了……"

欧阳秋厉声喝道，并且掏出手枪，对准了严一龙的胸膛。她瞪着眼睛，咬紧牙关，沉默了好一会儿，但还是忍耐着，把愤恨的情绪压了下去。她望着严一龙，停顿了一下，拉着高龙退回到院子里，又用尽力气，砰的一声关住了门，再一次地把严一龙挡在了外面。

"啊，娟子……完了，一切都完了……"

严一龙抬起眼睛，淌着热泪，嚅动着嘴巴哀号着。那些愤怒、委屈、痛苦和不甘，倾泻着奔腾出来，让他痛苦地坐在地上，蜷缩成了一团。

那是他人生的至暗时刻，可是，这又何尝不是他所爱的许文娟，在她的生命旅途中的最为黑暗的时刻呢……

严一龙仰起头来，愤懑地注视着那扇挡住了他所有念想的大门。他哆嗦着，心如死水，呆滞了好长一段时间以后才站起身来，蹒跚着，迈开了脚步，向着前方走去。

那时候雨已经停了，天边还挂起了一道彩虹，七彩夺目、光华耀人，就像是从天上飞来，在召唤着他去上路似的，让他满目晕眩……

他要去哪里？又会去干什么呢……

没有人会明白。

只有阴间地府，才可能知道消失在天宇间的那些幽灵们的隐情！

58. 临终遗言

天道有情。

尽管命运苦尽，但那些和严一龙行踪有关的事情，还是在几天后被人提到了。

旅馆钱老板曾对欧阳秋说，严一龙在离开旅馆时充满厌世之情。他经常自言自语，沉浸在幻梦中，并且重复着，希望自己走向战场，迎着敌人的凶弹，战死沙场上……

他为什么要说这种话呢？

是一种呓语，一种预感，还是他心有所愿、灵有所悟呢？对此，钱老板自然无法明白。

"看来，他是不想活了……"

钱老板一边描述着，一边幸灾乐祸地对欧阳秋说，让她瞪着眼睛，感到不可思议。

除此之外，还有目击者向惠州警察署的报告。

那人说，一个风清月白的深夜，自己在惠州明湖街道凶案现场大院外看见了一个可疑的人。那人衣着邋遢地来回走动，还时不时地号啕着，用额头撞那堵墙壁，搞得脑门上鲜血淋漓、惨不忍睹。

他不知道那人是谁，也不知道那里面会藏着什么样酸楚的故事，但当时的情景确实凄惨。不过，当他在两个小时以后，大概是凌晨三点再次经过那里时，那个地方就宁静安和、人鬼皆无了。

那人对警察说，夜深人静时发生那种事情，本来并不奇怪，尤其是现在这种鬼蜮伎俩、狂人悖逆的时代。但是那事情出现在案发现场附近，撞墙人又是那样的真挚悲哀，这就不得不让人想起前不久发生在那里的可怕的凶杀案了……

只是这份目击者的报告并没有引起警方的重视。而且，没有过上两天，这张记录着报案人所述情况的单子，就被另一个当班的警察揉成一团，当成废纸扔进了垃圾桶里。

从那以后，再也没有人去提及有关严一龙的事情了。就像是人间蒸发了那样，没有人再会去想到他。这种状况延续着，一直到六年以后，也就是1927年，一切才有了新的消息。

那年4月末的一个深夜，旅顺黄花沟突然来了一个五十来岁的骑着白马的汉子。他勒着缰绳，转悠着，在黑暗中辨认着方向，终于在村西头许尚水的家门口跳下了马。他停顿了一会，又睁大眼睛，犹豫着，盯着那扇紧闭着的木板门，但还是忍不住用手敲了上去，把正沉浸在睡梦中的许尚水叫了起来。

"您是许文娟的父亲吗……"

"是啊……您是……"

许尚水睡眼惺忪地望着来客，有点奇怪地问道。

"您女儿在家吗……我有一封重要的信要交给她……"

"重要的信？我女儿？娟子？她……她不在！她离开家乡已经好多年了……"

也许是因为好长时间没听到女儿的消息了，此刻的许尚水有点激动。他盯着来客，结结巴巴地说道，不仅睡意全无，就连神情也变得紧张起来了。

"您的女儿不在？这……"

那汉子犹豫着，有些失望。他凝神思索一下，又提出了一个新的要求。

"要不您把我带到村东老严家去吧！我想把这封信交给严家老母亲。因为，这是她儿子严一龙写的……"

"严一龙？严一龙写的信？可是，唉，老婶子她……她已经不在了，五年前，她因病去世了……"

"这……"

听到严一龙的母亲已经去世的消息以后，那汉子似乎有点伤感。他犹豫一下，但还是下定了决心，把揣在怀里的信拿出来，递给了许尚水。

"好吧，那就交给您吧！希望您能尽快地把信交到您女儿手中。这是严一龙的心愿，是他在临终前写的……"

"一龙？临终前？他……难道他……他死了？"

"是的，两个月以前，他在和日本关东军的战斗中受了重伤，再三抢救，但仍然没有活过来……临终前，他反复叮嘱我，要我把他在垂危时的那几天写的信，交给许文娟……"

"这……这难道是真的吗？一龙，他……他死了？啊……啊，孩子她妈，你……你快起来啊，一龙他……他竟然死了，死在日本人的枪口下了……"

许尚水哭丧着脸，对着屋里大声地哀号道。他在喊他的老伴。显然，他被这突然传来的死讯惊呆了。

"唉……"

那汉子悲痛不堪地摇摇头，长叹了一声以后便转过身，跨上了他的白马。然而，就在他准备策马离开时，身后又传来了许尚水惊悚的叫声。

"兄弟，等一等，请问您的大名……"

"我……我叫江天云！过几天我还会来的！我要把严一龙的骨骸送过来，交给您的女儿……"

那个叫作江天云的汉子回过头来大声说道。他停顿了一下，便夹着马肚子，吆喝一声，一溜烟地消失在村里的马车道上了。

许尚水回到屋里，颤抖着把那封信拿到了油灯前。虽然，这是写给他女儿的，但许尚水还是忍不住撕开信封，取出了信纸。这封信很短，字体也歪歪扭扭的，难以辨认，但从字里行间里，还是可以看出严一龙写信时的那种艰难、痛楚、悲哀，以及不吐不快的心情。那或许是他在生命的最后一刻吐出来的，就像是喘息一般，一声一叹、痛不欲生，让我们无法不感受到他的对于生命的渴望和对于爱人的执着。

这封绝笔信是那样写就的：

娟子，心爱的娟子，我衷心希望你能同意我这样叫你！这……这应该是最后一次了！因为，鬼子的子弹射中了我，我身上的血大概就要流光了。我……我就要走了，和我爸爸去相会了，可是我实在不愿意就这样，就这样地走啊！我要说出那件事的真相，否则……我真的是无法瞑目啊……

必须承认，正像你说的那样，我确实怀着杀意，到惠州明湖街道去杀人的！因为我……我实在无法忍受高虎娃带给我的奇耻大辱，无法想象我的爱妻竟会被我家雇工夺走……

我恨啊，娟子……我恨得咬牙切齿！

那天晚上，我潜进了高虎娃房间里，但没想到，有人先我一步向他开了枪！那是千真万确的，我确实看到了那场景……而且，虎娃在临终前还向我呼救，向我求援，把你托付给我，说你……你还爱着我……我是看着他咽气，离开这个世界的。

本来……我想把这一切都告诉你。但我害怕，怕我说不清干系，怕你不相信，怕欧阳秋会告诉警察……

但是……悲惨啊，这一切竟真的发生了！尽管我再三否认也没用！因为你们……你们不相信我啊！我确实是怀着杀意去的！所以我……我逃脱不了命运的惩罚！

此后，我离开惠州，回到东北，加入了在郑家屯撤退的朋友敦戈尔的队伍，又在"宽城子事件"后撤出长春，去了牡丹江。我们准备在那里成立抗日义勇军……而我也期望在战斗中，抹掉记忆，彻底忘记你！但是我……我失败了，我做不到啊！只要一看到手掌上的疤痕，我就会想起那些刻骨铭心的日子！

我们已经相识二十四年了……

当初，我背着大辫子，把辫子盘在头顶，但你却剪成短发，成了时尚的女孩。以后，我剪掉辫子，散开头发，但你又留起长发，梳上了辫子……时代留给我们的印记数不胜数，但它们都像走马灯似的消失了，只有那块伤疤，那个烙印，它……它烫在了我的手上，还深深地烙进……我的灵魂里了！

然而，一切都要结束了，我已经在医生的眼睛里看到他们的暗示了……我的时间不多了，所以他们才允许我，同意我在这最后的一刻，去吐出心声的。

我确实已经非常疲惫，而且……身体也在颤抖，一阵阵地发冷。这……一定是最后的时刻了！所有的东西，那些悲哀、痛苦、凄凉和伤心……都会消失的，每想到这些，我的心都在滴血！恐怕，我是要死了！医生也告诉过我，临死前人会非常非常冷的。看来……那是真的！因为我冷……冷彻骨髓啊！

所以，此时此刻，我……我是多么想看到你，看到我们的孩子啊！我知道，娟子……是你让高龙到欧阳秋家门口，叫我一声爸爸，让我最后去看他一眼的！我明白……只是，娟子，我……我还想再看你们一眼，就在现在！这是我……最后的希望了……

啊，娟子，你好像答应了……你终于带着儿子来看我了？没错，那真的是你，你们真的来了！我看到了！来……坐过来一点，坐到我身边，拉住我的手，抱住我，紧紧地……紧紧地抱住我！因为我……我冷，我冷啊，我……

信中的字断断续续地在此停住了，也来不及署名。或许，那就是严一龙失去了意识的那一刻。那种如同忏悔般的反复呼唤，足以证明他在临终前的万缕情思。

严一龙走了，他确实是走了！这个不死鸟在那一刻走向了无极……

假如，有人能在那时候仰望广袤无垠的星空，就一定会发现，有一个冉冉地扇动着翅膀的灵魂，正在滴着眼泪，向着半明半晦的世界飞去。

严一龙的绝笔信，让许尚水抱着老伴号啕痛哭。

他不知道严一龙和他的女儿以及高虎娃之间发生了什么，但此刻的悲凉，则让他更加后悔自己的贪婪，给女儿造成的人伦悲剧。是啊，许文娟被自己逼着嫁给李玉强，走出黄花沟，已经有十九年了。此后，正如她所发出的誓言那样，再也没有回过家乡。那些伤痛想起来都心酸，更不要说再听到严一龙的死讯，目睹他临终前的那些凄言悲语了……

两个星期以后，严一龙的遗骸被敦戈尔和江天云送到了黄花沟许尚水的家里。这是严一龙的遗愿。他告诉过敦戈尔，希望死后能够留在许文娟的身边……

一切都结束了，什么样的悲怆都会过去的，大地依然是那样的风清月明、温馨多情。

尾声　冬季花园里的插曲

动乱的年代仍然在继续，年复一年犹如江河行地。终于，本文所叙述的故事和人物，就像淹没在黑夜的雾霾中一样，消失得无影无踪了。

没有谁会喜欢听命运敲击人们心灵时所发出的声音。因为人们想见的永远是风和日丽、天从人愿的净土。或许，还有一些例外的。尤其是那些亲历者，那些在时隔多年以后，又不经意地发现了一些什么的人。

安勇警长正是其中的一个。

那件事情发生在上述事件的四年以后。

1931年12月23日农历冬至的下午，安勇捧着母亲和媳妇的遗骸，走进了旅顺思无量尼姑庵。他期望把他的在黑死病疫情中去世的亲人遗骨，安葬在旅顺地区的寺庙里。

这是安勇多年的愿望。

从日本士官学校毕业回国以后，他一直在旅顺的警察署以及张作霖的保安部供职。除了公差以外，几乎很少有时间去黑龙江扫墓祭祖。因此，把亲人的遗骸从黑龙江取回来，安葬在旅顺，便成了他挥之不去的念想。

安勇选中了旅顺思无量尼姑庵。因为母亲过去回家乡探亲时，都会到那里供香拜佛，和思无量的住持有着情缘。况且，思无量尼姑庵最近香火旺盛，信众越来越多，在当地的佛教寺院当中，独领一方，显然是一个寄居亲人遗骨的风水宝地。

安勇现在空闲下来了。

自从东北王张作霖在1928年6月4日发生的皇姑屯事件中被日本人杀害，安勇就因为其一直仰仗张作霖的势力而遭到后继者们的清算。他被撤掉了在奉天革命军事保安部担任的职务，回到原来的甘井子区警察署。但厄运并没有就此结束，尤其是张作霖的公子张学良率领东北军，在"九一八"事变后撤到关内，东北全境被日本军队占领以后。

安勇的处境每况愈下。随着日本人势力的不断扩展，他又被剥夺了甘井子区警察署署长的职务，并被署里的新领导解雇，成了一个无业游民。

据说，那是因为他在追查营口北四乡大坡屯发生的凶案中，逮住了案犯，并从犯人嘴里得到他们受雇于三和洋行大连分行，其目的不仅仅是要杀害许文娟，还要劫走她的儿子的口供。而且，他还找到了那个被劫持的孩童已被送往日本，由高桥正夫的妹妹百合子抚养着的证据，等等。

安勇的行为使三和洋行以及他们的社长高桥正夫感觉到了威胁，从而成为这个日本家族公司必须要追杀灭口，尽快去拔除的眼中钉。

本来，安勇并不相信那些案犯们的口供。但在三和洋行的秘书钱小丽那里听到，她"受命于公司，和高桥社长一起带着被劫持的孩子坐船去日本，亲手把他交给了社长的妹妹百合子"，以及"百合子抱着那个还不满周岁的孩子，身心憔悴、百感交集"的整个过程以后，安勇这个从来就不相信人情世故的人，也不得不为之信服了。

那时候，百合子曾当着钱小丽的面，哭着对她的哥哥高桥正夫说，"我一定会好好抚养这个孩子。因为他就是严一龙的影子。看见他我就会想起严一龙，就会产生安慰和寄托！严一龙可以不喜欢我，但他一定会疼爱自己的骨肉。只要他还活着，就一定会到日本来寻找这个孩子，和我相会，并留在我身边的……"

百合子的话让高桥正夫惊诧不已，也使钱小丽感慨再三。那种动人心魄的情节有着依据，是不可能编造的。为此钱小丽断定，到许文娟那里劫夺孩子，正是百合子的主意。为了让严一龙来日本，抓住他那颗迷乱的心，百合子一定再三恳求了她的哥哥高桥正夫，要他不惜一切代价地找到许文娟，杀死她，并劫走她和严一龙的孩子……

钱小丽的证言让安勇震惊。为了探听真情，他还特意到紫金阁，找还在那儿当班的久美子打听。那个老板娘是个有见地的女人，她帮助过许文娟，同情她，也认识严一龙和百合子，从她那里或许就能听到一些什么。

但是，久美子并不醉心于八卦新闻，也不愿多提过去的事情。只是，尽管那个日本女人守着一定之规，紧闭嘴巴，决不多言半句，但安勇还是从她冷冷的略带嘲讽的语气，以及对百合子的鄙视的眼光中，感悟到了什么。

安勇的调查行动，很快就被高桥家族察觉了，并遭到了他们的报复。对此，安勇自然明白。也正因为如此，他才急着要去完成亲人遗骨的迁移落葬仪式，期望在办完家事后能立即离开旅顺，到关内去追赶张学良的队伍。然而，这个旧日的警长没有想到，就在他急于逃离满洲之际，却遇到了一件让他蹊跷，惊诧得实在无法安心下来去视而不见的事情。

这也许是偶然的。

因为安勇在思无量事务所办理亲人遗骨落葬手续时，被那里的僧尼告知，他所熟悉的清莲住持已于三年前圆寂，他母亲的落葬仪式将由新任的清梅住持来完成。

这种事情本来正常，也无可非议，但是，当安勇听到这个新任的住持是本地人，出生地就在旅顺黄花沟时，他就静不下心来了。黄花沟是一个让他魂牵梦绕的地方，他曾经去过多次，这一点，本文早就交代过了。

"黄花沟……这个村子里有那样的人才吗……"

安勇自言自语地问道。

显然，他的职业习惯又让他产生了疑问。

没有过上两天，他就在地方志上登载着的寺院庙宇的档案中，搞清了思无量那位新任住持的入庵经过。

清梅住持今年四十五岁，于1923年被一位名叫欧阳秋的广东女士，以一介病体送入山海空门，在旧师思无量尼姑庵清莲住持的调理下，恢复心智，康复健体，并在一年后，被清莲住持送往山西五台山佛学院，在禅宗高人的指点下受戒修行，焚心思过，从而求得正果。

1925年，她回到思无量尼姑庵，又在清莲住持的指导下，潜心钻研，在佛经学理上颇有见树，从而被清莲住持指定为思无量尼姑庵的下一任庵主……

这份介绍已经详尽地说明了清梅住持的情况，但安勇还是不满足。因为，他想知道清梅住持出家前的真名实姓，以及她在黄花沟时代的经历。

然而，庵内的僧尼们对此并不清楚，而且，她们在清梅住持的出生地是否就是黄花沟这个问题上，也只是一种猜想。那是因为，清梅住持操办了黄花沟一位过世的村民的遗骸落葬仪式以后，来自那里的信众突然增多起来的缘故。

"哦？那个下葬的村民叫什么名字呢？"

"叫……好像叫许尚水……"

"许尚水……许尚水死了……"

安勇的脑袋嗡地响了一下，禁不住狞笑了起来。他似乎又恢复了过去的神态。此刻，逝去了多年的往事，又一幕幕地在他的脑海里浮现出来了。

"许尚水是什么时候下葬的？"

"半年以前。"

"是许尚水的家属指定要清梅住持，去操办他的落葬仪式的……"

"不，是住持主动提出帮忙的！"

"嗯……哼，这就对了！女儿当然要去主持父亲的下葬仪式，这符合人情常理……"

安勇眯起了眼睛，还深深地吸了一口气。

其实，在一听到清梅住持出生在黄花沟的消息时，安勇就下意识地把这个住持和他追踪了几十年的纵火犯许文娟联系在一起了。安勇忘不了许文娟，就像是黄花沟这个地名深深地烙在他的脑子里，成了一个专门的符号一样。

安勇向思无量事务所的僧尼们提出，期望去拜见住持，在举行母亲的遗骨安葬仪式以前，和她进行面谈。

但是，他的要求被拒绝了。因为尼姑庵没有那种先例。而且，安勇的要求也超过了一般事主期望由德高望重的高僧，去主持其亲人遗骨入葬仪式的范畴。

对于僧尼们的回答，安勇自然无话可说。

他只能去服从。因为他已经没有权力，也无法再去动用那些挂在他嘴里的所谓的法律和诉讼手段了。不过，为了厘清疑念，他还是动着脑筋，提出了要事先到陵园去察看安葬其母亲的墓地等要求，并获得了僧尼们的同意。

安勇在陵园的墓地里有了巨大的收获。

因为他不仅在那里发现了让他疑惑不解的高虎娃的墓地，还看到了他的死对头严一龙的墓碑。

"严一龙，还有高虎娃？他……他们……难道他们都死了？还都埋在了这里？这……"

　　安勇眯起了眼睛，摇晃着脑袋沉思道，就像是走进阿里巴巴大盗的魔窟那样，心神荡漾，并且魂不附体。

　　三天后的下午，安勇亲人的遗骸落葬仪式，在思无量尼姑庵的观音堂里隆重举行了。那时，殿堂里烛光闪闪，肃穆庄重，而浑然敲起的钟声，又给大殿平添了一种苍凉幽玄的感觉，让所有的人，那些高僧、僧尼、居士、香客，都低着脑袋，双手合十，虔诚地倾听清梅住持的声音。就像是在无望的人间望着天堂，想象着奈河桥彼岸的那一个个晦暝的白天，和无尽的黑夜一样……

　　这场祭奠仪式进行了二十分钟，但是安勇却心猿意马、神情恍惚。他没有见过许文娟，从过去到现在，他始终在脑海里勾画着她的形象，想象着那一对被人们形容为能够勾住男人的灵魂的眼睛。正因为如此，此刻的安勇才会如此这般地盯着眼前这个头顶红色佛顶、身披红底金丝袈裟的清梅住持，企图从她的行动中找到一些什么，去对照印刻在他脑子里的许文娟的形象。

　　安勇的偏执和走心难以容忍，很可能会造祸于来生。但是，他已经顾不上那些了。此刻，他只有一个念头，那就是尽快结束道场，进入最后一道由住持和事主共同参与的所谓的诵经说教仪式。那显然是对逝去亲人的不敬行为，是一种亵渎，也是一种悲哀。但是安勇并不在意。那时候，他就像是狼抓住了丢失的猎物，狗又重新找回了主人一样，显得急切而又难熬。

　　安勇盼望的那一刻终于到来了。

　　只是，那场本应该由清梅住持诵经说教的仪式，被安勇搞成了他和住持对峙着斗智斗勇的场景。这种鸡同鸭讲式的对谈本来没有什么太大的意义，但还是给我们带来了启示。

　　"尊敬的安先生，我谨代表寺院，感谢您的真诚与信任，把您对于家人的寄托和哀思，供奉给我们思无量的佛祖和菩萨……"

清梅住持一如往常地叙说道。

她眼眉低垂、脸色凝重、青丝如烟、神情安怡。虽然苦难的生活给她的额头添上了丝丝愁纹，但却仍然掩饰不了她在年青时代曾经有过的风情、色气、妩媚和光华。她的声音是忧郁的，清凉神迷、细如游丝，但仍然跳动着火焰，显示着她的底气和魅力。那种遇事大气，藏而不露的神态，使这个被革了职的前警长，目光炯炯地盯着她，凶悍不已却又畏惧胆怯，欲火盈盈却又无奈无助。

毫无疑问，清梅住持的忍耐和矜持，丝毫没有让安勇觉得自己应该循规守矩，表现出一般人在此时此刻所应持有的尊敬和礼貌。他毫不含糊地按照自己的意志行动着，我行我素，卑琐放荡，没有一点犹豫。

"可是……清梅住持，比起您说的这些，我更关心的是另外一件事情。我……我想冒昧地请问一下，您和那位已经去世的许尚水先生的关系。我听说您……前不久，您刚刚主持了他的葬礼……"

安勇嚼文弄词地说道。他盯着清梅住持的眼睛，注视着她的表情，期望从她细微的情感变化里，去感受到一些什么。

"人生聚散，皆因缘分而起。有缘千里来相会，无缘对面不相逢。众生信任贫僧，贫僧自然要以诚信去报答众生。识自心而广施缘，乃贫僧一生之职责也！可是，安先生，您……也许贫僧才疏学浅、孤陋寡闻，才会有如此这般的疑问。因为……因为贫僧不知，在现在这种向佛祖天国表达敬仰思情之际，安先生您……您为什么不去思悟亲人进入天国时的欢乐，却根心不正地纠结于他人之事，并且乐此不疲、心荡神迷呢……"

清梅住持手捻佛珠谆谆善导着。她抬起头来，安然地望着安勇，并没有因为他的突兀而感到困扰。

"因为那么多年来，我始终在寻找许尚水的女儿。她叫许文娟，是一个纵火杀人犯！只是……唉，我不得不遗憾地告诉您，这……这其实也是一件让我伤透了心的事情，因为我……我竟然从来没有见过那个许文娟，一次都没有。否则……这件事情或许就不会拖到今天了……"

"哦……那么安先生您……您现在找到她了吗……"

"没有！那么多年了，这个女人始终印刻在我的脑海里，让我无法忘怀！也正因为如此，我今天才会到这儿来，跟您这样说话的。这……当然……也许是我缺乏常识，冒昧打扰，但是，我还是要对您说，我必须去讲那些事，因为她……她让我纠结着，放不下啊！"

安勇试探着问道，还故意拖长了语调，反复地停顿着，期望在那些言语的间隙中，去发现他要在对方身上找的东西。

"而且，我还发现，那个女人的情人，从我手中逃脱的叫作严一龙的犯人，他也埋在了这里！还有……和许文娟一起生活过的高虎娃，他竟然也在这……天知道啊，那些和许文娟有过纠结的男人，他们……竟然一个个地都死了，都埋在了这里！当然……这当然不是我所要关心的问题，但是我想知道，特别是有关严一龙的事情！他……为什么？是什么时候死的？他的葬礼……那些下葬仪式是不是您主持的？还有，清梅住持您……您和那个男人严一龙之间……究竟是什么关系呢……"

"贫僧刚才已经说过了。人生聚散，皆因缘分而起。有缘千里来相会。不管是谁，跟贫僧有没有关系。只要他……他信任贫僧，信任思无量，就像您也想把亲人的遗骨落葬在本庵一样，贫僧我……自然会怀着宽广的胸怀，以最大的诚信和努力，去报答他们中的每一个人！这里是人类的福地，是众生冬季的花园。所有的人，不管是谁，他最终……最终都会走向这个花园的。因此我……只要贫僧我还在人世，就会守望在这个花园里，祈祷和祝福埋葬在这里的一颗颗孤寂的灵魂……"

"什么……冬季的花园……"

安勇自言自语着，他似乎有点疑惑。

"是的。冬季的花园！本庵墓场的名字就叫冬季的花园！"

清梅住持微微地点点头。

她的眉宇之间平静、安详，没有丝毫的紊乱。那种淡定、从容和坦然让安勇无奈，但却没有让他失望。相反，在发现自己一无所获，所有的事情都没有顺着他的心思发展之时，他又忍不住捏紧了拳头，张开利嘴，用他那种已经习惯了的强横的语气追问起来了。

"噢，冬季的花园，我总算是明白了！不过，住持……您……唉，住持，难道您……您不想问一下我是谁，为什么会在亲人下葬的仪式上，去给您提那样的问题呢？对此，难道您一点也不觉得奇怪吗……"

"心悟一切全悟，心安一切则安，心有一切都有，心迷一切皆迷……识自心而知情，何须阴亏气损地去扰他人之心绪呢……"

"这……我……我不明白您话中的意思！"

"安先生，您……如果您是为了其他目的来找我，那么不用我问，您也会说的。佛祖一直在教导我们，不问来者，不问过去，不问他人，也不问结果。因为，我本源自性清净，净念相继是解脱，众生皆有佛性时，世间升起菩提心。对此，安先生您……难道您不觉得，世上的道理不正是这样的吗……"

清梅住持望了安勇一眼，一字一句地解释道，就像是在引导一个凡夫俗子走向佛堂净界似的，没有半点的厌烦之意。

"这……这倒也是啊！不过……住持，您尽可以放心，现在的我……我已经不想，并且也没有必要再去追究过去的事情了。因为我……我已经满足了！我追踪了那个女人几十年，虽然一直没能见到她，但是……这些并不重要，因为我……今天，我见到了您，那就足够了……"

"哦……是啊，一念执着，万般皆苦，一念放下，便是重生啊……"

清梅住持嚅动着嘴唇，低声细语着，缓缓地，就像是在对着自己诉说一样。

毫无疑问，这个执拗的警长在突然之间表露出来的情绪，让她多少地有点惶惑了。她注视着他，似乎想从他的言语中，去悟出他的心智。但是，那种状态最多只出现了三秒，很快地，她就回到了常态。因为，她觉得，那时佛堂墙上雕刻着的佛像，正在凝视着她，就像当年的清莲住持那样，让她产生了一种无法言说的安慰、坦然。

"清梅住持，也许您……您和我想象中的事情没有任何关系！您……您不是别人，您就是您！反过来说，您……您或许就是那个让我追踪了二十多年的没法忘怀的女人！但是，这又有什么关系呢？事到如今，再去追究，已经没有意义了，因为……时间已经改变了一切！所有的东西，它……它都逃不过岁月的车轮啊！唉，二十多年了，世道莫测、风雨如晦，什么样的变化不会有呢？这很正常。即使是我……也是一样！我也逃脱不了命运的捉弄，也会走向您说的那个……冬季的花园！可是……唉，我，其实我……确切地说，我也已经失去询问您的资格了，而且，我也没有那种责任和义务了！世道炎凉、人心日下，社稷变得荒唐可怕。在这种至暗时刻，谁都可能成为罪犯的！在潜意识中犯罪，在闪念之中犯罪，或者……无缘无故地被贴上犯罪标签！唉，什么可悲可叹可恨而又可笑的事情，不会在我们这个时代发生呢……"

安勇锁着双眉，怔怔地望着清梅住持，感叹着、发泄着，突然从心底里涌现出一种莫名的感觉。

他好像有点羡慕眼前这个脱凡离俗的女人了。

是啊，清梅住持心宁如水、平怡安详、眉慈目善、虔静恬雅，他怎么可能再用隐身在他心中的杀人犯的形象，去和她比对，并把污名泼到她的头上去呢？她和她……哪怕真的是同一个人，那又怎么样呢？因为，那种来自社会、时代和生活本身的，足以让人脱胎换骨的哲学和宗教方面的力量，早已潜移默化地把她变成另外一个人了！遗憾的只是，自己没有变，仍然津津乐道在黑幕中，用所谓的法律条文，貌似公平地去抹掉照耀在人们额头上的希望和仁慈，踉踉不堪地继续在肮脏的泥巴里滚爬着……

安勇沉思着，既沮丧，又伤感。他圆睁着双眼，望着清梅住持，终于感悟到现在已经到了应该向她致别，深深地感谢她，并且离开尼姑庵的时候了。

他站起身来，向正在瞩望着他的清梅住持，毕恭毕敬地鞠了一躬，随后转过身去，挺直腰杆，离开了他们对话的佛堂。然而，也就在那时，他突然又像想起什么似的，猛地停住了脚步。那一定是非常重要的事情，让他迟疑着、犹豫着，停顿了好一会儿以后，还是忍耐不住转过身来，重新回到了屋子里。

这或许是他在卖弄聪明，故意把它放在最后，期望能够有所突破的手段。但是不管怎么说，这些话确实是重要的。因为，它留下的悬念，很可能会在今后掀起波浪，引来风雨，只是安勇已经不会去顾及那些事情了……

"清梅住持，我衷心感谢您主持了今天的下葬仪式，对此我的亲人，一定会在九泉下向您敬意的。我得到了您的许多教诲，在此也一并谢过了。只是，我还有一个小小的请求。期望您能帮助我。我……我希望您转告许尚水的女儿，也就是那个许文娟。应该说她……她也是非常希望知道这件事的。这一点毫无疑问。因为这事和她有关系，会影响她、伴随着她的一生……"

说到这里，安勇突然停住了。

他或许还想卖关子，去渲染这件事的重要性。或许，还想乘这个机会，去探测清梅住持的内心世界。总之，在那个关键时刻，他停顿下来了。他皱着眉头沉思着，深深地吸了一口气以后，终于又开口了。

"当年她……许文娟她……她曾经生下一对孪生兄弟。那是她和她所爱的男人，也就是埋葬在冬季花园里的，那个叫严一龙的人生下的孩子。那对孪生兄弟和天下的孩子一样，都是父母的掌上明珠……

但是，谁也没有想到，此后不久，这对孪生兄弟中的一个，在他刚满六个月时，被人在营口的北四乡大坡村里，劫走了……为了这件事，我费尽周折地调查，并且查明，干这缺德事的是一个名叫高桥正夫的日本人，是他派人雇凶去干的！这个孩子现在在日本，被高桥正夫的妹妹高桥百合子抚养着。掐指算来……他也应该有二十来岁了。他……他当然还活着，和孪生兄弟的另一半一样，还活在这个世界上！我……我想……这件事情是重要的，因为那孩子是我们中国人的骨肉，中国人的骨肉啊……所以，我请求您把这事告诉许文娟，转告他们家里的人……不管您是谁，和许文娟是什么关系，我都相信，您是知道那个女人的！所以，我再一次恳求您、拜托您，把事情真相告诉他们！这……这也应该是一件积德的事吧，您说呢，清梅住持……"

安勇用一种谦卑、颓丧、自负而又自信的口吻，一口气地说了出来，并向她鞠躬致谢。

他似乎有点激动，但还是静着心地把他的最后一招抛了出来。这一招是致命的。因为，它让清梅住持动情了。尤其是在听到孩子已经被绑架到日本，由百合子抚养着的消息时，她还无法自持地颤抖了一下。

但这最多也只是在瞬间发生的事情。因为清梅住持很快就镇定下来了。她目光炯炯，一如既往地点着头，注视着眼前这个失落但又值得敬仰的，已经被革了职的警长。

清梅住持的镇静让安勇长叹了一口气。

他挺着腰板，一动也不动地站在那里，沉默着，过了好一会儿才转过身去，迈开双脚，走出屋子，径直地朝着尼姑庵的山门走去。他再也没有回过头来，只是，那张始终阴沉着的死板无趣的面孔，变得轻松起来了。

这件事情确实是积德的，但仍然没有让安勇躲开噩运。

因为，就在三天后的深夜，该发生的事还是发生了。

那时，有人在旅顺北郊一条崎岖的小道上发现了一具男人的尸体。

那人身中数弹，血肉模糊，但接到报案，赶到现场的刑警还是认出了他的身份，断定他就是甘井子区警察署前署长安勇。

听说那是因为他在和同僚的酒席中，泄露了出走的计划，在逃离大连的小道上，中了埋伏，被对方的凶弹击中，而命丧黄泉的。

没有人知道那是谁干的，也没有哪个警察愿意去调查那件事。在那个乱世，发生那种凌乱庞杂、蹂躏生灵的事情又算是什么呢……

幸亏他还有一个好的归宿。

因为，他的遗体被他的同僚，那个已经退职了多年的甘井子区前警察署署长王正清，送到了思无量尼姑庵，和他的母亲和媳妇一起，安葬在了冬季的花园里。

清梅住持操办了他的落土下葬仪式。

那场仪式是非常悲哀的。那种肃穆的气氛竟然连清梅住持，也失去了她一贯的矜持，一反常态地流下了泪水。她再三地哽咽着，以至于在念诵悼词时，不得不中断了好几次。

那种状况耐人寻味，但却没有人留意。因为安勇坚定，执着，一身正气，那种勇于受戮的品格，让人敬仰，完全正常，没有任何地方可以怀疑。

此后，包括严一龙、高虎娃，以及安勇家族在内的安置在思无量尼姑庵冬季花园里的墓地，一直由清梅住持精心供奉着。每逢祭日，她都会到那里燃香、点灯、悼念、祭奠、主持祭祀，并在入口处立碑，还亲自题写了碑文。那碑文充满了凄楚和悲凉，或许，那正是她本人的心境：

多少年以前，
多少年以来，
望不断人间断肠路，
混沌又一年……

清梅住持的奉献一直延续到三十多年以后。1967年，在她八十二岁生日之时，有一批"红色"暴徒，冲进思无量尼姑庵，把那里的佛像推倒，放火焚烧了那座佛教建筑，把大殿摧毁得只剩下了断壁残垣……

　　那一天，清梅住持守护着倒在地上的观音像，静坐祈祷，直到圆寂成佛为止。

2023年5月10日定稿